작가 이기영,
그 치열한 삶과 문학적 진실의 수준

작가 이기영,
그 치열한 삶과
문학적 진실의 수준

김홍식 지음

예옥

작가라는 용어의 쓰임새가 헤퍼지고 있는 요즈음이다. 한편으로 그것은 현대 출판 메커니즘을 통한 의사소통에 있어서 매체의 다양화가 빚어낸 결과이기도 하다.

요즈음에는 작가라는 존재보다 독자를 향한 소통이 중요하다는 인식이 일반화되고 있다. 대학 강의에서 그러한 글쓰기를 뒷받침하는 강좌로 스토리텔링이라는 것이 있다. 강의 내용은 큰 차이 없음에도 불구하고 이와 같은 강의는 재래의 문학원론이나 문장학개론보다 인기를 끄는 경향이 있다.

이와 같은 현상은 글쓰기의 주도권이 행위 주체자인 작가보다 출판매체 쪽에 의해 좌지우지되고 있음을 말해준다. 이러한 현상을 비판적으로 말한다면 이른바 영혼이 없는 글쓰기가 만연하고 있다고 이를 수도 있지 않을까.

우리 근대문학의 경우에 1920년대까지는 작가라는 말과 작자라는 말이 개념 구별이 애매한 채로 함께 사용되던 시절도 있다. 그러나 비록 일제 강점기 식민지 체제 아래에서도 '독자'의 상대어인 '작자'보다 '작가'라는 말이, 일종의 문화적, 정신적 소명감을 가지고 세속적 반응보다 진정한 세계를 지향하는 글쓰기를 가리키는 말로서 보다 안정적으로 사용되기에 이르렀다. 한국현대문학사는 그러한 글쓰기의 주체로서의 작가의 존재를 적지 않게 확인할 수 있도록 해준다.

원래 작가라는 말은 서양에서는 대개 author를 가리키는 말로 사용되었으나 동양에서는 북송 시대 이후 불교 선종의 전통 속에서 육조 혜능 이후 특히 임제종에서와 같이 깨달음에 이른 정신에 대한 특유의 '인가' 제도에서 유래한 것이다. 즉 윗세대의 선지식이 다음 세대의 수행자 가운데 깨달음에 도달한 자를 인정하고자 할 때 바로 이 '작가'라는 말이 사용되었던 것이다.

이러한 의미에서 작가라는 말은 독자 본위의 의사소통 메커니즘 속에 놓인 작자라는 말과는 차원이 다른, 그러한 메커니즘 이전의, 어떤 세계의 창조에 관계되는 뜻을 함축하고 있다고 할 수 있다.

작가 이기영은 기질적으로는 조용한 열정을 가진 사람이었다. 그는 평소에 말이 없다가 술을 마시면 말이 많아지고 때로 혼자서 격렬한 말을 하는데 알아듣는 사람이 별로 없었다. 그러니 그 말은 소통을 위해서라기보다는 자기를 위한 말에 가까운 것이었다고도 할 수 있을 것이다.

나는 이기영에 관한 나의 탐구 여정을 담은 이 책의 제목을, '작가 이기영, 그 치열한 삶과 문학적 진실의 수준'이라 하였다. 다소 길지만 이 제목에는 일제강점기에서 해방공간에 걸쳐 치열한 삶의 고민을 이어간 작가 이기영의 내부 세계를 정면으로 다루고 파헤치려 했던 나의 의욕이 투영되어 있다고 말할 수 있다. 나는 이 책에서 이기영을 단순히 프로 작가로서가 아니라 고투 어린 삶을 불태워 자신의 세계를 창조해 나간 작가 그 자체로서 다루고자 했다.

무서운 병기가 나의 삶을 재촉하고 있다. 그러나 지난 며칠 전까지 이 원고를 살피는 일을 소홀히 하지 않으려 했다.

나는 이 글을 지금 고향 부산의 장전역 부근 우거에서 구술에 의지하여 간신히 '쓰고' 있다. 여기까지 말을 이은 그 뒤의 나머지 감사의 말들은 이 책을 함께 준비한 방민호 선생에게 부탁해 두고자 한다.

이 책이 나오기까지 오래된 원고를 새로 입력하고 본문에서 주석에 이르기까지 세심하게 살펴준 류찬열 홍기돈 선생을 비롯한 여러 제자들에게 고마운 마음을 전한다. 그대들이 있어 보람된 나날이었다.

2020. 2. 20.
말로써 쓰다

| 차례 |

/ 머리말 / 김흥식 _____ 5

제1부 일제 강점기 이기영 문학의 전체상

Ⅰ. 기본 과제와 방법 설정 _____ 15

Ⅱ. 세계관의 형성기반과 작가적 입신과정

    1. 몰락양반 후예로서의 생장과 가출 _____ 23

    2. 동경유학에서의 좌절과 등단의 노정 _____ 40

Ⅲ. 초기작의 주제와 형식

    1. 풍자소설과 자전소설의 현실 비판 _____ 51

    2. 민담적 서사로부터 소설적 서사로의 전환 _____ 68

Ⅳ. 방향전환기 계급소설의 양상

    1. 정치의 우위와 집단의식의 강조 _____ 90

    2. 볼셰비키화와 노농운동의 형상화 _____ 117

Ⅴ. 작가적 반성과 근대소설의 정점

    1. 창작방법의 재검토와 시대현실의 반영 _____ 146

    2. 「고향」과 사실주의의 지평 _____ 182

Ⅵ. 전형기 이후의 추이와 절필·은거에 이른 길 _____ 218

제2부 이기영 소설 깊이 읽기

Ⅰ. 이기영의 문학과 아나키즘 체험

   1. 근대문학과 아나키즘의 접점 ──────────── 267

   2. 이기영과 흑도회의 관계 ──────────── 269

   3. 아나키즘 문학론 혹은 오스기 사카에의 민중예술론 ──────── 278

   4. 이기영 초기 소설의 아나키즘 관련 양상 ──────── 287

Ⅱ. 『고향』과 사실주의의 지평

   1. 두 가지 전환점 ──────────── 302

   2. 작품 무대의 사실성 ──────────── 305

   3. 『고향』의 식민지적 근대현실 비판 ──────── 311

   4. 계몽운동의 한계와 그 극복방향 ──────── 317

   5. 민중운동의 새로운 전망 ──────────── 322

Ⅲ. 『봄』의 전망과 서사적 시간성의 심화

   1. 작품 평가의 두 가지 관점 ──────── 328

   2. 회고체 자전소설 「봄」 ──────────── 332

   3. 「봄」의 시대 인식과 형상화 수준 ──────── 339

   4. 시간 개념으로서의 '봄' ──────────── 344

Ⅳ. 일제말기 이기영 문학의 내부망명 양상

1. 해방기 문학의 전망 _____ 351

2. 이태준과 한설야와 이기영 _____ 354

3. 위장협력 글쓰기에 이른 길 _____ 359

4. 비협력 글쓰기의 참모습 _____ 366

Ⅴ. 해방기 이기영 소설의 재정립 양상 – 「농막일기」에서 「형관」까지

1. 해방기 문인들의 인정투쟁 _____ 375

2. 인정투쟁으로서의 개작 _____ 378

3. 소개지의 기록물 「농막일기」 _____ 382

4. 박문서관본 「농막선생」의 윤곽 _____ 385

5. 개작소설 「형관」의 주조 _____ 390

/ 발문 / _____ 397

사력을 기울인 역작―「작가 이기영, 그 치열한 삶과 문학적 진실의 수준」에 붙여

방민호 (서울대 국문과 교수)

부록 1

   Ⅰ. 저작 목록 ———————————————————————— 402

   Ⅱ. 평론과 논저 및 기타 ———————————————————— 419

부록 2

   이기영의 가계도 ————————————————————————— 430

찾아보기 ————————————————————————————— 432

제1부

일제 강점기
이기영 문학의 전체상

I. 기본 과제와 방법 설정

    역사 연구는 기본적으로 실증과 해석의 두 작업이 상호 보완되는 가운데 수행된다고 하겠는데, 문학사 연구도 사정은 거의 다르지 않을 것이다. 개별 연구에 있어서 그 두 작업 중에서 어느 것에 비중을 둘 것인가 하는 문제는 연구자의 입장에 일차적으로 좌우될 것이지만, 연구 과제의 성격에 따라 결정될 수도 있다. 우리 근대문학사의 연구 과제들 가운데서 카프작가들을 논의의 대상으로 하는 경우에는, 다른 경우에 비해 특히 실증작업이 우선될 필요가 있다.

    우리 근대문학사에서 대표적인 사실주의 작가의 한 사람인 이기영의 일제 강점기 문학 활동에 대해 그 전모를 규명코자 하는 필자가 가장 역점을 두는 것도 그의 생애와 작품에 대한 실증이다. "경향소설로서 제일 큰 기념비"[1]로 일컬어지는 『고향』의 작가 이기영은 일제하 당대에 "구 카프파의 영수로서 춘원과 마주서 있는 형세"[2]라고 정평이 내려진 바 있거

---

1   김태준, 『증보 조선문학사』, 학예사, 1939, 271면.
2   신산자, 「문단지리지」, 『조광』, 1937.2, 249면.

니와, 그것이 아니더라도, 그가 근대소설사에서 차지하는 비중이 이광수나 염상섭에 비견해서 결코 처지지 않는다는 것은 새삼 재론할 여지가 없다. 그러한 성과에도 불구하고 이기영의 삶과 문학은 그 실상이 온전히 드러나지 않은 상태에 있는 것이다.

이기영과 그의 작품세계에 대해서는 해방 이전의 당대 비평에 의해 개개의 작품평, 인물평이나 작가론 등의 형태로 많은 논의가 이루어진 바 있다. 이들은 그의 작가적 자질과 소양 및 편력에 관해 여러 가지 시사를 던져 주며, 특히 평판작 「서화」, 대작 『고향』을 분석·평가한 일련의 평론들은 오늘날의 논의에도 유력한 단서를 제공해 준다.[3]

해방 이후에 분단의 여파로 문학사 기술이나 문단회고기 등은 그의 행적과 몇몇 작품들을 단편적으로 거론하는 수준에 그쳤다.[4] 그리고 1988년의 소위 '월북작가 해금 조치'를 전후하여 시도된 연구논문들은 주로 근대소설사에 대한 유형론적 접근을 시도하면서 다른 작가들의 경우와 함께 그의 관련 작품들을 고찰했는데, 이들은 네 부류로 나누어진다.

첫째 경향소설의 실태를 점검하면서 이기영의 경우를 논급한 것들로, 조남현이 그의 1920년대 발표작들을 근대소설사 연구의 검토 대상으로 처음 설정한 이래, 정호웅은 인물 유형과 '전망die Perspektive'의 양상에 주목하여 「농부 정도룡」에서 「서화」에 이르는 이행과정을 살펴본 바 있고, 김철은 자연주의 소설과 구별되는 경향소설로서의 특징에 유의하면서 작품 주인공의 성격묘사와 관계된 문제점을 적시한 바 있으며, 서경석

---

3   이에 대해서는 부록 Ⅱ 그리고 Ⅴ장 2절의 주49) 참조.
4   백철, 『조선신문학사조사』, 백양당, 1949; 조연현, 『한국현대문학사』, 현대문학사, 1957; 김우종, 『한국현대소설사』, 선명문화사, 1968; 이재선, 『한국현대소설사』, 홍성사, 1979; 박영희, 「초창기 문단측면사」, 『현대문학』, 1959. 8~60. 5; 김팔봉, 홍정선 편, 『김팔봉전집』 Ⅱ, 문학과지성사, 1988.

은 '완결된 인물die fertige Gestalt' 개념에 의거하여 「홍수」, 「서화」, 『고향』 등의 작품구조의 변모과정을 설명했고, 차원현은 전형 개념에 입각하여 작중 인물의 성격을 분석한 바 있다.[5]

둘째 농민소설 전반을 조명하면서 그의 해당 작품들을 검토한 것들인데, 임영환, 한철우 등의 선행 연구가 간략하게 언급하는 정도였던 반면, 김윤식은 「서화」, 「돌쇠」, 『고향』 등, 그의 대표적 역작들을 '농민의식으로서의 농민소설'로 규정하고, '문제적 인물Das problematische Individium' 개념을 이론적 거점으로 도입하여 그 세 작품에 나타난 지식인과 농민계급의 관계양상 및 전자의 후자에 대한 매개적 역할의 변모과정을 분석, 사실주의 소설로서 도달한 성과와 한계를 밝힘으로써 후행 연구자들에게 논의의 기본방향을 제시했는데, 전형 개념을 적극적으로 고려하지 않은 것이 특색이다. 그 이후 신춘호, 오양호, 김병광, 조남철, 간복균 등은 표층적 현상파악에 치중한 반면, 긍정적 인물의 전형화 과정에 초점을 맞춘 남승진, 노농동맹 사상의 소설적 실현을 『고향』에 대한 비판적 평가기준으로 도입한 김종욱, 『고향』과 해방 이후 작품 「개벽」, 『땅』 등의 텍스트 구조의 상호관련성을 따진 김승환 등이 의욕적인 논의를 전개한 바 있다.[6]

5   조남현, 『1920년대 한국경향소설 연구』, 서울대 석사, 1988; 정호웅, 「1920~30년대 한국경향소설 변모과정 연구」, 서울대 석사, 1983; 김철, 「1920년대 신경향파소설 연구」, 연세대 박사, 1984; 서경석, 「1920~30년대 한국경향소설 연구」, 서울대 석사, 1987; 차원현, 「한국경향소설 연구」, 서울대 석사, 1987.

6   임영환, 「일제시대 한국농민소설 연구」, 서울대 석사, 1976; 한철우, 「1930년대의 한국농민문학고」, 서울대 교육대학원 석사, 1977; 김윤식, 「문제적 인물의 설정과 그 매개적 의미」, 『한국근대문학사상비판』, 일지사, 1978; 김윤식, 「매개적 인물의 한계」, 김윤식·정호웅 편저, 『한국리얼리즘소설연구』, 탑출판사, 1978; 김윤식, 「농촌현실의 형상화와 소설적 의미」, 『한국현대장편소설연구』, 삼지원, 1989; 신춘호, 「한국 농민소설 연구」, 고려대 박사, 1980; 오양호, 「한국 농민소설 연구」, 영남대 박사, 1981; 김병광, 「초기 농민소설에 대한 고찰」, 국어국문학 90, 1983; 조남철, 「일제하 한국 농민소설 연구」,

셋째 소위 전향소설의 제반 양상을 살피는 가운데 그의 사례도 포함시킨 것들로, 김윤식, 김동환의 부분적인 검토가 있었을 뿐이다.[7]

넷째 장편소설의 전개과정을 조명하면서 그의 장편을 분석한 것들인데, 이주형은 『고향』의 농민소설적 특성, 『봄』의 가족사·연대기 소설적 성격을 규명하고, 김외곤은 『고향』을 이상과 현실의 균형을 구현한 수작으로 평가했다.[8]

한편 이기영의 특정한 한두 작품만을 집중 분석한 작품론도 더러 있는데, 이들 가운데는 그 동안 제대로 주목받지 못했던 작품을 다룬 것도 있지만,[9] 위의 유형론적 연구에서 자주 논의된 작품들을 대상으로 기존의 해석과 평가를 보완, 확충한 것이 대부분이다.[10] 또한 해방 전후 문학사

연세대 박사, 1986; 간복균, 「1930년대 한국 농민소설 연구」, 단국대 박사, 1986; 남승진, 「1920-30년대 농민소설의 연구 -카프 농민소설을 중심으로」, 연세대 석사, 1989; 김종욱, 「1920-30년대 한국 농민소설의 발전과정 연구」, 서울대 석사, 1990; 한수영, 「1920-30년대 농민문학론 연구」, 연세대 석사, 1987; 한형구, 「농민소설의 발전과정」, 김윤식·정호웅 편, 『한국리얼리즘소설연구』, 탑출판사, 1987.

7 김윤식, 「전향소설의 한국적 양상」, 『한국근대문학사상사』, 한길사, 1984; 김동환, 「1930년대 한국 전향소설 연구」, 서울대 석사, 1987.

8 이주형, 「1930년대 한국장편소설연구」, 서울대 박사, 1983; 김외곤, 「1930년대 한국 현실주의소설 연구」, 서울대 박사, 1990.

9 권일경, 「돈키호테적 지식인상에 드러난 주체정립의 문제」, 『인간수업』, 풀빛, 1989; 이상경, 「식민지 친일지주의 형상화」, 『신개지』, 풀빛, 1989; 오성호, 「닫힌 시대의 소설 -이기영의 『봄』에 대하여」, 『봄』, 풀빛, 1989.

10 김종대, 「민촌소설분석」, 『중대 대학원 연구논집』 4집, 1985; 박대호, 「「농부 정도룡」의 구조분석」, 김윤식·정호웅 편, 『한국리얼리즘소설연구』, 탑출판사, 1987; 이재선, 「반항의 시학과 상상력의 제한 -이기영의 『고향』론」, 『세계의 문학』, 1988.겨울; 한형구, 「1930년대 리얼리즘 소설의 성격 -「서화」, 『고향』의 경우」, 『한국학보』, 1987.겨울; 한형구, 「『고향』의 문학사적 의미망」, 『문학사상』 별책부록, 1988.8; 정미원, 「이기영 『고향』의 작중인물 연구」, 외국어대 석사, 1988; 김재용, 「일제하 농촌의 황폐화와 농민의 주체적 각성」, 『고향』, 풀빛, 1989; 김병광, 「「흙」과 『고향』의 대비 연구」, 단국대 박사, 1990; 장성수, 「이기영의 소설과 농촌현실의 발견」, 서종택·정덕준 편, 『한국현대소설연구』, 새문사, 1990.

의 연속성 회복 작업의 일환으로 재북 시기의 주요 역작들에 대한 작품론도 몇 편 시도된 바 있다.[11]

　이상의 논의들과는 달리, 본격적인 작가연구 또는 그 일환으로 해방 이전의 일정기간, 혹은 그 전 기간에 걸친 이기영의 작품들을 검토한 시도들도 있다. 김성수는 등단 이래 일련의 작품들을 검토하여 「원보」를 사회주의 리얼리즘 소설로 규정했는데, 창작방법으로서의 사회주의 리얼리즘과 작가 내지 주인공의 사회주의적 이상을 분간하지 않음으로써 입론의 무리를 드러내었다. 정호웅은 전례 없이 이기영의 생애에 대해 조명하는 한편, 그 자신의 선행 논문의 골격을 유지·보강하여 초기작에서 『고향』에 이르는 발전과정을 분석했다. 이 최초의 본격적 작가론은 실증적 엄밀성이라는 측면에서 다소 문제점을 지니고 있다. 권일경은 일제하 이기영 문학의 전체상을 접근한다는 목표 아래 총체성, 전형 등의 개념에 준거하여 그의 장·단편을 두루 검토했으나, 실제의 논의는 당초의 방법론적 전제를 관철하지 못한 채 작품해설 위주로 개관하는 수준에 머물렀다. 신우현은 해방 이전의 작품 전체를 놓고 소재의 유형에 따라 분류 정리하는 데 그쳐 생산적인 논의를 전개하지 못했다. 서은주는 이제까지 별반 거론되지 않았던 작품들, 특히 전형기 이후의 소설들을 천착했으나, 『고향』을 비롯한 여러 문제작에 대해서는 기존의 연구들과 대동소이한 견해를 피력했다. 김희자는 다양한 자료를 섭렵하여 생애 추적에서 상당

11　김재용, 「역사의 주체인 민중의 생활과 투쟁의 서사시적 형상화」, 『두만강』, 풀빛, 1989; 조남현, 「『두만강』을 통해 본 북한문학」, 『문학사상』, 1989.6; 김윤식, 「「이기영」론 -「고향」에서 「두만강」까지」, 『동서문학』, 1989.8-10; 정호웅, 「「두만강」론」, 『창작과 비평』, 1989.겨울; 김윤식, 「토지개혁과 개벽사상」, 『한국현대현실주의소설연구』, 문학과지성사, 1990; 김윤식, 「작가의 관념적 오류와 소설적 진실」, 『한국현대현실주의소설연구』, 문학과지성사, 1990; 김승환, 「해방공간의 농민소설연구」, 서울대 박사, 1989.

한 진전을 이루었지만, 그것과 작품분석을 유기적으로 결합함으로써 논의를 심화하지는 못했다.[12]

이 논문은 상술한 바와 같은 연구 작업들의 성과와 한계를 유념하면서 일제 강점기 이기영의 삶과 문학에 대한 전면적 재조명을 수행하고자 한다. 주지하다시피 이기영은 월북 이후에 정력적인 창작생활을 계속했고, 그 윤곽은 북한문학에 관한 문건들을 통해 어느 정도 드러나고 있다. 바람직하기로는 평생에 걸친 그의 작품 활동 전체가 조망되어야겠으나, 재북 시기의 수다한 작품을 비롯한 제반 관련 자료들에 폭넓게 접근하기가 어렵고, 설사 그것이 가능하다고 하더라도 북한문학에 대한 이해가 미비한 실정이어서, 시기에 한정을 두기로 하는 것이다.

근대 문학사에 대한 남북 양측의 시각은 대단히 크게 벌어져 있다. 이기영의 경우에 있어서도 예외가 아니다. 북측의 문학사는 그를 사회주의 사실주의 문학의 최고 작가로 평가하고, 위에서 언급된 남측의 연구들은 카프의 대표작가 혹은 농민소설의 대가로 주목한 바, 그의 문학에 대한 해석에 있어 전자는 실제와 부합되기 힘든 측면이 불소하고, 후자는 최근에 와서 어느 정도 진전을 보이고는 있지만, 진상 파악에 등한했던 나머지, 논의가 답보상태를 맴돈 형국이다. 그러므로 양측의 시각 격차를 극복할 수 있는 전망에 다가가자면, 그의 전기적 사실과 문학적 유산에 대한 정밀한 실증이 우선되어야 할 것으로 본다.

---

12 김성수, 「이기영의 초기소설과 사회주의 리얼리즘 문학의 형성」, 간행위원회, 벽사 이우성 교수 정년퇴직 기념논총 『민족사의 전개와 그 문화』 하권, 창작과비평사, 1990; 정호웅, 「이기영론:리얼리즘 정신과 농민문학의 새로운 형식」, 김윤식·정호웅 편, 『한국근대리얼리즘작가연구』, 문학과지성사, 1988; 권일경, 「이기영 장편소설 연구」, 서울대 석사, 1989; 신우현, 「민촌 이기영 소설 연구」, 건국대 석사, 1990; 서은주, 「이기영 소설 연구」, 연세대 석사, 1991; 김희자, 「이기영 소설 연구」, 단국대 박사, 1990.

이기영의 생애에 관해서는 정호웅, 김희자 등의 언급, 근자 간행된 선집에 실린 연보, 북한문헌, 그리고 필자가 수집한 자료 등을 비정하여 보다 정확한 면모가 드러나도록 한다.[13] 관례에 따라 '상속된 것Ererbtes' '학습된 것Erlerntes' '체험된 것Erlebtes' 등을 중점적으로 검토하는[14] 이 전기연구는 물론 단순한 사실의 확인에 멈추어 버리지 않고, 그의 세계관의 원형Prototype과 작가로서의 정신적 궤적을 규명함으로써 그의 문학에 대한 정당한 이해의 길잡이로 삼고자 하는 것이다.

해방 이전 이기영의 문학적 유산은 상당한 분량이 발굴 정리되어 있으나, 아직 그 실체가 알려지지 않은 것들도 많은데, 필자는 그것들 가운데서 일부를 원용하여 그와 그의 작품세계에 대한 인식을 새롭게 제고하고자 한다. 필요한 경우에는 작품의 서지, 소재, 배경 등에 대한 검토와 아울러, 창작동기, 집필과정, 다른 작가와의 영향관계, 당대 비평의 조류와 문단의 여건, 그리고 사회·정치적 상황 등에 대한 조명을 병행한다.

그러한 실증작업의 바탕 위에서 그의 작품들의 계기적 변모양상을 고찰하는 것이 이 논문의 중심과제이다. 어떤 작가의 작품들의 이행과정에 대한 체계화의 가장 무난한 방법은 최고 수준으로 한 작품 또는 작품군을 선정하고, 그 전범의 근사치로서 여타의 모든 작품들을 분석하는 것이다.[15] 『고향』이 이기영의 대표작이며 근대소설사의 기념비적 작품임은 이론이 있을 수 없다. 그런 만큼 『고향』을 정점에 놓고 그 본질과 가치를 해명하는 데 비중을 두면서, 그 이전의 초기작과 방향전환기 계급소설,

---

13 필자가 수집한 자료 등은 제1부의 기초자료 그리고 부록 I, II를 참조.

14 M. Maren-Griesebach, Methoden der Literaturwissenschaft, Franke Verlag, 1970, 12면.

15 R. Wellek and A. Warren, Theory of Literature, Penguin Books, 1970, 259면.

그리고 그 이후의 전형기 소설들이 각각 상승, 하강하는 과정을 면밀하게 살펴보고자 한다.

이 시기구분은 문단사와 비평사의 전개과정을 고려한 것이기도 한데, 그 각 단계별 주조에 의거해서 그의 작품 양상을 획일적·연역적으로 재단한다는 뜻은 아니다. 즉 그것이 그의 창작에 작용한 규정력을 주목하더라도, 그의 작가로서의 주체성과 자율성을 더욱 중시하는 관점을 취한다. 이 관점의 기본전제는 그가 계급문학운동의 핵심 성원이나 미해금 월북문인이기에 앞서, 다만 우리 근대소설의 형성 발전에 한몫을 한 작가일 따름이라는 데 놓인다. 여기서 말한 근대소설이란 양식개념이자 동시에 집합개념으로서, 소위 반제·반봉건이 당대의 과제로 부여된 단계에 이르러 전대 소설로부터 일정한 진전을 이룩한 여러 가닥의 소설유형들을 포괄해서 지칭한다. 그 중 한 가닥에 속하는 이기영의 소설작품들이 어떤 수준인가를 밝힘에 있어 최종적인 근거는 어디까지나 그 선택과 노력의 당사자인 그 자신의 삶일 수밖에 없다. 이 논문에서 전기연구와 작품연구가 긴밀한 대응관계 속에 수행되는 것은 바로 그러한 판단에 바탕을 두고 있다.

II. 세계관의 형성기반과 작가적 입신과정

1. 몰락양반 후예로서의 생장과 가출

　민촌民村 이기영李箕永은 1895년 5월 29일(음력 5월 6일) 충남 아산군 배방면排芳面 회룡리回龍里에서 이민창李敏彰(1873~1918)과 밀양 박씨 사이의 장자로 태어났다.[1] 본관은 덕수德水, 임진왜란의 구국영웅으로 숭앙

1　이기영의 출생 시기는 호적부에 1893년 5월 6일, 덕수 이씨 족보에 1893년 5월 16일로 되어 있으나, 공식성을 띤 북방자료(예컨대『조선문학개관』I, II(사회과학출판사, 1986.11.25), 소련판『이기영 생애 및 저서목록』(모스크바, 1983.) 등에는 모두 1895년 5월 29일로 나와 있다. 이기영 자신의 확인을 거쳤을 후자가 옳다고 보는데, 다만 해방 이전 자료인『고향』(상)(한성도서주식회사, 1936.10.30)의「저자약전」과『조선현대문학전집 단편집』(상)(조선일보사 출판부, 1938.3.5)의 약력에는 모두 명치 29년 5월 6일로 기록되어 있어 혼란이 생길 수도 있겠다. 명치 29년은 1896년이기 때문이다. 그런데 1895년 5월 29일은 음력으로 5월 6일이다. 따라서 명치 29년은 우리 연호가 아니어서 1895년을 착각한 것으로 생각된다.
　출생지는 위의『고향』(상)의「저자약전」, 그리고 여러 북방자료들이 일치함. "원래 나의 출생지는 천안이 아니다. 그것은 구 온양군 남곡(南谷)이엇는데"(「우울을 지어 주던 유년기의『민촌생활』」,『조선일보』, 1937.8.5)라는 직접적인 술회도 있다. '남곡'은 바로 회룡리의 별칭이며, 현지에서는 '낭곡' 또는 '낭골'(이기영,「과거의 생활에서」,『조선지광』(1926.11), 8면에는 'O군 N촌'으로 표기되어 있다.)이라고 발음하는데, 지형이

받는 충무공 이순신의 12대 지손이며, 증조부 좌희佐熙, 조부 규완奎琓이 그러했듯이 그의 부친 이민창도 1892년 무과에 급제한 서반이었다.[2] 이민창은 가사를 제쳐놓고 관계 진출을 도모하기 위하여 유경留京하는 때가 많았다고 하는데, 1898년 설치된 무관학교에 다니던 도중인 1905년 봄(음력 3월 7일) 상배喪配를 당해 귀가한 후, 정국의 추이가 이미 그릇되었다 보고 다시는 상경하지 않았다.[3]

이기영의 전 가족은 그의 나이 서너 살 적, 그러니까 1897,8년 무렵에 생계의 곤란을 해결하기 위해 당시의 천안군 북일면北一面 중암리中巖里로 옮겨갔는데, 산골짜기에 들어앉은 그곳은 상, 중, 하암리 '근 백호 되는 세 동리에 기와집이라고는 볼 수 없고 제 땅마지기를 가지고 추수해먹는 집이 없'는 상민들이 모여 사는 '민촌'이었다.[4] 그곳에서 이기영 일가

주머니와 같은 모습을 하고 있는 데서 유래되었다고 한다. 이기영의 동복동생 풍영(豊永, 1900~1959; 족보에 의함)은 처가가 있는 이곳으로 이주했고(1926년경으로 추측), 현지민들의 말로는 내내 여기서 눌러 살았다고 한다. 이곳이 천안 이주가 있기까지 누대의 터전이었을 것 같은데, 그것을 확인할 흔적을 답사 중에 찾지 못했다. 다만 이 동네에는 같은 덕수 이씨로, 조선 말대의 무관(副尉)으로 군대 해산 시에 의병활동에 가담했던 독립운동가 이민화의 가대가 아직 남아 있다.
족보에 의하면 풍영 이외에 이복동생 제영(悌永, 1911~?)도 있다.

2 족보에 의하면, 증조 좌희(1814~1860)는 1846년 丙午武科에 급제하여 선전관(宣傳官)을 지냈다 하나 현직(顯職)이 아니고, 조부 규완(1846~1896)은 丙子武科에 급제한 사실만 나와 있다.

3 이기영, 「과거의 생활에서」, 『조선지광』, 1926.11, 15면; 이기영, 「우울을 지어 주던 유년기의 '민촌생활'」, 『동아일보』, 1937.8.5; 이기영, 「감나무 잎을 주어다 글씨 쓰던 비애」, 『동아일보』, 1937.8.6; 이기영, 「추회」, 『중앙』 1936.8, 129면 등을 참조.
박씨 부인의 몰년을 1905년으로 잡는 이유는 위에 열거한 자료들에서 이때 자신의 나이가 열한 살이었다는 이기영의 진술에 의거한 것이다. 그는 나이를 셈할 때는 보통 햇수로 세고, 만으로 세는 경우에는 반드시 그렇다는 것을 밝히고 있다. 최근 번각 출판된 『두만강』(풀빛, 1989) 제5권 말미의 「이기영 연보」 등은 이러한 측면을 간과하여 연대의 측정에 다소 혼란이 있다.

4 이곳의 현재 지명은 천안시 안서동이다. 이곳을 'C군 W촌'의 '중W촌'으로 표기한 글(「과거의 생활에서」)에서는 천안 이주 경위에 대해 "부친은 어찌하야 이런 두메로 이사를 하엿든지? 문제는 양반도 먹어야 사는 「쌀」 문제엿든가 보다."라고 간략히 언급하

는 고개 하나 너머 유량리 토호인 그의 손위 고모집 전장을 관리하는 마름 노릇을 하면서,[5] 또 얼마간 땅을 얻어 농사도 지었으나 머슴의 세경을 제한 적은 소출로는 "생활 형편은 점점 어려워져서 해마다 부채가 늘어" 갔고, 1905년 그의 모친을 여의고는 급기야 서당 "선생의 곡량講米(수업료: 인용자)도 내지 못하게 되"어 '외상글' '동냥글'을 배우고 "조희 한 장 붓 한 자루를 못 사" "감나무 잎사귀를 따 가지고 남몰래 글씨를 써 보기도" 할 지경에 이르렀다.[6] 이기영 집안의 곤궁은 뒤로 갈수록 악화일로를 걷지만, 실상 그가 태어나기 이전부터 경제적으로 몰락한 상태에 있었다.

우리 동리에서 머지않은 K동에는 당시 천석군이로 소문난 부자가 사렷섯다. 그 부자의 주인공이 딸 삼형제를 두고 난봉 아들 하나를 두엇는데 그의 맛딸이 즉 나의 모친이 되엿다 한다. 그 집도 양반은 양반이라지마는 양반 때문에, 우리 집은 부자 때문에, 피차간 빈부의 혼인이 되엿던 모양이다. 모친은 부친보다 4년이나 연상인데 아버지가 열네 살 때에 시

고 있다. 그 경위는 "내가 서너살 적에 천안으로 옮기엿다 한다. 즉 천안에는 친척이 살고, 그의 토지가 巖里에 잇으므로, 우리집은 그 집 땅을 부치기 위해서, 말하자면 생활의 방편을 구해 간 모양이다."(「우울을 지어 주던 유년기의 '민촌생활'」)라는 언질에서 좀 더 구체적으로 드러난다.

5   유량리는 현재 천안시 유량동인데, 토지조사사업 직후 작성된 천안시 구본 토지대장을 보면, 유량동 인근의 최대 지주는 이병희(李炳羲, 1890~?)로 되어 있다. 향교 소유지도 상당하지만, 대개가 임야이고, 기타 군소 지주들은 소유 규모에서 이병희와 비교가 되지 않는다. 이병희는 이우상(李雨相, 1867~1890)과 덕수 이씨(1869~1929) 사이에 태어나 출계한, 유량리 분터골에 세거해 온 전주 이씨 근녕군파(謹寧君派) 지파 종손이며, 그 생모인 덕수 이씨는 바로 이기영의 손위 고모이다.
      "부친은 그 동리 전장의 마름을 해 왓던 까닭에—"(「과거의 생활에서」, 『조선지광』, 1926.11, 11면)에서 '마름'이란 이기영의 부친 이민창이 이병희의 외숙으로서 생질의 토지를 관리한 사실을 가리킨다. 실제로 천안시 구본 토지대장에는 안서리에도 이병희의 소유지가 상당했음이 확인된다.

6   이기영, 「감나무 잎을 주어다 글씨 쓰던 시절」, 『동아일보』, 1937.8.6; 이기영, 「추회」, 『중앙』, 1936.8, 131면.

집을 왔다 한다. 부잣집 딸이 가난한 집으로 시집을 온데다가 부친은 철나자마자 바로 과거보러 간다고 서울 출입이 잦았던 모양이다.[7]

친정에서 적잖은 물질적 원조를 끌어왔던 박씨 부인이 장질부사에 걸려 급사하면서 타격을 입은[8] 이기영의 집안은 서울서 내려온 이민창의 방만한 처신으로 해서 궁상이 날로 더해만 갔다. 우선 그는 굉장한 호주가였고, 1906년 겨울 군수 안기선安琦善(안막安漠 안필승安弼勝의 부) 무관학교 출신인 심상만沈相晩 등과 함께 창립한 천안의 사립 영진학교寧進學校 총무로서 기부금 등속을 상당액 출연했는가 하면, 1908년 봄 이기영의 혼인 비용 등으로 빚에 시달리다 못해 1909년에는 궁여지책으로 새로 빚을 내어 1901년 이래의 중암리 금점판에 뛰어들었으나 실패를 거듭, 마침내 그 해 가을 살던 집을 일본인 고리대금업자에게 넘겨주게 되면서 가솔들은 유량리 매가妹家의 행랑 한 채를 얻어 이사하고, 그 자신은 누이의 신망을 잃은 나머지 당초의 마름 자리마저 떼이는 곤경을 치르게 되었던 것이다.[9] 그의 맹렬한 음주는 당대의 정세에 대한 실의와 정치적 진출

7 앞의 「과거의 생활에서」, 『조선지광』, 1926.11, 16면.
8 위의 글, 15면.
   이기영의 외조부 성명이 박병구(朴炳九)라는 것밖에 알 수 없다.
   "그러므로 내가 어려서 모친상을 당하지 않았다면 그것은 우리집 환경에도 그 전보다 다를 것이 없을 것이요 따라서 나에게도 물질적으로나 커다란 변동이 없었을 터이니까"라든지, "나의 외가가 부명을 듣는 만큼 나는 어려서 외가에 많이 있었고, 따라서 나는 응석바지로 자라났다"라든지 하는 술회(이기영, 「문학을 하게 된 동기」, 『문장』, 1940.2, 7면)에서 생전에 박씨 부인이 상당한 재산가였던 친정으로부터 적지 않은 도움을 끌어왔던 것을 알 수 있다.
9 이기영의 자전적 장편 『봄』(대동출판사, 1942)의 후미 〈이사〉는 이러한 사정을 소상히 기술한 것으로 보인다.
   이민창의 주벽은 위의 「과거의 생활에서」, 『조선지광』, 1926.11, 11~12면과 「무협전을 읽고는 영웅을 몽상」, 『동아일보』, 1937.8.7, 영진학교 설립은 「무협전을 읽고는 영웅을 몽상」과 앞의 「추회」, 『중앙』, 1936.8, 128면, 이기영의 혼인 시기는 자전소설 「가난

의 좌절에서 기인된 것이라 하겠는데, 그렇다고 그가 단순히 속된 출세주의자로서 봉건적인 의미의 입신양명이 여의치 않아 자포자기의 도락에 빠져들었다는 뜻은 아니다. "무가의 기풍을 가진 호협한 편으로서, 반상의 구별을" 가리지 않아 "상하귀천 없이 주붕酒朋"을 삼은 음주 행태에서도 어느 정도 시사되지만,[10] 당시 애국계몽운동의 일환으로 추진되던 사립학교 설립에 앞장섰다는 사실에서 그가 개명 지식인의 풍모를 지닌 인물이었음이 드러나는 것이다.[11]

1918년 유행 감기로 노모와 두 주일을 사이하여 사망한 이민창에 대

한 사람들」(『조선지광』, 1925.9)과 「오매둔 아버지」(『조선지광』, 1926.4), 그리고 자전적 장편『봄』(대동출판사, 1942)의 〈早婚〉 등에서 "열네 살 되던 해 이른 봄"이라는 서술, 중암리 금점은 이기영의 회고 「요박한 천안 뒤틀」, 『동아일보』, 1939.3.25, 유량리 이사는 「추회」, 『중앙』, 1936.8, 130면과 「무협전을 읽고는 영웅을 몽상」, 사음권 박탈은 「과거의 생활에서」에서 확인할 수 있다.

10 위의 「과거의 생활에서」, 『조선지광』, 1926.11, 11면 그리고 앞의 「우울을 지어 주던 유년기의 『민촌생활』」, 『동아일보』, 1937.8.5 등 참조.

11 일제는 항일민족의식의 양성기관이던 민족계 사립학교를 억압, 통제하기 위해 칙령 62호 「사립학교령」(1908.8.26)을 제정했고, 병탄 이후에는 그 법령 요건의 불비를 핑계 삼아 사립학교들을 모두 공립학교로 개편했다. 이민창 등이 주도한 천안 사립 영진학교도 이 사립학교의 공립학교 개편작업에 의해 현존 천안국민학교의 전신인 천안공립보통학교(1911.9.1 개교)로 전환된 것으로 보인다.
    사립 영진학교에 관계한 심상만은 호적 기록에 의하면 생·몰년이 각각 1879년, 1933년이며, 본적 및 주소지는 당시 천안군 천안읍 읍내리 100번지이다. 앞의 「추회」, 『중앙』(1936.8), 129면에는 이민창이 유경 중에 "어느 재상가의 문객으로 있으면서 환로를 구하다가"라는 구절이 보이고, 앞의 「잎을 주어다 글씨 쓰던 비애」(『동아일보』, 1937.8.6)에 "그때 심상만 씨 댁 문객으로 잇엇다 한다"고 밝혀져 있는데, 이 재상가란 바로 심상만의 일문인 고위관료(沈舜澤, 또는 沈相薰인 듯)를 가리킨다. 이와 같이 정치적 배경이 만만치 않아 보이는 심상만은 이기영의 자전적 장편소설『봄』에서 "사립 광명학교 교주 신참위"로 등장한다(「추회」, 『중앙』, 1936.8, 128면에는 "무관학교 출신인 신참위"라고 최종 계급이 밝혀져 있다.). 한편 군수 안기선은 『야뢰』(1907.2~6), 『대한협회회보』(1908.7~11, 1909.2~3) 등에서 논객으로 활약하고, 『연설법방』(1907), 금서 소동을 일으킨 정치풍자소설『금수회의록』, 단편집『공진회』 등을 남긴 애국계몽기 지식인 안국선의 동생이다. 이러한 교우관계 등으로 미루어 이민창은 자각적 사명감을 가진 애국계몽주의자였음이 틀림없다. 『봄』의 선달 유춘화는 바로 그러한 이민창의 문학적 형상이다.

해서는 더 이상 상고할 여지가 없지만,[12] 구차한 생활 속에서 술로서 울분을 달래는 나날을 보냈으리라 추측된다. 그러면 이기영에게 그 부친은 어떤 존재였던가. 이와 관련해서는 이기영이 모친의 죽음을 계기로 하여 침울한 성격으로 바뀌었다고 하는 점[13]이 주목된다. 모성 상실의 비애가 우울증의 형태로 나타남은 의당한 일이나, 그 우울증이 "부친 압헤서는 함구불언주의"[14]라는 반항의 표현이기도 했던 것이다. 그 반항은 부친의 주벽을 몹시 힐난한 생전의 모친을 좌단左袒한 영향일 수도 있고,[15] 또 조강지처의 거상 중에 첩장가를 든 부친과 새로 맞은 서모에 대한 거부감도 없지 않았겠지만,[16] 모친의 죽음에 연계된 그러한 측면과는 별개로 그때부터 무망한 낙척의 나날을 보낸 부친 그 자체에 대한 실망과 환

12 1918년의 친상은 이기영, 「고대소설 격으로 '도사' 찾어 3년」(『동아일보』, 1937.8.8)에 "기미 전해에 부친상을 당하고"라는 언급을 따른 것이다. 족보에는 그의 조모 기계(杞溪) 유씨(兪氏)가 11월 6일, 부친은 기미년 11월 20일 타계한 것으로 되어 있는데, 일자는 「고대소설 격으로 '도사' 찾어 3년」의 "조모와 부친을 일주일을 전후하여 구몰하엿다"라는 기술과 정확히 일치하지만, 족보의 기미년은 후대의 착오인 듯하다.
13 앞의 「과거의 생활에서」, 『조선지광』, 1926.11, 11면, 14~7면; 「감나무 잎을 주어다 글씨 쓰던 비애」, 『동아일보』, 1937.8.6; 「문학을 하게 된 동기」, 『문장』, 1940.2, 7~8면 등 참조.
14 「과거의 생활에서」, 『조선지광』, 1926.8, 12면.
15 「무협전을 읽고는 영웅을 몽상」, 『동아일보』, 1937.8.7.
16 "그 해 겨울에 유선달은 남술의 처를 정식으로 아주 맞어드렷다. 그러나 유선달은 동생과 한 집에 살기가 거북스러웠던지 집 한 채를 따로 사들고 나앉었다. 석림은 모친의 거상도 벗기 전에 새로 서모를 마진 것이 어째 야릇해 보이었다."(『봄』, 대동출판사, 1942, 176면)
     이 서술 중 유선달의 아들 '석림'은 물론 이기영 자신이다. 부친의 거조에 대한 거부감을 작품에서는 '야릇해 보이었다'라는 식의 다소 미온적인 표현으로 드러낸 데 반해, 실제의 사실기록인 「과거의 생활에서」(『조선지광』, 1926.8)에는 '나 갓흐면 전실 자식을 두고서 첩을 안 엇겟다고 부친을 원망하엿다.'(14면)고 분명하게 당시의 심경을 털어놓고 있다. 그러나 그러한 정황에 처한 열아홉살배기라면 누구라도 그러한 반감을 갖는 것이 자연스럽고, 따라서 특별한 의미를 붙일 필요는 없다고 본다. 그리고 서모에 대해서는 "학대바든 일은 그리 업섯다"(「과거의 생활에서」, 『조선지광』, 1926.8, 16면)고 가볍게 지나치고 있다.

멸에서 발로된 측면이 있음을 간과할 수 없다.

　　모친 상사 후로 부친은 서울 출입을 폐하엿다. 그 대신 술로 세월이엇
다. 따라서 집안 형편은 차첨 부채의 왕국으로 입적하게 되엿다. 나는 쓸
쓸한 가정에서 밤을 지내고 낮에는 글방에서 지냇다. 나는 그 중 어렷지
마는 글ㅅ방에서도 다른 애들에게 돌리게 되엇다. 그것은 나의 궁상이 더
욱 그들에게 공세를 주엇든 것이다. 나는 동냥글을 배웠다. 책은 물론 남
의 책이다. 먹 한자루와 붓 한자루를 사 쓰지 못하엿스니 조희갓흔 것은
말할 것도 업다. 나는 남들이 다 쓴 뒤에 선생의 동정으로 그들이 분판을
어더썼다. 그들이 내버린 붓을 주서서 하루에 멧줄식 써 본 것이다.[17]

　　이 무렵 이기영은 서당에서 애매한 도명盜名을 뒤집어쓰는 수모를 겪기
까지 했는데, 그처럼 통절한 "가난의 서름"[18]을 방기, 오히려 조장하는 부

17　위의 「과거의 생활에서」, 『조선지광』, 1926.8, 16~7면.
18　이에 관한 일화는 앞의 「감나무 잎을 주으다 글씨 쓰던 시절」에서 다음과 같이 술회되
　　고 있다.
　　　"하루는 어떤 아이가 새로 산 붓 한 자루를 잃어버리고 발끈 야단이 낫다. 그 置疑는
　　물론 내게로 왔다. 아이들은 다른 애들의 책상 속과 책 속을 뒤지는 중에도 내 책 속을
　　유심히 다 뒤젓다. 물론 나는 안 가져갓으니 그 붓이 내게서 나올 리는 업섯다. 나는 내
　　몸둥이까지 자진해서 죄다 털어 뵈엿다.
　　　그래도 그들은 나를 믿지 안는 모양이엇다. 그때는 지금과 같은 성하엿다. 나는 그
　　때 인상은 지금까지 또렷하게 남어 잇다. 아이들은 점심 때 쉬는 참에 호박닢에 화상
　　을 그려노코 뽕나무 활로 그 화상의 눈을 쏘앗다! 그것은 은연중, 나를 지목하고 하
　　는 방자엿다.
　　　또 한 패의 다른 애들은 앞개울로 나가서 미꾸리를 잡어 가지고 와서 바눌로 두 눈
　　을 쪼아 가며 훔쳐 간 놈의 눈도 이러케 멀어 달라는 미꾸리 방자를 하엿다. 그것도 은
　　연중 나를 지목하고 하는 방자엿다.
　　　나는 그 날 저녁 때 집으로 혼자 돌아갈 때 눈 앞이 캄캄하여서 몇번이나 논둑길 밑
　　으로 떨어질 뻔 하엿다. 두 눈은 눈물이 어리어서 마치 안개가 낀 것처럼 뿌엿게 되엿
　　다. 나는 목을 노코 울엇다.
　　　어린 마음에도 그때 나는 가난의 서름을 절실히 느끼엇다. …그리고 『어디 두고보

친에 대해 "그까지 아버지 갓흔 것은 아모짝에도 소용업는 업서도 조흔 것"[19]이라 생각할 정도였다. 부친에 대한 증오와 반항이 이토록 극단화된 것은 그 이전까지의 부친이 그에게 한 없는 긍지를 품게 해 준 존재였기 때문이다.

우리집 이웃에 송첨지라는 상인(常人:인용자)이 사럿다. 그는 송포수! 송포수! 하는 유명한 포수인데 한참적에 호랑이와 시름했다는 일화도 잇다. 긔운이 장사라는 소문이 난이만치 그를 상하 동리에서 무서워하엿다. 더구나 그는 서울 사는 이판서 집 山直이엿다. 아래말 숩과 탁꼴 말림을 보는 까닭에 나무군들은 그를 호랑이갓치 무서워하엿다. 그런데 하루는, 우리집 머슴이 그 산에 가서 나무를 하다가 들켜서 지게와 낫을 빼끼고 도라온 것이 부친으로 하야금 대로케 하엿다. 그래 그 잇흔날 식전에 그를 잡아다가 볼기를 때린 것이다.

「이놈! 양반의 댁에서 늬 산에 가서 나무를 좀 햇기로 낫을 뺏다니! … 목을 베일 놈갓흐니!」하고—

그러나 소위 무변의 풍으로 걸쩍걸쩍 하고 선량하고 호걸미 잇는 부친의 성격은 만만한 상놈이라고 행악하지는 안엇다. 그런 후 미구에 부친은 송포수와 술상을 마조해서

「자! 영감 먼저 한잔 하게. 아니야! 鄕黨은 莫如齒라니!」

하고 호걸 우슴을 허허 우섯다 한다. (중략) 과연 그 뒤로 그들은 부친

자!』 하는 자격지심이 북바처 올라서 후일의 분발을 심계하는 충격을 크게 받엇다. 며칠 뒤에 붓을 일허바렷다는 그 아이는 다행히 그 붓을 찾기 때문에 나는 죄업는 누명을 벗게 되엇다. 그 아이는 제가 둔 곳을 잊어버렷다가 제 집에서 다른 사람에게 그것이 발견되엇다 한다."

19 앞의 「과거의 생활에서」, 13면.

의 영이라면 유유복종하엿고, 술 잘 사 주는 바람에 그들은 더욱 부친과 친근해젓다. 더구나 부친은 그 동리 전장의 마름(舍音)을 해 왔든 까닭에—[20]

세도가 산지기의 텃세를 단번에 꺾어버린 기상, 민촌 유일의 양반이자 마름으로서의 위세에다, 일찍이 충무공의 후예라는 그 반명 하나만으로 천석꾼의 맏사위가 되었고,[21] 약관에 무과급제를 한 몸으로 금의환향을 기약하고 상경했던 이민창을 가족들, 특히 나이어린 이기영이 어떤 눈으로 바라보았을 것인가는 가늠하기 어렵지 않다. 그것은 이를테면 가문의식에 근거한 영웅소설적 생애감각[22]에 다름 아닐 것이다. 그처럼 영웅의 아들로 자부하던 터에 "술 먹고 글짓는 것"만 낙으로 알아 세월을 허송하는 부친의 현신이 몰고 온 자기정체성의 위기의식이 바로 그를 에워싼 우울증의 참모습이었다.[23] 부친의 체경과 하향 사이에 가로놓인 낙차를 자각하면서 야기된 이기영의 정신적 위기와 관련해서 한 가지 흥미로운 사실은 그가 1905년 가을 무렵부터 우연한 기회에 "고대소설을 탐독하게" 되었는데,[24] 그것을 통해 그의 부친의 실패한 영웅적 생애의 경략經

20 위의 글, 10~11면.
21 위의 글, 13면.
22 영웅소설의 작품구조와 몰락 양반계급의 대응관계는 조동일, 「영웅소설 작품구조의 시대적 성격」(『한국소설의 이론』, 지식산업사, 1977)에서 이론적으로 구명된 바 있다. 통상 영웅소설은 가문 또는 선대의 유업을 계승코자 하는 주인공이 그것을 사회적 이상과의 관련 속에서 실현해 가는 일대기라는 양상을 취한다. 여기서 영웅소설적 생애감각이라는 용어는 주로 그러한 양상을 삶의 기본적 정형(Prototype)으로 이해하는 관점이라는 의미로 사용된다.
23 이에 대해서 정호웅은 모친상이 원인이라는 견해를 낸 바 있다. 정호웅, 「이기영론: 리얼리즘 정신과 농민문학의 새로운 형식」, 김윤식·정호웅 편, 『한국근대리얼리즘작가 연구』, 문학과지성사, 1988, 60면 참조.
24 앞의 「문학을 하게 된 동기」, 『문장』, 1940.2, 7~8면, 「무협전을 읽고는 영웅을 몽상」

略이 그 자신의 과제로 전환되었다는 점이다.

> 나의 그런 이상은 자연히 고대소설의 주인공에 공감하게 되엇다.
> 고대소설의 주인공은 대개 어려서는 극도의 간난신고를 겪다가 우연
> 히 도사를 만나서 공부를 잘하고 출장입상해서, 나중에는 일가를 중흥
> 하고 훌륭한 사람이 되지 안엇는가? 나는 그와 같이 자기를 견주어보며
> 감히 고대영웅을 꿈꾸고 잇엇다.[25]

이와 같이 술회된 어린 시절의 이기영의 이상은 소년기의 막연한 일시
적 공상으로 누구에게나 항용 있을 법한 영웅의 꿈과는 사정이 유다른
것으로 볼 수 있다. 비록 자신의 포부를 이루지 못하고 일문의 기대를 저
버리긴 했지만, 향리의 사립학교 설립에 주역을 맡은 명망가였고, 평상의
거조에서도 반상의 신분관념과 이해타산에 구애되지 않는 이인異人의 면
모를 지녔던 인물, 일개 범부가 아니라 어디까지나 실패한 영웅으로 비쳤
던 그의 부친이 매개로 된 것, 그러니까 이른바 가문의식에 근거한 영웅
적 생애감각의 승계였던 것이다. 요컨대 그의 영웅소설적 생애감각은 "고
대소설의 주인공에 공감"한 소산이라기보다 그러한 계기를 통해서 정립
된 그 자신의 의식 심층에 내재한 근본적 방향성으로 이해되는 것이다.
그처럼 삶의 감각과 문학(허구)의 감각을 동일시한 그의 영웅소설적 생
애감각은 아직 세상 물정 모르는 철부지의 모험을 두려워하지 않는 순수
한 열정으로 볼 수도 있다. 그런데 그 열정이 내면의 성채를 넘어 외부로

등 참조.
25 위와 같음.

분출된 사건이 일어났다. 1912년 봄의 가출[26]이 그것이었다. 이와 같이 영웅소설 주인공들이 삶의 제일보요 불가피한 첫 관문인 가출을 그 자신이 실행에 옮기기까지에는 물론 일정한 계기가 없을 수 없겠는데, 그것은 다음과 같이 살펴진다.

1906년 가을까지 통감 7권을 떼고 나서 서당을 그만두고 부친에게 통감 8권과 가나假名를 배우던 이기영은 그 해 겨울 설립된 영진학교에 바로 입학, 1910년 봄 졸업했다.[27] 1908년에는 혼인도 했지만,[28] 조혼인 탓에 이성에 무심한 채, 그는 이웃이나 친척들의 심부름으로 대책貸冊한 이야기책을 필사, 낭독하는 일로 소일했다고 한다.[29] 이 과정에서 그는 토착적 소설문체를 자기도 모르는 새 터득하게 되었을 것으로 생각된다.

구소설을 거의 섭렵한 뒤 그는 경부선 개통 이래 주위사람들 사이에 크게 유행하기 시작한 신소설과 영웅전기 번안물도 상당량 읽었다고 하는데, 그것은 대략 1909년 경에 이루어진 현병주玄丙周(?~1938)라는 인물과의 조우에도 일정하게 힘입은 것으로 보인다.[30] 현병주는 이기영이 책을 사러 다니던 천안 읍내 홍남서시興南書市의 주인으로, 영진학교를 졸업한 다음 무위의 나날을 보내던 그를 점원으로 채용, 갖가지 문학서적을 박람할 기회를 갖게 해 주었는데, 나중에 서점업에 실패하고 일시 방

---

26 이기영, 「출가소년의 최초 경난」, 『조선지광』, 1926.6, 14~22면.

27 앞의 「과거의 생활에서」, 『조선지광』, 1926.11, 17면, 「추회」, 『중앙』, 1936.8, 128~30면 참조.

28 주 9의 관련 서술을 참조할 것.

29 앞의 「무협전을 읽고는 영웅을 몽상」.

30 이기영, 「秀峯先生」, 『동아일보』, 1939.2.18.
    현병주의 작품으로는 『花園胡蝶』(대창서원, 1913.1.16), 『端宗哀史』(거문당, 1936), 『紅桃의 一生』(세창서관, 1953) 등이 확인된다.(권영민 편저, 『한국현대문학사연표』 (I), 서울대 출판부, 1987 참조)

랑생활을 거쳐 상경해서, 1913년 무렵부터는 생계의 방편으로 줄곧 신구
소설 번안작가 노릇을 한 그의 경력으로 미루어, 적어도 재래의 이야기책
에서는 진일보된 문학적 안목의 소지자로서 이기영의 독서 방향에도 다
소간 영향을 끼쳤다고 보아도 무방할 것이다. 이기영이 이때 교분을 맺고
그 후로도 그것을 내내 이어간 현병주의 인간적 면모는 과연 어떠했던가.

　　그러나 선생(현병주: 인용자)이 일상 향념(向念)한 것은 구차한 현실적
　　방면도 아니오 그가 전공한 한학에 사로잡힌 부유(腐儒)의 심장적구(尋
　　章摘句)도 아니엇다. 오히려 연대의 현격을 느끼면서도 늘 새로운 공기를
　　접촉하고 싶어한 선생이엇다. 선생은 신학문에 대한 조예도 깊엇다.
　　선생은 소시에 불경을 연구한 바 잇다 한다. 그래 한때는 염세주의에
　　빠져서 산으로 들어갓엇는데, 이 불교철학의 영향은 최근까지 남어 잇어
　　서 나와 토론을 하기도 하엿다.[31]

　　한학을 익히긴 했으나 젊어서 염세주의에 빠져 입산한 적도 있다는 것
으로 짐작컨대, 현병주는 기성체제에서는 처음부터 입신할 가망이 없었
던 한미한 집안 내지 신분에 속한 식자층으로서 구질서의 붕괴를 불가피
한 추세로 인식하면서 새로운 문물의 수용에 적극적인 관심을 가지게 되
었던 듯하다. 한때 기성체제에의 귀속의식을 견지했던 이민창의 굴절된
정치적 의욕에 결부된 사립학교 설립운동과 외견상 등가이면서도, 그것
에의 소외의식에서 계기적으로 연장된 현병주의 그러한 신문물 수용 의
욕은 적어도 신소설의 내용이나 감도만큼 구체적이고 전향적이어서 영웅

31　앞의 「秀峯先生」.

을 꿈꾸던 소년 이기영에게 친화력을 발휘하게 되었을 것으로 보인다. 요컨대 이기영의 영웅소설적 생애감각은 현병주를 매개로 하여 신문물 수용의 도정이라는 지평을 확보하게 되었던 것이다.

그러니까 읍내의 사립학교와 서점에서 신교육의 세례를 받고 시대의 신조류에 개안하게 됨에 따라, 산골마을의 서당 동몽시절부터 자신의 내면에 남몰래 영웅의 꿈을 키우고 있던 이기영이 그 읍내를 가로지르는 철도 너머의 "넓은 천지를 동경하는 마음"[32]을 억누를 수 없었던 것은 당연하다. 더구나 손위고모 집안의 눈총 받는 행랑살이에서 언제나 벗어날지 난망한 처지였다. 그리하여 기회만 엿보던 이기영은 1912년 봄 "군임시고 郡臨時雇로 채용되어서 비로소 월급 10원이란 돈"이 생기자 4월 상순의 "어느 날 아츰에 아모도 모르게 남행차에 뛰여올랐"던 것으로 되어 있는데, 이 최초의 가출은 마산에 사는 죽마고우 H를 만나 미리부터 서신으로 약정해 둔 대로 동경, 대만을 거쳐서 태평양을 건너가자는, 이를테면 신소설에서 배운 해외유학이 목표였다.[33]

청산을 안꼬돌고 녹수를 끼고도는 이향정조(異鄕情調)의 신기한 늦김도 산촌소년인 나의 조그만 가슴에는 무던이 컸다마는 낙동강의 곤곤장류(滾滾長流)를 보고 놀내던 나는 마산 부두에 총립한 상선 돛대를 처다보고 서해 탁랑(濁浪)을 멀리 바라볼 때는 두번째 놀래엇다. 나는 H군을 반가이 만나자 출향대지(出鄕大志)는 어듸로 치워 버리고 가는 길에 구경하기에 정신이 팔엇엇다. 2,3일 동안을 이러케 황홀 중에 보내다가 출발할 임시에 그 동안 먹은 밥갑을 갑고 나니 주머니에는 겨우 80전이

32 앞의 「출가소년의 최초 경난」, 『조선지광』, 1926.6, 15면.
33 위와 같음. 그리고 앞의 「추회」, 『중앙』, 1936.8, 131면.

란 돈이 남엇섯다. 그런데 H군은 어느 일본사람 집에 잇섯는데 별안간 나간다고 돈 한 푼 주지 안는다고 빈손으로 나온 까닭에 만리원행(萬里遠行)을 압헤 노흔 두 사람의 여비라고는 80전뿐이엇다. 사기지차(事己至此)에 한탄한들 내하(奈何)오. 차를 탈 생의(生意)도 못하고 결국 도보하기로 작정한 후에 길을 떠났다. H군은 굽놉흔 게다를 신꼬 나는 솜 바지 저고리에 겹두루마기를 입고 집신을 신엇섯다.

부산까지 가자면 잇틀길이 단단하다데 거기까지 갈락말락한 여비를 생각할 때는 차차 전도에 대한 불안이 소사나왓다마는 여하간 숙지를 이루엇다는 시원한 마음과 미래의 희망을 동경하는 대화에 황홀하야 다리 압흔 줄도 배곱흔 줄도 모르고 길을 거럿다.[34]

옹색한 벽촌 난가 살림으로부터의 해방감, 낯선 풍물에 대한 경이감, 그리고 '미래의 희망'에 고달픈 노정을 잊기도 잠시였다. 야바위꾼들에게 그나마 가진 몇 푼마저 털리고 또 예기치 않은 원조의 손길도 있어 부산까지 당도했으나, 도일한 여비는커녕 당장 호구할 방도조차 막연했던 나머지, 이기영은 자신이 고용살이로 들어갔던 치과병원의 서생 자리를 H에게 물려주고 경북 성주의 친지에게 도움을 얻고자 삼랑진, 밀양, 청도, 대구 등지를 걸어서 올라갔지만, 결국 뜻을 이루지 못하고 집을 나온 지 두 달여 만에 귀가함으로써[35] 이 최초의 무모한 계획은 수포로 돌아가고 말았다. 그렇다고 이기영이 자포자기에 빠진 것은 아니었다. 대책 없이 부산에 남았던 H가 한 달 만에 일본으로 들어갔다는 소식을 듣고 고무되기도 했으려니와, 1912년 가을 두 달을 티푸스로 몹시 앓고 난 뒤에, 비

---

34 앞의 「출가소년의 최초 경난」, 『조선지광』, 1926.6, 16~7면.
35 위와 같음.

록 중도에 도로 붙잡혀 오긴 했으나, 다시 두 번의 출분을 감행했던 것으로 되어 있다.[36]

첫 실패의 경험 이래 이기영이 자신의 포부를 실현하자면 무엇보다도 현실적 수단, 이를테면 유학 비용의 마련이 선결문제임을 절감했던 것으로 보인다. 그는 1914년 겨울 또다시 집을 나가 1916년 가을 무렵까지 장기간에 걸쳐 두 번째 가출생활을 했는데,[37] 이를 두고 스스로 "고대소설 주인공이 도사를 구하러 다니든 격"[38]이었다고 말한 바도 있지만, 실상 말 그대로의 허황된 것이 아니라 일자리를 찾아다닌 것이었다. 그것은 그의 행적을 통해 어느 정도 드러난다. 즉 그는 1년여 충청도의 서해안을 돌아다니다가, 1915년 겨울 서산 구도舊島에서 기차를 타고 인천에 상륙, 서울로 들어와 취직자리를 구하러 헤매던 끝에 마침내 진고개의 일본인에게 필생筆生으로 채용된 것으로 되어 있다. 그리고 토지조사의 사정査定 공시에 따라 얼마간의 수수료를 받고 지적도를 필사해 주는 특허를 얻었다고 하는 그 일본인이 이끄는 대로 김천, 상주, 영주를 전전했으나, 그 특허업무라고 하는 것이 사실무근임이 발각 나서 일행이 해산하게 된 뒤에는, 풍기, 순흥을 거쳐 소백산 비로사毘盧寺에 들어가 한여름을 보내고, 이어 충북 단양 부근에서 중석광을 찾아다니며 일확천금의 백일몽에 들뜨기도 했다고 한다.[39] 그러므로 이 무렵의 이기영은 정작 가야 할 현해탄 건너, 끝내는 대양 너머의 목표에 도달하기 위해서는 우회의 노정

---

36 위와 같음.

37 위와 같음. 그리고 陽心學人, 「바다와 인천」, 『조선지광』, 1928.7; 민촌생, 「노변야화」, 『조선일보』, 1934.1.14~28면 등 참조.

38 앞의 「무협전을 읽고는 영웅을 몽상」.

39 이기영, 「초하수필」, 『조선문학』, 1937.8, 66~7면; 「낙동강」, 『조광』, 1938.8, 36~41면; 「노변야화」, 『조선일보』, 1934.1. 14~28면 등 참조.

을 걸을 수밖에 없다는 것을 깨닫고 있었음을 엿볼 수 있다. 말하자면 이상과 현실 사이의 거리를 지각하고 그 둘의 합치점에 이르기 위한 책략의 필요에 생각이 미칠 만큼 세상물정에 눈떴던 것이다. 이 무렵 의식의 한쪽 기둥에 그러한 현세적 처세감각이 발아, 성장하고 있었음에도 불구하고, 그의 삶에 대한 방향타는 물론 영웅소설적 생애감각에 의해 요지부동 장악되어 있었다.

다시 빈손으로 귀가한 이기영은 1917년 잠업전습소를 6개월간 다니는[40] 한편으로, 북감리교 계열의 기독교에 입교한 것으로 보인다. 1918년 11월 친상을 당해 그때까지 1년 남짓 교원으로 근무하다 사임한 논산의 사립 영화학교가 같은 북감리교에서 설립한 학교였다는 사실,[41] 조모와 부친의 장례를 치르고서 기독교인임을 자처하여 "제청과 혼백을 불사르기도"[42] 했다는 발언, 그리고 기미만세운동이 일어났을 때 기독교 계통의 단체인 "혈성단血誠團의 격문을 가지고 비밀히 독립운동 기금을 모집하러 다녔었는데 그해 여름에는 진남포(남포)에까지 갔다 온 일이 있었다"는 술회[43] 등이 그 근거이다. 당시의 기독교가 신문물 수용과 해외유학의 통로 구실도 하던 기구였다는 점에서 이기영에게 기독교는 신소설 다음의 매개적 존재였다고 보아도 좋을 것이다.

논산에서의 교편생활 중에 이기영은 1912년 최초의 가출에 동행했었

40 민병휘, 「이기영의 작풍」, 『삼천리』, 1934.8. 참조.
41 앞의 「추회」, 『중앙』, 1936.8,131면과 앞의 「무협전을 읽고는 영웅을 몽상」, 그리고 논산 영화학교에 대해서는 『충남교육사』, 충남교육위원회, 181면, 그리고 217면의 〈表I-4-6〉을 참조할 것.
42 이기영, 「가난한 사람들」, 『조선지광』, 1925.9에 의함.
43 이기영, 「내가 겪은 3.1운동」, 『조선문학』, 1958.3, 81면.

던 H와 우연히 재상봉했다고 하는데,[44] 바로 그 무렵 그는 『무정』을 읽고 있기도 했다. 그런 만큼 초지를 굽히지 않고 도일을 강행했었던 H에게서 그는 헌신한 『무정』의 주인공을 보고, 말할 수 없는 자괴감과 조급증을 느꼈을 것이다. 그렇지만 그는 뜻밖에 조모와 부친을 거푸 여의고 식구들의 생계를 근근이라도 꾸려 나가느라 1919년 1월부터 1921년 8월까지 천안면 고원살이에 매달릴 도리밖에 없었다.[45]

그러다가 1921년 9월에 호서은행 천안지점 행원으로 피임되면서부터 약간씩 저축한 돈이 모이자 1922년 봄 "전후를 불계하고 도동渡東", 그 해 4월에 동경 신전구神田區의 사립 정칙영어학교正則英語學校에 입학했고, "갖엇든 돈이 떠러지매" 야간부로 바꿔 "낮에는 신전구神田區에 있는 굉문사宏文社라는 곳에 사자생寫字生 노릇을 하"며 고학한 것으로 되어 있다.[46] 가뜩이나 주경야독하는 처지에, 이미 스물여덟 살이라는 연령의 지체, 동경의 문화적 감도에 대한 소격 때문에 착잡한 심정으로 주어진 학과에 따라가는 이외에 다른 경황이 없었던 것 같다. 이와 관련해서 조명희와의 조우[47]를 살펴볼 필요가 있다. 즉 유학생 사상단체 흑도회의 성원으로 가담하는 한편, 김우진과 함께 동우회 연극운동에도 적극 참여하고 있던 조명희를 그가 처음 대면한 것은 도일한지 거의 일 년이 지난 1923년 2월 유학생 모임에서였다. 조명희는 그 직후 바로 귀국했는데, 이기영이 1924년 봄 등단을 시도할 때 자신이 유일하게 아는 문단 인사는 그 조명희뿐이었다는 것이다. 그러니까 그는 당시 조선인 유학생 사

---

44 앞의 「추회」, 『중앙』, 1936.8, 131면; 앞의 「문학을 하게 된 동기」, 『문장』, 1940.2, 7면.
45 앞의 「무협전을 읽고는 영웅을 몽상」.
46 이기영, 「인상이 깊은 가을의 몇가지」, 『사해공론』, 1936.9, 22면 참조.
47 이기영, 「카프시대 회상기」, 『조선문학』, 1958.3, 85면 참조.

회의 분방한 동향, 특히 문학 활동에 자못 무심한 국외자의 처지에 있었다고 추측할 수 있다.

2. 동경유학에서의 좌절과 등단의 노정

소싯적부터 고대소설을 탐독하고 신소설을 섭렵한 이기영은 유랑 생활을 끝내고 논산 영화여학교 교원이 된 1917년 경 『무정』을 읽고 나서, 천안면 고원, 호서은행 행원으로 근무하다 유학길에 오른 1922년 봄까지 『청춘』, 『학지광』, 『태서문예신보』 등의 신문 잡지를 "우편으로 구독"하면서 "신문예"에 관심을 가지게 되었으나, 어디까지나 "독자의 한 사람으로서 문예작품에 열중"했고 "작가가 되려는 꿈에도 생각치 못하였다"고 한다.[48] 조금 과감하게 말하면 신문학은 그가 가고자 하는 미지의 세상 사정을 미리 엿보는 창구에 지나지 않았던 것이다. 요컨대 작가수업을 목적하고 유학을 결행한 것이 아니다.

물론 정칙영어학교를 다닌 것이 "문학을 위한 준비공작"[49]이었다는 그 자신의 술회도 있지만, 결과가 그렇다는 이야기로 이해된다. 실제로 그가 일본어로 번역된 서양 근대소설들을 읽기 시작한 것은 정칙영어학교 2학년으로 진급하던 1923년 봄부터였고, 그 첫 작품이 러시아의 근대주의 작가 아르치바셰프의 『사닌』(1907)이었다.[50] 성애의 대담한 묘사로도

---

48 이기영, 「처녀작을 어떻게 썼는가」, 『청년문학』, 1964.12, 29면; 「실패한 처녀장편」, 『조광』, 1939.12, 232~7면 참조.
49 앞의 「무협전을 읽고는 영웅을 몽상」.
50 위와 같음.

유명한 이 작품은 작가가 혁명에 반대하고 극단적 개인주의, 무정부주의에 빠져든 1906년 이래의 냉소적·염세적 경향을 농후하게 띠고 있어, 이기영이 전일 구독했다는 『태서문예신보』의 프랑스 상징주의와 맥이 닿긴 하지만, 그에게 익숙한 신소설이나 이광수의 계몽주의 소설과 대비하여 충격이었을 것이다. 10여 년 전 최초의 가출에서 맛본 해방감과 경이감을 이번에는 내면적·정신적 차원에서 경험한 것이라고도 할 수 있다. 그러므로 그가 『사닌』을 "읽어 보고 더욱 문학을 동경하였다"고 한 술회[51]는 실로 의미심장하다. 문학작품 자체보다는 그 주인공의 삶을 동경하여 고대소설과 신소설, 그리고 『무정』에서 가출, 방랑, 유학이라는 영웅적 삶의 형식을 배웠듯이, 『사닌』에서 영웅적 삶의 새로운 형식이 있음을 어렴풋이 배웠던 것이다. 그 새로운 형식이란 작가로서의 입신에 다름 아니거니와, 그것을 불가피한 운명의 길로 받아들이도록 그의 영웅소설적 생애감각을 내면화시키는 계기가 얼마 되지 않아 나타났다.

이기영이 서른을 바로 앞둔 고학생의 처지로 가슴에 그리던 자신의 다음 행정이 십여 년 전 그대로 구미행歐美行이었는지, 작가로서의 입신이었는지, 아니면 또다른 무엇이었는지는 분명치 않다. 다만 그것이 그의 영웅소설적 생애감각을 실현하는 노정의 일부로 되는 것이었다는 점만 확실할 뿐이다. 그러나 이 노정은 예기치 않은 사건을 만나 급작스레 종점에 다다르고 만다. 1923년 9월 1일 정오의 관동대진재關東大震災가 그것이었다.

이기영은 그 어마어마한 재난에 대해서 생생한 현장 체험의 기록을 남기고 있다.[52] 사자옥寫字屋에서 작업 중 지진이 일어나자 수라장이 된 시

51 위와 같음.
52 앞의 「인상 깊은 가을의 몇가지」, 『사해공론』, 1936.9, 22~6면.

내 여기저기로 피신해 다니다가 히비야日比谷 공원에서 밤을 새우고, 이튿날 역시 거리를 헤매다가 동경역 앞의 빈 자동차 속에서 잠을 잔 그는 천재지변 그 자체와는 별개의 위협에 직면하여 사흘째 되는 날 아침부터는 어설픈 일본인 행세를 하지 않을 수 없었다. 일제 관헌에 의해 조선인 폭동설이 조작, 유포됨으로써 재일 조선인 6천여 명이 학살당하는 참변이 벌어지기 시작했고, 그래서 그는 임기응변으로 요코하마橫濱 사는 일본인 친구의 가족 성명을 일일이 열거한 팻말을 들고 마치 자기 가족을 찾는 양 하여 요행히도 사선을 넘게 되었던 것이다.

나는 거기서 5,6일 동안을 지냈다.

낮에는 예의 성명패를 들고 가족을 찾으러 돌아다니고 밤에는 六茅亭으로 도라단였다.

간간이 소내기가 쏘다저서 그러지 안어도 쓸쓸한 피난민에게 한층 황량한 감을 주었다.

비가 쏘다질 때는 지나가든 사람들이 정자 안으로 비를 피하러 드러와서 무시무시한 소문을 전하였다.

나는 그런 말을 드를 때마다 가슴을 조리었다. 그리고 밤이 제일 무서웠다.

…밤에 사람들은 모두 자는데 나는 홀로 창랑한 구름 밖으로 반짝반짝 빛치는 별들을 바라보고 얼마나 고향을 그리워하며 우럿든가? …

그리고 때때로 자살의 충동을 느끼었다.

아!

그 지극지긋한 불자동차의 외마디 경적! 야반에 그 소리를 드르면 소

름이 죽죽 끼치었다.[53]

　그 며칠을 이처럼 죽음의 그림자에 에워싸여 전율하던 그는 사태가 가라앉은 뒤 유학생 감독부에 수용되었다가 9월 30일 "동아일보 제1회 구조선 홍제환弘濟丸(굉제환宏濟丸을 잘못 기억한 듯; 인용자)"[54]을 타고 일주일 만에 부산에 상륙, 10월 중순경 "『고향』의 주인공 김희준이만도 못하게 초라한 몰골로"[55] 하염없이 고향으로 돌아왔다고 한다. 그토록 소망하던 유학의 이와 같은 중도 포기 그 자체보다도 그것에 영혼의 좌절이 수반되었다는 데 문제의 심각성이 있다. 갖은 고초를 무릅쓴 유학이었지만, 거기에는 참된 의미의 고통은 없었다. 영웅소설의 이정표가 앞을 끌어주고 있었기 때문이다. 바꿔 말해서 세상 어디를 떠돌고 설사 어떤 역경을 만나더라도 영혼은 마냥 고향에 머물고 있는 듯한 아늑함에 잠기는 서사시적 정신을 방불케 하는, 이른바 모험을 두려워하지 않는 순수한 열정으로 가득 찬 영웅소설적 생애감각에 감싸여 있었던 것이라고 할 수 있다. 그러나 그는 이제 못 견디게 고향이 그리워지고, 자살의 충동에 사로잡힐 만큼 엄습하는 죽음의 공포에 질린 채 어떤 구원의 손길도 닿지 않는 절망적 상황을 경험하게 되었던 것이다. 그 절망적 상황에 대해서 이기영은 다음과 같이 술회하기도 한다.

　우리 사람에게 소위 ― 喜怒哀懼愛惡慾 ― 이 칠정이 잇다 하니 말이지 이것들을 골고루 맛보는 동시에 한번씩 그 절정에 올나서 보는 것도 어

53　위의 글, 26면.
54　위와 같음. 그리고 앞의 「실패한 처녀장편」, 『조광』, 1939.12, 234면.
55　위의 「처녀작을 어떻게 썼는가」, 『청년문학』, 1964.12, 29면.

느 의미로 인생의 가장 깁흔 속을 뚤코드러가 보앗다 하겟다. 그러나 불행히 나 가튼 약질은 그러한 복력을 타고나지 못하엿다. 만일 구태여 한 가지를 드러본다 하면 그것은 死의 공포를 겪어 본 「懼의 情」이라고나 할년지!

3년 전 관동진재 통에 — 낮에는 그런 생각을 할 틈도 업섯다마는 — 저- 日比谷공원 안 제2연못 엽 六茅亭 벤치 위에서 말없이 깜박이는 성진을 바라보며 미구에 닥처올 것 가튼 「죽음의 공포」를 자질히 늣겨 본 일도 잇고 도 어느 때 녀름에 분수밧게 탐승을 간다고 박연폭포에 빠저서 「死人」이 될 뻔댁이 되던 일도 잇섯다마는 그런 것은 여긔서 말할 자유도 없고 또한 말하기도 실흐니(하략)[56]

이렇게 "인생의 가장 깁흔 속" 즉 삶의 심연을 들여다 본 이상, 길이 어디로 열려 있다 하더라도 영웅적 편력의 여행은 완결되지 않을 수 없다. 그래서 고향에 돌아왔지만, 그것은 그의 상처받은 영혼이 정녕 찾아다니던 고향은 아니었다. 이 단계에 와서 그에게 열린 길은 대략 세 가지였을 것이다. 자기 부친과 마찬가지로 주벽으로 도피하는 길, 모든 것을 한때의 부질없는 망상으로 돌리고 속물적인 생활전선으로 복귀하는 길, 그리고 마지막으로 영웅소설적 생애감각의 내면화라는 길. 긴 여행 끝에 공교롭게도 지난 날 서울서 허망하게 내려왔었던 부친만큼 나이를 먹고, 그는 그 부친과 경주를 시작한 출발선에 다시 서게 된 형국이었다. 그 여행의 출발 자체가 그의 부친을 추월함으로써 자신을 입증하려는 의지의 발로였던 만큼, 그는 셋째 길, 그가 지향하던 영웅적 삶의 최종적 형식으로

56 앞의 「과거의 생활에서」, 『조선지광』, 1926.11, 14면.

서 작가의 길을 선택했고 또 그러지 않을 수 없었다. 그러나 그 선택은 이율배반적이다. 삶의 열정에 대한 긍정이면서, 동시에 그 열정을 가로막는 삶의 심연에 대한 승인이기 때문이다. 그러므로 그 둘 사이에 놓이는 문학은 비약이 아닌 반어를 그 내재적 속성으로 하는 추구과정을 기본 골격으로 지니게 되고, 그것에 가장 합당한 양식은 소설인데, 실제로 이기영이 평생 진력한 것도 소설쓰기였다.

그리하여 귀향 직후 "삼동을 드러앉아서 장편「사死의 영影에 비飛하는 백로군白鷺群」이란 일천 수백 매의 소설을 썼다."[57] 초고를 고모집 사랑에 모인 마실꾼들에게 낭독하여 공감을 산 데 힘을 얻어, 제목만 '암흑暗黑'으로 고친 뒤 정서한 원고를 들고 1924년 3월 중순 상경하여 먼저 조선일보 편집국장 홍신유洪愼裕, 그 다음으로 동아일보 편집국장 벽초 홍명희洪命熹에게 보였으나 두 번 다 게재를 거절당하고 말았다.[58] 습작 한 편 없이 대뜸 장편소설로 달려들었으니, 이 결과는 사실 당연한 것이었다. 이 실패한 처녀장편의 윤곽은 다음과 같이 살펴진다.

그러나 도대체「死의 影에 飛하는 白鷺群」이란 무슨 의미인가?
지금 생각하면 도모지 우슴밖에 안나온다. 그리고 웨 그리 긴 제목을 붙였을까?
그것은 그때 나는 中西伊之助의 「赫土の芽ぐるもの」를 일독한 바 있었다. 그것이 인기의 작품이었던 만큼 또한 취재가 조선이라 나는 더욱 경

---

57 앞의 「무협전을 읽고는 영웅을 몽상」. 다만 작품 분량은 앞의 「실패한 처녀장편」, 『조광』, 1939.12, 234면에서는 '오륙백 매,' 「처녀작을 어떻게 썼는가」, 『청년문학』, 1964.12, 29면과 이기영, 「창작과 노력」, 『창작과 기교』, 조선작가동맹출판사, 1965, 13면 등에서는 '이천 매'로 되어 있다.
58 위의 「실패한 처녀장편」, 「처녀작을 어떻게 썼는가」 등 참조.

도하였든 듯 싶다. 따러서 무의식 중에 나는 그것을 본뜨고 싶었던 모양이다. 「死の影に飛ぶ鷺の群」 이렇게 번역을 해 보아도 마음에 드렀다. 상징적으로 제목을 붙여 보자 한 것이다. 나는 이 장편에서 선희라는 여주인공을 통하여 동경유학생과의 연애 갈등을 취급하는 일방 신구의 사상 충돌과 내가 체험한 동경과 진재 등의 神話를 넣어가며 불행한 주인공의 운명을 그려 보자는 것이었다.[59]

일본 프로문학의 초기를 대표하는 『씨 뿌리는 사람들種蒔く人』(東京版:1921. 10)의 동인 나카니시 이노스케中西伊之助의 「붉은 흙에서 싹트는 것들赫土に芽ぐるもの』(『改造』, 1922)과 「너의 등 뒤에서汝等の背後より」는 식민지 수탈정책을 고발하다가 투옥된 일본인 신문기자의 관점에서 토지조사사업으로 농토를 빼앗긴 조선인 소농의 비극을 그린 작품으로, 특히 김팔봉이 프로문학에 투신하는 데도 상당한 자극제가 된 것으로 알려져 있다.[60] 물론 이 작품은 일본 초기 프로문학의 사해동포주의적 온정주의에서 분비된 것이라는 한계도 있지만, 기미만세운동에 은밀히 가담했던 이기영을 비롯해서 당시의 조선 유학생들로서는 크게 공명할 내용이 었다. 그러므로 관동대진재의 조선인 살육 현장에서 제물이 될 뻔한 직후 그 위기감의 강박에서 자유롭지 못한 상태로 첫 창작에 덤벼든 이기영이 이 작품을 상기하고 착상의 계시를 얻었던 것은 충분히 납득할 수 있는 일이다.

위의 인용대로라면 인물과 주제의 선정에서 『무정』을 많이 닮은 이 첫

---

59 위의 「실패한 처녀장편」, 『조광』, 1939.12, 235면.
60 김기진, 「나의 회고록—초창기에 참가한 늦동이」, 홍정선 편, 『김팔봉 전집』 II, 문학과 지성사, 1988, 189면.

장편에다 "상징적으로 제목을 붙여보자 한 것"이라는 대목이 주목되는데, 한 술회에 의하면 "「죽음의 그림자」는 암흑을 상징한 것이요, 「백로떼」란 것은 백의동포를 상징한 것"[61]이다. 당시 식민지 민중의 현실상황을 "죽음에 둘러싸인 백로떼"로 파악한 것 자체는 전혀 의외로울 수 없지만, 그러한 인식이 유랑시절 이래 자신이 "직접 보고 들은 것"과 "체험한" "가난한 사람들의 정경"과 위의 인용문에 언급된 대로 "동경과 진재 등"에 바탕을 둔 것이라는 점은 시사적이다. 즉 작품이 작가 자신의 체험적 진실과 밀착된다는 것은 뒷날 그의 역작들에서 여실히 입증되듯 작가적 미덕이고 강점이겠으나, 〈이민열차〉라는 제목의 장도 있었다고 하는[62] 일명 『암흑』의 이 처녀작은 많은 부분이 소재의 평면적 나열에 그친 일종의 견문기와 유사했으리라 짐작되는 것이다. 이는 물론 이기영이 작가로 입신하기에는 아직 형상화 능력이 미숙하고 사상 내지 세계관의 체계적 정립도 미비한 상태에 머물러 있었음을 말해 준다.

『사닌』을 읽은 이후 6개월 남짓한 체일 기간에 문학 방면의 독서 분량과 범위는, 앞서 살펴본 신변 사정을 염두에 둔다면, 그다지 변변한 것이 못되었을 것이다. 그러한 자신의 취약점을 해소하기 위해 그는 『암흑』의 원고를 들고 입경한 이래 날마다 동대문 밖 용두리의 숙소에서 인사동 도서관을 드나들며 소설 읽기에 열중했다고 한다.[63] 한 자료[64]에 의하면, 그는 일본에서 "19세기 로씨야 문학과 쏘베트 문학—고리끼의 작품

---

61 앞의 「처녀작을 어떻게 썼는가」, 『청년문학』, 1964.12, 29면.
62 위의 글, 30면.
63 앞의 「실패한 처녀장편」, 『조광』, 1939.12, 237면; 위의 「처녀작을 어떻게 썼는가」, 『청년문학』, 1964.12, 30면; 앞의 「카프시대 회상기」, 『조선문학』, 1957.8, 85면; 이기영, 「한설야와 나」, 『조선문학』, 1960.8, 170면 등 참조.
64 이기영, 「나의 창작생활」, 『두만강』 제1부, 조선작가동맹출판사, 1956에 수록.

을 애독"했고, 인사동 도서관에 다니던 무렵까지는 "고리끼의 단편과 모파쌍, 메리메의 단편들 몇 개와, 그리고 『개조改造』, 『중앙공론中央公論』 등에 발표된 일본 작가들의 작품을 약간 읽어 본 것이 고작이었다"고 하며, 같은 계통의 다른 자료[65]에서는 인사동 도서관 시절 '소설—주로 로씨야 문학작품들을 골라 읽었다(—고리끼를 비롯하여 똘스또이, 체호브, 뜨루게네브 등의 작품을 읽었다.)'고 되어 있다. 예컨대 김동인, 염상섭, 김기진이 각각 톨스토이, 도스또옙스키, 투르게네프의 도제를 자처했다시피, 그것이 비록 작품 실제의 정합성과는 별개로 일방적이긴 하지만, 19세기 러시아의 작가들은 당시 식민지 문청들의 문학적 진로에 표준적 존재였다. 그리고 모파쌍은 아르치바셰프와 작품 성향이 비슷하고, 메리메는 푸쉬킨, 고골리, 투르게네프 등 러시아 문학에 심취했던 인물이었다. 그런데 이기영은 '고리끼의 이름을 알기는' 인사동 도서관 출입 시기가 처음이었다고 따로 명언한 바[66] 있어, 일본에서의 "쏘베트 문학—고리끼의 작품을 애독" 부분은 사실로 보기 힘들다. 따라서 고리끼를 제외한 나머지 작가들은 앞에서 언급한 나카니시 이노스케를 비롯한 일본 작가들과 함께 동경에서부터 접했든지, 아니면 적어도 관심을 가지고 있었다는 정도였을 가능성이 크다.

　이기영이 고리끼를 알게 된 경위는 인사동 도서관에서 우연히 다시 만나게 된 조명희의 인도에 의한 것일 가능성이 많은데, 이와 관련해서는 당시의 조명희가 타고르의 도제에서 고리끼의 도제로의 전향을 시도하고 있었다는 사실이 참고된다.[67] 물론 이기영은 고리끼를 읽고 곧바로 고

65　앞의 「한설야와 나」, 『조선문학』, 1960.8, 170면.
66　이기영, 「막심 꼴키에 대한 인상초」, 『조선중앙일보』, 1936.6.22.
67　조명희, 「생활기록의 단편」(『조선지광』, 1927.4) 참조.

리끼의 도제로 될 수는 없었을 것이다. 어린 시절의 방랑체험을 그와 고리끼가 공유함에도 불구하고, 고리키의 문학은 동시에 쏘비에트 문학이어서 그것과 부합되는 사상 내지 세계관의 확보를 전제로 하지 않고는 진실로 동화할 수 없는 것이기 때문이다. 그러므로 1924년 3, 4월의 인사동 도서관에서 '그때 제일 만히 읽는 떠스떠이에푸스끼의 작품과 투르게네푸, 꼬리-키, 알쓰파씨에푸 등에 몰두하였'다는 술회[68]와, 과거에 애독한 작가와 작품을 묻는 한 설문에 대해 "꼬리키集, 떠스터이에푸스키의 諸作, 알티파세푸, 모파상 등"을 열거한 응답[69]은 은연중 그의 작가수업이 아르치바셰프와 모파상을 읽고 도스또옙스키와 투르게네프를 경유하여 고리끼로 나아가는 도정이었음을 드러내고 있다고 할 것이다. 『암흑』이 실패한 무렵은 물론 도스또옙스키와 투르게네프 부근을 배회하는 단계였다고 볼 수 있다.

그러던 이기영은 『개벽開闢』 지誌의 「소설·희곡현상모집공고」에 응모함으로써 문단 진출의 발판을 마련하는 것으로 확인된다. 원래 1924년 2월호에 처음 공고가 나간 것이었으나, 그는 응모 마감이 4월 15일로 임박했다는 마지막 공고가 실린 4월호를 도서관에서 보고 그 사실을 겨우알게 되었던 것이다.[70] 거기에는 잠시 뒤 고리키의 도제로 돌아서게 되는조명희의 「봄잔듸밧위에」와, 투르게네프의 도제로서 조선의 '네즈다노프'가 되고자 하던 김기진의 「환멸기의 조선을 넘어서」가 게재되어 있었다.이기영은 그 무렵 잡지 읽기를 통해 당시 문단의 현장감각을 파악하고

---

68 앞의 「실패한 처녀장편」, 『조광』, 1939.12, 237면.
69 이기영, 「문인 멘탈 테스트」(『백광』, 1937.4. 참조)
70 앞의 「실패한 처녀장편」, 『조광』, 1939.12, 237면; 앞의 「처녀작을 어떻게 썼는가」, 『청년문학』, 1964.12, 30면; 앞의 「창작과 노력」, 『창작과 기교』, 조선작가동맹출판사, 1965, 14면 등 참조.

자신이 첫 창작에 실패한 까닭, 그런 실패를 되풀이하지 않을 요령을 찾고 있었던 것 같다. 일주일 만에 써서, 3등으로 당선, 그 해 7월호 『개벽』에 발표된 「옵바의 비밀편지」는 남녀평등과 자유연애를 다룬 작품이며, 그것은 그가 자신의 체험적 진실보다는 당시 문단의 통상적 기준에 맞추려고 애쓴 결과로 보이기 때문이다. 도스또엡스키의 도제 염상섭은 그러한 주제에는 당대의 고수였는데, 그가 바로 심사를 맡았다. 품은 뜻에 비해 볼품없는, 나이 서른의 등단이었다고 할 수 있을 것이다.

Ⅲ. 초기작의 주제와 형식

1. 풍자소설과 자전소설의 현실 비판

등단작 「옵바의 비밀편지」가 3등으로 당선된 『개벽開闢』 지誌의 〈소설·희곡 현상모집〉은 특히 소설부문에서 주최 측과 심사자 사이에 다소 논란이 있었던 것으로 보인다.

즉 '순조선문'으로 쓰라는 응모규정을 어긴 작품의 처리문제를 둘러싸고 주최 측이 규정준수를 관철한다는 방침을 세웠고, 이에 대해 심사를 맡은 염상섭은 형식요건에 구애되어 호감이 가는 작품을 뽑지 못해 심사가 뒤틀렸던 모양으로, 당선작들에 대한 개별 작품평을 다음호로 미룬다고 해 놓고는 회피해 버렸던 것이다.

그런데 대체의 성격으로 말하면 1등이 업섯음이 유감이나, 2등으로는 崔錫周 군의 「파멸」과 申必熙군의 「입학시험」을 뽑으라 하얏고, 3등으로는 최병 군의 「사진구경」과 李箕永 군의 「옵바의 비밀편지」를 뽑으라 하얏다. 사실 신필희 군의 「입학시험」으로 말하면 41편 중에 제일 우수할 뿐 아니라 수상처의 불만한 점이라든지 대체로서 엇더한 결점(이것은 추후로 원작을 발표할 때에 쓰랴한다)만 제하면 실로 1등의 가치가 잇는 작이엇고 또 최병 군의 「사진구경」으로 말할지라도 「입학시험」이나 「파멸」보다는 어떨까 하지만 오히려 3등으로 아까울 만한 훌륭한 작품이었다.

그러나 섭섭한 일은 개벽사에서 발표한 규정에 위반되었다는 것, 다시 말하면 「純朝鮮文」이라는 규정을 무시하고 「朝漢文」을 사용하얏다는 것이 문제가 되여서 「選外佳作」으로 밀게 된 것은 선자로서는 아깝기 짝이 업는 일이다. 그리하야 대체의 예선을 마치고 개벽사의 책임자에게 의논하야 보앗으나 도저히 규정을 무시할 수 업슬 뿐 아니라 다른 작가에게 불평이 잇슬까 하야 못하겟다는 의견도 일리가 업지 안키로 동사의 요구대로 그리한 것이다. 그러나 그 중에도 신군이 「입학시험」을 쓰면서 정규를 무시하야 겨우 낙선을 면하얏다는 것이 일종의 「아이로니」를 느끼게 하얏다.[1]

염상섭이 가장 아쉬워한 신필희의 「입학시험」은 여고보 진학에 대한 온 가족의 기대를 저버리지 않으려는 나머지 고사장에서 부정행위의 유혹에 이끌려 잠시 오해받을 행동을 한 것이 빌미 잡혀서 낙방하게 되는 여학생의 강박관념을 예민하게 묘사한 작품이다. 그리고 최석주의 「파멸」은 유학시절의 여학생 애인에게 배반당하고 그렇다고 소박데기 조혼처를 용납할 수도 없는 청년의 정신적 고통을, 최병의 「사진구경」 역시 교칙을 어기고 연애물 활동사진을 무단으로 관람하느냐 마느냐로 번민하는 학생

1   염상섭, 「선후평」, 『개벽』, 1924.8, 179~80면.

의 심리상태를 그린 작품이다. 요컨대 염상섭이 호평한 작품들은 하나같이 신교육세대가 주인공으로 설정되고 그 주인공의 내면적 진실을 묘사하는 데 초점을 맞추고 있다.

그것이 그 무렵까지 문단의 주조이며 정석이었고, 그 방면에서는 염상섭이 당대의 고수였다. 「표본실의 청개구리」「암야」「제야」 등 초기 삼부작에서 자신을 포함한 신교육세대의 내면적 진실을 직접 토로하는 고백체 형식[2]을 선보인 바 있는 그는 그 무렵 「만세전」을 마무리 지어 가고 있었다. 표현 면에서 보면 1인칭 주인공의 심경토로와 세태 관찰로 엮어진 「만세전」은 고백체 형식을 동경과 서울 사이의 일상적 공간위에 확장해 놓은 형국이며, 장편 『삼대』에서 완성되는 소설 본래의 재현형식으로 나아가는 길목에 해당한다. 초기 삼부작에서 「묘지」로의 이러한 이행은 위의 심사평에서 거론된 염상섭 아류의 작품들의 소재가 다양하다는 사실로도 입증되다시피 신교육세대와 그 시대현실 사이의 접점이 확대되는 과정에 대응된다. 그 확대과정의 완료를 알리는 문학적 신호가 바로 『삼대』의 출현이었다. 신교육세대가 기성세대로 정착하여 그 내면적 진실의 외연적 총체성을 온전한 규모로 드러낸 것이 『삼대』인 것이다. 말하자면 「묘지」가 쓰인 시기에는 신교육세대의 현실인식 즉 내면적 진실이 자아각성의 형태를 취할 수밖에 없었다. 그 구체적인 양상이 위의 신필희 최석주 최병의 응모작에서 그 주인공들이 보여주는 바와 같은 의식의 긴장상태이다. 바로 그런 기준에 의거하여 이기영의 작품이 탐탁지 않았기에 이렇다 할 촌평도 하지 않았던 것으로 보인다.

이기영은 현상공고를 보고 응모를 작정했으나, 막상 적당한 소재가

---

2 김윤식, 『염상섭 연구』, 서울대출판부, 1987 참조.

떠오르지 않아 고심하다가, 그때 자신이 기식하던 주인집 자식으로 전문학교와 고등여학교를 다니던 오누이를 작품의 모델로 정했다고 한다.[3] 다난한 편력을 지녔고 그것을 재료로 이천 매 가까운 『암흑』을 쓰기까지 했던 그가 소재난으로 애를 먹었다는 사실은 문단의 주조를 의식했다는 것, 그렇지만 그만큼 신교육세대의 생활감각에는 어두웠다는 것을 방증한다. 그렇다면 취재는 문단의 주조에 부응했다 하더라도 그것이 처리된 양상은 여타의 당선작과 다를 수밖에 없겠는데, 실제로 「옵바의 비밀편지」는 주인공의 성격이 당시 문단의 정석에 상당히 어긋나 있다.

그 줄거리는 남존여비 관념에 얽매인 가정에서 홀대받는 여동생을 평소 유난스레 구박하던 오래비가 가식적인 연애편지로 그 여동생의 여학교 친구들을 번갈아 농락하다가 그 비행이 바로 그 여동생에게 탄로 나서 망신을 당한다는 것이다. 처음부터 부모의 편파적 대우나 오래비의 위세에 승복하지 않고 그 오래비의 망나니 행실을 야유하는 주인공 마리아의 의식에는 긴장이 수반되어 있지 않다. 그러니까 일견 「배비장전」 부류의 위군자 폭로담을 닮은 풍자형식의 이 작품이 의도한 주제는 물론 봉건적 가족제도 및 남녀차별에 대한 비판이지만, 그 비판의 주역 마리아의 자아각성을 전제로 한 것이 아니다. 학생신분이라는 외관과 달리 마리아는 신교육세대다움을 결여하고 있는 것이다. 이 부분이 염상섭의 관점에서는 마땅치 않게 보였다면, 이 작품이 3등작으로나마 천거된 것은 '순조 선문'을 요구했다는 〈응모규정〉에 걸맞은 토착 구어문체가 미점으로 인정된 결과일 수 있다.

이 무렵 남녀평등 문제에 대한 이기영의 인식 수준은 『여인상의 네가

---

3 앞의 「실패한 처녀장편」, 237면에는 유일한 지식인 목사 집에 외상하숙을 하고 있었다고만 했다. 앞의 「처녀작을 어떻게 썼는가」, 30~1면.

지 전형』을 읽고」(『동아일보』, 1924.5.19)라는 투고문에서 어느 정도 확인된다. 삼각생三角生의 「여인상의 네가지 전형」(?, 1924.5.12)은 "신식부인을 예창기나 귀부인과 함께 통매"하는 데 역점을 둔 글인데, 말미에 가서 여성은 숙명적으로 노예근성을 지닌 존재라는 결론을 내린 것으로 되어 있다. 이기영은 신여성의 지각없는 허영심과 경박한 형태를 지적한 부분에 대해 전혀 동감임을 밝혔지만, 그 결론에 대해서는 반론을 제기한다. 그 요지는 특히 "조선의 여자"는 "인습의 노예가 되고 무지로 개성이 자각치 못하야 신경이 마비된 까닭"에 "남자본위의 제도"에 순응하는 것처럼 보이지만 그렇다고 그것을 "스스로 즐겨 한다"고 보아서는 안 된다는 것이다.[4] 개성의 자각도 중요하지만, 근본 문제는 제도의 모순에 있다는 것, 개성의 자각이 없다고 제도의 모순에 불만을 품지 않고 그것에 반항을 할 수 없는 것은 아니라는 뜻이다.

그러니까 「옵바의 비밀편지」의 마리아가 드러낸 그 오래비에 대한 야유는 자아각성의 유무와 관계없이도 가능한 반항의 표현이라고 할 수 있다. 그렇다면 그 풍자형식에 내재된 의미는 현실비판의 계기가 관념이 아니라 생활 자체에서 나온다는 것이 된다. 자아각성이라는 관념의 확립을 내세운 염상섭 부류의 작가들은 기성질서와 갈등하는 인물의 내면적 진실 즉 의식의 긴장상태를 표현하는 데 주력했고, 그 최초의 표현형식이 이른바 고백체였다. 이기영에게는 그러한 전제가 없으며, 따라서 그는 기성질서에 저항하는 인물의 총체적 현실 즉 생활과의 대결과정을 재현하는 방향으로 나아가게 되는데, 그 최초의 작품이 자전형식의 「가난한 사람들」(『개벽』, 1925.9)이었다.

4   이기영, 「「여인상의 네가지 전형」을 읽고」, 『동아일보』, 1924.5.19.

물론 「옵바의 비밀편지」가 엄연한 등단작이지만, 위에서 살핀 대로 자기 나름으로 문단의 주조에 맞추려고 한 작품이며, 참된 의미로 그 자신의 삶의 체중이 실린 작품은 그 뒤 1년여 만에 나온 「가난한 사람들」인 것이다.

「옵바의 비밀편지」 당선 통지를 받고 1924년 7월 다시 상경한 이기영은 『시대일보』 기자로 있던 조명희를 찾아가서 만나고 그의 소개로 문단 인사들과도 지면을 갖게 되었으나 서울에 생활 근거를 마련치 못하다가, 그 이듬해 1925년 봄에 낙원동의 현병주 집에 신세를 지기로 하고 아주 서울로 올라온 것으로 되어 있다.[5] 그 사이 서울을 드나들면서 전례와 같이 인사동 도서관을 다니고 또 습작을 하며 작가수업에 열중하던[6] 그는 조명희의 주선으로 1925년 여름 『조선지광朝鮮之光』의 편집기자로 취직함으로써[7] 최소한의 생활안정을 얻게 된 것으로 보인다. 그러니까 이 1년여 동안은 가난에 허덕이는 집안의 가장 도리와 작가 지망 사이의 거취 결정, 본격적인 작가생활을 위한 서울 진출 등의 문제로 고통을 겪으면서, 한편으로는 작가로서의 자기충전에 노력한 기간이었다고 하겠는데, 그러한 자신의 체험적 진실을 작품화한 것이 「가난한 사람들」이다.

관동대진재로 일본서 귀환한 성호라는 인물을 주인공으로 세운 이 작품의 내용 가운데 상당 부분이 이기영 자신의 실제 사실과 일치를 보여준다. 가령 서울로 진출하기 위해 뜻 같지 않아 내려와서 취직 주선을 부탁해 둔 친구의 연락을 기다리는 정황, 손위로 삼촌이 있으나 자신이 호

---

5   앞의 「카프시대 회상기」, 85면; 「수봉선생」 등 참조.
6   위의 「카프시대 회상기」; 앞의 「한설야와 나」; 앞의 「실패한 처녀장편」 등 참조.
7   위의 「카프시대 회상기」, 58~6면; 이기영, 「서해에 대한 인상」, 『문학신문』, 1966.1.21; 이기영, 「추억의 몇마디-포석 조명희 동지」, 『문학신문』, 1966.2.18.

주이고 삼촌네 식구와 자신의 처자, 그리고 농사꾼 동생이 일가를 이루고 사는 가족구성, 14살에 조혼한 내력, 한때 제청과 혼백을 불살라 버릴 만큼 열성적인 예수교 신자였다는 것, 심지어 작품의 시점에 아내가 임신 8개월이었다는 것, 자신이 귀국할 때 근 백리나 되는 곳까지 마중을 나왔던 육촌형 집의 도움을 받고 사는 처지라는 것 등[8]이다. 소재가 이처럼 작가의 실생활에서 나왔다고 해서 이 작품을 자전형식이라고 한다면, 물론 그것은 무책임한 억설이 될 뿐이다.

그러면 자전형식이란 대체 어떤 것인가. 모든 글쓰기는 일종의 자기발견 과정 즉 자서전 쓰기라 하여 거기에 어떠한 형식적 제약도 사전에 놓이지 않는다는 관점도 있지만,[9] 자전형식은 통상 고백체(Confession), 변증체(Apology), 회고체(Memoir)로 분류된다.[10] 고백체는 자신의 내면적 본성 내지 진실을 전달, 표현하려는 개인사, 변증체는 자신의 정당성을 입증하고 인식시키려는 개인사, 회고체는 자신의 편력을 정리, 복원하려는 개인사로 규정된다. 자신을 본성이나 실재와 관련시키려는 의도 내지 충동을 가진 고백체가 존재론적 관심을 가진 것이라면, 자신을 사회적, 도덕적 규준에 관련시키려는 변증체는 윤리적 관심을, 자신을 시간, 역사, 문화적 양식 및 그 변천에 관련시키려는 회고체는 역사적 또는 문화적 관심을 가진 것이다.[11] 따라서 이 세 유형 가운데 내성적 집중의 성향을 지닌 고백체는 외연적 확장의 성향을 지닌 다른 둘에 비해 소설의 내적 형식으로 전면 수용되는 데 많은 제약이 따를 수밖에 없다. 소설양식의 본질이 삶

---

8   II장 참조. 척형의 마중에 관해서는 앞의 「실패한 처녀장편」, 234면에도 언급됨.
9   F, R. Hart, "Note for an Anatomy of Modern Autobiography", R.Cohen ed., New DIRECTIONS IN LITERARY HISTORY, RKP, 1974, 225면.
10 위의 책, 227면.
11 같은 곳.

의 외연적 총체성을 재현하는 데 놓여 있기 때문인 것이다.

고백체는 도스도옙스키의 『악령』에 나오는 '스타브로킨'의 고백이 보여주듯 작품의 어떤 부분에서 일기 편지 유서 고해 등의 보조 장치와 결합하여 매우 강렬한 표현효과를 조성하는 소설의 내적 형식으로 되기도 하지만, 그 자체만으로 작품 전체를 감당하는 내적 형식의 자격을 갖기는 힘들다. 만약 염상섭의 초기 삼부작처럼 이례적으로 작가가 그 자신의 생활을 소재로 하되 고백체로 일관한다면, 그것은 작품의 내용이 그 생활의 외연적 총체성이 거의 소멸된 주관적, 관념적 상태에 머무르고, 따라서 아무런 추구과정도 나타나지 않는다는 것을 뜻한다. 그 작품 전체의 내적 형식은 어디까지나 고백체 형식이지 자전형식이 아니다. 변증체와 회고체는 사정이 다르다. 그 둘의 경우는 주인공의 삶이 시간적으로 또 공간적으로 외부세계에 연장되어 있어, 소설 본래의 내적 형식[12] 즉 문제적 개인의 의미추구 과정이 그 외연적 총체성을 드러낼 수 있기 때문이다. 말하자면 그 둘의 경우에는 자전형식이 작품 전체의 내적 형식으로 될 수 있다. 그것을 입증하기 위해서는 작품 소재와 작가의 실생활의 일치 여부가 아니라 작중인물의 삶의 형식과 작가 자신의 그것이 합치되는지 여부를 살피지 않으면 안 된다.

굳이 따진다면 변증체 자전소설에 속하는 이 작품은 전체가 3장으로 구성되어 있는데, 각장마다 하나씩 다른 문제가 제기되고, 그것에 대해 담론하는 대화의 상대역으로 제 1장에서는 읍내의 관청살이를 하는 친구, 제2장과 제3장은 아내가 설정되어 있다. 각 문제에 대해 결론을 내리는 것은 모두 주인공이며, 따라서 실질적으로는 자문자답 형식이라

---

12 G. Lukacs, Bostock, A. tr., The Theory of the Novel, The MIT Press, 1971, 77면.

고 할 수 있다. 제1장에서는 관청의 말직에 붙어사는 친구의 "목숨이 살자면 사람을 죽여야 한다"는 현실순응주의에 대해, 그것은 "목숨을 살리는 게 아니라 죽지 않은 만치 연명하는" 것이며 "생명의 생활이 아니라 생명의 존속일 뿐"이라고 비판을 가한다. 제2장은 애정을 느낄 수 없는 조혼처와의 결혼생활에 대해 회의하면서도 그에 대해 인간적 동정심을 느끼는 것으로 마무리되어 있고, 대화 자체도 균형이 잡혀 있다. "자긔의 하고저 하는 학문" 때문에 조혼처 문제는 상대적으로 심각성이 덜해서 보류하고 있는 상태인 것이다. 제3장은 양식을 꾸려갔더니 육촌 형수가 문전타박을 하더라는 아내의 말을 듣고 계급투쟁의 불가피성을 절감한다는 내용인데, 거의 대부분이 주인공의 내면독백으로 채워져 있어, 이 부분은 실제의 사실에 바탕한 것일 가능성도 희박할 뿐만 아니라,[13] 직설적으로 토로한 추상적 관념에 지나지 않는 것이라고 할 수 있다. 그러니까 이 작품에서 주인공의 실질적인 고민, 즉 작가 자신의 실감에 밀착된 가장 절실한 문제는 제1장에 놓여 있다 할 것이다. 그 허두는 다음과 같이 되어 있다.

성호는 내일 아츰거리가 업는 것을 보고 집을 나섯다. 그러나 어대가서 돈이나 쌀을 어더오라고 나선 것은 아니다. 그런 구걸은 할 데도 업고 또 한 하기도 슬헛다.

(중략)

그 동안은 지금 생각해 보면 하나도 되지도 안을 일을 해 보라고 공연히 서울가서 두류한 까닭에 집안형편은 도모지 모르고 지낫섯다. 그래도

13 현재 천안시 유량동 거주 이병은 씨(이기영의 내종형 이병희의 족제)에 의하면, 이기영 일가는 그의 상경 후에도 계속 도움을 받으며 인근 향교말에 살았다고 한다.

자기는 훌륭한 호주의 책임이 잇는 줄은 이저 버리지 안엇다마는.

저녁에 조죽을 먹은 것이 생목이 올나서 속이 거북하다. 배가 고파서 한 그릇을 다 먹기는 먹엇지마는 무슨 약을 먹은 것 가티 불쾌하엿다. 사람이 그걸 먹고 살다니? 하는 운수운 마음이 한편에서 실그머니 닐어나다가 그게나마 내일부터는 업다! 하는 번개가티 머리를 스치고 닐어나는 생각은 다시 그게라도 잇스면 조켓타 하엿다.

그러나 그는 암만해도 무엇이 섭섭한 게 잇엇다. 그 멀건 조죽에 아욱 건더기가 뻑뻑이 든 것을 –뜨겁기는 경치게 뜨거운 걸 후– 후– 부러가며 – 먹던 생각을 하면 윈체 아헤들이 안먹을라고 트적트적 할 만도 하다 하고 그걸 음식이라고 먹은 자긔의 주둥이를 지찢고 십헛다.[14]

"멀건 조죽"마저 떨어진 집안의 "호주의 책임"이 있는 주인공의 행선지는 우편국이며, 서울 친구에게 취직 주선을 독촉하는 편지를 띄우기 위한 걸음이었다. 취직 자체가 목적이 아니라, 그렇게만 되면 제2장의 "자긔의 하고저 하는 학문"에 전념할 작정인 것이다. 여기서 주인공이 말단 관리로 있는 고향친구의 속물근성을 공박한 이유가 자명해진다. "호주의 책임"을 통감하면서도 자신의 의지를 포기할 수 없기 때문인 것이다. 작품의 말미에서 취직운동이 성사되지 않았다는 연락을 받고 크게 실망하지만, 심기일전하여 "서울 엇던 동지를 차저가랴" 할 만큼 의지는 완강했다. 그 완강함은 다음과 같은 성찰에서 뻗어 나온 것이어서, 턱없는 고집과는 다르다.

14 이기영, 「가난한 사람들」, 『조선지광』, 1925.9, 3면.

성호는 생각하엿다. – 청년의 혈기시대에 구복예만 노예가 된다 함은
얼마나 무서운 마귀인가? – 아 저들은 눈 압해 한조각 「팡」을 어더서 오
날은 근근이 부지한다마는 내일은? 내년은? 과연 엇지될가 생각할 때 그
는 몸서리를 치지 않을 수 업섯다. 또한 자기집과 가튼 무수한 세민이 조
죽이나마 못어더먹고 남녀노유가 서로 붓들고 죽음의 무서움을 소름짓
고 잇는 양을 눈 압헤 그려보고 그는 부지중에 더운 눈물을 가슴 속으로
흘리엿다.[15]

"자기집과 가튼 무수한 세민"의 고통에 "더운 눈물을 가슴 속으로 흘
리엿다"고 하고, 그것은 결코 겉치레로 하는 말이 아닌 것이, 스스로 "멀
건 조죽"의 맛을 알기 때문이다. 자기 자신, 가족, 민중이 "멀건 조죽"을
강요받는 같은 운명의 동아줄에 엮인 존재라는 인식인 것이다. 따라서
"구복에만 노예가" 되는 생활을 박차고 나와 "청년의 혈기"에 살아야 한
다는 것, 그리하여 주림에 시달리는 가족들을 등지고 제 갈 길을 가려
는 주인공 성호의 의지는 결코 소영웅의 독선이나 허영이나 객기가 아니
라, 진실한 영웅의 의지이다. 그 영웅의 의지는 바로 이기영 자신의 그것
이기도 하다. 주인공 성호가 추구하는 "학문"이란 이기영이 지망한 작가
생활에 다름 아니며, 작가의 길은 바로 이기영이 그의 영웅소설적 생애감
각을 실현하는 삶의 형식이다. 그 삶의 형식이 객관화된 것이 「가난한 사
람들」이다. 이처럼 작품의 형식이 작가의 삶의 형식과 빈틈없이 합치하는
데 「가난한 사람들」이 자전소설로 규정되는 진정한 의미가 놓여있는 것
이다. 요컨대 「가난한 사람들」은 가족 건사를 마다하기는 가장으로서 고

15 위의 소설, 9면.

통이 컸지만, 영웅적 의지를 발휘하여 그 자신과 생활체험을 공유하는 민중을 대변하는 작가의 길로 나선다는 것, 따라서 그 창작의 기본방향이 민중적 현실과 영웅적 의지의 대립구조로 된다는 것을 밝힌 변증체 자전소설이다.

이와 같이 이기영이 작가로서 민중의 대변자를 자임하는 근거는 그 자신의 영웅소설적 생애감각과 "멀건 조죽"의 맛을 아는 체험적 진실에 있다. 그렇다면 취직운동이 좌절됐음에도 불구하고 상경의 의욕을 밝히는 대목에서 작품을 끝내도 무방하다. 말하자면 제3장에서 계급투쟁의 불가피성을 역설하는 추상적 관념을 나열한 부분과, 아내가 빚쟁이를 살해하는 환상과 주인공이 세상을 저주하는 광기로 처리된 결말은 그 자신의 체험적 진실과 유리된 부분이다. 그러면 굳이 그렇게 한 까닭은 무엇인가. 이와 관련해서는 「가난한 사람들」이 조명희의 자전소설 「땅 속으로」(『개벽』, 1925.2~3) 다음으로 나온 작품임에 유의할 필요가 있다. 「땅 속으로」도 권솔의 굶주림이 가장으로서 고통스럽지만, 속물적 생활을 거부하고 '온 세계 무산대중의 고통 속으로' 파고들어 가겠다는 지식인으로서의 결의를 밝힌 작품이다. 그러한 결의 역시 추상적 관념의 나열로 진술된 점, 그 결의에 이르게 된 동기가 기아의 경험으로 설정된 점, 또 그 결의를 실행하는 전제로서 처자식을 내팽개칠 만한 '초인의 의지'가 피력된 점, 그리고 결말이 자신의 강도가 되는 악몽으로 처리된 점 등이 「가난한 사람들」과 일치한다. 그러니까 「가난한 사람들」의 제 3장은 본격적인 작가생활을 위해 1925년 봄 상경한 뒤에 경향문학이라는 문단의 새로운 주조에 부응하려 한 노력의 소산이며, 그 중개자가 조명희였던 것이다.

「가난한 사람들」에 비해 「땅 속으로」가 현실부정의 태도 면에서 보다 강렬하다는 미묘한 차이점도 있다. 그 예증으로 후자에게 과감하게 노출된 반일의식을 지적할 수 있을 것이다. 사실 이기영은 일제 강점기 동안 반일 의식을 전면에 드러낸 일이 거의 없는데, 이는 그의 관동대진재 체험과 무관하지 않다고 생각된다. 반면 조명희는 유학시절 무정부주의 단체에 가담한 경력도 있지만, 그것으로 인해 목숨을 위협당하는 상황을 겪어 본 일은 없다. 각도를 달리하면 '목소리와 표정이 한가지로 침착한 정열을 가진 시인형의 포석과 어디까지든지 냉락하고 또 고담한 −그야말로 산문적인 민촌"[16]이라는 인물평이 말해 주듯 성격과 기질의 상이에서 비롯된 것일 수도 있다. 또한 조명희가 그때까지 속물생활의 거부로서 타고르를 닮으려 한 『봄잔듸밧위에』(춘추각, 1924.6)의 시인이었던 자신을 '현자를 배우려 하고 군자를 강작하려던 무반성하고 천박한 인도주의자−이상주의자'[17]로 비판하고 그러한 자기비판을 디딤돌로 하여 민중적 현실에 일체감을 확보해 가는 수준을 보이고 있다는 사실도 고려될 수 있다. 이상주의를 표방한 시인의 위치에서 현실주의에 입각하는 작가로의 전환을 시도하는 조명희와 이제 막 작가로 출발하려는 이기영은 자기 확신의 강도에서 일정한 격차가 없을 수 없는 것이다.

「가난한 사람들」과 「땅 속으로」의 이러한 연관성은 이기영에 대한 조명희의 선도적 위상을 말해 준다. 앞에서 언급한 대로 이기영이 문단 인물들과 교분을 트고 『조선지광』지에 입사한 것은 모두 조명희의 소개와 주선으로 이루어졌다. 1925년 8월 결성된 카프에 가담한 것도 조명희의 인도였을 것이다. 1926년에는 한 집에 같이 세 들어 살기도 했다[18]고 한다. 다음 장에서 구체적으로 밝혀지겠지만, 1928년 여름 조명희가 망명

---

16 한설야, 「포석과 민촌과 나」, 『중앙』, 1936.2, 136면.
17 조명희, 「땅 속으로」, 『개벽』, 1925.3, 17면.
18 앞의 「추억의 몇마디−포석 조명희 동지」, 『문학신문』, 1966.2.18.

길에 오르기까지 두 사람은 작가적 지향에 보조를 같이한 것으로 나타난다. 이러한 두 사람의 관계는 결코 우연한 일이 아니다. 조명희 또한 가문의식에 근거한 영웅소설적 생애감각의 소지자라는 공통점이 있었던 것이다.

조명희도 시인으로 입신하기까지는 두 번의 가출을 시도했다. 한번은 비록 중도에 미수로 끝나고 만 것이지만 1914년경 북경행, 다른 한번은 1919년 겨울의 동경행이다.

전자는 사관학교, 후자는 문학수업이 목적이었다.[19] 이기영과는 달리 조명희의 가출은 뚜렷한 방향성을 띤 것이었다. 조명희 쪽이 훨씬 조숙성을 보인 셈이지만, 그것은 그 스스로의 힘만으로 된 것이 아니다. 조선조 말대의 정치적 격랑에 직면한 벌열귀족 집안의 일원으로서, 국망기에 20여년을 산야에서 은둔생활을 했고 도연명을 수범으로 하는 시인이었던 그의 아버지뻘 백형 조공희를 사표로 한 것[20]이기 때문이다. 말하자면 그의 북경행과 동경행, 정치와 문학은 각각 산림처사인 백형, 도연명의 제자인 백형이 길잡이였다. 산림처사의 삶이든 도연명의 시세계든, 그것을 지탱하는 것은 명분론, 바꿔 말하면 정통주의이다. 그것이 조명희로 하여금 「봄잔듸밧위에서」를 통해 동심과 모성, 우주의 합일상태 즉 본성과 법도의 일치가 이루어지는 정신세계를 추구하고 또 희곡 「파사」(『개벽』, 1923.10~11) 에서 허무주의적 역사의식을 표출케 한[21] 근인이다. 따라서 그의 영웅소설적 생애감각은 그의 시작품이 그러했듯이 원형이정元亨利亭의 상태로 복귀하고자 하는 귀족적 정통주의의 편향을 지닌 것이라

---

19 조명희, 「생활기록의 단편」, 『조선지광』, 1927.3, 7~10면.
20 김홍식, 「포석 조명희의 생애와 문학」(『덕성어문학』 제6집, 1989) 참조.
21 위와 같음.

고 할 수 있다. 그가 계급문학 진영의 이념적 강경파였다는 사실, 그리고 계급사상의 신봉자로서 소련 망명을 결행한(1928.9) 사실도 이러한 문맥에서 이해된다. 요컨대 조명희에게는 늘 삶의 완결상태가 선행하며, 그런 의미에서 시의 정신세계와 소설의 계급사상은 등가이다. 다시 말해 그는 항상 현실에 대한 이념의 우위, 민중에 대한 지식인의 우위를 상정하는 입장인 것이다. 그것이 「땅 속으로」에서는 "외적 생활의 무서운 압박으로 인하여 내적 생활을 돌아볼 여지가 없는 온 세계 무산군"이라는 민중관, "온 세계 무산대중의 고통 속으로! 특히 백의인의 고통 속으로!"라는 다분히 자기도취적인 구호를 외치는 선민의식으로 나타나고 있다. 이와 같이 생활과 의식의 불연속성을 전제하는 그는 실제로 이념의 지도가 없는 민중이 현실과 적극적인 대결을 벌이는 작품을 단 한편도 쓴 바가 없다.

반면 이기영은 실패한 영웅의 아들이었다. 지방 개명인사이기도 했지만, 그에게 부친은 빚에 졸리고 술에 절어 사는 못난 염세주의자로 비쳤을 뿐이다. 그것으로 인해 입은 정신의 상처가 소년기의 우울증으로 나타났고, 그러한 자기정체성의 위기는 고대소설을 읽고 스스로 영웅이 되기로 다짐하면서 막연하나마 극복되기 시작했다. 충무공 자손이라는 긍지는 있지만, 가까운 선대에는 인물을 내지 못한 집안[22] 경제적으로는 완전히 몰락해서 인척의 마름으로 식객으로 민촌과 반촌을 전전하는 집안의 맏아들로서 그가 남몰래 키우던 영웅의 꿈은 차라리 향상을 바라는 삶의 열정에 가깝다고 할 수 있다. "고대 소설의 주인공"이 "어려서는 간난신고를 겪다가 (중략) 나중에는 일가를 중흥"[23]하는, 말하자면 그 역경의 극복과정을 자신의 삶에 투사한 단순소박한 것이었다. 그러니까 그

22 제 Ⅱ장의 주2 참조.
23 앞의 「무협전을 읽고는 영웅을 몽상」.

의 영웅소설적 생애감각이 겨냥하는 것은 조명희와 같은 세계의 질서회복이 아니라 자신의 존재증명이다. 말하자면 삶의 열정 그 자체보다 앞자리에 놓일 것은 그 어떤 것도 없고, 조명희처럼 살아 숨 쉬는 운명의 길잡이도 없었다. 그리하여 모든 것을 스스로 터득하고 혼자 힘으로 길을 더듬어 나갔다. 고대소설, 신소설, 『무정』을 읽고, 그 주인공들의 그림자를 좇아 각지를 유랑하고 현해탄을 건너갔지만, 관동대진재를 만나 영혼의 좌절을 겪고 다시 작가의 길로 나섰다. 삶의 외부를 향해 분출되었던 그의 십여 년에 걸친 노력은 모두 실패로 돌아가고, 그 실패를 통해 깨달은 것은 영웅의 꿈은 삶의 열정 그 자체라는 것, 영웅소설적 생애감각의 내면화였다. 그 삶의 열정, "멀건 조죽"도 제대로 먹기 힘든 현실에 맞서는 영웅적 의지 그것이며, 따라서 그처럼 생활과 의식의 연속성에 바탕하는 이기영은 조명희와 같이 이념의 선차성을 앞세우지 않고서 민중이 현실과 적극적인 대결을 수행하는 독특한 작품영역을 보여줄 수 있었다.

그러한 단초를 볼 수 있는 작품이 풍자소설인 「쥐이야기」 (『문예운동』, 1926.1.)이다. 이 작품의 풍자방식은 기성질서의 피해자인 마리아가 일종의 가해자라고 할 수 있는 오래비의 비행을 직접 야유하는 「옵바의 비밀편지」의 그것과는 상당히 차이가 있다. 즉 김부자의 돈을 털어서 가난한 수돌이네를 도와주는 우화적 주인공 곽쥐는 김부자의 수전노적 악덕뿐만 아니라 수돌이네로 대표되는 굴종형 민중의 무기력함을 함께 비판하는데, 작가가 역점을 두는 것은 후자이다. 곽쥐는 굶주림에 지쳐서 김부자집에 동정을 구걸하는 수돌이네에 대해, "도적놈한테 가서 무엇을 달라고 구구한 소리"를 하는 것은 "도적ㅅ질보다 더 더러운 것'이라고 통박하고, '힘이 없으면 생활이 없으니 결국은 무능도 일종의 죄악"이라고 역설한다. 그 힘은 열악한 현실과 적극적으로 대결하는 영웅적 의지를 가리키며, 따라서 풍자의 주역 곽쥐는 「가난한 사람들」의 성호에 대응되는 존재로서, 필경에는 도적 쥐인 만큼, 의협적 성격을 지닌 예외자적 민중을 표상한다고 할 수 있다. 곽쥐에 대한 다음과 같은 묘사는 이기영의 소설에 등장하는 반항형 민중 형상의 원형으로서 주목할 만한 가치가 있다.

애비 쥐를 곽쥐라고 모두 부르는데 그것은 곽쥐같이 무섭다는 뜻이 있다. 과연 그의 쪽 뻐치고 서기나는 눈하고 굵고 긴- 수염이 쭉-쭉- 뻗힌 것이라든지 강아지만한 큰 몸뚱이로 여간 도량은 껑충- 껑충- 뛰어넘으며 그의 탄탄하게 박힌 옥人이로는 무쇠라도 사그릴 수 있는 그런 힘이 있었다. 한번은 양지쪽에서 졸고 있는 고양이의 수염을 잡아채서 동무들을 놀래준 일도 있지마는 요전에는 또 대낮에 낮잠자는 김부자의 얼굴에다 오줌을 내깔려서 그게 유명한 이야기꺼리가 되엿다.[24]

「쥐이야기」는 "계급의식을 고취하는 데 잇서서 가장 교묘하면서도 가장 힘잇는 작품"으로서, 발표 당시 "푸로문학에 잇서서 일대 센세이손을 일으킨" 것[25]으로 평가되었다. 그러나 이 작품은 풍자의 대상인 김부자와 수돌이네의 생활이 단편적인 삽화로 처리되고 또한 양자의 가해자 대 피해자 관계가 분명하게 제시되지 못함으로써, 소설적 설득력에서 취약성을 드러낸다. 말하자면 작가의 주체의식을 대변하는 풍자의 주역 곽쥐의 직설적 발언이 압도적 비중을 차지하며, 이는 작가의 조급증 즉 작가와 작중인물의 미분화를 의미한다고 할 수 있다.

---

24 이기영, 「쥐이야기」, 이주형 외 편, 『한국근대단편소설대계』 18, 태학사, 1988.
25 윤기정, 「이기영 씨의 창작집 『민촌』을 읽고」, 『조선일보』, 1928.3.20~23.

2. 민담적 서사로부터 소설적 서사로의 전환

　이기영의 초기작 가운데 문제작으로 일컬어지는 농민소설 「농부 정도룡」(『개벽』, 1926.1.2)은 「쥐이야기」와 기본골격이 거의 일치하는 작품이다. 즉 이 작품의 주인공 정도룡, 악덕지주에다 고리대금업자인 김주사, 그리고 대다수의 빈농들은 「쥐이야기」의 곽쥐, 김부자, 수돌이네에 정확히 대응된다. 정도룡은 청지기의 아들로, 그 어미가 백정의 딸인지 무당인지 분명치 않은 밑바닥 출신이며, 여기저기를 날품팔이로 떠돌다가 머슴살이로 들어간 집의 교전비와 결합, 터전을 옮겨 소작인 노릇으로 살림을 꾸려나가지만, 양반 지주 김주사까지도 만만히 보지 못할 정도로 비범한 기백이 넘치는 인물이다. 곽쥐가 수돌이네의 용렬함을 타매하고 김부자를 괴롭히듯, 정도룡은 가난을 못 견뎌서 딸자식 셋을 차례로 팔아먹고 어린 넷째 딸마저 학대하는 용쇠를 가차 없이 응징하고, 빈농들에게 온갖 전횡을 일삼는 김주사와 대결하는 영웅적 의지를 보여준다. 말하자면 정도룡은 곽쥐와 마찬가지로 의협적 성격을 지닌 예외자적 민중이다. 그것이 그의 비범한 기백을 뒷받침하기 때문에 그는 동중의 신망을 한 몸에 받는다.

　그는 이웃집 노파가 불시에 작권을 박탈당하고 실심하여 낙상, 횡사하자, 마을 사람들을 통솔하여 장사를 치르고 자기가 부치는 논을 양보한 후, 그러한 불상사를 초래한 장본인인 김주사를 찾아가 자신에게 새로 작지를 달라는 담판을 벌인다. 김주사는 당장에는 거절하지만, 결국 "승난 범의 눈"을 한 정도룡의 기세에 질려 그 요구를 받아들이고 마는 것이다. 이와 같은 정도룡의 의협적 성격에 소설적 설득력을 부여하는 것은 "밤에는 모기, 빈대, 벼룩에게 사정업시 뜻기고 낮에는 더위와 로역

勞役에 알뜰이 복개여서 그들의 애닯은 생명은 잠시도 안식할 때와 곳이 없"는 빈농들의 참상에 대한 생생한 묘사, 특히 작품 전반부에서 원근법적 구도로 포착된 농촌 생활 현장의 다음과 같은 극단적 대비이다.

그러나 이 논임자는 나무 그늘 두러운 북창에 의지하야 뭉게뭉게 피어오르는 흰구름을 바라보며 귀로는 이− 유한한 농부가의 베폭이 사이로 흘러나오는 곡조를 듯고 잇다. 그래도 그는 더웁다고 부채질을 연실하면서 까부러지는 겨스불 가티 두 눈이 사르르 감겻다 다시 빠꼼이 떠 보앗다 희꾸무레한 잠방이를 걸치고 아래위로 드러내노은 살빗은 오동벗가지 더욱 겁게 뵈이는데 엇저다 옷속에 드어 잇는 살이 나오면 그는 도저히 한 사람의 살벗이라고는 할 수 업슬 만치 딴 색이 돗는다.

이 햇빗에 탄 검불은 등어리를 일자로 꾸부리고 느러서서 그들은 지금 한참 모를 심는다. 한 폭이 두 폭이 꼬저놋는 대로 논빗은 청청이 새로워지고 그들의 입에서는 유장한 상사듸 소리가 흘러나온다. 그러나 그것은 그들의 고통을 닛고저 하는 애닯은 늣김을 준다. 그리는 대로 등머리에서는 진땀이 송송 솟고 태양은 한결가티 그의 광선을 내리쏜다. 그들의 땀빗도 검은 것 갓다 한다.[26]

미천한 태생답게 형식에 구애되지 않는 혼인을 하고 또 헐벗은 소작빈농의 처지로 설정된 정도룡이 조혼을 비롯한 인습적 결혼제도를 비판하고 과감하게 지주와 대결하는 것은 자연스러운 일이다. 그러나 양반계급의 공리공론, 서양문명인들의 조선인에 대한 멸시, 정치와 법률의 무용성,

26 이기영, 「농부 정도룡」, 『조선지광』, 1926.1, 32~3면.

민중적 현실에 대한 신교육과 예수교의 괴리 등에 대해 직설적으로 공박하는 대목들은 대개가 독백으로 진술되었다는 사실이 시사하듯, 그의 성격에 개연성을 두고 있지 않다. 또한 그의 자식 금석이, 금순이가 아비와 같은 예외자적 인물로 그려지고 있지만, 그것을 납득할 만한 실제적 근거는 거의 제시되지 않는다. 이러한 측면들은 이 작품 역시 「쥐이야기」와 마찬가지로 작가의 의욕 과잉 또는 작가와 작중인물의 미분화라는 한계를 벗어나지 못하고 있다는 것을 말해준다. 실상 정도룡이 제기한 문제들은 뒷날 대작 『고향』에서 총괄적으로 다루어지는데, 이 시기의 이기영은 작가적 역량이 장편의 규모를 감당할 수 있는 수준에서 아직 멀리 떨어져 있었던 것이다.

지금까지 살핀 작품에서 작가 자신을 대변하는 주인공들은 하나같이 영웅적 의지를 지닌 인물들이다. 그 영웅적 의지 자체는 진실한 것이지만, 그것을 어디까지나 직설적으로 표출하는 예외자들이다. 흔히 말하는 이성의 책략(List der Vernunft)을 갖고 있지 못한 것이다. 작가의 현실인식이 보다 진전되면서 이러한 한계는 자각되기 마련인데, 그 실례로서 주목되는 작품이 이기영의 초기 연작인 농민소설 「민촌」이다.

기존의 여러 연구들은[27] 「농부 정도룡」이 "「민촌」보다 한 단계 더 진전한 작품"[28]으로 평가해 왔다. 그 논거는 대략 두 가지로 집약된다. 그 하나는 「민촌」이 「농부 정도룡」보다 먼저 쓰인 작품이라는 것이다. 「농부 정도룡」이 『개벽』지 1926년 1월호와 2월호에 분재된 것은 사실이지만, 문

27 정호웅, 「1920-30년대 한국경향소설 변모과정 연구」, 서울대 석사, 1983. 이래의 대부분이 여기에 해당된다.
28 정호웅, 「이기영 : 리얼리즘 정신과 농민문학의 새로운 형식」, 김윤식·정호웅 편, 『한국근대리얼리즘작가연구』, 문학과지성사, 1988, 73면.

제는 「민촌」을 『조선지광』 1925년 12월호에 게재된 것으로 본다는 데 있다.[29] 그런데 「민촌」이 1925년 12월에 발표됐다는 것은 뒤에 나온 단행본 『민촌』(재판:건설출판사, 1946)에 수록된 이 작품 말미의 "一九二五, 一二, 一三作"이라는 표기만 가지고 내린 속단으로 판단된다. 12월 13일 탈고한 것이 그 달 잡지에 실린다는 것도 상식적으로 성립되기 어려운 일이지만, 다음과 같은 술회를 참고할 필요가 있다.

사회평론 잡지 『신생활』이 필화사건으로 폐간되자 그 대신 『조선지광』을 발간하게 되었다.

원래 『조선지광』은 장도빈의 개인 잡지였는데 신문지법에 의하여 발행되던 것을 『신생활사』 관계자들이 발행권을 사서 『신생활』의 후신으로 만들었던 것이다.

내가 들어가던 때에도 『조선지광』은 리브레트 형으로 겨우 4페지 즉 신문4분의 1 지면을 매주 1회식 발행하고 있었다. 그러므로 이런 작은 지면을 가지고서는 잡지의 구실을 제대로 하지 못하였다. 더구나 문학작품 같은 것은 아예 게재해 볼 생각조차 할 수 없었다.

이듬해 – 1926년에 『조선지광』은 월간잡지로 발행하게 되었다. 그때부터 『조선지광』에는 문예란을 두고 시와 수필, 단편소설 등을 싣기 시작하였다.[30]

위의 내용은 김근수의 『한국잡지개관 및 호별목차집』(한국학연구소,

29 위의 글, 66면.
30 이기영, 「서해에 대한 인상」, 『문학신문』, 1966.1.21.

1973), 그리고 김기진의 술회와 일치하는 것이어서[31] 신빙성이 인정된다. 따라서 적어도 「민촌」이 1925년 12월호 『조선지광』에 게재된 것이 아님은 확실하다.

유감스럽게도 「농부 정도룡」은 탈고 시기가 명시되어 있지 않으나, 앞서 살핀 대로 「쥐이야기」와 작품의 기본골격이 거의 일치하는 것으로 보아 연속 집필한 것으로 볼 수 있다. 「쥐이야기」는 탈고일자가 1925년 11월 26일이며, 제 2호까지 나오고 만 카프 준기관지 『문예운동』에 실려 있다. 단명으로 끝난 『문예운동』[32]에 게재된 「쥐이야기」는 원고 청탁이나 집필이 급박하게 이루어졌을 가능성이 많다. 반면 「농부 정도룡」은 당시에 범문단적 기반을 가진 권위지였고, 어찌 되었거나 이기영에게 등단의 문을 열어준 『개벽』지에 실린 것인데, 원고 분량도 「쥐이야기」의 몇 배에 이르는 것인 만큼, 상당한 시간을 두고 공들여 쓴 작품으로 볼 수 있다. 말하자면 그가 '1일 1작'이라는 놀라운 달필[33]로 알려지긴 했지만, 「농부 정도룡」은 분량으로나 수준으로나 「쥐이야기」를 탈고한 1925년 11월 26일과 「민촌」을 탈고한 그 해 12월 13일 사이에 창작된 것 같지 않다. 그러니까 「농부 정도룡」은 「쥐이야기」보다 먼저, 즉 「가난한 사람들」(『개벽』, 1925.9)의 원고 마감을 7월 말로 잡고, 그로부터 「쥐이야기」에 착수하기까지의 석 달 남짓한 동안에 고심해서 창작한 작품으로 보는 것이 가장 무난하다.

한 가지 짚고 넘어갈 문제는 오식인지도 모르지만, 「가난한 사람들」도 말미에 "一九二三, 六, 二作"이라고 표기되어 있는데, 앞서 살핀 대로 조

31 김기진, 「우리가 걸어온 30년」, 홍정선 편, 『김팔봉문학전집』 II, 문학과지성사, 1988.
32 같은 곳.
33 안석주, 「무성총사 성거산인 이기영 씨」, 『조선일보』, 1927.11.13.

명희의 「땅 속으로」(『개벽』, 1925. 2~3)가 발표된 뒤에 창작된 것으로 봄이 타당하다는 것이다. 「옵바의 비밀편지」가 발표된 "10개월 후에"[34] 썼다는 술회도 있다. 그렇다고 「민촌」의 탈고 일자까지 의심하란 법은 없겠으나, 어떤 경우에도 「민촌」이 앞서 창작된 것으로는 생각되지 않는다. 이기영 자신이 직접 작성한 것으로 보이는 몇몇 연보들에서도[35] 「민촌」이 「농부 정도룡」보다 뒤에 나온 작품으로 되어 있기도 하지만, 다음에 검토되는 바와 같이 「농부 정도룡」과 그 이후의 작품들은 그 사이에 「민촌」의 전환점으로 설정하지 않는다면 수긍하기 힘든 차이를 보여주기 때문이다.

　다른 하나는 「민촌」의 주인공 창순이 "감상적인 설교 투"로 "농민들의 실제 삶과 괴리된 추상적인 관념"을 늘어놓는 "시혜자적 지식인의 탈을 말끔히 벗지 못한 인물"이어서, 문제적 인물로서는 성격이 취약한 반면, 정도룡은 "계몽적 역할을 통해 소작농민들의 잠재된 계급의식을 매개한다는 점에서는 동일하지만" "최하층 출신의 소작농"으로 설정되어 있기 때문에 "문제적 인물의 새로운 유형"이라는 것이다.[36] 각 작품의 전체적 구조연관을 고려하지 않은 채, 외견상 드러난 그 주인공들의 성격 즉 그 의식과 행동의 강도를 평면적으로 비교하여, 지식인 창순보다 의식과 행동에서 적극성, 과단성을 보여주는 민중 출신 정도룡이 좀 더 발전된 인물이며, 따라서 「민촌」보다 「농부 정도룡」이 "한 단계 진전된 작품"이라고 하는 관점이다. 이 관점은 정도룡의 현실에 대한 전방위 부정과, 방향 전환기의 대다수 작품들에 등장하는 민중 출신 주인공의 강렬한 계급의식을 직결시켜 그 이행과정을 설명하려는 의도를 바탕에 깔고 있는 것이

34　이기영, 「나의 창작생활」.
35　「작가작품 연대표」(『삼천리』, 1937.1); 앞의 「문인 멘탈 테스트」(『백광』, 1937.4) 등.
36　정호웅, 「이기영 : 리얼리즘 정신과 농민문학의 새로운 형식」, 72면.

기도 하다. 그러나 「농부 정도룡」 이후 방향전환기 작품의 특징을 최초로
보이는 「호외」(『현대평론』, 1927.3)가 나오기까지 1년여 동안 여러 작품들의
주인공은 정도룡에 비해 일관되게 대단히 위축된 모습으로 나타난다. 이
러한 현상은 어떻게 이해할 것인가. 영웅적 의지의 정도룡과 같은 인물이
실제의 현실에 존재하기 어렵다는 것을 자각한 결과로 볼 수 있다. 그렇
다면 그만큼 작가의 현실인식이 진전된 것이고, 이것이야말로 작가의 성
장에 중요한 일보라고 평가해야 마땅하다.

　「민촌」의 무대는 현 천안시 유량동의 일부로서 실제 지명이며, 1909년
가을 이래 이기영 일가가 옮겨가서 산 곳이기도 한 향교말로 되어 있다.[37]
첫머리의 배경고사에 나오는 지명과 경개도 현지의 모습과 거의 일치된
다. 「서화」와 「돌쇠」, 『고향』, 「신개지」, 『봄』 등 이기영의 다른 역작들도 모
두 유년기 이래 성장한 향리를 배경으로 하고 있고, 그것이 작품을 성공
작으로 이끈 요인이라고 생각되거니와, 향교말이라는 배경 자체가 이 작
품의 구조를 견고하게 지탱하는 중심축 구실을 한다.

　　향교말이란 동네는 자래로 상놈만 사는 민촌으로 유명한 곳이었다.
　과연 사오십호나 되는 동네에 양반이라고는 약에 쓰려고 구해도 없는
　상놈 천지였다. 어쩌다 못생긴 양반이 이 동네로 이사를 왔다가는 그들에
　게 둘려서 얼마를 못살고 떠나고 떠나고 하였다.
　　그러나 그 전에는 양반의 덕으로(?) 향교 하나를 중심으로 하여 향교
　논도 붙이어 먹고 향교 소임 노릇도 해서 먹고 살기는 그렇게 걱정이 없더
　니 시체ㅅ양반은 이ㅅ속이 어찌 밝은지 종의 턱찌끼까지 핥아먹는 다라운

---

37 주13 참조.

양반이 생긴 뒤로는 그나마 죄다 떨어지고 지금은 향교 고직이가 겨우 논 여나문 마지기를 얻어붙이는 것뿐이었다. 그 나마지는 모두 권세좋은 양반들이 얻어하고 얻어주기도 하는데, 박주사 아들이 자기 하인으로 부리는 이웃 상놈에게도 이 논을 얻어준 일이 있다.[38]

원래 지방의 공교육기관이었던 향교는 조선 중기부터 서원이 보급되면서 쇠퇴하다가, 과거제도가 폐지된 1894년 이후에는 문묘의 춘추향사 기능만으로 명맥을 유지하던 터라, 그 주변은 향교전[39]을 소작하는 빈농들의 거주지로 되는 것이 상례이다. 재래의 중층적 토지소유제도 아래서는 특별한 과실이 없는 한 농민의 경작권은 안정적으로 인정되는 것이 관행이었으나, 토지조사사업의 실시로 배타적 사유제도가 확립됨에 따라 작권의 이동이 빈번해지게 된 것[40]은 알려진 대로다. 향교전은 토지조사사업의 결과 향교 재산으로 귀속되는데, 그것은 총독부령에 의해 지방군수가 임명한 향교 직원이 과거에 그 수조권만을 관리하던 향교 도유사와 달리 임의로 작권을 박탈, 변동하는 권한을 행사할 수 있게 되었다는 것을 의미한다.[41] 위의 인용은 그러한 현실조건의 변화에 편승한 양반 모리지배의 향교전 잠식과, 그로 인해 생계터전을 빼앗기게 된 빈농층의 경제적 위기를 정확하게 반영한 것으로 평가된다. 따라서 향교말이라는 배경 자체가 양반지주에 대한 소작빈농의 저항의식에 소설적 개연성을 부여하는 현실적 근거로 작용한다고 볼 수 있다. 실제로 이 작품은 그러한 계기

38 「민촌」, 이주형 외 편, 앞의 책, 21~2면.
39 천안시지 편찬위원회, 『천안시지』(1987) 참조.
40 이에 대해서는 호리 가즈오(堀和生), 「일제하 조선에 있어서 식민지 농업정책」, 사계절 편집부편, 『한국근대경제사연구』, 사계절, 1983, 362면 참조.
41 천안시지 편찬위원회, 『천안시지』(1987) 참조.

적 과정을 거치면서 더욱 심화된 양반지주와 소작빈농의 대립관계를 그리되, 전작들과는 달리 후자의 저항의식을 뚜렷이 부각시키고 있다.

"시체ㅅ양반"의 악랄성을 대표하는 인물 박주사 아들은 "동척회사 마름이요 면협의원이요 금융조합 평의원"이며, "칼 찬 순사나, 군직원들"과 막역히 지내는, 이를테면 친일 지주이다. 외관상으로는 「농부 정도룡」의 김주사와 다를 바 없지만, 그는 민중에 대한 가해자적 성격이 더욱 강화된 인물이다. 즉 자기에게 농지 임대를 부탁한 일본인 고리대금 동업자의 환심을 사기 위해, 작권을 떼지 말아 달라는 간청을 거절하고, 그 충격으로 소작인 노파가 낙상, 사망에 이르게 한 김주사는 비정한 놀부형 이기주의자이다. 반면 생인발이 더쳐 쓰러진 소작인 김첨지의 일가족이 그 바람에 끼니를 끊고 지내야 할 형편에 처하자, 장리벼를 미끼로 평소부터 탐내던 김첨지의 딸 점순이를 끝내 채무첩으로 빼앗아 가는 박주사 아들은 오히려 김주사보다 훨씬 야비하고 음험한 패덕한인 것이다.

한편 「농부 정도룡」에서는 영웅적 의지의 예외자인 정도룡을 제외한 나머지 민중들이 그들 추종하는 수동적 존재로 일괄 처리된 것과는 대조적으로, 이 작품의 향교말 빈농들은 긍정적 성격을 지닌 자율적 존재로 되어 있다. 그것은 서두의 동네 아낙들이 나누는 대화에서도 여실히 나타난다. "마치 옷치소금을 마르드시 한치 반푼을 다투고 매사에 점잔하기로만 위주"하던, 즉 근독謹篤을 행신의 덕목으로 삼던 "예전 양반"에 비하면, 박주사 아들은 "아주 상놈 행세를 하며 그저 말ㅅ버릇만 「양반」이 남은" 망나니라는 것이다. 물론 도지논을 얻으려고 박주사에게 사정하는 성룡이, 여든일곱 태노인으로 새파란 박주사 아들 면전에 하릴없이 공대를 올리는 조첨지 등도 가난을 못 견뎌 딸 셋을 줄줄이 팔아먹는 「농부 정도룡」의 용쇠처럼 비루한 심성을 가진 것으로 묘사되지는 않는다. 신병이 덮치고 양도가 끊긴 처지에서도 박주사 아들의 흑심에 분노하여 실성하기까지 하는 김첨지의 고정한 성품은 민중의 건강성을 대변한다. 자기를 넘보는 박주사 아들이 보낸 뚜쟁이에게 "량반인지는 모르지마는 사람은 아닌데 무얼!" 하며 아예 말문을 막아 버리는 "서방질 잘하기로 유명한 성삼이처"는 정도룡에 못지않게 활달한 기상을 보다 질박하고 자연스럽게 보여준다. 뿐만 아니라 김첨지 집안의 곤궁을 구제하여 박주사 아들의 야욕을 저지하기 위해, 온 동네사람들이 양식거리를 추렴한다. 그렇지만 빈농들의 부조란 한도가 있기 마련이어서, 마침내 박주사 아들의 제물로 팔려가는 점순이의 가마를 그 누구도 막지 못한다.

그러나 그들의 모든 힘은 벼 두섬 값만 못하였다. 부친의 실성과 모친의 기절과 오빠의 울음과 또는 '서울ㅅ댁'의 무서운 눈도 벼 두섬의 힘만은 못하였다! 부모의 사랑과, 형제의 우애와, '서울ㅅ댁'의 순결한 사랑의힘도 벼 두섬의 힘만은 못하였다! 벼 두섬은 부친을 미치게 하고 딸의 가슴에 못을 박고 모친을-오빠를-영원히 슬프게 하고도 남았다. 그리하여 지금까지 귀엽게 길러온 부모의 사랑도-동기간의 따뜻한 우애도-또한 인간의 행복아! 어서 오너라 하고 동경하고 바라던 처녀의 꽃다운 희망도! - 이 벼 두섬 앞에는 아무 힘도 없이 물거품 같이 사라지고 말았다. … 그리하여 열여섯살이나 먹도록 곱게곱게 키워논 남의 외동딸을 박주사 아들은 다만 벼 두섬으로 빼앗아갈 수 있었다. 아! 그러나 벼 두섬 값은 대체 얼마나 되는가? 점순이는 이 벼 두섬에 팔리어서 지금 박주사 아들 집으로 가마에 실려갔다. …[42]

42 「민촌」, 위의 책, 76~7면.

'서울ㅅ댁' 창순은 어려서부터 향교 아래말 백부집에서 자란 양반 후예로, 서울서 중학을 다니다가 온 청년 지식인이다. 이러한 출신과 경력으로 해서 그는 향교말 사람들이 일정한 거리감과 이질감을 갖는 특수한 존재이지만, "그에게는 양반티가 없다는 것뿐 아니라 그의 호활하고 의리 있는 것"에 다들 호감을 느낀다. 그는 마을사람들에게 경이로울 만큼 탁월한 식견을 지닌 인물로 비쳐진다. 그들에게 그는 을축년 수해 기민 구제에 거금을 기부한 서울 민부자의 출연이 "샛탕발림"이라 주장하고, 박주사 아들과 근동의 이진사를 "양반도 아니요 사람도 아니요 똥내만 맡고 사는 개만도 못한 놈들이라고" 타매한다. 이런 말에 깜짝 놀라는 마을 사람들은, 그는 원론적인 계급사상을 알기 쉽게 풀어 설명함으로써 차차 납득시킨다. 즉 사람은 누구나 평등하다는 것, 사람의 노동이 모든 가치창조의 원천이라는 것, 사용가치와 교환가치의 부등가교환에 의해 가진 자의 부와 가지지 못한 자의 가난이 확대 재생산된다는 것, 가진 자들은 온갖 술책을 동원해서 자기들에게 편리한 세상을 보지하려 한다는 것이다. 한마디로 그는 그들이 사람다운 삶을 누리지 못하는 이유를 깨우쳐 주자 하는 열정을 지닌 계몽가적 성격의 문제적 개인이다. 물론 그러한 열정을 지닐 수밖에 없는 근거는 기실 서울서 공부한 지식 이외에 다른 어떤 것도 작품에 제시되어 있지 않다. 그러니까 그도 추상적인 관념 형태의 계급사상을 직설적으로 설파하는 작가의 작중대역이며, 이 점이 「민촌」이 지닌 민중 계몽주의의 한계로 되는 것이다.

　창순의 계급사상은 민중적 현실을 실천적으로 변혁하는 물리력으로 전화되지 못하고 다만 그것을 비판적으로 해석하는 준거체계에 머물러 있다. 그는 향교말 빈농들에게 그들이 왜 가난하게 살 수밖에 없는가를 가르칠 줄은 알아도, 오직 가난한 탓에 팔려가는 점순이를 박주사 아들의 마수로부터 건지지는 못한다. 제6장의 끝부분에서 "그의 침착하고 굳건한 신념이 있어 보이는 모양은 무슨 일을 저질느지나 않을까 하는 생각을 내게 한다"는 서술이 나오지만, 위에 인용한 제 7장의 작품 결말은 "'서울ㅅ댁'의 무서운 눈도 벼 두 섬의 힘만은 못하였다!"고 하여 점순이의 불행으로 끝맺고 있다. 이것은 단순히 작가의 자제력을 뜻하는 것이 아니다. 김주사를 제압했던 정도룡의 "숭난 범의 눈"도 점순이를 파멸에 빠뜨린 "벼 두 섬의 힘", 좀 더 정확히는 그 뒤에 버티고 있는 보다 근본적인 힘에 견주면 단발성 만용에 지나지 않는다는 것을 가늠할 만큼 작가의 현실인식이 진전된 것이다. 그러니까 전작들의 주인공들이 영웅적 의지를 직접 외부세계로 발산하는 데 반해, 창순은 그것을 계급사상에 갈무리하고 있는 인물이다. 다시 말해 그는 "멀건 조죽"이 강요되는 삶을 거부해야 한다는 영웅적 의지와 "벼 두 섬의 힘"으로 상징되는 현실의 무게가 교차하는, 당위와 존재가 최고도로 좁혀진 인물, 참된 의미로 문제적 개인의 모습을 하고 있다.

이상에서 살핀 대로 「민촌」은 지주와 빈농의 대립관계를 보다 균형 잡힌 양상으로 재현하고, 거기에 개입하는 영웅적 의지의 주인공을 보다 객관화된 모습으로 포착한 획기적 작품이며, 그러한 성과는 현실인식의 일정한 진전에 바탕을 두고 있다. 그리고 「민촌」은 영웅적 의지만이 능사가 아니라는 것, 그것을 실현할 이성적이고도 현실적인 방안이 찾아져야 한다는 것을 이기영이 깨닫는 계기가 되기도 한 작품이기도 하다. 이 새로운 작가적 과제를 의식하면서도 그것에 합당한 해결책을 강구하지 못하는 까닭에, 후속된 몇몇 작품들에서는 상당한 변모가 나타난다.

「장동지 아들」(『시대일보』, 1926.1.4.)은 「민촌」의 후일담과 같은 양상을 보여준다. 즉 이 작품은 점순이처럼 채무첩으로 끌려온 을나가 자기 인생을 망쳐버린 장동지 아들에게 한 순간의 노리개감이 되었다가 맨몸으로 버림받는 기생 금향이를 도와주는 줄거리로 되어 있다. 창순이 점순이의 불행을 저지하지 못한 만큼, 을나와 금향이의 난파된 운명에 개입할 문제적 개인은 아예 등장하지도 않는다. 그 대신 장동지 아들은「민촌」의 박주사 아들을 능가할 정도로 비열하고 추악하게 그려진다. 무식한 서민 부자의 자식인 그는 도락삼아 첩질을 해서 싫증나면 내팽개쳐 버리는 박주사 아들의 변태성을 지녔을 뿐만 아니라, 심지어 "잔소리 듯지 안코 속히 상속하들 일이 돌이어 조흘 것" 같아 "제 애비가 죽기를 늘 고대하는" 인간 이하의 종자이다. 요컨대 이 작품은 가해자에 대한 풍자적 묘사와 피해자에 대한 동정적 서술을 병렬, 대비하는 데 그치고 있는 것이다.

「장동지 아들」의 이러한 구조적 이원성은「가난한 사람들」의 후일담에 해당되는 자전형식의「오매둔 아버지」(『개벽』, 1926.4)에서 주인공의 성격적 이원성으로 나타난다. 물론 주인공의 과거사 서술은「가난한 사람들」의 그것, 그러니까 이기영 자신의 행적 및 가족관계와 정확하게 일치한다. 곤핍한 작가생활을 하고 있는 주인공에게 소작농 노릇으로 집안 살림을 도맡아 하던 동생이 분가해 나가는 바람에 연명할 도리가 막연해진 나머지 식구들의 생활난이 문제 상황으로 제시된다. 그런 연락을 받고 그가 보이는 일차적 반응은 생활전선으로 나서 "생명의 거지노릇 할 수는 업다!"는 것이다. 작가생활이 "결코 내 한 몸만 편하자는 그런 소위가 안이라"는 긍지를 갖고 있기 때문이다. 말하자면「가난한 사람들」의 주제가 재확인되고 있는 것이다. 다음 반응은 그렇다고 막바지에 몰린 처자식을 대책 없이 방치하여 굶겨 죽이느니 차라리 동반자살을 하는 편이 낫다는 자포자기이다. 그러나 귀가한 주인공은 그것을 실행에 옮기지 못하고, 오히려 냉방생활을 하는 가족들을 위해 땔나무를 해다 준다. 그리고 결말에서는 다시 상경하여 자신이 걷던 길을 계속 가리라는 것을 암시한다. 결국 주인공은 이처럼 작가생활에의 집념과 가장으로서의 의무 사이에서 악순환의 갈등을 되풀이하지 않을 수 없다는 성격의 이원성을 노출하고 있는 것이다.

이 작품의 특이한 점은 전체 6장 가운데 동반자살을 결심한 주인공이 서울을 떠나 고향집에 도착하는 과정에 해당되는 제3, 4, 5장에서 악상한 그의 딸자식 혼령들이 등장한다는 것이다. 이 혼령들은 무지와 가난으로 해서 자기들이 죽게 된 내력, 조혼한 부모의 불화, 세상살이의 황폐함과 사람다운 삶의 이상, 부모형제에 대한 애정, 아비가 벌이려는 가족참사에 대한 우려 등에 관해 이야기를 주고받는다. 이것은 주인공의 갈등을 제3자가 대리 서술한 것으로, 동반 자살이 자전적 사실이 아니라 순전한 허구임을 반증한다. 말하자면 동반자살은 주인공의 갈등을 드러내는 문학적 장치일 뿐이다. 그러니까 이 작품은 작가가 「가난한 사람들」과는 달리 동반자살이라는 반어의 형태로 자신의 작가생활에 대한 집념을 해명하려 한 변증체 자전형식인 것이다. 물론 이 작품의 주인공과 그 대리자의 발언 자체는 직설적 토로방식을 취하고 있지만, 그것에 소설적 개연성을 부여하는 문학적 장치로서의 반어에 착안한 것은 작가적 기량의 성장이라는 측면에서 의미 있는 부분이다.

「외교원과 전도부인」(『조선지광』, 1926.?, 1926.5.19. 작)과 「부흥회」(『개벽』, 1926.8)는 이 문학적 장치로서의 반어가 적용된 풍자소설이다. 「외교원과 전도부인」은 생명보험회사 외교원이 전도부인을 상대로 해서 예수교가 기만에 지나지 않는다는 것을 설복하는 작품인데, 그 논거로서 제시되는 것이 자신이 종사하는 생명보험과 상대방이 신봉하는 예수교의 유추관계이다. 즉 생명보험과 예수교는 각각 만약의 불상사에 대한 대비책과 내세에서의 구원을 약속하지만, 실질은 그런 명분으로 그 고객과 신도를 현혹하여 잇속을 챙기는 데 급급한 협잡이며, 그 하수인 노릇을 하는 주인공 자신이나 상대방은 거짓말쟁이일 뿐이라는 것이다. 전도부인은 외교원의 이러한 주장에 마침내 동의하고, 과부와 홀아비이기도 한 두 사람은 과거를 청산하고 결합하여 농사꾼으로 살아가게 된다. 이와 같이 주인공이 거짓말쟁이를 자처함으로써 그와 유사한 병치관계에 놓인 상대방을 굴복시키는 이 작품의 풍자방식은 곽쥐와 정도룡이 영웅적 의지를 표면에 드러내는 의협적 성격의 주인공인 데 반해, 이 작품의 외교원은 그것을 이면에 감추고 있는 건달적 성격의 주인공, 이를테면 소위 희극적 반어형식의 위선자[43]에 해당된다.

한편 주인공이 상대방과 벌이는 직접적 논쟁의 형태로만 일관한 「외교원과 전도부인」의 풍자가 평면적이라면, 「부흥회」의 풍자는 앞에서 검토한 「장동지 아들」에서와 같은 풍자적 묘사를 바탕으로 하여 극적 반어의 상황[44]을 구성하고 있어 다분히 입체적이다. 이 작품의 풍자대상은 예수교 교역자와 그 가족 및 열성신도들로, 하나같이 겉은 멀쩡하지만 속은 썩어 있는 작자들이다. 그 대표격인 김목사의 모습은 희화적이기까지 하다. 생김새와 목소리까지 서양인을 닮은 그는 과거 불미한 사건으로 소문이 좋지 않은데다 지금도 교회에 나온 젊은 부인들을 곁눈질하는 호색한이고, 만사를 "죄짓고 회개하고 또 죄짓고" 하는 식의 철면피이며, 빈부의 차이가 각자의 근면과 나태 여하에서 비롯된다는 설교로 제정신을 잃지 않은 일부 빈민 신도들에게 "멍텅구리"로 조롱받는 저능아이지

---

43 R. Fliwer ed. A Dictionary of Modern Critical Terms, RKP, 1973의 IRONY항 참조.
44 N. Frye, Anatomy of Criticism, Prinston Univ. Press, 1971, 40면, 172~8면에서 설명되는 바, 허풍선이(alazon)에 맞서는 'eiron'이 연출하는 상황.

만, 교회를 회의하는 기미가 있는 막동이 어머니 같은 신자를 자신과 측근들과의 오찬회에 끼워 구슬리는 간교한 술수꾼이기도 하다. 다른 교역자들, 가령 전도사 김신호는 모주꾼이고, 부흥회에 초빙 받은 도마쓰 목사는 선교사들의 월급을 매번 조금씩 횡령한 파렴치한이다. 또한 교회에는 으레 여신도가 많고 부속학교도 여학교로 설치되는데, 이것이 이면의 풍기문란과 무관하지 않다고 암시된다. 그 실례로서 목사의 재취부인은 외간남자와 간통하여 아들을 낳아 본 부 자식인 양 시침을 떼고 지내고, 그 전실 여식은 그런 비밀을 간파하고도 계모의 정부와 밀애를 나눌 만큼 몰지각하다. 이 두 모녀와 상관된 인물은 바로 부속여학교의 미남 교사 박선생인데, 그는 부흥회의 회개의식을 이용하여 이 모든 부정과 비행을 그 당사자들이 자백하도록 유인한다. 그러니까 이 작품의 박선생은 「외교원과 전도부인」의 주인공과 마찬가지로 건달적 성격을 지닌 주인공으로서, 극적 반어의 상황을 연출하여 예수교의 허상을 폭로하는 인물인 것이다.

등단작 「옵바의 비밀편지」의 마리아 집안은 예수교 신자들로 되어 있지만, 예수교에 대한 부정적 언질은 전혀 없다. 작가 자신도 이 작품은 과거부터 친분 있던 목사의 집에 기식하면서[45] 그 가정의 오누이를 모델로 삼아 창작한 것이라고 술회한 바 있는 만큼, 그가 예수교에 대해 비판적 시각을 갖기 시작한 것은 그 이후였다고 할 수 있을 것이다. 자전소설 「가난한 사람들」의 "예수를 믿고서 제청과 혼백을 불사르기도 수년 전일인데 지금은 예수도 불사르고"라는 구절에서 한때 열성신자였던 그의 입장이 바뀌었음을 알려주는데, 그러니까 그 시기는 앞서 추정한 대로 이

---

45 앞의 「실패한 처녀장편」, 「처녀작을 어떻게 썼는가」 등 참조.

작품을 창작한 1925년 봄 이후이고, 그 계기는 조명희를 비롯한 경향문단 인사들과의 교유 혹은 계급사상의 전폭적 수용이라고 봄 직하다. 「농부 정도룡」부터 과격해지는 예수교 비판의 내용은 그것이 민중을 허위의식에 중독 시켜 그 저항의식을 마비시킴으로써 기존체제의 안전판 구실을 한다는 것으로 집약된다. 그러한 이념차원의 비판은 비단 예수교에만 국한되지 않고 종교 일반에 적용된 터이지만 , 그것이 과연 본질적인 수준에 접근했는지는 의문이다. 그는 주로 그 자신이 신도 시절에 경험한 사실에서 취재한 것으로 생각되기도 하는 교회 풍속도 즉 교역자와 신도들의 윤리적 타락을 고발하는데, 정작 그처럼 타락한 내막을 알든 모르든 사람들이 예수교에 입교하는 동기, 그것을 신봉하는 이유에 대한 천착이 없다. "예수를 믿고서 제청과 혼백을 불사르"는 것이 이념차원이라면, 제2장에서 언급한 바, 그가 예수교를 신문물 수용과 해외유학의 통로 구실을 하는 사회적 기구로 파악한 것은 제도차원이다. 위의 두 작품은 일방적 풍자로 시종함으로써, 그의 현실인식 자체가 이념차원과 바로 그러한 제도차원을 함께 고려할 만큼 균형감각을 확보하지 못한 단계에 있었음을 보여준다.

지금까지 살펴본 대로 「민촌」을 분기점으로 하여 영웅적 의지의 실천은 직설적 방식에서 반어적 방식으로 전환한다. 전자의 경우 주인공은 의협적 성격을, 후자의 경우에는 건달적 성격을, 그리고 「민촌」의 '창순'은 계몽가적 성격을 지닌다. 창순은 영웅적 의지와 그 실천의 한계를 동시에 보여준다는 점에서 초기작들의 주인공들 가운데서 가장 균형 잡힌 인물이다. 이기영은 그 한계를 명백히 자각했고, 그 증거가 문학적 장치로서의 반어를 창작에 도입한 것이다. 이것은 물론 표현기법에서 작가적 기량의 성장을 의미하지만, 실상은 영웅적 의지를 실현할 이성적이고도 현실적인 방안, 달리 말해 이념과 제도, 계급사상과 민중현실 사이의 매개수단을 찾지 못한 미봉책에 지나지 않는다.

「천치의 논리」(『조선지광』, 1926.11)는 그러한 한계를 정직하게 드러낸 작품이다. 「가난한 사람들」에서 보류해 둔 조혼처 문제를 정면에서 취급한 이 작품은 이기영 자신의 개인사에 긴밀히 결부된 자전소설이다. 1925년 봄 단신으로 상경한 그는 제2부인 홍을순[46]을 맞이하게 되었는데, 그 시기는 그 소생의 장녀 을화가 1926년 10월 18일생이라는 호적 기록을 감안하여 대략 1925년 후반과 1926년 초 사이로[47] 잡아볼 수 있다. 이 작품의 창작시기가 1926년 10월 작으로 되어 있는 것도 시사적이다. 「가난한 사람들」의 제2장에서는 앞서 언급한 바와 같이 조혼처에 대해서 애정은 없지만 인습적 결혼제도의 공동 피해자로서 자못 동정을 느끼는 것으로 서술되어 있다. 그러던 것이 이 작품에서는 수습할 수 없게 갈등이 격화되어 있다. 이장곤이라는 작가의 분신은 서울서 "이 약하고 불쌍한 사람을 위하야 일하"는 인물로 여학생과 살고, 양반가 출신의 조혼처는 여지없는 소박데기로 버려져 자식들과 함께 머슴 학심이의 노역에 기대어 힘겹게 생계를 이어간다. 이장곤과 조혼처의 격렬한 드잡이에 개입하는 머슴 학삼이는 너무도 충직한 성품 탓으로 마을에서 천치라고 놀림을 받지만, 실상은 세상살이의 바른 도리를 통찰하고 있는 인물, 말하자면 의협적 성격의 예외자적 민중 정도룡의 반어적 형상이다. 지나던 길에 고향집에 들른 이장곤이 시앗문제, 가족의 생계문제를 들추는 조혼처를 무식하다고 멸시하며 학대하자, 학삼이는 거기에 항변한다.

46 이기영 호적에 의함.
47 같은 곳.

누가 잘낫다는 일홈은 못난 이들을 발등상으로 밟고 섯는 턱이요 누가 못낫다는 것은 잘난 이들을 떠바치고 잇는 까닭이지유. 그러면 잘난 이는 도로혀 못난 편이요 못난 이가 도로혀 잘난 편이 아닐가유? 마치 안 먹어도 죽지 안코 소용없이 사람을 미치게 하는 술갑보다 먹지 안으면 죽을 량식인 밥갑이 헐한 것처럼. 이 세상에 참으로 제가 잘난 사람이 누구임닛가? 나리는 참으로 나리혼자 잘나신 줄 아심닛가? 천치라고 흉볼 사람이 대체 누구일가유? 인간예 무식이 잇는 것은 도로혀 유식한 이의 수치요 인간에 천치가 잇는 것은 도로혀 잘난 이의 죄악이겟지유![48]

이러한 학삼이의 발언은 작가의 개인사와 관련해서는 본부인에 대한 죄책감을 드러내는 것일 수도 있지만, 보다 근본적으로는 지식인과 민중의 관계에 대한 작가의 시각에 일대 전환이 이루어졌다는 것을 보여준다는 데 의의가 있다. 「민촌」의 향교말 빈농들은 비록 소극적이긴 하나 박주사 아들의 횡포에 반발한다는 측면에서 자율적인 존재이지만, 지식인 창순과의 관계에서는 일방적인 계몽의 대상으로서 피동적인 존재로 된다. 반면 이 작품의 학삼이는 한갓 머슴에 지나지 않으면서도 「민촌」의 창순에 연장된 계몽가형 지식인 이장곤에 대해 그 독선적 성격을 가차 없이 비판하는 주체적 존재로서의 민중이다. 지식인의 민중 계몽주의에 대한 비판과 민중의 주체성에 대한 재인식이 맞물려 있다고 하겠는데, 그것은 다음과 같은 학삼이의 논리에 집약된다.

― 못나고 무식하게 살기는― 남은 놀고 먹는데 나 혼자 일하고 사는

48　이기영, 「천치의 논리」, 『조선지광』, 1926.11, 38~9면.

것은—참으로 원통한 일이올시다마는 그 대신에 우리 무식한 사람들은 사람으로나 죄업시 삽시다! 우리 무지한 사람은 인강의 거름(肥料)이나 됩시다! (중략) ― 잘난 이의 발등상이 됩시다! 다리 밋헤 주초가 됩시다. 그래서 잘난이로 하야금 잘난(유명무실한) 소리를 하게 합시다![49]

비록 "인간의 거름" "잘난 이의 발등상" "다리 밋헤 주초" 등과 같이 소박한 비유의 형태로나마 민중의 위상과 처지에 대한 구조적 파악을 보여주는 것은 작가의식의 일정한 진전이라 가름된다. 그러한 현실의 전체성 인식에 의거하여 작가는 지식인의 "잘난 소리"가 "(유명무실한)" 것 즉 공허한 관념적 구호에 지나지 않음을 자인하고 있는 것이다.

이기영은 이 작품과 같은 시기의 한 산문[50]에서 구시대의 문인과 무사 등 치자들이 생산자인 백성을 착취하는 기생계급이라는 부정적 측면과 아울러 군자의 도리로써 야인을 교화한다는 명분을 내세우고 있었다는 긍정적 측면도 지녔다고 쓰고 있다. 이는 그가 작가로서 그리고 작품을 통해 이 무렵 지향하고 표방한 민중 계몽주의의 발상법에 그러한 양반 계급의 후예로서의 인격적 우월감이 은밀히 작용하고 있었음을 시사하는 것으로 생각된다. 「민촌」에서 근독을 규범으로 하는 "예전 양반"의 행신과 대비하여 박주사 집안의 패덕성을 힐난하고, 창순을 양반가 출신으로 설정한 것도 같은 맥락에서 이해된다. 그러므로 창순을 내세워 토로한 계급사상은 유교적 인격주의에 결부되는 인도주의적 윤리의식의 차원에 머무른 것이었다고 할 수 있다. 반면 그러한 한계의 자각을 명백히 드러낸 위의 인용은 작가의 계급사상이 이제 과학적 세계관으로 자리 잡

49   위의 글, 39면.
50   성거산인, 「문인과 생활」, 『중외일보』, 1926.12, 9~10면.

아 가고 있었음을 말해준다. 그런데 그 과학적 세계관으로서의 계급사상 자체도 위의 인용이 보여주듯 너무 단순해서 자기 반성과 새로운 진로 모색, 이를테면 방향전환의 필요를 예감하는 수준이었다. 그것은 이 무렵 이기영의 정신적 초상이기도 한 「천치의 논리」 종결부의 다음과 같은 서술에서 어느 정도 엿볼 수 있다.

> 장곤은 그 길로 서울로 올나와서 북쪽으로 먼길을 떠났다.–
> 「팡」의 도적이 되지 말자!」 하던 소리는 비단 그의 한 사람의 일로만 돌릴 것은 아니겠다. 그는 첨으로 이제까지, 민중을 위하야 무슨 일을 한다고 , 도로혀 그들의 피와 땀을, 간접으로 빠라 먹으며 큰 소리를 하는 자기자신이 압흐도록 붓그러웠다.[51]

이장곤의 통렬한 자괴감은 바로 작가의 내면표정일 것인데, 이런 일은 전례가 없다. 이제까지의 작품들에서 그 주인공들은 직설의 형태이든 반어의 형태이든 현실에 대한 분노, 민중에 대한 연민과 동정을 표출하는 인물이었고, 그러한 외향성은 항상 당위를 앞세워 행동하는 영웅소설과 신소설 및 『무정』의 주인공과 닮아 있다. 그것은 작가 자신의 영웅소설적 생애감각에서 발현된 것일 수도 있고, 어려서부터 읽어 온 재래소설의 인습을 불각 중 답습한 것일 수도 있다. 그 어느 쪽이든 근대성에 미달된다고 할 것이다. 이런 측면에서 가장 큰 결함을 보인 작품이 「농부 정도룡」과 「쥐이야기」인데, 특히 전자는 식민지 농촌현실의 참상에 대한 실감 넘치는 묘사가 돋보이지만, 정도룡이 민담적 영웅의 행동방식을 취하고 있

51 위와 같음.

어 근대소설답다고 하기가 곤란하다. 나머지 작품들의 주인공들은 영웅적 의지는 있어도 영웅적 능력을 지니지 못하고 또 특별한 구원자도 없다. 가출, 방랑, 유학 등의 체험을 통해 그런 것들이 근대적 현실에는 존재할 수 없음을 확인했기 때문일 것이다. 그리하여 영웅적 의지를 실현하기 위한 서사적 대결과정을 제대로 보여주지 못했다. 초기작들 가운데서 가장 균형 잡힌 작품 「민촌」조차도 민중적 현실은 충실히 재현하지만, 주인공 창순을 국외자적 위치에 세울 수밖에 없었다. 그러니까 작가 이기영은 자신의 영웅소설적 생애감각이 문제로 된 시대 즉 근대적 현실 자체 속에서 이성적이고 현실적인 전망을 확보해 가야 했다. 이 방향성의 추구에는 물론 그 자신의 체험적 진실과 과학적 세계관으로서의 계급사상이 준거로 놓인다. 후자가 방법체계로서 전자와의 통일을 이루지 못하고 다만 이념체계로서 전자를 제약해 버린 데 다음 장에서 살필 방향전환기 작품들의 근본적인 문제성이 있다. 물론 그것은 비단 이기영 한 사람에 국한되는 현상은 아니었다.

Ⅳ. 방향전환기 계급소설의 양상

1. 정치우위와 집단의식의 강조

1927년 신년 벽두에는 그 이전의 작품들과 비교하여 흥미로운 차이를 보여주는 네 작품이 발표된다. 살길을 찾아 도시로 유입해 온 이농민 출신의 막벌이 지게꾼이 막판에 몰려 이웃집 가난뱅이 아낙을 불각 중 살해하고 쌀부대와 돈을 강탈했다가 양심의 고통을 겪던 끝에 범행을 자백하는 「실진」(『동광』9, 1927.1), 역시 이농하여 서울로 올라온 지 십년 된 생선행상 부부가 구년 전에 밀린 사글세 대신 일본인 집주인에게 팔아버린 딸자식에게 사람 취급을 못 받는 지경에 이르러 혈육의 정에 대한 미련을 끊고 떠나가는 「어머니의 마음」(『현대평론』1, 1927.1), 철도공사에 날품을 팔다 상해를 입어 자리보전을 하게 된 빈농이 아들은 노름꾼이라도 되겠다고 발버둥치고 딸자식은 악덕 고리대의 채무첩으로 넘기게 된 가운데서도 그것은 "올흔 도리"가 아니라고 질책하며 굶어죽는 「농부의 집」(『조선지광』63, 1927.1). 「아사－「농부의 집」 속편」(『조선지광』64, 1927.2), 빚

에 졸려서 화증이 난다고 소주 한 사발을 들이켜고 펄펄 뛰다가 죽은 빈
농의 딸이 건실한 식견을 지닌 이웃 소작농 아들의 순정과 충고를 저버
리고 서울 유학생인 목사 아들의 꾐에 빠져 한때의 노리갯감이 되었다가
신세를 망치고 광산촌 색주가로 전락하는 「유혹」(『조선일보』, 1927.1.4.~8)
등. 이들 작품의 주인공은 모두 「천치의 논리」의 학삼이처럼 선량한 심성
을 지녔으되 예외자적 민중 정도룡과 같은 비범한 기백을 갖지 못한 평범
한 민중이며, 그들의 가혹한 생활의 질곡에 허덕이다 비극적 결말에 도달
하고 마는 과정에 「민촌」의 창순과 같은 문제적 개인의 개입도 없다. 다
만 참담한 민중적 현실을 묘사하는데 그칠 뿐인데, 그렇다고 당시의 비
평용어로 이른바 최서해적 경향이라 지칭되는 단말마적 반항으로 사건
을 마무리 지은 것도 아닌 만큼, 차라리 자연주의 계열에 가깝다고 봄직
하다. 「천치의 논리」에서 이장곤의 입을 빌어 작가가 민중계몽주의의 한
계를 자인했던 점을 고려하면, 그러한 작품양상은 민중현실을 민중적 관
점에서 그리려 한 노력의 결과로 봐도 될 것 같다.

　흥미로운 것은 민중계몽주의를 비판한 이기영의 「천치의 논리」와 같
은 지면에 나란히 실린 조명희의 자전적 작품 「저기압」(『조선지광』, 1926.11)
도 그 자신을 포함한 당시 지식인들의 무기력하고 권태로운 모습에 대
해 특유의 직정적 어조로 울분을 토로하는 작품이어서 주제 면에서 기
본적으로 상통하는 양상을 보여준다는 점이다. 「가난한 사람들」과 「땅
속으로」의 대응관계는 이미 앞장에서 살핀 바 있지만, 「R군에게」(『개벽』,
1926.7)에서 지식인의 영웅적 의지를 부각시키고 「마음을 갈아먹는 사람」
(『개벽』, 1926.9)에서 굴종형 민중의 정신적 파탄을 묘사하던 조명희가 「저
기압」을 경계로 하여 「새 거지」(『조선지광』, 1926.12), 「농촌사람들」(『현대평
론』, 1927.1) 등에서 민중의 생활참상을 재현하는 데로 작품경향을 바꾼

데서도 1926년 말을 전후한 이기영의 경우와 대체적인 일치가 엿보인다. 이처럼 두 사람이 작가로서의 행보를 같이한 것은 우연찮은 일이다. 결국은 앞장에서 살핀 세계관의 동질성에 귀착되겠지만, 이와 관련하여 두 사람이 실생활에서의 깊은 인간적 유대를 갖고 있었다는 사실을 음미해 볼 필요가 있다.

카프에서 가장 나이든 동년배였던 두 사람은 누구보다도 가난에 쪼들리는 형편이어서 1925년 말 또는 1926년 초 무렵부터 한동안 한 집에 사글세를 들고 또 함께 옮겨 다닌 것으로 되어 있다.[1] 바로 그 시기에 조명희는 "원고 쪼박을 써 가지고서는 식구들의 호구책을 도모할 수 없게 되자" 목포의 김우진에게서 "현금 200원을 얻어" 팥죽장사를 시작했으나, "고객은 거의 다 가난한 사람들이 아니면 막벌이를 하는 노동자들"이어서 그들을 동정하고 선심을 베푸느라 "서너 달 만에 장사 밑천을" 거덜 내고, 뒤이어 과일 행상에 나서기도 했다.[2] 그 때 조명희 이기영과 번번이 왕래하던 한설야도 이 일화에 대해 언급하고 있는데, 조명희의 그런 시도가 그로서는 "도저히 생각할 수 없는"[3] 일종의 기행처럼 여겨졌다고 한다. 한설야의 시력으로는 들여다볼 수 없었던 그 파격적인 행동 밑에 놓인 조명희의 내심은 어떤 것이었을까.

그것은 조명희가 자신의 정신적 편력의 소상히 밝힌 「생활 기록의 단편」(『조선지광』, 1927.3)에서 어느 정도 드러난다. 즉 "'타골' 류의 신낭만주의냐, 그렇지 않으면 '고리끼' 류의 사실주의냐?" 하는 기로에서 후자를 선택할 때, 말하자면 시인에서 소설가로 전신하던 1925년 무렵부터 "생

---

1 이기영, 「추억의 몇 마디」, 『문학신문』, 1966.2.18.
2 위와 같음
3 한설야, 「포석과 민촌과 나」, 『중앙』, 1936.2, 137~8면.

활이 사상을 낳는" 것이라는 자각 아래 "현실을 해부하고 비판하여 체험과 지식 위에다가 사상의 기초를 쌓자"는 목표를 세우고 "부르조아적 관념병", "쁘띠 부르조아의 사상", "부르조아의 근성"을 탈피하고자 애써 오고 있다고 한 것이다.[4] 계급문학을 하려면 먼저 사상을 개조해야 하고, 그것은 일상생활에서 부르주아적 의식을 청산하는 데서 출발해야 된다는 입장이다. 다시 말해 계급문학보다 계급사상이 앞에 놓이며, 그 계급사상은 이론 이전에 체질로 되어야 한다는 것, 무산계급의식의 발로여야 한다는 것이다. 그러므로 팥죽장사나 과일행상은 민중 또는 무산계급의 삶에 자신을 일치시킴으로써 계급사상을 체질화하려는 노력의 일환이었다고 볼 수 있다.

이 계급사상의 체질화란 명제는 말하자면 문학보다 사상, 사상보다 심성을 우선시키는 발상법에서 비롯한 것이라 하겠는데, 그러한 발상법은 그의 출신계층과 관계된 유교적 인격주의에 뿌리박은 것으로, 유학시절 무정부주의 단체 흑도회에 대해 '막연한 기분'의 동조밖에 느끼지 못한 데다 '동지에 대한 환멸'로 해서 "사회 개조보다도 인심개조가 더 급하다"는 결론을 내리고 탈퇴, 「봄잔듸밧위에서」와 같이 동심과 모성의 합치가 이루어지는 세계를 동경하는 시인의 길로 들어서기까지의 과정에서도 어김없이 작용했음은 의심할 여지가 없다. 그러면 계급사상의 체질화와 결부된 심성은 어떤 것인가. 그것은 '밥과 양심'이라는 "가장 절실한 문제"에 충실하려는 '본능과 이성'에 다름 아니며, 따라서 어설프게 '두루미' '기린' '사자'로 자처하는 따위의 허위의식이 용납되지 않는다.[5] 이 엄격성 내지 결벽성이 그를 기교 없는 과작의 작가로 만들었고 카프의 이념적 강

---

4   조명희, 「생활기록의 단편」, 『조선지광』, 1927.3, 11~2면.
5   조명희, 「단문 멧」, 『문예운동』, 1926.5, 20면.

경파 대열에 서게 했는데, 박영희는 그와 그의 작품이 둔하고 답답하다고 했고, 임화는 그를 사상성에 편중한 "박영희적 경향의 하나 연장에 불과"하다고 했다.[6] 따지고 보면, 셋 모두 이념의 선차성에 삶과 문학을 내맡겼지만, 박영희와 임화가 추상물로서의 계급사상에 홀린 반면, 조명희는 온몸으로 그것을 자기화하려 했던 점에서 품격이 다르다.

같은 계층 출신으로서 심성 우선의 발상법에 익은 이기영은 조명희의 명제에 십분 공감했을 것이다. 물론 성장과정에서 얻은 체험적 진실에 의거하여 계급사상을 받아들인 이기영에게 팥죽장사나 과일행상을 마다지 않고 관념의 육화라는 방식으로 그것을 체질화하려는 조명희가 조금 어색하게 보였을지도 모른다. 그럼에도 불구하고 작가가 지식인으로서의 우월감을 불식하고 민중과 일체가 되어야 한다는 것, 바꿔 말해 무산계급의식을 분유해야 한다는 것에는 차이가 없었다. 위에서 살핀 바, 「저기압」과 「천치의 논리」를 분기점으로 하여 두 사람의 작품에 민중적 관점이 도입된 데서 그러한 작가적 인식의 일치를 인지할 수 있는 것이다.

그런데 한 가지 짚고 넘어갈 사실은 이러한 작품경향의 변화에 수반하여 그들 스스로 작가관을 바꾸었다는 점이다. 조명희는 「직업, 노동, 문예작품」(『중외일보』, 1926.12.1.~2)에서 원고가 잘 팔리지도 않고 고료가 제대로 주어지지도 않으니, '조선의 문단상인'은 한편으로 생활고에 지치고 다른 한편으로 태작을 짓고 만다고 했다. 본의는 당시의 문단 사정에 대한 불만을 토로하는 데 있다고 하겠으나, 『봄잔듸밧위에서』(1924)의 서문에서 예술가로서 '성자'를 동격이라 하고 「생명의 고갈」(『시대일보』, 1925.7.1)에서 양심과 이성의 열정대로 사는 "영웅적 낭만적의 인물"이라고 한 작

6   박영희, 「초창기의 문단측면사」, 임규찬·한기형 편, 『카프시대에 대한 회고와 문학사』, 태학사, 1989, 400면, 임화, 「소설문학의 20년」, 『동아일보』, 1940.4.20.

가를 '문단상인' 즉 직업의 하나로 보게 된 것은 상당한 변모가 아닐 수 없다. 며칠 뒤 이기영도 같은 지면에 앞장에서 언급한 바 있는 「문인과 생활」(『중외일보』, 1926.12.9.~10)에서 과거에 문인은 "야인野人이 공양하는 의식을 좌끽坐喫하고 모름직이 시문詩文을 선先한 후에 그것으로써 야인을 다스릴 뿐"이라는 것이 진리로 통했으나, 진리는 시대에 따라 변하듯 오늘날의 작가는 생업의 일종이라고 했다. 이것 역시 「가난한 사람들」 이래의 자전적 작품에서 작가생활을 속물적 삶의 거부라는 관점으로 파악했던 것과 대조를 이룬다. 이와 같이 작가생활을 원고료생활자라는 사회적 노동의 한 형태로 보는 조명희와 이기영의 글은 두 가지 측면에서 좀 더 추궁할 수 있다. 그것은 그러한 작가관의 변화가 어떤 주·객관적 계기에 의한 것인가라는 물음과 관계된다. 주관적 계기는 위에서 분석한 바, 이기영의 경우에는 민중 계몽주의적 비판, 조명희의 경우에는 계급사상의 체질화라는 명제에 놓여 있음이 분명하다. 문제는 객관적 계기가 무엇이었나 하는 것인데, 그것은 두 글이 나온 지 보름만인 1926년 12월25일 창립된 '조선문예가협회'를 조명하는 과정에서 어느 정도 드러난다.[7]

조선문예가협회의 발기인은 김억, 현진건을 빼고는 김기진, 김동환, 김형원, 박팔양, 박영희, 이익상, 이기영, 최상덕, 최학송, 조명희 등 모두 카프 작가들이며, 최학송과 이익상이 간사로 뽑힌 것으로 되어 있다. 이 협회는 일반 잡지와 신문 또는 출판업자를 상대로 하여 원고료 최저액을 결정하고자 하는 취지로 보아 이를테면 작가조합을 꾀한 것이었다. 이 사실을 보도한 당시 『조선일보』 사설도 '근로계급' 중에서 "거의 비교할 곳이 없다고 할 만큼" '순무산자화'한 작가들이 "소시민적 결벽성"을 벗

7　『조선일보』, 1926.12.20 기사.

어나 "근세노동운동에 잇서서 최저임금제를 주장하는 것과 동일하"게 "최저원고료 결정을 주장하는" '정신노동자'로서의 '경제적 투쟁'을 전개하는 것은 당연하고도 불가피하다고 강력하게 지지를 표명했다.[8] 그 후 두 달 남짓 되어서 공교롭게도 이기영의 작품 「호외」가 게재지 『현대평론』 (1927)이 압수되면서 삭제처분을 받게 되었는데, 그것을 이유로 잡지사 측이 원고료 지불을 거절하자, 문예가협회는 1927년 3월 17일 프로예맹 회관에서 임시총회를 열어 그 문제가 해결될 때까지 전 회원이 『현대평론』에 기고를 중지한다는 성명을 발표했다.[9] 열흘 뒤인 3월 27일 양측은 역시 이 사실을 기사와 사설로 다룬 『조선일보』의 주필 민세 안재홍의 알선을 통해 각각 고료 지불을 결정하고 기고 중지를 철회하기로 타협을 보았는데, 이때의 『조선일보』 사설도 앞서의 논지를 바탕으로 하여 원고 채택 시에 관행상 "그 명칭은 『사금謝金』이거나 『예금禮金』"이라 하지만 기실은 "노무에 대한 보수"인 만큼 『현대평론』 측의 조처가 부당하다고 시비를 가린 바 있다.[10] 그러니까 『조선일보』 사설은 당시의 통념과 다르게 작가의 글쓰기를 직업 노동으로, 작가를 무산계급의 일원으로, 그리고 문예가협회를 정신노동자 계급의 경제투쟁 단체로 규정해 놓은 것이다. 이는 그 무렵 『조선일보』의 논진과 기자진에, 『시대일보』도 그랬지만, 제3차 조공 성원이 다수 포진해 있었던 사실과 일정한 연관을 맺고 있다.

문예가협회에 대한 『조선일보』 사설의 규정은 발기인이나 참가자들이 실제로 의식했던 것보다 강성이었던 듯하다. 김기진은 이 협회가 문단을 "의식적으로 구성"하기 위해 "반듯이 잇서야만 할 과정"이지만, 여건상 고

8 상동 사설
9 『조선일보』, 1927.3.19 기사.
10 『조선일보』, 1927.3.20 사설.

료문제는 현실적 성과를 당장은 기대하기 어렵고, 오히려 그것에 집착한 나머지 정실비평과 작가들의 타락이 생길까 우려된다는 견해였다.[11] 온정적 민주주의자답게 문학행위를 금전문제와 결부시키는 것이 거북스럽다는 태도 즉 위의 『조선일보』 사설이 지적한 '소시민적 결벽성'을 드러낸 것이라고 할 수 있다. 『백조』, 파스큐라 그룹의 소감은 대체로 이것과 비슷했지 않을까. 이에 비하면 조명희와 이기영의 경우는 사정이 사뭇 다르다. 그들은 미리부터 작가가 '문단상인'이라는 것, 과거의 문인과는 다르다는 것을 공언한 사실이 있고, 그것은 이른바 '소시민적 결벽성'의 청산에 값하기 때문이다. 『조선일보』 사설의 강성 규정 또는 김기진이 말한 문단의 의식적 구성이 필수적 과정이라는 명제에 조명희와 이기영은 자발성과 적극성을 띠었음을 알 수 있다. 그러면 그 명제는 어디서 온 것인가. 〈문예가협회〉의 창립 하루 전날인 1926년 12월 24일 카프는 자체 강령을 수정 발표한 것으로 되어 있고, 그것을 기초한 사람은 김복진인데, 그는 제3차 조공 당원으로서 1928년 8월 검거될 때까지 방향전환을 배후 조종한 것으로 알려진다.[12] 사실 당시까지의 카프는 실질적 운동단체라기보다 "인텔리겐챠의 친목기관, 사교기관"에 가까웠다. 실제로 1926년 말까지 맹원 전체의 회합은 나카니시 이노스케中西伊之助 환영회를 제외하고는 전무했고, 준기관지 『문예운동』(1926.2)을 창간했으나, 일제 당국의 탄압과 판매 저조로 타격받은 자금주의 출자 중단으로 폐간하고 말았다.[13] 또한 당시의 카프는 김기진과 박영희의 정력적인 비평 활동, 특히

11 김기진, 「문예시평」, 『조선지광』, 1927.2, 95~6면.
12 박영희, 「초창기의 문단측면사」, 임규찬 편, 앞의 책; 김기진, 「나의 회고록」, 홍정선 편, 앞의 책; 김윤식, 『한국근대문예비평사연구』, 일지사, 1976; 김윤식, 『임화연구』, 문학사 상사, 1989, 94~7면 등 참조.
13 김기진, 「나의 회고록」, 임규찬·한기형 편, 앞의 책, 434면.

후자의 이광수 비판 및 염상섭과의 논전으로 외관상 기세를 올리고 있었지만,[14] 내부적으로는 확고한 지도이론도 없이 맹원 각 개인의 분산적 활동을 방임할 따름이어서 상당한 취약성을 지니고 있었다. 카프의 제1차 방향전환은 1927년 9월 1일 맹원총회에서 공식 선포되거니와, 그 핵심은 조직 확대와 이론 강화를 통해 "의식층 조성운동의 수행을 기한다"[15]는 데 놓인다. 그러니까 1926년 말 무렵에는 그 준비 작업이 진행되고 있었던 것이다. 이론 강화는 박영희와 김기진의 '내용–형식 논쟁'이 단초가 되었는데, 거기에도 김복진은 이면으로 관여한 바 있는 만큼,[16] 1926년 말 카프의 강령을 수정할 즈음에 조직 확대에도 비중을 두었을 것이 당연하고, 〈문예가협회〉 발기는 카프의 조직 확대를 위한 여러 가지 시도의 하나였을 가능성이 많다. 이 경우 카프는 제3차 조공의 표현단체의 하나, 문예가 협회는 카프의 외곽 단체로 된다.

조명희와 이기영은 이와 같은 제3차 조공의 카프에 대한 통제력의 행사, 구체적으로는 카프의 방향전환에 자발적, 적극적으로 호응하고 있었던 것이다. 조공과 카프를 매개하는 조직선은 김복진이었으니, 일단 두 사람은 방향 전환 이전의 카프를 개인 차원에서 비판하고 있었던 것이 된다. 그 비판의 근거야말로 그들의 작품경향과 작가관의 변화에 작용한 객관적 계기에 다름 아닐 터인데, 이기영의 경우는 그것이 비교적 선명하게 포착된다. 그가 『조선지광』의 기자였기 때문이다.

『조선지광』은 앞장에서 언급된 대로 원래 장도빈의 개인잡지였으나,

---

14 대표적인 예로서, 박영희, 「문학상으로 본 이광수」, 『개벽』, 1925.1; 박영희, 「신흥예술의 이론적 근거를 논하여 염상섭 군의 무지를 박함」, 『조선일보』, 1926.2.3.~19 등 참조.
15 金正明 편, 『朝鮮獨立運動』, 原書房, 1977, 1011면.
16 주12)와 같은 글 참조.

『신생활』지가 폐간 당하게 되어 거기에 관계하던 이성태 등 서울청년회 신파가 그 발행권을 인수하여 후속한 잡지였다.[17] 그런데 1926년 여름 귀국한 재일 사상단체 일월회 성원들이 서울청년회 신파와 제휴하여 공청 통일(1926년 9월), 세칭 ML당 또는 통일조공당이라 불리우는 제3차 조공(12월 6일)을 주도하는 가운데,『조선지광』은 제3차 조공의 실질적인 기관지 기능을 하게 되었다.[18] 이듬해 1927년 1월 민족단일당 신간회 창립의 결정적 계기를 마련한 것으로 유명한 〈정우회 선언〉(1926년 11월 17일)이 그 동안『조선지광』에 발표해 오던 일월회파의 일련의 방향전환론을 집약한 것임을 보더라도,[19]『조선지광』이 당시의 조공에서 차지한 비율을 짐작할 수 있는 것이다.

이『조선지광』에 이기영은 유학시절 일월회의 전신 북성회에서 지면을 익힌 조명희의 소개로 진작부터 입사하여 현직기자로서 실질적인 살림꾼 노릇을 하고 있었고, 그런 상태는 1930년 11월 폐간처분을 받을 때까지 지속되었다.[20] 그러니까『조선지광』은 이기영에게 처음에는 단순한 생계의 방편이었을 것이다. 나름대로의 의욕과 긍지를 갖고 카프 맹원이 되었을 때는 차라리 거추장스러웠을지도 모른다. 그러나 그것이 당당한 조공 기관지로 자리 잡아가면서는 사정이 완전히 역전되었을 것이다.『조선지광』은 이제 그에게 사회운동 전체의 판도와 동향을 근접한 위치에서 감지할 수 있는 매개체로서의 의미를 지니게 되었다. 이러한『조선지광』기

---

17 김근수,『한국잡지개관 및 호별목차집』, 한국학연구소, 1973; 김기진,「우리가 걸어온 30년」, 홍정선 편, 앞의 책, 139면; 이기영,「서해에 대한 인상」 등 참조.

18 이정식·스칼라피노, 한홍구 역,『한국공산주의운동사』, 돌베개, 1980, 143면.

19 金森襄作, 편집부 역,「논쟁을 통해서 본 신간회」,『신간회연구』, 동녘, 1987, 165면.

20 이기영,「셋방 십년」,『조광』, 1938.10, 195면; 민병휘,「민촌 이기영 군과 함광 안종언 군」,『청색지』, 1939.5, 61면.

자의 관점에서 현실의 전체성 인식이 이루어짐에 따라, 활동이 지지부진한 일개 미미한 조직체에 불과한 카프, 그리고 그 소속 작가의 일원으로서 자책하지 않을 수 없었을 것이다. 앞장에서 살핀 「천치의 논리」(『조선지광』, 1926.11)에서 "압흐도록 붓그러웠다"[21]고 하는 이장곤의 토로가 곧 이 무렵 이기영 자신의 내면표정임은 이러한 맥락에서 납득된다.

이기영의 경우 『조선지광』 기자의 관점이란 대략 제3차 조공의 합법 선언 내지 강령과 같은 것으로 평가되는 이른바 〈정우회선언〉 수준이었을 것이다. 그 요지는 1)사상단체의 통일, 2)대중의 조직과 교육, 3)경제투쟁에서 계급적·대중적·의식적인 정치투쟁으로 전환, 4)이론투쟁 등 한마디로 프롤레타리아 헤게모니에 의한 2단계 혁명론인데, 그는 작가였던 만큼 카프나 카프 소속 작가의 역할이 2)항에 놓인다는 것[22] 그리고 『조선지광』의 기자로서 그것이 전체 무산계급운동의 일부로서 실천되는 것임을 간파했던 것이다.

조선사람―그 중에서 무산대중―의 요구하는 문예는 일언으로 간단히 말하자면 물론 「푸로문학」이라 하겠다.

「푸로문학」은 계급문학이다. 따라서 무×××××××(산계급해방운동:인용자)의 일부문으로의 일익적 임××××(무를 수행함:인용자)으로서만 그의 명칭에 상응하는 바인 즉 그것은 ××××(집단의식:인용자)의 ×××(선전자:인용자)로서 운동전선에 참가해야 할 것은 또한 물론이겠다.

그럼으로 그것은 또한 푸로의식으로서의 유물적, 조직적, 과학적, ×××(투쟁적:인용자)이 안이면 안될 것이나 그의 당면한 ××××는 조선의 사

---

21   Ⅲ장의 주51.
22   김윤식, 「예술대중화론」, 『한국근대문학사상사』, 한길사, 1984. 참조.

회현상이 엇더한 특수사정에 잇는가를 고찰하지 안으면 안될 것이다.

여긔서 소위 정치적 방향전환을 말하지 안으면 안니될 것이다. (중략)

그러나 조선은 후진국으로서 모든 것이 아즉 초창하니만큼 미조직의 대중층이 허러져 잇는 현단계에서 그 단결과 조직을 급무로 하는 이 때에 잇서서는 위선 정치적 훈련의 제일보로서 이상 제 요소 중에서도 특히 「집단의식」을 강조하는 것이 가장 필요한 줄 안다.[23]

『조선지광』 기자의 관점이 아니고서는 카프작가가 설 자리를 이처럼 간명하고도 정확하게 자각할 수 없다. 보다 엄밀히는 『조선지광』 기자였기에 조공과 카프 사이에 가로놓인 저변의 논리를 승인하지 않을 도리가 없었다고 할 수 있다. 『조선지광』은 바로 진짜 영웅들, 그들 전유의 이론과 조직의 마술로써 전 현실을 재편한 정치의 영웅들이 빛을 발하는 세계에 닿아 있었기 때문이다. 카프도 이론과 조직을 강화 확대하여 재편되어 갔다. 그리하여 카프와 『조선지광』은 이기영의 작가적 삶을 지탱하는 두 개 사회적 지주로 되고, 그 두 지주 가운데서 후자가 전자를 압도하게 되는 것이다. 카프작가 이기영에 대한 『조선지광』 기자 이기영의 우위, 이 것이 방향전환기 전기간 동안 그와 그의 작품을 가로지른 문학에 대한 정치의 우위에 다름 아니다. 박영희의 다음과 같은 관찰은 시사적이다.

민촌은 서해와 같이 고생을 많이 한 작가이고, 또 포석과 같이 말이 없는 사람이었다. (중략)

그러나 책임과 의무감이 강한 사람인 동시에 표면으로 잘 적을 대항

---

23 이기영, 「집단의식을 강조한 문학」, 『조선지광』, 1928.1, 4면.

하지 않으나 내심은 극히 단단하여 좀처럼 머리를 수그리지 않는다. 따라서 그가 「카프」의 일원으로 「카프」에 대한 태도는 물론 전적으로 「카프」정책에 따라왔다. 그는 묵묵한 가운데서 자기의 작품을 그 정책에 맞도록 창작하기를 노력하였었다. 그러나 어떠한 작가고 다 그랬지만 자주 변하는 정치성이 있는 정책이 그대로 작품이 되기도 어렵고 또 그렇게 된다고 해도 문학적 가치를 갖기가 어렵고 또 그렇게 된다고 해도 문학적 가치를 갖기가 어려웠다. 따라서 민촌의 작품은 「카프」의 정책적 문학방법과는 달리 자신의 독자적인 발전을 서서히 하여 왔었다. 그러나 결과로 본다면 계급의식에 대한 신념과 그것의 작품화에 있어서 「카프」 작가의 제1인자로 되었다는 것을 말하지 않을 수 없었다.[24]

서두에서 살핀 네 작품은 민중현실을 민중적 관점에서 재현한 것이고, 그것은 이기영이 민중계몽주의의 한계를 극복하려는 작가로서의 소박한 노력으로 이해된다. 여기서 소박하다고 한 것은 작가와 민중의 일치를 작품에 구현하는 방법이 그 자신의 체험적 진실을 매개로 하는 단계에 있었다는 뜻이다. 이러한 경향이 본인의 의도나 착상과는 상관없이 당시의 프로비평에 의해 자연생장적 작품으로 비판되었던 것은 상식에 속한다. "무산자의 생활묘사가 프로문예가 아니라 무산계급은 어떻게 투쟁하지 않으면 아니될 것과 혹은 그 투쟁으로써 지시하는 무산계급의 사회적 의의가 있는 ××(행동;인용자)"[25]의 표현을 요구하고 있었던 것이다. '자연생장적'과 상반되는 것은 '목적의식적'이라는 용어인데, 박영희가 「문예운동의 방향전환」(『조선지광』, 1927.7)에서 계급문학의 방향전환을 천명하

24 박영희, 「초창기의 문단측면사」, 임규찬·한기형 편, 앞의 책, 401면.
25 박영희, 「신경향파문학과 무산파문학」, 임규찬·한기형 편, 앞의 책, 80면.

면서 그 성격을 드러내기 위해 처음 사용한 것이다. 거기서도 '자연생장적'의 경우는 조금이나마 구체적으로 설명되었지만, '목적의식적'이라는 용어는 되풀이해서 쓰면서도 "계급의식을 고양"해야 된다는 것 이외에는 이렇다 할 내용이 없다.[26] 일종의 선언이어서 아직 창작의 시도가 없었던 사정, 검열에 대한 배려 등을 고려하더라도 지나치게 막연하다. 당시의 방향전환론이 '계급의식'을 심히 추상화된 개념으로밖에 파악하지 못했음이 여지없이 드러나는데, 주목되는 것은 아직 방향전환기의 초입인데도 이기영의 「호외」(『현대평론』, 1927.3)가 그러한 문제점을 확연히 보여준다는 점이다.

　이 작품은 자본가에 대한 적대의식, 노동자들의 단결과 연대, 부당해고에 반발한 파업 등이 근간을 이루고 있는데, 줄거리의 진행은 일찍이 김우진이 지적했던 바, 그의 희곡작가적 재질[27] 즉 등장인물의 대화에 전적으로 의존한다. 거의 상황묘사가 없고 인물들의 성격도 극히 평면적이라는 사실과 함께 고려할 때, 자신의 체험과는 너무 낯선 세계를 관념의 조립에 의해 그리려고 한 결과로 볼 수 있을 것이다. 인물들의 대화도 마치 카프 좌담회나 토론회를 옮겨 놓은 것처럼 추상적인 개념어를 남발하고, 사이사이에 작가의 설교가 직접 노출되기도 한다. 작품 배경으로 설정된 제철소 노조의 중심인물 박준철은 정도룡의 위협적 성격, 창순의 계몽적 성격에 연계되는 면이 있고, 그의 감화로 계급의식을 각성하는 것으로 되어 있는 성득이는 「천치의 논리」의 학삼이와 같이 선량한 순응형 노동자인데, 결국 민중계몽주의의 작품구조에 추상화된 개념 수준의 계급의식을 덧칠해 놓은 형국이라고 할 수 있다.

26　위의 책, 74~82면.
27　김우진, 「서간」, 『김우진전집』II, 전예원, 1983, 240면.

김기진으로부터 '일개의 신화적 산문'으로 혹평 받은 바 있는 「비밀회의」(『중외일보』, 1927.4.?)도 "무산계급의 계급의식-투쟁의식을 선전하고자 한" 의도가 넘쳤던 모양, 마지막 5회분은 압수되어 버렸는데, 우화형식으로 "동전과 백동전들의 비밀회의"를 "단순한 대화만 나열"한 작품이다.[28] 「호외」의 경우와 마찬가지로 체험으로 소화되지 못한 추상적 주제를 전달하는 데 급급하다 보니, 아예 대화체 우화형식이라는 정형에다 관념적인 지식을 주입하는 방도를 택하지 않을 수 없었던 것으로 볼 수 있다.

김기진의 혹평이 아니더라도, 「호외」나 「비밀회의」와 같은 방식의 작품으로는 우선 당시의 카프에서 강조하던 선전·선동성의 효과조차 기대할 수 없다는 것을 이기영은 충분히 지각했을 것이다. 그 동안 적지 않은 창작체험을 통해 작품의 본령이 개념이나 지식을 직서하는 것이 아니라 형상적 체험을 통해 주제를 표현하는 데 있다는 것쯤은 몰랐을 리 없는 것이다. 대화의 압도적 비중, 우화형식의 채용 자체가 주제와 형상 즉 체험의 괴리를 의식하고, 그것을 무마하기 위한 궁여지책으로 볼 수도 있다. 카프의 공식방침 즉 목적의식으로서의 무산계급의식은 결국 계급사상 또는 계급이론이라는 추상물로부터 연역된 일종의 당위여서, 이기영이 실감하는 체험적 진실로서의 무산계급의식과는 일정한 격차가 없을 수 없다. 그 격차를 수습코자 하여 초기작에서 빈번히 다루었던 채무첩 이야기와 같은 여성의 수난담을 입신담으로 변형시키는 시도를 보여주는데, 제1차 방향전환기의 다수를 점하는 「밋며누리-금순이 소전」「해후」「채색무지개」「경순의 가출」「자기희생」 등 여성을 주인공으로 하여 계급의식의 각성과정을 그린 작품들이 그것이다. 그러한 착상의 단서는 물론

28 김기진, 「문예시평」, 『현대평론』, 1928.5, 9~11면.

신간회 자매단체인 여성운동 단일전선 근우회의 발족(1927.5.27)에서 얻은 것으로 추측되기도 한다.

앞장에서 언급된 바, 최초로 발표된 투고문 「「여성의 네가지 전형」을 읽고」에서 그는 인습에 짓눌린 여성이 의식이 마비되어 남성본위의 제도에 하릴없이 순응하지만 인간으로서의 본능적 반항심이 없는 것은 아니라고 했는데, 이 무렵의 한 수필에서도 "여자를 물건으로 취급"하여 '사람대접'을 하지 않는 것이니 꽃구경을 다니는 여자들이 "꽃을 보고 웃지 말고" "꽃을 붓잡고 통곡"해야 마땅하다고 했다.[29] 다른 한 글에서는 엥겔스의 『가족, 사유재산 및 국가의 기원』을 인용해 가며 여자가 계급의 발생 이래로 노예와 마찬가지로 "한갓 남자의 이익을 위하야 존재한 일개 「소유물」"로 된 만큼 계급투쟁을 통한 "인류해방운동에 합류하지 않으면 안될 것"이라고 했다.[30] 남녀불평등과 계급착취를 유비관계로 놓은 이원론이 문제가 없지는 않으나, 계급사회의 모순에 남자보다 여자가 훨씬 열악한 조건으로 노출된 존재로 파악한 것이라 할 수 있다. 그러한 관점에서 이기영은 동기부여의 잠재적 가능성이 더 많은 여성을 주인공으로 설정하여 계급의식의 각성과정을 그리려고 했던 것이다. 그러나 여성의 사회적 존재양태가 그만큼 미정형이어서 거기에는 역기능적 측면이 불가피하게 수반될 수밖에 없다. 계급적 자각과정의 제반 매개항이 남녀관계, 특히 애정문제를 제외하고는 모두 추상적 상태에 머무르고 마는 것이 그것이다.

「밋며누리—금순이 소전」(『조선지광』, 1927.6)은 부제에 입전형식임을 못박아 놓았는데, 그만큼 이 작품은 구조적으로 안정되어 있다. 「호외」, 「비

29 기영생, 「모춘잡필」, 『조선지광』, 1928.5, 71면.
30 이기영, 「부인의 문학적 지위」, 『근우』, 1929.1, 64~6면.

「밀회의」와 달리 줄거리의 진행이 주로 작가의 서술에 의거하고 있는 데서도 그것이 잘 나타난다. 이 입전형식은 이기영이 소싯적 구소설, 특히 영웅소설에 심취하는 가운데 자연스럽게 터득된, 말하자면 가장 익숙한 서술구조라고 할 수 있겠는데, 이 작품은 그 정형을 고스란히 답습하고 있다. 어려 어미를 여읜 것, 등짐장수 홀아비와 떠돌던 신세라는 것, 미목수려하다는 것, 민며느리가 된 것, 더부살이하던 양반집 아들인 일본 유학생을 일방적으로 사랑한 것, 그 순정이 모멸을 받은 것, 그 일고 시부모와 서방으로부터 학대를 받은 것, 시집에서 출분하여 각처를 방랑한 것, 서울 제사공장에 취직한 것, 그것을 기화로 지난날의 온갖 파란이 가난과 무지 때문이었음을 깨달은 것, 그리하여 "무산계급전선의 한 투사가 되기로" 다짐하는 것 등. 과거의 작품에서 자주 다루던 채무첩 이야기는 대개 빈곤의 제물로 떨어지기까지의 경위를 보여주는 데 그쳤지만, 여기서는 민며느리가 된 처지로 분에 넘친 딴 남자를 짝사랑하면서 당하는 고통과 시련을 강조하고, 거기에다 계급의식의 각성을 결부시켰다. 소설적 흥미라는 측면에서는 그 고통과 시련에 이어진 방랑의 역정이 길고 소상하게 그려야 했을 텐데, 그렇게 하지 않은 것은 주제의 전달에 급급한 강박관념 때문이었을 것으로 보인다. 줄거리로 보아 입전형식을 도입한 것은 단순히 서술의 편의성을 고려해서라기보다, 민며느리에서 계급전사로의 변신이 지나친 비약인 터라 그 시간구조에 기대어 독자를 납득시키려고 안배한 것임을 알 수 있다. 작가가 주인공의 편력을 서술하면서 계속 세월의 경과를 셈하고 있는 것은 바로 그 증거다. 주인공이 의식의 전환을 이루는 계기로서 실연과 공장취업이라는 두 매개항이 설정되었는데, 보다 결정적인 의의를 지녀야 할 후자를 통해서 주인공은 경제적 자립과 시간적 여유를 얻은 것으로만 되어 있고, 노동자로서의 '집단의식'과 관계된 아무런 구체적 사건도 겪지 않았다. 이 부분을 주인공의 독백으로 처리한 것은 말할 것도 없이 그 내용이 작가의 체험에 의해 뒷받침되지 못하는 추상적 관념이기 때문이다. 실상 주인공은 민며느리에서 노동자로 외관만 바뀌었다 뿐이지 여전히 실연의 상처에 연연하는 상념 속에서 앞날의 자신을 계급전사로 자임하는데, 새 출발이 과거의 회상과 겹쳐 있다는 점에서 이 작품은 본질적으로 완결형식이라고 규정될 수 있다.

이상에서 검토한 바와 같이 「밋며누리」는 작가 나름으로 상당히 고심한 흔적이 엿보이지만, 실제의 작품양상은 계급의식 형상화와 전혀 무관한 수준에 머물렀다. 그 원인은 두 가지로 집약된다. 하나는 작가 자신이 비교적 잘 아는 소재여서였건 줄거리 전개에 보다 강력한 동기를 부여하려는 의도에서였건 주인공을 너무 비하시킨 것, 즉 주인공을 인습의 희생자로 설정하다보니 계급 이전 개인의 각성에 편중되어 버린 것이다. 다른 하나는 자신이 그릴 수 없는 공장을 무모하게 끌어들인 것인데, 사실 계급의식과 공장노동자의 교과서적 대응관계는 일종의 강요사항이면서 동시에 유혹이었을 것이다. 이를 몰랐을 까닭이 없는 이기영이 후속 작품에서 주인공을 초보적인 수준이나마 식자층으로 설정하고, 자신의 체험과는 인연이 없는 공장을 대치할 다른 매개항을 찾는 것으로 대책을 마련했던 것은 당연하다. 한 가지 첨언하고 넘어간다면, 후자와 관련하여 가령 소품 「단말마」(『조선일보』, 1928.1.1)가 공장파업을 소재로 하되 그것 때문에 안절부절못하는 관리자의 독백으로 시종일관하며, 역시 소품인 「경순의 가출」은 가난뱅이 아비로부터 원치 않는 시집을 강요받다가 오래비의 격려 속에 가출을 결행할 것으로 암시된 주인공이 여직공이라는 것을 언뜻 비치는 정도로 그치는데, 이것은 뒷날의 평판작 「조희뜨는 사람들」, 그리고 대작 『고향』 등 특별한 경우를 제외하고는 공장이 하다못해 소도구로 다루어지지도 않아 시사적이다.

「해후」(『조선지광』, 1927.11)는 삼년형을 치른 청년 사회운동가와 그를 과거에 짝사랑했던 주인공의 재회, 주인공이 소작농의 딸에서 여자청년회 간부로 환골탈태하기까지의 과정에 대한 회고, 삼년만에 연애감정 따위는 초월한 사회운동가로 변신했다고 자처하는 주인공과 그 청년 사회운동가의 동지적 결합이라는 순서로 서술되어 있다. 셋째 대목이 거의 전적으로 주인공과 상대역의 대화에 의해 진행되는 것은 「밋며느리」의 경우처럼 작가가 일종의 관념유희로써 서술하고 있다는 증거로 볼 수 있다. 첫 대목보다 둘째 대목이, 둘째 대목보다 셋째 대목이 더 긴데, 이를 현실의 시간으로 환원하면 둘째 대목이 다른 것과는 비교가 안 될 정도로 오랜 기간이다. 이 둘째 대목이 빈곤, 가출, 자립, 각성 등의 과정으로 전개된 입전형식이거니와, 사실의 규모에 비해 서술의 용량을 작게 한 탓도 있지만, 첫 대목과 셋째 대목의 완결구조 사이에 놓이다 보니, 그 전개과정 자체가 직선적 상승의 속도감을 조성한다. 이것은 주인공의 처지나 시련이 「밋며느리」에 비해 상대적으로 덜 심각하게 그려져 있다는 뜻도 된다. 이를테면 보통학교와 예수교 학교 고등과 이년을 마치고 전화교환수라는 일자리도 있는 데다, 가출의 동기도 생활난보다 애정심리에서 파생된 것으로 되어 있다. 소작농 아비가 죽는 바람에 생계가 어려워져 "순사단이는 부자한테로 재취시집을 가라"는 어미의 강권에 시달리다가, 그런 사정을 호소한 청년 사회운동가로부터 가출이든 재취댁이든 알아서 할 일이라는 무심한 회답을 받고 오기가 발동돼서 집을 뛰쳐나왔던 것이다. 동기부여가 이처럼 자의적인 것으로 되어서는 독자를 납득시키기가 힘들다는 것을 의식해서 형수한테 구박받고 분발하여 출세했다는 '쇠진이 이야기'라는 비유를 끌어오기까지 했다고 볼 수 있다. 하지만 이 작품은 공장 취업을 바로 계급적 자각에 결부시킨 「밋며느리」와는 다르게, 경제적 자립과 정신적 각성을 각각 일본인 카페 여급 생활과 여자청년회 가입이라는 두 개의 매개항에 대응시켜 계기적인 성장으로 처리했다는 점이 진전이라면 진전이다. 이와 같이 여성 주인공이 계급의식을 자각하는 과정에 술집을 매개항으로 설정하는 수법은 희곡 「그들의 남매-일명 월희」(『조선지광』, 1929.1,2,4,6)에서도 시도되고 있거니와, 이것은 이기영의 취재범위가 지닌 사정, 그만큼 여성의 사회적 존재양태가 미정형 상태였다는 객관적 조건을 반영한다고 하겠지만, 자칫 계급모순과 성차별을 기계적으로 등가화해 버릴 우려가 있다. 실제로 이 작품의 주인공은 카페 술꾼의 풍속에 대한 혐오감과 카페 여급으로서의 계급의식을 혼동하고, 그 결과 동지관계에 연애는 불순한 장애물이 된다고 강변하는 것이다. 당시의 운동단체들이 거창한 명분의 그늘 밑에서 연애놀음에나 열을 올려 그 꼴이 작가에게 못마땅했던 것인지는 알 수 없지만, 사회운동가는 연애에 딴눈을 팔아서는 안 된다는 주장은 애당초 주인공의 애정고백에 대한 상대역의 명제였는데, 우여곡절 끝에 주인공이 그 명제를 자기 것으로 만든 단계에 도달한다는 점에서 이 작품 역시 완결 형식이다. 한 가지 덧붙이면, 재회, 회고, 결합이라는 서술순서, 그리고 남녀 인물의 동지관계 등에서 이 작품의 본보기가 된 것으로 생각되는 조명희의 「낙동강」(『조선지광』, 1927.7)은 계급적 연대의식에 바탕한 투쟁활동 속에서 애정과 이념을 통일시켜 동지애로 승화하는 모습을 보여준다는 점에서 비교된다.

앞에서 살핀 「유혹」과 비슷하게 유한층 출신의 식자와 순진한 촌처녀의 연애를 소재로 한 「채색무지개」(『조선지광』, 1928.1)는 주인공이 그처럼 사는 처지와 생각이 다른 부류에 속하는 남녀의 연애란 제목처럼 한갓 헛된 환상에 지나지 않는다는 것을 깨닫고 이력 붙은 연애꾼의 사탕

발림에 넘어가지 않는다는 내용으로 되어 있다. 주인공의 각성으로 결말 처리된 점에서는 일종의 입신담이지만, 가출, 자립 등의 입신의 과정이 없다. 그럼에도 불구하고 양반지주의 아들이며 일본 유학생인데다 노동야학의 선생 노릇까지 하는 상대역의 술수에 말려들지 않는 것은 세 가지 요인에 의해 소설적 개연성이 확보되었기 때문이다. 소작쟁의에서 희생된 빈농의 딸이라는 것, 오래비의 계급의식을 매개항으로 한 상대역의 위선자적 정체 폭로, 당시 "다만 하나인 풍자소설가"로 정평이 났던 작가의 회화적 묘사 등. 이 셋 가운데서 둘째 것이 가장 주목된다. 그 오래비 경식이는 정도룡과 유사한 반항형 민중으로서, 비록 구체적으로 형상화되지는 못했지만, 소작쟁의와 노동야학이 확산되는 추세 속에서 소작조합의 열성분자로 활동하면서 유한층 출신 식자의 기만성을 꿰뚫어보는 안목을 획득한 것으로 되어있는 인물인 것이다. 그러니까 이 작품도 주인공이 연애의 환상을 깨고 처음부터 상대역의 허위를 간파한 오래비와의 일치에 도달한다는 점에서 그 발상법은 「해후」와 마찬가지의 완결형식이라고 할 수 있다.

여성 입신담은 이상에서 살핀 대로 주인공이 일정한 매개항을 통해 낮은 단계에서 높은 단계로 의식을 전환하는 완결형식의 이야기라는 하나의 정형을 보여준다. 그런데 후속되는 작품들은 이러한 정형에 일정한 변형이 가해진 것이어서 주목된다. 그것은 이를테면 「해후」의 청년 사회운동가나 「채색무지개」의 소작조합 열성분자 경식이와 같이 정작 작가가 그려야 했을 높은 단계의 의식을 대표하는 인물이 작품의 주인공으로 전면에 등장하는 현상이다.

「고난을 뚫코」(『동아일보』, 1928.1.15~24)가 그 첫 작품인데, 자기해방, 인류의 행복, 조선청년으로서의 사명에 모든 것을 바치겠다는 결의에 찬

운동가가 주인공이다. 서두가 세 번째의 출옥이고, 결말은 모종의 일로 예정됐던 해외행으로 되어 있고, 그 사이에 사회운동가이기 때문에 겪게 된 아내의 배신과 기아가 된 어린 딸, 노모의 친정살이, 누이의 첩살이 등 개인사의 불행과 그런 사정에도 불구하고 자기 삶의 정향이 정당하다는 신념에 대한 서술이 길게 놓여 있다. 서술유형으로 보면 완결 형식이고, 주제가 개인사에 구애되지 않는 사회운동가로서의 투쟁이니만큼, 「해후」와 닮은 작품이라고 할 수 있다. 잘난 사내에게 애정고백을 했다가 무안을 당한 오기 때문에 그 사내 못지않은 투사로 입신했다는 「해후」의 줄거리가 자의성을 노출하는 데 비해, 이 작품은 그처럼 납득하기 힘든 인물의 발전과정을 아예 생략하고 사회적 이상에 헌신하자면 개인적 고난은 기정사실로 받아들일 수밖에 없다는 관점이어서 일관성이 있다. 감정이나 논리를 넘어선 의지의 차원인 것이다. 그 의지는 "일본사람 촌에는 석년부터 세배꾼들이 북석거려서 새해의 기분은 오즉 그들에게 농후한" 조선의 청년된 사명에 바탕한 것이어서 맹목과는 다르다. 이를테면 정치투쟁적 목적의식과 결부된 민족협동전선에 닿아 있는 것일 수도 있다. 그렇지만 중요한 것은 그러한 의지의 차원에는 이 작품의 결말이 불투명한 해외행으로 처리된 것처럼 현실의 지평이 열리지 않는다는 점이다. 이러한 완결형식은 매개항이 있을 수도, 있을 필요도 없는 만큼 서술공간이 얼마든지 연장될 수도, 축소될 수도 있는데, 가령 후자에 해당되는 작품이 "병세위독으로 형의 집행정지"를 받고 돌아온 노동자 강백이가 자기와 같은 공장에 다니다가 연루되어 쫓겨난 딸자식이 생활고에 푸념하자 투쟁의지를 잃지 말라고 당부하면서 죽는다는 줄거리의 소품 「자기희생」(『조선일보』, 1929.3.12)이다.

　「고난을 뚫고」가 「해후」의 주제를 청년 사상운동가의 관점에서 다시 서술한 작품에 값한다면, 「채색무지개」의 소작조합 열성분자를 주인공으로 하는 작품을 당연히 시도했을 법하다. 그러나 이기영은 실제로 그렇게 하지 못했는데, 그 이유는 소작조합이란 것이 그의 실감과는 상당한 거리가 있는 것이기 때문이었다고 생각된다. 즉 「농부 정도룡」 「민촌」 「농부의 집」 등에서 그려 놓은 평범한 빈농들의 모습이 그가 아는 농민층의 실상인데, 그들을 계급의식으로 무장한 인물로 작품에 등장시킨다는 것은 지나친 비약이며 무리라고 판단했을 것으로 보인다. 그는 물론 정도룡과 같이 비범한 기백을 지닌 인물을 그려 보인 바 있지만, 그러한 인물의 성격은 최하층 출신으로서 갖은 세파를 이기고 나온 민중적 생명력에서 발현된 너무나 예외자적인 것이며, '집단의식'으로서 농민이 지닌, 혹은 지녀야 할 계급의식과는 종류가 다름을 알고 있었을 것이다. 그리고 "작가는 먼저 계급×××(투쟁적; 인용자)입장에서 사상의 확립이 필요하다"[31]는 카프의 방침에 따라, 「묵은 일기의 일절에서」(『조선지광』, 1929.3.6~16) 등이 말해 주듯, 그 자신도 나름대로는 유물론을 습득하고자 애쓰고 있었다.[32] 그러니 계급사상의 무산계급의식 곧 노동자계급의식이라는 등식으로부터 당시의 누구나 그랬듯 자유롭지 못했을 것이다. 이 등식이 자본주의 발전과 엄밀한 대응관계 속에서 성립된다는 것도 몰랐을 까닭이 없다. 그러니까 노동자계급의식의 선진성과 빈농계급의식의 후진성, 그리고 전자의 지도에 의한 후자의 계급적 각성이라는 착상을 도출할 수 있을 터인데, 「원보—일명 서울」(『조선지광』, 1928.5)이 바로 그에

31 주25와 같음.
32 양심곡인(陽心谷人), 「묵은 일기의 일절에서」, 『조선지광』(1928.2)에서는 유물론자의 입장에서 자신의 과거 예수교 신자생활을 철저하게 극복하려고 애쓰는 모습이 역력히 드러난다.

상응하는 작품이다.

그러나 카프의 방침에 의해, 또한 이론학습을 통해 노동자 계급의식의 선진성이라는 명제가 창작의 방향성으로 주어졌을 때, 당시의 현실이 그것과 대응관계에 놓이는 단계에 미달된다는 데서 작가로서 난점을 느끼지 않을 수 없었을 것이다. 작품은 형상적 체험의 표현이며, 체험은 현실을 앞지를 수 없기 때문이다. 이 문제와 관련하여 이기영이 상당한 고심을 하고 있었음은 다음과 같은 언질로 확인된다.

문예도 사회의 반영이다. 그 사호가 흥왕하고 발전되면 문예도 진흥 발전될 것이오 그 사회가 쇠퇴 조잔하면 따라서 문예도 쇠퇴 조잔할 것이다. 그 중에도 푸로문예는 소위 뿔조아문예와 달너서 프로문인 자체가 먼저 의식이 서고 체험이 잇서서 거긔에 때한 상당한 투쟁과 희생이 잇서야만 그 문예도 상당한 가치가 잇는 문예가 나올 것이다. 우리 조선은 아즉까지 자본주의가 발달되지 못한 동시에 그 반향인 푸로운동도 이렇타 할 것이 없고 따라서 문인고 아즉까지 누구라 할 푸로문인이 업스며 문예도 조잔이란 것보다도 발아도 잘 안된 것 같다. 지금 형편에 잇서서는 조선의 문예 특히 푸로문예는 진흥시킬 하등의 방책이 업다.[33]

"먼저 의식이 서고 체험이 잇서"야 한다고 했는데, 의식과 체험을 분명하게 변별하고 있다는 점은 작가다운 면모를 엿보게 한다. 체험과 괴리된 의식이란 추상적 관념 즉 이론이나 사상일 뿐이다. 그 이론이나 사상으로서의 의식이란 것은 카프의 방침이나 이론학습에서 도식적·관념적

---

33 이기영, 「지금 형편에는 방책 별무」, 『별건곤』, 1929.1, 90면.

수준으로나마 마련되었지만, 창작에 실질적으로 소용되는 체험이 "자본주의가 그다지 발달되지 못한" 사회인 탓으로 뒤따를 수 없는 것이 문제임을 분명히 자각한 만큼, 그 괴리를 메울 매개항의 중요성을 심각하게 인식했을 것이다. 사회운동에는 연애가 장애물이 된다는 식으로는 작품 꼴이 우스워진다는 것은 불 보듯 뻔한 사실이다. 말하자면 현실에 확실한 객관적 근거를 가진 매개항을 찾지 못하면, 노동자에 의한 빈농의 계급적 각성이란 주제를 작품화함에 있어 소설적 개연성이 확보되기 어려움을 알고 있었다는 뜻이다.

「원보」에 '일명 서울'이라는 부제가 붙어 있는 것은 그런 맥락에서 작가 의식의 진전으로 평가된다. 노동자와 빈농은 삶의 터전이 상이한 존재인 만큼, 그들의 삶의 외연이 함께 겹칠 수 있는 현실은 그리 흔하지 않다. 그래도 그러한 현실을 찾아야 한다면, 그들의 삶이 외화된 생산물이 소비되는 곳, '서울'보다 확실한 곳은 달리 없는 것이다. 주인공 석봉이는 파업으로 실직한 탄광 노동자로서 일자리를 구하러, 그리고 늙은 빈농 원보 부부는 다친 다리를 치료하러 와서 서울의 한 여관에 묵던 중 방값을 못내 한 방에 기숙하게 된 것으로 상황이 설정되어 있는데, 그들 간 대화의 첫 화제는 차와 도로이다. 즉 원보 부부는 석봉이더러 자기들처럼 차를 타고 왔느냐고 묻고는, 신작로 공사판에서 차에 치어 부상을 당했다는 것, 찻길 난 고장에 살아도 이번 상경에 난생 처음 차를 탔다는 것, 그런 사정은 마름집이나 면청 직원 말고는 거의 없다는 것 등을 늘어 놓는다. 실직과 부상, 탄광과 농촌에서 서울로 난 차길, 즉 서울로 오게 된 경위와 과정은 다르지만, 방값이 없어 한 방에 동숙하는 신세, 즉 서울에서의 상황은 같다. 이렇게 된 이상 '서울'은 단순한 작품의 배경이 아니라, 주제의 형상화와 결부된 매개항으로서 작품의 구조적 중핵에 값하는 것이 된다. 이 '서울'이라는 매개항이 얼마나 견고한 것인가는 파업과 해고, 부역과 상해라는 노동자의 적극적 성격과 빈농의 소극적 성격, 이 둘의 차이가 '서울'의 물정, 나아가 '서울'의 본질에 대한 의식 수준의 차이로 그려지고 있다는 점에서 여실히 드러난다. 논밭이라고는 하나도 없는 서울에 사는 사람들은 대체 무엇을 먹고 사느냐는 원보의 물음에 어이없어하며 다음과 같이 설명한다.

『허허. 하기야 쌀은 농사를 짓지 않으면 생길 수 없는 것이지요마는 서울 사람은 가만히 안젓으로도 쌀을 산갓치 저다 주는 사람이 잇답니다. 그것은 당신네 갓튼 농민이 쌀을 저다 주면 우리 갓튼 노동자는 석탄을 캐다 주고 옷감을 짜다 주고…』

『녜? 우리가? 당신이?!…』

로인은 말귀를 잘못 아러듯는 것처럼 어리둥절하니 석봉이를 쳐다본다.

『녜. ─우리와 당신이. ─서울 사람은 돈만 가지고 안저서 당신네 농사진 쌀과 우리네가 캐내는 석탄으로 잘 먹고 산답니다. 그런데 그들이 우리×××것은 ×××옷과 좁쌀밥 차례도 잘 안오는 그런게지요. …당신은 ×× ××××다리가 부러젓서도 병원에서는 고처 주지도 안코 우리는 수백길 되는 땅 속에 드러가서 석탄을 캐다가 먹고 살 수가 업는 품갑을 조곰만 올녀달나고 청햇더니 올녀주기는 커녕 그랫다고 우리를 내쫓는 것이 서울 사람들이지요. ─나도 그래서 일자리를 일코 이번에 서울노 왓습니다.』

하는 석봉이의 목소리는 차자 긴장해젓다.[34]

34 이기영, 「원보」, 『조선지광』, 1928.5, 99~100면.

이어서 석봉이는 임금인상 파업투쟁이 농민의 소작료 인하쟁의가 같은 성질이라는 것, 노동자와 농민이 못사는 이유는 놀고먹는 '서울 사람'들이 그들의 "피땀을 흘니고 일한 것을 교묘하게" 착취하기 때문이라는 것, "사람의 세상에서는 엇더튼지 사람이 제일 귀한 것이겟고 또한 귀하지 안을 수 업는 것"인데, "지금 세상은 사람이 ××××도 천하고 ×××××더 천하"니 "새로운 세상을 만들어야 된다는 것"이라고 열변을 토하면서, "당신네는 지금까지 ×××갓치 온순하게 일해서 대체 어든 것이 무엇"인가, "놀고먹는 서울 사람들은 당신네에게 대체 무엇을 주더"냐코 묻는다. 이에 대해 "로인 부부는 우두컨 안저서 무엇을 생각하고 잇는데 로인은 간신히 고개를 끄덕끄덱할 뿐이엇"으나, 며칠 뒤에 여관에서 쫓겨난 원보는 상처가 더쳐서 죽기 직전 찾아온 석봉이에게 '농군들'과 '외손주'에게 자기에게 들려준 이야기를 해 달라고 당부하는 것으로 처리하고 있다. 석봉이의 열변은 물론 작가의 계급사상을 대변한 것이지만, 관념어의 사용을 극히 절제하고 실생활의 사례를 들어 서술한 점과 함께, 원보의 계급적 각성을 암시적으로 묘사한 점은 여느 전작들에 비해 작가적 수완을 유난히 돋보이게 발휘한 측면이라고 아니할 수 없다.

이러한 작품 성과의 진전은 다름 아닌 매개항으로서의 '서울'이 균형감각을 잡아주었기 때문이다. 다시 말해 '서울'이라는 매개항을 통해 작가는 당시의 평균적 현실을 가늠하고, 그것을 조금 초과한 인물 노동자 석봉이로 하여금 그 자신의 계급사상을, 그것에 조금 미달된 빈농 원보로 하여금 그 자신의 체험적 진실을 대변토록 한 것이다. 이처럼 인물을 실제보다 조금 격상하고 비하하는 것은 작가의 권리일 것이다. 다만 매개항으로서의 '서울'이 일종의 비유에 그친 것은 문제로 지적될 수 있다. 그것은 평균적 현실에 대한 작가의 인식이 노동자 석봉이가 빈농의 동정자에 그치고만 사실이 말해 주듯 피상적 감각 또는 추상적 관념의 수준에 머무른 것임을 뜻하기 때문이다. 사상과 이념, 카프와 『조선지광』의 빛이 하도 강렬해서 평균적 현실의 구체적 총체성이 아직 작가 이기영의 눈에 들어올 수 없었던 것이다. 그럼에도 불구하고 이 작품은 그의 작가적 발전에 의미 있는 진일보를 보인 것으로 평가된다. 「민촌」의 창순이가 민중의 동정자로서 그려졌지만, 그가 그렇게 되어야 할 객관적 근거를 보여주지 못한 반면, 이 작품의 석봉이는 그것을 명료한 사실의 논리에 의거하여 제시하고 있는 까닭이다. 요컨대 「민촌」의 민중 계몽주의가 한 걸음 진전된 단계에 도달한 작품으로서 「원보」는 하나의 이정표와 같은 의의를 갖고 있는 것이다.

2. 볼셰비키화와 노농운동의 형상화

「원보」(1928.5)를 쓰고 나서 약 2년 동안 그에 비견될 만한 작품을 이기영은 내지 못했다. 「경순의 가출」(『조선일보』, 1929.1.1) 「자기희생」(『조선일보』, 1929.3.2) 등과 같은 소품 이외에, 5회로 나누어 연재된 희곡 「그들의 남매-일명 월희」(『조선일보』, 1929.1,2,4,6)가 있으나, 예의 여성 입신담에 무리하게 계급의식의 각성을 결부시키려 한 실패작이다. 이와 같이 작품창작이 저조한 것은 앞 절에서 인용된 「지금 형편에는 방책 별무」(『별건곤』, 1929.1)에서 스스로 언명한 대로 그 자신의 의식 또는 카프의 방침에 당시의 현실이 따르지 못한 사정에서 비롯된 결과라고 하겠다. 이러한 사정은 잘 알려져 있다시피 방향전환기 전 기간에 걸쳐 지속되었는데, 그나 카프가 현실을 앞지른 측면보다 현실이 처진 측면에 문제가 있다고 생각한 관점이 근본적으로 잘못된 것이었다. 뒷날 이에 관해 "참으로 어떻게 써야만 목적의식적이요, 변증법적 창작방법이랴? 지금 생각하면 나는 고만 이 슬로강들에 가위를 눌리고 마럿든 것 갓다"[35]라고 하여 그 잘못된 관점을 인정하고 있지만, "가위를 눌리고 마럿"다는 말마따나 당시 그의 실감이 카프의 공식노선, 즉 현실이 지체된 만큼, 오히려 더더욱 목적의식과 정치투쟁, 이론투쟁을 강화해야 한다는 명제에 충실하려고 노력했다는 사실이 중요하다. 그 사실은 역시 앞 절에서 거론된 「묵은 일기의 일절에서」(1928.2)와 「관념론적 유심론」(1929.3.6~16), 그리고 엥겔스 등을 인용하면서 여성문제에 대한 접근을 시도한 「부인의 문학적 지위」(『근우』, 1929.5) 같은 글들에서도 드러나지만, 조명희와 자신의 일화를 취급한 소품 「숙제」(『조선지광』, 1928.3~4)에서 다음과 같이 확인된다.

「(전략) 자네가 실제운동은 하지 안코 다만 붓끗으로만 「××」이니 무산자의 ×××을 부르짓는 것이 얼마나 상거가 되느냐 말일세. -그럼으로 자네가 예술가의 고집으로 진정한 푸로예술을 창작하기만 위한대도 푸로 속에 들어가지 안코는 푸로작품을 쓰지 못할 것이란 말일세. -그럼으로 자네가 예술가의 고집으로 진정한 푸로예술을 창작하기만 위한대도 푸로 속에 들어가지 안코는 푸로작품을 쓰지 못할 것이란 말일세. 不入虎穴이면 不得虎皮! 사람의 상상이란 것도 실제에서 우러나오는 것이야! 천당의 구상이 실상인즉 지상모형(地上模型)에 불과하단 말일세. 푸로는 무엇보다도 위선 유물론자가 되지 않으면 안될 것이 아닌가?」

한동안 고개를 숙이고 잠착히 듯고 잇든 K는 고개를 번쩍 들더니 별안

35 이기영, 「사회적 경험과 수완」, 『조선일보』, 1934.1.25.

간 감격한 목소리로

「P군 용서하게. 나보고 만일 진정한 고백을 하라면 나의 마음 속 깁피
에도 그런 숙제를 가진 때가 오래엿네. -그러나 나는 그것을 해결하기를
주저하고 늘 예술이란 아지랭이로 몽롱하게 싸고 잇섯단 말일세. 그러나
나의 커가는 양심은-안니 나의 가슴 속에 소사오르는 앞날의 태양은 -
그 아지랭이를 한겹 두겹 헤치고 나온단 말일세… 나는 지금 ×××에서 숙
제를 풀겟네…」[36]

P는 포석 조명희이고[37] K는 이기영인데, 진정한 계급문학은 유물론적
세계관에 입각하여 실제로 무산계급의 현실로 들어가 실천운동을 하는
가운데서 이루어질 수 있다는 주장을 펴는 전자에게 후자가 동감을 표
시하고 있는 것이다. 실제운동의 강조는 앞 절에서 살핀 바 계급사상의
체질화라는 명제를 세우고 그것을 실생활에서 관철하려 했던 조명희다
운 면모라 하겠다. 그 실제운동이 단순히 민중의 생활현장에 대한 직접
취재를 가리키는 것인지, 혹은 정치투쟁에의 참여를 뜻하는 것인지 단언
하기는 힘들지만, 이와 관련하여 조명희가 「낙동강」을 현지에 3개월간 내
려가서 썼다는 점, 1928년 초 제3차 조공의 와해 이후 일련의 그 재건작
업에 대한 대검거가 있을 때인 1928년 9월경 망명을 결행한 점 등[38]이 시

---

36 이기영, 「숙제」, 『조선지광』, 1928.3.4, 108면.
37 P는 당시의 신문 문예란에 대해 혐오감을 강하게 지닌 인물로 되어 있는데, 이는 조명
    희, 「직업·노동·문예작품」(『중외일보』, 1926.12.9~10)의 서술과 부합됨.
38 이기영, 「포석 조명희에 대하여」, 조명희문학유산 편찬위원회 편, 『조명희선집』, 소련 과
    학원 동방도서출판사, 1959, 531면. 이기영, 「추억의 몇마디」에는 '여름'이라고만 되어
    있다. 이에 관해서는 김형수, 「포석 조명희 문학 연구」(서울대 석사, 1989)가 참고된다.
    그리고 이정식·스칼라피노의 『한국 공산주의 운동사』에 의하면(138~40면), ML당 관
    련 검거 선풍은 1928년 2월, 8월 말 두 차례에 걸쳐 있었고, 그 여파가 가을로 이어졌다

사적이다.

그런데 1928년 6월 25일자 『조선일보』에 이기영도 그 무렵 극비사건으로 검거되었다는 기사가 실려 있다. 검거자 명단은 김동혁, 김복진, 이기영, 김소익, 오재현, 권경득 및 다들 석방되고 나서도 계속 취조를 받는다고 되어 있고 이름이 공개되지 않은 이모 등이다.[39] 이들 가운데 몇 사람은 결코 예사로 보아 넘길 수 없는 면모를 가진 인물이다. 당시 『조선지광』 편집겸 발행인이면서 식민지 농업경제 문제에 관해 날카로운 비판력을 보인 김동혁, 조공의 카프 조직선이며 공청 학생책으로 한 달 뒤인 8월에 제3차 조공 재건운동과 관련해서 투옥된 김복진, 뒤에 고경흠과 함께 동경 『무산자』를 통해 카프 볼셰비키화를 선도한 김소익, 공청 세포책 오재현 등. 그리고 코민테른의 자금지원도 받은 것으로 되어 있는 『조선지광』 기자이자 카프의 중견작가 이기영.[40] 물론 이 사실만 가지고 이기영이 정치투쟁에 관여하고 있었다고 섣불리 단언하기는 힘들지만, 적어도 그의 주변이 정세의 변화에 상당히 예민하게 감응하는 상태에 놓여 있었던 것만은 인정해도 좋을 것이다.

1928년 대검거를 피한 제3차 조공의 핵심성원들은 활동거점을 상해로 옮기고, 제6차 코민테른 결정서 〈12월 테제〉에 따라 승인이 취소된 조공의 재건에 착수, 1929년 3월 고려공산동맹을 결성하고 잡지 『계급투

고 한다. 조명희의 국내에서의 마지막 발표작 「아들의 마음」이 『조선지광』 1928년 9월호에 게재된 것으로 보아, 그는 가을 추가 검거 때 망명한 것으로 볼 수 있을 것 같다.

39 『조선일보』, 1928.6.25 기사.

40 김동혁은 「조선의 산미정책에 관하야」(『조선지광』, 1927.5) 이래 주로 경제문제에 관한 글을 『조선지광』에 다수 발표하고 있다. 김복진의 경우는 金正明 편, 『조선독립운동』 V, 書原房, 1977, 335~6면. 김소익의 경우는 같은 책, 437면. 오재현의 경우는 한대희 편역, 『식민지시대사회운동』, 한울림, 1986, 415면. 『조선지광』과 코민테른 자금 지원과의 관계는 이정식·스칼라피노, 한홍구 역, 앞의 책, 143의 주47 등을 참조.

쟁』을 발간하는 한편, 고경흠 등을 동경에 보내 합법 출판사 '무산자사'를 설립하고 카프 동경지부를 흡수한 것으로 되어 있다.[41] 거기서 체포되었던 고경흠은 1929년 11월경 탈출하여 상해로 건너갔다가, 이듬해인 1930년 3월 다시 활동이 비교적 자유로운 동경에 들어가 운동은 이론적으로 통일하고 그 일환으로 특히 출판활동에 힘쓰게 되었다.[42] 그는 이를테면 그 해 4월에 씌어진 「조선××(전위: 인용자)당 볼셰비키화의 임무」, 5월의 「조선에 있어서 반제국주의협동전선의 제 문제」에서 조공이 그 때까지 신간회를 민족단일당의 매개형태, 민족단일전선당의 매개형태, 민족단일전선의 매개형태로 규정해 왔으나 오류라고 지적하고, 민족 부르주아지를 제외한 프롤레타리아, 농민, 도시 부르주아지도 3계급만의 반제연합전선을 프롤레타리아의 헤게모니 아래 결성해야 하며 이를 강력하게 전개하기 위해서 무엇보다도 전위당의 강화 즉 볼셰비키화가 요구된다는 주장을 펴 나갔다.[43] 그리고 그는 2차에 걸친 대검거로 국내에 조직적 기반이 무너져 버린 터라, 이 새로운 노선을 실천하는 조직거점으로 카프를 활용하기로 결정, 이미 장악한 동경 '무산자사'의 관계자들로 하여금 카프 재조직을 주도케 한 것으로 되어 있다.[44] 그 뒤『조선지광』,『군기』,『해방』,『혜성』등에 해소논쟁 특집이 실리는 가운데, 1931년 5월 15일 열린 신간회 제2차 건국대회에서 신각회 해소를 가결하는 과정에서 카프는 행동대 역할을 맡은 것으로 알려진다.[45] 뒤이은 6월부터 10

41 이현주, 「신간회에 참여한 사회주의자의 운동론」, 한국민족운동사연구회 편, 『한국민족운동사연구』 4, 지식산업사, 1989, 103면.

42 위와 같음.

43 위의 책, 104~10면.

44 위의 책, 110~1면; 김윤식, 『임화 연구』, 175면 등 참조.

45 이현주, 위의 책, 113면; 이정식·스칼라피노, 한홍구 역, 앞의 책, 175면; 김명구, 「코민테

월경까지의 소위 카프 제1차 검거사건은 이 일이 빌미 잡힌 것으로 되어 있다.[46)]

　이러한 정국의 추이 속에서 이기영의 입장이 어떠했던가는 카프의 조직 재편과 함께 그 내부에서의 위상이 점차 뚜렷해진다는 것 정도가 확인될 뿐이다. 즉 1927년 9월 1일의 맹원총회에서는 중앙집행위원회이나 산하 부서의 위원 명단에 그의 이름이 보이지 않는데, 1928년 8월 26일 개최 예정이었던 〈조선프로예술동맹전국대회〉에서는 재무 담당 준비위원으로 되어 있고, 위에서 언급된 1930년 4월경의 카프 재조직에서는 중앙위원이면서 출판부 책임자, 그리고 1930년 말 또는 31년 초의 확대 개편에서는 작가동맹 책임자로 부상하고 있는 것이다.[47)] 조직 활동과 창작활동이 반드시 비례관계에 놓이는 것은 아니겠지만, 그러한 위치 격상은 그가 카프의 볼셰비키화 노선에 적극적으로 호응하고 있었다는 방증은 된다고 하겠다.

　카프의 볼셰비키화를 촉구하는 취지로 첫 포문을 연 것은 위에서 살핀 조공 재건운동과 카프의 관계를 고려하면 당연한 일이겠거니와, 동경의 『무산자』지에 실린 김두용의 「우리는 엇더케 싸울 것인가」(1929.7)였는데, 그 핵심은 당의 사상과 전위적 무산계급 생활감정이 결합된 작품을 가지고 당의 무산계급 조직사업에서 선전·선동력을 발휘해야 한다는 것으로 집약된다.[48)] 1928년 후반부터 카프의 창작 침체에 대한 우익문학 측

　른의 대한정책과 신간회, 1927-1931」, 편집부 편, 『신간회연구』, 284~5면 등 참조.

46　김윤식, 『한국근대문예비평사연구』, 34면.

47　위의 책, 36면의 주80, 김윤식, 『임화연구』, 308~12면 등 참조.

48　김두용, 「우리 엇더게 싸울 것인가」, 『무산자』, 1929.7, 임규찬·한기형 편, 『제1차 방향전환론과 대중화론』, 태학사, 1989, 560~75면.

의 공세와 김팔봉이 펴 오던 일련의 대중화론[49]에 대한 비판을 기틀로 삼은 이 글에서는 이기영을 비롯한 거의 카프의 모든 정예작가들이 "다같은 본질을 가진 소부르조아문사들"[50]이라는 비난을 받았다. 이어서 김팔봉의 대중화론을 정면에서 반박한 임화는 「프로예술운동의 당면한 구체적 임무」(『중외일보』, 1930.6)에서 최초로 예술운동 볼셰비키화라는 용어를 사용한 것으로 알려지는데,[51] 그 요지는 카프의 예술 전분야로의 확대 재조직, 기관지 확보, 카프 중앙부 내의 기회주의 극복을 통한 카프의 계급적 볼셰비키화, 노동자·농민조작과의 유기적 관계 등이다. 임화의 논문이 주로 조직문제에 관심이 집중된 것인 데 비해, 같은 시기에 나온 안막의 「푸로예술의 형식문제」(『조선지광』, 1930.6)는 무산계급 '전위의 눈'과 당의 이념, 그리고 그것에 의한 광범위한 노동자·농민의 아지·푸로를 창작의 원칙으로 제시한 바 있다.[52] 이러한 창작의 원칙은 권환의 「조선예술운동의 구체적 과정」(『중외일보』, 1930.9.2)에서 좀 더 구체화되는데, 그 내용은 다음과 같다.

1. ××(전위;인용자)의 활동을 이해하게 하여 그것에 주목을 환기시키는 작품

2. 사회민주주의 민족주의 x(자;인용자)치활동의 본질을 xx(폭로;인용자)하는 것

3. 대공장의 ××××제네랄 ×××

---

49 김윤식, 「한국근대문학사상사」, 153~70면 참조.
50 김두용, 「우리는 엇더게 싸울 것인가」, 임규찬·한기형 편, 위의 책, 567면.
51 안막, 「조선푸로예술가의 당면한 임무」, 『중외일보』, 1930.8.21.
52 이에 대해서는 류보선, 「1920-30년대 예술대중론 연구」, 서울대 석사, 1987, 69~70면 참조.

4. 소작××(쟁의;인용자)

5. 공장·농촌 내 조합의 조직, 이용조합의 ××(반대;인용자)쇄신동맹의 조직

6. 노동자·농민의 관계를 이해케 하는 작품

7. ××××의 조선에 대한 ××××(예하면 민족적 ××, ××××확장, ×××× ×× 결함 등의 역할) 등 ××(폭로;인용자)시키며 그것을 맑스주의적으로 비판하여 푸로레타리아트의 ××(투쟁;인용자)을 결부한 작품

8. 조선 토착부르조와지와 그들의 주구가 ×××××(제국주의자;인용자)와 야합하야 부끄럼없이 자행하는 적대적 반동적 행위를 폭로하며 또 그것을 맑스주의적으로 비판하여 푸로레타리아트의 ××(투쟁;인용자)에 결부한 작품

9. 반×××××(제반봉건투쟁;인용자)의 ××(실천;인용자)을 내용으로 하는 것

10. 조선 푸로레타리아트와 일본 푸로레타리아트의 연대적 관계를 명확히 하는 작품, 푸로레타리아트의 국제적 연대심을 환기하는 작품[53]

열개 항목으로 늘어놓았지만, 극히 원칙적인 방향을 말한 1과 내용이 불분명한 9와 지나치게 범위가 넓은 7,10을 제외하면, 3,4,5,6은 노동자·농민계급의 집단적 투쟁을 그리는 것, 2,8은 유산계급 즉 자본가·지주계급 및 그 추종자들의 반동성을 폭로하라는 것으로 압축된다. 실상 이 두 주제는 서로 맞물려 있는 것이니만큼, 결국 노동자·농민과 자본가·지주의 계급적 대립과정을 형상화하는 과제가 주어진 것이라고 할 수 있

53 권환, 「조선예술운동의 구체적 과정」, 『중외일보』, 1930.9.3.

다. 여기서 형상화란 말할 것도 없이 그러한 서사적 대립이 현실의 구체적 총체성을 통해 그려지느냐의 여부에 따라 작품의 성패가 결정된다는 의미이다.

그런데 이기영은 이러한 창작 지침이 나오기 이전에 그것에 어느 정도 접근하는 작품을 시도하고 있어 주목된다. 「향락귀」(『조선일보』, 1930.1.2.~18)가 바로 그것이다. 이 작품은 제목이 암시하듯 악덕지주의 윤리적 타락상을 풍자하는 데 역점이 놓여 있다. 이러한 작품양상은 초기작의 「장동지 아들」에서 이미 선보인 바 있지만, 풍자의 정도가 그것에 비해 훨씬 강화되어 있다. 우선 풍자의 대상을 한 개인에 국한시키지 않고 가족 전체와 그 상호간의 관계에까지 확대한 점을 들 수 있다. 팔십 노객으로 소첩을 여럿 두고 날마다 술판을 벌이는 대지주 김진사, 그 아비와 경쟁하듯 작첩과 도락에 탐닉하는 맏아들 김주사, 중년과부로 시집이 가난하다고 친정살이하다가 행랑방 총각머슴과 도망질한 막내 딸, 할애비에게 위장 강도짓을 해서 유흥비로 쓰는 씨내림 탕아인 맏손자 등. 이 맏손자의 망나니짓이 경찰 수사로 발각 나서 김진사 일가는 꼴사납게 된다. 「옵바의 비밀편지」와 같이 구소설의 위군자 폭로담을 닮은 패가 망신담이라 하겠는데, 풍자가 단순한 대상의 묘사에만 그치지 않고 줄거리의 반전에까지 침투된 점에서 작가적 수완의 진전을 엿볼 수 있다.

또한 이 작품은 악덕지주의 추잡한 향락주의가 선대의 토호질, 당대의 소작료의 고율 부과, 불법 과징, 고리대 등에 바탕한 것임을 전작들에 비해 구체적으로 드러내고, 그와 같이 부정한 축제가 권력의 방조도 일정하게 작용한 것임을 암시하고 있다. 말하자면 위의 인용 중의 8항에 해당하는 내용 즉 토착자산계급의 반동성을 폭로하고 있는 셈이다. 악덕지주에 대한 도전세력으로 청년회가 설정되어 있다. 즉 청년회는 김진사 집안의 형태가 '풍교상 해독'이 크니 근신하라는 경고장을 보내는데, 이에 경찰이 개입하여 오히려 명예훼손으로 몰린다. 그런 후 수재민 구제에 대한 무관심한 채 막무가내로 놀이판을 벌이는 지주집을 청년회가 습격하고, 그 다음날 소작쟁의가 일어나는데, 이것을 작가는 "시대의 변천은 금전의 힘으로도 어쩔 수 없는 것"이라고 논평하고 있다. 청년회를 일종의 계몽단체로 파악하는 것은 뒷날의 『고향』에서와 같은데, 여기서는 악덕지주와 대립하는 세력으로 놓았고, 그러면서도 빈농들의 소작쟁의와 아무런 유기적 관련이 없는 것으로 처리했다. 그러니까 지주와 빈농의 계급적 대립과정에 관련시켜 청년회의 매개적 역할을 적극적으로 평가한 것도 아니고, 그렇다고 『고향』에서처럼 전체적 현실과의 관련 속에서 그 한계를 분명히 지적한 것도 아니다.

이러한 문제점은 이 작품이 악덕지주의 윤리적 타락성을 폭로하는 풍자에 현저하게 치중되어 있고, 청년회나 소작쟁의는 간단한 삽화로 취급된 사실이 말해 주듯, 실제적인 현실에 대한 천착 없이 막연한 감각이라고 한 것은 이 작품이 예술운동 볼셰비키화 논의가 카프에서 구체화되기 이전에 일련의 정국 추이에 감응하여 창작된 작품으로 본다는 뜻이다. 즉 제3차 조공 붕괴 이래 우파의 신간회 주도권 장악 기도, 그로 인한 신간회의 개량화·타협화경향에 대해 1929년 초부터 고조되기 시작한 비판여론, 신간회 노선 재정립을 꾀한 복複대표자대회(1929.6.28.~9), 광주학생운동과 민중대회사건 등, 좌·우파 갈등의 심화과정[54]에 일정하게 반응한 결과가 아닌가 하는 것이다. 희곡 「그들의 남매」(1929.1,2,4,6)를 쓰고 나서 근 반년만의 작품이기도 하려니와, 방향전환기 이래 소위 토착부르

---

54 이균영, 「신간회와 복대표대회와 민중대회사건」, 『한국독립운동사연구』 제4집, 1989, 255~314면 참조.

주아지를 이것처럼 노골적으로 공격한 전례가 따로 없기 때문이다.

이기영이 작품을 통해서 정세의 변화에 상당히 민감한 반응을 보인 또다른 예로서는 약 3년 뒤의 일이지만, 희곡 「인신교주」(『신계단』, 1933.2,4) 평론 「『혁명가의 아내』와 이광수」(『신계단』, 1933.4) 단편 「변절자의 아내」(『신계단』, 1933.5)등을 들 수 있다. 「인신교주」는 초기작 「부흥회」(1926.8)에서 이미 시범을 보인 수법이지만, 교주란 자가 실상은 신도들의 고혈을 빨아 본처를 소박하고 여학생 출신 기생과 방탕한 생활을 하다가 마각이 탄로 난다는 내용인데, 바로 천도교를 풍자한 작품이다. 같은 시기에 임화의 「수운주의水雲主義 문화철학 비판」(『신계단』, 1933.3) 소인蘇因의 「천도교 청년당의 허구」 등도 눈에 띄는데, 이는 신간회 해소 이전부터 미온적이던 천도교가 그 이후에 점차 체제와 야합해 간 사정,[55] 1930년 9월의 프로핀테른 집행부 〈9월 테제〉 1931년 10월의 상해 범태평양노동조합 비서부 〈10월 서신〉 등에서 민족부르주아지의 기만성을 가차 없이 폭로하라고 촉구한 사실[56]과도 관련되어 있지만, 구체적으로는 천도교 청우당(1930.2.16.)을 조직한 이래 김성수, 송진우 등과 자치운동을 재개한 우파에 대한 좌파의 일세 공세, 특히 1932년 말부터의 천도교정체폭로비판회[57]를 『조선지광』 후신인 『신계단』 관계자들이 주도한 것과 직결되어 있

55　천도교 청우당 조직(1931.2.16)이 주목된다. 그리고 일제 관변인물인 이반송(李磐松, 坪江汕二?), 「조선의 사회운동」, 한대희 편역, 앞의 책, 91면 참조.

56　이정식·스칼라피노, 앞의 책, 166면, 174~5면; 한대희 편역, 앞의 책, 258~71면 참조.

57　주55와 같음.
　　『신계단』편집부가 「종교시평」(『신계단』, 1932.11)을 통해 천도교의 일제와의 유착을 "정녀의 탈을 쓴 매춘부"라고 비난한 것에 대해 천도교 측이 『신계단』 사무실을 습격, 폭력을 행사함으로써 확산된 이 분규는 『신계단』 1933년 7월호에도 천도교 비판문이 상당수 실린 것이 말해주듯 오랫동안 계속되었다. 이기영은 1932년 12월 21일 열린 소위 〈천도교정체폭로회〉에 참석, 향후 대책에 관해 의견을 개진한 것으로 확인된다.(「천도교정체폭로비판회경과보고」, 『신계단』, 1933.1, 105~8면)

다. 치졸한 방식으로 사회주의자를 희화화한 작품임에는 틀림없지만, 출간된 지 오래된 『혁명가의 아내』(삼천리사, 1930.10)를 굳이 질타하고 또 벌써부터 알 만한 사람은 다 아는 이광수의 투항 경력과 사생활을 야유한 「변절자의 아내」(『신계단』, 1933.5)를 쓴 것도 같은 문맥에서 이해된다.

「향락귀」 다음으로 발표된 「조희뜨는 사람들」(『대조』, 1930.4)은 몇 백 년 전부터 종이를 만들어 온 '물쭈' 즉 자영 수공업자들과 "품파리하는 일공 노동자들이" 사는 제지공장촌의 파업을 그린 작품이다. 원래 조합을 구성하여 지물상과 선대제 생산계약을 맺고 종이를 생산하던 주민들은 이 마을에 새로 들어선 '근대식 공장'의 하청업자로 된다. 납품회사의 술수에 넘어가 불평등계약을 체결했던 물쭈와 노동자들이 공전 인상을 요구했다가 거절당하고 동맹파업을 벌이는데, 동업자 중 한 사람은 그 계획을 회사 측에 밀고하고 거기에 참가하지 않는다. 회사 측은 파업자들을 상대로 회유 공작을 벌이고, 그에 따라 동요자도 생기지만, 파업을 주동한 물주 장별장과 식자 출신 노동자 샌님이 단결을 호소하여 결속을 공고히 다져 나간다. 회유책이 먹혀들지 않자 필시 배후조종자가 있음을 눈치 챈 회사 측은 샌님과 장별장을 색출, 두 사람은 차례로 투옥된다. 중심인물을 잃은 주민들은 강온 양파로 나뉘어져 싸우다가 밀고자인 박선달을 폭행하는 소동이 벌어지고, 그로 해서 경찰이 개입, 모두 구속되었다가, 회사 측의 운동으로 풀려나서는 작업장에 복귀함으로써 파업은 실패로 끝나고 만다. 여기를 기다리며 와신상담한다는 것, "가난한 노동자들을 참으로 위해서 일해 주는 훌륭한 양반"인 샌님이 다시 돌아오기를 바란다는 여공 삼분이의 편지를 받고 옥중의 샌님이 감격한다는 것을 덧붙였다.

이 작품은 조명희의 「낙동강」(『조선지광』, 1927.7)이 그랬듯 현장 취재를 한 것으로 알려져 있는 작품[58]이어서 주목된다. 앞에서 살핀 「숙제」
(1928.3~4)에 언급된 '실제운동'이 그것을 뜻한다면 약 2년 만에 성과가
나온 셈인데, 그렇다고 이 작품의 내용이 사실을 재현한 것으로 이해하
면 곤란할 것이다. 가령 전작에서는 유례를 찾기 힘들 정도로 노동자들
의 작업 광경이 박진감 있게 묘사된 것이나, '물쭈' 즉 하청 수공업자들과
지물상의 선대제 생산관계, 또는 그들과 납품회사 사이의 불평등 계약
관계 등에 대한 치밀한 서술은 분명히 현장 취재의 소산이겠지만, 주인공
샌님처럼 작가가 노동자들과 숙식과 작업을 같이하며 지냈던 것으로는
생각되지 않는다. 물론 그랬을 수도 있겠지만, 중요한 것은 샌님이 제지
공장촌으로 들어온 동기가 앞의 「숙제」에서 조명희의 입으로 진술된 '실
제운동'의 강조와 맥이 통한다는 점에 있다.

　　그는 이 공장촌으로 드러올 때부터 비로소 인간으로서의 첫 생활을
한 발 내딧는다는 것을 의식하고 덤벼들었던 것이다. 아니 그보다도 그
는 지금까지 자기의 불행한 생활-알뜰한 무산자이면서도 오히려 소뿔
조아의식에서 버서나지 못한 비겁한 자긔를 진실한 ××적 ××로서 진리
를 위해 사는 사람이 되게 하겠다는 결심에서 나온 일이엿다. 그래 그는
붓을 던지고 연장을 잡게 된 것이다. -여긔까지 거러나온 그의 생활!……
그것은 그 스사로도 그리 대단치 안케 넉인다마는 이십오년 동안의 그의
전통적 봉건적 생활을 떼치고 이 새길을 밟기까지에는 체력은 도저히 로

58　「낙동강」이 현장취재를 통해 쓴 작품이라는 것은 이기영, 「포석조명희에 대하여」, 조명
　　희 문학유산연구회, 『포석조명희 선집』, 쏘련 과학원 동방도서출판사, 1959, 531면 참
　　조. 그리고 이기영은 「예술의 허구성(하)-문예시사감수제」(『매일신문』, 1941.5.10)에서
　　자신이 "거금 십여년 전에 경성 부근의 제지조합에 잇서 본 일이 잇다"고 하면서 종이
　　제작공정에 대해 상세히 기술하고 있는데, 이를 「조희뜨는 사람들」이 현장 취재에 의
　　거한 작품이라는 증거로 삼아도 무방할 것이다.

동을 감내치 못하리라는 신렴에 붓들렷섯다. 그외에도 가난한 가정을 버리고 허다한 소뿌르조아의 유혹을 끈코 비겁과 안일을 뿌리치고 이 길을 새로히 걸으랴 결심하고 나슨 그는 실로 생사를 걸고 나슨 거름이라 할 수도 잇섯다.[59]

이 대목은 제지공장촌 파업이 한창 고비에 접어들엇을 때 그 배후조종자로 납품회사가 자신을 지목하는 것을 알아차리고 곧 이어 잇을 신변의 위험을 각오하는 샌님의 독백이다. 샌님은 작품 말미에서 "황운이라는 일개 문학청년"으로 밝혀지는데, "붓을 던지고 연장을 잡게 된" 동기가 자신의 소시민성 청산에 잇다고 햇다. 그 구체적 내용은 샌님이 한 달 전에 제지공장촌으로 들어와서 난생 처음 "노동의 세례"를 받고 "의식업는 로동자가 한 푼만 생겨도 위선 모주집으로 가는 심리를 리해할 수" 잇게 되엇고, 또한 노동자들도 그가 "손 흰틔―유식한 틔를 보이지 안코 그들―로동자와 갓치 먹고 갓치 자고 갓치 동구는 데서" "동류의식을 늣기게 되엿다"고 한 작품 서두부의 서술에서 확인된다. 샌님이 노동자들의 동정자이고, 노동자들이 서투른 일꾼이자 유식한 이야기꾼인 그를 존중하는 것은 「민촌」의 창순과 빈농들의 관계에 대한 서술과 거의 일치한다. 즉 이미 살핀 대로 「민촌」의 빈농들도 창순에 대해 "그에게는 양반틔가 없다는 것뿐 아니라 그의 호활하고 의리잇는 것"[60]에 호감을 갖고 그의 탁월한 식견을 경청하는 것으로 되어 잇는데, 오직 차이나는 점은 샌님이 노동자들의 삶을 직접 몸으로 확인함으로써 그들과 일체감을 획득하려 한다는 것이다. 그러니까 샌님은 계몽가적 성격의 문제적 개인 창순

59 성거산인, 「조희뜨는 사람들」, 『대조』, 1930.4, 118~9면.
60 「민촌」, 이주형 외 편, 앞의 책, 41면.

을 비판적으로 계승한 인물인 셈이다. 여기서 비판적이라 함은 물론 샌님이 소시민성의 청산을 표방하고 노동현장에 뛰어 들어감으로써 창순의 민중계몽주의가 지닌 한계를 극복하려는 시도를 보여준다는 것이 주목되는 까닭이다.

그런데 소시민성의 청산이 무산계급의식이나 노동자계급과의 결합에 어떤 관련을 갖는지에 대해서는 언급이 없다. 소시민성의 청산과 무산계급의 현실 사이에 가로놓인 매개항들이 간과, 또는 무시된 것이다. 노동현장에서 얼마간 같이 생활하는 것만으로 계급적 공속관계가 간단히 확보된다고 한다면, 그러한 발상처럼 어림없는 단견도 없다. 말하자면 이 작품 서두부의 서술은 순전한 작가의 주관에 의해 과장된 것임은 자명하다. 실상 이 작품의 주인공 샌님은 파업의 주역으로 형상화되지 않고 그 배후조종자로 서술되는 데 그쳤는데, 이 사실에서 이기영의 작가로서의 정직성을 엿볼 수 있다. 실제의 노동현장에서 그가 본 것, 아니 그의 망막을 온통 채워 버린 것은 노동의 숙련성과 집약성이 요구되는 작업 광경, 그 다음으로 공임문제를 축으로 한 생산관계였을 것이다. 후자가 더욱 본질적인 문제임은 말할 것도 없겠거니와, 그것은 물질력 즉 자본주의 경제의 객관적 논리가 엄연히 작용하는 영역인 만큼, 붓대나 만지던 지식인이 어떤 변수로 작용키 어렵다는 것을 인정하지 않을 도리가 없었을 터이다. 파업의 시작, 이탈자, 중도의 동요와 일탈, 그리고 결말은 모두 그 논리에 의해 규정된다는 사실을 부정할 수 없는 이성, 그 전 과정에서 주인공의 역할이 겨우 단절하라는 상식적인 조언 한마디를 거드는 정도로밖에 그려질 수 없는 것은 당연하다. 그럼에도 불구하고 작품의 말미에 삼분이의 편지로써 제지공장촌으로의 복귀를 출옥 후의 방향성으로 제시했다. 그 방향성이 곧 작가 자신의 그것이며, "실로 생사를 걸고 나슨 거름"이라 한 샘님의 독백처럼 감옥에 가는 정치적 모험에 몸을 던져도 좋다는 볼셰비키화의 그것이었기 때문이다. 이런 맥락에서 이 작품에 대하여 염상섭과 함일돈이 주로 샘님의 성격에 소설적 개연성이 결여되었다는 점을 들어 혹평하자,[61] 그가 김두용의 「우리는 엇더케 싸울 것인가」에서 인용된 바도 있는 나카노 시게하루中野重治의 아지·프로론(「우리는 전진하자」) 즉 볼셰비키화의 기본 이론을 내세워 격렬히 반발한 것[62]은 충분히 납득될 수 있다.

「원보」까지의 작품들이 계급적 모순의 인식과정을 그리는 데 머물렀다면,「조희뜨는 사람들」은 거기서 한 걸음 더 나아가 그것과의 대결과정을 보여준다는 점에서 획기적이라고 할 수 있다. 그런데 「원보」에서 노동자 석봉이와 빈농 원보의 연대는 '서울'이라는 매개항을 통해 포착된 계급사회의 다 같은 피해자라는 객관적 근거를 가진 반면,「조희뜨는 사람들」에서 문청 출신인 샘님과 노동자들의 결합은 그러한 근거가 박약하다. 이 측면은 「민촌」의 민중계몽주의가 지닌 한계를 공유하는 부분이지만, 그러한 한계를 극복하려는 의욕도 보이고 있다. 샘님이 표방한 지식인의 소시민성 청산 및 민중과의 계급적 공속관계 확립이라는 과제가 그것인데, 이러한 작가의 발상은 이제까지 살핀 대로 작품에 성공적으로 형상화되지 못했다. 이러한 문제점과 관련하여 이 작품에 이어서 씌어진 「홍수」는 색다른 시도를 보여준다.

「홍수」(『조선일보』, 1930.8.21.~9.3)는 발표 당시 상당히 높은 평판을 받았고, 최근의 여러 연구에서도 비중 있게 논의되는 작품이다. 이기영의 작가

---

61 염상섭, 「4월의 작단」, 『조선일보』, 1930.4.20; 함일돈, 「4월의 창작평」, 『대중공론』, 1930.6, 114~6면.
62 이기영, 「반동적 비평을 매장하자」, 『대조』, 1930.8, 103면.

적 발전과정에 있어서 이 작품이 차지하는 위치는 줄거리의 골격이 대작 『고향』과 거의 유사하다는 점으로 넉넉히 짐작할 수 있다. 즉 이 작품은 모두 9장으로 구성되어 있는데, 제1장은 해마다 물난리를 겪는 K강가 T촌의 배경 설정, 제2, 3장은 주인공 박건성의 과거경력 및 빈농들과의 관계, 제4, 5, 6장은 박건성의 노동야학을 통한 계몽활동 및 그 성공 사례로서의 백중날 완득이·음전이의 혼례, 제7, 8, 9장은 수재를 계기로 결성한 농민조합의 소작료 감면 쟁의와 주동자 박건성의 투옥 등이 주요 내용이다.

박건성은 빈농의 아들로 열다섯에 중병 든 모친의 치료비를 마련하기 위해 유년직공으로 일본에 팔려가서 공장노동자 생활을 하는 가운데 계급의식에 눈뜨고, 파업 참가, 투옥, 해고, 자유노동을 거쳐 7년 만에 귀국한 뒤 노동야학, 농민조합을 주도하다가 다시 투옥되는 인물이다. 그의 출가 경위가 심청전과 비교 서술되기도 했지만, 이 작품의 줄거리는 입전 형식의 전형을 보여준다는 점이 주목된다. 앞 절에서 살핀 입신담 유형의 작품들에서 그 주인공들이 그러했듯, 박건성도 개인사에 구애되지 않는 운동가형 인물로서, 빈농들에게 "돈 잇는 사람"이나 "칼 찬 경관"에게도 당당하고, 술과 노름, 여자를 멀리하며 주경야독하는, "건달도 안이요 선비도" 아닌 "별사람"으로 비쳐진다. 이러한 이질감은 그가 빈농들과 꼭 같이 논매기를 하고 풍물판에 어울리고, 또 금방 "한 사람 목의 일군으로 대접밧게" 되어 계층적 차이라기보다 경력의 특이성에서 말미암은 바라고 할 수 있다. 그런데 "별사람" 즉 문제적 개인으로서의 박건성에 대한 다음과 같은 서술은 전작들의 주인공들에 대한 그것과 일정하게 연관된 것이어서 흥미롭다.

처음으로 논을 매 보는 건성이는 호미가 베포기 사이로 잘 도라가지 안엇다. 그래 그이 서투른 호미질하는 것을 보고 농군들은 모다 우섯다. 건성이는 그들의 호미질하는 것을 한참동안 견습을 해 보앗다.

「타국에 가 칠년동안이나 온 것이 기껏 논매러 왓든가!」

「논을 맬 터이면 진작 상일을 할 노릇이지 타국에는 뭐하러 갓노!」

「상일도 연골에 배워야 되는게지……인제는 내가 구더서 되거듸」

「남의 일이라도 참 딱하군…… 박첨지가 인제는 생명이 좀 뗄 줄 알앗더니…… 저게 무슨 일이람! 끌! 끌!」

그들은 건성이를 이러케 흉보고 비양하고 십헛다.

그러나 그런 말이 그들의 입 박개까지 나오지는 안엇다. 그것은 어듸든지 모르게 건성이의 인끔에 눌여서 그런 말을 감히 토하지 못하엿슴이다……. 그의 진중하고 늠늠한 긔상에는 어듸인지 넘보지 못할 구석이 잇섯다.

건성이는 그들과 롱담도 잘 하엿다. 그러나 그의 이약이 끗은 언제든지다만 잡담으로만 끗치지는 안엇다……. 그들은 그에게 생전 듯지 못하든 신귀한 말을 들엇다. 그의 이야기는 다만 <유식>한 이야기가 아니엿다. 그것은 고담에서도 글방 선생에게서도 듯지 못하든 말이엇다.

「참말로 그것치! 그래여!」 하고 자긔네도 모르게 무릅을 탁! 탁! 치게하는 말이엿다. 그래 그들은 차차 이 세상 속을 짐작하게 되엿다. 자긔네가 웨 가난한 까닭도 알게 되엿다. 부자는 웨 점점 부자가 되고 가난한 사람은 웨 점점 가난해지는 까닭도 짐작하게 되엿다. 그들은 도회의 공장로동자도 자긔들과 갓치 비참한 생활을 하고 잇다는 이야기-그래 그들은 자본가를 대항하야 ××××한다는 이야기 -로동자와 농민의 대다수가 가난의 지옥에서 면하랴면 오즉 ××하야… 한다는 이야기-.

그와 갓치 ××도 ××××해야 한다는 이야기….

그리하야 건성이는 그들의 진정한 동무로 사괴게 되엿든 것이다.[63]

남들이 함부로 흉보고 비아냥대지 못하는 그의 "진중하고 늠늠한 기상"은 정도룡의 비범한 기백을, 그리고 '심긱한 말'로써 빈농들이 빈부의 격차가 확대재생산되는 "이 세상 속을 짐작하게" 이끄는 능력은 「민촌」의 창순이 지닌 탁월한 식견을 닮았지만, 그 두 가지 문제적 개인으로서의 자질은 빈농의 아들로서 노동시장에 팔려나가 공장노동자 생활을 하면서 획득하고 깨친 것이라는 점에서 밑바닥 인생 정도룡이나 책상물림 창순의 경우와는 구별된다. 그러니까 앞 절에서 살핀 「원보」와 마찬가지로 선진적 노동자에 의한 빈농의 계급적 각성이라는 당시 카프의 정석이 이 작품의 기본 도구로 되는 것은 당연하다. 그런데 「원보」의 석봉이와 이 작품의 박건성은 다 같은 파업꾼 노동자이지만, 전자가 단순히 빈농층에 대해 연대의식을 표시하는 수준에 그치는 반면, 후자는 농민운동의 실천으로 나아간다. 또한 「조희뜨는 사람들」의 샌님은 제지공장촌의 파업에서 실질적으로는 방조자 역할밖에 못하는데, 박건성은 빈농들을 계도, 조직, 통솔하는 지도자 노릇을 한다. 요컨대 박건성은 전위의식과 실천 역량을 구유한 인물이며, 이런 사례는 전무후무한 일이다. 이러한 차이는 박건성이 노동자 출신이면서 동시에 빈농의 아들이라는 사실, 즉 빈농들과 계층현실을 공유하는 노동자 출신이면서 동시에 빈농의 아들이라는 사실, 즉 빈농들과 계층현실을 공유하는 인물이라는 점에서 기인된 것이라고 할 수 있다.

63 「홍수」, 『농민소설집』, 별나라, 1933, 17면.

더욱 흥미로운 것은 그의 귀국을 전후한 사건의 서술유형이 정확한 구조적 대응관계를 보여준다는 점이다. 즉 빈농의 아들, 공장생활, 파업 등 박건성의 과거 경력은 가난과 무지, 노동야학과 농민조합, 소작쟁의 등 T촌 사람들의 노동야학·농민조합은 꼭 같은 계급의식 각성의 매개항이다. 그러니까 노동야학·농민조합의 주도자 박건성은 7년의 노동자 생활을 겪고 다시 그와 계층적 현실을 공유한 빈농들의 과제와 맞부딪히는 형국이며, 따라서 그의 7년 세월이 본질적으로 무의미한 것이라는 점에서 이 작품의 시간구조는 완결형식으로 규정된다.

작년 봄에 이러난 저 유명한 ××사건 때에는 그도 쟁의단의 한 사람으로 열렬히 싸우는 투사가 되엇다. 공장에서 쫏겨나기는 물론, ××(감옥:인용자)까지 갓섯다.

한번 쫏겨난 그는 다시 공장에 드러갈 수 업섯다. 그래 그는 한동안 자유로동을 해 보앗다가 지난 달에 고국으로 나왓다. 그는 고국에 나오고 십헛음이다.

그러니 마을 사람들이 그가 몰나볼 만치 변하엿다고 놀래는 것도 무리가 아니다. 그는 과연 ×××××로 변하엿다.

칠년만에 나오는 고국은─그 동안에 얼마나 변하엿든가? 강산은 의구하다마는 촌락은 더욱 령락해 갈 뿐이엇다. 늙은 부모는 그 동안에 더 늙고, 어린 동생과 누의는 몰나보도록 컷다─. 누에 번데기 가튼 모친은 그의 생전에 다시 보지 못할 줄 아럿든 아들을 보고 깃버하엿다. 그러나 그는 끗흐로 이런 말을 끄내엿다.

「너 돈좀 버러 가지고 왓늬? 난 돈 아쉬워서 죽겟구나…」

「아이 어머니는 밤낫 돈…」 이것은 건성이의 누의 순남이 말이엇다.

「참말로 돈에 갈급이 낫다. 왠일로 사람살기는 점점 극난이라늬?」

그는 이 아지 못할 수수꺽기를 건성이에게 뭇는 것 갓타엿다.

-멀리 타향에 가서 칠년이나 잇다 온 개화한 아들에게-

(중략)

그는 그 날 밤에-다른 식구들은 모다 코를 골고 자는데도 왠일인지 잠이 오지 안엇다. 그는 장차 압일을 이리저리 궁리해 보다가 끗으로 이러케 부리지젓다.

「어머니 돈 못벌어온 이 아들을 용서해 주서요! 비록 돈은 벌지 못하엿음니다마는 어머니의 아들되기에 과히 붓그럽지 안흔 자식이 되여온 줄 아십시요…」[64]

자식을 직공으로 팔아 신병을 고친 노모가 내내 "돈에 갈급"난 상태를 면하지 못하고, 이 작품의 다른 빈농들도 마찬가지다. 좁쌀 한 부대에 어린 딸을 제주도 뱃사공에게 판 간난이네, 금덩이를 주운 횡재꿈을 믿고 온 종일 산으로 쏘다니며 바위마다 헛된 망치질을 한 혹부리 김서방, 인근동으로 노름판을 찾아다니는 투전쟁이 원식이, 논마지기나 얻어질까 이웃을 밀주조사단에 고자질한 광성이 등. 칠년 동안 모든 것이 "더욱 령락"하기만 했는데, 오직 외지에서 '투사'로 변신한 빈농의 아들만이 그러한 현실에서 "장차 압일을 이리저리 궁리"하는 것으로 되어 있다. 그 '궁리'란 다름 아니라 빈농들로 하여금 자기가 걸어온 변신과정을 되풀이하게 만듦으로써 그 자신도 공유하는 빈농적 계층현실과 맞서는 대결과정의 구상이다. 실제로 그 구상이 노동야학, 농민조합을 매개항으로 하여

64 위의 책, 8~9면.

실천에 옮겨지자, 빈농들은 노름의 폐풍과 "강제혼인과 매매혼인과 정략결혼" 같은 구습을 일소하고, 일치단결하여 소작쟁의에 나서는 것으로 되어 있다. 완결형식의 시간구조란 예정된 도달점을 향해 어김없이 진행되는 바로 이와 같은 서술유형을 이르거니와, 거기서는 당사자인 빈농들이 자율성과 독자성을 잃은 객체에 지나지 않고, 다만 매개항을 주도하는 주인공 즉 매개인물이 주체로 되는 것이다. 예컨대 완득이·음전이 혼례는 박건성의 연출에 따라 농악으로 반주하고, 예물로는 호미와 낫을 교환, 심지어 신랑 신부의 퇴장에는 여물을 끼얹는다. 또한 홍수로 집과 곡식이 잠기고 계속 장대비가 내리는 가운데 그 큰물도 본디 작은 개울물이 합친 것이라 하여 단결의 필요성을 강조하는 박건성의 연설 한 마디에 실심했던 빈농들이 모두 공감을 표시한다. 박영희는 전자가 "비사실적에 가까운 것"이며, 후자는 "의식적으로 보아서 적절한 구성이나 심리적으로 보아서 긍정하기 어려웁다"고 하여 소설적 개연성과 관련하여 문제점을 지적하고, "주관적 열정주의에만 착안"한 "이 소설은 예술의 그것보다도 계몽의 그것에 가까웁다"고 평가한 바 있다.[65] 사실 농민들은 그들 나름대로 관혼상제나 천재지변에 상호부조를 도모하는 향촌공동체의 제도적 장치, 이를테면 동계 같은 것을 운용하는 것이 상례인데, 이 점을 간과, 무시하고, 매개항과 매개인물의 역할을 엄청난 비중으로, 비현실적으로 과장해 버린 것이다.

박건성과 T촌 빈농들과의 이러한 수직적 지도-추종관계가 어이없는 허구이듯, 공동생활, 공동작업으로 한 달 만에 수재를 복구하고, 그 과정에서 "지금까지 거러온 반대방향에 잇는 큰 신작로"와 같은 '새길'을 따

65 박영희, 「카프작가와 그 수반자의 문학적 활동-신추 창작평」, 『중외일보』, 1930. 23~4.

라 '자유의 바다로!' 나아갈 힘을 얻고 농민조합을 결성하여 소작쟁의에 흔들림 없이 매진한다는 낙관적 전망도 실제 그러한 현실의 존재 여부와 관계없이 소설적 설득력을 가지지 못한다. 현실의 변증법이 작용하지 않는 완결형식은 삶의 구체적 총체성을 보여줄 수 없기 때문이다.

이 작품에 묘사된 빈농층의 모습은 가난과 무지에서 벗어나지 못하는 초기작의 그것과 일치하며, 그의 체험적 진실에 바탕한 것인 만큼 그 자체로는 실감이 있다. 그러나 노농운동이 고조된 1929년 이래의 현실에 비추면, 그것은 결국 구태의연한 고정관념의 일종으로 낙착되고 만다. 그가 기억하는 과거의 빈농상을 노동야학과 농민조합이 확산된 새 현실의 문맥에다 무정견하게 결부시켰을 때, 그것이 아무리 진지한 의도에서 나온 것이라 하더라도 이를테면 완득이·음전이 혼례나 박건성의 수재민 격려연설과 같이 희화적인 장면, 기형적인 작품양상을 빚는 것이다. 예술운동 볼셰비키화 정책이 창작의 선차적 명제였다 하더라도, 그것은 노농운동의 고조라는 당대의 실제 현실과 일정하게 관련된 것이며 또 그러한 현실 변화는 그 당사자인 인간-노동자, 농민의 성장에 말미암은 것일 수밖에 없는 이상, 그 현실 자체에 대한 탐구가 작가로서는 당연한 과제인데도, 아직 이기영은 그러지 못했던 것이다.

「홍수」 이후의 작품들은 점점 더 과격해지는 양상을 보여준다. 일례로 초기작 「쥐이야기」(1926.1)의 속편인 우화형식의 풍자소설 「광명을 앗기까지」(『해방』, 1930.12)를 들 수 있다. 「쥐이야기」에서 돈 백 원을 잃은 김진사가 그것이 쥐의 소행임을 눈치 채고 쥐덫과 고양이를 풀어 놓자 생존의 위협에 직면하게 된 쥐들이 대책을 강구하지 않을 수 없게 되는데, 그 과정에서 예의 곽쥐는 무사안일한 봉건적 완고축 늙은 쥐들을 배격하고, 『공산당선언』을 윤색하여 "동물계의 프로레타리아"인 쥐들의 단결과 투쟁을 촉구함으로써 "진취성 있는 청년 쥐들"의 '위대한 지도자'로 부상한다. 그는 '풍채와 인품'이 뛰어나 여자 쥐들에게도 인기가 있는데, "지금은 연애할 때가 안니라고 그런 것은 일체로 거절하고 오직 계급투쟁에만 열중한다." 그는 '서족대회'를 열어 김진사에 대한 대항운동의 추진방안을 결정하기로 하는데, 거기서 완고축의 패배주의는 물론 완전히 무시되고, "김진사집에다 불을 노차는 등, 혹은 김진사가 잠든 틈을 타서 그의 불알을 무러뜻자 하는 의안" 등 극좌 모험주의는 부결되며, 겨울 동안 농성하다가 해빙기에 집단적 시위운동을 전개하자는 곽쥐의 대중투쟁노선이 채택된다. '곽쥐주의'로 불리는 이 대중투쟁노선의 실천방법으로는 김진사집 사당의 신주들을 훔치고 해코지하자는 의안이 만장일치로 가결된다. 실제로 그런 일이 벌어지자 당황한 김진사는 단골을 불러 쥐제사를 지내고, 그 이후로 "김진사집에서는 쥐들을 조상 위하듯" 하는 쥐 세상이 되는데, 여기에 작가는 소작인들도 차차 쥐를 닮아간다고 덧붙였다. 「홍수」에서 지주 정고령이 전면에 등장하지 않고, 소작쟁의도 사태진행에 대한 작가의 소략한 서술만 나오는데 반해, 비록 우화형식이라 한계는 있지만, 지주에의 대항운동이 전개되는 역동적 과정을 그린 점이 돋보이는 작품이라고 할 수 있을 것이다.

「시대의 진보」(『조선지광』, 1931.1.2)는 앞 절에서 살핀 여성 입신담 유형의 작품인데, 제목 그대로 주인공의 주장은 같은 계열의 전작들에 비해 보다 더 과격해진 양상을 보여준다. 주인공은 공장노조 간부인데, 옛 애인인 여학교 시절 선생과 5년만의 우연한 재회, 사제간의 불륜이 발각나서 파면, 퇴학을 당하고 헤어진 내력 및 과거 자신이 그 선생에게 반한 동기 등에 대한 회고, 무기력한 소시민적 지식인으로 타락한 선생과 무산계급의 '투사', '병정'을 자임하는 주인공의 대화 등의 순서로 서술된다. 서술

순서로 보면 앞 절의 「해후」(1927.11)와 비슷하지만, 「해후」가 서로 개인적 애정문제를 초월한 남녀의 동지적 결합으로 끝맺은 데 반해, 여기서는 전위의식으로 무장한 공장노조 간부인 주인공이 일개 소학교 선생으로 머물러 있는 상대역을 "동정자적 건달주의자"로 단호하게 비판하고 결별하는 것으로 되어 있다. '시대의 진보'란 주제는 이와 같이 과거 자신이 진보적 지식인이라고 믿었던 옛 애인의 정체 폭로에만 국한되지 않고, 자신의 애정이 상대역의 사상에 대한 공감보다는 남성적 매력에 유발된 것임을 반성하는 한편, 앞으로 "참지 못할 성욕을 채우기로 말한다면" "동지 중에서 대상을 구할 수도 잇슬 것"이라는 해괴한 변태적 착상으로 표백되기도 한다. 이처럼 자제를 잃은 기괴한 주장도 실은 소시민적 지식인다운 속성 즉 소영웅주의자의 과격한 주관성을 반증하는 것에 지나지 않는다는 것은 명약관화하다.

「시대의 진보」에서 노정된 이념과 현실의 불균형이 더욱 심각한 지경에 이른 작품이 중국혁명을 무대로 암약하는 혁명가를 그린 「이중국적자」(『해방』, 1931.6)다. "거기에는 근로대중도 없고 계급도 없"으며, "다만 도화역자적道化役者的 변장술을 가지고 마치 카포네나 다름없는 투전업자이고 봉건주의적 만담에서나 볼 수 있는 제조된 영웅"[66]의 모험담 내지 활극이 펼쳐질 뿐이다. 전위의식에의 압도적 경사 작품의 현실성을 극도로 무시하는 결과를 초래하는 것은 불가피한 일이다.

그런데 '1931년 6월작'이라 부기되어 있는 「부역」(『시대공론』, 1931.9, 32.1)은 「홍수」에서 소략하게 취급된 지주와 빈농층의 대결 즉 소작쟁의를 본격적으로 다룬 작품인데, 그 소설적 처리방식이 「홍수」와 사뭇 달라 주목

---

66 신유인, 「창작의 고정화에 향하여」, 『조선중앙일보』, 1931.12.8.

된다.

「홍수」에서는 빈농층이 단결하는 결정적 계기로 홍수로 인한 수재 즉 자연재해를 설정했는데, 그것에 역점이 놓이다 보니 지주와 빈농층의 대립관계가 부각되지 못했다. 전통적인 소작관행은 소작인 개인 및 가족의 신상에 불행이 있거나 불가피한 재해가 있을 때는 지주가 소작료를 일정하게 감면해 주었던 것으로 되어 있다.[67] 이 사실을 잘 아는 농촌 태생인 이기영으로서는 홍수가 난 다음의 소작료 감면쟁의를 작품에서 추궁해 들어가는 데 곤란을 느꼈을지도 모른다.

당시 소작쟁의의 원인은 첫째 소작권 변경, 둘째 소작료 인상, 셋째 지세부담의 전가, 넷째 관개비의 전가 순이었다.[68] 농민층의 양극분해가 가속화되는 현실에서 소작권 변경이 지주층의 절대적 무기로 되는 것은 지극히 당연하다. 소작쟁의의 나머지 세 원인은 실상 소작권 이동의 잠재적 위협 밑에서 이루어지는 불평등계약에서 비롯된 것에 불과하다. 그러한 위협 밑에서 놓인 소작농들은 항용 지주로부터 유,무형의 압력을 받을 수밖에 없는데, 그 가장 대표적인 것이 반강제적 불불노동 즉 부역의 강요이다. 「부역」은 바로 그러한 당시의 지주-소작인 관계에 근거하여 소작쟁의의 전말을 어느 정도까지 객관적으로 그리고 있다.

이 작품의 소작빈농들이 바쁜 춘경기에 "막걸니 한 잔 안주는 건부역"을 하지 않을 수 없는 것은 지주 강참봉의 작권 박탈을 우려해서이다. 강참봉의 곡물창고를 신축하는 공사판에 아비 대신 부역 나왔다가 공복

---

67 조선총독부 농림국, 『朝鮮ニ於ケル小作ニ關スル參考事項摘要』, 1934, 81~3면, 86~9면. 참조.

68 이석태 편, 『사회과학대사전』, 문우인서관, 1948, 364면의 '소작쟁의' 항목. 이는 조동걸, 『일제하 한국농민운동사』, 한길사, 1978, 112~3면의 도표상의 통계지표로도 확인된다.

과 과로로 실족, 낙상한 근행이는 지주한테서 당일 응급처치 비용 이외에는 아무것도 받지 못한다. 그 아비 되는 정첨지는 그러한 지주의 처사에 자포자기하고, 하릴없이 근행이 어미가 그 일로 지주집을 찾아갔으나 한마디로 묵살당하로 제대로 항의도 못한다. 이것 역시 행여 지주의 비위를 거슬러 작권을 잃게 될까 겁을 먹은 탓이다. 이 사정을 분노한 빈농들은 사발통문을 돌려 의논한 결과, 지주에게 집단으로 몰려가서 몇 가지 사항을 요구하기로 한다. 즉 부역 금지, 사음 배제, 근행이 치료비 변상, 농자금 무변리 대부, 농지와 비료 무상 배부, 사음 배제, 소작권 무단 변경 금지, 4할 이내의 소작료 책정 등이 그것이다. 지주 강참봉이 그것을 들어줄 리 만무하다. 작인 대표들은 강·온파로 나뉘어 승강이하다가 어차피 내친걸음이라는 데 합치, 농성하던 중 경찰이 출동하여 모두 검속, 압송된다. 이튿날 강참봉은 부역을 거부하면 모두 작권을 떼겠다고 작인들에게 통지하지만 아무도 그것에 응하지 않는다. 강참봉의 전장이 너무 많아 코앞에 닥친 모내기를 감당할 일손을 쉽사리 구하지 못하리라는 계산에서였다. 읍내 농민조합도 결속을 흩트리지 말라는 응원과 격려를 보냈다. 경찰도 관청부역이 아닌 만큼 강제징발을 하지 못했다. 이에 강참봉은 체면불고하고 인부를 사서 쓰기로 하고, 감금됐던 사람들도 열흘 구류를 살고 나오게 되었다. 근행이는 끝내 치료비를 받지 못해 집잡힌 돈으로 병원에서 팔을 자를 수밖에 없었다. 이 사건을 계기로 빈농들은 단결하여 농민조합을 결성, 수확기에 기왕의 요구조건을 내걸고 소작쟁의를 계획을 진행시켜 가는데, 읍내 농민조합과의 비밀연락은 외팔이 근행이가 맡아한다고 되어 있다.

이 작품이 「홍수」와 비교하여 확연히 다른 점은 문제적 개인 또는 매개인물의 개입이 없다는 사실이다. 읍내 농민조합의 응원과 격려가 있었다고 얼핏 서술하고 있지만, 그것이 사태진전에 미친 영향은 극히 미미해서 매개항으로서의 역할이 거의 형식적인 수준을 넘지 않았다고 해도 무방하다. 말하자면 「홍수」의 경우와 달리 이 작품의 빈농들이 보여주는 지주에 대한 집단적 저항은 자발성에 기초하고 있다. 그 자발성은 또한 현실적 근거가 뚜렷하다. 근행이의 횡액에 대한 지주의 몰염치한 처사에 사발통문을 돌린 것은 일단 의분과 인정, 즉 공동체적 유대의식의 발로라 하겠으나, 그 지면에는 소작제도의 다 같은 피해자라는 동류의식이 깔려 있는 것이다. 그러니까 분쟁의 초점인 부역이 워낙 소작제도의 모순을 첨예하게 드러내는 것이어서, 굳이 제삼자를 관여시킬 필요 없이 지주와 빈농층의 대립관계를 직접적인 양상으로 그렸던 것으로 볼 수 있다. 농촌현실의 파악에는 농업생산의 토대를 규정하는 소작제도보다 확실한 객관적 준거는 따로 있을 수 없다. 빈농들이 작권 박탈을 각오하고 부역을 거부하는 단계에서는 경찰조차 간섭하지 못하고, 절대적 우위를 점한 지주도 부당한 요구를 계속 견지하지 못하는 것, 빈농들의 쟁의가 춘경기라는 조건에 힘입어 어느 정도 성과를 얻고, 수확기를 기다려서 다시 기도될 예정이라는 것 등, 균형 잡힌 현실감각이 돋보이는 서술은 작가는 바로 그러한 객관적 준거에 입각한 소치라 할 것이다. 물론 이 작품은 실제의 현실에서 상당히 비약된 내용도 담고 있다. 결과가 말해주듯 빈농들의 요구가 극히 부분적, 잠정적으로밖에는 실현될 수 없는데도, 부역 금지와 근행이 치료비 변상 이외에 작품의 상황과 직결되지 않는 다섯 항목이 거론된 점이 그것이다. 당시의 농민문제에 관한 진보진영의 일반론에서 연역, 삽입한 것으로 보이는 그 다섯 항목은 작품의 결말에서 앞날의 방향성으로 설정한 농민조합의 활동과제로 되어 있다. 「홍수」의 농민조합이 소작제도와 결부되지 못한 이념 차원의 추상물에 머물렀다면, 이 작품의 그것도 형상화 이전의 추상적 지식에 지나지 않는다. 그럼에도 불구하고 이 작품에서 제도 차원의 현실인식이 처음으로 시도된 점은 간과할 수 없는 의의를 지닌다. 제도를 준거로 하여 현실을 객관적으로 바라볼 때, 비로소 창작에 사실주의의 지평이 열리는 것이다.

Ⅴ. 작가적 반성과 근대소설의 정점

1. 창작방법의 재검토와 시대현실의 반영

  이기영은 「부역」을 쓰고(1931.6.10 작) 두 달이 지난 1931년 8월 10일 종로서 고등계에 안막 송영 권환 윤기정 등과 함께 검거되었다. 며칠 전인 8월 5일 임화의 전격 구속으로 시작된 이 검거 선풍은 프로예맹사건 또는 카프 제1차 검거사건[1]으로 통칭되는데, 수사망은 동경을 비롯한 해외에까지 뻗쳤고 관련 피검자는 70여명에 이른 것으로 알려진다. 약 2개월 남짓 만인 그 해 10월 15일 이기영을 포함한 카프 간부들은 김남천만을 제외하고 모두 함께 불기소로 석방되었다. 조공 재건운동에 연루된 이 카프 제1차 검거사건은 김두용, 이북만등이 동경에서 출판한 『무산자』를 안막 등이 국내에 배포한 것, 카프의 조직 변경과 지부 확대 등 볼셰비키화, 신간회 해소에서 카프 맹원이 행동대가 된 것, 김남천 등이 평양고무

1　김윤식, 『한국근대문예비평사연구』, 34면; 임화의 구속(8.5)은 『조선일보』, 1931.8.7 기사에 의함.

공장 파업에 참가하고 격문을 제작·배포한 것, 영화동맹의 청복키노가 영화 「지하촌」을 제작한 것 등이 문제되었는데, 일제 당국의 만주사변 획책에 깊이 관련된 조작극의 일환이라고 보기도 한다.[2] 이 제1차 검거사건은 정치의 우위, 정치의 실천을 각각 표방한 제1차 방향전환의 목적의식론과 제2차 방향전환의 볼셰비키화론이 현실정치의 외벽과 정면충돌한 사건이었다. 일단 이렇게 현실정치의 위력 앞에 탄압의 표적으로 노출되어 버린 이상 카프맹원 누구에게나 일정하게 위기의식이 초래되지 않을 수 없었다. 아직 표면화되지는 않았지만, 전향문제가 이면에서 발단되고 있었다.[3] 그러한 조직의 동요 이외에도 창작의 침체가 뒤따랐는데, 이는 이기영도 예외가 아니었다.

엄중한 감시와 취체 아래 카프는 조직 활동을 정상적으로 유지할 수 없어 아예 사무실 문을 채워 버리고 맹원들의 집을 돌며 비밀회합을 가질 수밖에 없었다.[4] 각 경찰서에 비치된 '검은 수첩'에는 카프의 맹원들도 요시찰인으로 분류되어 있었고, 맑스주의 서적은 물론, 소련문학 작품들도 금서로 되어 이기영은 "숄로호프의 『고요한 돈』을 『정야곡情夜曲』이라고 마치 련애소설처럼 표지를 갈아 붙여서는 몰래 읽"지 않으면 안될 정도였다.[5] 카프와 관계된 잡지들에 대해서도 가혹한 검열이 행해졌다. 1930년에 들어서면서 자주 발행금지를 당한 『조선지광』은 그로 인한 경제적 타격 때문에 정기적으로 발행되지 못하다가 끝내 1932년 2월 통권

2   위와 같음; 이기영, 「카프시대 회상기」, 87면에서는 만주사변과 관련도 조작극임을 강조한다.
3   박영희, 신남철, 이갑기 등이 대표적인 경우이다. 이에 대해서는 김윤식, 앞의 책, 35~37면 및 김윤식, 『박영희연구』, 열음사, 1989, 99~100면 참조.
4   위의 글, 86면.
5   위의 글, 87면.

100호를 마지막으로 강제 폐간되어 버렸다.[6] 카프 기관지로 간행된 『집단』 창간호(1932.1.15)도 발금 처분을 받고, 총 48면에 지나지 않는 제2호(1932.2.15)가 겨우 나왔으나, 그 뒤로 연거푸 제3, 4호가 압수 및 원고 불허가 처분을 받는 바람에 견디지 못하고 종간하고 말았다.[7] 기타 카프 관련 잡지들도 빈번하게 수난을 겪어 단명으로 끝날 수밖에 없었다. 그래서 기껏 집필한 원고가 압수 조치로 유실되어 버린 경우도 적지 않았지만,[8] 마땅한 발표지면을 얻기도 어려웠다.

실제로 이기영은 제1차 검거에서 풀려나온 지 얼마 되지 않아서 「묘양자」(『조선일보』, 1932.1. 1~31) 한편을 내고, 그 뒤 근 일년을 지나서야 「양잠촌」(『문학건설』, 1932.12) 「박승호」(『신계단』, 1933.1) 「김군과 나와 그의 아내」(『조선일보』, 1933.1. 2,3,5,7,11~15) 등으로 작품 발표를 재개한다. 거기에 「인신교주」(『신계단』, 1933.2,4) 「변절자의 아내」(『신계단』, 1933.5)가 이어지는데, 『신계단』(1932.10~33.9.)은 『조선지광』 후신이라는 사실을 감안하면, 그가 "주의와 주장이 맞지 아니하는 신문이나 잡지에는 작作을 싣지 아니하자는 주견"[9]의 인물이었다는 당대의 평판도 수긍할 만하다. 또한 그 자신이 "생활의 방면을 위해서나, 다른 무엇을 위해서나 양심에 없는 글을 써서는 아니된다"는 "작가적 양심을 흐리지 않도록 노력하기를 잊지 않고자 한다"고 공언한 바 있다는 점도[10] 함께 고려될 수 있다.

---

6   김근수, 『한국잡지개관 및 호별목차집』, 336면 참조. 다만, 같은 책 189면의 "1930년 11월 1일 종간"이라는 것은 정간의 착오인 듯함.
7   『조선일보』, 1932.2.6, 3.16, 4.6. 기사.
8   이기영, 앞의 글, 87면. 가령 이기영, 「돌쇠」(『형상』, 1934.4) 및 「저수지」(『개벽』, 1934.11)의 압수, 미게재 등.
9   안석주, 「무언무소의 이기영 씨」, 『조선일보』, 1933.1.26.
10   이기영, 「문단인의 자기고백」, 『동아일보』, 1933.10.10.

이념적 비타협성에서든 작가적 양심에서든 작품 발표가 저조한 만큼 생활난이 우심했을 것은 번연하다. 『조선지광』이 폐간되어 잡지기자를 실직한 데다가 원고료 수입마저 거의 없었던 이 무렵이 서울생활을 시작한 이래로 '가장 절박한 시기였다'고 이기영은 뒤에 회고하고 있는데, 1932년 봄 "왼채집 월세 9원짜리를 얻어" "궁여의 일책으로 그 집을 이용하야 하다 못해 학생기숙"을 해서 생계를 꾸려나가 보려 했으나 실패하고, 1933년 8월 경에는 밀린 집세 때문에 집주인에게 "평생 처음 재판까지 당해 보았다"고 한다.[11] 이기영이 임화와 더불어 "'좌익문인 측에서 가장 그야말로 비참한 정도의 군색한 생활에 헤매고 잇는 형편"[12]이라는 신문기사가 나온 것도 이 무렵이다. 한편 뒷날의 카프 제2차 검거사건(1934년)에 대한 예심 판결문에 의하면 이기영이 "동년(1932년; 인용자) 9월경 잠시 『신계단』의 잡지기자로 되었다가 곧 이를 퇴사하고, 오로지 소설 및 논문 등의 저작을 해 오던 자"[13]로 기술되어 있다. 『신계단』 창간 기자직을 금방 그만둔 것은 생활방편으로서의 학생기숙에 상당한 기대를 걸고 있었기 때문일 것이다. 이 시기의 한 평론에서 그는 작가들이 태작을 쓰게 되는 원인의 하나로 "생활방편을 위해서나 문채 등으로 미처 구상도 하지 않고 마구 써 내던지는 것 같은 폐단"[14]을 지적한 바 있다. 그러니까 그가 당초 학생 기숙에 착안한 것은 단순한 생계대책의 마련에 그치지 않고, 작가로서 창작에 전념하려는 포석이었다고 추단해도 무방할 것 같다. 이와 관련해서는 그가 제1차 검거사건이 있은 직후 그 자신을 포함한

---

11 이기영, 「셋방십년」, 『조광』, 1938.2, 195~6면.

12 「문단여언」, 『조선일보』, 1933.5. 18.

13 金正明 편, 앞의 책, 987면.

14 이기영, 「현민 유진오론」, 『조선일보』, 1933.7.6.

카프 작가들이 위해 온 종래의 창작방법에 대해 반성하고 그 문제점의 해결방안을 원칙적으로 제시하고 있어 주목된다.

「문예시감-1931년을 보내면서」(『중앙일보』, 1931.12.14)가 그것인데, 이 소론은 신유인의 「문학창작의 고정화에 항하야」(『조선중앙일보』, 1931.12.1~8)에 자극되어 쓴 것으로 보인다. 당시 동경에 있던 신유인은 1930년 11월 국제혁명작가동맹 제2회 대회 즉 하르코프 회의 이래 일본 프로문학의 공식지침이 된 소위 유물변증법적 창작방법에 기대어 카프작가들의 작품이 무력화, 고정화·도식주의화 되었다고 비판했는데,[15] 이기영은 그러한 결함을 대체로 인정하는 한편, 카프 내부에서도 그것의 극복이 진작부터 시도되고 있었다는 사실을 강조하고 있다. 즉 그는 "현실적 대중생활의 굵다란 역경力經을 잡어서 혼연히 내용과 형식이 드러맞게-예술적으로 표현"된 작품이 요망된다는 것, "카프 작가들도 이에 관심을 가진 바 적지 안'아 '종래의 목적의식론에 질식된 데서 신국면을 타개하랴는 노력"이 있었다는 것, 그 실례가 공동창작 『고무』의 일부, 김남천의 「공장신문」(『조선일보』, 1931.7.5~15), 송영의 「호신술」, 권환의 「목화와 콩」(『조선일보』, 1931.7.16~24) 등인데, "소위 예맹사건의 수난으로 그것들의 대부분은 아즉 미발표의 것이 되고 잇"다는 것, 그리고 과거에 "『엇더케 쓸까?』함보다도 『무엇을 쓸까?』하는 데 치중"했으나, 지금은 "『무엇을 엇더케 쓸까?』하기까지 생각해야" 된다는 것 등을 밝히고 있다.[16] 이기영이 열거한 작품들은 김남천의 술회에 의하면 거의가 "1931년 여름, 어떤 비오는 날 저녁에 모여졌던 문학부 소설연구반의 연구회"에 제출된 것들이며, 이기영도 물론 출석한 그 모임에서는 작품들의 내용, 구성, 인물 등이 유형적

15　신유인, 「창작의 고정화에 향하야」, 『조선중앙일보』, 1931.12.1~7.
16　이기영, 「문예시감-1931년을 보내면서」, 『중앙일보』, 1931.12.14.

고정화에 빠졌다는 문제가 제기되어 진지한 토의가 있었는데, 그러한 한계를 벗어나기 위해 '구체적 인간의 묘사'에 역점을 두어야 한다는 합의에 이른 것으로 되어 있다.[17] 이와 같이 제1차 검거사건 이전부터 기존의 예술운동 볼셰비키화에 대한 카프의 자체비판이 있었다는 사실은 임화의 「1932년을 당하여 조선문학운동의 신단계-카프작가의 주요 위험에 대하여」(『조선중앙일보』, 1932.1. 2,4,7,24,28)와 송영의 「1932년의 창작의 실천방법-작가로서의 감상과 제의」(『조선중앙일보』, 1932.1. 3,7,10,12,15,16) 등에서도 확인된다. 요컨대 이기영의 「문예시감」이나 그것과 논지가 상통하는 임화, 송영의 입론, 그리고 한설야의 「변증법적 사실주의의 길로」(『조선중앙일보』, 1932.1.17~19) 등은 그러한 카프의 자체비판에 연장하여 창작방법의 새로운 방향조정을 공식적으로 표명한 것으로 평가된다.

1929년 후반 이후의 볼셰비키화에 따른 계급소설의 결함에 대해서는 송영이 비교적 소상하게 토로하고 있는데, 이는 그의 작품 「오수향」(『조선일보』, 1932.1.1~26)이 그것을 '대표한 타작'으로서 카프 내부뿐만 아니라 우익문단의 공격을 받았다는 자책감에서 비롯된 것으로 보인다.[18] 그는 당시의 프로문학이 가령 공장을 그린 경우에 '그저 개념적으로 노동자계급 자본가계급'을 대립시키고, 그 사이의 중간층 즉 '반동적 노동귀족'이나 "지배인 회계원 등의 자본가들의 예속물"의 역할이나 그 공장의 전체 경제현실에 대한 관련 및 정치적 교호관계 등을 정당하게 인식하지 못하고 으레 다음과 같은 처리방식을 취한다고 지적했다.

그러니까 거기에 따라서 노동자나 소작인이나 혹은 ×××(공산당;인용

17 김남천, 「문학시평-문화적 공작에 관한 약간의 언급」, 『신계단』, 1933.5, 79~80면.
18 송영, 「1932년의 창작의 실천방법」, 『조선중앙일보』, 1932.1.7.

자) 전위 등등의 등장인물들도 모두가 '산 인간'이 아니 로보트였었던 것이다. 어떤 때는 전위가 봉건영웅같은 비대중적인 행적도 내보이며, 어떤 때는 노동자라는 이름 밑에 다만 인형같이 '함마'는 들고 손에 '못'만 박혔다고 해 놓고서는 그저 입으로는 대학 사회과학생의 웅변연습같은 강경한 절규만 하기만 하였던 것이다.

하기 때문에 초기에 있어서 해결을 ×(살;인용자)인, ×(방;인용자)화 등 개인 룸펜 행동으로 해결한 것과 마찬가지로 그 때에 잇어서의 유일한 해결은 공식적으로 기계화한 '쟁의'로써 해결하려 하였던 것이다. 그저 아무케나 노동자와 자본가계급을 대립시켜 놓고 금방에 쟁점을 전개시킨 뒤에 전위는 희생되고, 그러나 승리는 하였다—는 등으로 일관된 경향까지로 발전이 되어 왔고 또 고정화라는 막다른 골목까지를 초래하고 말게 되었다.

하등의 쟁의가 될 만한 내재적 사실, 즉 노동계급의 생생한 생활기록도 없고 또 쟁의에 대한 정치적 경제적 의의도 갖지 못하고 의례히 노자가 대립하면 쟁의가 일으나며 이 쟁의의 결과는 표면적 패배와 내재적 성장—즉 승리의 축적이 병행되어서 결국에는 궁극에까지 도달한다는 공식에 질곡이 되고 말았다.[19]

이러한 경향을 송영은 "현실 이상의 초연한 성급 행동을 감행한 극좌 편향적 과오"라고 규정했는데, 앞장에서 살핀 바대로 이기영의 방향전환기 계급소설들 가운데서 그러한 과오로부터 자유로운 작품은 거의 없다고 할 것이다. 물론 「조희뜨는 사람들」(1930.4)의 경우 제지공장촌의 노

19　위와 같음.

동현장을 재현한 부분이나 공임분쟁의 내막을 조명한 부분 등은 예외에 속한다. 또 하나의 예외로는 매개인물 즉 '전위'의 개입이 없이 소작제도의 모순을 객관적으로 포착하여 지주와 빈농층이 대립을 균형 있게 그린 「부역」(1931.9, 32.1)을 들 수 있을 것이다. 「부역」이 1931년 6월 초순에 쓰인 작품임은 이미 언급한 바 있거니와, 이 집필 시기와 김남천이 말한 그해 여름의 카프 소설반 연구회 개최시기 중에 어느 것이 앞인지는 알 수 없지만, 이 작품이 사실주의의 지평에 근접하는 수준에 보인 점은 카프의 예술운동 볼셰비키화에 대한 자체비판과 맥락을 같이하는 것으로 파악된다. 송영이 "계급××(투쟁: 인용자)의 전부가 스트라이크인 줄로 생각하던 비변증법적 시야를 버리고 계급××(투쟁: 인용자)의 전야全野인 전근로대중파의 생활에로" 시각을 확대하려는 카프작가들의 노력이 있었으나 권환의 「목화와 콩」, 김남천의 「공장신문」, 한설야의 「공장지대」(『조선지광』, 1931.5) 등이 부분적인 성공에 그친 데 비해 공동창작 『고무』의 제1부만은 그것들 보다 나은 수준을 보였다고 하고, 이기영의 「부역」에 대해서는 아무런 언급도 없는 것은 그 발표시기가 제1차 검거 이후여서 간과해 버린 때문일 수도 있다.

송영은 같은 글에서 앞으로의 계급소설이 유물변증법적 창작방법에 의거할 것을 제안했지만, 그다지 요령 잡힌 처방이라고 보기는 힘들다. 계급소설의 새로운 진로와 관련하여 보다 조리 정연한 입론은 임화의 글에서 드러난다. 임화는 "농민은 농조로! 노동자는 노동조합으로! 하는 등등의 나열된 제재로 취급"한 볼셰비키화 이래의 창작방침이 "광범한 계급생활의 풍부한 내용을 그 다양성에서 교호와 상호투영 속에서 발전하고 추이되는 현실의 대하를 변증법으로 이해하는 대신" "문학자적인 열정인 좌익적 관념을 가지고" "일화견주의적 경향으로부터 분리하고 어떻게 하든지 ××(혁명:인용자)적 주제에 접근"하려는 욕구에서 나온 것이라고 해명한 다음, 그것이 "주제의 적극화 부분에서 위대한 전진을 한 대신으로 좌익적 일탈과 문학의 일양화가 나타나게 된 것"은 근본적인 결함이라기보다 '추상적 관념적 방법'에 관계된 문제임을 분명히 하고,[20] 다음과 같이 타개방안을 제시하고 있다.

(전략) 우리들의 문학이 정당히 주제의 적극화의 문제에 접근하고 또한 정치적 무관심을 지양키 위하여 커다란 전진을 하였음에도 불구하고 이 전진이 진실한 맑스주의적 방법인 변증법적 결점으로써 된 것이 아니라 한 개의 추상된 관념적 방법을 가지고 수행된 것을 의미하는 것이다.

그러므로 이 위대한 전향을 진실한 전향으로 성공적으로 수행함에 있어서는 우리들의 문학상에 표시된 일체의 관념적 도식주의와 좌익적 일탈의 위험과 싸우며 사물에 대한 정확한 인식으로부터 출발하여 현시(現時)의 계급××(투쟁; 인용자)의 전체적 다양성, 일층 복잡화하고 잇는 계급관계와 그와 연관되는 모든 현상을 관철하고 있는 법칙을 발견하고 그것을 구체적으로 문학적 진실 위에다 표현하는 것에 의하여서만 가능한 것이다.[21]

기존의 예술운동 볼셰비키화의 원칙을 고수하면서 작품의 현실성을 제고할 것, 달리 말해서 주제의 적극성과 표현의 구체성을 촉구하는 이상과 같은 타개방안에서 카프의 문예운동노선에 논리적 일관성을 견지하려는 그 무렵 카프의 이론적 지도자 임화의 의지를 엿보는 것은 어려운

20 임화, 「1932년을 당하여 조선문학의 신단계」, 『조선중앙일보』, 1932.1.24.
21 위의 글, 『조선중앙일보』, 1932.1.28.

일이 아니다. 이 글의 말미에서 그는 반프롤레타리아 문학과의 투쟁, 동반자 작가의 획득, 조직 내부의 통일, 문학운동의 대중화와 문학적 제활동에서의 노동자의 유입 등이 당면 급무임을 곁들여서 강조하는데, 그만큼 객관적 정세의 악화로 인해 카프활동 자체가 위기국면에 처했음을 반증하는 것으로 이해된다. 그런데 그가 역시 같은 글 끝부분에서 "문학적 방법에 관한 변증법의 문제, 또 방법과 주제와의 통일문제가 구체적으로 토구되어야 하며", 그것을 위해서 "문학적 이론 활동의 조직화 창작평의 조직화가 최중요"하다는 단서를 붙여두었다시피, 그와 카프의 공식적 타개방안은 막연한 추상론에 머무른 것이었다.

  그러니까 기본 입장에 있어 임화 등과 보조를 맞춘 이기영은 이론 분야로부터는 창작의 실제적 지침을 얻지 못하고 일단 「부역」이 도달한 수준을 발판으로 하여 고심을 거듭하면서 작가로서의 활로를 뚫어나가지 않을 수 없었다. 「문예시감」(1931.12.14)에서 새로운 창작방향을 모색해야 마땅하다는 것을 피력한 그가 그것에 바로 이어 발표한 작품은 의외에도 풍자소설 「묘양자」(1932.1.1~31)인데, 「부역」에 비긴다면 희문에 가깝다. 이 작품은 지주로서, 기업자로서 악덕을 쌓는 한편으로, 애완 고양이를 사람자식 이상으로 호사시키는 변태적 도락에 빠진 재산가의 망신담, 그러니까 「향락귀」(1930.1.2~18)와 같은 유형이다. 이 작품과 희곡 「인신교주」(1933.2.4)에 대해 김남천은 '대화와 필치'의 매끄러움 즉 이기영 특유의 능란한 풍자 솜씨는 일단 인정되지만, "주제의 적극성이 퍽 미약하"고 "정치적 중심내용은 설명으로 결부"되고 만 것이 결점이라고 지적한 바 있다.[22] 그러한 지적의 당부를 차치하고, 이들 작품에 「향락귀」의 청년회나

22 김남천, 앞의 글, 83면.

「광명을 앗기까지」(1930.10)의 곽쥐와 같은 매개적 존재로서의 전위적 의식분자가 등장하지 않는다는 사실은 「부역」의 작품 양상과 유사한 일면이어서 흥미롭다.

그로부터 약 1년 뒤의 「양잠촌」(1932.12)은 그 작품의 배경이 이기영 자신이 유소년기를 보낸 "문에미 상중하동 백여호"가 사는 곳으로 되어 있고, 또 양잠 도구나 기술, 누에의 생리 등에 대한 지식이 적절히 구사되고 있다. 그러니까 1917년 경 그가 6개월간 잠업전습소에 다녔던[23] 체험을 바탕삼은 작품임이 분명하다. 현장 취재에 기초한 「조희뜨는 사람들」이나 소작제도라는 객관적 준거에 입각한 「부역」 등의 경우에 작품에 반영된 현실의 논리가 확실한 만큼 매개인물이 형식적인 역할을 하는 데 그치거나 아예 등장하지 않는다는 것은 이미 살핀 바 있다. 따라서 제1회만으로 중단되고 말아 단언할 수는 없지만, 이 작품도 특별한 매개인물을 등장시킬 구상이 아니었을 것으로 판단된다. 양잠의 강제적 장려에 대한 농민층의 반응을 단순한 감정 차원이 아닌 경제논리에 의거하여 파악한 점, 관청의 하수인으로 동원된 구양반 출신의 구장, 면소의 박서기 등 중간층 인물을 등장시킨 점 등으로 미루어, 연재가 계속되었다면 평판작 「서화」에 버금가는 수준의 작품이 되었을 것으로 보인다.

한편 「김군과 나와 그의 아내」(1933.1. 2,3,5,6,11~15)과 「박승호」(1933.1)는 지식인을 주인공으로 하여 볼셰비키화의 원칙과 작품의 현실성, 또는 주제의 적극성과 표현의 구체성을 양립시키려는 시도를 보여준다. 앞장에서 살핀 완결 형식 내지 입전형식의 주인공들이 자아의 세계에 대한 일방적 우위를 관철하는 맹목성을 드러내는 인물 즉 물신적 이념의 괴뢰 또

---

23 민병휘, 「이기영의 작풍」, 『삼천리』, 1934.8, 167면.

는 영웅적 의지의 화신인 데 반해, 이들 작품의 주인공들은 계급사상의 실천을 지향하면서도 실제의 일상생활에서 그것을 철저하지 못한 자신을 반성하는 자율성을 지닌 인물인 것이다.

「김군과 나와 그의 아내」의 주인공 '나'는 비록 여러 식구의 가장으로 단칸방 셋방살이를 못 면하는 신세이지만, 문필을 통해 계급운동에 일익을 담당한다는 자부심을 가지고 있는 잡지사 기자로, 감옥과 해외를 번갈아 드나드는 친구이자 동지인 혁명가 '김군'의 전화를 받고 은밀히 만나서 비밀편지의 전달을 부탁받는다. 그런데 '김군'과의 연락과 접촉에서 긴장과 불안을 느끼고, 또 그의 부탁을 친구의 정리와 동지의 도리 때문에 마지못해 받아들이지만, 그로 인해 자신에게 위험이 미칠까 봐서 몹시 주저하다가 마침내 그 약속을 이행하는데, 그 반전의 계기는 자기 아내와 '김군'의 아내를 비교하는 과정에서 마련된다. 즉 자기 아내가 구차한 생활에 넌더리를 내어 남편을 닦달하는 반면, '김군'이 여담삼아 들려준 이야기로, 그가 해외에 나가 있는 동안 그의 아내는 구식부인이고 "무슨 철저한 이데올로기를 가지지 못햇서도" 화장품 행상으로 출입하던 공장의 파업에 협조하여 이면 연락을 맡았더라는 것이다. 그러다가 '나'는 "다 갓흔 구식부인으로서 한 사람은 김군의 부인과 갓흔 진보적 부인이 되는데, 나의 아내 갓흔 사람은 한 대중으로 망골이 되고 잇는가? 하는 의문"에 부딪힌다. 거기서 '나'는 '김군'이 견결한 투쟁활동을 통해 그의 아내를 '실천적으로 교양'시킨 반면, 자신은 그러지 못한 것을 이유로 찾아낸다. 그리하여 "말로나 글짜로만 떠드는" 문필이 "계급적으로 일하는 마당에서 부도수형不渡手形 갓흔 빈말"로 아무 쓸모없는 것이며, 그 동안의 자기생활도 "가족의 생활도 보장하지 못하고 그러타고 일하는 것도 업시 마치 뿌로커-나 룸펜 가튼 생활을 하여 계급적 중간"에 부유하는

데 지나지 않은 것이라는 통렬한 자기반성에 이른다.

이 작품의 의의는 세 가지로 살필 수 있다. 첫째는 주인공을 혁명가와 범인의 중간적 존재로 설정한 것이다. 그리하여 방향전환기 이래의 작품에 등장하는 전위적 의식분자들과는 판이하게, 명분과 실질의 불일치 또는 이상과 생활의 괴리에서 기인되는 주인공의 심리적 갈등에 대한 객관적 서술이 이루어진다. 둘째는 역시 방향전환기 이래의 여성 입지담에서처럼 이를테면 학교 선생의 교화라든가 공장 취업 또는 여자청년회 가입 등의 매개항을 전제하지 않고서, 김군의 아내와 같은 구식부인을 사회운동의 자발적 참여자로 제시한 것이다. 이는 주인공이 자기반성의 결론으로 작품 말미에서 토로하는 바와 같이 "반죽과 가튼 리론理論으로 떡도 만들고 국수도 만들"듯 하는 것이 아니라 '실천적 행동'이 중요함을 강조하는 이 작품의 주제에 연결된다. 셋째는 이기영의 작품으로는 유일하게 서술 시점이 일인칭 '나'로 되어 있고, 잡지사 기자이자 소설가라는 직업, "일년에 열 두번식 이사"를 하는 처지 등의 서술이 작가 자신의 그것과 일치하는 점에서 이 작품이 변증체 자전형식으로 볼 수 있다는 것이다. 그렇다면 이 작품에서 작가 이기영이 정당성을 입증하고 싶었던 자신의 진실은 어떤 것일까. 이 자품의 마지막 서술이 "나 혼저 마튼 일을 정진하고 잇섯다"로만 되어 있다. 어째서 같은 자전형식인 초기작 「천치의 논리」(1928.11)의 이장곤처럼 "북쪽으로 먼길을 떠낫다", 혹은 바로 이 작품의 '김군'과 같은 「고난을 똘코」(1928.1.15~24)의 혁명가 김송처럼 '북행열차'를 타고 "최후의『목표』를 향하야서" 떠났다고 하지 않았을까. 전자는 실천적 행동의 내용이 불투명하긴 해도 후자처럼 전망이 과장되지는 않았다. 서술 시점이 일인칭 '나'이기 때문이다. 말하자면 실천적 행동은 갖가지가 있겠으나, 이기영 자신으로서는 작가의 길밖에 다른 것이 있을 수 없음을 확인하고 있는 셈이다. 그러니까 '부도수형'처럼 공허하지 않은 작품, 즉 실천적 행동이 내재화된 작품의 창작, 실천적 행동이 정치를 의미한다면, 정치 우위가 아니라 정치 내재의 문학이 그의 과제로 되는 것이다.

「박승호」의 주인공 박승호는 산골의 소학교 교사인데, 주간의 정상 일과 이외에 야학을 지도하고, 틈틈이 농민들과 어울리며 '그들에게 세상 도라가는 형편을 이야기해 주고 그들의 날근 인생관과 묵은 사상을 깨트려 주고 그리고 하나 둘씩 과학적 새 지식을 집어넣어 주는 것'으로 낙을 삼는 계몽가형 지식인이다. 농민들은 "털털하고 덕기 잇는 그의 인격을 흠앙하"고 "자긔들에게 엇든 유익한 도리로 지도하랴는 것 가튼 행동을 더욱 탐탁히 생각"한다. 이처럼 박승호의 성격은 「민촌」의 창순, 「조희뜨는 사람들」의 황운과 기본적으로 같은 유형이지만, 중요한 차이도 있다. 「민촌」의 창순과 향교말 빈농들, 그리고 「조희뜨는 사람들」의 황운과 제지공장촌 노동자 사이에는 아무런 매개항이 없다. 전자의 경우 작가가 지식인과 민중의 계층적 이질성을 간과한 것이라면, 노동자들이 그들 틈에서 작업과 숙식을 함께 하는 황운에게 "동류의식을 늣기엿다"고 서술한 후자의 경우는 그것을 의식적으로 과소평가 내지 무시한 것으로 볼 수 있다. 한편 이 작품의 박승호와 농민들 사이에는 소학교가 매개항으로 놓여 있다. 소학교라는 교육기구는 엄연한 사회제도의 하나여서, 작품의 전면에 부각되는 것은 박승호와 농민들의 교사–학부형 관계이다. 박승호가 부임한 지 일 년 만에 사임하고 서울로 돌아가려 하자, 농민들이 가장 낭패스러워 하는 것은 자녀 교육문제이다. 그리고 결말부에서 서울 복귀 결심을 철회하고 그곳에 잔류키로 하는 박승호도 교사생활 이외에 다른 특별한 활동계획은 없다. 지식인이 민중과 계급적 공속관계를 간단히 확보하는 것으로 그린 「조희뜨는 사람들」과는 전혀 다른 양상이다. 제지공장촌

사람들이 황운과 같이 생활한 지 한 달도 못 되어서 "동류의식을 늦기엿다"고 서술된 것과 대조적으로, 이 작품의 박승호는 일 년이 지나도 "마을 사람들은 하나도 자기의 동류로 볼 사람은 업섯다"고 서술되어 있다. 말하자면 지식인과 민중의 관계가 객관화되어 있는 것인데, 이는 박승호와 '건실한 농군' 점동이 아버지의 대화에서 더욱 분명하게 드러난다.

점동이 아버지는 "비록 무식은 하고 남의 땅을 소작해서 간구한 살림을 할망정 사리에 밝고 순박한 농민의 덕성을" 갖춘 인물이다. 그는 박승호가 그곳 학교를 그만두고 떠날 작정임을 알게 되어, 그것을 만류할 생각으로 저녁 대접을 하며 방담을 나누는데, 그가 꺼내는 화제는 네 가지이다. 풍년 작황에도 "타작마당에서 빗자락만 들고 물너난다"는 소작 빈농의 참상, '토백이 농민'인 그의 아버지가 희생당한 동학난리와 기미만세운동에서의 지도층의 농민계급 기만, 농민계급의 소소유자적 이기주의, 박승호의 사임 등이다. 점동이 아버지가 박승호에게 서울행의 재고를 청하는 것은 우선 자식들 교육문제 때문이지만, 세 번째 화제와도 관련되어 있다. 즉 그에게 농민들의 단합을 촉구하는 계몽가 역할을 기대하고 있는 것이다. 그럼에도 불구하고 박승호는 그의 만류에 뜻을 굽히지 않는다. 두 번째 화제 중 동학 관련 부분은 앞 장에서 언급한 바, 『신계단』관계자 즉 『조선지광』파의 〈천도교정체폭로비판회〉가 한창 진행되던 시기에[24] 이 작품이 쓰였다는 사실을 고려하면 쉽게 납득된다. 첫 번째 화제가 소작제도의 모순에 대응되는 것임은 두말할 필요도 없다. 이 세 가지는 바로 농민계급의 근본적 현실 문제를 집약한 것이거니와, 이 문제에 관해 박승호가 평소 역설해 온 방책은 점동이 아버지가 상기하는

24 IV장의 주55와 주57 참조.

바에 따르면, 농민들 자신이 단결과 투쟁으로 해결해야 한다는 것이다. 그러니까 지식인 박승호가 산골의 교사로 눌러앉든 서울의 잡지사 기자 노릇을 하든, 그것은 농민 현실과는 본질적으로 아무 상관없는 개인적 거취문제이다. 양단간의 결정을 놓고 심리적 갈등을 겪던 박승호는 다음과 같은 통렬한 자기반성에 이른다.

자긔는 지금 야학생들에게 중국의 유년노동자의 참담한 생활을 이야기해 주지 안엇는가? 그리고 그들(중국의 가난한 아해) 보다는 오히려 여유잇는 생활을 한다고 말한 동시에 훌륭한 ××이 되라고 그들을 격려해 주지 안엇든가! 그러면 자긔는 이 야학생들보다도 오히려 여유잇는 생활을 하면서 단지 이런 촌가에서 고적한 것을 참지 못하야 떠나겟다는 것이 올흔 일이냐? 자긔는 실천을 못하면서 남더러만 그것을 하라는 것은 뿌르조아의 위선적 교육이다. 자긔가 지금 이곳을 떠나겟다는 것은 이곳에서 보다도 더 나은 일을 하랴는 것이 안이라 좀더 자긔의 개인생활을 윤택히 하고 자긔의 일음이 사회적으로 좀더 드러나기를 바라는 대도회에서 모-던 껄 등에 끼어 아스팔트를 것는 맛과 가페나 흥행물에 간혹 도시적 취미를 맛보자는–개인적 야심에 불고한 것이 안인가. 그러치 안타면 이곳에서도 얼마든지 일을 할 수가 잇지 안으냐? 도리혀 일을 표준한다면 로동자 농민촌으로 일부러 드러가야 할 것이 아니냐! 그러타! 나는 지금까지 「교육로동자」가 되라 하지 안고 묵은 관렴의 선생으로서 그들에게는 허위를 가리치고 자귀는 선생님으로 대접만 밧자 한 것이 안인가. 나는 지금부터 진정한 교육××자가 되자![25]

25   이기영, 「박승호」, 『신계단』, 1933.1, 153면.

'고적한' 시골의 교사로서 분필가루를 마시기에 염증이 나서 분방한 도회의 먼지 냄새를 맡으며 '자긔의 일음이 사회적으로 좀더 드러나'는 활동을 하겠다는 것 자체는 누구한테든 지탄받을 일이 아니다. 그런데도 그것이 허위의식으로 비판된다. 야학생들에게 들려준 훈화를 스스로 지키지 못하는 결과가 되기 때문이다. 그러니까 박승호의 자기반성은 강조점이 언행의 일치, 이를테면 「김군과 나와 그의 아내」의 경우와 마찬가지로 명실이상부하는 실천적 행동에 놓여 있다. 그 실천적 행동이 "묵은 관렴의 선생"이 아닌, "로동자 농민촌"의 "교육로동자"가 되자는 것이다. 그렇게 이름을 달리 붙이더라도, 객관적으로는 이제까지와 같은 벽지 교사 생활을 계속하는 것에 지나지 않는다. 따라서 그것은 전망의 과장이 아니라, 비록 불투명하지만, 전망의 모색으로 이해된다. 작가는 굳이 그렇게 명칭을 바꿔 놓음으로써 박승호와 농민들이 교사-학부형의 관계에서 진일보하는 단계를 시사하고 있는 것으로 보인다. 요컨대 이 작품은 박승호와 농민들 또는 지식인과 민중의 차별성을 명확히 드러내고, 그것이 전제된 양자의 연대 가능성을 암묵적으로 제시했다는 점에서 「부역」 이래의 사실주의의 지평이 확대되어 가는 조짐을 엿볼 수 있다.

그런데 박승호의 후일담이 송영에 의해 작품화되었다. 「그 뒤의 박승호」(『신계단』, 1933.7)가 그것인데, 일제 당국의 농촌진흥운동에 대응하여 쓰인 작품이다. 우가키 가즈시게宇垣一成가 6대 총독으로 부임(1931.7.14 착임)하면서 "정치생명을 걸고 입안"한 이 농촌진흥운동이 일 년 남짓 준비기를 거쳐 본격 개시된 시기는 이에 관한 〈정무총감통첩〉(1933.3.7)이 나온 직후이다.[26] 그리고 이 작품의 말미에는 탈고시기가 1933년 1월 6일

---

26 宮田節子, 「한국에서의 농촌진흥운동」, 안병직 외, 『한국근대민족운동사』, 돌베개 , 1980, 195면 참조.

로 부기되어 있다. 현실상황의 변화에 대한 카프작가들의 반응이 상당히 예민한 것이었음은 이로써 십분 입증된다고 할 것이다. 이 운동은 중일전쟁을 분기점으로 하여 슬로건이 그 이전에는 '자력갱생', 그 이후에는 '생업보국'으로 바뀐다. 전자가 통치권력의 주도 아래 파탄에 이른 농민경제를 수습하여 농민대중의 저항을 무마하고 보다 안정적인 식민지 수탈과 착취를 노린 것이라면, 후자는 소위 국민총력운동이 전개되기 이전까지 농민경제를 전시체제에 동원하고 농민들에게 황민화정책을 강요하는 것이었다. '자력갱생'은 "춘궁퇴치, 차금퇴치, 차금예방이라는 소위 갱생 3목표"를 설정하는데, 그것을 달성하기 위해 당국이 제시한 실행방법은 "소재노동의 완전한 소비와 자급자족에 의한 지출의 절약"으로 집약되며, 거기에다 공려共勵 즉 상호부조도 추가된다.[27] 그러니까 근본모순은 덮어둔 채, 당시 농민들이 게으르고 헤프고 서로 도울 줄 몰라서 가난에 허덕이는 것이라는 가소로운 발상에 바탕한 정책이었던 것이다. 그런 만큼 이 운동은 각종 행정기관, 어용조직, 이권단체, 지주 등의 민간 유력자들을 중심으로 하여 구성된 농촌진흥회에 의해 하향식 강제성을 띠고 추진될 수밖에 없었다.

이와 같은 농촌진흥운동의 초기 모습을 이 작품은 비교적 사실에 가깝게 그리고 있다. 진흥회장이 동척의 농감이고, 그 연설회에는 면서기들이 연사로 나오고, 그 연설회장에 "「자력갱생」「근검절약」「농사개량」「부업권장」이니 하는 포스터-"가 걸리고, 그것이 끝난 다음 '연설회패들'끼리 한 통속으로 소위 민간 유력자의 하나인 구장집 사랑에서 뒤풀이 술판을 벌인다. 그리고 무엇보다 면서기들의 연설 내용과 그것에 대한 농민들

---

27 위의 책, 196~7면; 한도현, 「1930년대 농촌진흥운동의 성격」, 한국사회사연구회, 『한국 근대농촌사회와 일본제국주의』, 문학과지성사, 1986, 240~2면.

의 반응을 통해 농촌진흥운동의 정체와 한계를 여실히 드러낸다.

「진흥회가 무엇인지는 다- 아시겟지만 어- 대체 진흥회는 아니 무릇 진흥회는 어- 자력갱생하자는 취지 밋헤서 나왓습니다.

그러면 대체로 자력갱생이라는 것이무엇이냐? 하면(승호가 적어준 쪽지를 잠간 보고 나서) 퍽 쉬웁게 말슴하면 빨이 속히 다시 살어나자 하는 것입니다. 엇재 그러냐 어- 자력갱생이란 「自」자는 자전거라는 自ㅅ자요 力이란 力ㅅ자는 인력거의 력자입니다.

그러니까 우리들은 자전거나 인력거 맛창가지로 아조 퍽 빨니빨니 다시 살어나자는 말입니다.

(관중들은 또 웃섯다)

우리 백의 동포들은 길른 사람이 만습니다.

일을 하기 실허합니다. 일번에 단 한 분밧게 아니 계신 「아마사끼」 농학박사는 일번의 농사꾼은 일년 동안에 칠십 팔일 동안밧게 노는 날이 업고 우리 조선사람은 그 갑절도 넘은 일백 오십여일이나 논다고 합니다.

이러케 겨느고 놀기만 조화하니 가난할 것이 아닙니까.

게다가 술과 담배를 만히 먹읍니다.

또 농사질 줄을 모릅니다.

그러니까 우리들은 술과 담배를 먹지 말고서(또 쪽지를 보고서) 그 돈을 모와서 부업을 힘씁시다.」한참 동안이나 떠들거리엿다. 밧갓해 여인ㄷ네들은 심심하다고 다- 헤어저 돌아갓다. 노인축들은 하품들만 하엿다. 젊은 패들은 꾹꾹 찔느면서 울기들만 한다.

택진이는 땀을 빨빨 흘니고 연단을 내렷다.

(중략)

「흥 놀고 십허 노나!」

「술만 먹지 안으면 부자가 되겟군」

「그래 농사를 잘못 지어서 이럿케 가난하다!」[28]

　농민계급의 양극분해가 가속적으로 진행됨으로써 영세농과 무토無土 농민이 증대되어 가는 추세 속에서 당시 대다수 농민들이 "경작하려고 해도 경작할 토지가 없는" 실정이었고, 그래서 진흥운동을 독려하려 "농촌에 들어왔던 하급관리는 경지가 적은 자 혹은 전연 경지를 가지 않은 농민에 대해서는 전혀 손을 쓸 수 없었"던 것이다. 위의 인용에 묘사된 면서기의 연설에 대한 농민들의 반감은 그러한 사실과 부합된다. 그렇지만, 면서기가 어눌하고 무식한 모습으로 그려진 것은 작가의 자의에 의한 희화적 묘사라고 할 수 있다. 실상 면서기의 우스꽝스러운 연설은 박승호가 써 준 희롱기 어린 쪽지를 그대로 읽은 것인 만큼, 그와 같은 희화화에는 박승호의 역할이 일정하게 개입되어 있다. 말하자면 다소 작위적이기는 하지만, 이기영의 「박승호」에 비해 주인공의 성격이 적극적이다.

　이 작품의 박승호는 사뭇 달라진 모습을 보여준다. 여전히 교사로서 일상생활을 영위하지만, 농민들과의 관계는 교사-학부모의 그것을 넘어 허물없는 사이로 진전되어 있다. 이를테면 익살쟁이 김서방과 말을 트고 지내며 술자리를 같이 하고, 빚쟁이에게 기한 연장을 사정하는 구구한 편지를 대필해 주기도 하는 것이다. 그런데 그는 그의 거처에 "저녁마다 모이는 젊은 패들" 사이에 한때 생겼다가 흐지부지된 농민조합을 다시 세우자는 의논이 돌아도, 그것을 가타부타 하지 않고, "다만 이곳 저

<hr>

28　송영, 「그 뒤의 박승호」, 『신계단』, 1933.7, 70~1면.

곳에서 이러나는 소작쟁의 이야기라든가 정말 똑바른 농민조합이라는 것은 농민 스스로가 모이지 안으면 아니된다든가 농업공황은 무엇이라든가 하는 이야기만" 가끔 건넬 뿐이다. 그 이유는 농민의 자발적 참여에 의한 농민조합이라는 명제와 관계된다. 이 명제는 물론 이기영의 「박승호」에서도 운위된 바 있거니와, 여기서는 구체적 사례의 서술을 통해 그 당위성을 드러낸다. 즉 과거에 학교선생, 면서기, 산림간구, 장사치, 기미만세로 징역산 내시, 감옥소 간정看丁, 병원의 약제사 등 식자층들이 "농사패들은 아모 상관이 업"는 청년회를 하다가 유야무야되었고, 그 뒤 몇몇 식자층이 일부 "농사꾼패들과 어울녀서 청년회를 헷치고 농민조합"을 세웠지만, 농민들이 청년회나 대차 없다고 여기는 바람에 소멸되어 버렸던 것이다. 또다른 이유는 역시 이기영의 「박승호」에서 언급된 바 있는 농민계급의 소소유자적 이기주의와 관계되는데, 이는 박승호가 의식층 농민 봉만이에게 성사되기 힘든 농민조합보다는 "즉접 눈앞에 보이는 리익"을 앞세워 「근검저축계」의 형태로 농민들을 결집시킬 것을 조언하는 대목에서 엿볼 수 있다. 그의 방안에 따라 진흥회 연설회로 사람들이 많이 모이는 기회를 이용, 봉만이 등은 계의 조직에 성공하는데, 박승호는 '계도가'에 한 번도 나가지 않고, 봉만이 등과만 은밀히 접촉하는 것으로 되어 있다. 요컨대 이 작품의 박승호는 농민운동의 배후인물로 변모되어 있는 것이다.

이기영의 「박승호」가 지식인과 민중의 차별성이 전제된 연대 가능성을 불투명한 상태로 암시하는 정도에 그친 데 비해, 이와 같이 이 작품은 행동과 사건을 통해 그것을 구체화하여 보여주는 단계로 진일보하고 있다. 이러한 진일보는 앞서 언급한 바 공동창작의 시도까지 했었던 카프 내부의 소설반 연구회의 토론과 심의에 힘입은 것으로 추측되기도 한다.

그럼에도 불구하고 이 작품은 기본적으로 두 가지 문제점을 드러낸다. 첫째 농민조직을 성립시킨 주역은 어디까지나 봉만이 등의 의식층 민중인데, 이들의 성격적 개연성이 구체적으로 형상화되지 못한 점이다. 말하자면 작품에 서술된 대로 농민조합에 그토록 무관심한 일반 농민과 그것의 결성을 군이 추진하는 예외자적 농민이 구체적 형상을 통해 변별되지 못한 것인데, 이 문제점은 장편양식이 전제되지 않으면 제대로 해결될 수 없다. 둘째 농민계급의 소소유자적 이기주의에 대한 고려에서 저축계의 형태로 결성된 농민조직은 어차피 자생적·인습적인 농촌 동계의 한계 내지 취약성을 지닐 수밖에 없는데, 그것을 농촌진흥회의 대항체로 설정한 점이다. 당시의 금리체계는 대부이자의 경우 통상 사채가 민간 계의 두 배, 민간 계는 농촌진흥회와 연계되는 은행 및 금융조합의 약 두 배였다.[29] 이 사실과 관련하여 면밀한 조명이 간과된 저축계의 구성은 소설적 설득력을 가지기 어렵다. 이 문제점 역시 장편 양식의 확대된 현실지평에서 다루어질 수 있는 사항이다. 그러니까 이 작품의 주제는 장편소설의 구도를 머금고 있는데, 그것에 걸맞게 현실의 구체적 총체성을 재현하지 못한 것이며, 그 결과 문제적 개인 박승호의 매개인물로서의 역할이 압도적 비중을 차지하게 되어 버렸다. 그는 농민들의 자발성에 바탕한 농민조직이라는 명제를 내세웠지만, 실상은 그것을 빙자하며 하수인을 부려 만든 위장 농민조합을 조종하는 음모가로 비쳐지는 것은 그 때문이다. 결국 「그 뒤의 박승호」는 「박승호」에 제시된 지식인과 민중의 차별성이 형식적으로 처리되고 양자의 연대 가능성이 전향적으로 추궁된, 따라서 당시 카프의 두 가지 창작지침 즉 주제의 적극성과 표현의 구체성 가운데서

---

29 堀和生, 「일제하 한국에 있어서 식민지 농업정책」, 사계절 편집부 편역, 앞의 책, 340면의 표5).

전자에 치중한 작품이라고 할 수 있다.

이와 같이 송영이 박승호의 후일담을 쓰고 있을 때, 정작 이기영은 평판작 「서화」(『조선일보』, 1933.5.30~7.1)의 구상에 골몰하고 있었다. 즉 이 작품은 '반년의 구상[30]'을 거쳐 쓰인 것이라고 하는데, 실제 집필을 늦게 잡아 1933년 5월 중으로 본다면, 대략 1932년 11월 경 혹은 그보다 얼마 전에 처음 착상이 이루어졌던 것이 아닌가 추단해 볼 수 있다. 그렇다면 「양잠촌」(1932.12)이나 「박승호」(1933.1) 등은 「서화」의 구상이 시발된 시점에서 비교적 가까운 기간 안에 창작된 작품인 셈이다. 즉 앞서 살핀 「양잠촌」과 「박승호」 등은 「부역」 이래의 사실주의의 지평을 이어받는 한편, 「서화」로 나아가는 이행과정에 놓인 작품으로 간주된다. 1회분만 게재되고 만 「양잠촌」을 일단 차치한다면, 그 이행과정의 의의를 밝히는 단서는 「박승호」에서 찾을 수밖에 없다. 이와 관련해서 산골 교사생활을 계속하기로 하는 박승호가 어째서 "「교육로동자」가 되자!"라는 일종의 수사로써 전망을 제시했던가 하는 점이 검토될 필요가 있다. 「1,2,4차 조선공산당 관계자의 직업구성」에 관한 자료에 의하면 지식인 및 소지식인 범주는 신문 및 잡지 기자, 학생, 문필가, 교원으로 구성되는데, 그 각각의 구성 비율은 전체 대비 23.7, 7.1, 1.3, 1.8 퍼센트로 되어 있다.[31] 기자와 교원만 놓고 볼 때, 실제의 종사자는 전자에 비해 후자가 압도적다수인 것과 정반대의 양상을 보이고 있다. 지식인의 취업기회가 거의 봉쇄되어 있던 당시의 실정에 비추면, 농민들과 일상적인 접촉이 가능한 지식인의 직종으로 거의 유일한 경우가 교사인데, 그 교사가 이념적 적극성을 띤다는 것이 극히 이례적, 비현실적이었던 것이다. 그러니까 「박승호」를 쓰는 단계

30 이기영, 「문예적 시감 수제」, 『조선일보』, 1933.10.29.
31 이정식·스칼라피노, 한홍구 역, 앞의 책, 180~8면. 특히 180면의 표3)에 주목할 것.

에서 이기영은 농민들 사이에 지식인을 매개인물로 설정하는 것 자체가 현실성이 희박하다는 쪽으로 기울고 있었던 것으로 볼 수 있는데, 실제로 그 뒤에 씌어진 「서화」는 결말부에서 돌연히 개입하여 사태를 역전시키는 역할을 하는 동경유학생 정광조가 삽화적 상태에 머무르고 마는 양상을 보여준다.

「서화」의 구상과 관련하여 이기영의 「내 심금의 현을 울린 작품: 판폐-롭흐 작 『빈농조합』」(『조선일보』, 1933.1.27)은 시사하는 바가 크다. 이 글의 서두에서 그는 인상 깊게 읽은 '싸-베트 작가의 작품'으로 '쇼-로홉의 『고요한 밤('돈'의 착오:인용자)』 세묘-놉흐의 『공장세포』 판폐-롭흐의 『빈농조합』' 등이 있는데, 그 중에서 『빈농조합』이 자신이 "농민문학에 착의햇든 만큼 자미잇"었다고 밝히고 있다. 『빈농조합』(원제 『브루스키(BRUSSKI)』;1928)은 10월혁명 이후 볼가 연안 농촌의 역사적 성장을 그린 판페로프의 출세작이다.[32] 이 '농민문학으로서 기념비적 작품'의 탁월함을 이기영은 다음과 같이 지적한다.

판폐-롭의 이 『빈농조합』도 신경제정책 이후 건설기의 농민을 소재로 한 것이다. 주인공격의 빈농 옹의놉흐가 푸로레타리아 의식을 파악하고 빈농조합 건설투쟁을 집요히 실천하는 중 중농을 전취하고 부농을 극복하는 과정을 여실히 묘사한수법에는 누구나 경복할 것이다.

중농 카두카는 빈농의 중간에서 부동하다가 맛침내는 빈농측으로 따라갓다. 그러나 부농 예고-르 스테파노이치, 치그리압푸나, 푸치키로킨

32 Panferov, Fedor Ivanovich(1896~1960) : 출세작 『BRUSSKI』(1928~33). 판페로프는 1930년 말 하리코프 제2회 국제작가회의에 참석했는데, 이는 박태원 역, 「하리코프에서 열린 혁명작가회의」(미국 프롤레타리아 문학잡지 『New Masses』 (1931.2)에 게재된 것을 전역, 『동아일보』(1931.5.6)에 소개되고 있다.

은 사유적 인색 소뿌르의식 등에 철저하야 최후까지 빈농조합에 반대하고 배반하고 마럿다.

이 소설의 그라이막쓰는 빈농조합의 제안으로운하를 공동노동으로 팟는데 한발이 심해서 각기제 땅에다 물을 대다가 아전인수의 물싸홈이 나서 일대 난투를 일으키는 와중에 평소부터 빈농조합을 반대하는 부농 푸치예로킹이 천치 빠우엘더러

『네 처를 간통한 것은 카두카(중농)가 아니라 옹우네푸(빈농)다!』

라고 참소하자 고만 빠우엘이 광이를 들어서 옹우네푸의 머리를 찍는 장면이라 하겟다.

그러나 그 직전에 공동노동으로 불과 십여일에 운하을 성공하던 획기적 노동의 위력! 그들의 평화롭던 공동노동의 광경! 그러나 또한 봉건사상과 사유재산욕에 지배된 보수적 농민들이니만큼 위선 자기 개○(판독불능, '간(墾)'으로 추측됨;인용자) 지를 먼저 파겟다고ㅡ선기를 다툴 자리가 안인데도ㅡ각기 제 땅으로 가는 것 가튼 골계의 장면도 뽐낼 만한 수법이라 하겟다. 거기서 우리는 사유재산관념과 사회주의 건설의 집단의식과의 이이로니칼한 심적 갈등을 엿볼 수 업('잇'의 오식; 인용자)지 안은가![33]

공업과 농업의 불균등발전이라는 조건 속에서 노농동맹을 기초로 하여 10월혁명에 성공한 소련이 직면한 문제는 중앙통제에 의한 경직된 계획경제 아래서의 생산력 발전의 침체였는데, 그것을 타개하기 위해 레닌은 공산주의의 파괴, 자본주의에의 환원이라는 야유를 받으면서까지 신

33 이기영, 「내 심금의 현을 울린 작품 : 판췌로흐 작 「빈농조합」」, 『조선일보』, 1933.1.27.

경제정책을 실시하게 된다. 신경제정책[34]은 가장적家長的 농민생산, 소상품생산, 사私자본주의, 국가자본주의형태, 사회주의 등의 요소로 이루어진 것인데, 그 기본원칙은 전시 공산주의 경제체제를 청산하고 자본주의적 경영 방식을 광범위하게 도입함으로써 생산 활동을 촉진, 사회주의국가 건설의 경제적 발판을 마련한다는 것이었다. 이 정책의 최대역점은 농민과 수공업자의 소상품생산 부문, 그 중에서도 농업생산에서 "농민의 이기심을 자극하여 개인경영의 생산력을 증진"[35]시키는 데 있었다. 이 정책의 시행에 따라 경작면적과 생산량이 급격하게 증대되는 한편, 부농층 또한 증가하여 농민계급 내부의 대립이 격화되는 결과가 초래되었는데, 위의 인용에서 이기영이 주목한 『빈농조합』의 "사유재산관념과 사회주의 건설의 집단의식과의 아이로니칼한 심적 갈등"이란 바로 그것에 대응된다. 그 갈등을 구체적으로 형상화한 『빈농조합』의 물싸움, 주인공 옹우네푸와 천치 빠우엘의 처와의 간통 폭로는 「서화」의 노름, 주인공 돌쇠와 반편 응삼이의 처 입뿐이와의 애정관계 시비와 일치를 보여준다는 점이 흥미롭다.

이기영으로서는 신경제정책의 정치적 의의나 그것과 『빈농조합』의 관련성 따위는 관심사가 될 수 없다. 다만 사회주의의 건설기에 도달한 사회에서도 농민계급의 소소유자적 이기주의가 청산되지 않고 체제이념과 갈등을 빚는다는 것, 또 문학이 그것을 외면하지 않고 그린다는 것이 그에게는 크게 부각되어, 발상의 전환을 일으키는 계기가 된 것으로 보인다. 위에 인용된 부분에 이어 그는 다음과 같이 의미심장한 발언을 하고 있다.

34 이석태, 『사회과학대사전』, 390~1면, 184~5면 참조.
35 위와 같음.

그런데 무엇보다도 주목할 것은 현재 건설기에 잇는 싸벳트문학은 점차 예술미가 풍부해져 간다는 것이다. 누구나 과거 혁명기의 싸벳트문학과 현재 건설기에 잇는 싸벳트문학이 계선을 난우을 만큼 판이한 점을 간취할 것이다. 그것은 푸로문학이 그만큼 성장한 것이라고도 할 수 잇겟지만은 ××(혁명;인용자)기에 잇서서는 ××(투쟁; 인용자)성을 강조하게 되기 때문에 문학에 잇서서도 무기로서의 특수성을 발휘하고저 함으로 필연적으로 건설기와 가튼 방순한 문학적 내용을 담을 수 없는 것인가도 십흐다.

그러라고 해서 우리는 ××(혁명; 인용자)기의 문학은 살풍경의생경한 자극적 기록만 써야 한다는 것은 물론 아니다. 그것은 다만 상대적 의미에서-××(혁명;인용자)기와 건설기의 문학은 그 시대가 특수하니만큼 내용도 특수하다는 것뿐이다. 그러타면 우리는 건설기의 문학보다도 ××(혁명;인용자)기에 잇는 문학에게서 보담 만히 배워야겟다고 보여진다.[36]

혁명기의 소련문학을 "보담 만히 배워야겟다"고 결론을 내리고 잇지만, 거기에는 단서가 달려 있다. 즉 혁명기의 문학이 '무기로서의 특수성'을 표방하지만, 그것 때문에 "살풍경의 생경한 자극적 기록으로 되어서는 안된다"고 전제하고, "그 시대가 특수하니만큼 내용도 특수하다"는 점에서만 건설기의 문학과 변별될 따름이라고 했다. 창작의 본령이 '무기로서의 특수성'과 같은 구호보다도 그 시대의 특수성 자체의 형상화, 바꿔 말해 시대현실의 반영에 놓임을 천명한 것인데, 이러한 입장에 의거한 최초의 작품이 바로 「서화」였다. 이기영 자신이 「서화」가 "당초의 구상으

36 이기영, 「내 심금의 현을 울린 작품 : 판훼로흐 작 「빈농조합」」, 『조선일보』, 1933.1.27.

로는 「기미전후」의 시대를 장편으로 하야 농촌소설을 써 보랴 한 것" 또는 "기미이전의 농촌현실에 이서서 역사적 의미로나마 다소라도 문학은 ('의'의 오식; 인용자) 소재를 제공"한 것임을 밝히고 있는 것이다.[37]

이상에서 검토된 바를 정리하면, 구상단계에서 「서화」의 윤곽이 어떠한 것이었던가는 대략 드러난다. 첫째 「부역」에서 「박승호」에 이르는 작품들의 추세에 연장하여 지식인의 매개에 의존하지 않고 자율성과 독자성을 지닌 농민계급의 생활을 그린다는 것, 둘째 『빈농조합』이 그러했듯 그 시대의 과제와 갈등하는 농민계급의 실제의식을 그린다는 것, 셋째 역시 『빈농조합』에서 영향 받은 바로, 혁명기에 있는 식민지 후진사회 조선의 시대현실을 그 특수성에 주안점을 두고 그린다는 것. 이 셋 가운데서 작가적 발전과 관련하여 가장 중요한 의의를 지니는 것은 물론 셋째인데, 이는 다시 두 가지 측면에서 좀 더 추궁해 볼 수 있다.

하나는 작품의 대상 시기를 기미년 전후로 잡은 이유와 관계된다. 혁명기의 문학이라 하더라도, '무기로서의 특수성'은 부차적인 것에 지나지 않는다고 보았는데, 이는 당시 비평의 지도력에 대한 회의로 해석된다. 실제로 이기영은 이 무렵 역시 당시의 비평에 불만을 가진 김남천과 작가의 입장에서 각자의 작품에 대해 '호평互評'을 주고받기로 약속, 그것을 실행한 사실이 확인된다. 그것을 통해 "창작이, 소위 고정화의 대로袋路에서, 신국면을 개척할" 방도가 나타나기를 기대했던 것이다.[38] 이처럼 비평이 제시하는 지침을 유보하는 관점에 입각할 때, 창작의 준거는 필경 작가의 체험적 진실에 놓일 수밖에 없는 것은 자명하다. 이기영의 생애에서 농촌현실과 그의 체험이 가장 밀착되었던 시기는 1912년 첫 가출 이전의

---

37 이기영, 「작자의 말」, 『서화』, 동광당서점, 1937.
38 이기영, 「문예적 시감 수제」, 『조선일보』, 1933.10.29.

유년기와 1917년경 잠업전습소 시절부터 1922년 봄 일본유학 등정 이전까지라고 할 수 있는데, 특히 후자의 기간에는 그 자신이 기미만세에 일정하게 연루된 바도 있다.[39] 따라서 혁명기의 시대현실을 그리고자 할 때 후자를 대상으로 하는 것은 재고의 여지가 없다. 그런데 「박승호」에서 동학난과 기미만세는 모두 지도층의 농민계급 또는 민중에 대한 기만성을 노정한 사건이라고 규정한 바 있다. 이는 「서화」에서 반항적 민중의 전형 돌쇠가 지식인 정광조에 비해 압도적인 비중을 차지하는 인물로 그려진 것과 무관하지 않은 것으로 생각된다.

다른 하나는 훨씬 본질적인 문제와 관계된다. 즉 시대의 특수성의 형상화 또는 시대현실의 반영이라는 착상 자체가 사실주의의 지평으로 나아가는 일대 진전에 값하는 것이다. 반영론 미학에서는 특수성이 중심적 범주로 설정된다. 거기서는 "특수성이 단순히 보편성과 개별성 사이의 매개로서 조정措定되는 것이 아니라, 조직화의 중심으로서 조정된다." 따라서 예술에 있어서 "반영을 실현화하는 운동은 인식에 있어서와 같이 보편성에서 개별성으로, 또한 그 반전의 방향(혹은 역방향)으로 일어나는 것이 아니라, 중심으로서의 특수성이 그 운동의 출발이며 결말"로 된다. 요컨대 예술은 형상적 인식이라는 말인데, "예술작품은 절대적으로 자기 완결적이며 또한 자기 완성적인 총체성"을 지니기 때문에, "그 총체성의 실현화에는 제 대상과 제 관계의 세계에 있어서의 외연적 총체성의 반영을 단념하는 것이 전제로 되며, 제 대상과 제 관계의 구체적 총체에 있어서의 제 규정의 내포적 총체성으로 자기한정을 하는 것이 전제로 된다." 따라서 예술작품의 내포적 총체성은 그것에 의해 반영되는 객관적 현실의 외연적 총체성에 대해 동정성同定性을 지니면서 동시에 지니지 않는다. 이 모순은 내포적 총체성의 전형화에 의해 지양·통일된다. 물론 이 전형화는 현실 자체의 본질적 현상형식에 기초한 것이라는 점에서 매개적 중심으로서의 특수성을 통한 객관적 현실의 반영형식이다. 그러니까 특수성이라는 미학적 범주가 실천적 개념으로 전화된 것이 바로 전형성인 것이다. 실제의 작품은 인물뿐만 아니라 상황, 경과, 관계 등 모든 대상에 걸쳐 여러 전형들이 하나의 체계적 관련, 하나의 계서제階序制를 형성하는데, 그 양상을 결정하는 것이 작품의 주제, 궁극적으로는 작가의 세계관이다. 이러한 미학적 성찰[40]은 「서화」의 검토에 유력한 준거로 된다.

모두 7장으로 구성된 「서화」의 1·2·3장은 돌쇠가 노름판에서 반편 응삼이의 소 판 돈을 죄다 따는 사건, 4·5·6장은 응삼이 처 입뿐이와 돌쇠가 남몰래 서로 사랑하는데, 부농의 아들이며 면서기인 김원준이 그 입뿐이를 건드리려다 실패하는 사건을 주축으로 전개되고, 7장에서는 김원준의 책동으로 열린 동회에서 노름과 애정문제로 시비의 대상이 된 돌쇠가 동경유학생 정광조의 변호에 힘입어 궁지에서 벗어나는 것으로 되어 있다.

이 일련의 사건들은 K강 연변의 반개울 마을에서 대보름을 전후하여 벌어진 일들이다. "반개울 상중하뜸의 백여호는 대부분이 령세한 소작농"으로 "거개 갓모봉 넘어 사는 이참사 집 전장을 얻어 붓"치고 사는데, 돌쇠도 그 중의 하나인 빈농이다. 이 빈농층의 현실상황은 정초 민속의 위축을 통해 포착되는데, 특히 해마다 쇠퇴하는 쥐불놀이에 초점이 맞추어져 있다. 소수 개인의 윷놀이나 부녀자의 널뛰기와 달리, 마을 단위의

---

40 G. Lukacs, 後藤絹士 역, 『美學』 3, 勁草書房, 1978, 1133~1197면.

집단적 경기 형태를 취하는 쥐불놀이는 줄다리기와 함께 농민들이 파종기를 앞두고 자신들의 충만한 활력을 과시하는 한편, 공동체적 결속을 강화하는 의식이다.

예전에는 쥐불싸홈의 승벽도 굉장하엿다. 각 동리마다 장정들은 일제히 육모방망이를 허리에 차고 발감기를 날새게 하고 나섯다. 그래서 자기편의 불길이 약할 때에는 저편 진영을 돌격한다. 서로 육박전을 해서 불을 못놓게 해방을 친다. 그러케 되면 양편에서 부상자와 화상자가 만히 나고 심하면 죽는 사람까지 잇게 된다. 어떠튼지 불 속에서 서로 둥글고 방망이 찜질을 하고 돌팔매질을 하고 그뿐이랴! 다급하면 옷을 벗어가지고 서로 저편의 불을 투드려 끄는 판이라 여간 위험하지가 안엇다. 돌쇠의 이마에 있는대추씨 만한 흉터도 어려서 쥐불을 노타가 돌팔매로 얻어마진 자욱이엿다.[41]

그런데 이 쥐불놀이가 '졸망군이와 아해들' 이외에 "어룬이라고는 씨도볼 수 업"고, 또 "줄다리기를 폐지한 것은 벌서 수삼 년 전부터"인데, 이는 그만큼 농민들이 삶의 생기를 잃고, 유대관계에 균열이 생겼다는 것을 뜻한다. 그 대신 크게 번지는 것이 노름이다. '쥐불싸홈의 승벽'으로 발현되던 농민들의 건강한 민중적 생명력이 배타적 이기심의 각축장 즉 노름판의 적나라한 소유욕으로 변질된 것이다. 과거의 '쥐불싸홈'에서 이마의 흉터를 얻은 돌쇠도 이제는 노름꾼이다. 노름은 예전시대에도 있었고, 또 지주 이참사와 같은 유력자들도 하지만, 그것들은 어디까지나 심심풀이

---

41 「서화」, 이주형 외 편, 『한국근대단편소설대계』 18, 태학사, 1989, 126~7면.

에 지나지 않는 반면, 돌쇠의 노름은 쥐불놀이의 타락한 변형이며, 동시에 절박한 가난과 싸우는 몸부림이라는 두 가지 측면에서 그 성질이 다르다. 전자는 그가 맥 빠진 쥐불놀이에서 신명을 못다 푼 나머지 "노름박게 할 것이 업지 안으냐"는 생각에서 응삼이 등을 불러내서 노름판을 벌인다는 사실로 드러나거니와, 후자는 그 자신의 다음과 같은 발언을 통해 확인된다.

> 「허허허… 그러면서 노름한다고 야단들이람. 노름을 안하면 우리같은 놈에게 아니 어듸서 돈이 생기는데… 여보 어머니 하루 진종일 나무를 한 짐 짠득해서 갓다 판대야 십오전 받기가 어렵고 몸을 팔내도 팔 수 업지 안소– 그런데 노름을 하면 하루밤에도 몃백원이 왓다갓다 한단 말이야. 일년내 남의 농사를 짓는대야 남는 것이 무애냐 말아. 나도 그 전에는 착실히 농사를 지어 보앗는데…… 가만이 그런 생각을 하니까 할수록 그런 어리석은 일은 업는 줄 깨다럿소. 엇더튼지 이 세상은 돈만 잇스면 제일인 즉 무슨 짓을 하든지 돈을 버는 것이 첫재가 아니냐 말아. 그래서 나도 순칠이 아저씨한테 노름을 배웠는데 무얼 엇재!– 아차! 또 이젓다. 하나 둘…」[42]

지주 측에게 일방적으로 유리한 소작제도 아래서 아무리 근면하게 일 하더라도 결국 궁핍을 면할 수 없는 지경에 몰리고 마는 농민들, 특히 젊은 축들이 노름에 빠져드는 것은 그것이 비록 '자학적 행위'라 하더라도, 현실적 선택으로서 일정한 근거를 갖는다. 그래서 돌쇠의 아비 김첨지가

---

42 위의 책, 156면.

이웃 사이의 정의, 심성의 파탄, 징역살이의 위험 등을 내세워 아들의 노름을 나무라면서도, 그것을 「아사」(1927.2)의 정첨지처럼 필사적으로 막지 못하고, 마을에서는 노름으로 큰돈을 땄다고 소문이 난 "돌쇠를 불량한 사람이라고 욕하면서도 속으로는 은근히 그 돈을 욕심내고 돌쇠의 횡재가 부러"워 자기들도 노름을 해 보고 싶어 하고, 심지어 "노름을 배고 십흔 사람도 잇"는 것이다. 그런 측면에서 노름꾼 돌쇠는 일찍이 임화가 지적한 대로 "농민이 갖는 바의 소유자적 특성"[43] 즉 빈농계급의 실제의식을 대변하는 인물이라고 할 수 있다. 그런데 대보름 저녁 입뿐이와의 밀회 대목에서 돌쇠는 또 하나의 주목할 만한 발언을 하고 있다.

> 「그래 그럼 임자는 나를 그저 노름에 밋친 사람으로만 보고 잇단 말이지. 그러나 나는 그러케 노름에만 정신이 팔린 놈이 안이야. 나는 지금도 노름꾼이 되고 십지는 안하…. 집에 먹을 것이 업고 나무는 산에 가서 해 올 수 잇다 하나 쌀은 어듸가서 얻나? 농사는 해마다 짓지만은 량식은 과세도 못하고 떠러진다. 해마다 빗만 는다. 엄동설한 이 치운데 어린 처자와 부모 동생이 굶어죽을 지경이 되엇다. 나는 이 꼴을 참아 그대로 보고 잇슬 수가 업섯다…. 오냐 도적질 이외에는 아무 것이라도 하지! 아니 도적질이라도 할 수 잇스면 하지! 그러면 노름이라도 하자!… 그래서 나는 용삼이를 꾀어낸 것이다! 그런데 임자는…」[44]

이 인용의 바로 앞에서 돌쇠는 입뿐이에게 응삼이와의 노름에 대해 용서를 비는데, 입뿐이는 그것에 전혀 개의치 않고 바보 남편과 결단이 났

43 임화, 「6월중의 창작-이기영 씨 작 「서화」」, 『조선일보』, 1933.7.19.
44 「서화」, 앞의 책, 194면.

으면 좋겠다는 심사를 토로하다가, "응삼이가 천치인 줄 알면서도 땅마지기나 있다는 바람에 사위덕을 보랴고" 딸자식을 민며느리로 보낸 부모를 원망한다. 그런 입뿐이에게 그 부모의 처사도 가난으로 인해 부득이한 것이었음을 환기시키며, 돌쇠는 위와 같이 그의 노름행각이 자신의 내면적 진실인 것은 아니라고 고백하는 것이다. 그 내면적 진실을 스스로 확인하는 순간, 노름꾼 돌쇠는 타락한 방법으로 진정한 가치를 추구하는 문제적 개인의 반열에 오른다. 그리고 그 내면적 진실의 확인이 그 자신의 삶의 형식-노름의 윤리적 결함을 간과하지 않는 것이라는 측면에서, 돌쇠는 빈농계급의 실제의식과 그 한계를 포괄적으로 체현하는, 다시 말해 당대 빈농들의 잠재적 계급의식을 그 가능최대치까지 대변하는 문제적 개인으로서의 전형[45]이다. 입뿐이와의 관계에도 같은 논법이 적용된다. 민며느리로 시집온 아내가 있는 돌쇠도 결국 가난과 인습의 피해자이고, 그렇기 때문에 입뿐이의 고통이 훼손된 세계의 질서에서 말미암은 것임을 올바로 통찰하고, 두 사람의 애정을 단순한 감정의 분출이 아니라 운명의 공유라는 차원에 놓는 것이다.

한편 민담적 영웅 정도룡과 계급적 전위 박건성은 특수성을 지닌 인물이다. 그들이 일반 빈농들과 다른 점은 각각 비범한 기백과 사상적 무장

45 L. Goldmann은 세계관의 유형학을 구성하는 기본 범주로서 실제적 의식(real consciousness)과 잠재의식(potential consciousness)을 상정한다. 전자는 어떤 집단, 일반적으로 어떤 계급에 소속된 사람들이 각기 상이한 경험적 현실 속에서 가지는 의식이며, 후자는 그 개개인에게는 무의식적이고 암묵적이면서도 역사의 계기적 발전에 대응하여 그 집단 또는 계급의 사회적 기능과 제반 관련의 본질을 일관되게 보여주는 의식이다. 그에 따르면, 후자 즉 잠재의식의 최대치(maximum of potential consciousness)를 이러저러한 형식, 예컨대 과학이나 예술, 혹은 다른 행위를 통해 구현하는 특정한 예외적 개인(exceptional individual)에 의해 그 집단 또는 계급의 세계관이 대변된다. 그러한 예외적 개인의 속성이 충실히 형상화된 작품의 주인공만이 전형으로서의 문제적 인물로 된다. (L. Goldmann, White, H. V. and R. Robert tr., The Human Science and Philosophy, Jonathan Cape, 1973. 참조).

을 갖추고 있기 때문인데, 전자는 직접적·체험적이며, 후자는 추상적·관념적이다. 즉 전자는 그 특수성이 개별성에, 후자는 그것이 보편성에 편향된 즉자적 존재이다. 그리하여 그들은 자아의 세계에 대한 일방적 우위를 관철하는 비현실적 인물로 되는 것이다. 반면 돌쇠는 일개 노름꾼, 난봉꾼이지만, 여타 빈농들도 그렇게 될 잠재적 가능성을 가졌다는 점에서 그들과 근본적으로 동류이다. 그의 특수성은 다만 그러한 그 자신의 삶에 내포된 문제성을 뚜렷이 자각하고 있는 대자적 존재라는 점이며, 따라서 그는 자아와 세계의 상호우위에 입각한 대립과 갈등을 형상화하는 매개적 중심에 놓인 현실적 임루가 된다. 그 대립과 갈등은 간교한 위선자 김원준의 술책으로 열린 동회에서 정점에 이른다.

그 동회가 열리는 곳은 마름이자 마을 진흥회장인 정주사의 집, 그러니까 훼손된 세계의 질서의 중앙에 해당된다. 그 정주사의 주재 아래 노름꾼으로, 난봉꾼으로 그 자리에서 심판받게 된 돌쇠는 그 중앙에서 가장 일탈된 경계인간이며, 따라서 훼손된 세계의 질서를 떠받치는 힘의 원천과 대결해서 그가 이길 방도란 없다. 그래서 정주사의 아들인 동경유학생 정광조의 도움을 받아 그는 궁지를 벗어나는 것으로 되어 있다. 그 정광조의 변론은 '강제결혼과 조혼' 즉 인습의 폐해를 비판하는 데 역점이 놓여 있는데, 그것이 주효하여 사태가 역전된다. 그러니까 돌쇠로 하여금 노름꾼, 난봉꾼이 되게 만든 가난과 인습 중 보다 본질적인 근인인 전자는 전면에 부각되지 않는 것이다. 「서화」를 "조선의 프롤레타리아 문학 아니 근대문학의 여태까지의 예술적 최고 수준의 고처를 걸어가는 것이라고!" 평가하면서도, 임화는 이 측면과 관련하여 그 결함을 다음과 같이 지적한 바 있다.

첫째로 경험주의적 경향의 잔재가 아직도 냄새를 풍기고 있다. 다음에는 작품 전체의 역사성이 극히 부정확하게밖에는 표현되지 못한 것, 농민의 생활이 사회적 생산관계로부터 유리되어져 있는 것–물론 이것은 그가 이 다음에 표시해 나가려는 줄 잘 엿볼 수 있으나 겨울(舊習)이라고 해도 너무나 생활의 표면 현상만을 지나치게 추구한 흔적이 보인다–구성의 평면으로부터 오는 박력의 부족 등 그리고 이 모든 것을 장래에 해결해 나가는 데 있어서 한 사람의 주인공을 따라가고 말은 것–벌써 이 경향＝일련탁생주의가 보인다–을 특히 작가에게 말하고 싶다. 판페로프의 『부르스키』주인공의 교체란 새로운 소설 구성의 방법을 우리는 가지고 있지 않다.[46]

돌쇠로 대표되는 빈농들의 가난은 소작제도의 모순에서 비롯되는 것에 다름 아니며, 그 소작제도의 모순을 자기존립의 근거로 하는 전제가 마름이다. 그런데 이 작품에서 빈농들은 마름 정주사보다는 부재지주 이참사에게 적대감을 가진 것으로 서술되고 있다. 정주사도 마름으로서가 아니라 마을 진흥회장의 입장에서 동회를 주재한다. 이 작품의 배경인 반개울은 이기영이 유년기를 보낸 마을 인근의 구지명인데, 천안을 위시한 충남 지역에는 1914년경부터 마을 진흥회가 광범위하게 조직되어 있었다.[47] 마을 진흥회는 계급분화로 말미암은 농촌공동체의 갈등을 은폐하는 소작인 지배의 안전판으로서, 돌쇠를 탄핵하는 전호 삼아 김원준이 늘어놓는 말처럼 '오륜삼강의 미풍양속'을 강조하는 향약을 이데올로기

---

46 임화, 앞의 글.
47 한도현, 앞의 글, 254면의 표3-5) 참조.

로 한다.[48] 이 작품이 그리고 있는 기미 전후의 시대현실은 오직 정광조나 돌쇠 같은 예외적 인물만이 그 안전판과 충돌을 빚는 단계로 작가는 파악했던 것이라고 할 수 있다. 그 안전판의 기능 한계가 드러나자면, 소작제도의 모순이 확대·심화된 단계로 시대현실 자체가 성장하지 않으면 안 된다. 그런 단계에서는 정주사는 진흥회장이기에 앞서 마름으로, 그것도 재래형 마름이 아닌 신형 마름으로 탈바꿈하고, 그리고 매개인물로서의 지식인 정광조, 반항적 민중의 전형으로서의 돌쇠도 그 모습과 위치가 달라지지 않을 수 없다. 그처럼 다원화된 전형의 계서제는 작품의 현실 지평이 대폭 확대되는 경우에만 실현 가능한데, 그것에 전제로 되는 것이 장편양식의 도입과 작가의 현실인식 자체의 일대 전환이다. 이기영은 그것을 『고향』에서 이룩했다.

2. 『고향』과 사실주의의 지평

계급문학운동은 창작에 대해 비평이 일방적인 주도권을 행사했다는 평판이 통설로 되어 있다. 창작방법에 관한 이론적 논쟁이 왕성했던 데 비해 전반적으로 실제의 작품성과가 비평이 요구하는 수준을 밑돌았던 것이 사실이지만, 이기영의 『고향』(『조선일보』, 1933.11.15~1934.9.21)이 출현하자 그러한 기존의 판세가 뒤바뀌는 전환점이 마련되었다. 즉 『고향』의 출현은 계급문학운동이 일제의 전면적인 물리적 탄압국면에 처하여 그 공개적 조직 활동이 정지되는 소위 전형기의 문턱에 이루어지는데, 그 이

48 위의 글, 253~5면.

후 일제 말기까지 방향설정을 위한 계급문학 진영의 다양한 창작이론 모색작업이 소설 장르의 경우 주로 『고향』이 이룩한 예술적 수준을 유지, 발전시키는 문제에 계속 집중됐던 것이다.[49] 이것은 『고향』이 비단 이기영 자신의 대표작일 뿐만 아니라, 계급문학운동사, 나아가서는 우리 근대소설사의 기념비적 작품임을 시사해 준다.

『고향』은 당시 농촌 현실의 총체성을 풍부하게 재현하고 그러한 바탕 위에서 민중운동 실천가를 자임하는 지식인상을 성공적으로 형상화한 작품으로서, 도식주의와 관념주의의 함정에 빠지지 않고[50] 전형적 상황

49 관련된 논의들 가운데서 주목되는 것으로는 김기진, 「프로문학의 현재 수준」, 신동아, 1934.2; 민병휘, 「춘원의 「흙」과 민촌의 『고향』」, 『조선문단』, 1935.5; 김남천, 「지식계급 전형의 창조와 고향 주인공에 대한 감상 -이기영 『고향』의 일면적 비평」, 『조선중앙일보』, 1935.6. 28~7.4; 임인식, 「위대한 낭만적정신 - 이로써 자기를 관철하라」, 『동아일보』, 1936.1. 1~4; 박영희, 「민촌의 역작 고향을 읽고서」, 『조선일보』, 1936.12.1; 민병휘, 「민촌 『고향』론」, 『백광』, 1937.3~6; 박승극, 「이기영 검토(1)-1」, 『풍림』, 1937.5; 김남천, 「이기영 검토(1)-2」, 『풍림』, 1937.5; 이무영, 「소설가 아닌 소설가 - 민촌의 「서화」를 읽고」, 『조선일보』, 1937.8.3; 김남천, 「현대 조선소설의 이념 - 「로만」 개조에 대한 작가의 일 각서」, 『조선일보』, 1938.9.10~18; 임인식, 「농민과 문학」, 『문장』, 1939.10; 인정식, 「조선농민문학의 근본적 문제」, 『인문평론』, 1939.12; 안함광, 「「로만」 논의의 제 문제와 고향의 현대적 의의」, 『인문평론』, 1940.11. 등이 있다.

50 김남천은 『고향』이 "흔히 작중인물에 대한 익애와 관념적인 이상화"에 빠졌던 과거 프로문학의 한계를 극복한 작품으로 평가하면서, 그것을 가능하게 한 원동력이 주인공 김희준에 대해 '가면박탈의 칼'을 들이댄 작가의 '준열한 비판적 태도' 또는 '강렬한 리얼리스트적 정신'임을 강조한다. 그는 또한 그러한 태도, 정신이 작품 후반부의 김희준에게는 이완되어 버린다든지 안갑숙은 아예 적용되지 않아 '숭고한 이상적 타입'으로 그려진 것, 그리고 그것과 반비례하여 건강한 민중의 전형에 속하는 인동이와 인순이에게 '적극적인 성격'을 부여하지 못한 것 등을 결함으로 지적한다. 즉 "지식계급의 역할의 중요성과 또한 농민의 지식층에 대한 막연한 기대와 환상적 기대"를 형상화하는 데 치중되어 민중의 역량을 과소평가하는 결과로 낙착되었다는 비판이다.
    실제로는 20년대의 농촌현실을 그린 『고향』의 시대배경을 노동운동과 농민운동이 보다 고양된 30년대로 본 것과 일정하게 연관된 이 비판의 결론은 "한개의 '티피칼한 성격'-그리고 그것을 싸고 있는 '미리유',' 티피칼한 정황의 묘출' 이것에서 만전할" 작품은 되지 못했다는 것이다. 그리고 자신이 지적한 『고향』의 결함들을 '낭만주의적 색채'로 판단하며, 그것이 빠진다면 '단순한 저-날한 소설'이 되고 말았을 것이라고 부기하여 최종적 평가는 유보하고 있다. (김남천, 「지식계급 전형의 창조와 고향 주인공에 대한 감상 - 이기영 『고향』의 일면적 비평」, 『조선중앙일보』, 1935.6.28~7.4) 뒤에 다시 그

과 그것에 대응하는 전형적 성격의 창조라는 사실주의 소설미학의 원칙에 충실한 전범이라는 것이 당대의 일치된 평가였다. 이러한 평가를 획득하는 경지에 도달하는 데는 "소설을 현실화하기보다도 현실을 소설화하는 작가"[51]라는 지적처럼 체험의 힘을 바탕삼아 작품 창작을 수행한 이기영 자신의 특유한 작가적 자질이 우선적인 기틀로 작용한 것이지만, 보다 중요한 사항은 그러한 창작의 요결이 『고향』의 집필에 즈음하여 자각적이었다는 점이다.

과연 나는 과거의 작품행동에 잇서서 문학적 현실을 너무나 무시하고 다만 일련의 슬로강을 궤상에서 관념적 기계적으로 주입하랴고만 고심하엿다. 이러케 쏜 작품이 물론 태작을 면할 수 업슬 것이다. 나는 昨夏에 우연한 기회로 현재 발표중인 『고향』을 농촌에 가서 집필해 보앗다. 별로 자신할 작품은 못되나마 그것을 쏠 때 나는 전에 업는 실감과 농촌에 대한 지식을 적지 안케 엇을 수 잇섯다.

이 점으로 보아서 작가의 사회적 경험은—직접이거나 간접이거나—그에게 만흔 도움이 될 줄 안다. 꼬리-키의 위대는 실로 그의 광대심오한 체

는 '바르자크의 소위 인물로 된 이데-' 개념에 의거하여 『고향』의 김희준이 관념성과 도식성으로 해서 「서화」의 돌쇠에 비해 손색이 있다고 판정한다. (김남천, 「현대 조선 소설의 이념 - '로만' 개조에 대한 작가의 일각서」, 『조선일보』, 1938.9.10~18)
　　한편 임화는 "자연주의의 인간관인 '성격묘사'"를 돌파하려 한 프로문학이 범한 "도 식적 낭만주의 - (그것은 도식적 '레아리즘'의 다른 반면이다!)에 의한 인간적 형상의 구체성의 결핍"을 『고향』이 "생생한 생활적 인간적 모순을 통하여 보편화"된 인물 김희 준의 '성격창조'를 통해 극복했다고 고평한다.(임인식, 「위대한 낭만적 정신-이로써 자 기를 관철하라」, 『동아일보』, 1936.1.1~4). 안함광도 『고향』이 설화와 묘사의 통일 속 에서 설화의 대담한 구사를 시도하여 성공한 작품인 만큼 김희준에 대해서는 '성격묘 사'가 아닌 '성격창조'라는 기준을 적용해야 한다고 주장했다.(안함광, 「'로만' 논의의 제 문제와 『고향』의 현대적 의의」, 『인문평론』, 1940.11)
51　이무영, 「소설가 아닌 소설가-민촌의 「서화」를 읽고」, 『조선일보』, 1937.8.3.

험에서 산출함이 안일가? 풍부한 생활은, 풍부한 창작력을 재래한다. 현실은 문학적 저수지요, 생명이요, 소재인 까닭이다.

그럼으로 나는 작가로서 생활의 심화와 광대를 바란다. 어시호 문학적 시야를 넓히는 동시에, 한편으로 작가적 수완을 기를 것이다. 나는 가급적 금년에 잇서서는, 과거의 위대한 작품에서 소위 문학적 유산을 만히 섭취하고 십다. 나는 뿌루문학이라고 그런 것을 읽기에 일부러 등한 햇다는 것을 붓그러 하기를 마지 안는다.[52]

목적의식기 이래 분분하게 제기된 창작방법론들에 가위눌려 그것들을 "관념적 기계적으로 주입하려고만 고심"함으로써 작품이 태작을 면치 못했음을 반성하고 과거 시민문학의 걸작으로부터 '작가적 수완'을 배우는 한편, '사회적 경험'을 확충할 필요를 절감케 된 것이 바로 현지취재를 통해 『고향』을 집필하면서였던 것이다. 요컨대 현지취재가 작가적 전환을 맞이하는 유력한 계기가 된 일종의 창작방법이었다. 이런 관점에서 작품의 현장을 먼저 살피는 것이 논의의 단서를 온당하게 포착하는 수순으로 무난하리라 여겨지는데, 이러한 판단은 다음에 살피는 내용에 의해서도 일정하게 뒷받침된다.

김기진의 술회에 따르면,[53] 『고향』의 말미, 15,6회 분은 이기영이 카프(KAPF) 제2차 검거에 연루, 구속되자 미리 부탁받은 대로 그가 대필하여 마무리 지은 것으로 되어 있다. 그리고 뒤에 단행본을 낼 때(한성도서, 1936), 원작자더러 대필 부분을 고쳐 출판하라 권고했으나 이기영은 굳이 그럴 필요가 없다며 그대로 출판했다고 한다. 김기진의 이러한 술회

---

52 이기영, 「사회적 경험과 수완」, 『조선일보』, 1934.1.25.
53 김기진, 「한국문단측면사」, 홍정선 편, 『김팔봉전집』 II, 문학과지성사, 1988, 105면.

는 두 가지 점에서 사실과 부합하는 것일 가능성이 크다고 할 수 있다. 그 하나는 이기영이 소위 신건설사 사건으로 검거되었다는 사실이 1934년 8월 26일자로 보도되는데,[54] 『고향』은 그 해 9월 21일자로 연재가 종료되었다는 점이다. 이기영의 검거일자는 정확히 알 수 없으나, 그런 보도 이후 연재 종료까지의 날수가 김기진이 대필했다는 횟수에 접근하는 것이다. 다른 하나는 우연찮게도 이기영이 그해 2월의 한 평론에서 김기진의 작품 줄거리 예견력이 단연 뛰어난 것이라는 발언을 하고 있다는 점이다. 즉 "엇던 작품을 읽고 나서 그 주제의 줄거리를 손쉽게 골러내어 작가가 의도한 작품의 골자를 요약해 말하기란 그의 작가적 진로를 밝히기란 곤란한 일인데 팔봉은 거긔에도 자신이 잇는 것 갓다"[55]고 했던 것이다. 그러니까 카프 관계자들에 대한 대량 검거가 진행되는 와중에서 이기영이 대필을 부탁한다면 김기진을 우선적으로 선택했을 법도 하다. 이 일화와 관련해서는 대략 두 가지 경우를 고려해 볼 수 있다.

그 하나는 원작가가 자신의 의도를 대필이 십분 살렸다고 판단한 경우이다. 이기영은 앞장에서 언급된 바, 1932년 봄 『조선지광』이 폐간된 후 생계 대책으로 하숙업을 시작했으나 여의치 못해, 우선 「서화」를 써서 그 원고료로 급한 불을 끄고는, 장편소설을 써서 경제문제를 해결해 볼 생각으로 1933년 8월 초순경 천안으로 내려가 유년기를 보낸 마을 뒷산의 성불사에서 40일 동안 "붓긑을 휘모라서" 원고를 탈고했다고 한다.[56] 물론 이 때 탈고했다는 원고는 불완전한 것이었을 가능성이 많다. 하숙업을 하기 위해 빌린 집주인으로부터 송사를 당한 처지여서, 그의 천안 체

54 『조선일보』, 1934.8.26 기사.
55 이기영, 「문예평론가와 창작비평가」, 『조선일보』, 1934.2.4.
56 민촌생, 「셋방십년」, 『조광』, 1938.2, 195~6면.

류기간에 경제적 후원을 해 준 변상권의 추석을 지내고 가라는 호의조차 뿌리치고 음력 7월 그믐께(양력 9월 16,7일경) 황급히 상경한 사정이었기 때문이다.[57] 그러나 사전에 작성된 초고가 있었던 것은 분명하고, 또 카프 제2차 검거로 투옥되기까지 상당한 시간이 있었던 만큼, 적어도 구체적인 개요를 건네주며 김기진에게 가필을 부탁한 것일 개연성이 높다.

　다른 하나는 팔봉이 쓴 작품의 결말부는 어느 누가 손을 대도 돌연한 일탈이나 비약이 일어나지 않을 만큼 거기에까지 이르는 전개과정 자체가 구조적 견고성을 가진 경우이다. 실제로 이 작품은 시간과 공간의 규정성이 줄거리의 진행을 시종 압도한다. 이를테면 작중인물들은 각기 성격 형성의 일정한 전사를 가지고 있으며, 그들의 대립관계 역시 생활터전의 상위에 근거를 두고 있는데, 이 모든 국면에 대해 경부선의 완공, 토지 조사사업, 기미년 만세운동, C사철의 개통, 제방공사, 제사공장의 설립, 읍내의 가속적 번성과 원터의 빈궁 심화 등, 식민지적 근대화 현실의 구체적·객관적 시간과 공간 지표가 근본적인 규정력을 행사하고 있어 작가의 자의가 개입될 여지가 별로 없는 것이다. 후자가 논의의 단초로는 훨씬 작품의 본질에 육박하는 것임은 물론이다. 즉 『고향』의 성공은 현지 취재에서 비롯된 것, 다시 말해 작품 원형으로서의 현실 자체의 잠재력에 크게 의존한 것이기 때문이다.

　『고향』의 실제 줄거리는 다음과 같이 요약되기도 한다.

　일본에 가서 여러 해 고학하는 동안 선진적인 과학사상을 소유하고 고향으로 돌아온 작품의 주인공 김희준은 로동야학을 조직하여 계몽사

57　위의 글, 196면.

업에 착수하는 한편 이 마을 농민들을 무참하게 착취하는 부재지주 민 판서와 그의 마름인 안승학을 반대하는 심각한 소작쟁의를 조직지도한 다.

마름인 안승학은 농민들의 단결을 파괴하려 하였으나 김희준의 주위 에 집결된 소작인들의 단결은 좀체로 무너지지 않았다. 그러나 투쟁이 오 래 계속되는 동안 식량 사정에 궁핍한 농민들 가운데는 동요하는 빛이 보이기 시작했다.

바로 이 때 복잡한 연예관계를 창산하는 동시에 돈만 아는 아버지와 절연을 하고 옥희라는 가명을 가지고 이 마을 부근에 있는 일인 제사공 장에 들어간 안승학의 딸 갑숙이의 숨은 역할로 동맹파업을 단행한 로 동자들의 성원의 손길이 이 곳 농민들에게 뻗친다. 그리하여 로동자, 농 민들의 단결은 굳어졌고 김희준의 지도하에 농민들의 소작쟁의는 승리 로 끝맺게 된다.[58]

『고향』의 작품 무대는 1925,6년경의 충남 천안이다. 현 천안시지의 지 명 개요와 "원터, 읍내, 장거리, 상리, 옥문거리, 비석거리, 수리터, 서리말" 등 작중 소지명의 부합,[59] 지금의 장항선인 C사철 즉 충남경편철도의 운 행이 시작된(1922.6.1)[60] 지 몇 년 충남에 상전 경작을 강제하면서(1914)[61]

58 리기영, 「『고향』의 경개문」, 『고향』, 조선작가동맹출판사, 1955.
59 천안시지 편찬위원회, 『천안시지』, 1987, 87~103면 참조.
60 中村資郞, 『조선은행회사조합요록』(1940.11)에 의하면, 조선경편철도령이 공포된 이래 (1912.6.15), 충남경편철도주식회사가 설립되어(1919), 기공한(1920.2) 이 사철은 천안-온양 구간이 먼저 개통되었고(1922.6.1), 천안~장항 전구간은 훨씬 나중에 개통됐던 (1931.8.1) 것으로 확인된다. 완전 개통 당시는 회사명도 조선경남철도주식회사로 바 뀌었다.
61 「피폐의 충남! 갱생의 충남!」, 『개벽』, 1924.4, 112면.

세운 것으로 보이는 잠업전습소에 김희준이 강습을 받으러 다닌 지 십여 년, 경부선이 개통된(1905.5.28) 지 20년이 된다는 배경서술 등이 그 근거이다.

　현 천안시 원성동 일대로 비정되는 작품의 주무대 '원터'는 조선조의 남원南院이 설치되었던 곳으로,[62] 지금은 경부고속도로 하행선 우측의 주택가로 조성되어 있다. 이곳은 「민촌」(『조선지광』, 1926.?)의 '향교말'이 소재한 현 유량동과 연접되어 있는데,[63] 이기영이 유년기 이래 성장한 본적지가 바로 유량동 269번지로 되어 있다. 「신개지」(『동아일보』, 1938.1.19.~9.8)의 유구성 집 전답이 있는 '삼선평'[64]도 그 일부로 포함하는 '원터'는 역원의 비용을 충당하는 역둔토 및 원전[65]같은 상등답을 위주로 한 비옥한 경작 지역이었던 것으로 보이는데, 토지조사사업이 실시된 직후의 토지대장을 열람해보면 동척과 일본인 소유지의 등재면적은 큰 비중을 차지하여[66] 일제에 의한 전면적 국유지 불하 사실이 그대로 확인된다. 또한 학교, 교회, 읍내 유지, 타지방 거주자 등의 소유지도 상당수 눈에 띄는데[67], 이로 미루어 대다수의 주민이 식민지 정지작업의 추진과 함께 이전보다 더욱 열악한 조건의 소작빈농으로 급속히 몰락해 간 식민지 농민계급의 전형적 사례에 해당됨을 알 수 있다.

　'원터'의 '앞내'(현 원성천으로 추정됨)를 건너 '철교'(경부선이 지나는 현 천안

62　천안시지 편찬위원회, 『천안시지』, 1987, 92면.

63　위의 책, 99~100면.

64　주62와 같음.

65　천안시지 편찬위원회, 『천안시지』, 1987, 181~199면 참조.

66　천안시 구본 토지대장에 의하면, 1912년 무렵에는 동척 소유지가 가장 크고 그 밖에도 일본해상운송화재보험 등의 일본인회사 및 일본인 농업이민자의 소유지가 많다.

67　가령 천안공립보통학교, 재단법인 조선전성교회 유지재단, 이기영의 부 이민창과 무관학교 동창으로 알려진 심상만, 일본육사 출신 홍사익 등의 소유지가 확인된다.

철교로 추정됨)를 우회해서 '장터'에 닿고, 거기서 계속 나가면 지금의 중심가인 '읍내'에 이른다. '장터'가 부등가교환이 이루어지는 식민지적 상품화폐경제의 배양판이라면, '읍내'는 고리대 금융독점자본인 은행[68], 기아임금에 의한 노동착취 장치인 제사공장, 수탈 농산물의 반출구인 운송점과 철도, 그리고 이 모든 것을 엄호하는 폭력적 식민통치기구인 관공서의 집결장이다. '원터'의 괴멸적 희생을 대전제이자 궁극목표로 하여 '읍내'의 고밀도 확장이 달성되는 것임은 말할 나위도 없다. 악덕 친일마름 안승학, 기생지주 민판서의 존재와 식민지 본국 식량 공급로의 일환으로 부설된[69] C사철 및 저임노동의 무제한적 흡입을 노린 제사공장을 연결고리로 한 '원터'와 '읍내'의 극상대립은 그 자체가 민족모순과 계급모순을 포괄하는 전체 식민지 현실의 전형적 축도에 다름 아닌 것이다.

식민지 농촌현실을 그린 이기영의 소설적 화폭은 작품에 따라 대단한 신축성을 보이지만, 그 대상 취재원 자체는 거의가 위에서 살핀 『고향』의 경우와 같이 그 자신의 생장지인 충남 천안 일원에 집중되어 있어 세부내용이 일치하든지 연관되는 경우가 허다하다.[70] 물론 각 작품은 집필 당시의 작가적 의식 상태와 대상 시기의 객관적 현실조건의 차이로 말미암아 그 구체적 내용과 주안점이 다르다. 작가의식의 상태와 대상 시

---

68 이기영이 1921년 9월경부터 일본(정칙영어학교)으로 유학길에 오른 1922년 4월경까지 한동안 근무한 호서은행(湖西銀行: 뒤에 동일은행에 합병되어 오늘의 조흥은행에 이름).

69 中村資郎, 『朝鮮銀行會社組合要目』, 1940.11의 '조선경남철도주식회사' 항목의 설립목적 참조.

70 초기작 「가난한 사람들」 이래로 「농부 정도룡」, 「민촌」, 「서화」를 거쳐 『고향』에 이르는 일련의 작품들 이외에도 장편으로는 「어머니」, 「신개지」, 「봄」, 「동천홍」 등이나 단편으로는 「부역」, 「양잠촌」, 「가을」, 「진통기」, 「소부」, 「귀농」(「소부」의 속편) 등을 같은 경우로 들 수 있다.

기의 선택 사이에 일정한 함수관계가 성립됨은 필지이겠지만, 그것을 일단 논외로 한다면 장편의 규모를 가진 민촌의 주요 농민소설들은 애국계몽기의 부세대 체험을 다룬 『봄』(『동아일보』, 1940.6.11.~8.10, 『인문평론』, 1940.10~41.2), 식민지 초기의 농민현실을 그린 「서화」(『조선일보』, 1933.5.30), 「돌쇠」(『형상』1~2, 1934.2,4) 등이 그 일환인 미완의 장편 「기미전후」, 20년대 중반의 민중운동 실천 가능성에 대한 소설적 점검을 시도한 『고향』, 그것에 이은 30년대 전반의 변화된 농촌세태를 조명한 「신개지」(『동아일보』, 1938.1.19~9.8) 등의 편년적 배열을 보여준다.

집필 시기가 근접한 「서화」, 「돌쇠」와 『고향』은 대상 시기도 연속되어 있다. 「서화」의 속편으로 원고 태반이 유실된 「돌쇠」의 후편 「저수지」[71]가 『고향』에 언급된 제방공사와 결부된 이야기로 추정되는 것이다. 그러니까 이 세 작품을 포괄하는 대하장편의 밑그림[72]을 예상해 볼만도 하지만, 그것이 완전한 결구를 갖추고 실제로 작품화되기에는 앞의 두 작품과 『고향』 사이의 간극이 상당히 크다. 즉 작품의 중심인물이 전자에서는 반항적 민중 돌쇠이고 후자에서는 지식인 김희준으로 되어 있는데, 전자에서 돌쇠를 변호하는 계몽가형 지식인 정광조는 민중적 현실에 대한 관념적 동정에 머무르는 인물이지만, 후자의 운동가형 지식인 김희준은 생활 자체를 통해 민중과 일체가 되어 그들을 지도하는 인물이다. 이는 물론 작가적 역량 또는 그것이 발휘된 정도의 편차로 이해될 수도 있

---

71 「돌쇠」가 연재될 당시의 '편집자 주'(이갑기)에 의하면, 「돌쇠」는 480자 원고지 150매 분량이고, 그 속편으로 「저수지」가 계속될 예정이라고 되어 있다(『형상』1(1934.2), 2면). 그런데 이기영에 따르면, 『형상』이 폐간되면서 「저수지」 원고를 분실해 버렸다고 한다(「작자의 말」, 『서화』, 동광당서점, 1937) 뒷날의 「저수지」, 『半島の光』, 1943.5~9는 「돌쇠」의 속편이 아니라 그것과는 전혀 별개의 작품으로 국책소설, 생산소설이다.

72 해방 후 작품 『두만강』(1954-1962)과 관련된 문제이나, 구체적인 논의는 일단 미루어 둔다.

겠지만, 애당초 작가가 시대적 성격의 변화를 부각시키려 의도한 결과로 보인다.

「서화」와 「돌쇠」에서 제한된 의미의 진보성을 띠었던 정광조의 계몽주의는 『고향』에 와서 사이비로 판명된다. 민중적 생활현실과 동떨어져 유의유식하는 교회청년회와 S청년회의 행태에 대한 김희준의 비판이 그것이다. 더구나 그 비판은 돌쇠에 비해 균형 잡힌 인물 김선달에 의해 촉발되는 것으로 그려진다. 따라서 「서화」·「돌쇠」와 『고향』의 차이는 계몽주의가 어느 정도 공감을 얻을 수 있었던 시대와 그렇지 못한 시대 사이의 격차를 객관적으로 반영한 것일 따름이라고 생각된다. 전자는 기미년 전후를, 후자는 그 다음 시대를 그리려 했고, 실제로 그러한 시간적 배경은 작품에 명시되어 있다.[73] 그러니까 돌쇠와 정광조의 성격적 불비는 그들 시대의 제약성을 드러내려 한 작가적 의도의 당연한 귀결이며, 『고향』의 성공은 해당 시대현실의 본질에 대해 작가적 통찰력이 탁월하게 관철된 덕분인 것이다. 이런 관점에서 「서화」·「돌쇠」가 장편소설로서 한계를 지닌 작품이며, 그 실패를 대가로 지불하고 『고향』의 성공이 이룩되었다고 하는 해석[74]은 좀 더 면밀히 재고되어야 한다.

이기영은 『조선일보』(1933. 11. 14) 연재 예고문에서 『고향』을 "중농의 아들로 출생한 인테리가 자긔의 고향으로 도라와서 건실한 생활을 전개하

---

73 『고향』의 시간적 배경은 주60 참조. 그리고 서화가 3.1운동 이전을 배경으로 삼은 작품임은 이기영, 「작자의 말」, 『서화』, 동광당서점, 1937에 명시되어 있고, 「돌쇠」 역시 그러함은 "경부선 본선을 기점으로 하는 경편철도가 샛터 뒷고개를 넘어 들어온다는 소문은 벌써 수년 전부터 들리었다"(『형상』 2, 1934. 4, 25면)는 서술에서 확인된다. 앞의 中村資郎, 『朝鮮銀行會社組合要目』, 1940. 11에 의하면, 충남경편철도의 설립발기는 1917년으로 되어 있다.

74 김윤식, 「문제적 인물의 설정과 그 매개적 의미」, 『한국근대문학사상비판』, 일지사, 1978, 257~63면 참조.

고저 노력과 열정과 그리고 실망을 거듭하며 압길을 거러가는 가온대 농촌의 분화과정을 여러 층으로 묘사해 보려는 의도를 가지고 썼다"고 밝히고 있다.[75] 김희준의 등장이 시대의 산물임을 입증하려 했던 것이다. 즉 식민지적 근대화의 진행에 따른 생활환경과 계급관계의 변화를 추적, 그 반민중적 본질을 폭로하는 작업과 그러한 당대 현실과의 대결에 김희준이 앞장서서 분투하는 모습을 형상화하는 작업을 긴밀하게 결합함으로써 작가는 전작들이 열어온 사실주의의 지평을 더욱 확대하고자 했던 것이다. 이와 관련해서 이기영의 다음과 같은 발언이 검토될 필요가 있을 것 같다.

필자는 여러 해만에 농촌을 가 보앗다. 하긴 필자가 잇든 곳은 산중 고사엿지마는-십여녀만에 다시 대하는 농촌은 물론 그 전의 농촌과는 판이하도록 변하엿다. 稻의 정조식은 물론 전곡까지도 정조식을 한 곳이 잇스며 촌도 적지도 공지가 업슨 만큼 알뜰이 기경하엿다.

그 전에는 정조식을 반강제적으로 권장하든 것이 지금은 자원해서 그것을 한다는 것이다. 왜 그러냐 하면 정조식을 하게 되면 일정한 거리로 균일하게 심으게 됨으로 베고 등을고 한 폐단이 업서서곡식의 소출이 만히 나는 줄을 알기 때문이라 한다. 그들은 이만큼『리악』해젓다.

그러면 그들의 생활은 얼마나 유족해젓든가?

그 전에는 수 삼십호 농촌이라면 빈촌이라도 중농(자작농)이 몃 호 되고 소작농이라도 소(牛)-빠리를 두고『광작』을 하는 작인이 잇섯다. 그런데 필자가 가 본 곳의 그 전의 자작농은 모다 소작농으로 몰락하고 소

75 이기영, 「작자의 말」, 『조선일보』, 1933.11.14.

작농은 다시 빈농으로-『머슴』으로-일고 농업노동자로 유리하엿다. 그곳은 금광으로 유명하기 때문에 광부생활로 연명하는 사람이 만흔데, 금광이 업는 곳은 물론 이런 비리도 업슬것이다.

중농의 토지는 적토도 업시 대지주에게 겸병되엇다. 산간 산답(散畓)이 이럴적에야 큰들의 농장지대야 더 말할 것도 업슬 것 갓다. 그들은 모다 억개가 휘도록 부채에 신음하고 소위 춘궁 칠궁은 물론 과동할 양식을 가진 것이 별로 업다.[76]

중농의 몰락, 소작농의 농촌 일고(日雇, 날품팔이: 필자)로의 전락, 그것과 맞물린 대지주의 토지겸병 등, 소위 농민계급의 급격한 양극분해 현상 자체는 위의 인용문과 같은 글에서 이기영이 말하듯 "신문지 사회면에 날마다 보도되는" '평범한 사실'이다. 그런데 이 '평범한 사실'을 바라보는 이기영의 관점은 단순히 그 표면에 머무른 것이 아니어서 의미심장하다. 즉 그는 농민현실의 변화와 함께 정조식의 전면적 보급에도 주목하고 있는 것이다. 정조식은 농업생산성을 증대시키는 합리적 경작법, 그러니까 근대제도의 일종이다. 당초에 그것을 일제가 "반강제적으로 권장"한 것이나, 뒤에 농민들이 '자원해서' 수용하게 된 것이나, 모두 그것에 의한 생산력의 발전을 전제한 것이다. 물론 전자는 수탈의 고도화, 후자는 소출의 증대를 겨냥하는 것이다. 생산력 발전에도 불구하고, 그것과 그 결실을 농민들에게 귀속시키지 않는 생산양식과의 모순은 심화될 뿐이다. 객관적 현실의 방향성으로서의 근대제도와 그것에서 초래되는 모순의 심화과정, 다시 말해서 제도의 변화가 지닌 양면성을 함께 통찰하는 것, 그

76 이기영, 「문예적 시감 수제」, 『조선일보』, 1933.10.25.

것은 바로 현실의 형성과 파괴의 변증법에 상도함에 다름 아니다. 「홍수」에서 7년 만에 돌아온 박건성의 고향이 침체 일색으로 그려진 것과 달리, 『고향』의 작품 현실이 5년 동안 떠나 있던 주인공 김희준이 '놀랠만치' 변화한, 시간성이 약동하는 것으로 그려지는 것은 바로 거기서 말미암은 바라고 할 수 있다.

앞에서 밝혔듯이 『고향』의 시간적 배경은 식민지 제2기의 중품인 1925,6년경으로 잡힌다. 제1기(1906~18)가 통감부 설치 이래의 토지조사사업 실시, 식민지 통치기구 및 법제 구축 등을 통한 체제정지 기간이었다면, 제2기(1919~29)는 그것을 바탕으로 하여 식량 및 원료의 약탈, 상품·투자시장에서의 초과이윤 획득을 꾀한 체제강화 기간이었다.[77]

제1기의 시대적 성격은 『고향』에서 당대의 전사에 관한 서술(〈출세담〉, 〈농번기〉, 〈김선달〉의 삽화 등)을 통해 극명하게 포착된다. 즉 구세도가 조판서 같은 토호집안의 속절없는 몰락과 친일 대토지귀족 민판서의 득세, 원거하던 토착부자들의 파산과 대서사 유선달, 포목상 권상철 등 신흥졸부들의 등장, 유력한 향리였던 김호장의 후예 김춘호(김희준의 부)의 패가와 군청 재무계원이었던 안승학의 부상 등의 극단적인 대조는 식민지체제에의 적응·편승 여하에 따라 명암이 엇갈리는 계급관계 재편 양상의 일단을 적나라하게 보여준다. 식민지 체제의 구축이 이와 같은 일부 계층의 판도 변화를 초래하는 데 그치지 않고 민중적 삶에 보다 고도화된 억압구조를 강요하는 것이었음은 재론의 여지가 없다.

한편 제2기의 시대적 성격은 5년 만에 동경유학에서 돌아온 김희준의 눈에 포착된 C사철, 신축제방, 제사공장 등을 통해 확연히 드러난다. C

---

77 전석담·이기주·김한주, 『현대조선사회경제사』(신학사, 1974)의 「경제사」(이기주) 참조.

사철 즉 장항선은 양곡 및 상품수송을 목적으로 부설되었고,[78] 제방공사는 산미증산계획에 입각한 수리사업이었으며,[79] 제사공장은 빈농경제에서 파생되는 저임노동의 착취를 노린 것이었다. 그러므로 철도, 제방, 공장, 그 밖에도 관공서, 은행, 회사, 상가, 운송점 등이 자리 잡은 '읍내'의 발전은 노역과 기아에 시달리는 '원터' 민중의 참상과 길항관계를 이룬다. '읍내'가 번영을 구가하는 동안 '원터'에서는 민중의 빈곤이 확대재생산된다. 자작농에서 소작빈농으로 전락한 김원칠과 쇠득이네, 고리대에 쪼들리다 못해 자살한 상리 박서방, 도시 막노동자가 되어버린 덕삼이 종형제, 서간도로 이주해 간 춘식이 집안 등(《마을사람들》, 《춘궁》)은 그들의 운명을 명명백백하게 보여주는 전형적 사례들이다.

이와 같이 『고향』의 현실 인식은 식민지적 근대화의 진행과정을 날줄로 하고, 그것이 야기한 계급관계의 재편 양상을 씨줄로 한다. 엄밀히 말해 양자 사이에는 일정한 매개항이 개재한다. 그 매개항이란 일정한 생산양식 및 기타 보조 장치, 한마디로 근대적 제반 제도에 다름 아니다. 자본의 자기실현은 그것의 존속을 전제로 하며, 민중의 자기실현은 그것의 변혁을 전제로 한다. 그러므로 그것은 현실의 전체상 파악에 가장 확실한 객관적 인식준거가 된다. 『고향』에서 안승학은 바로 그러한 역할을 수행하는 존재로서, 이 작품의 전형 계서제의 중심에 놓여 있다.

관공서, 은행, 철도, 공장 혹은 그 모두가 한데 모인 '읍내'는 물론 근

78 주69와 같음.
79 주지하다시피 산미증산계획은 1918년 일본의 쌀파동에 자극되어 1차(1920년~1925년), 2차(1926부터 12년간)에 걸쳐 실시되었는데, 작품의 제방공사는 물론 1차 사업기간에 이루어진 것이다. 산미증산계획의 핵심은 관개 개선, 지목 변경, 개간간척을 내용으로 하는 토지개량사업 즉 수리사업이었다.(河合和男, 「산미증산계획'과 식민지 농업의 전개」, 梶村秀樹 외, 『한국근대사연구』, 사계절, 1983, 378~82면 참조)

대적 제도들이다. 그러나 그것들은 식민지적 근대 현실의 거대한 순환운동을 매개하는 중간고리이다. 최종고리는 그 순환운동의 반환점 즉 '원터' 민중의 생활현장을 주름잡는 안승학이다. 이 경우의 안승학은 하나의 인격체라기보다는 친일마름이라는 제도이다. 그의 친일성은 호구조사 나온 순사에 대한 환대 장면(〈농촌점경〉)에서도 엿보이지만, 졸속 개화를 밑천으로 군청 고원살이를 하고 그것을 발판으로 "수백 석 추수를 하고 서울 사는 민판서 집 사음까지 얻어"[80] 하게 된 경력에서 더욱 역력히 드러난다. 그렇다고 그것을 윤리나 품성의 문제로 파악하는 것은 피상적이다. 그의 입신과 치부는 워낙 자기의 자질과 능력을 식민지적 근대 현실의 논리에 기민하게 적응시킨 노력의 결실인 것이다. 요컨대 그의 친일성은 곧 식민지적 근대성이다.

안승학은 "경기도 죽산이라든가 어디서 호방노릇을 하던 아전" 식으로 시류의 변화에 잽싸게 영합하여 식민지체제의 말단 하수인 자리나마 차지함으로써 같은 아전계층의 후예인 김춘호의 어설픈 영락과 대조적인 모습을 보여준다. 아전계층은 직접생산자인 농민계층에 대한 봉건국가의 각종 수탈을 집행하는 실무관리 집단으로 소위 삼정문란 즉 조세, 신역, 환곡 등과 관련된 부정과 비리를 저지른 부정적인 일면과 함께, 지주경영 활동과 고리대 및 상업 활동 등에서 근대적 합리주의 내지 실용주의를 추구한 긍정적인 일면이 있다.[81]

---

80 『고향』(상), 한성도서주식회사, 1936, 123면.
81 인용부로 묶은 부분은 위와 같음.
　　김춘호는 위세가 대단했던 김호장의 외아들로, 어려서부터 주색에 눈을 떴으나 엄부 시하에 눌려 지내다가, 친상이 있고 나서는 방탕한 생활로 가산을 탕진, 원터로 이주한 후 심화를 끓이다가 소주를 과음, 횡사한 것으로 되어 있다.(『고향』(상), 183~4면).

안승학은 그 때 군에 있었다. 그는 재무계에 오래 있었던 것인 만큼누 구의 논이 어디 가 붙고 어떤 다랑이에수렁이 있고 보똘이 있다는 더구나 원터 앞뒤 들에 있는 전장으로 말하면 자기집 그릇 수효를 헤아리기보다 도 더 용이하였다.

이에 그는 비밀히 원터 앞뒤 들에 있는 민판서 집 전장의 지적도를 펴 놓고 복사하였다(그는 측량도 할 줄 알았다)

지적도를 복사할 때에 그는 일부러 내뚝으로 붙은 경계선을 다소 변 작하였다. 그 변작을 한 부분의 바로 활등같이 굽은 내뚝 안의 구례논은 그 전 마름이 짓던 것이었다. 그런데 그 전에는 그 내뚝이 그렇게 휘지 않 었는데 작년 수파에 그 뚝이 반이나 문어저서 위험하도고 새로 쌓을 때에 도리어 내 안으로 뚝을 다가서 쌓기 때문에 내가 줍아저서 금년에 큰 수 혜를 본 것이라고 설명하였다.

민판서는 실지 답사를 하며 지적도와 대조를 해 보니 과연 그의 말대 로 여합부절이였다. 민판서는 꼭 고지든기를 그것은 분명히 제가 짓는 논 을 늘려 먹자고 방죽을 허수히 할 뿐만 아니라 악의로 한 줄을 알게 되엇 다. 사음의 짓는 논은 소작료가 없기 때문이다.

그런데 마침 그 때 순진한 소작인, 실상은 못난이-쇠득이가 그전 마름 이 자기 아내를 간통했다고 진정을 해 왔다.

(중략)

민판서는 대로하야 사음을 불러다 놓고 그 당장의 마름을 떼고 말었 다.

(중략)

『그건 자네가 생각해 보면 알지 안나? 자네 선친하고 참 세의도 있고 해서 마름을 맡겼은 즉 남의 일이라도 각근히 봐야 하겠고 또 양반의 자

식으로 처신을 잘 가져야 할 터인데 점잖은 사람이 그게 무슨 … 예-고약

한 사람 같으니-』

(전략) 이근수는 말 한 마디 부처보지 못하고 그 자리를 물러났다.[82]

안승학의 치부에 대한 군청 재무계원으로서의 수뢰나 토지조사사업에

서의 은결 편취 혐의는 그가 그 부정적 일면의 상속자임을 말해준다. 은

결편취는 천안군의 전결 장부에 진전과 면세전이 압도적 비중임에 비추

어[83] 실제 사실에 기초한 서술로 여겨진다. 한편 그 긍정적인 일면은 모략

에 의한 원래의 민판서 사음 이근수 축출담에서 어느 정도 드러난다. 그

가 동원한 술수 가운데 특히 지적도 변조는 그것에 악용한 측량과 복사

기술 자체가 근대적인 것이기도 하려니와, 작품 종반부의 차입서 작성에

의한 소작쟁의 타결방식(《먼동이 틀 때》) 또한 그러하듯 문서와 물증을 중

시하는 사고방식의 근대성을 뒷받침한다. 이근수가 「서화」·「돌쇠」의 정

주사의 경우와 유사하게 집안끼리의 세교라는 연고에 의거한[84] 재래형

마름인 반면, 안승학은 그가 지닌 근대적 능력을 앞세운 신형 마름이며,

따라서 이근수의 퇴장과 안승학의 부상은 시대현실의 객관적 변화를 일

정하게 반영한 것이라고 할 수 있다.

안승학의 근대성은 원두 경작에 대비하여 치밀한 수지계산표를 작성

하는 모습(《원두막》)에서도 유감없이 발휘되지만, 그 가장 본격적인 국면

은 '원터'의 민중들을 핍박하는 신형 마름으로서의 역할에서 확인된다.

조선 중기 이후 토지 사유화의 광범위한 진행을 배경으로 하여 부재지주

82 위의 책, 129~31면.

83 천안시지 편찬위원회, 『천안시지』, 1987, 180~2면.

84 민판서는 이근수의 부와 친구 사이로 되어 있다.(『고향』(상), 130~1면).

로부터 위임받은 소작지 관리를 현지 일선에서 담당하게 된 마름에 대해서는 "소작인의 감독·이동·소작료 사정·징수보관·종자보관 등에 관해 권한을 갖는다. 보수로는 0.5~1정보의 무료경작, 혹은 소작료 수입 총액의 2푼~1할을 5~30석 범위에서 급여, 농사개량 등을 마름을 통해서 행할 수 있다는 이점이 있다. 그러나 마름은 그 지위·권한으로 해서 소작료를 올린다든지 여분의 것을 소작인에게서 징수할 수 있다는 폐해가 생긴다."[85]는 것으로 그 역할과 문제점이 파악된다. 식민지 토착 대지주 가운데는 조선 말기의 마름 출신인 경우도 더러 눈에 띄거니와,[86] 이는 마름이 단순히 지주의 관리대행자에 그치지 않는 중간 착취자임을 말해준다. 그러나 이러한 재래의 소작제 즉 사음제는 동척이 토지경영에서 실시한 새로운 소작제 즉 농감제에 비긴다면 훨씬 부드러운 것이었다. 동척의 농감제는 감관, 사음 등 재래의 중간개재자가 지녔던 재량권이 일절 배제된 농감을 두어 소작기간, 소작료, 토지개량, 개간, 간척, 작물개량, 수리, 시비 등을 명기한 소작증서의 계약조건을 사정없이 그대로 집행케 했는데, 이는 물론 식민지 농업 수탈을 극대화하기 위해서였다.[87] 이와 같은 토지경영방식은 동척과 일본인 지주가 집중된 전남·북, 경남, 충남 지역의 조선인 지주 소유지에서도 동화작용이 일어났고,[88] 그것을 주도

---

85 安秉台,「東洋拓殖株式會社の土地經營方式と在來朝鮮人地主の經營方式について」,『朝鮮社會の構造と日本帝國主義』, 東京:龍溪書舍, 1977, 286면의 주석 11.

86 장시원,「식민지하 조선인 대지주 범주에 관한 연구」, 장시원 외,『한국근대농촌사회와 농민운동』, 열음사, 1988, 237~54면 참조.

87 安秉台, 앞의 책, 266~8면.

88 일제하의 소작쟁의 발생원인은 소작권 변동, 소작료 징수와 관계된 경우가 압도적으로 많은데, 특별한 사유가 없는 한 작권의 이동이 없었고 소작료도 타조를 위주로 한 재래의 소작관행에 반해서 동척 및 일본인 지주들에 의해 도입된 정기소작, 정조징수가 확산된 결과이다. (安秉台, 위의 책, 279~83면).
    동척 및 일본인 지주들의 경영 방식이 그들이 광범위하게 침투한 전남북, 경남, 충남

한 장본인은 대개가 안승학과 같은, 재래의 사음제와 동척의 농감제를 접합시킨 신형 마름이었다.

천안의 토지대장에 구 역둔토와 원전을 불하받은 것으로 보이는 동척 및 일본인 소유지가 많다는 앞장의 지적은 신형 마름 안승학의 존재가 객관적 사실에 근거한 것임을 증좌한다. 기왕에 섬피 근량까지 쳐서 160 근 한 섬이던 것을 정미 200근을 한 섬으로 하는 일방적 계량법 변경, 비료대 등의 작인 전가, 타작마당에서의 혹심한 감독 등(《풍년》)도 그렇지만, 재래의 유교주의 혹은 유교적 원리에 입각한 '유래지규流來之規'[89]에 따라 수재로 실농한 경상을 참작하여 소작료를 면제해 주려는 민판서나 타작관을 극구 만류하는 작태(《재봉춘》, 《희생》)는 안승학의 정체가 식민지적 근대제도 즉 증서에 의한 계약조건의 무유보 집행 원칙을 관철하는 동척의 농감제에 결부된 신형 마름임을 여실히 보여준다. 그러므로 재강 죽 천신으로나 기아를 달래는(《춘궁》) '원터' 민중들의 참상과 그들의 일차적인 가해자인 안승학의 갖은 호사와 교만은 일개 악덕 지주·마름과 소작인들 사이의 문제를 뛰어넘어, 궁극적으로 식민지적 근대 현실의 근본모순을 집약한 체감적 형상을 이루는 것이다. 그리고 포목상 권상철에게 그의 개구멍받이 아들 경호의 출생 비밀, 그 경호와 가지 여식과의 불상사 등을 빌미로 금전을 갈취하려 드는 놀부형 패덕성(《소유욕》, 《위자료 오천원》), 격에 없는 공맹타령(《청년회》)이나 양반가와의 혼담(《희비극 일막

지역에서 조선인 지주·소작인 관계에 동화작용을 일으킨 증거로는 이들 지역이 쟁의 빈발지역이라는 것 이외에도, 지주와 관리인(타작관과 사음. 주로 사음)의 관계가 친척인 경우보다 단순히 남남인 경우가 압도적으로 많다는 사실을 들 수 있다. (조선 총독부 농림국, 『朝鮮ニ於ケル小作ニ關スル參考事項摘要』, 1934, 119~20면). 연고보다 우선한 관리능력이란 결국 동척과 일본인 지주의 경영방식에 다름 아닌 것이다.

89 安秉珆, 앞의 책, 277~9면 참조.

))에 희희낙락하는 정신적 결핍감은 안승학이 대표하는 식민지적 근대화의 천민성과 불구성을 방증하는 것에 다름 아니다.

주지하다시피 식민지 제2기로 접어들면서 일제는 소위 문화정치라는 교활한 간판을 걸고서 지배체제의 강화를 획책한다. 문화정치의 기본성격은 계급분단에 의한 분할통치로 규정되는데, 제1기의 체제정지과정에서 재편된 계급관계의 모순이 가속화됨에 따라 식민지 현실에의 대응방식 자체가 타협·개량노선과 저항·투쟁노선으로 분화될 수밖에 없었다는 사실도 간과해서는 안 된다. 이러한 추세 속에서 기존의 각종 식민지 사회운동들은 한계를 드러내며 일제와 유착하는 경향이 나타나고, 또한 그러한 경향에 일정하게 반발·대립하면서 새로 등장한 제반 운동단체 가운데서도 당초의 적극적·전진적 의욕을 상실하고 민족적·민중적 과제로부터 일탈함으로써 그 성격이 변질되어 버리는 현상이 초래되었다.[90] 『고향』에서 신랄하게 묘사되는 교회계 인물들 및 그것과 앙숙인 S청년회원들의 행태는 그 각각의 실례에 해당된다.

「서화」·「돌쇠」의 정광조가 벌이는 계몽활동은 주일학교가 거점으로 되어 있다. 따라서 『고향』의 교회·청년회는 한때 진보적 의미를 띠었던 정광조류의 계몽주의가 20년대 중반의 현실에 와서 타락한 모습 또는 그것에 내장된 한계가 구체화된 모습인 것이다. 정광조의 후일담은 『고향』에서 박훈이란 인물을 통해 시사되는데, 그는 3·1운동 이후 교회와 주일학교, 그리고 금융조합 서기를 그만두어 버리고 일본에 유학한 뒤 조혼처와 이혼하고 란희라는 신여성과 재혼하여 서울에서 신문기자 노릇을 하며 산다(〈중학생〉, 〈청춘의 꿈〉, 〈출가〉). 그는 계몽주의의 과제가 개인 차

---

90 姜東鎭, 『日本の朝鮮支配政策史研究』, 東京; 東京大學出版會, 1979, 395~400면 참조.

원에서만 실현된 상태이고, 또 그것이 그다지 이례적이지 않은 공간에 옮아앉아 있다. 그러므로 그는 정광조를 극복한 인물로 상정되지만, 그 극복은 관념의 도약에 의한 것일 수밖에 없다. 반면 박훈에게 주일학교에서 배웠고(〈출가〉) 동경유학을 다녀온 김희준은 조혼처 문제로 고민하는 한편, 청년회의 계몽활동에 부심하다가 그 한계를 깨닫고 마침내 새로운 삶의 전망에 이른다. 즉 김희준이야말로 정광조의 과제를 인계받아 그의 한계를 실천적으로 극복하는 인물인 것이다.

최목사의 불미한 추문(〈돌아온 아들〉), 키다리 속장의 S청년회원 폭행과 정목사의 음험한 호색한 기질(〈청년회〉), 전도부인 최신도의 사생아 수태(〈청춘의 꿈〉) 등 교회계 인물들은 하나같이 도덕적 위선자, 탐욕스런 속물로 그려진다. 이는 교회 사회의 이면을 풍자한 여타의 작품들도 그렇지만, 한때 교회 활동에 관계했던 이기영 자신의 실제 체험을 옮긴 것으로 보인다. 한 가지 주목되는 점은 기미년 전후 한때 최목사가 사상가로 숭앙받았고 그 무렵까지도 득세하던 교회세력이 얼마 못가 신망을 잃었다는 서술이다. 이것은 3·1운동에 적극 가담한 기독교가 그 뒤 일제의 집요한 회유정책에 순응했고,[91] 천안을 포함한 충남의 대부분이 당시 그러한 경향이 가장 농후했던 북감리교 선교 지역이었던 사실[92]과 부합된다. 예배당 설교에서는 안식일의 중요성을 강조하면서 제사공장의 수양강좌에서는 노동은 가장 신성한 것이니 천직에 근면하고 모든 규칙에 복종하라고 역설하는(〈청년회〉) 정목사의 모습은 식민지 자본과 통치체제에 대한 열성 협력자의 그것이다. 또한 선교단체가 소유하는 거액의 부동산

91 위의 책, 70~86면 참조.
92 천안시지 편찬위원회, 『천안시지』, 1987, 609~10면.

에 대한 공익법인 설립이 회유책의 일환으로 허가된[93] 사정에서도 드러나
듯 교회 자체가 지주였다.[94] 목사의 간음은 쉬쉬하면서 과부 수동이네가
행실이 부정타고 출교하고 작권마저 박탈하려 드는(〈청춘의 꿈〉) 작태에
서 교회가 종교의 허울로 민중의식을 왜곡·마비시켜 체제유지의 수혜자
들 가운데 하나로 되는 이권집단에 지나지 않음이 폭로된다.

교회 측과 견원지간인 S청년회는 3·1운동 이후 각종 사회운동이 속
출하는 시대조류를 타고 청년 유지·식자층의 발기에 의해 창설된 단체
로(〈청년회〉), 회장 장수철은 신문 지국장이고, 회원들은 장사치, 은행원,
회사원들로 밥술이나 뜨는 중산계급에 속한다. 애초의 열기가 금방 식
어버린 청년회는 바둑, 장기, 내기 테니스, 술추렴, 골패 따위로 노닥거리
는 오락기관이나 진배없다. 회장 장수철은 언변만 미끈하고 아무 실행
이 없는 매명주의자이며, 어느 하나 중학도 변변히 마치지 못한 회원들
도 주제에 명색이 노동야학을 벌이지만, 정작 강습에는 마음이 없고(이상
〈돌아온 아들〉), 여학생 눈요기에나 군침질인가 하면 미리 합의한 회원 단
합과 야학생 위안 원유회의 행사비 염출에는 뒷짐을 지는(〈달밤〉) 꼬락
서니들인 것이다. 비교적 열성적인 회원 고두머리조차 안승학에 맞서 수
확거부에 나선 작인들이 때꺼리가 급한 지경에 몰리자 그 구제금 변통
을 부탁하는 김희준에게 마지못해 반승낙을 하고서도 끝내 이행치 않는
다(〈갈등〉). 요컨대 청년회란 제멋에 겨워 그럴듯한 명분만 내걸지 실상은
민중적 생활현실을 외면한 채 과시욕과 공명열과 허영기밖에 없는 작자
들의 모임인 것이다.

---

93 姜東鎭, 앞의 책, 79면.
94 주67에 언급된 재단법인 조선전성교회 유지재단의 토지 소유를 그 근거로 볼 수 있을
   것이다.

이 S청년회를 동경유학에서 5년만에 돌아온 김희준은 자신의 활동거점으로 잡고 그 본래의 취지에 충실코자 누구보다도 열정을 갖고 솔선수범한다. 김희준의 청년회 가담은 그것의 대항 이데올로기적 발상 때문이다. 그러나 김희준이 몸소 확인한 청년회의 실상은 위와 같은 결함투성이였다. 그는 그것을 바로잡기 위해 계속 분발하나 돌아오는 것은 진실성을 결여한 회원들에 대한 실망뿐이었다. 또한 이를테면 때로는 동정도 하지만 본시 애정 없는 조혼처인 데다가 용모조차 볼품없는 복임이에 대해 염증을 씹고 지내는 그는, 수업 도중 장터 술집의 막내딸 음전이의 미모에 모르는 새 시선을 앗기우기도 하는(〈돌아온 아들〉, 〈청년회〉, 〈그들의 부처〉) 그 자신도 따지자면 다른 회원들과 '같은 부류의 인간'이 아니냐고 반문한다.

홀러 가는 희준이는 적막한 들 가운데 접어들며 마음 속에 고독을 느끼였다. 그의 외로운 그림자가 논뚝길 밑으로 따려온다. 넓은 들과 같이 마음 속에도 공허를 가져왔다.

그는 동무들과 격력하여 일을 보다가도 가끔 이와 같은 적막을 느끼였다. 그런 때는 여러 사람들과 같이 함께 웃고 떠드러도 자기만은 산중에 홀로 있는 사람같이 의식의간격을 자아낸다.

"이까짓 일을 하며 세월을 보내고 있담!"

그는 자기의 생활이 무의미한 것 같았다. 인간이란 이렇게 하치않은 존재인가? 하는 가소로운 생각도 난다.

그는 금시로 허무한 생각이 드러가서 만사가 무시해졌다.

"무엇 때문에 사는가? —놈들은 모두 조그만 사욕에 사로잡혀서 제 한몸 생각하기에 여렴이 없지 않은가? 그래서 말로나 글로는 장한 소리를 하지만 뱃속은 돼지같이 꿀꿀거리는 동물이야!

그것들과 같이 일을 해보겠다는 나 자신부터 같은 위인이 아닐까?"

그러다가도 어떤 박자로 열이 올러서 다시 일을 열중할 때는 금시로 그는 어떤 희망에 날뛰어서 락관을 하게 했다.

"그렇다! 그들도 사람이 아닌가! 잘 지도하면 된다!"

마치 그는 숨죽었던 모댓불이 한동안 검은 연기만 하다가 별안간 불길을 확! 내솟듯이 청년의 왕성한 '열정'이 모든 곤란을 뭇지르고 이러났다.

그러나 지금 희준이는 다시 고적하였다. 그는 김빠진 맥주처럼 맥이 없이 들길을 걸어갔다.[95]

이처럼 단순한 객체로서의 청년회만이 아니라 그 일원인 자기 자신까지도 비판의 과녁에 함께 올리는 진지함과 정직함, 김남천의 말마따나 '가면박탈'[96]의 정신을 지녔기에 김희준은 한갓 이념의 꼭두가 아닌, 풍부한 내면과 자율적 의지를 구비한 지식인 형상으로 다가온다. 여기서 그는 '현실에 대한 깨어 있는 의식(awake consciousness of reality)'을 지닌 인물로서 "일상적 현실의 미지근한 우연성에서 벗어난 고도에 이르고, 개성의 충만한 생명력을 유지하면서 참된 전형"의 반열에 오르게 된 것이다.[97]

그런데 김희준의 청년회 비판은 회원들의 심성과 자세, 소양과 자질 등, 한마디로 그들의 소시민적 인생관 때문에 활동이 부진하다는 선에

95 이기영, 『고향』(상), 202~3면.
96 김남천, 앞의 글, 1935.6.30.
97 G. Lukacs, "The Intellectual Physiognomy of Literary Cheracters", Baxandall, L. ed., Radikal Perspectives in the Arts, Penguin Books, 1972, 103면.

한동안 맴돈다. 물론 그는 청년회에 대한 자신의 환멸과 동요도 인테리 근성에서 말미암는다고 자책해 마지않는다(〈돌아온 아들〉, 〈달밤〉). 청년회가 제대로 가동되기만 하면 된다는 다분히 안이한 관점인 것이다. 그가 문제 삼는 것은 청년회의 활동 부진이지 청년회라는 것의 발상법 자체가 지닌 한계가 아니다. 그 한계의 인식은 김선달을 매개로 해서 이루어진다. 돌쇠가 자신을 옹호하는 정광조에 대해 일정한 연대감을 갖는 데 반해, 『고향』에서 김선달은 청년회의 민중기만적 실상을 정확하게 적시, 김희준으로 하여금 그것에 대한 기대와 집착을 버리라고 역설한다.

조첨지가 치켜세는 바람에 김선달은 한층 어깨가 으쓱해졌다. 그는 연신 코똥을 뀌면서ㅡ

『말이 났으니 말이지ㅡ 참 아저씨도 아까 그러한 말씀을 합디다마는 그까지 청년횐 무엇하러 가는겐가? 그까지 것들 하고 무슨 일을 갓치 하겠다고. 하긴 자네가 나온 뒤로는 좀 달러진 것도 갈데마는! 어떻게 했으면 오늘은 심심푸리를 잘 할까? 하는 유복한 자식들이나, 그렇지 않으면 제 애미 애비가 뼛골이 바지게 일을 해서 보통학교나마 공부를 시켜 노니까, 빈둥빈둥 처먹고 놀면서 [공]인지, 급살인지 치러까질르는 것들이 무슨 제법 큰일을 하겠다는 말인가. 흥! 그래도 내세우는 말들은 장관이지ㅡ 뭐? 그런 운동을 하면 몸이 튼튼해지고 먹은 게 소화가 잘된다고! 아니 못먹어서 부앙이 나 죽을 놈이 부지기수인데 돼지죽으로만 알던 지개미도 못얻어 먹어서 양조소 굴뚝을 하느님 쳐다보듯 하고 한숨을 짓는 이러한 살어름판인데, 그래 기껏 걱정이 밥먹은 것을 삭일 걱정이로구먼! 천하에 기급을 할 놈들 같으니!』

김선달은 가래침을 탁 뱉으며 담배대로 상아때질을 한다. 이 때 희준이는 마치 그 말에 자기가 모욕을 당한 것 같아서 무색하기 짝이 없었다. 그러나 그는 어떻게 말을 해야 좋을 지 몰라서 그대로 잠자코만 있었다.

『이렇게 말하며 희준이가 어떻게 생각할는지 모르지만 물론 희준이 보고 하는 말은 아니니까, 자네는 어찌 알지 말게! 단지 나는 그런 자식들과 무슨일을 해야 아무 소용없단 말뿐이야. 응! 그 중에서 한 가지만은 잘하는 일인 줄 아네! 그 역시도 그까지 자식들이야 뭘 하겠나만…』[98]

김선달은 다소의 식자, 천성적 반골, 다양한 편력과 견문으로 해서 '원터'에서는 유식쟁이로 통하는 예외자적 민중이다. 그는 청년회가 "돼지죽으로만 알던 지게미도 못 얻어먹어서 양조소 굴뚝을 하누님 쳐다보듯 하고 한숨을 짓는 이러한 살얼음판"인 민중적 생활현실과는 도무지 무연한 일이라고 혹평을 서슴지 않는다. 이는 민중의 절박한 생존문제에 밀착되지 못한 채 추상적 이념을 단선적·일방적으로 실현하려는 사회운동에는 결코 호응하지 않는 민중의식의 본질을 정당하게 표명한 것에 다름 아니며, 결국 김희준이 청년회 활동을 청산하기로 작정하고 마침내 진정한 민중운동 즉 현장 농민운동의 실천전망을 획득하는 발상의 전환점이 된다. 그리하여 그는 그 자신이 민중적 생활현실에 공동체의 일원으로 동참하는 나날의 삶을 통해 그들과 격의 없는 일체감을 형성하고, 그러한 인간적 신뢰를 바탕으로 하여 그들이 당면한 현실문제의 올바른 해결방향을 제시하며 그 실천에 앞장선다. 이 단계에 와서 공동체적 유대에 기초하여 지식인의 대항이데올로기와 민중의 저항 에네르기가 하나로 결합되는 것이다.

김희준은 동경유학생이지만 '원터'에서 남의 땅을 부치는 소작농으로 산다. 그래서 마을사람들은 그를 별종으로 여기나 호감을 갖고 대한다. 소작빈농의 경제적 현실을 공유하는 까닭이기도 하지만, 그가 청년회 활동에서 보인 진심어린 열성과 이웃의 궂은 일—예컨대 국실의 음독(〈이리의 마음〉)—을 주선하는 허물없는 태도 때문이다. 그 밖에도 그의 모와 건실한 농군 김원칠이 의남매로 통하는 사이로 되어 있다(〈산보〉). 이러한 성격 설정은 농민의 계층방어의식을 제대로 고려한 작가 나름의 안배라고 하겠는데, 이와 관련하여 김희준이 과거 그 고장에서 세력을 떨쳤던 김호장의 후예라는 사실은 주목을 요한다. 김호장은 갑오동학 이전 '행악하는 원을 지경 밖으로 축출한 일'도 있는 인물이다. 아전계층은 앞장에서 살폈듯 대개가 포흠과 가렴주구를 일삼는 탐학한 관장의 하수인 내지 공범자이지만, 그 지방에 세거해 온 향리들 가운데는 주민들과의 유대 또는 그들의 실정에 대한 동정 때문에 관장의 지나치게 무리한 요구에 맞서 오히려 민중봉기에 앞장서는 경우도 있었다.[99] 그러니까 타지에서 이주해 와서는 민판서의 대리인으로서 갖은 횡포를 저지르는 아전의 자식 안승학이 중간수탈자적 아전계층의 상속자라면, 민중의 편에서 악덕 친일마름 안승학과 대결하는 김희준은 탐관 축출담의 주역으로 명망 높은 김호장의 손자답게 민의대변자적 아전계층[100]의 계승자이다. 바로 이

---

99 인용 부분은 위의 책, 156면. 그리고 관련 사례는 183~4면 참조. 한편 동학의 경우에서도 그와 같은 사례들이 확인되는데, 이에 관한 구체적 논의는 신용하, 『한국근대민족주의의 형성과 전개』, 서울대학교출판부, 1987, 115면과 조경달, 「갑오농민전쟁의 역사적 성격」, 양상현 편, 『한국근대정치사연구』, 사계절, 1985, 308~9면 등을 참조할 것.

100 호장은 고려시대 이래 향청의 우두머리였는데, 세종 이후에는 그 자리를 좌수가 차지하면서 아전의 수석 소임을 맡았으나, 그것도 이방에게 넘겨주고서 나중에는 명목만 남은 주민 대표자격인 촌주, 촌장에 지나지 않았다. 『고향』의 김호장은 물론 수석아전인 이방으로 간주되나, 호장이란 명칭의 사용은 원래의 지방 실력자로서의 성격 또는 촌장, 촌주로서의 주민 대표자적 성격을 부각시킨 것으로 볼 수도 있을 것이다.

러한 역사적 연상에서 김희준의 긍지, '원터' 사람들의 기대라는 형태의 심리기전이 조성되고, 나아가 양자의 결합에 소설적 개연성이 부여되는 것이다.

김희준과 '원터' 민중의 결합이 본격적인 진전을 이룩하는 계기는 두레다. 남보다 먼저 물론을 일으킨 그는 마름의 추인과 비용의 주선을 도맡고 직접 풍물꾼이 되어 작인들과 한데 어우러진다. 두레는 농민들이 작업능률과 상호유대를 제고하기 위해 협동노동과 집단오락을 접합시킨 민중적 공동체문화로, 이것을 통과의례로 하여 김희준은 민중들과의 일체감을 형성하게 되는 것이다.

농악을 자진가락으로 복거치자 구경꾼들은 쇠잡이들을 둘러쌓았다. 막동이 인동이 등 소동축들은 벅구잡이 놀음을 하고 뛰놀았다.

덕칠이 박서방 월성이 백룡이들은 패랑이 위로 상모를 돌리며 소고를 들고 곤대짓을 하면서 개로리 뛰엄을 하며 뒷걸음질을 첫다. 그 가운데로 쇠득이는 검은 장삼을 입고 너울거리며 춤을 추었다.

「좋다! 벅구야!…」

희준이도 잡이 손속에서 징을 치며 돌아다녔다. 이 바람에 김선달도 신명이 나서 「부쇠」 앞에 마주 돌아서서 발을 굴러가며 자진가락을 넘기였다.

이튿날 아침에 집집마다 한 명씩 나선 두레꾼들은 농기를 앞세우고 안승학의 구레논부터 김을 매었다.

「깽무갱깽, 깽무갱깽, 깽무갱, 깽무갱, 깽무갱깽……」

(중략)

그들은 머리에 수건을 질끈 동이고 공문이에는 일제이 호미를 찼다.

쇠코 잠방이 위에 등거리만 걸치고 허벅다리까지 들어난 장단지가 개고
리를 잡아먹은 뱀의 배처럼 불속 나온 다리로.

  이슬 엉긴 논두렁 사이를 일렬로 느러서서 걸어간다. 그 중에는 희준이
의 하얀 다리도 섞여서 따러갔다.

  두레가 난 뒤로 마을 사람들의 기분은 통일되었다. 백룡이 모친과 쇠
득이 모친도, 두레 바람에 하위를 하게 되었다. 인동이와 막동이 사이도
옹매듭이 푸러졌다.[101]

  두레는 이와 같이 모진 드잡이로 척진 쇠득이 모와 백룡이 모(〈이리의
마음〉), 인동이와 막동이(〈청춘의 꿈〉)가 화해하고, 나아가 모든 마을사람
들이 공동체적 유대를 재확인하는 계기가 됨으로써 뒤에 그들이 안승학
을 상대로 흉년 소작료 탕감투쟁에 결속하는 원동력을 마련해 준다. 사
실 안승학은 내심 두레에 반대한다. 김희준을 중심으로 작인들이 단합
하여 자신의 통제를 벗어날까 우려해서이다. 관청에서도 작업능률 때문
에 두레를 장려하지만, 그것에 의한 민중의 자율성 고양에 대해서는 경
계를 늦추지 않았다. 재래의 농촌사회에서 지배층에 의해 주재되던 자치
규약인 향약제도를 진흥회·교풍회로 개조, 거기에 지주층을 앞세워 민
중의식의 발전을 봉쇄코자 했던 것이다.[102] 그러므로 결국은 실패하지만,
심복 학삼이를 사주한 안승학의 두레 방해 책동은 「서화」·「돌쇠」의 정
주사의 경우에는 아직 은폐되었던 마름의 정체, 즉 그가 일제 통치책략
의 하수인으로서 사회적 기능과 위치를 부여받은 존재임을 말해준다고
할 수 있다.

101 이기영, 『고향』(상), 366~7면.
102 姜東鎭, 앞의 책, 15~6면.

새로 낸 '원터' 두레는 김희준의 공정하고 합리적인 관리에 의해 이를테면 무절제한 음주 등으로 인한 일과 놀이의 불균형 같은 전래의 두레에 부수되던 폐단을 일소하고 성공을 거둔다(《수재》). 그것은 민중의 기층문화를 단순히 재현하는 데 그치지 않고 지식인 김희준의 지도력을 정착시키는 계기도 되었던 것이다. 그가 지도자로 부상, 동중사에 헌신하는 과정에서 김선달의 조력도 컸다. 물정에 밝고 협기가 강해 두레내기뿐만 아니라 소작쟁의에서 동중 여론을 선도, 수합하는 김선달은 민중의식의 진취적 부면을 대표하는 인물이다. 한편 몰락한 구세도가 조판서의 일가로 옛날을 그리는(《김선달》) 조첨지는 그 퇴행적 부면에, 구마름 이근수에게 아내 국실이가 유린당한 것을 알고도 모른 체하는(《마을사람들》) 쇠득이는 그 체질화된 순응주의에 대응된다. 두레내기와 소작쟁의에서 안승학의 하수인으로 내통하는 학삼이의 이기주의 내지 기회주의는 그러한 민중의식의 취약성을 보다 타락한 형태로 보여준다. 학삼이의 이웃에 대한 위화감과 그 연장인 계층이반 성향은 철도 역부인 동생 학오의 급료에 의한 상대적인 생계 안정에서 조장된 것, 말하자면 식민지적 근대화의 계층분해 작용에서 파급된 것이다. 이와 대조적으로 가난에 쪼들리면서도 의연하게 근농하는 김원칠 일가, 특히 가계를 돕기 위해 제사공장에 취업했지만 차츰 노동자로서의 계급적 각성에 이르는 인순이, 본의 아니게 혼인한 음전이가 장거리의 부유한 술집 딸인데도 민중적 생명력이 넘치는 애인 방개와 절제된 사랑을 불태우는 인동이는 식민지적 근대화에 의해 훼손되지 않는 민중의식의 건강성을 표상한다(《신생활》).

마을사람들은 두레의 성공으로 회복된 공동체적 유대의식을 발휘, 자진해서 수해복구에 협력하고 구휼미를 낸다(《재봉춘》). 그러나 작료 탕감을 내건 수확거부 결정은 양식이 바닥나자 동요한다(《갈등》). 여기서 '풍년 공항'과 '타작마당의 비극'(《풍년》)으로 집약되는 절대빈곤의 현실과 그것 때문에 좌절할 수밖에 없는 민중의식의 한계가 상승적인 포화상태를 이루며, 이기영의 사실주의의 금도가 유감없이 드러난다.

희준이는 고향에 도라온 지가 어느듯 삼년이란 세월이 지나갔다.

그 동안 자기가 한 일이 무엇이든가!

그가 당초에 고토로 나온 것은 자기 한 집을 위해서나 일신의 행복을 위하고저 함은 아니었다.

그는 세계라는 무대 위에서 뒤떠러진 조선사회를 굽어볼 때 청년의 피가 끓어올너서 하루바삐 그들노 하야금 남과 같이 따러가게 하고 싶었던 것이다.

그래서 누구보다도 먼저 고통의 동포를 진리의 경종으로 깨우치고저, 그는 나오는 길노 많은 열정을 기조 청년회를 개혁해 보라 하였으나 완전히 실패하고 그 뒤로는 농민을 상대로 농촌개발에 전력해 왔는데, 역시 오늘날까지 이렇다 하고 내세울 만한 것이 아무 것도 없었다.

아니 그런게 아니라 자기 생각에는 그들을 엔가니 자각식힌 줄만 아렸는데-급기야 일자리를 내세우고 보니 그것은 허수아비같이 너무도 무력하다는 것이 차라리 놀랠 만한 일이었다.

지금은 야학도 못하기 때문에 그들을 한자리에 앉쳐놓고 격력할 기회도 없다.

일시 기분으로 흰소리를 텅텅 하든 그들의 기엄은 그 후로 쑥 드러가고 물에 빠진 생쥐처럼 발발 떨고 있지 않은가!

그래서 비겁한 그들은 오랫동안 붙어있든 농노의 근성을 죄다 털어버린 줄 아렀든 것이 마치 장마속의 곰팡이처럼 그들에게 다시 붙지 않었는가?….

만일 희준이가 그들을 이하야 물질적으로 다소간 유익을 주지 않았다면 그들은 희준이가 관렴적으로 가르치는 말노만은 그야말노 쇠귀에 경 읽기와 마찬가지가 되었을 것이다.

그는 산감에게 나무하다 붓들녀 간 사람들을 몇 번이나 무사히 빼놓고 동리 사람이 병이 나면 자기집 식구처럼 약을 지여다 먹였다.

다만 그중에서 제일 씩씩하기는 김선달과 인동이였다. 희준이는 이 두 사람을 사랑하였다.

그래 그는 모든 일을 비관하다도 이 두 사람을 생각하고 자기를 안위하였다.

그런데 지금은 김선달도 자기의 신렴을 잃은 사람처럼 절망을 하소연하지 안는가? 그는 빈말로만은 그들을 무마할 수 없다는 것이다.

지금 그들은 문제가 뜻대로 해결되기 전에는 벼를 비지 말자고 맹서한 것도 잊어버리고 마름이 꾀이는 대로 벼를 비자는 것이었다.

인동이도 이런 때에 하필 가정의 불평을 하소연하며, 급기야 집안의 풍파를 이르켜서 왼 동리를 소란하게 하지 않았는가?

이 모든 상서롭지 못한 분위기는 저들의 산심을 조장식힐 뿐이다.

그래서 농민의 무지는 일시에 와- 하고, 도리여 자기에게로 총뿌리를 견우려 들지 안는가!

-참으로 이 일을 어찌하면 좋으냐?….[103]

이처럼 모든 것이 수포로 돌아갈 위기에 직면해서 절망하던 김희준이

---

103 이기영, 『고향』 (하), 362~4면.

구휼자금을 구해 동중을 일단 진정시키는 한편, 안승학을 위협하여 굴복시킨다. 거기에는 안갑숙과 방개의 금전 원조, 갑숙과 경호의 불미한 관계 폭로가 각각 개재된다(〈희생〉, 〈고육계〉). 갑숙의 불상사는 안승학의 주제넘은 양반타령을 웃음거리로 만들고 그의 명예와 권위를 일거에 실추시키는 것이지만, 반드시 그런 우려만으로 끝나는 것이 아니다. 앞에서 언급한 대로 전통적인 소작관행은 유교주의 혹은 유교적 원리에 입각하여 물질적 타산 말고도 지주·소작인 사이의 윤리와 정의[104]를 중시하는데, 민판서가 구마름 이근수를 내치면서 쇠득이 처 국실이를 범한 실행을 이유 중의 하나로 든다든지(〈출세담〉), '원터' 마을 빈농들이 작료 탕감을 진정하러 가고(〈수재〉) 또 간평 나온 타작관이 실농한 작인들을 동정하는 (〈희생〉) 데서도 그것을 엿볼 수 있다. 쇠득이가 이근수의 비행을 고변하도록 조종한(〈출세담〉) 장본인이기도 한 안승학으로서는 민판서에게 자신의 작인들에 대한 통솔력 즉 신망에 의구심을 일으키게 할지도 모르는 딸자식의 추문 공개가 분명 현실적 위협이 아닐 수 없는 것이다. 이처럼 안승학은 동척 농감제적 근대성과 함께 재래 사음제의 한계도 지닌 존재이다. 후자의 측면은 결국 식민지적 근대화의 불구성을 예증하는 것이지만, '원터' 민중들은 그것을 공략하여 쟁의에 성공한 이상 본질적으로 실패한 비정상적인 승리를 거둔 것에 지나지 않는다.

사태의 역전은 제사공장 직공 갑숙이 자기 사생활의 비밀을 털어놓고, 그것으로 자기 아비인 안승학을 협박수단으로 이용하라는 권유를 김희준이 받아들임으로써 가능해졌다(〈희생〉). 사생활의 비밀 즉 경호와의 불

---

104 安秉珆, 앞의 책, 257~8면, 277~8면 참조. 그리고 재해의 경우 피해가 크면 소작료의 면제하고, 심지어 소작인의 가족에게 불행한 일이 있거나 생활이 곤란한 경우에도 소작료를 경감해 주는 것이 재래 소작관행이었다. (조선 총독부 농림국,『朝鮮ニ於ケル小作ニ關スル參考事項摘要』, 1934, 81~3면 참조).

장난과 가출은 폭군형 가부장에 대한 반감에서 발로된 것이다. 그러나 경호와 결합하지 않는다. 김희준이란 존재 때문이다(《청년회》, 《희생》). 못난 샌님형 경호를 제치고 잘난 장부형 김희준을 택하는 것, 그것은 박훈과 란희의 자유결혼이 그리 이례적이지 않게 된 서울의 풍토에서 자란 신여성의 연애감각이며, 단순한 감정발산 이상의 일정한 방향성을 띤 가치추구에 대한 의욕이다. 그 구체적 실천이 소작쟁의에 대한 지원이지만, 그것은 제사공장 노동자로서의 노농동맹[105]이 아니라 악인의 자식이라는 대속으로 표현된다. 갑숙의 희생은 이념과는 무관한 윤리의 차원일 뿐이다. 따라서 그런 갑숙과 자신의 관계를 김희준은 동지애적 결합으로 설정하지만(《먼동이 틀 때》), 그것은 그가 둘 사이에 상정하는 이념 자체 혹은 대항 이데올로기가 아직 추상적인 상태임을 반증할 따름이다. 실상 아내 복임의 무지와 용모에 불만인(《돌아온 아들》, 《달밤》, 《그들의 부처》, 《갈등》) 그가 지식과 미모를 갖춘 갑숙을 포기한 것은 윤리의 구속 때문이다. 한편 남편이 성에 안차 제사공장에 다니는(《신생활》) 방개의 구휼비 찬조역시 인동이에 대한 정분 때문인데, 빈농적 계층현실을 공유하는 그들 관계는 심성과 기질 즉 민중적 생명력의 합치에 의해 뒷받침되지만(《신생활》), 개인적 애정문제와 집단적 생존문제의 미분화·혼효상태이다. 바꿔 말해 그들의 정식 결합을 가로막은 가난과 부모의 의사(《두쌍의 원앙새》), 바로 빈농적 계층현실과 그것에 결부된 윤리의 제약에 아직 그들의 민중적 생명력 혹은 민중의 저항 에네르기가 갇혀 있는 것이다.

　김희준과 안갑숙의 경우든 인동이와 방개의 경우든 그렇게밖에 그릴수 없다. 작가의 역량 탓이 아니라, 현실 자체가 도달한 단계가 그런 것이

---

105 박충록, 『한국민중문학사』, 열사람, 1988, 276~80면과 같은 견해들이 주로 이러한 '의
　도의 오류'를 저지르고 있다.

기 때문이다. 즉 안승학이 패배하고, 갑숙이 대속하고, 김희준이 조혼처를 저버리지 못하고, 인동이와 방개가 부부로 맺어지지 못하게 만든 그 윤리의 완강한 힘이 평균적 현실의 논리로 통하는 단계였던 것이다.

『고향』은 그 평균적 현실을 최대한으로 재현한 위에 김희준의 이념과 인동이·방개의 민중적 생명력을 장래의 가능성으로 제시했다. 그 두 가능성의 실천적 통일은 소작쟁의의 비정상적 결말, 제사공장의 미진한 파업사태가 그렇듯 실패로 끝난다. 열정과 번민에 찬 김희준의 분투가 계속되는 가운데, 두레로 결속한 '원터' 민중들이 '정정당당한 수단'에 의해서 '튼튼한 실력'을 떨치고, 인동이와 방개가 그 민중적 생명력을 삶의 총체적 국면으로 펼치며, 인순이가 계급적 각성을 단호하게 실천할 '밝는 날'이 오기까지(〈먼동이 틀 때〉), 요컨대 현실 자체가 성숙하기까지 그 통일은 유예되는 것이다. 실패를 실패로 그리되, 실패할 수밖에 없는 내력을 속속들이 내비치는 가운데 그 실패를 넘어설 전망이 떠오른다. 바로 『고향』의 미학인 것이다.

VI. 전형기 이후의 추이와 절필 · 은거에 이른 길

작가생활 10년째에 평판작 「서화」를 쓰고, 뒤이어 대작 『고향』을 연재할 무렵부터 이기영은 「문예적 시감 수제」(『조선일보』, 1933.10.25~29), 「사회적 경험과 수완」(『조선일보』, 1934.1.25), 「문예비평가와 창작비평가」(『동아일보』, 1934.2.3~4), 「창작방법 문제와 관하야」(『조선일보』, 1934.7.6~11), 「문예시평」(『청년조선』, 1934.10) 등 일련의 비평문을 잇달아 발표한다. 그 동안의 창작경험을 통해 터득된 그 자신의 창작방법을 정리한 것이기도 한 이 글들은 사회주의 리얼리즘 이론에 자극받아 새로운 양상으로 전개된 계급문학 진영의 창작방법 논쟁과 일정하게 연관되어 있다.

사회주의 리얼리즘 이론은 소련에서 1932년 10월 말 처음 제안되어 1934년 8월 소비에트 작가동맹의 결성과 함께 공식 채택된 창작방법인 바, 일본의 경우 1932년 11월 소개된 그것의 수용을 둘러싸고 1933년 9월경부터 논쟁이 개시되었는데, 당시 조선에서는 백철이 「문예시평」(『조선중앙일보』, 1933.2.2~8)에서 처음 거론했으나, 비평의 본격적인 관심사로 부각된 것은 추백(안막)의 「창작방법 문제의 재검토를 위하야」(『동아일보』,

1933.11.29~12.6)에서였다.[1] "사회주의 리얼리즘은 소비에트 문학 및 문학 비평의 기본적 방법이어서, 현실을 그 혁명적 발전에 있어서, 진실하게, 역사적 구체성으로써 그릴 것을 예술가에게 요구하고 있다. 더욱이 예술적 묘사의 진실성과 역사적 구체성은 노동자를 사회주의 정신에서 사상적으로 개조하여 교육하는 과제와 결부시켜야 한다"[2]라고 규정된다. 이 규정 자체만 놓고 말한다면, 정치성과 예술성 또는 세계관과 창작방법의 균형을 창작의 지침으로 제시한 것이라고 할 수 있다. 그러나 그 이전의 유물변증법적 창작방법이 정치성 또는 세계관 우위론에 놓인 것이었다는 점을 고려하는 맥락에서 보면, 예술성 또는 창작방법의 중요성을 강조하는 이론으로 간주될 수도 있다. 그러니까 '사회주의 쪽에 중점을 두느냐 리얼리즘 쪽에 중점을 두느냐'로 많은 논란의 여지가 있는 이론인 것이다.[3]

실제로 당시 카프 진영의 일부, 예컨대 박영희 같은 경우 이 이론의 등장이 예술에 있어서 정치성 내지 세계관의 무용성을 증좌하는 것이라는 논법을 내세워 자신의 전향을 합리화하기도 했거니와,[4] 이 시기의 창작방법 논쟁은 바로 그러한 전향문제에 결부된 것이었다. 박영희의 논법은 전향파의 하나인 신유인이 세계관의 우위를 표방하는 유물변증법적 창작방법을 내세워 그것과 근본적인 차이가 없는 예술운동 볼셰비키화 노

---

1   김윤식, 『한국근대문예비평사연구』, 일지사, 1973, 84~100면; 김윤식, 「사회주의적 리얼리즘론」, 『한국근대문학사상사』, 한길사, 1984, 226~7면; 류문선, 「1930년대 창작방법논쟁 연구」, 서울대 석사, 1988, 23~30면 등 참조

2   김윤식, 위의 책(1983), 228면에서 재인용.

3   위의 책, 229~30면.

4   박영희, 「최근 문예이론의 신전개와 그 경향」, 『동아일보』, 1934.1.2~10; 이형림, 「예술동맹의 해소를 제의함」, 『신동아』, 1933.7 등.

선을 비판한 것과 같은 맥락으로 이해된다.[5] 사실 전향은 소위 카프 제1차 검거 이래 조직 내부의 동요가 표변화된 것이라는 점에서 이론 이전의 문제라고 할 수 있는데, 카프 주류들은 조선과 소련의 현실조건이 다른 만큼 사회주의 리얼리즘 이론의 도입에 수반되는 부작용을 경계하면서 당파성을 재강조했다.[6]

이기영의 경우 이를테면 「문예적 시감 수제」에서 자유주의적 경향의 휴머니즘론을 들고 나온 백철에 대해 당파성의 옹호를 촉구한 바 있거니와,[7] 그의 입장이 보다 선명히 드러나는 것은 위에 열거된 글들 가운데 가장 체계가 잡힌 「창작방법 문제에 관하야」에서이다.[8] 거기서 그는 "종래의 프로문학"이 "이데올로기 편중주의"에 빠져서 "문학을 문학적 범주에서 소외"시킨 점은 잘못이지만, 그렇다고 당파성 자체가 포기되어서는 안 된다고 단언하면서, "이데올로기와 리얼리즘은 병립"되어야 한다는 것, 달리는 "세계관과 창작기술도 병행해야" 된다는 것을 역설했다. 그런데 이러한 입론의 근거로서, 앞 장에서 살핀 『빈농조합』의 작품평에서와 같이, 조선이 혁명기에 있는 '후진사회'라는 사실을 든다. 당파성은 현실 자체에서 요구되는 당위명제라는 말이다. 그러니까 당파성의 배제는 패배주의로 직결될 뿐이며, 이 관점이 확고하면 당파성은 논증이 아니라 실천의 문제로 된다. 즉 비평보다 창작이 중심에 놓이게 된다. 그에 따라 비평도 이론비평보다 실제비평이 중요시되는 것이다. 이를테면 「문예적 시감

5   신유인 역시 종주국 이론의 권위를 내세워 패배주의를 합리화하는 방식으로 전향의 빌미를 구했다고 생각된다.
6   임화, 「1933의 조선문학의 제 경향과 전망」, 『조선중앙일보』, 1934.1.1~14가 그 대표적 일례이다.
7   이기영, 「문예적 시감 수제」, 『조선일보』, 1933.10.29.
8   이기영, 「창작방법문제에 관하야-문예적 시사감」, 『동아일보』, 1934.5.30~6.4.

수제」, 「문예비평가와 창작평론가」 등 여타의 비평문에서 창작평의 활성화가 평단의 과제로 제기된 것[9]도 이런 문맥에서 납득된다. 결국 당파성의 실천을 뒷받침하는 것은 비평의 이론이 아니라 작가의 역량이라는 데 귀결된다. 이는 "현실은 위대한 교재다. 그것을 똑바로 보는 눈을 가지고 그것을 기술적으로 파고 들어가면 그만이다"라는 발언 속에 집약된다. 이기영의 이와 같은 자신감은 다름 아니라 『고향』의 창작을 통해 획득된 것이라고 볼 수 있다.

이 무렵 이기영의 내면상태는 「노예」(『동아일보』, 1934.7.24~29)에서 조금 엿볼 수 있다. 이 작품의 주인공 명수는 소학교 교사인데, 박승호처럼 자신을 교육 노동자로 자부하는 인물인데, 그런 생활로 내심 다른 한편에 자리 잡은 개인적 공명심이 충족되지 않아 그 울분을 술로 달래 오던 중 어느 날 대취해서 집에 돌아와 아내의 지청구를 듣고, 그 동안의 자신이 술의 노예였음을 반성, 금주를 결심한다는 줄거리이다. 이 작품의 주인공은 술로 패가한 부친을 거울삼아 술을 가까이 하지 말라는 모친의 유언을 지키다가, 결국 술에 빠져 버린 것으로 되어 있는데, 이것은 이기영의 자전적 사실과 거의 일치한다.[10] 이런 점에서 이 작품은 『고향』을 쓰면서 작가로서의 득의처를 찾은 이기영이 새로운 의욕에 차 있었음을 시사한다고 볼 수 있다.

그러나 그러한 의욕은 소위 신건설사 사건으로 통칭되는 카프 제2차

---

9 여기서 창작평이란 단순히 작품평의 중요성을 강조하는 의미가 아니라, 창작체험에 기초한 작가비평을 염두에 두고 있는 것으로 볼 수 있다. 이는 이기영, 「문예시감-1931년을 보내면서」(『중앙일보』, 1931.12.14), 그리고 김남천과 작가의 입장에서 호평을 약속한 바 있다고 밝힌 「문예적 시감 수제」(『조선일보』, 1933.10.29) 이래로 일관된 입장을 견지한 것이라고 볼 수 있다.

10 제Ⅱ장 주9 참조.

검거로 인해 크게 굴절되지 않을 수 없게 된다. 카프 산하 연극단체 〈신건설〉의 삐라를 가진 학생이 고향인 전북 금산에서 발각된 것이 단초가 되어 1934년 2월부터 12월까지 약 200여명이 검거된 이 신건설사 사건으로 이기영이 구속된 것은 8월 하순 경인데, 전북 경찰서로 끌려간 그는 곧 진안 경찰서로 옮겨졌다가, 40일 뒤 10월에 다시 전주 경찰서로 끌려간 그는 곧 진안 경찰서로 옮겨졌다가, 40일 뒤 10월에 다시 전주 경찰서로 되돌아와 취조를 받고, 12월 경에는 검사국에 송국, 1935년 1월 중순에 수인번호 598번을 달고 형무소로 수감, 1월 말에 치안유지법, 보안법, 출판법 등 위반으로 기소, 2월 1일 예심에 회부, 6월 말 예심에서 유죄 판결, 10월 말부터 공판 시작, 12월 9일 언도공판에서 박영희와 함께 3년형에 집행유예 판결, 석방되었으나, 다시 1936년 2월 중순 대구 지법 복심에 회부되었다가 원심대로 확정된 것으로 그 경과가 추적된다.[11] 여기에 하나 덧붙일 것은 이기영이 1933년 12월 말에 돌연 검거되어 취조를 받고 풀려난 적이 있는데, 이것도 신건설사 사건과 연관이 있는 것으로 알려진다는 점이다.[12] 이 점으로 미루어보면, 이기영은 1934년 8월 검거 당하기까지 신건설사 사건에 관련된 자신의 혐의는 일단락된 것으로 생각했을 수도 있고, 혹은 그 이후 얼마간 거기에 자신이 연루되는 정도가 그리 심각하지 않을 것으로 낙관했을 수도 있다. 이와 관련하여 그의 수필 한 편이 음미될 필요가 있다.

마침 해 빛이 유리창 밖으로 내다 보이는 붉은 벽돌담 앞에 어리었다.

11 이기영, 「카프시대 회상기」 기록과 『조선일보』 관련 기사들을 상호 조응시켜 경과를
    재정리한 것임.
12 『조선일보』, 1933.12.20, 21 기사.

그 위로는 쪽빛 같은 푸른 하늘이 어슴푸레 언치었다. 아래로 보이는『스리가라쓰』에는 벽돌담이 일광에 반사하야 분홍색으로 빛나고 다시 그 위로는 벽공이 맞우이여 보이는 채색의 고흔 대조는 무예라고 형용키 어려운 안타까운 정서를 자아낸다.!

동안뜬 담 위로는 아지랑이가 껴서 陽炎에 아몰거린다. 그 위에 앉인 참새 두세 마리! 이따금 짹! 짹! 울어 주위의 적막을 깨뜨릴 뿐… 고요한 빈방에 홀로 부처 같이 정좌하야 전경을 바라볼 때 아! 그 때의 심정! 그것은 청정, 동경, 기도, 정열 등 복잡한 감정이 바다 속의 조류같이 흘렀다. 초춘! 작금의 기후는 어느듯 지난 시절의 그 때를 문득 추억케 한다.[13]

그가 전주의 미결감에 갇혀 있던 때를 회상한 수필 「초춘」(『신동아』, 1936.6)의 전문인데, 착잡한 가운데서도 "청정, 동경, 기도, 정열 등"의 긍정적이고 낙관적인 심경이 소묘되고 있다. 제1차 검거에서 카프는 문화단체라고 해서 불기소된 바도 있는 만큼, 머지않아 그런 처분이 내릴 것으로 기대하고 조용한 감방에서 '부처 같이 정좌하여' 작품 구상에 정신을 집중하고 있었을 법도 한데, 실제로 그는 이 무렵에 출옥 후의 첫 작품 『인간수업』(『조선중앙일보』, 1936.1.1~7.23)을 구상한 것으로 술회하고 있다.

류치장에 있다가 감옥으로 넘어가니 좀 살 것만 같았다. 《사상범》의 미결감은 대개 독방이었다. 다다미 서너 잎을 깔은 독방이라도 혼자 있기 때문에 비좁을 것이 없었다. 진종일 꿀어앉았는 것도 처음에는 대경하더니만, 차차 습관이 되어 갈 수록 견딜만 하였다.(중략)

---

13 이기영, 「초춘」, 『신동아』, 1936.6, 109~10면.

그런데 여러 달 동안 류치장에 있다가 감옥으로 넘어 온 뒤로는 다소 정신적으로 긴장이 되어서 그런지 좀 괜찮은 편이었다.

그런데 차입해 주는 책은 대부분이 불교에 관한 것과 《성경》 같은 것이었다. 사회과학 서적은 말할 것도 없고, 세계문학 전집에서도 사상성이 높은 것은 차입을 허락하지 않았다.

나는 《돈키호테》를 읽고 나서 연필과 종이를 요구하였다. 그러나 놈들은 고것도 허락하지 않았다. 그때 나는 창작적 충동을 받고 장편을 하나 써 보려 했던 것인데, 간수를 아무리 졸라 보아야 그런 전례가 없기 때문에 아니된다고 거절을 당하였다.

나는 출옥 후에 《인간수업》을 썼는데, 그것이 감옥에서 생각했던 것처럼 잘 되지 못하였다. 만일 그 때 지필을 넣어주었다면, 나는 그 작품을 보다 낫게 썼을 것이다. 그것은 고요한 감방에서 긴장된 정신으로 쓸 수 있었기 때문이다.[14]

『돈키호테』가 『인간수업』의 착상에 단서가 되었다는 것은 다른 문건들에서도 언급된 바 있거니와,[15] 위의 인용에서 주목되는 점은 읽을거리가 궁한 터에 차입이 허용된 것이 불교서적과 성경 등속으로 제한되었다는 사실이다. 앞서 살핀 바, 정평 있는 종교 풍자작가이자 '종교는 민중의 아편'이라는 명제를 신조로 가진 사상범 이기영이 그러한 사실에 당면하여 일반 죄수와는 사뭇 다른 반감을 느꼈을 것은 분명하다. 감옥에서 종교가 교정수단으로 구실하는 것은 새삼스러운 일이 아니다. 그 경

14 이기영, 「카프시대 회상기」, 89면.
15 이기영, 「스케일이 크지 못함이 작가의 최대 결함」, 『동아일보』, 1937. 6. 5, 이기영, 「몬저 자부심을 가지라」, 『조선일보』, 1937.11.9~10.

우 종교는 감옥의 존재이유를 사회의 구조적 모순보다는 인간의 정신적 불구성에 전가함으로써 기성질서를 옹호한다. 이와 같이 육신을 가두는 감옥과 정신을 옭아매는 또 하나의 감옥─종교를 결합한 체제유지의 장치에 대한 반발이『돈키호테』에 자극되어 '창작적 충동'으로 진전되었던 것이다.

"기사소설(Ritterroman)에 대한 논쟁적 비판과 파로디"로서『돈키호테』는 시종 "상상적 현실과 실제적 현실 사이의 그로테스크한 모순"을 보여주는 것으로 일관할 뿐이다. 즉 돈키호테는 "혼이 그 자신의 행동이 펼쳐지는 무대와 토대로서의 외부세계보다 좁은 유형", 곧 추상적 이상주의의 마성에 사로잡힌 인물이어서, 그 자신의 모험이 현실 속에서 좌절을 거듭하더라도 내면적 확실성은 동요하지 않는 것이다. 돈키호테가 이처럼 비극과 희극의 경계에 걸쳐 있는 이중적 성격의 인물 유형으로 그려진 것은 그 작품이 창작된 시대의 역사철학적 성격에서 기인된 것으로 이해된다. "사멸해 가는 봉건제와 발흥해 오는 부르조아적 세계와의 투쟁"이라는 소위 르네상스의 특수한 "두 개의 전선에서의 투쟁"을 세르반테스는 돈키호테의 이중적 성격을 통해 형상화했던 것이다. 요컨대 기사계급의 영웅주의가 생명력을 상실한 것은 분명해졌지만, 그것을 초래한 자본주의적 생활양식 역시 아직 지배적인 사회적 사실로 확정되지 않은 과도기에 몰락이 예정된 기사계급의 전형으로서 이상과 현실의 어긋남을 보여주는 인물이 바로 돈키호테에 다름 아니다.[16]

---

16 이와 관련해서는 G. Lukacs, Bostock, A. tr., Theory of the Novel, M.I.T. Press, 1971, 97~103면과 A. Hauser, 백낙청·반성환 역,『文學과 藝術의 社會史』近世篇 上, 창작과비평사, 1980, 160~4면 그리고 G. Lukacs, 여균동 역,『미와 변증법』, 이론과실천, 1987, 244면 및 소련콤아카데미문학부 편, 신승엽 역,『소설의 본질과 역사』, 예문, 1988, 84~8면 등 참조.

한편 『인간수업』의 주인공 현호는 부유한 집안의 자식으로 대학에서 철학을 전공한 공상적 기질의 지식인이다. 그는 동서고금 현철들의 저작에서 배우고 익힌 인생의 진리를 실행하는 소위 인간수업을 위해 가출하여, 갖가지 기행을 벌인다. 이를테면 자기 생각에 인간의 최고 가치인 생명을 상징한다 하여 결혼복식인 사모관대를 입고 행인들에게 생명을 존중하자면 무엇보다도 먼저 시간을 아껴 써야 한다고 역설하고 다니며 가두철학자 노릇을 하는가 하면, "인간노동의 위대한 창조력을 심각하게 체득하는 동시에 그런 데서 현실미가 풍부한 생생한 철학적 원고 재료를 얻"자는 취지에서 예의 사모관대 차림으로 지게꾼 노릇도 하는 등. 그러던 현호는 가출한 지 반 년이 경과한 시점인 작품 후반부의 「새로운 출발」을 전후해서 그 동안 그가 벌여온 인간수업이 "선전에 비해서 결과를 맺은 수확은 별로 없다"고 회의하고, 아울러 그것이 "생활의 막다른 골목을 헤매는 노동자"의 실생활에 비하면 아무런 가치가 없는 것이라고 반성한다. 그리하여 '인간의 필요한 전적 생활의 근본'인 노동의 세계에 투신하기로 결정한 그는 도로공사장 인부들 틈에 끼어서 막노동을 하는 과정에서 지난날의 자기 행동이 "어린애 작란이 아니면 어리광대 같은 짓으로써 엄숙한 현실을 철없이 모독한 것"이며, 남의 노동에 기생하여 관념놀음에 지나지 않았던 것임을 깨닫고, 모든 가치 창조의 원천인 노동의 생활에서 새로이 인간수업을 시작하기로 하는 것으로 되어 있다.

자신의 상념을 맹목적으로 행동에 옮기는 현호의 기행은 그 외양이 돈키호테의 우스꽝스러운 기사수업과 흡사하며, 그가 친구 박의사의 여동생 경애, 시골출신 청년 김천식을 각각 자신의 수호신, 조수로 삼는 것도 돈키호테와 촌부 트보소, 종자 산쵸판사와의 관계에 대응되는 양상이다. 그런데 시대착오적인 기사도 숭배자인 돈키호테가 이상과 현실의 거리를 몰각하는 편집광적 망상에 사로잡힌 순수한 유아론자인 것과 대조적으로 현호는 자신의 언행이 상궤에 벗어나는 것임을 명료하게 자각하고서 그것을 통해서 세상 사람들에게 인생의 진리를 깨우쳐준다는 사명감을 지닌 계몽가이다. 말하자면 그의 행동 자체는 돈키호테의 경우와 같이 영혼이 외부세계보다 좁은 상태로 나타나지만, 그의 의식은 그 반대로 되어 있는 것이다. 그리하여 부모와 아내, 친구 등에게 그가 신경쇠약증 내지 과대망상증 환자로 비쳐지고, 그도 그들을 천박한 속물로 본다. 또한 남들이 그의 기행을 웃음꺼리로 받아들이면, 그런 사람들을 그 역시 한심스레 여긴다. 요컨대 그는 풍자의 대상이자 동시에 풍자의 주역이라는 의미로 반어적 성격을 지닌 인물이다.

가출, 기행, 반성, 재출발 등의 순서로 전개되는 줄거리 전체 분량의 태반을 차지하는 앞의 두 단계에서 현호는 인간이 무지와 빈곤에서 탈피하고 개인과 사회의 발전을 이룩하는 관건이 정신의 각성에 있다고 믿는 인물로 되어 있다. 그러한 현호의 사변적 관념철학은 교정수단으로서의 종교의 속성과 전혀 동질적이라는 점을 감안하면, 그가 희화된 계몽가로 그려지다가, 셋째 단계부터 유물론자의 면모를 지닌 인물로 변신하는 것은 납득할 수 있는 일이다. 관념론에 대한 유물론의 우월성을 입증해 보이는 것이 애초의 구상이었던 것이다. 이러한 양상을 두고 풍자소설에서 성장소설로의 선회라 하여 문제 삼을 필요는 없다.[17] 이 작품의 풍자소설적 측면 즉 현호의 가출과 기행은 모험소설의 양상을 하고 있는데, 이 모험소설의 승화된 형태가 성장소설인 만큼[18], 사태의 발전에 따라 결말부

---

17 예컨대, 권일경, 「이기영 장편소설 연구」, 서울대 석사, 1989, 57면.
18 이에 대해서는 W. Kaiser, 김윤식 역, 『언어예술작품론』, 대방출판사, 1982, 556~9면 참조.

가 성장소설적 양상으로 처리되어도 무방한 것이다.

　다만 현호의 변신이 소설적 개연성에 의해 뒷받침되는가는 문제로 제기될 수 있다. 이에 관해서는 일찍이 김남천이 날카롭게 추궁한 바 있다. 즉 김남천은 현호가 "시민사회의 비판자로 설정된" 인물임에도, 그가 "봉착하고 그와 교섭하는 시민적 생활의 비속성이 얼마나 리얼리스틱하게 묘파되엇는가가 문제"된다고 하고, "시민세계의 현실을 삿삿치『행동』하는 것보다는 관념의 세계에서『희화』하고『교설』하기를 더 만히 하엿"기 때문에 "작품의 사실성을 저하시켰다"고 정당하게 비판했다.[19] 이와 관련하여 관심 있게 지켜볼 것은 현호와 그 주위 인물들과의 관계이다. 이 작품에서 현호의 '시민적 생활의 비속성'을 대표하는 인물을 그 우선순위에 따라 꼽는다면 아비 현석준, 장인 김목사, 친구 박정양 등이다. 노름꾼에서 은행가로 영달한 술수꾼이며 처세의 방편으로 예수교도 믿는 현석준은 합리적 현실주의자로서 철저한 속물형이며, 완고하지도 급진적이지도 않은 인물로 여신도들에게 인기가 좋고 또 이해타산에도 밝은 김목사는 사이비 이상주의자로서 위선자인데, "현호의 철학에는 한푼의 가치도 인정하지 않"으면서도 그에게 우정을 느끼고 그의 '사색적 생활'을 부러워하기도 하는 박정양은 의사라는 작업에 걸맞게 풍부한 과학지식을 가진 합리적 현실주의자이지만, 동시에 허무주의자 즉 퇴행적 이상주의자이다. 이 셋 가운데 박정양은 줄거리 전개의 모든 단계마다 현호와 논쟁을 벌이며, 그것이 사태의 발전에 방향타 역할을 한다. 그러니까 현호의 전향적 이상주의와 박정양의 퇴행적 이상주의의 논쟁이 이 작품의 진면목이며, 그 과정의 마지막에서 관념론자에서 유물론자로 변신하는 현

19　김남천, 「『인간수업』 독후감」, 『조선일보』, 1937.5.

호가 도출하는 결론이 노동의 생활에서 인간수업의 새로운 지표를 찾는다는 '손의 철학'이다. 즉 장황한 논의 끝에 정당화한 유물론이 사회변혁의 실천철학이 아닌, 노동가치설이라는 인식철학에 귀결되어 버린 형국이다. 이러한 계급사상의 내면화 내지 정치성 거세는 위의 인용문에서 작가가 말한 '긴장된 정신' 즉 주제의 긴장감을 유지하지 못한 데서 연유된 결과일 것이다. 이와 관련하여 다음 글은 시사적이다.

昨日 芳墨은 반가히 보앗읍니다. 그 동안 댁내가 一安하시고 취직을 하섯다니 다행합니다. 生은 여기 온 후로 아즉 별 탈은 없사오나 身恙이 잇다가 팔의 습진이 그저 안낫고 하초 습냉까지 생겨서 괴로운 바 難話라 하오니 잔약한 체질을 스사로 통탄할 따름이외다. 어느듯 여름이 되엿읍니다. 음침한 방 속에도 더운 해빛이 활살같이 창넘어로 드러옵니다. 나는 긴 하로를 인형같이 홀로 앉엇으니 답답할 뿐입니다. 하긴 張兄의 차입한 책 한 권이 이제 입수되어 탐독 중이나 몇날 안가서 다 볼터이니 안타까웁니다. 집에는 여기 오기 전에 편지하고 책, 옷, 용돈 등을 부탁하엿는데 月餘나 소식이 없으니 웬일인지요. 미안하오나 틈이 없으시면 편지로라도 집사람을 만나보시고 동독해주실 수 없읍니까? 더구나 수중에 分錢없어 우금 세수도구 하나를 못사고 엽서도 장형이 차입헤 주고 간 중에서 이것을 마즈막으로 쓰는 터인 즉 앞으로는 어듸 편지 한장도 못할 형편이외다. (하략)[20]

1935년 여름에 이귀례에게 보낸 편지인데, 앞에서 인용한 「초춘」과 비

20　이기영, 「이귀례에게 보낸 서간」, 『예술』, 1936.6, 148면.

교해서 내·외적 상황이 크게 바뀌었음이 역력히 드러난다. 이러한 변화는 앞에서 서술한 그의 검거 이후 경과에 나타나는 바와 같이 그 해 6월 말 예심에서 유죄판결을 받은 영향으로 보이거니와, 이로부터 거의 반 년 정도를 옥중에서 보냈고, 3년형 집행유예의 몸으로 출감하여 복심에 회부되기까지 했다. 이미 카프는 해산(1935년 5월 21일)한 지 오래고 전향이 확산되고 있었다. 정국의 경색에 따라 체제의 외압이 가중되는 가운데 정치 투쟁으로서의 문학행위는 원천 봉쇄되어 버린 판단 이전의 사실로부터 과거의 카프 작가 누구도 자유롭지 못한 조건에서 이기영의 경우 역시 정신적 위축을 모면할 수 없었고, 그러한 사정으로 말미암아 위에서 살핀 대로 『인간수업』은 구조적 취약성을 드러내게 되었던 것으로 볼 수 있다. 그렇다고 이기영이 저항의지 자체를 상실한 것은 물론 아니었다. 그것은 신건설사 사건이 일단락되어 출옥한 이기영이 최초로 자신의 심경을 토로한 「춘일춘상─고난의 배후서」(『조선중앙일보』, 1936.4.12~17)의 일절에서 그것을 어느 정도 엿볼 수 있다.

> 봄은 웨 이렇게도 오기가 어려운가? 참으로 봄은 언제나 오랴는가?… 봄은 고난을 뚫고 나오기 때문이다. (중략) 그렇다. 봄은 겨울과 결사적 항쟁을 하고 있다! 기다리는 마음! 그것은 난사일런지 모른다. 고통일런지 모른다. 그러나 기다리는 마음에는 미래가 있다. 희망이 있다. 동경이 있다. 기대가 있다. 포부가 있다. 이사이 있다. 사람에게 기다림이 있('없'의 오식; 인용자)다면 그것은 枯木死灰와 무엇이 다르랴? 오직 현재에 만족하는 사람이라면 그것은 얼마나 가련한 동물인지 모를 것이다.[21]

21   이기영, 「춘일춘상─고난의 배후서」, 『조선중앙일보』, 1936.4.12.

소위 전형기의 현실을 맞는 자신의 대응자세를 이기영은 '겨울과 결사적 항쟁'을 하는 '봄을 기다리는 마음'이라는 비유적 수사로써 표현하고 있는 것이다. 거기에는 대작 『고향』을 쓴 계급문단의 영수격 작가로서의, 그리고 전향자 박영희 이외로는 카프맹원들 가운데서 신건설사 사건의 유일한 실형 선고자로서의 자존심이 깔려 있다고 볼 수도 있겠는데, 일면 그러한 자존심에서 격발된 투지가 드러나지만, 다른 일면으로 전망 자체는 다분히 비관적이다. '미래', '희망', '기대', '포부', '이상' 등을 운위함에도, 그 모두가 기다림 속에 유예되어 있기 때문이다. 그 기다림의 바탕, 다시 말해 그 기다림의 열정은 어디에 닿아 있는가. 그것은 다름 아니라 그로 하여금 작가라는 형식으로 그 자신의 존재증명에 나서게 했던 영웅소설적 생애감각일 것이다. 그런데 그의 작가로서의 삶을 지탱해 주던 두 지주 카프와 『조선지광』이 사라져 버렸다. 그가 가는 작가의 길을 비춰주던 카프와 『조선지광』의 빛이 소멸한 자리에서 이제 그 빛과 조응하던 가슴의 불꽃을 지키는 홀로서기를 하지 않으면 안 되는 처지였다. 그런 처지에서 그가 작가의 행로와 문학의 좌표를 새로 찾는 과제로 번민할 수밖에 없었던 것은 당연한 일이다.

위의 인용이 실린 글에서 이기영은 당시 문단의 현황을 점검하면서 그 타개방향을 자기 나름으로 제시하고 있는데, 이후로 자신의 작가적 진로 모색을 시도한 전형기 전 기간의 후속 비평문들은 여기서 논의된 수준과 범위를 넘지 못했다.

첫째 그는 "조선의 문학은 아직 유치"한 상태로 있는데, 그것은 신문학의 연조가 짧고, "과거문화의 밑거름이 없고, 또한 시대의 수월치 않은 환경"에서 영향 받은 결과로 본다. 그런데도 "성급한 일부 인사"들이 "선진사회의 성인문학에 비하야 이 땅의 문학이 유치함을 장탄"하지만, 현실의 환경이 조성되기 전에 문학의 성장을 바라는 것은 '의식만능주의' "순수한 관념론에 불과하다"고 했다. 둘째 그는 "문단은 바야흐로, 백화쟁연百花爭妍의 새봄을 만난 것 같"이 "잡지 수효가 훨씬 많아지고, 그만큼 독자도 늘어"났지만, "이 지음의 문단 공기는 춘일의 농무와 같이 자못 청신하지 못"하다고 지적한다. 그것은 "물체의 운동은 그를 저항하는 힘이 적은 용이한 방향으로 진행하듯이 문예의 조류도 그와 같은 무풍지대로 움지기"는 것, 말하자면 현실에 대한 비판과 체제에 대한 저항을 외면하는 문단의 타락으로 진단된다. 그 구체적 실례로서, '야담의 유행'을 드는데, "예술을 위한 예술이 미기美妓와 같이 아름다운 것이라면, 오락적 흥미만을 엽기하는 야담은 건달"에 비유할 수 있다고 하고, '무이상한 생활'로 "인순고식因循姑息(인용자)하야 찰나의 쾌락을 추수할 따름"인 사람들의 기호에 영합하는 '건달문학'으로서의 야담이 유행하는 현실에 대해 경계를 표시한다. 셋째 "문학은 오락이 아"닌 만큼, '대중문학이 흥성'하는 추세라 하더라도 그것이 '저열한 통속물'이어서는 안 되며, "'교훈'을 제일로 삼는 내용" 즉 "'인생'을 배운다는-다시말하면 철학적 의미를 갖추"어 "건실하고 진실한 인생으로서의 생활을 위"한 것이어야 한다고 했다. 넷째 창작에 임하여 "구상과 묘사의 통일을 구체적으로 파악"하는 "원숙한 작가적 수완을 구비"하지도 못한 채 퇴고를 성실히 하지 않는 폐단의 시정을 촉구했다.[22]

첫째 사항은 프로문학이 퇴조하는 조짐을 보인 1930년대 초 이래 다양하게 유입된 문예사조들의 난립을 겨냥한 것으로 생각되는데, 이는 「문단시감-비평과 작품에 대하여」(『조선일보』, 1937.3.11~16), 「스케일이 크

---

22 위의 글, 1936.4.12~17.

지 못함이 작가의 최대 결함」(『동아일보』, 1937.6.5), 「평론가 대 작가 문제」(『조선일보』, 1937.6.22), 「작가·편자는 유기적」(『조광』, 1937.9), 「작가에게 방향을 제시」(『인문평론』, 1940.3), 「문예시사감 수제」(『매일신보』, 1941.5.6~11) 등에서 비평의 주조 내지 지도력 회복을 요구한 것과 표리관계에 놓인다. 물론 창작의 자율성이 전제된 양자의 공조론이기는 하지만, 「문예시감-1931년을 보내면서」(1931.12.14) 이래 전형기 이전까지 그가 정론적 비평의 독주를 공격한 것과는 대조적이라 할 것이다.

둘째 사항은 문학의 통속적 흥행물화 내지 상업주의화를 배격한다는 주장인데, 이에 관련된 발언들로는 빈한한 생활의 역경을 헤쳐 나가는 과정이 문학의 산실이 될 수도 있다고 한 「문장출어곤궁」(『신동아』, 1936.8), 문청들에게 출세주의, 매명주의는 금물임을 환기한 「문학을 지원하는 이에게」(『풍림』, 1937.1), 통속화의 개념을 "작품의 사상적 내용이 잘 소화되어서 누구나 잘 이해할 수 잇도록 평이화"함이라고 규정한 「산문의 정신과 사상」(『조선일보』, 1937.7.14~15), 문학작품도 일종의 상품이지만, 소비자인 독자의 "저급심리를 자극"해서는 안 되며, 작가가 "자기의 소신한 바 예술관으로써 창작태도를 엄수하야 독자의 세계를 작가의 세계로 끌어들"임이 정도라고 한 「작자와 독자」(『동아일보』, 1938.12.3) 등이 살펴질 수 있다.

셋째 사항에서 문학의 필수요건으로 내세운 『교훈』은 물론 권선징악적 도덕률과 구별되는 윤리의식의 성찰을 가리키는 것인데, 이와 관련해서 이기영은 「문학청년에게 주는 글」(『조선일보』, 1937.1)에서 "소설가는 인생을 교훈하는 사회적 교사"임을 명언하고, 또 「문학자와 교육자」(『동아일보』, 1938.5.27)에서 작가도 "사회교훈적 견지에 잇어서는" "훌륭한 교훈적 역할"을 수행하는 만큼 예술적 기교의 습득 못지 않게 인격의 함양이 중요하다고 했다. 사회적 교사로서의 작가적 자질은 「문예적 시감 2,3」(『조광』, 1936.8)에서 강조하였고, 「산문의 정신과 사상」(『조선일보』, 1937.7.14~15)·「몬저 자부심을 가지라」(『조선일보』, 1937.11.9~10)에서는 과학적 세계관과 그것에 기초한 사상의 확립, 「문단시감; 비평과 작품에 대하여」(『조선일보』, 1937.3.11~16)에서는 '양심적 생활', 「역사의 흐르는 방향」(『조선일보』, 1937.7.9)에서는 지성과 이성을 구비하여 과학의 합리성을 실천하는 공명정대한 인격, 「문인도와 상인도」(『신세기』, 1939.9)에서는 양심과 신념, 「문예시감과 수제」(『매일신보』, 1941.5.6~11)에서는 이상 등이 강조된다.

넷째 사항은 역시 이기영이 「문예시감-1931년을 보내면서」(1931.12.14) 이래 전형기 이전까지 누차 피력해 온 바로서, 「문학을 지원하는 이에게-문청에게 주는 글)」(『풍림』, 1, 1936.12), 「산문의 정신과 사상」(『조선일보』, 1937.7.14~15), 「몬저 자부심을 가지라」(『조선일보』, 1937.11.9~10), 「문학자와 교육자」(『동아일보』, 1938.5.27), 「창작의 이론과 실천」(『동아일보』, 1938.6.6), 「창작의 이론과 실제」(『동아일보』, 1938.9.29~10.4) 등에서 체험의 축적과 기법의 연마에도 유의해야 한다는 것이다.

이상에서 살핀 내용들 가운데서 전형기의 이기영이 부대낀 고뇌의 중핵에 해당되는 것은 두말할 것도 없이 셋째 사항이다. 문학을 통한 정치적 실천이 차단된 조건 아래서 지리멸렬한 비평계로부터의 방향 제시도 기대난인데다가 통속물이 범람하는 문단의 풍토를 지켜보면서, 그는 옛 시절 신소설을 통해 근대의 세계로 가는 길을 가르쳐줌으로써 결국 자기를 작가로 되게 한 실의의 번안작가 현병주처럼 한갓 이야기를 파는 장사꾼이 될 수는 없다고 다짐했을 것이다. 그리하여 삶의 품격을 간직하는 최후 방어선 또는 배수진으로 작가 곧 '사회적 교사'라는 등식을 설정하고, 현실파악의 준거로서 '과학적 세계관', '양심', '인격' 등을 내세운 것으로 보인다. 이와 같이 정치적 실천의 유보를 전제한 전망은 이를테면 "미

래를 지시하는 것이 없는 반대"여서 "품위 없는 것에의 비굴한 순응의 대
극" 즉 통속예술에 대한 차별성으로서는 일정한 의미를 지니지만, 그 자
체가 불모성을 머금은 것인 만큼 작품의 구조 또는 형식에 있어 파탄이
생기는 것은 어쩔 수 없다.[23]

　여기서 정치적 실천의 유보란 작가가 현실의 사회적·역사적 의미연관
의 인식에 있어 스스로 일정한 제한을 둔다는 것으로 풀이될 수 있다. 그
제한은 다름 아니라 작가가 현실을 그 계기적 발전과 무관한 상태로, 그
리고 그 집단적·유형적 상호관계와 괴리된 상태로 관망하는 수준에 그
친다는 것이다. 따라서 작가는 긍정적 인물이 시대의 본질적 문제와 대결
하는 가운데 자신의 잠재적 가능성을 실현하는 과정을 형상화하지 못한
다. 이 경우에 "현재와 미래, 현실적인 것과 사회적 이상 사이의 교량"[24]을
이루는 전형의 창조는 곤란에 봉착할 수밖에 없다. 즉 전형의 해체, 혹
은 전형 체계 내지 계서제의 왜곡이 불가피하게 초래되는 것이다. "작가
가 주인공의 개인적 기질과 그 시대의 객관적 일반적 문제 사이의 다양한
관련을 드러내고, 그 주인공이 그 시대의 가장 추상적인 문제를 자기 자
신의 사활적인 문제로 경험하는 경우에만, 그렇게 하여 창조된 성격은 의
미 있는 전형으로 될 수 있"[25]고, 또한 "특별한 상황과 그 속에 놓인 작중
인물의 특별한 행위가 총체적 관련을 맺음으로써 어떤 복합적인 사회문
제의 가장 심각한 모순을 명백히 표현하는 경우에만 상황과 성격의 묘사
는 전형적인 것으로 되"[26]기 때문이다. 이러한 근본적 한계로 말미암아 전

23　G. Lukacs, 片岡啓治 역, 『病める藝術か健康な藝術か』, 現代思潮社, 1970, 254~5면.

24　R. Wellek, Concepts of Criticism, Yale Univ. Press, 1973, 242면.

25　G. Lukacs, "The Intellectual Physiognomy of Literary Cheracters", Baxandall, L.ed., Raical Perspectives in the Arts, Penguin Books, 1972, 95면.

26　위의 책, 101면.

형기 이후 이기영의 작품양상이 세태묘사와 심경 토로로의 분열·편향을
보여주는데, 이는 당시 문단의 일반적 추세이기도 했다.

경향문학의 퇴조 후, 조선의 소설계에 사상성이 현저히 후퇴한 대신,
두 개의 조류를 가지고 그 경향을 차자볼 수 있는데, 하나는 세태묘사-
외향적인 것과 또 하나는 심리내성-내향적인 것이 이것이다. 이 양자는
본시 소설문학에 있어서 불가결한 두 개의 중대 요소임에 불구하고 사회
그 자체의 분열과 주체의 자기분열을 반영하야, 드디어 그것은 충분히
통합되지 못하고 각각 분리된 경향으로 나타난 것이다. 이러한 경향은
勿說 '로만' 그 자체가 19세기의 전설을 이탈할려는 20세기적 소설이념을
반영하기도 하였고, 他方 조선이 문학이 외부의 면밀한 묘사나 심리의 정
치한 분석이나를 충분히 확실화 식히지 못한 것도 원인이 되어 있어, 전반
적으로 이러한 조류를 배격할 수는 없으나, 여하튼 그것의 분리가 결코
정상적이 않을 뿐 아니라, 무력의 시대의 반영으로도 볼 수 있다는 데에
논자의 의논이 거의 일치하였다.[27]

『인간수업』이 연재되는 동안 발표된 「유선형」(『중앙』, 1936.2), 「도박」(『조
광』, 1936.3), 「배낭」(『조광』, 1936.5), 「유한부인」(『사해공론』, 1936.7) 등은 세태
소설로 분류된다. 「유선형」은 신교육세대인 부농의 아들과 이웃 유지의
딸이 벌이는 연애놀음과 그 양쪽 아비의 알력, 「도박」은 청상과부가 백수
건달인 유부남과 결합, 각처를 유전하다가 밀매음할 지경에 몰리는 과
정, 「배낭」은 동생에게 책보집 대신 어깨걸이 가방을 사주려고 휴지장사

---

27 김남천, 「모던문예사전: 세태소설」, 『인문평론』, 1939.10, 115~6면.

를 하는 소년의 이야기, 「유한부인」은 뒷날의 「욕마」(『야담』, 1938.10)도 비슷한 내용이지만 상대의 돈과 지위와 건강을 따져 결혼한 신여성의 매춘부 속성을 그린 작품이다. 주목되는 점은 서민의 생활은 동정적으로 묘사하는 반면, 가진 자의 그것은 공격적 풍자로 다룬다는 것이다. 후자에 속하는 작품들은 전형기 이전의 풍자소설과는 달리, 작중인물을 풍자의 주역으로 등장시키지 않는데, 이는 물론 정치적 경향성의 위축에서 빚어진 것으로 볼 수 있다.

한편 같은 시기의 「십년 후」(『삼천리』, 1936.8), 「적막」(『조광』, 1936.7)은 작가 자신의 내면적 상황 내지 정신적 자세를 표출한 심경소설 또는 내성소설로 분류되지만, 그 주제가 필경에는 구카프 작가들의 사회적 처신과 거취문제, 한마디로 전향문제에 결부되는 것이라는 점에서 전향소설의 범주에 든다.

「십년 후」는 주인공의 가출, 유랑, 등단 등 과거사 서술이 이기영의 경력과 일치하며, 따라서 이 무렵 그의 작가적 전망과 관련된 변증체 자전소설이라고도 할 수 있다. 이 작품의 주인공은 명색 작가로 "통속적 취미잡지의 삼문기자三文記者(인용자)" 노릇을 하는 자기 처지에 대해 모멸감을 가진 인물이다. 그는 자신을 '반신불수'에 비기지만, 그것은 그가 "영육의 완전을 동경하기 때문이다." 그러니까 이 작품을 통해 이기영은 앞서 살핀 바, 통속물이 범람하는 문단 풍토를 경계하면서 작가로서의 본분을 지키려는 입장을 드러내고 있는 것이다. 그러한 입장은 속물로 전락한 전향자들의 비열한 모습을 그린 「적막」에서 보다 적극적으로 표명된다. 이 작품의 주인공은 사상범으로 출소한 화가인데, 그는 과거의 동지가 시세의 변화에 잽싸게 영합하여 "학적 양심을 일조에 버리고 시정의 모리지배와 다름없이 '배금종'이 되었다는 것"에 배신감을 느끼고, 자신은 "진정한 생명의 흐름"에 충실한 예술에 전념하기로 다짐하는 것이다.

이 두 작품의 구성 원리는 두 가지이다. 그 하나는 '모든 것을 타락시키는 하나의 원칙'[28]으로서의 시간이며, 다른 하나는 주인공과 그 주변의 대비이다. 말하자면 시간의 흐름 속에서 타락하는 인간 군상들과 자신의 양심을 지키려는 주인공의 대비가 작품구조의 기본골격을 이루고 있으며, 또한 후속되는 심경소설 내지 내성소설 계열의 거의 대부분 작품들도 동일한 양상을 보여준다. 구성원리로서 대비는 갈등과 병렬 사이에 놓이는 것인데, 이 두 작품의 경우보다 후속 작품들에서의 대비가 병렬에 근접된다. 실제로 이 두 작품의 현실 진단은 어둡고 비관적인 것이지만, 그 주인공의 자세에 관한 한 반드시 그렇기만 한 것은 아니다. 그러니까 이 무렵 이기영은 이상과 현실의 괴리에도 불구하고 새로운 국면의 돌파구를 찾으려고 부심하는 단계였던 것이다.

이와 관련하여 눈여겨 볼 것은 그가 1936년 6월 말경 뚜르게네프의 『처녀지』를 읽다가 문득 1912년 봄의 첫 가출의 동반자였던 H를 떠올리고 소년시절의 체험을 소설화하고 싶다는 충동을 느꼈다고 하는 사실이다. 이 충동이 작품 『봄』으로 실현된 것은 이로부터 몇 년이 지난 1940년 후반부터 이듬해 1941년 봄까지의 연재를 통해서였다. H는 1926년 5월 19일 사망한 것으로 회고되는데, 이기영이 『처녀지』를 읽으면서 그를 상기한 점으로 미루어 1912년 도일하여 1918년 논산 영화여학교 시절의 이기영과 재회하기도 했던 그는 평범한 인물은 아니었을 것으로 짐작된다.[29] H를 추억하면서 이기영은 여건의 불여의로 귀가하고 말았던 자신과 달리 유학을 감행한 그의 투지가 바로 그 무렵 자기에게 필요하다고

---

28   G. Lukacs, Bostock, A.tr., 앞의 책, 122~3면.

29   이기영, 「추회」, 『중앙』, 1936.8, 126~31면.

생각했을 법도 하다.

영웅적 삶의 첫 관문으로서 그가 결행한 최초의 가출은 일차 행선지가 마산이었는데, 마침 그곳에는 임화가 폐병으로 요양하고 있었다.[30] H는 타계한 지 10년이지만, 그와 현해탄을 건너기로 하던 마산에서 삶의 열정을 확인하고 싶었을 것이다. H가 가출의 동행이었다면, 카프 시절의 동지는 조명희, 그의 망명 이후 평판작 「서화」를 전후한 시기의 동지는 임화였던 것이다. 카프 제일의 작가 이기영과 비평의 선봉 임화는 이렇게 해서 마산서 조우했다. 거기서 두 사람이 무엇을 논의했는지는 알 수 없다. 카프 해산계를 내게 된 경위, 앞으로의 진로와 전망 따위가 거론되었겠지만, 별다른 대책이 나올 수 없는 단계임을 재확인하는 도리밖에 없었을 것이다.

이기영의 술회로는 8월 한 달 내내 그곳 합포에서 낚시질만 하다가, 8월 26일 태풍과 홍수로 발이 묶였고, 9월 13일 상경한 것으로 되어 있다.[31] 귀가한 그는 곧바로 아내의 맹장수술, 그리고 연말에는 뇌막염에 걸린 아들의 참척이라는 우환을 겪게 되었고,[32] 이로 인해 심한 경제적 곤란에 빠진 것으로 보인다. 『고향』 상권(한성도서, 1936.10)과 하권(동, 1937.1)이 같은 회사에서 나온 이광수의 『흙』과 비교해서 두 배 이상 팔렸다고 하는데도,[33] 그 무렵의 한 탐방기에 의하면, 궁상을 면치 못한 것으로 기록되고 있다.[34] 그가 통속 인정물 부류에 속하는 여성 수난담 「성화」(『고

---

30 김윤식, 『임화연구』, 467면.
31 민촌생, 「초하수필」, 『조선문학』, 1937.8, 66~7면.
32 이기영, 「무로변기」, 『조광』, 1937.1, 198~9면.
33 신산자, 「문단지리지」, 『조광』, 1937.2, 249면.
34 검갈매기, 「빈곤의 이기영 씨」, 『백광』, 1937.1, 51~3면.

려시보』, 1936.9.?~?), 「어머니」(『조선일보』, 1937.3.30~10.11) 등을 썼던 것은 그러한 사정과도 무관하지 않겠지만, 마산행 즉 임화와의 만남이 기대에 못 미친 결과 앞에서 언급된 「춘일춘상」(1936.4.12~17)에서의 이른바 "겨울과 결사 항전"한다는 투지가 그만큼 감퇴한 것, 바꿔 말해 작가의식의 이완을 드러낸 것이라고 할 수 있다.

이와 같이 변화된 이기영의 내면적 상황은 「추도회」(『조선문학』, 1937.1) 주인공의 독백에서 분명히 엿볼 수 있거니와, 사회운동가로서 여러 해 옥고를 겪은 경력을 지닌 그는 평소 경애하던 현철한 친구 부인의 추모행사를 끝내고는 아무런 할 일이 없어 "술밖에 생각나는 것이 없"고, "오직 바라는 것이라고는 그날그날의 하루를 죄없이 넘기는 것"이라고 하는 것이다. 이러한 무위주의는 현실에 순응하기를 거부하는 일종의 소극적 저항논리, 이를테면 일상의 세속적 질서나 물질적 유혹과 타협하지 않는, 혹은 그것에 초연한 생활태도 내지 처세방식이다. 감방에서 알게 된 또돌이 날품팔이가 "돈을 초개 같이 역이는 것"에 감동하여 자신의 이기적·위선적 속성을 뉘우치는 지식인의 이야기인 「인정」(『백광』, 1937.5.), 1932년 12월 아들 '건健'을 태독으로 잃은 일화를 소재로[35] 한 변증체 자전소설로, 궁핍한 작가생활의 고통을 그린 「돈」(『조광』, 1937.10.), 그리고 3년형을 사는 동안 약혼자가 변심한 데 낙심, 독신으로 지내며 유곽 출입을 하다가 그 곳에서 왕년의 여제자와 마주치게 된 것을 계기로 하여 자신을 반성하고 환경에 굴하지 않는 의지의 중요성을 강조한 「그와 여교원」(『동아일보』, 1937.9.28~30) 등은 「추도회」와 같은 맥락의 주제를 보여주는 작품이다.

35 이기영, 「셋방 십년」, 『조광』, 1938.2, 195면의 서술과 그의 호적 기록의 일치로 확인할 수 있다.

한편 위에서 살핀 몇 작품과 비슷한 시기에 발표된 「비」(『백광』, 1937.1), 「나무꾼」(『삼천리』, 1937.1), 「맥추」(『조광』, 1937.1,2), 「산모」(『조광』, 1937.6), 「노루」(『삼천리문학』, 1938.1)는 민중적 현실을 다루고 있다. 「비」는 폭우로 폐농하는 지경에도 예수교를 맹신하여 만사를 기도로 해결하려는 농민을, 「나무꾼」은 땔나무를 얻는 대가로 산감과 밀통하는 가난한 아낙을, 「노루」는 부호 아들의 사냥총에 맞고 불구가 된 이웃처럼 위자료가 탐나서 자기도 총질을 당하고 싶어 하는 빈농을 그린 작품이다. 이 세 작품의 민중상이 모두 무지와 굴종의 인간형인 것과 달리, 「산모」는 집세 밀린 죄로 만삭의 임부가 길바닥에서 해복하게 된 도시빈민 일가를 부정적인 성격으로 그리지 않지만, 그들의 참상과 가진 자의 비정함을 부각시키는 데 그치고 있다.

다만 「맥추」는 여타의 작품들과 사뭇 다른 양상이다. 이 작품은 「부역」의 경우와 같이 강제부역 문제를 취급하고 있는데, 주요 인물들의 성격은 「민촌」, 「서화」와 유사하다. 우선 외지에서 들어온 지주 겸 마름 유주사의 아들 영호는 「민촌」의 박주사 아들이나 「서화」의 김인준과 마찬가지로 교활한 호색한이다. 그는 소심하고 우매한 작인 수천이의 아내와 간통하다가 기백 있는 빈농 박점돌에게 들키고, 그것이 약점 잡혀 보리마당질, 모내기 부역에 작인들을 마음대로 부릴 수 없게 되는데, 수천이와 그 아내, 그리고 박점돌은 각각 「서화」의 응삼이, 입뿐이, 돌쇠와 대응된다고 볼 수 있다. 그렇지만 응삼이와 돌쇠의 노름, 입뿐이와 돌쇠의 애정관계는 이 작품에 빠져 버렸다. 박점돌이 영호의 비행을 걸어 부역을 거부하자고 하는 제안에 다른 작인들이 선선히 따르고, 이에 대한 영호의 반발은 무산되고 만다. 그만큼 서술이 단선적이고 묘사 또한 평면적이다. 이를테면 「부역」의 단조로운 사건을 양만 늘여놓은 형국이다. 사건의 주도자인 박점돌이 영호에 맞서는 이유는 농번기의 부역이 짐스럽다는 것, 영호의 평상 행티가 역겹다는 것인데, 여기에 다른 작인들도 이론이 없는 것이다. 그의 남다른 점은 영호보다 완력이 세다는 것, 보통학교 시절 공부도 더 잘했다는 것, 두뇌가 좋아 사리를 따져볼 줄 안다는 것이다. 그러한 개인적 능력은 계층적·집단적 의미를 지니지 못한다. 그러니까 그는 「서화」의 돌쇠처럼 풍부하고 다단한 갈등의 중심으로서 현실의 구체적 총체성을 형상화하는 전형이 되지 못하는 단순한 예외자일 뿐이다. 부역이 전래의 관행임을 내세우는 영호에게 농지령을 운위하며 법대로 해보자고 대드는 박점돌은 당당한 인물로, 제 아내를 건드린 영호의 사화, 작권박탈과 가정파탄의 우려로 사원을 풀기로 하는 수천이는 얼뜨기로 그려졌다. 이 둘 중 과연 어느 쪽이 현실적일 것인가. 이는 궁극적으로 소작제도의 모순을 문제 삼을 때, 식민지 법령의 공효를 기대하는 관점이 정당할 수 있는가 하는 물음에 귀결되며, 그 물음에 대한 대답은 부정적이다. 요컨대 이 작품에서 이기영은 민중적 현실문제에 대한 전망의 착오를 드러내고 있는 것이며, 바로 그런 점에서 「비」「나무꾼」「산모」「노루」 등과 근본적으로 한계를 공유하고 있다고 할 것이다.

이제까지 살펴본 몇 가지 작품 유형들의 제반 성향을 망라하고 있는, 따라서 전형기의 중간 결산과 같은 작품이 장편 『신개지』(『동아일보』, 1938.1.18~9.8)이다. 이 작품의 무대는 『고향』의 경우와 마찬가지로 이기영의 출신지인 충남 천안이며, 시대는 1930년대 초반이다. 작중에 나오는 '옥녀봉', '산직말', '넉바위', '삼선평', '무네미' 등은 현 차암동, 백석동, 구성동, 원성동, 안서동 소재의 옛 소지명이며, '읍내'는 천안역을 둘러싼 중심지를 가리킨다. 다만 작품의 주무대인 '달내골'과 '달내강' 및 '삼거리'는 자료상에 나타나지 않는데, '달내강' 나루를 끼고 '삼거리'에 '달내장'이 선다는 서술, '달내강'이 '무네미에서 내려 흐르는 샛강과 삼거리 밑에서 합류하'고 거기서 다시 '읍내 뒷들을 활등처럼 휘돌아서' 큰 강이 된다는 서술 등을 미루어보면, '달내강'은 '활등처럼' 굽은 반월형의 곡류인 천안천, '삼거리'는 천안에서 성환과 안성으로 가는 분기점인 현 신부동의 일부에 해당하고, 따라서 '달내골'은 천안역 이북 일대를 염두에 두고 작가가 지어 붙인 이름이라고 할 수 있다.[36] 시대를 추정할 수 있는 근거는 작품 서두의 서울 거리 풍경에 '총독부 청사'(1926.1.6 완공), '화신상회'(1931)가 등장한다는 것, '○○철도(경편철도, 충남경편철도(천안-온양, 1922.6.1)가 확장된 조선경남철도(천안-장항, 1931.8.1) 즉 오늘날의 장항선: 인용자)가 개통되고 근자에 읍제가 실시된(천안면에서 천안읍으로 승격(1931.4.1: 인용자) 뒤' '읍내가 활기를 띠게 되었다고 서술된 것 등이다. 이기영은 이와 같은 시간적·공간적 배경을 가진 「신개지」의 서술방향을 연재에 앞서 다음과 같이 밝혀 놓은 바 있다.

근대문명은 철도로 수입된다. 철도 연변의 향읍(鄕邑)이 지방적 소도시로 갑자기 발전하는 소위 신개지(新開地)를 배경으로 하야 거기에서 전개되는 신구생활의 대조를 자미있게 그려 보자는 것이 작가의 주안이다.
거기에는 원시적 무지와 근대적 모양이 착잡히 교류하는 동시에 또한 전원적 도시의 향토색과 량자(兩者)의 조화된 자연미를 다분히 느낄 수 있을 것이다.
그러나 신개지에 대한 지식이 부족한 작자로서는 현실과는 동떨어진 지나간 시대로 올라가고 그나마 추상적이 될가바 두려한다. 사실 이 소

---

36 오세창, 『천안의 옛지명』, 천안문화원, 1989 참조.

설의 배경은 작자가 어려서 보던 배경을 멀리 회고하며 쓴다는 것을 솔직이 고백한다. (하략)[37]

위의 인용에서 주목되는 부분은 작품의 배경이 "작가가 어려서 보던" 것인데, "신개지에 대한 지식이 부족"하다고 말한 점이다. 이는 이 작품의 과거사 서술은 작가 자신의 체험과 닿아 있는 것인 반면, 작품 진행시점의 사건은 『고향』 집필차 천안에 체류하던 기간의 견문 정도에다 상상을 보태서 그린 것이라는 뜻으로 받아들여진다. 작가의 주안점은 '신구생활의 대조'인데, 그러니까 객관적 근거에 바탕하지 않고 작가 임의로 처리한 신생활의 일정 부면은 상당한 취약성을 드러낼 가능성이 많다고 할 수 있을 것이다.

모두 17장으로 구성된 이 작품은 1930년대 초반의 어느 해 달내 장날인 2월 초순부터 달내강 개간공사가 시작된 음력 7월 초순이 얼마 지난 날까지 약 6개월 동안에 벌어진 사건들을 그리고 있다. 그 줄거리는 장돌뱅이 출신 신흥부호 하감역 집안의 성장담, 토착 양반지주 유경준 집안의 몰락담, 그리고 빈농의 아들인 살인 전과자 강윤수의 생활 복귀담 등, 세 가닥의 이야기가 얽혀서 엮어진다. 하감역과 유경준, 유경준과 강윤수, 그리고 강윤수와 하감역은 각각 혹인, 금점, 소작과 개간을 매개로 연결되어 있는데, 실제의 작품 전개과정에서 하감역과 강윤수의 지주·소작인 관계는 거의 부각되지 않는다. 물론 강윤수는 그가 옥살이한 근본원인이 소작제도의 모순에서 비롯된 것임을 명백히 아는 인물로 그려진다. 출옥 인사차 들른 그에게 하감역이 근신을 엄명하는 자리, 그리고 자

---

37 이기영, 「작자의 말」, 『동아일보』, 1938.1.18.

기와 물꼬를 다투다 죽은 학성이 무덤 앞에서의 독백이 그 증거이다. 그럼에도 귀가한 그는 가족부양과 금향이라는 윤락녀가 된 옛 애인 김순남의 몸값 마련을 위해 노심초사할 뿐, 자신의 삶을 억누르는 타락한 현실의 질서에 맞서고자 하는 적극적 의지를 보여주지 않는다. 따라서 금점판, 원둑막이, 개간공사에 일꾼으로 돌아다니는 그는 단순히 생활의 정상궤도를 되찾으려는 전과자의 모습으로 그려지고 있는 것이다. 다시 말하면 살인 전과가 따라다니는 그는 당대의 빈농현실이 빚은 비극적 운명의 주인공으로서 문제적 인물이지만, 제각기 사정이 있어 품팔이 판에 나오는 뭇사람들의 하나일 따름이어서, 그와 삶의 터전을 같이하는 농민의 전형이 되지 못하는 것이다.

그러므로 이 작품은 하·유 양가의 혼인과 그 파탄, 유경준의 금점 실패와 하감역의 개간공사의 대비에 압도적인 비중이 놓인다. 이는 "이렇게 두 집안이 하상오는 신흥세력으로 흥해 가고 유경준은 몰락한 양반의 그림자로 망해 가는 것을 대조해 볼 때 과연 이 두 집은 시대의 거울이요 또한 그들은 신구 세력의 전형적 대표인물로 볼 수 있다"라고 한 작중 서술로도 시사된다. 장돌뱅이로 다니며 "상리에 눈이 떠"진 하감역은 40년 전, 그러니까 1890년 경 달내장에 들어와서 좌전, 송방, 여각, 읍내장 진출 등의 과정을 거치는 동안 큰 재산을 이룬 달내골 지주이고, 그의 맏아들 하상오도 아비 못지않게 "상리에 눈이 밝"아 정거장 부근이 요지가 된다고 내다보고 황무지를 미리 사둔 것이 적중한데다, 거기서 정미업과 미곡상을 경영하고, 그것으로 남긴 돈으로 유경준 집안의 전답을 사 모은 부자다. 하감역은 젊어 고생하던 시절의 소반과 바가지를 가보로 간직해서 근검절약에 바탕한 자신의 치산 경력담을 집안 식구들에게 훈화하고, 재력을 내세워 당당하게 양반가 유경준 집안과 통혼하는가 하면,

하상오의 사생아 경후를 의식을 갖추어 입적하기도 하는 건전한 정신의 자산가이다. 이에 비해 하상오는 근본없이 양반 행세를 하려 드는 위선자이며, 노름빚을 씌워 유경준의 땅문서를 거둬들이기도 하는 비열성과 지주의 위세로 작인의 아낙을 유린하고도 그 소생을 팽개쳐 버리는 패덕성을 지닌 인물이다. 이러한 차이에도 불구하고 이 부자는 사고와 행동에서 철저하게 합리성과 실용성을 추구하는 근대인의 면모를 보여주는데, 그것은 유경준과의 대비에서 확연히 드러난다.

삼한갑족 유구성 집안의 가주 유경준은 하상오와 소학교 동창인데, "실속있는 개화를 못하고 있는 재산을 람비灠費하는 소비자에 불과"한 생활로 몰락의 길을 걷는 구 양반지주이다. 그가 술과 노름으로 지새는 동기는 "창피한 생각에서 시체벼슬을 하지" 않겠다는 것과 조혼으로 인한 고부간, 내외간의 불화, 그러니까 양반 출신으로서의 명분론적 처세와 인습의 폐해로 집약된다. 하상오가 술판, 노름판에서 약게 굴어 제 잇속을 차리는 반면, 그는 요릿집의 '왕자'로서 호기를 부리고 한 자리 노름에 수천 원을 잃기를 예사로 한다. 또한 하상호가 정거장 땅 투기를 하는 동안, 그는 새로 생긴 은행에 토지를 저당 잡혀 유흥비를 조달한다. 그리하여 마침내 가산이 거덜 날 즈음에 딸자식을 하감역 며느리로 출가시킨 것이다. 이 혼인은 시대변화의 한 분기점을 상징한다. 유경준이 파멸하는 결정적 계기는 무네미 금점의 실패인데, 그것은 하상오의 합리적인 계산에 입각한 땅 투기와 좋은 대조를 이룬다. 실상 그 투자 자금을 마련하기 위해 삼선평 전장을 팔러온 그에게 하감역은 "공연히 생돈 버리지 말"라고 충고함으로써 날카로운 현실감각을 보였던 것이다. 한편으로 유경준은 금점 인부들의 품값 처리과정에서 도의를 중시하는 심성을, 그리고 신분을 파탈한 음주 행태에서 인간미 넘치는 호인 기질을 보여주며, 전반적으로 그의 성격에 대한 묘사는 다분히 동정적인데, 이는 그의 조혼, 술, 금점 등이 앞의 Ⅱ장에서 언급된 바, 이기영의 부친 이민창의 일화와 닮아 있다는 사실과도 무관하지 않으리라 본다.

이처럼 "신구세력의 전형적 대표인물"로서 하감역 부자와 유경주의 성격이 객관적 형상성을 띠는 것은 양자의 계층적 재편과정을 적절히 대비한 까닭이지만, 보다 근본적으로는 그들의 성격이 이 작품의 다음과 같은 현실인식과 정확한 일치를 보이고 있기 때문이다.

근대문명은 철도로 수입된다.

몇 해 전만 해도 시골 읍내의 낡은 전통 밑에서 한가히 백일몽을 꿈구고 있든 이 지방도 ○○철도가 새로 개통되고 근자에 읍제가 실시된 뒤로부터 별안간 활기가 띄워져서 근대적 도시의 면목을 일신하기에 주야로 분방하였다.

그것은 마치 두메 속에 살던 계집이 대처로 나와보자 그들의 자태를 달무랴고 치장에 골몰하드시 그와 가튼 서투른 구석이 뵈여서 어딘지 모르게 어울리지 안코 자리가 들 잡혔다.

(중략)

―붉고 희고 검고 푸르고 누른 집웅을 뒤덮고 섯는 집들이 푸닥거리는 건축장과 하천정리의 제방공사와 또는 거기로 모혀드는 노동자 떼 하며 그리고 그들을 생계로 하는 촌갈보 술집들의 난가계가 한데 엄불린데다가 하루에 몇 차례씩 발착하는 기적소리의 뒤를 이어 물화가 집산되는 대로 사용업으 흥왕하고 인구는 부러간다. 따라서 사회적 시설도 템포를 빨리하야 나날이 발전하는 이 지방은 어느 곳이나 신개지에는 공통된 현상으로 볼 수 있는 신흥기분에 들떠 있다.

그러나 그것은 건강성보다는 퇴폐성이 더 만코 영구적이 아니라 일시적인 부황한 경기에 휩슬려서 부질업시 졸속주의를 모방하기에 여렴(餘念)이 없는 것 같다.

그래도 주민들은 어깨바람이 절로 났다. 그들은 내 고장이 개화되는 것을 입뜬 이마다 자랑한다.[38]

철도가 실어 나르는 '근대문명' 혹은 그것이 몰고 오는 변화의 위력은 너무나 막강해서 그 누군들 거역할 수 없고, 또 거역하지도 않는다는 관점이다. 이는 경편철도 부설로 야기된 달내장 폐지 조처는 "설사 하감역 이상의 인물이 나선다 했자" 철회될 수 없었으리라는 작중 서술로도 확인된다. 정거장 부근 요지를 선점한 하상오의 경우처럼 그것에 재빠르게 적응해서 제자리를 잡은 자만이 시대의 주역이 될 수 있다. 그렇지 못한 유경주의 경우는 몰락이 필연적이다. 물론 그것에는 '졸속주의'의 한계가 수반되는데, 그 대표적 실례가 바로 하감역 집안의 가정 분란인 것이다. 또한 그것은 노동력 수요와 물량 공급을 증대함으로써 "주민들은 어깨바람이 절로" 나는 상황을 맞는다. 이를테면 칠궁의 개간공사가 그렇거니와, 추수 전의 궁한 농한기여서 농민들은 품팔이가 생겨 좋고, 하감역 집은 해 길고 품삯이 싸서 좋고, 장사치나 음식점은 이 틈에 한몫 잡으려고 벼르는 것이다.

이런 판국에 『고향』의 김희준과 같은 인물이 들어설 자리는 없다. 실제로 강윤수는 야학, 진흥회 등 동리 일에 열성이어서 동중의 신망을 얻는 것으로 서술되기도 하지만, 다만 불행한 과거를 지닌 품팔이판의 젊은

---

38 이기영, 『신개지』, 삼문사, 1938, 49~50면.

일꾼일 뿐이다. 그를 하월숙이 좋아하고, 기구한 신세의 김순남(금향)은 그에게 미련을 버리지 못하다가 그 사실에 낙심해서 만주로 떠나버리는데, 이처럼 신문소설 독자들의 흥미를 북돋는 삼각연애를 그린 것은 유경준의 딸 숙근이가 하감역 며느리로서 겪는 수난담과 함께 나중에 영화화되기도 한[39] 이 작품의 통속물적 측면이다. 하월숙은 자신과 강윤수의 관계에 대해 "새것은 새것끼리 서로 이해할 수 있다"는 것, 즉 같은 신세대로서의 공감을 강조한다. 물론 "피차의 생활이 달"라 그 사이에 '다리'가 있어야 한다는 것이 전제된다. 그리하여 강윤수가 "육지에서 개간공사를 하"고 자신은 "심중에서 개간공사를 해보"는 것으로 그들의 과제를 설정한다. 하월숙이 아비 하상오의 사생자 입적을 주선한 것은 그 과제를 실천하는 일환이라고 볼 수 있다. 말하자면 하월숙은 근대 그 자체 또는 그 모순의 극복이 아니라, 하감역의 합리주의와 실용주의의 상속자로서 어디까지나 그 '졸속주의'의 시정을 추구하는 방향에 선 인물이며, 따라서 가난의 멍에, 전과자의 낙인, 그리고 실연의 상처 속에서 그저 "무슨 일에서든지 한 사람 몫이 되고 싶"어 하는 강윤수는 그것과 같은 수준에서 이른바 전망의 착오 내지 회피를 드러내는 인물인 것이다. 요컨대 『신개지』는 「서화」의 경우와 정반대의 양상으로, 신구 지주계급의 전형을 온당하게 형상화하면서도 그 대척점에 놓이는 농민계급을 대표하는 문제적 인물 강윤수의 저항적 성격을 전면에 부각시키지 못함으로써, 전형체계 또는 계서제가 왜곡되어 버린 한계와 아울러, 현실비판과 통속취미가 병립된 구조적 이원성을 지닌 작품이라고 평가할 수 있다.

---

39 이기영, 「『신개지』의 영화화에 대하여」, 『영화연극』, 1939.11, 91~2면에 따르면, 한양영화회사에 의해 영화화된 『신개지』의 시사회가 이 글을 쓰던 무렵 곧 있을 예정인 것으로 되어 있다.

『신개지』의 연재를 시작하던 무렵 이기영은 "우수사려憂愁思慮가 많으면 따라서 꿈도 많은 것 같은데 나는 불면증으로 요새로 괴롭기 때문에 지지한 꿈을 많이 꾼다"[40]고 털어놓고 있는데, 이는 이 무렵 그의 내면적 상황의 일단을 내비친 것으로 생각된다.

〈조선사상범보호관찰령〉의 발효(1936.12.12), 중일전쟁 발발(1937.7.7)과 전시체제령 선포·시행(1937.7.27) 등, 정국 전반의 경색으로 해서 그는 일상생활에서나 작가생활에서나 심신의 억압을 피할 수 없었을 터이고, 또한 그러한 여건 속에서 자기 나름으로 삶의 정향을 세우기 위해 불면증에 시달리며 번민했던 것으로 생각된다. 이와 관련하여 다음 인용이 참고가 된다.

시간은 모든 문제를 해결한다. 자연의 법칙이 사시의 질서를 공정히 운전하듯이 역사의 움직임도 결코 예전 그대로를 되풀이하지 않을 것이다. 물이 흐를수록 맑아지는 이치와 같이 시간이 흐르는 그 속에도 모든 협잡물이 씻기고 흘러갈 것 아닌가?

그렇다고 나는 낙관론만 내세우잔건 아니다. 턱없는 낙관론도 금물이다마는 부지럽슨 비관론도 금물이다. 우리는 그저 가능한 환경 안에서 최선의 노력을 다할 뿐이다.[41]

결국 장래에 대해 비관하지 말고 현실에 적응해야 한다는 관점에 다름 아니다. 이러한 관점은 『신개지』의 강윤수가 취한 삶의 방식과 상통한다는 것은 두말할 나위 없겠거니와, 이 무렵 이후 지식인, 주로 과거 사상관

---

40 민촌생, 「무몽대길」, 『조광』, 1938.2, 269면.
41 이기영, 「잡감수제」, 『조광』, 1938.2, 278면.

계자의 사회복귀 문제를 다룬 일련의 단편들을 관류하고 있다. 그 첫 작품 「참패자」(『광업조선』, 1938.2)는 허황되고 무모한 사업을 벌여 실패를 거듭하는 '룸펜'과 갈라서서 실제적인 생활전선으로 돌아가는 인물의 이야기인데, 두 인물을 의형제로 설정하고 또 끝내 떠돌이로 남겠다는 인물을 동정적으로 그린 것에서 작가의 자의식이 엿보인다. 위의 인용에서 간과할 수 없는 것은 "가능한 환경 안에서 최선의 노력을 다할 뿐'이라는 명제이다. 이 명제에서 '최선의 노력"이란 지식인의 사회복귀가 체제투항이나 속물로의 전락이어서는 안 된다는 의미를 내포한다고 할 수 있다. 5년형을 치르고 일어상용, 이중과세 금지 등 내선일체가 강요되는 시국을 맞아 마땅한 일자리를 구하지 못한 채 금광꾼들 사이를 기웃거리는 지식인의 암울한 심사와 방황하는 모습을 그린 「설」(조광』, 1938.5), 옥사한 동지의 여동생을 소년과부로 만들고, 출세를 위해 재산가의 딸과 결혼하는 전향자를 부정적 인물로 처리한 「금일」(『사회공론』, 1938.7)은 그러한 맥락에서 이해되는 작품이다.

　「설」의 주인공이 사상범으로서의 자존심 때문에 끝내 정주처를 찾지 못하는 것과 다르게, 「수석」(『조광』, 1939.3)은 역시 출옥한 사상범이 금융회사 사무원으로 있는 옛 동료가 주선해 준 수금원 노릇을 못 견뎌 시골교사로 내려간다는 내용이다. 그는 그러한 자신의 거취 결정에 대해 "성냥 대신 부싯돌"이라는 비유로써 의미를 부여한다. 즉 교사는 "시정배의 돈버리와는 다르지 않은가?"라고 자위하는 것인데, 그러니까 엄밀히 말해 그의 교사직 선택은 교육적 사명감과는 무관한 돈벌이의 모양새 갖추기에 지나지 않으며, 사상범으로서의 양심보다는 얄팍한 체면에 구애되는 지식인의 허위의식을 노정하는 것일 뿐이다. 황민화 교육이 한창이던 때의 교사직이 고리대 수금원보다 과연 얼마나 떳떳한 것이었을까 의

문이 아닐 수 없다. 그러한 문제에 대한 천착을 보이지 않는다는 측면에서 「수석」은 지식인의 사회복귀 문제와 관련하여 윤리적 갈등을 강하게 표출한 「설」과 비교하여, 불각중 신체제에 대한 추수적 경향을 드러내는 작품이라고 할 수 있다.

한편 「설」이 실생활에 정착하지 못하는 인물을 그 고뇌에 초점을 맞춰 그린 것에 반해, 「묘목」(『여성』, 1939.3)은 그러한 부류의 두 인물을 단지 '무위무능無爲無能한' 모주꾼과 '무사분주無事奔走한' '금광판 뿌로커'로서 군색한 친지집에 눌어붙어 추태부리는 낙오자 내지 잉여인간으로 묘사하고, 그들을 묘목판의 '잡초'에 비유한다. 그리고 「고물철학」(『문장』, 1939.7)의 주인공은 인습과 통념의 미망을 벗어나지 못하는 세상 사람들이나, 그들을 상대로 먹혀들지 않는 "평론쯀이나 쓰는 것으로 행세거리로 삼"고서 "양복점을 경영하는 형에게서 생활비를 타다먹으면서, 매인 데 없이 룸펜생활을 하"는 자기나 피차일반이라 하여 스스로를 '고물'에 비유한다. 그런데 「묘목」에서 인쇄공장 직공으로 생계를 꾸리는 집주인은 그 허랑한 식객들을 '잡초'에 비기면서도 불우한 시대를 사는 그들에 대한 연민을 비치고, 고물상을 차리는 「고물철학」의 문필가를 철없는 아이의 '군가' 부르는 소리에 역증을 내고 또 "자기의 무력한 지식인에 대한 자조"를 감추지 않는다는 점에 유의할 필요가 있다. 그러니까 「수석」에서 엿볼 수 있는 신체제에의 추수적 경향은 결과론적인 현상이며, 이 무렵 작품들의 기조는 지식인다운 삶이 더 이상 불가능하다는 정세판단에 결부된 둔세적 경향에 놓여 있는 것이다.

그러한 정세 판단은 1938년 7월 1일의 〈국민정신총동원조선연맹〉 창립과 그것에 이은 〈시국대응전선사상보국연맹〉(또는 〈조선사상보도연맹〉)의 조직 등의 사실을 고려할 때 불가피한 과정으로 볼 수 있다. 〈보도연맹〉은 우선 사상운동 전력자들에 대한 집단적 감시와 통제를 본격화하기 위해 조직된 단체이지만, 〈정동연맹〉에의 적극 참여가 기정사실로 되어 있었다. 〈정동연맹〉의 강령은 황국정신의 현양·내선일치의 완성·생활혁신·전시경제정책에의 협력·근로보국·생업보국·총후후원·방공방첩·실천망의 조직과 지도의 철저 등이며, 그 핵심 목표는 전시체제하의 생화쇄신운동에 있었는데, 그 실천항목으로는 "조기여행早起勵行, 보은감사, 대화협력, 근로봉공, 시간엄수, 절약저축, 심신단련 등"이 강조되었다.[42] 이와 관련하여 이기영의 다음과 같은 글은 흥미롭다.

　내가 살든 시골은 산속에 드러안즌 두메엿습니다. 산촌인 만큼 논과 밧도 그리 만치 못하기 땜누에 마을 사람들은 농사치라도 변변히 어더 할 수가 업섯습니다. 그러나 그들은 깜냥대로 남의 땅을 소작하지 안코는 다른 생애가 별로 업는 고장이엿습니다.

　우리 동리에 뻐드렁니라는 별명을 듯는 이서방이 사럿는데 그 집두 물론 가난하엿습니다. 그는 글 한 자를 못배우고 일즉 지게를 지게 되엿다 합니다. 그가 성장한 뒤에는 벌서 부모님은 늙어가고 안헤는 또한 해마다 자식을 나어서 상봉하솔한 수다권속은 오직 자기 한 몸을 의탁할 수 박게 업는 형편이엿다 합니다.

　「큰일낫서 어떠케 사나?…」

　뻐드렁니 이서방의 입에서도 차차 마을사람들처럼 이런 말이 느러갓습니다. 그러나 그는 아무리 큰일낫다고 걱정을 한대야 빈말로만은 아무 소용업는 줄을 번연히 깨닷자 그 날부터 이를 가라부치고 근농(勤農)

42　임종국,『친일문학론』, 평화출판사, 1966, 81~93면.

을 햇다 합니다. 그는 어둑어둑할 때 이러나서 개똥을 주어다가 거름을
모으고 나젠, 해가 지도록 들에 가서 살엇습니다. 가을과 봄으로는 먼 산
나무를 해다가 팔고 겨울 한 철에는 십리나 되는 읍내로 가서 매가리 품
을 파럿다 합니다. 어떠케 억척으로 버럿든지 불과 몃 해 안가서 그는 농
사치도 나은 전장을 더 어더서 남의 땅일망정 논섬지기나 소작을 하기 때
문에 모르는 사이에 차차 발전이 되여갓습니다. 그는 지주한테도 신용을
엇고 마을사람에게도 덕잇는 사람이라는 층찬을 바덧습니다.

「가난한 사람일수록 신용을 어더야 하고 부지런해야 사는게야」

그는 자기의 체험으로 이런 말을 각금 햇습니다. 그는 낫노코 기역자
도 모르더니 어떠케 한글가지 깨쳐가지고 이야기책을 줄줄 내려보는데는
동리 사람들도 모두 깜짝 놀랏습니다.[43]

이와 같은 근농 이서방의 성공담은 시기를 소급하면, 앞의 4장에서 살
핀 농촌진흥운동(1933)의 농민문제에 대한 시각, 즉 농민문제의 근본원
인이 농민 자체의 태만과 낭비, 상호불화에 있는 것으로 보는 일제 관변
의 억설과 연결될 터인데, 그 시기에 그러한 시각의 기만성과 허구성을 폭
로한 「서화」, 『고향』을 썼던 사실을 상기할 때 금석지감이 있다고 할 것
이다. 단순한 독농가의 이야기가 아니라, 영세 소작농에서 지주의 신임을
받아 경작지를 늘이고, 사는 형편이 나아졌다는 위의 일화는 물론 실제
담이겠지만, 〈정동연맹〉과 〈보도연맹〉의 조직, 가동과 무관하지 않을 것
은 두말할 필요가 없으리라 본다.

그렇다고 위의 글이 이기영의 진심을 전혀 담지 않은, 그 자신의 본의

---

43 이기영, 「농촌의 인상」, 『가정지우』, 1938.8, 28~9면.

와는 완전히 배치되는 것이라고 생각되지도 않는다. 근면성실로써 역경을 이겨내는 인간형은『신개지』에서 먼저 그려진 바 있기 때문이다. 조고여생早孤餘生의 몸으로 자수성가한 하감역, 그리고 불우한 처지에서도 "한 사람 몫이 되"려 하는 강윤수가 그것이다. 강윤수는 자신의 훼손된 삶과 소작제도의 모순과의 관계를 자각하고 있는 문제적 인물이다.「신개지」의 통속애정물적 요소에 대한 견제력으로 작용하는 바로 그런 측면으로 해서 강윤수는 그 무렵 이기영이 그려 보일 수 있었던 최선의 민중상으로 가름되기도 한다. 말하자면 강윤수의 성격은 앞에서 언급한 바, "가능한 환경 안에서 최선의 노력을 다할 뿐"이라는 명제에 대응된다. 그 명제는 강윤수가 자신의 문제의식의 실천에 극히 소극적이라는 사실이 말해주듯, 소위 신체제에 대한 최소저항주의를 뜻한다. 위의 근농 이서방은 문제의식이 제거된 강윤수의 모습에 해당된다. 이 경우는 저항의 포기이기는 하지만, 그것 자체가 투항은 아니다. 왜냐하면 지식인의 경우와 달라서 일반민중의 의식에는 이념문제가 거의 개재되지 않는 만큼, 〈정동연맹〉의 강령이나 실천 항목 중 체제이념 부분을 배제한 이른바 생활쇄신운동이란 일종의 계몽주의일 따름이며, 그것은 정치적 실천을 유보한 계급사상의 내면화, 즉 과학적 사고에 입각한 생활윤리의 추구와 등가이기 때문이다. 그러니까 사이비 이념-신체제에 복무하는 것이 아니라는 작가로서의 명분과, 결과적으로 신체제의 생활쇄신운동에 협력한다는 사상운동 전력자로서의 명분을 병행시킬 수 있는 안전지대가 계몽주의 소설인 것이다. 바꿔 말하면 단지 계몽주의 소설을 쓰는 것뿐인데, 마침 생활쇄신운동이 추진되는 시국이어서 우연히-불각 중 서로 합치되는 결과가 되었다라는 자기변호도 가능하게 되는 것이다.

실제로 〈정동연맹〉·〈보도연맹〉 출범 이래 민중의 삶을 다룬 작품들은 분명히 계몽적 경향을 기조로 하지만, 그것은 앞서 살핀 바, 지식인의 삶을 취급한 작품들이 보인 둔세적 경향의 경우가 그렇듯, 추수적 경향으로 해석될 수도 있는 양상, 한마디로 의미구조의 이중성을 지닌다. 「대장깐」(『조광』, 1938.10)은 화류병 여독으로 눈 못 뜨는 아이를 낳은 줄 모른 채 그것이 바깥채 대장깐 소리 때문이라는 무당말만 믿고 세든 대장장이를 타박하는 오입쟁이 가족과, 소싯적 아비를 잃어 남의 집으로 돌아다니다가 배운 대장일에 "전심력을 허비하"고 "루심각골鏤心刻骨의 공을 드리"며 꿋꿋하게 살아가는 대장장이를 대비시킨 작품이다. 오입쟁이 가족의 무지와 미망을 들춰낸 측면이 계몽적 취향이라면, 대장장이의 외길인생을 미화한 측면은 총동원체제에의 추수적 취향으로 볼 수도 있다. 머슴살이로 전전하다가 데릴사위로 장가든 근농이 바람난 아내의 출분에 자극되어 더욱 농사일에 진력하다가 과로와 울화로 죽고, 거죽만 멀건 찰난봉인 산감에게 홀렸던 아내는 뒤늦게 돌아와 뉘우친다는 줄거리를 가진 「권서방」(『가정지우』, 1939.5)도 마찬가지 각도에서 살펴볼 수 있다. 즉 사람 보는 기준으로 외관보다 심성을 강조하고 남녀관계에 충동보다 인륜을 중시한 점에서 계몽적 교훈담이며, 파란 속에서도 가정을 지키고 생업에 열중하는 농군의 정당성을 부각시킨 점에서 신체제가 요구하는 농민상을 그린 작품이라고도 할 수 있는 것이다.

「권서방」의 부정한 아내 음전이는 「서화」의 입뿐이 이래로 못난이 남편을 제치고 외간남자와 간통하는 농부農婦이다. 입뿐이는 돌쇠와, 그리고 『고향』의 방개는 인동이와 개인적 열정과 민중적 생명력의 동시적 결합을 이루며, 그들의 애정은 운명의 공유 차원으로 승화된다. 반면 「맥추」에서 얼뜨기 수천이 처는 지주 아들 유영호와 자의반 타의반으로 상관함으로써 빈농의식의 퇴행적 부면을 드러내고, 주제의 긴장감을 약화시킨다.

「권서방」의 음전이는 순전히 개인적 기질에서 발로된 한 순간의 눈먼 충동에 제 발로 신세를 망치는 인물, 계층적 정체성이나 다른 어떤 사회적 관련성과도 무연하게 평균적 일상생활, 순간적이고 덧없는 삶의 불모성을 보여주는 인물이다. 이와 같은 입뿐이 형 농부의 타락과 변질은 「권서방」을 전후하여 쓴 「소부」(『문장』, 1939.4)와 그 속편 「귀농」(『조광』, 1939.12)에서 대동소이한 양상이지만, 다소 특이한 점도 간취된다.

「소부」는 연하의 철부지 남편이 제구실을 못해 속 끓이던 상금이가 구장 아들이자 진흥회 간부인 난봉꾼 태수와 정을 통했다가 배신당하고, 그 뒤 다시 자신을 넘보는 태수를 거들떠보지 않고 화초 가꾸기에 낙을 붙이며 지리한 세월 가기를 기다린다는 이야기이다. 상금이는 태수와의 계층적 이질성을 의식하지 않으며, 불륜의 최초 원인인 가난에 대해서도 무관심한데, 이처럼 근본문제에 대한 추궁이 없으니 신통한 전망이 세워질 수 없는 것은 당연하다. 그리하여 작품 말미에서 '당꼬추'는 "나날이 커지면서 붉어진다"는 것과, "응백이는 좀처럼 크지 않는다"는 것을 대비시키고서 "장래가 오직 아득하다"고 서술했다. 요컨대 이 작품은 인습적 결혼제도의 폐해, 특히 그것이 야기하는 양성간의 불균형 내지 부조화를 폭로한 계몽적 주제에도 불구하고, 그것에 반항한 주인공이 결국 기성질서에 인종, 적응하는 모습을 그렸다는 한계를 드러내는 것이다.

「귀농」은 입뿐이 형에 속하는 "신여성에게까지 끄러올리"려는 구상에서 "단편 「소부」의 여주인공을 장편으로 키워 보고 싶은 생각도 있다"고 언명한 바 있는 이기영이 그것을 단편 형식으로 실행한 작품이다.[44] 그런데 막상 이 작품은 마름의 아들이자 서울유학생 출신인 관식이의 비중이

---

44 이기영, 「동경하는 여주인공」, 『조광』, 1939.4, 153~4면.

압도적이다. 그는 "농사개량의 뜻을 품고" 농민들을 선도, 태수 집안의 횡포에 맞서고, 그의 감화로 상금이는 응백이를 서울의 중학까지 보낸다. 그런데 결과는 관식이와 상금이의 기대와 어긋나게 응백이는 여학생과 연애, 상금이와의 이혼을 요구하고, 그 때문에 응백이를 공부시킨 것을 후회하게 된 상금이는 관식이를 원망하고, 관식이는 응백이의 탈선을 막기 위해 서울로 가는 것으로 되어 있다. 교육에 의한 무지와 인습의 타파라는 측면이 계몽적 경향임은 말할 것도 없겠는데, 보다 중요한 측면은 모든 변화를 주도한 관식이의 '농사개량'이란 1939년부터의 제3차 산미증산계획 추진에 결부된다는 점, 다름 아니라 신체제의 추수적 경향이 두드러지게 나타난 점이다.

이는 결코 우연한 일이 아니다. 이기영은 1939년 7월 1일 총독부의 시국인식간담회에 참석하고, 약 달포 지난 8월 18일부터 2주 남짓 만주로 취재여행을 다녀와서 국책소설「대지의 아들」(『조선일보』, 1939.10.12~40.6.1)을 썼다. 그리고 국민징용령(1939.10.1)이 실시되기 시작한 무렵인 1939년 10월 30일에는 조선문인협회 창립 총회에 참석하여, 회장 이광수 이하 10인 간사 중 한 사람으로 뽑혔고, 조선문인보국회(1934.4.17)의 소설희곡부회 6인 상담역에 들기도 했다.[45] 이러한 동향을 보이는 가운데 그는「동천홍」(『춘추』, 1942.2~43.3; 단행본은 조선출판사, 1943.9.20),「저수지」(『半島の光』, 1943.5~9),「광산촌」(『매일신보』, 1943.9.23~11.2; 단행본은 성문당서점, 1944),『처녀지』(삼중당서점, 1944.9.20) 등 일련의 국책소설 또는 생산소설을 썼다. 그는 만주개척민소설『대지의 아들』에 "삽화로 황군의 비적 토벌 같은 것"을 다루겠다고 공언하고, 실제로 그렇게 했지만, 한편으로 작품

45 『조선일보』해당 일자 관련기사, 그리고 임종국, 앞의 책, 153면 등 참조.

구상과정에서 "야차같은 가위를 눌린 것"을 토로하기도 했다.[46] 그 가위 눌림이란 작가로서 양심의 갈등에 다름 아닐 것이다. 그럼에도 그는 군국주의 파시즘의 거대한 폭력 앞에 순응할 수밖에 없었다. 물론 그렇게 해서 쓰인 작품들은 위에서 살펴본 작품들의 경우와 같이 계몽적 경향과 추수적 경향의 병립이라는 의미구조의 이중성을 보여주지만, 후자를 전면에 부각시키고 있는 이상, 긍정적인 평가를 얻기 힘들다.

「형제」(『청색지』, 1939.9.10)는 신체제의 본격 가동에 대한 이기영의 첫 반응을 보여준 작품인데, 앞에서 살핀 「묘목」, 「고물철학」 등에서 긍정적으로 다룬 둔세적 경향의 인물에 대한 비판을 시도하고 있다. 즉 룸펜 생활을 청산하고 생활인으로 정착한 지식인이 기성현실에 안주하면서 정신적 긴장감을 잃어버린 부정적 인물로 취직, 장가 등 신변사에 연연하지 않고 배움의 길에 매진하는 동생이 그의 비판자로 설정된다. 형은 "이런 시대에는 공부만 해두 쓸데없"다는 입장이며, 그것에 대해 동생은 "'이런 시대' 일수록 공부를 힘써 해야"한다고 맞서는데, 각자의 대응방식은 다르지만, 둘 다 그 시대를 항거할 수 없는 기정사실로 보는 점은 마찬가지라고 할 수 있다. 그러니까 자포자기에 빠진 형과는 달리, "결코 비관하지 않"는다는 동생의 의욕도 실상은 부질없는 것이다. 그는 선반기술자가 되고 싶어 동경으로 들어가면서, "인류 문화의 위대한 력사를 전망"하며 '구구한 사생활'에 얽매이지 않고 "희망과 성장의 기쁨으로 갓득찼다"고 서술되는데, 전시체제 아래의 선반공이 무슨 일로 그처럼 당당할 수 있을 것인지 의문이다.

그러므로 이 작품이 역설적으로 드러내는 것은 이기영 자신의 당대 현

---

46 이기영, 「신문소설과 작가의 태도」, 『삼천리』, 1940.4, 123면, 128면.

실에 대한 전망의 상실이다. 실제로 그는 「형제」에 이어 『대지의 아들』을 연재하는 도중 한 수필에서 15년 작가생활이 "허무하기 짝이 없다"고 토로하는가 하면, 자신의 삶을 '저으사리'-기생초에 비기기도 했다.[47] 이처럼 작가로서 아무런 긍지와 보람을 느끼지 못하게 되어 버린 그가 「형제」의 동생을 앞날에 대해 의욕을 표방하는 긍정적 인물로 제시한 것은 일종의 자기기만에 지나지 않는다. 물론 그는 이를 충분히 자각하고 있었다. 그리하여 그는 뒤를 이은 작품들, 「간격」(『광업조선』, 1940.9.10.,11), 「종」(『문장』, 1941.2) 등에서는 회의와 자학에 사로잡힌 지식인을, 「봉황산」(『인문평론』, 1940.3), 「왜가리촌」(『문장』, 1940.4), 「아우」(『조광』, 1940.12) 등에서는 현실의 횡포 앞에 일방적으로 파멸하고 마는 민중의 모습을 그림으로써 삶에 대한 환멸과 체념을 감춤 없이 드러낸다.

이 시기의 가장 주목되는 작품은 『봄』(『동아일보』, 1940.6.1~8.10, 『인문평론』, 1940.10~41.2)은 바로 그러한 환멸과 체념으로부터 자신을 구해 보려는 노력의 산물로 볼 수 있다. 1936년경부터 구상한 것으로 되어 있는 이 작품은 구한말에서 식민지 초기에 이르는 시기를 배경으로 몰락의 길을 걷는 개명양반 유춘화와 새로운 시대의 여명으로 나아가는 그의 아들 석림의 모습을 통해, 격동하는 현실의 역사적 교체과정을 총괄적으로 포착하고 있다. 이 작품의 성격에 대해서 이기영은 다음과 같이 술회한 바 있다.

　　나는 이 작품에서 리조 말기의 암흑상을 통하여 잘래할 새 시대를 암
　시하고저 하였다. 그것은 봉건유제가 허물어지고 자본 문명의 개화사조
　가 날로 팽배함에 따라서 경국적 계몽운동이 맹렬히 전개되던 -당시 조

47　이기영, 「산중잡기」, 『동아일보』, 1930.12.5, 7.

선의 한 모습을, 그 중에도 궁벽한 농촌에서 취재한 것을 작품화한 것이
였으며 동시에 그것은 고목에서 새싹이 돋아나는 것 같은 인민의『봄』을
묘사해 보려 한 것이다.

『봄』의 배경이 되는 방깨울은 사실 내가 커나던 동리라 해도 과언이 아
니다.

주인공 석림도 나의 유년시기의 년배로 설정한 것인데 나는『봄』에서
나의 어린 시절에 듣고 보았던 기억을 더듬어서 작중인물과 사건들을 구
성하기에 노력하였다. 그러니만큼 어느 의미로 보아서『봄』은 나의 자서
전적 소설이라고도 말할 수 있겠다.[48]

실제로 이 작품은 제2장에서 살핀 이기영 자신의 전기적 사실과 아주
정확하게 일치한다. 즉 석림과 유춘화는 각각 이기영 자신과 그 부친 이
민창의 문학적 형상이다. 제목을『봄』으로 한 것은 가출과 유학, 그리고
등단, 이 모든 삶의 전환점이 우연히도 봄에 이루어진 데 이기영이 자기
나름의 의미를 부여코자 한 까닭일 것이다. 유춘화는 이미 대세가 기울
었음을 간파하고 중앙무대에서의 정치적 진출을 포기, 낙향하여 스스로
신분관념을 파탈하고 애국계몽활동을 벌이는 긍정적 일면과 함께, 양반
계급으로서 재래의 방만한 생활을 과감히 청산하지 못하고 경제적 파탄
을 자초하는 한계를 동시에 보여주는 인물로 그려진다. 그러한 부친을
매개로 하여 석림은 점차 자아에 눈뜨고 삶에 대한 의식의 지평을 넓혀가
면서 마침내 가출을 결심하는데, 이 지점에서 유춘화는 금광에 실패하고,
실의에 빠지는 것으로 되어 있다.

---

48 이기영, 「저자의 말」, 『봄』, 평양:조선작가동맹출판사, 1957.7, 3~4면.

원래 나는 『봄』을 2부작으로 쓸 계획이었으나, 그것이 여의치 못할 줄 알고 중지하였다.

제1부가 그와 같은 곡경을 치루고 났다면 제2부는 더 말할 나위도 없지 않은가. 우선 2부에서는 경술년 『합방』과 3.1독립운동 등을 취급해야겠는데, 만일 그런 원고를 검열에 넣었다가는 발표는 고사하고 원고까지 뺏길 것이 뻔한 일이였다. (중략)

금번 조선작가동맹출판사에서 나의 『봄』을 재판하겠다 하여 나는 여러 해만에 이 작품을 다시 읽어 보았다. 불만족을 느낀 곳이 많았으나 나는 약간의 문구 수정과 첨삭을 가하는 데 그쳤다. 작품이란 한번 창작한 이상에는 근본적으로 개작하기 어렵고, 만일 개작한다면 원작과는 거리가 멀어질 것이다.

다만 『증산선생과 백골』이라는 소제목의 한 대문은 그냥 둘 수가 없어서 고쳤다.

그것은 『봄』의 초판에서 내가 『중산』이란 왜놈을 긍정적 인물로 취급하였는데, 이는 순전히 일제의 검열 관계를 고려에 넣었던 까닭이였다. 만일 『중산』이를 부정적 인물로 취급하였다면 『봄』은 놈들의 검열망에 걸리였을 것이며 따라서 단행본 출판 허가도 아니 나왔을 것이다.

그래 나는 그때-초판에서 자기의 의도와는 정반대로 『중산』이를 긍정적 인물로 표현했던 것인데, 지금은 그것을 고치는 것이 좋겠다고 생각하기 때문이다.[49]

모두 20장으로 구성된 이 작품 초판의 차례는 〈민촌〉, 〈유선달〉, 〈서

49 이기영, 위의 글, 6~7면.

당〉, 〈커나가는 혼〉, 〈남술의 처〉, 〈물방앗깐〉, 〈분가〉, 〈사금광〉, 〈추석〉, 〈고담〉, 〈화중화〉, 〈입학〉, 〈중산선생과 백골〉, 〈조혼〉, 〈삭발〉, 〈평의회〉, 〈한참봉집〉, 〈숙직실 풍경〉, 〈재행〉, 〈이사〉로 짜여 있다. 재판의 경우 〈민촌〉에서 〈방깨울〉로, 〈사금광〉에서 〈금전판〉으로 장의 제목이 바뀐 부분은 거의 내용의 변동이 없으며, 다만 〈중산선생과 백골〉은 〈일어선생의 정체〉로 제목이 바뀌었을 뿐 아니라 내용의 수정폭도 상당히 크다. 그리고 종장 〈이사〉는 원래 여섯 대목이던 것에 한 대목을 덧붙여 놓았다. 급속히 변화하는 시대의 전환점에서 퇴장하는 유춘화의 긍정적 부면을 계승하면서 그 한계의 극복을 지향하는 석림이 넓은 세계를 동경하여 가출하기로 예고된 부분인 그것이다.

요컨대 이기영은 낡은 시대를 깨고 새로운 시대를 열어가는 석림의 정신적 성장을 그림으로써 그 자신으로 하여금 결국 작가의 길을 걷게 한 삶의 근원적 열정을 확대된 시간과 공간 위에서 복원코자 한 것이며, 따라서 이 작품은 작가가 그 자신의 존재이유를 스스로 확인하려는 내면의 동기에 추동되어 '자신의 편력을 정리, 복원'한 변증적 회고체 자전소설이라고 규정될 수 있을 것이다. 바꿔 말하자면 작가로서 더 이상 양심에 따른 생활을 떳떳하게 영위하기 힘들어진 시대에 이기영은 이 작품을 통해 그 자신의 영웅적 삶에의 출발점을 은밀히 확인하고 싶었던 것이라고 할 수 있다.

이 무렵 작가생활의 공허함과 무의미함을 이기영은 「공간」(『춘추』, 1943.6)에서 작중화자-주인공의 '나는 공간이 없다'는 한밤중의 독백으로 드러낸 바 있거니와, 이는 『봄』을 썼던 심경의 역설로 이해되며, 절필과 은거가 임박했음을 암시하는 것이기도 하다.

그는 총동원법에 의해 전면 징용(1944.2)이 실시되던 시기, 1944년 3월

31일 강원도 회양군의 내금강면 병이무지리에 당도, 미리 부탁해 두었던 농막에 척질녀와 기거하며, 농사꾼으로 살아갈 태세를 갖추고, 뒤이어 도착한 가족들과 해방 직후까지 그곳에서 농사를 지으며 생활했다.

제2부

이기영 소설
깊이 읽기

Ⅰ. 이기영의 문학과 아나키즘 체험

1. 근대문학과 아나키즘의 접점

국가와 사회의 분리, 모든 권위와 부정을 기본 전제이자 목표로 하는 아나키즘은 인류의 역사와 함께 유구한 역사를 가진 것이지만, 자립적이며 자유로운 개인의 연합에 의한 평등사회의 실현이라는 근대적 발상으로서는 18세기 계몽사상의 흐름 속에 처음 모습을 드러낸 바 있다. 그 이후 사회주의 운동의 전개과정 속에서 마르크스주의와 날카롭게 대립하며 실천적 추동력을 발휘해 온 이 사상은 특히 근대 이래로의 국가 과잉 상태에 대한 부정과 반대라는 기조 위에서 공동체적 집산주의로부터 극단적인 개인주의에 이르는 각양각색의 스펙트럼을 지니고 있다.

이러한 아나키즘 사상과 우리 근대문학과의 접점은 대략 세 가지로 집약해 볼 수 있는데, 그 가운데 두 가지는 이미 잘 알려져 있는 대로 1920년을 전후한 시기의 북경 망명객들과 일본 유학생들에 의해 수용된 경우이다. 대범하게 보아서 전자와 후자는 각각 민족해방, 계급해방에 역점을 둔 것이라는 점에서 차이가 있다고 할 수 있다. 이 두 갈래의 아나키즘 사상은 1920년대 중반경에 와서 각기 그 나름의 맥락에서 문학적 쟁점을 제기하는 단계에 이른다. 「낭객의 신년만필」(『동아일보』, 1925.1.2)을 통한 신채호의 신문학 비판과 1927, 8년 경 문단 내부에서 벌어진 소위 '아나-보르 논쟁'이 그것이다.

단재의 소론은 아나키즘의 정치적 실천 즉 민중직접혁명론에 본의가 놓인 것으로 볼 수 있다. 다시 말해 아나키즘의 문학적 실천과 같은 문제에는 무관심한 것으로서, 그 평가는 사상사적 맥락에 걸린 것이라고 할 수 있다. 한편 아나-보르 논쟁은 문단 내부에서 계급문학의 정치적 역할과 예술적 조건을 둘러싼 의견의 대립과 충돌이며, 따라서 문학사 혹은 비평사의 비중 있는 검토 과제라고 할 수 있다.[1]

전후 2차에 걸쳐 접전한 '아나-보르 논쟁'은 사상적 실천의 측면에서는 야마카라 히토시山川均주의主義로부터 후쿠모토주의福本主義로의 전환을 도모한 카프 측의 아나키즘 청산, 마르크스주의 독주 입장과 아나 측의 공동전선 모색 입장 사이의 갈등이었다. 그리고 문학적 실천과 관련해서는 카프 측이 예술의 선전도구론을 내세운 데에 반해, 아나 측은 '예술로서의 성립 요건과 완성'을 관철해야 한다는 입장, 즉 예술의 독립성과 특수성으로 응수했다. 아나 측의 주장은 다분히 예술 일반론의 수준에 머물렀다는 면에서 아나키즘 특유의 문학론이라고 하기는 어려운 것이다. 당연한 결과겠지만, 논쟁의 당사자인 김화산, 이향 그리고 권구현의 작품들도 딱히 아나키즘 문학이라고 하기에는 그 성격이 불투명하다.

---

1   김윤식, 『한국근대문예비평사연구』, 일지사, 1976; 김윤식, 「아나키즘문학론」, 『한국근대문학사상사』, 한길사, 1984; 박인기, 「1920년대 한국문학의 아나키즘 수용양상」, 『국어국문학』 제90호, 1983.12; 조남현, 「한국현대문학의 아나키즘 체험」, 『한국현대문학사상연구』, 서울대 출판부, 1994.

그런데 이러한 비평사적 맥락에서의 논의로부터 비껴난 경우도 있음에 유의해야 한다. 즉 '아나-보르 논쟁'에 직접 관여하지 않았지만, 그것과 상관없이 아나키즘과의 관련성이 의외로 넓고 깊은데도 그 실상이 적실하게 규명되지 못한 작가, 작품들이 적지 않은 만큼 제대로 검토할 필요가 있다는 말이다. 이 논쟁과 맞물려 있는 카프의 제1차 방향전환 이전까지는 소위 계급문학 진영 안에 아나키즘과 마르크스주의가 미분화 상태에 있었는데, 당초 아나키즘 계열에 속하든지 그러한 성향을 띤 작가·시인들 가운데는 그 과정을 경과하면서 카프 측에 가담했던 탓에 그 선차의 문학적 진면목이 제대로 따져지지 않은 사례들이 그것이다. 이기영과 그의 초기 소설이 바로 그러한 사례로서 그 근거가 상당할 정도로 확인되는 경우에 해당된다.

2. 이기영과 흑도회의 관계

'아나-보르 논쟁'은 카프의 목적의식론 내지 방향전환론에 대한 아나 측의 이의 제기로부터 발단된 것이었다. 아나 측의 주장은 양측의 공조론을 그다지 벗어나지 않았다. 그 무렵까지는 사상으로서의 아나키즘, 마르크스주의에 대한 인식과 이해가 명확한 변별점 내지 경계선을 드러내지 않았던 것이다.

일본의 경우를 보더라도 관동대진재(1923.9.1) 및 오스기 사카에大杉榮의 학살사건(1923.9.16) 무렵까지 다이쇼 시기大正期의 사상계와 문학계는 아나키즘 쪽이 크게 활기를 띠었고, 그 뒤 아오노 스에키치靑野秀吉의 목적의식론을 기치로 내걸고 아나계를 축출하여 마르크스주의가 프로문학의 주도권을 쥐는 프로예藝의 성립(1926.11)에 이르기까지의 기간에는 『문예전선文藝戰線』(1924.6 창간) 등을 중심으로 양측이 공동전선을 이룬 형국이었다.[2] 따라서 관동대진재 무렵까지 유학 등을 통해서 당시 일본 지식인 사회를 풍미한 아나키즘과 접촉하고 그 세례를 받은 문인들 가운데 일부는 '아나-보르 논쟁'의 대치국면을 전후하여 그것과는 일정한 거리를 사이한 지점에서 자기 나름의 모색 속에 아나키즘으로부터 마르크스주의로 이행하는 과정에 있었을 가능성이 많다. 이기영과 조명희가 이러한 부류로서 두각을 나타낸 문인임은 진작부터 지적된 바 있다. "이기영, 조명희(포석) 양군은 일찍이 흑도회의 회원으로 무정부주의에 한때 동감한 일이 있었으나 그리 심각한 정도는 아니었고 그 후에는 곧 우리들 진영으로 왔었다"라는 박영희의 진술[3]이 그것이다.

1902년 처음 아나키즘 문헌이 소개된 이래, 노일전쟁 반대 및 조선침략 비난으로 인한 고토쿠 슈스이幸德秋水 등의 『평화신문平和新聞』 폐간(1905), 적기사건赤旗事件(1908), 천황 암살 기도와 관련한 대역사건大逆事件(1910~11) 등 혹독한 탄압기를 거치고, 소위 대정 데모크라시의 정세 속에서 오스기 사카에 등의 아나르코·신디칼리즘은 강렬한 체제부정의 전선을 형성하고 있었다. 특히 3·1운동 이후에는 조선의 독립운동을 지지하고 일본의 근본적 변혁을 주장함으로써[4] 당시의 재일조선인사회 및 유학생들에게 깊이 파고들어 커다란 호응을 얻고 있었다. 1919년 겨울에서 1923년 3월경까지의 조명희, 그리고 1922년 봄부터 1923년 9월 말까

---

2   分銅惇作,「初期プロレタリア文學」, 紅野敏郎 외 삼인 편,『大正の文學』, 近代文學史2, 有斐閣双書, 1972, 239~246면 참조.
3   박영희,「초창기의 문단측면사(4)」,『현대문학』, 1959.12, 264면.
4   大杉榮의『勞動新聞』 창간호(1921.1)에 실린 논설「일본의 운명」의 내용 (무정부주의 운동사 편찬위원회 편,『한국아나키즘운동사』, 형설출판사, 1994, 71면 참조).

지의 이기영이 동경 유학생으로 체재하면서 유학생 무정부주의 사상단체 흑도회와 관계를 맺게 되었던 것도 그러한 시기였다.

흑도회 가입 시점과 과정은 두 사람이 각기 별개였던 것으로 보인다. 흑도회는 동경조선고학생동우회(1920.1.15)를 모체로 하여 조직된 단체였다. 조명희는 그가 동경에 도착한 직후 발족한 이 동우회에 가입했을 것이다. 그가 당면했던 문제들이 고학생의 입학준비를 위한 강습회 개최, 고학생의 직업 소개와 취학 지도 등, 고학생 및 노동자의 구제기관을 표방한 동우회의 사업목적[5]과 부합하는 까닭이다. 또한 그는 유학생 청년회관에서 열린 학우회 주최의 웅변대회(1920.5.4)에서 「세계의 역사를 논하야 우리의 두상에 빗친 서광을 깃버함」이라는 제목으로 연설한 사실[6]도 있다. 중국의 5·4운동 1주년을 기념하는 행사에 걸맞게 역사 인식과 전망을 환기하는 제목을 들고 나왔다는 사실만으로도 연설의 주제는 충분히 짐작된다. 잠시 뒤인 1920년 여름 그는 스스로 문학 공부의 '접장격 지도자'라고 부른 와세다 대학 영문과의 김우진과 조우했고, 이어서 극예술협회에 가입했다.[7] 이듬해 그는 동양대학東洋大學 인도철학윤리학과

---

5   동경조선고학생동우회는 이기동, 홍승로, 김찬, 김약수, 박열 등이 주동하여 1920년 1월 25일 창립한 것인데, 발회식에는 약 300명의 참가자가 있었다. 당시 유학생의 수가 대략 500명 남짓했다는 것(吉浦大藏, 『朝鮮人の共産主義運動』, 司法省 刑事局, 『思想研究資料特輯』 제71호, 1940, 13면의 표에 의하면, 중등학교 이상으로 재학중인 유학생은 1919년 12월에는 448명, 1920년 12월에는 980명임)에 비추어, 유학생 사회에서의 동우회의 위상을 알 수 있다.
     동우회의 사업목적은 "1. 모든 고학생의 입학준비와 일반 노동자의 인격을 향상시키기 위하여 강습회를 개최함. 2. 노동자의 단결과 자각을 높이기 위하여 각 지방에 지부를 설치하고, 수시로 순회강연회를 개최함. 3. 병든 고학생과 노동자의 무료치료. 4. 기숙사를 마련하여 노동자와 고학생을 수용함. 5. 모국에서 새로 온 고학생과 노동자를 위하여 직업을 소개하며 취학을 지도함. 6. 잡지를 발간하여 지식을 계몽함."(『동아일보』, 1920.6.6)이다.
6   「재일본유학생계의 소식」, 『학지광』 20호, 특별대부록, 1920.7, 60면.
7   조명희, 「김수산 군을 懷함」, 『조선지광』, 1927.9, 65면.

에 학적을 가지게 되었고(1921.5.12), 하기방학 기간에는 동우회 회관 건립 모금을 위한 귀국순회 연극공연(1921.7.9~8.18)에서 자신의 희곡 「김영일의 사」에 직접 출연하기도 했다.

유학생들의 급진적 사상단체로는 최초인 흑도회의 결성일은 1921년 11월 29일이라는 것이 통설이다.[8] 그런데 동우회의 순회공연 (1921.7.9~8.18) 상연작인 조명희의 희곡 「김영일의 사」 제1막 2장의 끝부분에 등장인물 '박대연'의 대사 가운데 "오늘 저녁 흑도회에 불가불 갈 일도 있네마는" 이라고 하는 대목이 나온다. 이것을 감안한다면 흑도회는 정식으로 결성되기 이전에 동우회 내부 내지 유학생 사회에 이미 존재하던 비공식 단체였고, 그 성립 시점은 1921년 전반기 혹은 그보다 앞선 시기였다고 할 수 있다. 조명희는 그러한 흑도회의 존재를 어떻게 인지하고 또 거기에 가담했던 것인가. 일단 다음의 언질이 주목된다.

그러나 遊閑한 처지에 잇기는 하지만, 빈한의 고통이 업지 못한 터이오 쏘한 이 사회 이제도에 대한 불만이 업지 못하얏다. 그러던 계제에 지금 옥에 가서 잇는 C군 P군이 그 째 동경유학생 틈에서는 처음으로 나아가는 사회운동 분자엿섯다. 그네들이 會를 맨드러 가지고 써드는 판에 나도 그 속에 씨여 그 째는 누구나 최초 자연발생기에 잇서서 필연인 기분시대에 지나지 못하얏스며 나도 쏘한 막연한 기분에만 놀게 되얏섯다.[9]

8 김준엽·김창순,『한국공산주의운동사』2, 청계연구소, 1986, 31면; 스칼라피노·이정식,『한국공산주의운동사』1, 한홍구 역, 돌베개, 1986, 103면의 주 118)과 115면; 무정부주의운동사 편찬위원회, 앞의 책, 153면 등 참조.

9 조명희,「생활기록의 단편」,『조선지광』, 1927.3, 10면.

위의 인용에서 투옥중인 'C군' 'P군'은 각각 조선공산당 준비 사건의 주범으로 체포되어(1924년 9월 중순) 3년 징역에 처해진 정재달鄭在達, 불령사 사건(1923년 10월)으로 무기형을 받고 복역중이던 박열朴烈을 가리키는 것으로 보인다. 조명희와 흑도회 사이의 교량역을 맡았던 인물은 당시에 같은 충북 진천 출신으로서 동경에 유학중이던 정재달을 유력하게 꼽아 볼 수 있을 것 같다.[10] 당시의 유학생들이 일반적으로 "동향관계, 또는 학교관계로 같이 자취하며 생활했다"[11]는 점도 참고할 수 있겠는데, 나중에 조선공산당의 창설 준비를 위해 맹활약하게 되는 동향의 정재달은 원래 흑도회 회원이었던 것[12]이다. 이러한 정황으로 미루어 조명희는 흑도회의 정식 출범시기(1921.11.29) 이전부터 존재하던 비공식단체 흑도회의 적극적 성원으로 볼 수 있다.

10 위의 글 10면에서 72면에는 "…또 신진인물로는 鄭在達, 朴鵬緖, 趙明熙, 洪璔植, 洪敬植, 朴贊熙 外某靑年이 잇서서 京城에서 상당한 활동을 하고…"라고 기술되어 있다.

11 스칼라피노·이정식, 앞의 책, 247면. 그리고 김준엽·김창순, 앞의 책, 29면 참조.

12 「조선공산당준비사건 신문조서」 중 〈정재달의 공술〉에 의하면, 정재달은 충북 진천의 보통학교를 졸업하고 大正 7, 8년경 내지에 와서 와세다 안에 있는 조선인고학생 숙사인 長白館이라는 곳에 거처하며 이듬해 9월경 일본대학의 사회과 야학부에 들어가 2년 남짓 통학했는데, 민법, 형법, 헌법, 경제학, 심리학, 철학 등을 공부했다. 大正 11년 9월 중순경 경성을 출발하여 안동(安東)의 쌍성포(雙城浦)를 거쳐 하르빈에서 3일 체재하고 만주를 거쳐서 치타에 도착했다. 베르크노이딘스크에서 당대회에 참가했다가, 大正 11년 11월 초순경 상해파와 이르크츠크파의 합동대회에도 출석했다. (이상은 金正明, 『朝鮮獨立運動』5, 東京;原書房, 1977, 331면). 1922년 12월에는 모스코바에서 부하린과 접견했고, 1923년 1월경 설치된 극동총국 블라디보스톡 꼬르뷰로의 사무를 맡아보다가, 1923년 5월 초 블라디보스톡을 떠나 상해, 일본을 경유, 6월 말 7월 초에 서울에 도착하여 조선노동공제회 인사들과 교섭. 1924년 봄 설치된 블라디보스톡의 오르그뷰로에 의해 그 해 초여름에 국내로 파견된 정재달은 미리 와 있던 이재복과 합류하여 조선공산당의 조직을 만들기 위한 활동 중 체포되어 3년형을 받았다.(스칼라피노·이정식, 위의 책, 92~104면 참조)
   제1차 조선공산당 검거사건(1925.11)의 주역 "金燦의 「豫審終結決定」에 의하면 흑도회 회원은 김찬을 비롯하여 정재달, 조봉암 등이다."(스칼라피노·이정식, 위의 책, 115면의 주3) 참조)

이기영의 흑도회 가입도 조명희-정재달의 관계와 유사한 양상으로 이루어졌던 것으로 보인다. 즉 1922년 봄 동경에 온 이기영과 흑도회 사이의 교량역은 10년 먼저 도일했던 소학교 동창 홍진유洪鎭裕였을 것 같다. 장편『봄』의 등장인물 '장궁'의 실제 모델이기도 한 홍진유는 1912년 이기영의 첫 가출 때 동행한 청소년기의 친구였다.[13] 중도에 귀향했던 이기영이 혼자서 도일을 감행했던 홍진유를 우연히 다시 상봉한 것은 1917~8년 논산의 사립 영화학교 교원 시절이었다.[14] 홍진유는 1918년 경 부친상, 결혼 등을 치르게 되었던 것으로 봐서 1922년 봄 이기영이 도일할 때 동행했을 가능성도 있다.[15] 그 사실 여부와는 관계없이 일본 체류 경험이 있는 그는 이기영이 유학생활에 적응하는 과정에서 인도자적 역할을 했을 것이다.

홍진유는 관동대진재를 기화로 일어난 소위 불령사 사건不逞社事件(1923.9)에 연루, 피검되어 1년 남짓 투옥되었다가 보석 출감했고(1924.7.1), 다시 국내 아나키즘 조직체 흑기연맹 사건(1925.5)의 당사자로서 체포되어 재판에서 실형언도를 받고서 복역하던 중에 중병으로 형집행정지(1926년 초가을) 조치에 따라 석방됐으나, 재수감되어 잔여형기를 마쳤는데

---

13 홍진유(洪鎭裕;1894.10.24~1928.5.18)에 대해서 이기영은 여러 지면에서 깊은 감회를 토로했는데, 매번 영문 'H'로 표기했다. 뒤에 언급하겠지만, 사상범으로 옥사한 인물이어서 시비를 경계한 때문으로 생각되는데, 아울러 개인적 관계에서는 그가 이기영의 후취 홍을순(洪乙順;1904~)의 오빠로서 처남 매부 사이였다는 점도 무관하지 않다고 본다. 홍진유의 출생연도는 〈호적부〉에 의하면 1897년이지만,『봄』에서 '장궁'(홍진유)이 '석림'(이기영)보다 한 살 더 많은 따동갑이라고 했고, 이는 여타의 회고 문건과도 부합된다. 따라서 족보의 '1894년 10월 24일생'을 취했다. 이기영의 첫 가출에 대해서는 제1부 Ⅱ장 34~5면을 참조할 것.
14 이기영, 「追懷」,『中央』, 1936.8, 131면 참조.
15 이기영의 논산 영화학교 재직기간에 홍진유 가족은 충남 논산군 연산면 화암리에 거주하고 있었는데, 그 호적부의 홍면후(洪冕厚;홍진유의 부)사망신고(1918.12.19), 홍진유와 임홍남(林弘南;1900~?)의 혼인신고(1921.7.5) 등 기재 사실이 참고가 된다.

(1927년 말) 결국 그 후유증으로 사망했다(1928년 5월 18일).[16] 이 흑기연맹 사건에는 이기영도 연루자로서 검거되어 취조받고 나온 것으로 되어 있는데,[17] 이 무렵에 홍진유의 여동생 홍을순을 자신의 반려로 맞아들인 것 같다. 이와 같은 홍진유의 행적과 그것을 둘러싼 정황은 이기영이 홍진유를 통해 흑도회에 참여했을 개연성을 뒷받침할 뿐만 아니라, 또한 아나키즘에 대한 그의 사상적 접근도 단순한 일과성에 그친 것이 아니었음을 시사해 준다.

흑도회의 결성 및 분열 과정에 대해서는 다음과 같이 알려지고 있다. 즉 사카이 도시히코堺利彦의 코스모스 구락부 등에 출입하던 원종린은 1921년 10월경 신인연맹의 조직에 착수하여 동지를 규합하던 중 임용택과 제휴하여 신인연맹新人聯盟의 자매적 행동단체 흑양회黑洋會를 결성하려다가 마침 김약수, 박열, 조봉암 등이 비슷한 단체를 준비 중이라는 것을 알게 되어 무정부주의자 이와사 사쿠타로岩佐作太郎의 주선으로 합동함으로써 결성되었다는 것이다. 이 단체 속에는 민족주의, 공산주의, 무정부주의 등 각 사상조류가 합류하고 있었는데, 오스기 사카에를 중심으로 하는 일본 아나키스트들에 공명하는 김약수, 박열, 원종린 등의 인사들이 주축이었다. 이 흑도회는 동우회를 '고학생과 노동자 구호기관'에서 '계급투쟁기관'으로 전환한다는 소위 「동우회선언」(『조선일보』, 1922.2.4)을 계기로 하여 민족주의 계열이 이탈하고, 이어서 1922년 12월 아나키즘 계열인 박열 일파의 흑로회(풍뢰회)와 마르크스주의 계열인 김

---

16 「黑旗聯盟事件 洪鎭裕君 永眠」, 『동아일보』, 1928.5. 20 참조.
조선총독부병원(현 서울대병원)에서 당일 오후 5시에 사망한 사실을 경성부에 신고한 사람이 '동거자(홍진유의 여동생 홍을순을 지칭한 듯) 가주(家主) 이기영'이다.

17 『동아일보』(1925.5.4)의 관련 기사 참조.

약수 일파의 북성회로 분열했으며, 뒤에 흑로회는 흑우회(1923.2)로서, 그리고 북성회는 북풍회(국내:1924.12) 및 일월회(일본:1925.1)로서 각기 독자 노선을 걷게 되었다.[18] 흑우회와 북성회의 분열은 그 이면에 일본의 사회주의 운동이 공산당 창립(1922.7.9)을 전후하여 아나계와 보르계로 갈라서서 결별을 선언하게 되었던 사정에서 적지 않은 영향을 받았다.[19]

이기영은 "1923년 2월 어느 날─조선 류학생들이 모인 집회에서 나는 포석과 처음 만나 인사를 나누었다"고 술회하고 있다.[20] 이때는 흑도회 잔류파인 흑로회(풍뢰회)가 흑우회로 개칭한 것과 시기가 일치한다. 1922년 봄 동경에 온 이기영이 조명희와 이 때 첫 대면을 했다면, 그는 흑도회가 아닌 흑우회 당시의 회원이었을 것이다.

이 무렵의 분열 사태를 맞아 흑도회의 고참격인 조명희는 '동지에 대한 환멸'(「생활기록의 단편」, 『조선지광』, 1927.3)에 빠져들었다고 했는데, 그것은 급기야 인간과 민중에 대한 불신으로까지 파급된다. 이 '환멸' 또는 허무주의와 표리관계를 이루는 것이 테러, 파업 폭동 등을 추구하는 이른바 '직접행동'이다.[21] 이 '직접행동'을 조명희는 일본 아나키즘의 용어법대로 '실제운동'(「R군에게」(『개벽』, 1926.2)이라 했다.[22] 그러니까 '실제운동'을 회피하여 이탈한 '동지에 대한 환멸' 속에서 그가 내세운 '사회개조보다 인심개조가 급하다'(「생활기록의 단편」 등)는 명제는 아나키즘에 대한 회의

---

18 무정부주의운동사 편찬위원회 편, 앞의 책, 153~4면; 김준엽·김창순, 앞의 책, 29~33
    면, 37~42면; 스칼라피노·이정식, 앞의 책, 115~6면 등 참조.
19 무정부주의운동사 편찬위원회 편, 앞의 책, 70~77면 참조.
20 이기영, 「추억의 멫마디」, 『문학신문』, 1965.2.18.
21 이에 관해서는 이호룡, 「박열의 무정부주의 사상과 독립국가 건설 구상」, 『한국학보』,
    1997 여름, 160~5면 참조.
22 '직접행동'이 '실제운동'의 중심내용을 이룬다는 점에 대해서는 『新潮』, 1922.10, 遠藤
    祐·祖父江昭二 編, 『近代文學評論大系』 5·大正期 Ⅱ, 角川書店, 1972, 301면 참조.

가 아니라 오히려 그것을 보다 철저히 고수한다는 아나키스트로서의 진정성을 표명한 것으로 이해된다. 말하자면 '인심개조'란 아나키즘 사상의 내재화를 뜻한다고 할 수 있다. 이러한 사상과 인격의 통일이라는 발상법은 조명희의 작품 전반에서 일관되게 나타나는 이를테면 작가적 체질이기도 하지만, 그 자체가 아나키즘 사상의 근본원리에 뿌리내리고 있는 것이기도 하다. 주지하다시피 이기영은 자신의 등단(1924.7) 이후 조명희의 소련 망명(1928.8) 이전까지에 그야말로 동고동락하며 간담상조하는 사이였다. 그런 만큼 이기영을 지칭한 것으로 보이는 「R군에게」나 「생활 기록의 단편」에서 토로된 조명희의 아나키즘에 바탕한 문제의식과 발상법을 이기영도 공유했다고 보아 무방할 것이다.

한편 조명희와 이기영이 "흑도회의 회원"이었으나 "그 후에는 곧 우리 진영으로 왔었다"는 박영희의 진술[23]은 그들이 카프 발족(1925.8) 이후의 추가 가입자임을 말하는 것으로 김기진의 기억과도 합치한다.[24] 그러나 초기의 카프는 분산적·방임적 상태였으므로 그들이 카프 맹원이 된 것을 아나키즘 청산이라고 보기는 어렵다. 또한 조명희와 이기영이 카프의 중심부에 자리 잡은 것도 제1차 방향전환 이후 소위 제2기에 넘어온 다음이었다. 따라서 카프 제1차 방향전환을 전후한 시기까지 이 두 작가가 견지한 문학적 입지와 지향에 대해서는 아나키즘과의 관련성을 따져야만 보다 정당한 해석과 평가가 내려질 수 있다고 할 것이다.

23 주 3과 같음.
24 김기진, 「카프문학―측면으로 본 신문학 60년·1」, 홍정선 편, 『김기진문학전집 Ⅱ: 회고와 기록』, 문학과지성사, 1988, 314면.

3. 아나키즘 문학론 혹은 오스기 사카에의 민중예술론

1927·8년의 '아나-보르 논쟁'에서 예술의 독립성과 특수성을 되풀이
주장하는 데에 그친 아나 측은 요령부득을 드러내고 말았지만, 그 주장
자체가 소박한 일반론 수준에서 틀린 것은 아니다. 아무런 전제조건이
없다면, '선전비라'도 예술이 된다는 카프측 주장이 무리라는 것에는 두
말이 필요 없다. 사실 문학도 포함한 예술의 원동력이 창조적 개성의 자
유로운 실현이라고 한다면, 또한 모든 강제와 권위를 부정하는 자주인
(libertarian)을 추구하는 사상인 아나키즘과 그것은 본질이 상통한다고
할 수 있다.[25]

그러나 마르크스주의와 아나키즘이라는 두 사상이 정세 판단에서 차
질하는 만큼, 그것에 연계하여 각기 문학(예술)에 대한 역할 설정이 달라
질 수밖에 없다는 관점을 승인하는 경우에, 아나 측의 소박한 일반론은
그 사상의 문학적 내재화에 대한 방법적 자각의 결여나 미비를 반증하는
것일 뿐이다. 그러니까 결과적으로는 아나키즘 사상에 대한 이해도 피상
적 지식의 수준이거나 추상적 단계에 멈춘 것임을 말해준다. 앞장에서 언
급한 대로 아나키즘 특유의 문학론은 아나 측에서 끝내 나오지 못했다.
마르크스주의와 구별되는 현실인식을 가지지 못했기 때문일 것이다. 계

---

25 창조적 개인으로서의 예술가의 본질은 그의 심미적 목적을 실현하기 위한 절대적 자
유를 수반하며, 설사 그가 아나키즘의 이론적 기초에 대해 모른다고 하더라도, 그 자
체의 속성이 아나키즘 사상을 내포한다. 예술의 전통적인 미적 기준들이 폐기되지 않
고 있는 오늘날, 이 자유의 필요성은 오히려 더욱 명백한 것으로 된다. 아나키즘은
강압과 엄격한 외적 규제가 없어진다면 모든 사람이 그에게 잠재된 창조적 개성을
발전시킬 수 있는 가능성을 더욱 많이 가지게 되리라는 것을 자명한 이치로 상정한
다. (A. Lehning, "Anarchism," Dictionary of History of Ideas I, New York:Charles
Scribner's Sons, Publishers, 1978, 71면.)

급해방운동이 자연생장기에서 목적의식기로 전환하는 단계에 이르렀다는 카프 측의 입장에 동조한 데서 그것을 엿볼 수 있다. 그러므로 특수한 정세 판단에 입각한 전술적 개념인 카프 측의 선전도구론에 맞서 막연한 예술원론을 되풀이할 뿐으로, 자기 나름의 독특한 문학적 실천 강령을 제시하지 못한 것은 당연한 일이다.

이와 같이 아나측이 무정견성을 여지없이 드러낸 저변에는 관동대진재로 야기된 오스기 사카에의 죽음, 긴 파장을 남긴 박열 등의 불령사 사건 不逞社事件 등, 아나키즘 진영이 거의 괴멸적인 타격을 받은 사실, 그 결과 그 '실제운동' 또한 종전처럼 활성화되기 어려웠던 사정 등이 원인遠因으로 작용했으리라 짐작된다. 또 하나 아나 측 논진 자체가 운동의 주류나 정예와는 거리가 있지 않았을까 하는 측면도 고려될 수 있을 것이다. 최초의 아나키즘 사상단체 흑도회는 일차로 북성회 계열이 이탈하고, 이어서 관동대진재 정국 속에서 그 중심 성원 대다수가 투옥되었으며, 그 뒤로도 강력한 사찰과 탄압이 계속되었기 때문이다. 흑도회의 조직 전모는 정확히 알 수 없지만, 앞장에서 살펴본 대로 조명희와 이기영이 주변부의 소극분자였던 것 같지는 않으며, 또한 흑도회 고조기의 성원들 가운데서 문인으로서 돋보이는 존재는 이 두 사람 정도가 아닌가 생각된다. 아나키즘 특유의 문학적 성취를 기대한다면, 우선권은 이들에게 있지 않을까. 이들이 사상을 자기화하는 방식이나 태도에 대한 고려도 필요하겠지만, 흑도회원으로서의 아나키즘 체험이 다음과 같은 오스기 사카에의 아나키즘 문학론, 이른바 민중예술론의 영향 속에서 이루어졌다고 보이기 때문이다.

흑도회의 중심인물 박열은 그 결성에 관여한 당시 일본 아나키즘의 지도자 오스기 사카에(1885~1923)와 사제관계로 알려진다.[26] 그런 만큼 오스기 사카에가 개인의 자유·자치에 대한 절대적 신념을 중핵으로 하는 아나르코·신디칼리즘의 혁명적 사상가로서 흑도회의 성원들에게 미쳤을 영향은 심대했을 것으로 생각된다. 조명희와 이기영도 당연히 그 영향권 안에 있었을 것이다.

"사회혁명과 문화혁명의 동시적 수행, 그 전일화소一化"[27]를 목표로 했던 오스기 사카에는 전문적인 문인은 아니었으나, 「본능과 창조本能と創造」(1912), 「정복의 사실征服の事實」(1913), 「생의 확충生の擴充」(1913), 「생의 창조生の創造」(1914) 등 일련의 평론을 통해 문단에 강한 영향력을 미쳤다. 크로포트킨, 베르그송, 니체, 로만 롤랑 등의 사상적 영향을 받고, 아나키즘과 '생의 철학'을 결합시킨 독자의 주장으로 뛰어난 개성을 보인 그는 자신의 혁명사상에 기초한 특유의 아나키즘 문학론을 전개한 바 있다. 이를테면 민중예술의 미적 자질과 속성은 다음과 같이 규정된다.

생의 확충 속에서 생의 지상의 미를 보는 나는 이 증오와 반항 속에서만 금일 생의 지상의 미를 본다. 征服의 사실이 그 절정에 달한 금일에 있어서는 諧調는 이제 미가 아니다. 미는 오로지 亂調에 있다. 諧調는 거짓이다. 참은 오로지 亂調에 있다.[28]

26 『매일신보』, 1926.3.26의 大逆事件 公判 관련 기사에 의하면, 박열과 그의 아내이자 동지였던 金子文子가 이른바 자유결혼으로 맺어진 것은 스승 大杉榮의 집에서였다고 한다.(무정부주의운동사 편찬위원회, 앞의 책, 172~3면 참조).

27 石丸晶子, 「大杉榮の位置」, 三好行雄·竹盛天雄 編, 『近代文學』 4, 有斐閣双書, 1977, 183면.

28 大杉榮, 「新しき世界の爲めの新しき藝術」(『早稻田文學』, 1917. 10), 遠藤祐·祖父江昭二 編, 『近代文學評論大系』 5, 角川書店, 1982, 29면. 여기에 인용한 부분은 원래 大杉榮이 「生の擴充」(『近代思想』, 1913)에 발표한 평론의 일부인 〈生の鬪爭〉의 한 대목이다. 인용문에서 '諧調'라고 한 것은 원문에는 "階(ママ)調"라고 되어 있다.

위의 인용에서 '미'와 '참'의 필수요건이라고 하는 '난조亂調'를 조명희는 시 창작에서 준용한 바 있다. 즉 『봄잔듸밧위에서』(춘추각, 1924.6.15)의 「서문」에서 그는 시집 제2부 「어둠의 춤」에 실린 시편들이 '굴근 곡선'의 단속斷續이나 '힘쎈 에모쏜과 굴근 리씀'을 표현하는 데에 주력했음을 밝혀 놓은 것이다. 흑도회원 조명희가 의도한 이러한 시작품들과 같은 계보인 『적과흑赤と黑』 중심의 아나키스트 시를 나카노 시게하루中野重治는 "규환시파叫喚詩派 혹은 소음시파騷音詩派"라고 비꼬았지만,[29] 오스기 사카에의 '난조'는 단순한 운율이나 성조의 측면에 그치는 것이 아니다. 그것은 '정복의 사실'에 대한 증오와 반항의 표현으로서 내용과의 통합관계 속에 놓이는 형식 개념인 것이다.

그러면 '정복의 사실'이란 무엇을 말하는가. 오스기 사카에에 의하면, 고금을 통해서 일체의 사회에는 반드시 정복계급과 피정복계급의 양극 대립이 있어 왔다는 것, 사회의 진보에 따라 정복의 방법도 발달하고 폭력과 기만의 방법은 더더욱 교묘하게 조직되었다는 것, 정치 법률 종교 교육 도덕 군대 경찰 재판 의회 과학 철학 문예 기타 일체의 사회적 제 제도가 그러한 목적을 위해 고안된 수단이라는 것, 그리고 양극 대립의 중간에 있는 제 계급 사람들은 혹은 의식적으로 혹은 무의식적으로 조직적 폭력과 기만의 협력자로 되고 보조자로 되고 있다는 것 등이 그것이다.[30] 여기서 민중예술의 내용 규정은 자명해진다. 즉 그러한 '정복의 사실'에 대한 명료한 의식과 폭로 그리고 그것에 대한 증오와 반항으로 집약되

---

29   中野重治, 「詩に關する二三の斷片」(『驢馬』, 1926.6.), 安田保雄·本林勝夫·松田利彦 編, 『近代文學評論大系』8, 角川書店, 1982, 145~6면 참조.

30   大杉榮, 「征服の事實」(『近代思想』, 1913.6), 稻垣達郎·紅野敏郎 編, 『近代文學評論大系』4, 角川書店, 1982, 130면.

는 것이다. 이를 오스기 사카에는 다음과 같이 토로하고 있다.

이 정복의 사실은 과거와 현재 및 장래의 수만 혹은 수천년간의 인간 사회의 근본 사실이다. 이 정복의 사실이 명료하게 의식되지 않는 동안은 사회현상의 어느 것도 정상으로 이해되는 것이 허용되지 않는다.

민감과 총명을 자랑함과 아울러 개인 권위의 지상을 부르짖는 문예의 추종자들이여. 제군의 민감과 총명이 이 정복의 사실 및 그것에 대한 반항에 대해 말하지 않는 한, 제군의 작품은 놀음이며 장난이다. 우리들의 일상생활에까지 압박해 오는 이 사실의 중대함을 잊게 만들려고 하는 체념이다. 조직적 기만의 유력한 한 분자이다.

우리들로 하여금 한통속으로 황홀하게 만드는 정적 미는 이제 우리들과는 몰교섭이다. 우리들은 엑스타시와 동시에 엔슈지에즘을 생기게 하는 동적 미를 동경하고프다. 우리들이 요구하는 문예는 그 사실에 대한 증오미와 반역미의 창조적 문예이다.[31]

'정복의 사실'은 움직일 수 없는 '근본 사실'이어서, 정복계급과 피정복계급 사이에는 타협의 여지가 있을 수 없고, 또한 중립지대나 중간적 존재도 있을 수 없다. 이 절대부정의 논리는 그 자체가 정신의 순결성을 말해주는 것이지만, 이러한 사고 유형에서는 모든 세계인식이 양극대립의 구조로 환원된다. 삶과 현실 사이에는 불변의 모순이 가로놓여 지속된다. 그것에 대한 망각과 체념은 기만이며, 그것에 대한 증오와 반항에서 '엑스타시'와 '엔슈지에즘' - 황홀과 열광이 생겨나는 것이다.

31 위의 책, 130~1면. 끝부분의 '반역미'는 주28의 「新しき世界の爲めの新しき藝術」에서는 '반항미'로 바꿔 인용하고 있다.

중앙집권주의를 지향하는 마르크스주의와 다르게 자유연합주의 원칙을 추구하는 아나키즘은 원래가 지식인의 민중에 대한 지도적 역할을 인정하는 데에 소극적이기도 하지만, 오스기 사카에의 관점은 특히 작가를 비롯한 지식인의 기만성에 대해 극도로 경계한다. 그 기만성은 이중적인 것이다. 우선 자기 자신에 대한 기만성. 즉 민중 즉 피정복계급의 편에 서서 증오와 반항의 자체를 취하나 어디까지나 딜레탕트에 머무는 경우, 궁극적으로 지적 자위행위일 따름이라고 본다. 다른 하나는 계급적 위화감. 즉 "평민(민중: 인용자)은 중등사회로부터의 동정과 교육과 선동을 기뻐하는 것이 아니다. 오히려 그들(육체노동자)은 중등사회의 지식자들의 주제넘은 간여를 사갈시한다. 그들로서는 그들과 한 줄로 서서 그들과 더불어 생활하고 그들과 더불어 반역하는 것이 아니라면, 그들의 진정한 벗이 아닌 것이다."[32] 이 두 가지 문제를 해결할 방도는 민중과의 일체화 이외에 달리 없다.

그리하여 오스기 사카에는 "Art by the people, for the people, of the people" 즉 민중에 의한, 민중을 위한, 민중의 예술을 민중예술의 세 가지 조건으로 표방한다. 우선 민중의(of the people) 예술은 앞에서 말한 대로 '정복의 사실에 대한 증오미와 반항미의 창조적 문예'로서 "민중의 고통, 그 희망, 그 투쟁과 함께하지 않으면 안 된다." 다음으로 민중을 위한(for the people) 예술은 민중에게 "환희와 원기와 이지"를 불어넣어 주는 것을 주된 조건으로 한다. 그리고 이 두 가지를 만족시키면서 동시에

---

32 大杉榮, 「籐椅子の上にて」(1914.5), 稲垣達郎·紅野敏郎 編, 『近代文學評論大系』 4, 角川書店, 1982, 407면. 大杉榮의 이 글은 1910년대 후반을 石川啄木과 함께 자신의 시대로 누빈 시인 土岐善麿(1885~1980)에게 보내는 서간형식의 평론이다. 평이한 표현으로 일상생활 그대로의 自棄的인 애수를 나타내었던 土岐의 온정주의를 경계하면서 혁명적 민중주의를 강조하고 있다.

민중에 의한(by the people) 예술을 창조하기 위해서는 예술상의 노력만으로는 충분하지 않은 만큼, '그런 예술을 즐길 수 있는 자유로운 정신을 지닌' '민중 그 자체를 가지는 데서부터 시작하라'고 촉구한다. 작가 자신이 민중의 일원이 되라는 말이다. 결국 민중예술론은 '실생활론'으로 귀착되는 것이다.[33]

이와 같이 민중의 자기혁명과 사회혁명, 그리고 예술혁명을 동시적으로 수행한다는 구상을 노동문학의 경우에 적용하면, '노동운동은 노동자의 실제생활'이며, '노동문학은 이 실제생활의 재현'이라는 단순논리로 정식화된다.[34] 그리하여 "무엇보다 먼저 노동운동의 행위 가운데로 들어가라. 사실 가운데로 들어가라. 그것이 일체를 낳는 어머니인 것이다."[35]라는 노동문학의 가장 선결적 원칙이 세워진다. 민중과의 일체화라는 명제에 바탕하여 노동운동 가운데서 아나르코·신디칼리즘을 '직접행동'으로 옮기는 이른바 '실제운동'을 전개하고, 그것을 재현하는 데서 노동문학의 실천 전망을 찾는 것이다.

이기영―뿐만 아니라 조명희 등도―이 이와 같은 오스기 사카에의 민중예술론에 대해 명시적으로 언급해 놓고 있지 않다. 유학시절의 문학에 관한 편력에 대해 거론한 자료들에서 오스기 사카에와 관련해서는 어떤 흔적도 나타나지 않는 것이다. 동경에서 그는 1923년 봄 일본어 번역판 서양소설로는 처음으로 러시아의 현대적인 작가 아르치바셰프의『사닌』(1907)을 읽었다는 것은 조금 시사적이다.[36] 성애의 대담한 묘사로도 유

---

33 大杉榮,「新しき世界の爲めの新しき藝術」, 앞의 책, 26~38면 참조.
34 大杉榮,「勞動運動と勞動文學」(『新潮』, 1922.10), 遠藤祐·祖父江昭二 編, 앞의 책, 300~2면 참조.
35 위의 책, 302면.
36 이기영,「나의 수업시대―작가의 올챙이 때 이야기」,『동아일보』, 1937.8.7.

명한 이 작품은 작가가 혁명에 반대하고 극단적 개인주의, 무정부주의에 빠져든 1906년 이래의 냉소적·염세적 경향을 농후하게 띤 것인데, 이런 작품을 접하게 된 경위에 흑도회의 취향이 개재되었을 수 있기 때문이다.

한편 이기영은 작가수업을 하는 동안에 읽은 문학작품의 범위에 대해 소략하게 밝히고 있다. 즉 일본에서 "19세기 로씨야 문학과 쏘베트 문학—고리끼의 작품을 애독"했고, 귀국 후 등단을 준비하며 인사동 도서관에 다니던 무렵까지 "고리끼의 단편과 모파쌍, 메리메의 단편들 몇 개와, 그리고 『개조改造』, 『중앙공론中央公論』 등에 발표된 일본 작가들의 작품을 약간을 읽었다"는 것,[37] 그리고 인사동 도서관 시절 "소설—주로 로씨야 문학작품들을 골라 읽었다(—고리끼를 비롯하여 똘스또이, 체호브, 뜨루게네브 등의 작품을 읽었다.)"는 것[38] 등이 그것이다. 그런데 "고리끼의 이름을 알기는" 인사동 도서관 출입 시기가 처음이었다는 진술[39]을 감안하면, 일본에서의 '쏘베트 문학—고리끼의 작품을 애독' 부분은 사실로 보기 힘들다. 입문기부터 고리끼를 작가로서의 모범으로 정했다는 것을 부각시키려는 의도가 지나친 나머지 빚어진 착오일 것이다. 똘스또이의 종교적 인도주의가 아나키즘의 민중주의 편향을 띠는 것은 잘 알려진 대로이지만, 그것을 포함해서 이기영이 접했다는 러시아 문학이란 당시 식민지 조선의 문청들이 대개 그랬듯 문학적 표준으로 받아들이고 공감하는 수준이지 않았을까 생각된다. 또한 일본 작가들도 「붉은 흙에서 싹트는 것들赫土に芽ぐるもの」(『改造』, 1922)로 유명한 나카니시 이노스케中西伊之助 등과 같은 진보적 색채를 띠었던 부류로 짐작될 따름이다. 이런 정도라면 이기

37 이기영, 「나의 창작생활」, 『두만강』 제1부, 조선작가동맹출판사, 1956에 수록.
38 이기영, 「한설야와 나」, 『조선문학』, 1960.8, 170면.
39 이기영, 「막심 꼴키에 대한 인상초」, 『조선중앙일보』, 1936.6.22.

영과 아나키즘, 특히 오스기 사카에와의 관련성에 대한 직접적인 단서는 거의 포착되지 않는다고 할 수도 있을 것이다.

그러면 박영희가 이기영과 조명희를 아나키즘 계열로 거론한 근거는 무엇이었던가. 어떤 경로로 인지한 것이든 간에 그들이 흑도회 성원이었다는 사실만으로 그러한 판단을 내린 듯하다. 박영희는 그들의 작품 세계가 통상의 프로문학과 미묘한 차이가 있다고 지적하면서도, 그러한 차이가 어디서 비롯되는 어떤 성격의 것인지에 대해 명확한 언급이 없다.[40] 이는 흑도회-아나키즘의 이념적 중추였던 오스기 사카에의 영향이라는 측면에 대해 고려하지 못한 소치라고 할 수 있다. 뒤집어 말하면 오스기 사카에의 이른바 민중예술론을 준거로 놓을 때 이기영이든 조명희든 간에 그 작품 세계의 진면목이 제대로 파악될 수 있다는 것으로 된다. 실제로 카프 제1차 방향전환 무렵까지의 이기영의 초기 소설은 오스기 사카에의 민중예술론과 전폭적인 대응관계를 보여준다.

---

40 조명희의 경우에 대한 박영희의 다음과 같은 지적을 한 사례로 들 수 있을 것이다.
  "그는 투르게네프의 「그 전날 밤」과 같은 작품을 좋아하였고 자기도 혁명 전야의 한국청년들의 심경을 나타내려고 한 듯하다. 그렇다고 그는 민족주의자라고 자신을 내세운 일도 없었고, 또 계급의식에만 붙들려 버리지도 않았다. 다만 그는 아주 천천히 맑스주의를 이해하려고 노력하였다. 당시 침체되었던 좌익문단에 큰 파문을 일으킨 「낙동강」이란 단편이 군의 사상적 발전을 잘 반영하여 주었다. (중략) 그러므로 포석의 작품에 나타난 계급의식은 노동자와 자본가가 투쟁하는 그러한 것이 아니었고, 억압 밑에서 신음하는 민족, 대중, 계급의 생활과 고뇌 속에서 자라고 있었던 혁명의식으로 나타나 있었다. 이곳에서 포석은 다른 작가들(계급의식의)보다 원만성이 있었고 비교적 넓은 면을 가졌었다." (박영희, 「초창기의 문단측면사」, 임규찬·한기형 편, 『카프시대에 대한 회고와 문학사』, 태학사, 1989, 401~2면.)

4. 이기영 초기 소설의 아나키즘 관련 양상

이기영의 등단작 「옵바의 비밀편지」(『개벽』 49, 1924.7)는 재래가정에서 홀대받는 여학생이 오라비의 경박한 연애행각을 적발함으로써 그 오라비를 궁지에 빠뜨린다는 내용의 풍자소설이다. 즉 그 오라비는 한편으로 남존여비 관념을 앞세워 여동생을 매양 구박하면서도 다른 한편으로 허튼 찬사와 미사여구의 연애편지로써 다른 여학생들을 현혹하고 농락하는 자가당착의 위선자임이 폭로되고 만다. 당시 신교육세대 사이에 유행하던 자유연애를 풍속희극으로 희화화한 측면도 있지만, 이 작품의 주안점은 어디까지나 인습적 가족제도 속에서의 남녀차별에 대한 비판에 놓인다.

줄거리 반전의 계기가 되는 것이 여동생이 훔쳐본 연애편지이다. 노자영의 연애서간집 『사랑의 불꽃』(한성도서, 1923)이 낙양의 지가를 올린 당대의 베스트셀러였다는 사실과 연관 지으면, 그 연애편지나 그런 따위를 주고받는 연애란 그림자밟기와 같은 것으로서 단순한 기호 그 이상의 아무 것도 아니다. 그런데 이 작품에서 정작 문제 삼는 것은 연애편지나 연애의 진정성 여부가 아니다. 설사 오라비의 연애가 순수한 것으로 설정된다 해도 주제 자체는 거의 영향을 받지 않는다고 할 만하다. 말하자면 오라비의 기만적인 연애편지나 연애담은 오누이의 관계를 역전시키는 매개적 장치로서 작용할 뿐이고, 그러한 이야기의 전개과정을 추동하는 보다 원천적인 힘은 처음부터 부모의 편파적 대우든 오라비의 횡포와 위세든 승복하지 않는 여동생의 반감이다. 결국 이 작품은 남녀차별의 가족제도가 존재하는 이상 그 자체로 인해 피해자 측은 반항할 수밖에 없다는 문제의식을 바탕에 깔고 있다고 하겠는데, 이는 오스기 사카에의 이른바 '정복의 사실' 및 그것에 대한 증오와 반항이라는 민중예술론과 구조적으로 합치한다.

남녀차별에 대한 이기영의 문제의식은 투고문 「'여인상의 네 가지 전형'을 읽고」(『동아일보』, 1924.5.19)에서도 동일한 양상으로 확인된다. 즉 삼각생三角生이라는 기고자의 「여인상의 네 가지 전형」(『동아일보』, 1924.5.12)은 "신식부인을 예창기나 귀부인과 함께 통매"하면서 여성은 숙명적으로 노예근성을 지녔다고 단언했는데, 이에 대해 이기영은 신여성의 허영심과 경박성을 지적한 부분에는 동감을 표하면서도 "조선의 여자"는 "인습의 노예가 되고 무지로 개성이 자각치 못하야 신경이 마비된 까닭"에 "남자 본위의 제도"에 순응하는 것처럼 보이지만 그렇다고 그것을 "스스로 즐겨한다"고 보아서는 안 된다는 것이다.[41] 근본문제는 제도의 모순에 있다는 것, 개성의 자각이 없다고 그 제도의 모순에 대해 아무런 반항도 할 수 없는 것은 아니라는 뜻이다. 이 또한 '정복의 사실'과 그것에 대한 증오와 반항이라는 오스기 사카에의 민중예술론과 발상법이 일치한다.

제도의 모순에 대한 반항이 '개성의 자각'을 반드시 전제할 필요가 없다는 이기영의 관점은 『개벽』지의 「소설·희곡 현상모집」 응모작 「옵바의 비밀편지」를 심사했던 염상섭의 반응과 관련하여 다소 음미할 부분이 있다. 응모작들에 대한 심사 결과는 1등 없는 2등으로 최석주의 「파멸」, 3등으로 이기영의 「옵바의 비밀편지」와 신필희의 「입학시험」, 그리고 선외 가작으로 최빙의 「사진구경」 순이었다. 심사평에서 염상섭은 당초 2등과 3등으로 뽑으려던 「입학시험」과 「사진구경」을 '순조선문'으로 쓰라는 응모규정을 어겼다는 이유로 강등시킨 점에 대해 크게 아쉬움을 나타낸 반

41 이기영, 「'여인상의 네 가지 전형'을 읽고」, 『동아일보』, 1924.5.19.

면, 이기영의 작품에 대해서는 이렇다 할 소감을 피력하지 않았다. 유학 시절의 여학생 애인에게 배반당했으나 그렇다고 소박데기 조혼처에게 돌아갈 마음도 없는 청년의 정신적 고통을 다룬 「파멸」, 여고보 진학 고사장에서 부정행위에 대한 유혹과 그것이 발각됐을 때의 공포로 부대끼는 중에 감독관의 오해로 낙방하고 마는 수험생의 강박관념을 다룬 「입학시험」, 그리고 연애물 활동사진을 무단으로 관람하게 되는 교칙위반자가 겪는 불안과 번민을 다룬 「사진구경」 등은 모두 당시 신교육세대의 내적 갈등을 그리는 데에 초점이 맞추어진 작품이다. 이 내적 갈등의 묘사에 관한 한 염상섭은 「표본실의 청개구리」 등 초기 3부작을 통해 당시 문단의 정상에 위치해 있었다. 그런데 「옵바의 비밀편지」는 주인공의 성격에서 그러한 내적 갈등은 거의 읽을 수 없고, 이 점을 탐탁지 않게 여겼기에 염상섭은 간략한 촌평조차 하지 않았던 것으로 보인다.

내적 갈등의 묘사를 중시하는 염상섭의 작가적 입장을 이론적으로 뒷받침하는 예술론이 「개성과 예술」(『개벽』 22, 1922.4.)인데, "자아의 각성"은 "일반적 인간성의 자각인 동시에 독이적 개성의 발견"이고 그 "개성의 표현은 생명의 유로"이며, "생명"이란 "무한히 발전할 수 있는 정신생활"이라는 것이 그 핵심 내용이다. 요컨대 '생명=자아·개성=예술'이라는 등식으로 집약되는 자아각성론인 것이다. 이와 같은 자아·개성의 절대 긍정과 그것을 통한 보편적 인간성의 추구, 그리고 정신생활로서의 생명이라는 명제는 소위 다이쇼大正 데모크라시 시기의 시라카바하白樺派의 개인주의, 세계주의, 반속물주의에 각각 대응된다. 백화파의 교양주의 또는 개성존중의 사상은 외관의 차이에도 불구하고 사회성과 역사성을 결여했던 같은 시기의 일본 자연주의, 「내부생명론」(『문학계』, 1893.5.)에 머물렀던 그 앞 단계의 기타무라 도코쿠北村透谷 등의 낭만주의 등과 사상의 구조적인 측면에서 '생명'의 전면적 실현을 표방하지 못한 것이라는 한계를 공유한 것이었다.

염상섭과 백화파에게 '생명'이란 어디까지나 '자아·개성'의 매개를 통해 실현되는 것이라는 점에서 개인의식에의 편향성을 지닌 것이다. 한편 「생의 확충生の擴充」, 「생의 창조生の創造」 등의 평론 제목으로도 알 수 있듯이 오스기 사카에의 민중예술론에서도 '생명'이 중심개념으로 구사되는데, 염상섭과 백화파의 그것과는 내포하는 의미가 다르다. 즉 '정복의 사실'이 '인간사회의 근본사실'이어서 그것에 대한 '증오와 반항'은 당연하고도 불가피하다는 관점인 만큼, 이 경우의 '생명'은 비단 '자아·개성'만이 아니라 어떤 매개항도 끼어들 여지가 없는 직접적인 것으로 된다. 말하자면 오스기 사카에의 '생명' 개념에는 '정복의 사실'에 대한 굴복과 순응이냐 아니면 '증오와 반항'이냐 하는 양 갈래의 선택 이외에 그 어떤 중간이나 전제가 없는 것이다. 그러니까 앞서 살핀 「옵바의 비밀편지」의 주인공의 성격이나 『여인상의 네 가지 전형』을 읽고」의 문제의식은 오스기 사카에의 '생명' 개념과 맥락을 같이 한다고 할 수 있겠는데, 이는 이기영의 후속하는 일련의 작품들에서도 동일하게 확인된다.

「옵바의 비밀편지」 다음으로 1년 남짓 뒤에 나온 「가난한 사람들」(『개벽』 59, 1925.9)은 이기영이 가족부양과 작가생활 사이의 거취 결정을 놓고 부심했던 실제 이야기를 작품화한 자전소설이다. 작가의 분신인 주인공 성호는 만삭인 아내와 네 자식, 삼촌네와 동생네가 딸린 가장이고, 다니던 회사를 그만두고 고학으로 해외유학을 하던 중에 동경대진재로 귀향해서 지금은 부탁해 놓은 서울의 취직이 성사되는 대로 "자긔의 하고저 하는 학문"에 전념할 계획인 지식인이다. 그는 식구들이 "멀건 조죽"마저 떨어져 주리지만 밥벌이 때문에 "사람은 죽이고 목숨만 사는 것"은 받아들일 수 없다는 결기로, 미관말직에 연연하는 고향친구의 모습에 대해서 "생명의 생활이 아니라 생명의 존속일 뿐"이라고 힐난한다. 그러나 양식을 빌리려던 육촌형 집의 박대, 배고프다고 아우성인 어린자식과 그를 두들기는 아내의 참담한 경상, 아우와 숙모와 제수의 푸념이 이어지고, 마침 취직 주선이 실패했다는 연락을 받고 절망한다. 그래서 처자와 권속의 연명을 위해 관청 월고라도 할까 하다가 자신의 포부를 펴기 위해 "서울 엇던 동지를 차저가랴" 길을 나서는데, 그 순간 아내와 제수가 방금 해산한 갓난아이들을 제가끔 패대기쳐 죽이고 식칼과 낫으로 고리대금업자의 목과 배를 찌르고 찍고 하는 환상 속에서 그 자신도 세상을 저주하며 광기에 휩싸인다.

집안의 절박한 생계난과 애정 없는 조혼처, 그리고 "자긔의 하고자 하는 학문"을 위한 상경이 주인공의 당면문제이다. 부부관계에 대해서는 내외 모두 인습적 제도의 희생자임을 자인하는 입장에서 심각하게 추궁되지 않는다. '생명의 생활'을 바라는 그는 "호주의 책임"을 통감하면서도 단지 식솔의 건사에 매달리기보다는 자신이 선택한 진로를 관철하려는 의지가 완강하다. 그것은 단순한 이기심이나 일방적인 고집이 아니라 다음과 같은 성찰에 바탕을 두고 있다.

성호는 생각하엿다. ─ 청년의 혈기시대에 구복에만 노예가 된다 함은 얼마나 무서운 마귀인가? ─ 아 저들은 눈 압헤 한 조각 〈빵〉을 어더서 오날은 근근이 부지한다마는 내일은? 내년은? 과연 엇지될가 생각할 때 그는 몸서리를 치지 않을 수 업섯다. 또한 자기집과 가튼 무수한 세민이 조죽이나마 못 어더먹고 남녀노유가 서로 붓들고 죽음의 무서움을 소름짓고 잇는 양을 눈 압헤 그려보고 그는 부지중에 더운 눈물을 가슴 속으로

흘리엇다.[42]

　주인공의 '눈물'은 이를테면 지식인의 막연한 사명감을 적시고 물들이
는 감상주의의 분비물 따위와는 다르다. 그것은 "멀건 조죽"의 맛을 아
는 사람만이 지닐 수 있는, "자기집과 가튼 무수한 영세민"의 기약 없는
운명에 대한 일체감에서 우러나오는 것이다. 그 일체감은 "친형"처럼 여
기던 육촌형 집의 박대를 계기로 해서 "계급의식"과 "계급투쟁"의 필연성
에 대한 단호한 확신으로 전화한다. 즉 "잇는 자와 업는 자의 편의 남극
과 북극과 가티 상거相距가 찍어 잇는 자본주의 시대의 절정"이어서 "친
자형제간親子兄弟間"이라도 "윤기倫紀보다는 계급의 적대"가 우선인 세상
이니 "대혁명이 닐어나서 신인생의 세례를 밧지 안코는 인간에는 결코 행
복이 업슬 것"이라는 깨달음이 그것이다. 이른바 오스기 사카에의 '정복
의 사실'과 같은 논법이다. 아울러 "소유의 관념"에 대한 자기 나름의 신
념도 토로된다. 즉 "나,"와 "남,"의 관계가 배타와 경쟁이 아니라 의존과
협동에 의해 유지되는 것이므로 재산은 공동으로 향유해야 마땅하다는
것, 그리고 육촌형의 재산은 그 조부가 "수령으로 다니며 백성의 피를 글
근 돈"이라는 것이다. 이 또한 이른바 크로포트킨의 『상호부조론』(1902)
과 『빵의 약취』(1892), 그리고 '재산은 도적'이라는 브르통의 『재산이란 무
엇인가』(1840) 등, 요컨대 오스기 사카에의 민중예술론에 닿아 있다. 계급
혁명의 불가피성은 사유재산제에 대한 거부와 부정에 의해 다시 한 번 부
동의 명제로 된다. '생명의 생활'이 바탕부터 가로막힌 이 지점에 이르면
파국은 피할 수 없다. 빈궁의 한계상황에서 실성하여 생지옥을 연출하는

42　이기영, 「가난한 사람들」, 『개벽』 59, 1925.9, 9면.

장면이 그것인데, '증오와 반항'의 의도된 형상화로 볼 수 있다.

이 작품에 오스기 사카에의 영향이 현저함은 '생명'이라든가 '분노와 복수적 감정', '정복자와 피정복자의 심리', '강자와 약자의 생활의 축도' 등, 서술 용어와 조사법에서도 엿볼 수 있지만, 다른 무엇보다 중요한 측면은 이 작품만이 아니라 그의 초기 소설 전반에 걸쳐 서사구조의 기본 골격을 이루는 '생명'-'정복의 사실'-'증오와 반항'이라는 틀이다. 결말부의 처참한 파국은 주로 살인과 방화로 마무리되는 최서해의 자연발생기 소설과 비슷한 양상이다. 더군다나 「탈출기」의 말미에 주인공은 자기가 새로 결심한 투쟁이 "생의 충동이며 확충"이며, 거기서 "무상의 법열" 즉 '엑스타시'를 본다고 하는 대목이 나온다. 오스기 사카에의 용어들이 쓰였다는 점에서 그 영향을 어느 정도 인정할 수 있겠으나, 이기영의 경우만큼 전면적인 수준은 아니라고 생각된다. 「가난한 사람들」의 사유재산에 대한 거부와 부정에서 나타나는 바와 같은 아나르코·신디칼리즘의 전망이 최서해에게서는 거의 찾아지지 않기 때문이다. 이기영의 「가난한 사람들」의, 그리고 조명희의 「땅 속으로」의 결말 처리는 말 그대로 자연발생적인 것이라기보다 오스기 사카에의 민중예술론에 입각하여 아나르코·신디칼리즘 특유의 적극적인 행동방식을 의식적으로 제시하려 했던 것으로 볼 수 있다.

물론 「가난한 사람들」은 그러한 적극적인 행동방식을 짜임새 있게 형상화하지 못한 한계를 여러 모로 드러낸다. 주인공의 성격이 가장과 지식인이라는 두 측면으로 이원화된 것, 육촌형 집과의 관계를 서사적 대결 과정으로 형상화하지 못하고 계급사상을 추상적인 언사의 장광설로 풀어놓은 것, 그리고 말미에서 난데없이 고리대금업자를 출현시켜 횡사시킨 것 등이 쉽게 눈에 띈다. 이러한 작가적 수완의 미숙함보다 심각한 결함으로 '증오와 반항'이 다분히 자학적인 양상으로 그려지는 데에 그쳤다는 점, 바꿔 말해서 적극적인 행동방식을 선명하게 보여주는 인물을 창조하지 못한 점이 지적될 수 있다.

「쥐이야기」(『문예운동』 1, 1926.1)는 바로 그러한 한계와 결함을 작가 나름으로 해결하려는 궁리와 시도가 뚜렷이 나타난다. 즉 이 작품은 용맹하고 협기 넘치는 곽쥐가 수전노 김부자를 농락하고 그 돈을 훔쳐다가 가난뱅이 수돌이네를 도와주는 짤막한 이야기인데, 상황을 단순하게 압축한 우화형식을 취하면서 적극적 주인공이 당면한 문제와 과감하게 대결하는 양상을 취한 풍자소설인 것이다. 부자의 악덕과 빈자의 무기력함을 대비하고 그 사이에 적극적 주인공이 개입하여 사태를 반전시키는 설정과 구도는 「가난한 사람들」에 비해 한층 짜임새가 있다. 다만 빈부대립이라는 '정복의 사실'에 대한 '증오와 반항'을 강력하게 실행하는 모습을 보여주려고 하다 보니 부득이했고 또 풍자의 속성상 허용될 수 있는 것이기도 하지만, 한 부류에 속하는 곽쥐의 예외적 인물로서의 성격이 과장됐고 그에 비례해서 수돌이네의 그것은 비하됐다. 그만큼 작가가 주도하는 몫이 크다는 뜻이다. 실제로 곽쥐는 작가의 대변자로서 일방적인 발언을 늘어놓기도 하거니와, 이런 측면에서는 「가난한 사람들」과 근본적으로 달라진 게 없다. 한편 김부자 집의 멸시 속에서도 그 동정을 구걸하는 수돌이네의 모습은 흥부전의 상황을 재연한 것이기도 한데, 이에 대해 "자기가 사람에게 유익한 일을 해도 먹을 것이 없어서 있는 집 물건을 갓다먹는 것은 도덕질이 아니"므로 "도적놈한테 가서 무엇을 달나고 구구한 소리"를 하는 것은 "도적질보다 더 드러운 짓"이라고 하는 곽쥐의 비판은 『빵의 약취』에 의거한 것으로서 시대의 진전에 부응한 새로운 전망의 확대라 할 만하다. 또한 곽쥐는 임꺽정 이야기의 곽오주를 연상시키는 민담적 영웅상이지만, 그 새로운 전망과 결부해서 보는 경우 이른바 아나르코·신디칼리즘의 '강력한 행동적 소수파'[43]의 문학적 형상이라고 도 할 수 있다.

「농부 정도룡」(『개벽』 65~66, 1926.1~2)은 인물과 상황의 설정, 사건 전개 의 구도 면에서 「쥐이야기」와 그 기본골격이 거의 일치한다. 청지기 아비 와 백정의 딸인지 무당인지 확실치 않은 어미, 혈혈단신의 날품팔이로 떠 돌다 머슴 살던 집의 교전비였던 아내 등을 내력으로 지닌 정도룡은 민촌의 소작인이지만, 곽쥐에 못지않게 "남의 일 내 일 할 것 업시 불의한 일을 보면" 참지 못하는 비범한 기백의 예외적 인물이다. 그는 곽쥐가 수 돌이네의 비굴함을 타매하듯 가난에 딸자식 셋을 팔아먹고 막내딸까지 학대하는 용쇠를 응징하는 등으로 경외와 신뢰 속에 동중을 이끌어가는 것이다. 그런데 악덕지주 김주사로부터 불시에 작권을 박탈당한 이웃집 춘이 할머니가 실심한 나머지 낙상하여 즉사하는 참변이 일어난다. 김주 사는 구장더러 경찰서로 보고하게 하고 그 현장의 목격자인 일인 고리대 금업자를 증인으로 세우는 등, 적당히 사태를 수습하고자 하는데, 일단 마을사람들을 불러 모아 장사를 치른 정도룡은 자기 도지논을 춘이네에 게 넘기고 그 대신 새로 작지를 달라는 담판을 벌여 그의 기세에 눌린 김 주사에게서 마침내 동의를 받아낸다. 이러한 사태의 전말은 「쥐이야기」의 곽쥐가 김부자의 돈을 털어서 수돌이네에게 가져다준 것과 같은 일종의 의협담에 해당된다.

이 작품은 두 가지 측면에서 「쥐이야기」에 비할 수 없는 문학적 성취를 보여준다. 그 하나는 우화형식이 아닌 만큼 당연한 일이겠지만, 농촌 생

43 이는 아나르코·신디칼리즘의 독특한 투쟁 방침에 결부된 용어인데, 그 구체적 개념 내 용은 서술 편이를 고려하여 주47에서 밝히기로 함.

장인 이기영이 아니고서는 감히 흉내도 내기 힘들 정도로 생생하고 구체성 넘치는 빈농의 현실에 대한 묘사이다. 다음에 그려진 불볕 속의 여름 농촌 정경은 가히 압권이라 할 만하다.

　－물은 자질자질 미구에 자저부를 지경인데 잔인한 양염(陽炎)은 저들의 생명수를 각일각(刻一刻)으로 쌀어간다. 그 속에 오물오물 하는 송사리떼! 아 죽음의 최후의 공포(恐怖)를 늣기고 서로 살랴고 애씀인지? 쏘리를 맛부듸치다가는 물 밧그로 튀여진다. 그리고 놈은 보기 조캐 순간에 죽어바린다. 저 먼저 살랴고－저 혼저만 살랴고 조바심을 하는 자는 먼저 죽는다. 이것은 약자에게 만흔 교훈을 준다. 그런데 잔인한 우슴의 햇살은 행복을 늣기는드시 그를 내려다보고 잇다.
　　그러나 그들은 장엄(莊嚴)한 죽엄을 결단하야 최후의 일적(一滴)에서 맹렬히 반항(反抗)한다. 약자가 강자와 싸우다가 죽는 것은 그들도－조고만 미물인 그들도－장쾌한 죽엄인줄 아는 모양이다. 약자가 강자에게 반항하다가 통쾌(痛快)한 최후를 마치는 것은 영원한 명예인줄을 저도 아는 모양이다. 그러치 안으면 그들은 웨? 종용히 죽엄을 기다리지 안는 가?[44](강조점: 인용자)

　　희쑤무례한 잠방이를 걸치고 아래위로 드러내노은 살빗은 오동빗가티 더욱 검게 뵈이는데 엇저다 옷속에 드러 잇는 살이 나오면 그는 도저히 한 사람의 살빗이라고는 할 수 업슬만치 짠 색이 돗는다. 이 햇빗헤 탄 검붉은 등어리를 일자로 쑤부리고 느러서서 그들은 지금 한참 밧부게 모

44　이기영, 「농부 정도룡」, 『조선지광』 65, 1926.1, 31~2면.

를 심는다. 한 폭이 두 폭이 꼬저놋는 대로 논빗은 청청이 새로워지고 그들의 입에서는 유장(悠長)한 상사듸 소리가 흘너나온다. 그러나 그것은 그들의 고통을 닛고저 하는 애닯은 늣김을 준다. 그리는 대로 등어리에서는 진땀이 송송 솟고 태양은 한결가티 그의 광선(光線)을 내리쏜다. 그들의 땀빗도 검은 것 갓다.

　　그러나 이 논임자는 나무 그늘 두러운 북창에 의지하야 뭉게뭉게 피어 오르는 흰구름을 바라보며 귀로는 이―유한(悠閒)한 농부가의 베폭이 사이로 흘너나오는 곡조를 듯고 잇다. 그래도 그는 더웁다고 부채질을 연실하면서 까부러지는 겨스불 가티 두 눈이 사르르 감겻다 다시 쌔꼼이 떠보앗다 한다.[45]

아나키즘은 특히 크로포트킨의 『상호부조론』이 그렇듯 자연계와의 유비관계 속에서 인간사회의 존속과 발전을 위한 길을 찾으려는 사상이기도 한데, 이를 위의 두 인용을 음미하는 단초로 삼을 수 있다. 즉 앞쪽 인용은 '정복의 사실'에 대한 '증오와 반항'에서 생겨나는 '엑스타시'와 '엔슈지에즘'―황홀과 열광을 자연생태의 묘사에 투사한 것으로 읽힌다. 그런데 뒤쪽 인용은 극단적인 대조를 보이는 지주와 빈농의 모습을 통해 인간사회의 '정복의 사실'을 적나라하게 예증한 장면으로만 되어 있다. 앞쪽 인용의 자연계 현상에 비춰 그러한 양극대립 속에 '증오와 반항'의 움직임이 나타나야 하고 또 나타날 것을 암시한 일종의 포석이라 할 것이다. 즉 "오동빗가티" 탄 "검붉은 등어리"에 "땀빗도 검은 것" 같은 빈농들과 "나무 그늘"에서 "부채질을 연실하면서" 졸고 있는 지주 사이의 양극

45　위의 책, 32-33면.

대립 속에서 '증오와 반항'의 '엑스타시'와 '엔슈지에즘'을 선보일 누군가가 대망되는 형국인 것이다. 그러니까 이 첫머리의 상황 설정 자체에 이미 아나키즘 특유의 운동사상 내지 아나르코·신디칼리즘의 행동양식, 즉 '사실에 의한 선전'[46]을 슬로건으로 한 '직접행동'과 그 '강력한 행동적 소수파'[47]로서의 적극적 주인공에 대한 구상이 잠복해 있다고 할 수 있는데, 가난과 노역에 허덕이는 빈농들 중의 하나인 정도룡이 바로 그러한 적극적 주인공이다.

다른 하나는 무턱대고 누구 것을 뺏어다가 다른 누구에게 준다는 식인 「쥐이야기」보다 훨씬 복잡한 사건 전개과정의 계기적 구성이다. 즉 김주사는 양반에 지주이고 각종 감투를 다 써본 도평의원이며 일인과 합작한 고리대금업자이기도 한데, 소작농민들은 공짜 부역의 강요라든가 각종 세금과 비용의 전가라든가 하는 횡포를 당한다. 양측의 이처럼 부당한 관계는 소작제도 및 그것과 유착된 통치권력의 비호라는 견고한 버

---

46 아나키즘은 자유와 자발성을 강조하기 때문에 당의 조직 대신에 개인적 및 민중적 충동에 중점을 둔다. 그리하여 사람들을 지도한다기보다 계몽하고 그들에게 시범을 보이는 것을 목표로 한다. 이 '사실에 의한 선전'은 혁명이 독재적 지도가 아니라 사실 자체로부터 자연발생적으로 일어난다는 관점에서 성립된 것인데, 大杉榮의 '정복의 사실'도 거기에 연장된 것이다. 이 관점은 일찍이 바쿠닌에 의해(『슬라브 인에의 호소 (Appeal to the Slavs)』, 1848), "혁명은 개인에 의해서도 비밀결사에 의해서도 만들어지는 것은 아니다. 그것은 어느 정도 자동적으로 일어난다. 즉 사물의 힘, 즉 사건과 사실의 조류가 그것을 산출한다. 그것은 대중의 막연한 의식이 깊은 속에 오랫동안 준비되어 있다-그리하여 돌연 그것은 폭발한다. 가끔, 분명히 아주 작은 동기에서."(죠지 우드코크, 『아나키즘-자주인의 사상과 운동의 역사』 사상편, 하기락 역, 형설출판사, 1981, 21~2면에서 재인용) 천명된 바 있다.

47 '직접행동'은 왕왕 각종 테러리즘을 떠올리게 하지만, 원래는 '사실에 의한 선전'이라는 슬로건 속에 이미 포함된 행동방침으로 중앙집권적 조직의 통제와 지시가 아니라 자발성과 현장성에 충실한 단위조합 또는 각 조합원의 자발성에 바탕한 스트라이크, 사보타지, 보이코트 등이 일반적이라고 할 수 있다. 자유연합주의라는 아나키즘의 조직론을 존중하면서도 아나르코·신디칼리즘에서는 그러한 직접행동을 이끌어내고 노동자 의식의 혁명화를 실현하기 위해서는 활동가를 중심으로 '강력한 행동적 소수파'가 형성될 필요가 있다고 주장한다.

팀목이 확고하게 받쳐주고 있다. 그렇기 때문에 아무도 제대로 항의 한 번 못하고 지내지만, 오직 정도룡만이 그것을 뒤흔들어 놓는 예외적 인물로 되어 있다. 어떻게 그것이 가능한가. 미천한 출신으로 "건장한 체격"과 "의리잇는 심지"를 가진 그는 용쇠의 응징에 감복한 사람들이 "계룡산 정도령"으로 믿고 싶어 하는 민담적 영웅의 면모를 지녔기에, "톡 뼈지고 서기 나는 눈"을 가진 곽쥐처럼 "승난 범의 눈"을 하고 윽박지르니 제아무리 친일지주인 김주사라 하더라도 끝내는 굴복하고 만다고 되어 있다. 뿐만 아니라 그 아들딸도 각기 아비가 안 되면 자기들이라도 나서서 김주사를 처단할 궁심을 가진, 제 어미 말마따나 "무서운 씨알머리들"이어서, 정도룡과 그 핏줄들은 그야말로 타고난 테러리즘의 화신으로 그려져 있는 것이다. 이들 이외에 민촌의 주민들 중에는 감히 김주사에게 도전할 생각을 가진 사람이 없다. 그만큼 정도룡의 예외적 인물로서의 성격은 과장되어 있고, 상대적으로 일반 소작농민들의 그것은 비하되었다고 할 수 있다. 그런 만큼 「쥐이야기」처럼 이 작품도 작가와 주인공이 미분화된 상태로 나타나는 것은 당연한데, 실제로 정도룡은 작가의 대변자 역할도 맡아한다. 정도룡이 정치도 법률도 교육도 종교도 "정의를 가장하고 이 세상을 정복한" 자들의 "허위"에 지나지 않는다는 것을 갈파하는 대목이 그것인데, 그 내용과 논법은 오스기 사카에의 '정복의 사실'과 그대로 합치한다. 이로써 정도룡은 단순한 민담적 영웅이 아닌, 아나르코·신디칼리즘의 '직접행동'을 이끌어내는 '강력한 행동적 소수파'의 문학적 형상으로 확인되는 것이다.

문제는 우화형식인 「쥐이야기」와 달라서 전시대의 민담에서나 가능한 인물의 의협담이 당대의 소작제도, 나아가 지배체제에 대한 투쟁과 승리의 서사로서 과연 어느 정도 현실성을 지닐 수 있을까 하는 의문이다. 그리고 또 하나의 문제는 '정복의 사실' 자체로부터 '증오와 반항'이 불가피하게 된다는 명제와 관련된 것인데, 이 작품은 정도룡 이외의 빈농을 죄다 퇴행적이고 굴종적인 성격으로 설정함으로써 「옵바의 비밀편지」 이래로 견지한 이른바 오스기 사카에의 민중예술론 혹은 아나르코·신디칼리즘의 직접행동론과 당착하는 결과로 되었다는 점이다.

앞쪽의 문제점에 대해서 이기영은 그 다음에 집필한 것으로 추측되는 「민촌」(『조선지광』, ?, "1925. 12. 14. 작")의 창작을 전후하여 통렬히 자각하게 되었던 것으로 보인다. 장리 빚에 악덕지주의 첩으로 팔려가는 빈농의 딸을 예외적 인물인 지식인 주인공도 그저 "무서운 눈"만 부릅뜰 뿐 구원하지 못하고, 또한 다른 누구도 그 비극적 운명의 앞길을 가로막지 못하는 것으로 그렸던 것이다. 예외적 인물의 적극적 성격에 대해 현실성이라는 기준을 적용하는 방향으로의 전환은 작가적 수완의 측면에서도 일정한 진전을 가져온다. 즉 「농부 정도룡」에서 고압적 의조로 성토했던 종교 즉 기독교를 비판한 「외교원과 전도부인」(『조선지광』, 1926.8), 「부흥회」(『개벽』 72, 1926.8)도 풍자소설이지만, 「쥐이야기」와 같은 직설적 공격의 형태가 아니라 위악적 주인공(eiron)에 의한 극적 반어의 형태를 취하는 것이다. 뒤쪽 문제점과 관련해서도 후속 작품의 양상은 상당한 변모가 나타난다. 즉 자전소설 「오매둔 아버지」(『개벽』 68, 1926.4)와 「천치의 논리」(『조선지광』 61, 1926.11)에서는 예외적 인물로서의 지식인이 자기 실생활을 돌아봄으로써, 그리고 무력하고 무지한 민중형 인물의 비판을 받아들임으로써 자신의 독선을 반성하는 양상을 보여주는 것이다. 이 지식인의 자기 반성과 민중의 주체성에 대한 재인식이 동시적이고 상호적이기에 이 무렵 이기영은 오스기 사카에의 「노동문학론」이 표방한 "by the people" 즉 민중과의 일체화를 진지하게 자기화하려는 지점에 있었다고 할 수 있다.

　이렇게 「민촌」을 분기점으로 하여 이기영은 작가로서의 정향을 전환해 갔다. 그것은 일차적으로는 사실주의 즉 현실성에 대한 인식의 확대와 심화였고, 카프(KAPF) 참가로 이어졌다. 그러나 이것이 사상으로서의 아나키즘에 대한 본질적인 회의나 포기로 보이지는 않는다. 그는 조명희가 팥죽장사를 나서고 또 현장에 내려가 「낙동강」(『조선지광』, 1927.7)을 취재했듯이 방향전환기에 제지공장촌에 들어가 「조희뜨는 사람들」(『대조』 2, 1930.4)을 썼다. 민중과의 일체화라는 아나키즘의 명제를 자기 문학이 밑거름으로 삼는 자세를 유지했던 것인데, 그의 대표작 『고향』(『조선일보』, 1933.11.15.~34.9.21)에 그려진 풍물과 두레는 그 문학적 육화로 가름된다고 할 것이다. 카프의 최고작가로 지칭되는 그가 얼마나 철저한 마르크스주의자로 되었는지는 단언하기 어렵지만, 적어도 그는 진정한 사실주의자가 되고자 고심했고 그 바탕에 아나르코·신디칼리즘을 자기화하려는 노력이 있었음은 거의 틀림없다.

II. 『고향』과 사실주의의 지평[*]

1. 두 가지 전환점

프로문학은 창작에 대해 비평이 일방적인 주도권을 행사했다는 평판이 통설로 되어 있다. 창작방법에 관한 이론적 논쟁이 왕성했던 데 비해 전반적으로 실제의 작품 성과가 비평이 요구하는 수준을 밑돌았던 것이 사실이지만, 민촌 이기영의 『고향』(『조선일보』, 1933.11.15.~1934.9.21)이 출현하자 그러한 기존의 판세가 뒤바뀌는 전환점이 마련된다. 즉 『고향』의 출현은 프로문학이 일제의 전면적인 물리적 탄압국면에 처하여 그 공개적 조직 활동이 정지되는 소위 전형기의 문턱에 이루어지는데, 그 이후 일제 말기까지 방향설정을 위한 프로진영의 다양한 창작이론 모색작업이 소설 장르의 경우 주로 『고향』이 이룩한 예술적 수준을 유지, 발전시키는 문제에 계속 집중됐던 것이다.¹⁾ 이것은 『고향』이 비단 이기영 자신의 대표

---

1   관련된 논의들 가운데서 주목되는 것으로는 김기진, 「프로문학의 현재 수준」, 『신동아』, 1934.2; 민병휘, 「춘원의 「흙」과 민촌의 『고향』」, 『조선문단』, 1935.5; 김남천,

이 글은 제1부의 Ⅴ장 제2절을 고스란히 옮겨온 것인데, 이에 대한 해명이 필요하다고 본다. R. 웰렉은 각 시기의 수작들을 배열해 놓고 그 성취를 파악하는 것이 문학사 탐구의 가장 적절한 방법이라고 제시한 바 있거니와, 이는 개별 작가론에도 준용할 만하다. 이기영의 경우, 제2부의 제Ⅰ장은 초기작들에서 자신의 치열한 삶의 체험을 바탕으로 소설적 서사의 본령을 터득하게 되는 과정을 아나키즘 체험과의 연관 관계를 중심으로 집중 분석한 것이다. 그런데 소위 방향전환기에 이기영은 KAPF가 몰아간 창작방법론의 추상성과 도식성에 '가위눌림'을 당해 그의 창작이 대부분 태작(駄作)에 그쳤다고 토로한 바 있다. 그런 만큼 초기작의 세계가 고도한 경지에 이르는 과정은 「서화」를 쓰고 난 다음 우리 문학사에서 우뚝 선 봉우리에 도달한 『고향』의 사실주의 미학에 대한 정밀한 조명으로 이어지는 것이 당연한 수속일 터이다. 그런 연후에 전형기의 퇴행적 분위기 속에서 쓴 『봄』은 서사의 시간성에 대한 보다 심화된 통찰 위에 작가 나름의 전망을 모색한 것이라 생각된다. 『봄』과 같은 시기에 쓴 「공간」에서 주인공이 혼자 중얼거린 "나에겐 공간이 없다"는 독백은 서사적 시간성의 대전환 즉 개벽에 대한 반어적 전망에 값하는 것으로 읽힌다. 이런 관점의 연장선에 서면 이기영의 소개와 절필은 결코 도피가 아니며 새로 올 시대에 대한 하나의 염원을 머금은 내부망명이라 할 만하다. 그는 암흑기와 해방기를 잇는 「농막선생」을 썼고 여기까지가 그의 작가적 진정성이 올곧게 발휘된 지점이라고 생각한다. 『두만강』이 그 성가에도 불구하고 특히 제3부의 서사 전개 상의 비약은 그가 모종의 '가위눌림'에서 자유롭지 못했던 것이 아닌가 시사해 주기 때문이다.

작일 뿐만 아니라 프로소설, 나아가서는 우리 근대소설사의 기념비적 작
품임을 시사해 준다.

『고향』은 당시 농촌 현실의 총체성을 풍부하게 재현하고 그러한 바탕
위에서 민중운동 실천가를 자임하는 지식인상을 성공적으로 형상화한
작품으로서, 도식주의와 관념주의의 함정에 빠지지 않고²⁾ 전형적인 상황

「지식계급 전형의 창조와 『고향』 주인공에 대한 감상 ―이기영 『고향』의 일면적 비
평」, 『조선중앙일보』, 1935.6.28~7.4; 임인식, 「위대한 낭만적 정신―이로써 자기를 관
철하라」, 『동아일보』, 1936.1.1~4; 박영희, 「민촌의 역작 『고향』을 읽고서」, 『조선일
보』, 1936.12.1; 민병휘, 「민촌 『고향』론」, 『백광』, 1937.3~6; 박승극, 「이기영 검토(1)-
1」, 『풍림』, 1937.5; 이무영, 「소설가 아닌 소설가―민촌의 「서화」를 읽고」, 『조선일보』,
1937.8.3; 김남천, 「현대 조선소설의 이념 ―'로만' 개조에 대한 작가의 일각서」, 『조선일
보』, 1938.9.10~18; 임인식, 「농민과 문학」, 『문장』, 1939.10; 인정식, 「조선 농민문학의
근본적 문제」, 『인문평론』, 1940.11 등이 있다.

2 김남천은 『고향』이 '흔히 작중인물에 대한 익애와 관념적인 이상화'에 빠졌던 과거 프
로문학의 한계를 극복한 작품으로 평가하면서, 그것을 가능하게 한 원동력이 주인공
김희준에 대해 '가면박탈의 칼'을 들이댄 작가의 '준열한 비판적 태도' 또는 '강렬한 리
얼리스트적 정신'임을 강조한다. 그는 또한 그러한 태도·정신이 작품 후반부의 김희
준에게는 이완되어 버린다든지 안갑숙은 아예 적용되지 않아 '숭고한 이상적 타입'으
로 그려진 것, 그리고 그것과 반비례하여 건강한 민중의 전형에 속하는 인동이와 인순
이에게 '적극적인 성격'을 부여하지 못한 것 등을 결함으로 지적한다. 즉 "지식계급의
역할의 중요성과 또한 농민의 지식층에 대한 막연한 기대와 환상적 기대"를 형상화하
는 데 치중되어 민중의 역량을 과소평가하는 결과로 낙착되었다는 비판이다. 실제로
는 20년대의 농촌현실을 그린 『고향』의 시대배경을 노동운동과 농민운동이 보다 고
양된 30년대로 본 것과 일정하게 연관된 이 비판의 결론은 "한 개의 '티피칼한 성격' —
그리고 그것을 싸고 있는 '미리유', '티피칼한 정황의 묘출' 이것에서 만전할" 작품은 되
지 못했다는 것이다. 그리고 자신이 지적한 『고향』의 결함들을 '낭만주의적 색채'로 판
단하며, 그것이 빠진다면 '단순한 저―날한 소설'이 되고 말았을 것이라고 부기하여 최
종적 평가는 유보하고 있다(김남천, 「지식계급 전형의 창조와 『고향』 주인공에 대한
감상―이기영 『고향』의 일면적 비평」(『조선중앙일보』, 1935.6.28.~7.4)). 뒤에 다시 그는
'바르자크의 소위 인물로 된 이데―' 개념에 의거하여 『고향』의 김희준이 '관념성과 도
식성'으로 해서 「서화」의 돌쇠에 비해 손색이 있다고 판정한다(김남천, 「현대 조선소설
의 이념― '로만' 개조에 대한 작가의 일각서」(『조선일보』, 1938.9.10.~18).

한편 임화는 "자연주의의 인간관인 '성격묘사'"를 돌파하려 한 프로문학이 범한 "도
식적 낭만주의 ― (그것은 도식적 '레아리즘'의 다른 반면이다!)에 의한 인간적 형상의
구체성의 결핍"을 『고향』이 "'생생한 생활적 인간적 모순을 통하여 보편화'된 인물 김희
준의 '성격창조'를 통해 극복했다고 고평한다(임인식, 「위대한 낭만적 정신―이로써 자
기를 관철하라」(『동아일보』, 1936.1.1.~4). 안함광도 『고향』이 '설화와 묘사의 통일' 속

과 그것에 대응하는 전형적 성격의 창조라는 사실주의 소설미학의 원칙
에 충실한 전범이라는 것이 당대의 일치된 평가였다. 이러한 평가를 획득
하는 경지에 도달하는 데는 '소설을 현실화하기보다도 현실을 소설화하
는 작가'[3]라는 지적처럼 체험의 힘을 바탕삼아 작품 창작을 수행한 이기
영 자신의 특유한 작가적 자질이 우선적인 기틀로 작용한 것이지만, 보
다 중요한 사항은 그러한 창작의 요결이 『고향』의 집필에 즈음하여 자각
적이었다는 점이다. 목적의식기 이래 분분하게 제기된 창작방법론들에
가위눌려 그것들을 '관념적 기계적으로 주입하려고만 고심'함으로써 작
품이 태작을 면치 못했음을 반성하고 과거 시민문학의 걸작으로부터 '작
가적 수완'을 배우는 한편, '사회적 경험'을 확충할 필요를 절감케 된 것
이 바로 현지취재를 통해 『고향』을 집필하면서였던 것이었다.[4] 이런 관점
에서 작품의 현장을 먼저 살피는 것이 논의의 단서를 온당하게 포착하는
수순으로 무난하리라 여긴다.

2. 작품 무대의 사실성

김기진의 술회에 따르면[5] 『고향』의 말미 35,6회분은 민촌이 카프
(KAPF) 제2차 검거에 연루·구속되자 미리 부탁받은 대로 그가 대필하여

에서 대담한 구사를 시도하여 성공한 작품인 만큼 김희준에 대해서는 '성격묘사'가 아
닌 '성격창조'라는 기준을 적용해야 한다고 주장했다(안함광, 「'로만' 논의의 제 문제
와 『고향』의 현대적 의의」, 『인문평론』, 1940.11).

3   이무영, 「소설가 아닌 소설가―민촌의 「서화」를 읽고」, 『조선일보』, 1937.8.3.

4   이기영, 「사회적 경험과 수완」, 『조선일보』, 1934.1.25.

5   김기진, 「한국문단측면사」, 홍정선 편, 『김팔봉전집』II, 문학과지성사, 1988, 105면.

마무리 지었는데, 뒤에 단행본을 낼 때(한성도서, 1936) 원작자더러 대필 부분을 고쳐 출판하라 권고했으나 민촌은 굳이 그럴 필요가 없다며 그대로 출판했다고 한다. 이 일화와 관련해서는 대략 두 가지 경우를 고려해 볼 수 있다.

그 하나는 원작자가 자신의 의도를 대필이 십분 살렸다고 판단한 경우이다. 민촌이 집필에 착수한 것이 연재 시점인 1933년 11월 15일 몇 달 전인 그해 여름 작품의 무대인 충남 천안 현지에서였던 만큼[6], 전작 연재인지는 분명치 않으나 사전에 작성된 초고 또는 상세한 작품 개요를 건네받아 팔봉이 가필하는 정도였을 개연성이 높다.

다른 하나는 팔봉이 쓴 작품의 결말부는 어느 누가 손을 대도 돌연한 일탈이나 비약이 일어나지 않을 만큼 거기에까지 이르는 전개과정 자체가 구조적 견고성을 가진 경우이다. 실제로 이 작품은 시간과 공간의 규정성이 줄거리의 진행을 시종 압도한다. 이를테면 작품인물들은 각기 성격 형성의 일정한 전사를 가지고 있으며, 그들의 대립관계 역시 생활터전의 상위에 근거를 두고 있는데, 이 모든 국면에 대해 경부선의 완공, 토지조사사업, 기미년 만세운동, C사철의 개통, 제방공사, 제사공장의 설립, 읍내의 가속적 번성과 원터의 빈궁 심화 등, 식민지적 근대화 현실의 구체적·객관적 시간·공간 지표가 근본적인 규정력을 행사하고 있어 작가의 자의가 개입될 여지가 별로 없는 것이다.

후자가 논의의 단초로는 훨씬 작품의 본질에 육박하는 것임은 물론이다. 즉 『고향』의 성공은 현지취재에서 비롯되었고, 그것은 단순한 재료 수집이 아닌 현장학습의 차원에서 수행되었던 것이다. 현장학습이란 현

6 　이기영, 앞의 글.

실과 이념의 변증법적 통일을 이룩해 가는 실천 활동에 다름 아니거니와, 이는 작품 실제에서는 원터 민중들의 삶과 지식인 김희준의 의식이 합치점에 도달해 가는 과정을 통해 구체적으로 확인된다. 작가의식 또는 그것을 대변하는 작중인물의 관점에서 현장학습은 현실인식과 자기비판의 상승과정이며, 그 성과는 작품원형으로서의 현실, 바꿔 말해 작품 소재 자체의 잠재력에 크게 의존하기 마련이다.

『고향』의 작품 무대는 1925,6년경의 충남 천안이다. 현 천안시지의 지명 개요와 '원터 읍내·장거리·상리·옥문거리·비석거리·수리터·서리말' 등 작중 소지명의 부합,[7] 지금의 장항선인 C사철 즉 충남경편철도의 운행이 시작된 (1922.6.1)[8] 지 몇 년, 충남에 상전 경작을 강제하면서(1914)[9] 세운 것으로 보이는 잠업전습소에 김희준이 강습을 받으러 다닌 지 십여 년, 경부선이 개통된(1905.5.28) 지 20년이 된다는 배경 서술 등이 그 근거이다.

현 천안시 원성동 일대로 비정되는 작품의 주무대 '원터'는 조선조의 남원南院이 설치되었던 곳으로,[10] 지금은 경부고속도로 하행선 우측의 주택가로 조성되어 있다. 이곳은 「민촌」(『조선지광』, 1925.12)의 '향교말'이 소재한 현 유량동과 연접되어 있는데,[11] 이기영이 유년기 이래 성장한 본적지가 바로 유량동 269번지로 되어 있다. 「신개지」(『동아일보』,

7 천안시지 편찬위원회, 『천안시지』, 1987, 87~103면 참조.

8 中村資郎, 『조선은행회사조합요록』, 1940.11에 의하면, 조선경편철도령 공포 (1912.6.15), 충남경편철도주식회사가 설립(1919)·기공(1920.2)·천안—온양 구간 개통(1922.6.1), 천안—장항 전구간 개통(1931.8.1, 당시는 조선경남철도주식회사로).

9 「피폐의 충남! 갱생의 충남!」, 『개벽』, 1924.4. 112면.

10 천안시지 편찬위원회, 『천안시지』, 1987, 92면.

11 위의 책, 99~100면.

1938.1.19~9.8)의 유구성 집 전답이 있는 '삼선평'[12]도 그 일부로 포함하는 '원터'는 역원의 비용을 충당하는 역둔토 및 원전[13] 같은 상등답을 위주로 한 비옥한 경작 지역이었던 것으로 보이는데, 토지조사사업이 실시된 직후의 토지대장에 동척과 일본인 소유지의 등재면적은 큰 비중을 차지하여[14] 일제에 의한 전단적 국유지 불하를 방증한다. 또한 학교, 교회, 읍내 유지, 타지방 거주자 등의 소유지도 상당수 눈에 띄는데,[15] 이로 미루어 대다수의 주민이 식민지 정지작업의 추진과 함께 이전보다 더욱 열악한 조건의 소작빈농으로 급속히 몰락해 간 식민지 농민계급의 전형적 사례에 해당됨을 알 수 있다.

'원터'의 '앞내'(현 원성천인 듯)를 건너 '철교'(경부선이 지나는 현 천안철교인 듯)를 우회해서 '장터'에 닿고, 거기서 계속 나가면 지금의 중심가인 '읍내'에 이른다. '장터'가 부등가교환이 이루어지는 식민지적 상품화폐경제의 배양판이라면, '읍내'는 고리대 금융 독점자본인 은행,[16] 기아임금에 의한 노동착취 장치인 제사공장, 수탈 농산물의 반출구인 운송점과 철도, 그리고 이 모든 것을 엄호하는 폭력적 식민통치기구인 관공서의 집결장이다. '원터'의 괴멸적 희생을 대전제이자 궁극목표로 하여 '읍내'의 고밀도 확장이 달성되는 것임은 말할 나위도 없다. 악덕 친일마름 안승학, 기

---

12 10)과 같음.

13 위의 책, 181~199면 참조.

14 천안시 구본 『토지대장』에 의하면, 동척 소유지가 가장 크고 그 밖에도 일본해상운송 화재보험 등의 일인회사 및 일인 농업이민자의 소유지가 많다(1912년).

15 가령 천안공립보통학교, 재단법인 조선전성교회유지재단, 이기영의 부 이민창과 무관 학교 동창으로 알려진 심상만, 일본육사 출신 홍사익 등의 소유지가 확인된다.

16 이기영이 한때(1921.9~1922.4(일본 정치영어학교 유학) 직전까지) 근무한 호서은행(뒤에 동일은행에 합병되어 오늘의 조흥은행에 이름).

생지주 민판서의 존재와 식민지 본국 식량 공급로의 일환으로 부설된[17] C사철 및 저임노동의 무제한적 흡입을 노린 제사공장을 연결고리로 한 '원터'와 '읍내'의 극상대립은 그 자체가 민족모순과 계급모순을 포괄하는 전체 식민지 현실의 전형적 축도에 다름 아닌 것이다.

식민지 농촌현실을 그린 민촌의 소설적 화폭은 작품에 따라 대단한 신축성을 보이지만, 그 대상 취재원 자체는 거의가 위에서 살핀 『고향』과 같이 그 자신의 생장지인 충남 천안 일원에 집중되어 있어 세부내용이 일치 또는 연관되는 경우가 허다하다.[18] 물론 각 작품은 집필 당시의 작가적 의식 상태와 대상 시기의 객관적 현실조건의 차이로 말미암아 그 구체적 내용과 주안점이 다르다. 작가의식의 상태와 대상 시기의 선택 사이에 일정한 함수관계가 성립됨은 필지이겠지만, 그것을 일단 논외로 한다면 장편의 규모를 가진 민촌의 주요 농민소설들은 애국계몽기의 부세대 체험을 다룬 「봄」(『동아일보』, 1940.6.11~8.10, 『인문평론』, 1940.10~41.2), 식민지 초기의 농촌현실을 그린 「서화」(『조선일보』, 1933.5.30~7.1), 「돌쇠」(『형상』 1,2., 1934.2,4) 등이 그 일환인 미완의 장편 「기미전후」, 20년대 중반의 민중 운동 실천 가능성에 대한 소설적 점검을 시도한 『고향』, 그것에 이은 20년대 후반의 변화된 농촌세태를 조명한 「신개지」 등의 편년적 배열을 보여준다.

집필 시기가 근접한 「서화」, 「돌쇠」와 『고향』은 대상 시기도 연속되어 있다. 「서화」의 속편으로 원고 태반이 유실된 「돌쇠」의 후편 「저수지」[19]가

---

17 中村資郞, 『조선은행회사조합요록』, 1940.11의 '조선경남철도주식회사' 항목의 설립목적 참조.

18 아래에 언급한 작품들 이외에도 장편으로는 「어머니」, 「동천홍」, 단편으로는 「민촌」, 「농부 정도령」, 「부역」, 「양잠촌」, 「가을」, 「진통기」, 「소부」, 「귀농」(「소부」 속편) 등.

19 「돌쇠」 연재 '편집자 주'(이갑기)에 의하면, 「돌쇠」는 480자 원고지 150매 분량이고, 그

『고향』에 언급된 제방공사와 결부된 이야기로 추정되는 것이다. 그러니까 이 세 작품을 포괄하는 대하장편의 밑그림[20]을 예상해 볼만도 하지만, 그것이 완전한 결구를 갖추고 실제로 작품화되기에는 앞의 두 작품과『고향』사이의 간극이 상당히 크다. 즉 작품의 중심인물이 전자에서는 반항적 민중 돌쇠이고 후자에서는 지식인 김희준으로 되어 있는데, 전자에서 돌쇠를 변호하는 교사형 지식인 정광조는 민중적 현실에 대한 관념적 동정에 머무른 인물이지만, 후자의 운동가형 지식인 김희준은 생활 자체를 통해 민중과 일체가 되어 그들을 지도하는 인물이다. 이에 대해 작가적 역량 또는 그것이 발휘된 정도의 편차로 흔히들 설명하는데, 애당초 작가가 시대적 성격의 변화를 부각시키려 의도한 결과로 보인다.

「서화」와 「돌쇠」에서 제한된 의미의 진보성을 띠었던 정광조의 계몽주의는『고향』에 와서 사이비로 판명된다. 민중적 생활현실과 동떨어져 유의유식하는 교회청년회와 S청년회의 형태에 대한 김희준의 비판이 그것이다. 그 비판은 돌쇠에 비해 균형 잡힌 인물 김선달에 의해 촉발되는 것으로 그려진다. 즉자적 민중의식의 돌쇠가 자신을 옹호하는 정광조에 대해 일정한 연대감을 갖는 데 반해,『고향』에서 대자적 민중의식의 김선달은 청년회의 민중기만적 실상을 정확하게 적시, 김희준으로 하여금 그것에 대한 기대와 집착을 버리라고 역설한다.(《김선달》) 따라서 「서화」·「돌쇠」와『고향』의 차이는 계몽주의가 어느 정도 공감을 얻을 수 있었던 시

속편으로 「저수지」가 계속될 예정이라고 되어 있다(『형상』, 1934.2, 2면). 그런데 이기영은 『형상』이 폐간되면서 「저수지」 원고를 분실해 버렸다고 하며 (「작자의 말」, 『서화』, 동광당서점, 1937), 뒷날의 「저수지」(『半島の光』, 1943. 5~9)가 「돌쇠」의 예고됐던 속편인지는 확인되지 않는다.

20 해방 후 작품『두만강』(1954~1962)과 관련된 문제이나, 구체적인 논의는 일단 미루어 둔다.

대와 그렇지 못한 시대 사이의 격차를 객관적으로 반영한 것일 따름이다. 바꿔말해 작가는 김희준의 등장이 시대의 산물임을 설득력 있게 입증했을 뿐이다. 그것은 식민지적 근대화의 진행에 따른 생활환경과 계급관계의 변화를 추적, 그 반민중적 본질을 폭로하는 작업과 그러한 당대 현실과의 대결에 김희준이 앞장서서 분투하는 모습을 형상화하는 작업의 긴밀한 결합, 요컨대 비판과 전망의 계기적 실현을 통해 성취된다.

3. 『고향』의 식민지적 근대현실 비판

「서화」·「돌쇠」가 장편소설로서 한계를 지닌 작품이며, 그 실패를 대가로 지불하고 『고향』의 성공이 이룩되었다고 하는 해석[21]은 문제적 개인이라는 미학적 개념을 형식논리적으로 적용함으로써 빚어진 오류이다. 전자는 기미년 전후를, 후자는 그 다음 시대를 그리려 했고, 실제로 그러한 시간적 배경은 작품에 명시되어 있다.[22] 그러니까 돌쇠와 정광조의 성격적 불비는 그들 시대의 제약성을 드러내려 한 작가적 의도의 당연한 귀결이며, 『고향』의 성공은 해당 시대현실의 본질에 대해 작가적 통찰력이 탁월하게 관철된 덕분인 것이다.

---

21 김윤식, 「문제적 인물의 설정과 그 매개적 의미」, 『한국근대문학사상비판』, 일지사, 1978, 257~63면 참조.

22 「서화」가 3·1 운동 이전을 배경으로 삼은 작품임은 이기영, 「작가의 말」(『서화』, 동광당서점, 1937)에 명시되어 있고, 「돌쇠」 역시 그러함은 "경부선 본선을 기점으로 하는 경편철도가 샛터 뒷고개를 넘어 들어온다는 소문은 벌써 수년 전부터 들리었다." (『형성』1, 1934.3, 4면)는 서술에서 확인된다. 앞의 中村資郎, 『조선은행회사조합요록』 (1940.11)에 의하면, 충남경편철도의 설립발기는 1917년으로 되어 있는 것이다. 『고향』의 시간적 배경은 후술하는 바로써 확연히 드러난다.

앞장에서 밝혔듯이 『고향』의 시간적 배경은 식민지 제2기의 중품인 1925,6년경으로 잡힌다. 제1기(1906~18)가 통감부 설치 이래의 토지조사사업 실시, 식민지 통치기구 및 법제 구축 등을 통한 체제정지 기간이었다면, 제2기(1919~29)는 그것을 바탕으로 하여 식량 및 원료의 약탈, 상품·투자시장에서의 초과이윤 획득을 꾀한 체제강화 기간이었다.[23]

제1기의 시대적 성격은 『고향』에서 당대의 전사에 관한 서술(〈출세담〉,〈농번기〉·〈김선달〉의 삽화 등)을 통해 극명하게 포착된다. 즉 구세도가 조판서 같은 토호집 안의 속절없는 몰락과 친일 대토지귀족 민판서의 득세, 원거하던 토착부자들의 파산과 대서사 유선달, 포목상 권상철 등등 신흥졸부의 등장, 유력한 향리였던 김호장의 후예 김춘호(김희준의 부)의 패가와 군청 재무계원이었던 안승학의 부상 등의 극단적 대조는 식민지체제에의 적응·편승 여하에 따라 명암이 엇갈리는 계급관계 재편양상의 일단을 적나라하게 보여준다. 식민지 체제의 구축이 이와 같은 일부 계층의 판도 변화를 초래하는 데 그치지 않고 민중적 삶에 보다 고도화된 억압구조를 강요하는 것이었음은 재론의 여지가 없다.

한편 제2기의 시대적 성격은 5년 만에 동경유학에서 돌아온 김희준의 눈에 포착된 C사철, 신축제방, 제사공장 등을 통해 확연히 드러난다. C사철 즉 장항선은 양곡 및 상품수송을 목적으로 부설되었고,[24] 제방공사는 산미증산계획에 입각한 수리사업이었으며,[25] 제사공장은 빈농경제

23 전석담·이기주·김한주, 『현대조선사회경제사』, 신학사, 1947의 「경제사」(이기주) 참
    조.
24 주17과 같음.
25 주지하다시피 산미증산계획은 1918년 일본의 쌀파동에 자극되어 1차(1920~5), 2차
    (1926년부터 12년간)에 걸쳐 실시되었는데, 작품의 제방공사는 물론 1차 사업기간에
    이루어진 것이다. 산미증산계획의 핵심은 관개개선, 지목변경, 개간간척을 내용으로
    하는 토지개량사업 즉 수리사업이었다. (河合和男, 「산미증식계획」과 식민지 농업의 전

에서 파생되는 저임노동의 착취를 노린 것이었다. 그러므로 철도, 제방, 공장, 그 밖에도 관공서, 은행, 회사, 상가, 운송점 등이 자리잡은 '읍내'가 번영을 구가하는 동안 '원터'에서는 민중의 빈곤이 확대재생산된다. 자작 농에서 소작빈농으로 전락한 김원칠과 쇠득이네, 고리대에 쪼들리다 못 해 자살한 상리 박서방, 도시 막노동자가 되어버린 덕삼이 종형제, 서간 도로 이주해 간 춘식이 집안 등(〈마을사람들〉)은 그들의 운명을 명명백백 하게 보여주는 전형적 사례들이다.

이와 같이 『고향』의 현실인식은 식민지적 근대화의 진행과정을 날줄로 하고, 그것이 야기한 계급관계의 재편양상을 씨줄로 한다. 엄밀히 말해 양자 사이에는 일정한 매개항이 개재한다. 그 매개항이란 일정한 생산양 식 및 기타 보조장치, 한마디로 근대적 제반 제도에 다름 아니다. 자본의 자기실현은 그것의 존속을 전제로 하며, 민중의 자기실현은 그것의 변혁 을 전제로 한다. 그러므로 그것은 현실의 전체상 파악에 가장 확실한 객 관적 인식준거가 된다. 『고향』에서 안승학은 바로 그러한 역할을 수행하 는 존재이다.

관공서, 은행, 철도, 공장 혹은 그 모두가 한데 모인 '읍내'는 물론 근 대적 제도들이다. 그러나 그것들은 식민지적 근대현실의 거대한 순환운 동을 매개하는 중간고리이다. 최종고리는 그 순환운동의 반환점 즉 '원 터' 민중의 생활현장을 주름잡는 안승학이다. 이 경우의 안승학은 하나 의 인격체라기보다는 친일마름이라는 제도이다. 그의 친일성은 호구조 사 나온 순사에 대한 환대 장면(〈농촌점경〉)에서도 엿보이지만, 졸속개화 를 밑천으로 군청 고원살이를 하고 그것을 발판으로 "수백 석 추수를 하

개」, 梶村秀樹 외, 『한국근대경제사연구』, 사계절, 1983, 378~82면 참조).

고 서울 사는 민판서 집 사음까지 얻어"[26]하게 된 경력에서 더욱 역력히 드러난다. 그렇다고 그것을 윤리나 품성의 문제로 파악하는 것은 피상적이다. 그의 입신과 치부는 워낙 자기의 자질과 능력을 식민지적 근대현실의 논리에 기민하게 적응시킨 노력의 결실인 것이다. 요컨대 그의 친일성은 곧 식민지적 근대성이다.

안승학은 "경기도 죽산이라든가 어디서 호방노릇을 하던 아전"[27] 식으로 시류의 변화에 잽싸게 영합하여 식민지체제의 말단 하수인 자리나마 차지함으로써 같은 아전계층의 후예인 김춘호의 어설픈 영락[28]과는 대조적인 모습을 보여준다. 아전계층은 직접생산자인 농민계층에 대한 봉건국가의 각종 수탈을 집행하는 사무관리집단으로 소위 삼정문란 즉 조세, 신역, 환곡 등과 관련된 부정과 비리를 저지른 부정적인 일면과 함께, 지주경영활동과 고리대 및 상업 활동 등에서 근대적 합리주의 내지 실용주의를 추구한 긍정적인 일면이 있다.[29] 안승학의 치부에 대한 군청 재무계원으로서의 수뢰나 토지조사사업에서의 은결 편취 혐의(《출세담》)는 그가 그 부정적 일면의 상속자임을 말해준다. 은결 편취는 천안군의 전결장부에 진전과 면세전이 압도적 비중임에 비추어[30] 실제 사실에 기초한 서술로 여겨진다. 한편 그 긍정적인 일면은 모략에 의한 원래의 민판서 사음 이근수 축출담(《출세담》)에서 어느 정도 드러난다. 그가 동원한 술

26 『고향』(상), 한성도서주식회사, 1936, 123면.
27 위와 같음.
28 김춘호는 위세가 대단했던 김호장의 외아들로, 어려서부터 주색에 눈을 떴으나 엄부시하에 눌려 지내다가, 친상이 있고 나서는 방탕한 생활로 가산을 탕진, 원터로 이주한 후 심화를 끓이며 소주를 과음, 횡사한 것으로 되어 있다(『고향』(상), 183~4면).
29 서석흥, 「구한말 지방아전의 경제활동에 관한 연구」, 서울대 대학원, 1983, 1~4면, 99~104면 참조.
30 천안시지 편찬위원회, 『천안시지』, 1987, 180~2면.

수 가운데 특히 지적도 변조는 그것에 악용한 측량과 복사 기술 자체가 근대적인 것이기도 하거니와, 작품 종반부의 차입서 작성에 의한 소작쟁의 타결방식(《먼동이 틀 때》) 또한 그러하듯 문서와 물증을 중시하는 사고방식의 근대성을 뒷받침한다. 이근수가 집안끼리의 세교라는 연고에 의거한[31] 재래형 마름인 반면, 안승학은 그가 지닌 근대적 능력을 앞세운 신형 마름이며, 따라서 이근수의 퇴장과 안승학의 부상은 시대현실의 객관적 변화를 일정하게 반영한 것이라고 할 수 있다.

안승학의 근대성은 원두 경작에 대비하여 치밀한 수지계산표를 작성하는 모습(《원두막》)에서도 유감없이 발휘되지만, 그 가장 본격적인 국면은 '원터'의 민중들을 핍박하는 신형 마름으로서의 역할에서 확인된다. 조선 중기 이후 토지 사유화의 광범위한 진행을 배경으로 하여 부재지주로부터 위임받은 소작지 관리를 현지 일선에서 담당하게 된 마름에 대해서는 "소작인의 감독·이동·소작료 사정·징수보관·종자보관 등에 관해 권한을 갖는다. 보수로는 0.5~1정보의 무료경작, 혹은 소작료 수입 총액의 2푼~1할을 5~30석 범위에서 급여, 농사개량 등을 마름을 통해서 행할 수 있다는 이점이 있다. 그러나 마름은 그 지위·권한으로 해서 소작료를 올린다든지 여분의 것을 소작인에게서 징수할 수 있다는 폐해가 생긴다"[32]는 것으로 그 역할과 문제점이 파악된다. 식민지 토착 대지주 가운데는 조선 말기의 마름 출신인 경우도 더러 눈에 띄거니와,[33] 이는 마름이 단순히 지주의 관리대행자에 그치지 않는 중간착취자임을 말해

---

31 민판서는 이근수의 부와 친구 사이로 되어 있다(『고향』(상), 130~1면.

32 安秉台, 「東洋拓殖株式會社の土地經營方式と在來朝鮮人地主の經營方式について」, 『朝鮮社會の構造と日本帝國主義』, 東京:龍溪書舍, 1977, 286면의 주석 11.

33 장시원, 「식민지하 조선인대지주 범주에 관한 연구」, 장시원 외, 『한국근대농촌사회와 농민운동』, 열음사, 1988, 237~54면 참조.

준다. 그러나 이러한 재래의 소작제 즉 사음제는 동척이 토지경영에서 실시한 새로운 소작제 즉 농감제에 비긴다면 훨씬 부드러운 것이었다. 동척의 농감제는 감관, 사음 등 재래의 중간개재자가 지녔던 재량권이 일절 배제된 농감을 두어 소작기간, 소작료, 토지개량, 개간, 간척, 작물개량, 수리, 시비 등을 명기한 소작증서의 계약조건을 사정없이 그대로 집행케 했는데, 이는 물론 식민지 농업 수탈을 극대화하기 위해서였다.[34] 이와 같은 토지경영방식은 동척과 일본인 지주가 집중된 전남·북, 경남, 충남 지역의 조선인 지주 소유지에서도 동화작용이 일어났고,[35] 그것을 주도한 장본인은 대개가 안승학과 같은, 재래의 사음제와 동척의 농감제를 접합시킨 신형 마름이었다.

천안의 토지대장에 구 역둔토와 원전을 불하받은 것으로 보이는 동척 및 일본인 소유지가 많다는 앞장의 지적은 신형 마름 안승학의 존재가 객관적 사실에 근거한 것임을 증좌한다. 기왕에 섬피 근량까지 쳐서 160근 한 섬이던 것을 정미 200근을 한 섬으로 하는 일방적 개량법 변경, 비료대 등의 작인 전가, 타작마당에서의 혹심한 감독 등(《풍년》)도 그렇지만, 재래의 유교주의 혹은 유교적 원리에 입각한 '유래지규流來之規[36])'에

---

34 안병태, 앞의 책, 266~8면.

35 일제하의 소작쟁의 발생원인은 소작권 변동, 소작료 징수와 관계된 경우가 압도적으로 많은데, 특별한 사유가 없는 한 소작권의 이동이 없었고 소작료도 타조를 위주로 한 재래의 소작관행을 동척 및 일본인 지주들에 의해 도입된 정기소작, 정조징수가 확산된 결과이다(안병태, 앞의 책, 279~83면). 동척 및 일본인 지주들의 경영방식이 그들이 광범위하게 침투한 전남·북, 경남, 충남 지역에서 조선인 지주·소작인 관계에 동화작용을 일으킨 증거로는 이들 지역이 쟁의 빈발지역이라는 것 이외에도, 지주·관리인(타작관과 사음, 주로 사음) 관계가 친척인 경우보다 아닌 경우가 압도적으로 많다는 사실을 들 수 있다(조선총독부 농림국, 『朝鮮ニ於ケル小作ニ關スル參考事項摘要』(1934), 119~20면. 연고보다 우선한 관리능력이란 결국 동척과 일본인 지주의 경영방식에 다름 아닌 것이다.

36 안병태, 앞의 책, 277~9면 참조.

따라 실농한 경상을 참작하여 소작료를 면제해 주려는 민판서나 타작관을 극구 만류하는 작태(《재봉춘》, 《희생》)는 안승학의 정체가 식민지적 근대제도 즉 종서에 의한 계약조건의 무유보 집행 원칙을 관철하는 동척의 농감제에 결부된 신형 마름임을 여실히 보여준다. 그러므로 재강죽 천신으로나 기아를 달래는 (《춘궁》) '원터' 민중들의 참상과 그들의 일차적인 가해자인 안승학의 갖은 호사와 교만은 일개 악덕 지주·마름과 소작인들 사이의 문제를 뛰어넘어, 궁극적으로 식민지적 근대 현실의 근본모순을 집약한 체감적 형상을 이루는 것이다. 그리고 포목상 권상철에게 그의 개구멍받이 아들 경호의 출생 비밀, 그 경호와 자기 여식과의 불상사 등을 빌미로 금전을 갈취하려 드는 놀부형 패덕성(《소유욕》, 《위자료 오천원》), 격에 없는 공맹타령(《청년회》)이나 양반가와의 혼담(《희비극 일막》)에 희희낙락하는 정신적 결핍감은 안승학이 대표하는 식민지적 근대화의 천민성과 불구성을 방증하는 것에 다름 아니다.

4. 계몽운동의 한계와 그 극복방향

주지하다시피 식민지 제2기로 접어들면서 일제는 소위 문화정치라는 교활한 간판을 걸고서 지배체제의 강화를 획책한다. 문화정치의 기본성격은 계급분단에 의한 분할통치로 규정되는데, 제1기의 체제정지과정에서 재편된 계급관계의 모순이 가속화됨에 따라 식민지 현실에의 대응방식 자체가 타협·개량노선과 저항·투쟁노선으로 분화될 수밖에 없었다는 사실도 간과해서는 안 된다. 이러한 추세 속에서 기존의 각종 식민지 사회운동들은 한계를 드러내며 일제와 유착하는 경향이 나타나고, 또한 그러한 경향에 일정하게 반발·대립하면서 새로 등장한 제반 운동단체 가운데서도 당초의 적극적·전진적 의욕을 상실하고 민족적·민중적 과제로부터 일탈함으로써 그 성격이 변질되어 버리는 현상이 초래되었다.[37] 『고향』에서 신랄하게 묘사되는 교회계 인물들 및 그것과 앙숙인 S청년회원들의 형태는 그 각각의 실례에 해당된다.

「서화」·「돌쇠」의 정광조가 벌이는 계몽활동은 주일학교가 거점으로 되어 있다. 따라서 『고향』의 교회·청년회는 한때 진보적 의미를 띠었던 정광조 류의 계몽주의가 20년대 중반의 현실에 와서 타락한 모습 또는 그것에 내장된 한계가 구체화된 모습인 것이다. 정광조의 후일담은 『고향』에서 박훈이란 인물을 통해 시사되는데, 그는 3·1운동 이후 교회와 주일학교, 그리고 금융조합 서기를 그만두어 버리고 일본에 유학한 뒤 조혼처와 이혼하고 란희라는 신여성과 재혼하여 서울에서 신문기자 노릇을 하여 산다(〈중학생〉, 〈청춘의 꿈〉, 〈출가〉). 그는 계몽주의의 과제가 개인 차원에서만 실현된 상태이고, 또 그것이 그다지 이례적이지 않은 공간에 옮아앉아 있다. 그러므로 그는 정광조를 극복한 인물로 상정되지만, 그 극복은 관념의 도약에 의한 것일 수밖에 없다. 반면 박훈에게 주일학교에서 배웠고(〈출가〉) 동경유학을 다녀온 김희준은 조혼처 문제로 고민하는 한편, 청년회의 계몽활동에 부심하다가 그 한계를 깨닫고 마침내 새로운 삶의 전망에 이른다. 즉 김희준이야말로 정광조의 과제를 인계받아 그의 한계를 실천적으로 극복하는 인물인 것이다.

최목사의 불미스러운 추문(〈돌아온 아들〉), 키다리 속장의 S청년회원 폭행과 정목사의 음험한 호색한 기질(〈청년회〉), 전도부인 최신도의 사생아

---

37 강동진, 『일본의 조선지배정책사 연구』, 동경:동경대학출판회, 1979, 395~400면 참조.

수태(《청춘의 꿈》) 등, 교회계 인물들은 하나같이 도덕적 위선자, 탐욕스런 속물로 그려진다. 이는 교회사회의 이면을 풍자한 여타의 작품들도 그렇지만, 한때 교회활동에 관계했던 이기영 자신의 실제 체험을 옮긴 것으로 보인다. 한 가지 주목되는 점은 기미년을 전후해서 최목사가 사상가로 숭앙받았고 그 무렵까지도 득세하던 교회세력이 얼마 못가 신망을 잃었다는 서술이다. 이것은 3·1운동에 적극 가담한 기독교가 그 뒤 일제의 집요한 회유정책에 순응했고,[38] 천안을 포함한 충남의 대부분이 당시 그러한 경향이 가장 농후했던 북감리교 선교지역이었던 사실[39]과 부합된다. 예배당 설교에서는 안식일의 중요성을 강조하면서 제사공장의 수양강좌에서는 노동은 가장 신성한 것이니 천직에 근면하고 모든 규칙에 복종하라고 역설하는 정목사의 모습은 식민지 자본과 통치체제에 대한 열성 협력자의 그것이다.(《청년회》) 또한 선교단체가 소유하는 거액의 부동산에 대한 공인법인 설립이 회유책의 일환으로 허가된[40] 사정에서도 드러나듯 교회 자체가 지주였다.[41] 목사의 간음은 쉬쉬하면서 과부 수동이네가 행실이 부정타고 출교하고 작권마저 박탈하려 드는 작태에서 교회가 종교의 허울로 민중의식을 왜곡·마비시켜 체제유지의 수혜자들 가운데 하나로 되는 이권집단에 지나지 않음이 폭로된다.(《청춘의 꿈》)

교회 측과 견원지간인 S청년회는 3·1운동 이후 각종 사회운동이 족출하는 시대조류를 타고 청년 유지·식자층의 발기에 의해 창설된 단체로(《청년회》), 회장 장수철 신문 지국장이고, 회원들은 장사치, 은행·회

---

38 안병태, 앞의 책, 70~86면 참조.
39 천안시지 편찬위원회, 『천안시지』, 1987, 609~10면.
40 강동진, 앞의 책, 79면.
41 주15를 참고할 것.

사원들로 밥술이나 뜨는 중산계급에 속한다. 애초의 열기가 금방 식어버린 청년회는 바둑, 장기, 내기 테니스, 술추렴, 골패 따위로 노닥거리는 오락기관이나 진배없다. 회장 수철은 언변만 미끈하고 아무 실행이 없는 매명주의자이며, 어느 하나 중학도 변변히 마치지 못한 회원들도 주제에 명색이 노동야학을 벌이지만 정작 강습에는 마음이 없고(이상 〈돌아온 아들〉) 여학생 눈요기에나 군침질인가 하면 미리 합의한 회원 단합과 야학생 위안 원유은회의 행사비 염출에는 뒷짐을 지는(〈달밤〉) 꼬락서니들인 것이다. 비교적 열성적인 회원 고두머리조차 안승학에 맞서 수확거부에 나선 작인들이 끼니꺼리가 급한 지경에 몰리자 그 구제금 변통을 부탁하는 김희준에게 마지못해 반승낙을 하고서도 끝내 이행치 않는다.(〈갈등〉) 요컨대 청년회란 제멋에 겨워 그럴듯한 명분만 내걸지 실상은 민중적 생활현실을 외면한 채 과시욕과 공명열과 허영기밖에 없는 작자들의 모임인 것이다.

동경유학에서 5년 만에 돌아온 김희준은 이 S청년회를 자신의 활동거점으로 삼고 그 본래의 취지에 충실코자 누구보다도 열정을 갖고 솔선수범한다. 김희준의 청년회 가담은 그것의 대항이데올로기적 발상 때문이다. 그러나 김희준이 몸소 확인한 청년회의 실상은 위와 같은 결함투성이였다. 그는 그것을 바로잡기 위해 계속 분발하나 돌아오는 것은 진실성을 결여한 회원들에 대한 실망뿐이었다. 또한 이를테면 때로는 동정도 하지만 본시 애정 없는 조혼처인데다가 용모조차 볼품없는 복임이에 대해 염증을 씹고 지내는 그는, 수업 도중 장터 술집 막내딸 음전이의 미모에 모르는 새 시선을 앗기우기도 하는 그 자신도 따지자면 다른 회원들과 '같은 부류의 인간'이 아니냐는 반문도 한다.(〈돌아온 아들〉, 〈청년회〉, 〈그들의 부처〉) 이처럼 단순한 객체로서의 청년회만이 아니라 그 일원인 자기자신까지도 비판의 과녁에 함께 올리는 진지함과 정직함, 김남천의 말마따나 '가면박탈'[42]의 정신을 지녔기에 김희준은 한갓 이념의 꼭두가 아닌, 풍부한 내면과 자율적 의지를 구비한 지식인 형상으로 다가온다.

그런데 김희준의 청년회 비판은 회원들의 심성과 자세, 소양과 자질 등, 한마디로 그들의 소시민적 인생관 때문에 활동이 부진하다는 선에서 한동안 맴돈다. 물론 그는 청년회에 대한 자신의 환멸과 동요도 인테리 근성에서 말미암는다고 자책해 마지않는다.(《돌아온 아들》, 〈달밤〉) 청년회가 제대로 가동되기만 하면 된다는 다분히 안이한 관점인 것이다. 그가 문제 삼는 것은 청년회의 활동 부진이지 청년회라는 것의 발상법 자체가 지닌 한계가 아니다.

그 한계의 인식은 김선달을 매개로 해서 이루어진다. 김선달의 다소의 식자, 천성적 반골, 다양한 편력과 견문으로 해서 '원터'에서는 유식쟁이로 통하는 예외자적 민중이다. 그는 청년회가 "돼지죽으로만 알던 지게미도 못 얻어 먹어서 양조소 굴뚝을 하누님 쳐다보듯 하고 한숨을 짓는 이러한 살얼음판"[43]인 민중적 생활현실과는 도무지 무연한 일이라고 혹평을 서슴지 않는다. 이는 민중의 절박한 생존문제에 밀착되지 못한 채 추상적 이념을 단선적·일방적으로 실현하려는 사회운동에는 결코 순응하지 않는 민중의식의 본질을 정당하게 표명한 것에 다름 아니며, 결국 김희준이 청년회 활동을 청산하기로 작정하고 마침내 진정한 민중운동 즉 현장 농민운동의 실천전망을 획득하는 발상의 전환점이 된다. 그리하여 그는 그 자신이 민중적 생활 현실에 공동체의 일원으로 동참하여 나날의 삶을 통해 그들과 격의 없는 일체감을 형성하고, 그러한 인간적 신

42 김남천, 앞의 글(1935).
43 『고향』(상) 234면.

뢰를 바탕으로 하여 당면하는 현실문제의 올바른 해결방향을 제시하고 그 실천에 앞장선다. 요컨대 공동체적 유대에 기초한 지식인의 대항이데올로기와 민중의 저항 에네르기의 결합인 것이다.

5. 민중운동의 새로운 전망

김희준은 동경유학생이지만 '원터'에서 남의 땅을 부치는 소장농으로 산다. 그래서 마을사람들은 그를 별종으로 여기나 호감을 갖고 대한다. 소작빈농의 경제적 현실을 공유하는 까닭이기도 하지만, 그가 청년회 활동에서 보인 진심어린 열성과 이웃의 궂은 일 ―예컨대 국실이의 음독(《이리의 마음》)―을 주선하는 허물없는 태도 때문이다. 그 밖에도 그의 모와 건실한 농군 김원칠이 의남매로 통하는 사이로 되어 있다. 이러한 성격 설정은 농민의 계층방어의식을 제대로 고려한 작가 나름의 안배라고 하겠는데, 이와 관련하여 김희준이 과거 그 고장에서 세력을 떨쳤던 김호장의 후예라는 사실은 주목을 요한다. 김호장은 갑오동학 이전 "행악하는 원을 지경 밖으로 축출한 일"[44]도 있는 인물이다. 아전계층은 앞장에서 살폈듯 대개가 포흠과 가렴주구를 일삼는 타락한 관장의 하수인 내지 공범자이지만, 그 지방에 세거해 온 향리들 가운데는 주민들과의 유대 또는 그들의 실정에 대한 동정 때문에 관장의 지나치게 무리한 요구에 맞서 오히려 민중봉기에 앞장서는 경우도 있었다.[45] 그러니까 타

---

44 위의 책, 165면, 183~4면.
45 동학의 경우에서 그것이 확인된다. 이에 관한 구체적인 논의는 신용하, 『한국근대민족주의의 형성과 전개』, 서울대학교 출판부, 1987, 115면과 조경달, 「갑오농민전쟁의 역

지에서 이주해 와서는 민판서의 대리인으로서 갖은 횡포를 저지르는 아전의 자식 안승학이 중간 수탈자적 아전계층에 상속자라면, 민중의 편에서 악덕 친일마름 안승학과 대결하는 김희준은 탐관축출담의 주역으로 명망 높은 김호장의 손자답게 민의대변자적 아전계층[46]의 계승자인 것이다. 바로 이러한 역사적 연상이 김희준의 긍지, '원터' 민중의 기대라는 형태의 심리기전을 조성하고, 나아가 양자의 결합에 소설적 개연성을 부여한다.

김희준과 '원터' 민중의 결합이 본격적인 진전을 이룩하는 계기는 두레다. 남 먼저 물론을 일으킨 그는 마름의 추인과 비용의 주선을 도맡고 직접 풍물꾼이 되어 작인들과 한데 어우러진다. 두레는 농민들이 작업능률과 상호 유대를 제고하기 위해 협동노동과 집단오락을 결합시킨 민중적 공동체 문화로, 이것을 통과의례로 하여 김희준은 민중들과 일체감을 형성하게 되는 것이다. 두레는 모진 드잡이로 척진 쇠득이 모와 백룡이 모(《이리의 마음》), 인동이와 막동이(《청춘의 꿈》)가 화해하고, 나아가 모든 마을 사람들이 공동체적 유대를 재확인하는 계기가 됨으로써 뒤에 그들이 안승학을 상대로 흉년 소작료 탕감투쟁에 결속하는 원동력을 마련해 준다. 사실 안승학은 내심 두레에 반대한다. 김희준을 중심으로 작인들이 단합하여 자신에 통제를 벗어날까 우려해서이다. 관청에서도 작업능률 때문에 두레를 장려하지만, 그것에 의한 민중의 자율성 고양에

사적 성격」, 양상편 편, 『한국근대정치사연구』, 사계절, 1985, 308~9면을 참조할 것.
46 호장은 고려시대 이래 향청의 우두머리였는데, 세종 이후에는 그 자리를 좌수가 차지하면서는 아전의 수석 소임을 맡았으나, 그것도 이방에게 넘겨주고 나중에는 명목만 남은 주민 대표자격인 촌주, 촌장에 지나지 않았다. 『고향』의 김호장은 물론 수석 아전인 이방으로 간주되나, 호장이란 명칭의 사용은 원래의 지방 실력자로서의 성격 또는 촌장, 촌주로서의 주민 대표자적 성격을 부각시킨 것으로 볼 수도 있을 것이다.

대해서는 경계를 늦추지 않았다. 재래의 농촌사회에서 지배층에 의해 주재되던 자치규약인 향약제도를 진흥회·교품회로 개조, 거기에 지주층을 앞세워 민중의식의 발전을 봉쇄코자 했던 것이다.[47] 그러므로 결국은 실패하지만, 심복 학삼이를 사주한 안승학의 두레 방해 책동은 일제의 통치책략과도 일맥상통한다고 할 수 있다.(이상 〈두레〉)

새로운 '원터' 두레는 김희준의 공정하고 합리적인 관리에 의해 이를테면 무절제한 음주 등으로 인한 일과 놀이의 불균형 같은 전래의 두레에 부수되던 폐단을 일소하고 성공을 거둔다.(〈수재〉) 그것은 민중의 기층문화를 단순히 재연하는 데 그치지 않고 지식인 김희준의 지도력을 정착시키는 계기도 되었던 것이다. 그가 지도자로 부상, 동중사에 헌신하는 과정에서 김선달의 조력도 컸다. 물정에 밝고 협기가 강해 두레내기 뿐 아니라 소작쟁의에서 동중 여론을 선도·수합하는 김선달은 민중의식의 진취적 부면을 대표하는 인물이다. 한편 몰락한 구세도가 조판서의 일가로 옛날을 그리는(〈김선달〉) 조첨지는 그 퇴행적 부면에, 구마름 이근수에게 아내 국실이를 유린당하고도 모른 체하는(〈마을사람들〉) 쇠득이는 그 체질화된 순응주의에 대응된다. 두레내기와 소작쟁의에서 안승학의 하수인으로 내통하는 학삼이의 이기주의 내지 기회주의에서 그러한 민중의식의 취약성은 보다 타락한 형태로 드러난다. 학삼이의 이웃에 대한 위화감과 그 연장인 계층이반 성향은 철도역부인 동생 학오의 급료에 의한 상대적인 생계 안정에서 조장된 것, 말하자면 식민지적 근대화의 계층 분해작용에서 파급된 것이다. 이와 대조적으로 가난에 쪼들리면서도 의연하게 근농하는 김원칠 일가, 특히 가계를 돕기 위해 제사공장에 취업했

47 강동진, 앞의 책, 15~6면.

지만 차츰 노동자로서의 계급적 각성에 이르는 인순이, 장거리의 부유한 술집 딸 음전이와 본의 아니게 혼인한 처지이긴 하나 민중적 생명력이 넘치는 애인 방개와 절제된 사랑을 불태우는 인동이의 모습은 식민지적 근대화에 의해 훼손되지 않는 민중의식의 건강성을 표상한다.(《신생활》)

마을 사람들은 두레의 성공으로 회복된 공동체적 유대의식을 발휘, 자진해서 수해복구에 협력하고 구휼미를 낸다.(《재봉춘》) 그러나 작료탕감을 내건 수확거부 결정은 양식이 바닥나자 동요한다.(《갈등》) 여기서 '풍년공항'과 '타작마당의 비극'으로 집약되는 절대빈곤의 현실과 그것 때문에 좌절할 수밖에 없는 민중의식의 한계가 상승적인 포화상태를 이루며, 민촌 사실주의의 금도가 유감없이 드러난다.

모든 것이 수포로 돌아가 위기에 직면해서 절망하던 김희준이 구휼자금을 구해 동중을 일단 진정시키는 한편, 안승학을 위협하여 굴복시킨다. 거기에는 안갑숙과 방개의 금전원조, 갑숙과 경호의 불미한 관계 폭로가 각각 개재된다.(《희생》, 〈고육계〉) 갑숙의 불상사는 안승학의 주제넘은 양반타령을 웃음거리로 만들고 그의 명예와 권위를 일거에 실추시키는 것이지만, 반드시 그런 우려만으로 끝나는 것이 아니다. 전통적인 소작관행은 유교주의 혹은 유교적 원리에 입각하여 물질적 타산 말고도 지주·소작인 사이에 윤리와 정의[48]를 중시하는데, 민판서가 구마름 이근수를 내치면서 쇠득이 처 국실이를 범한 실행을 이유 중에 하나로 든다든지(《출세담》), '원터' 사람들이 작료탕감을 진정하러 가고(《수재》) 또 간평 나온 타작관이 실농한 작인들을 동정하는(《희생》) 데서 그것을 엿볼

---

48 안병태, 앞의 책, 257~8면, 277~8면 참조. 그리고 재해의 경우 피해가 크면 소작료를 면제하고, 심지어 소작인의 가족에게 불행한 일이 있거나 생활이 곤란한 경우에도 소작료를 경감해 주는 것이 재래 소작관행이었다.(조선총독부 농림국,『朝鮮二於ケル小作二關スル參考事項摘要』, 1934, 81~3면 참조)

수 있다. 쇠득이가 이근수의 비행을 고변하도록 조종한(《출세담》) 장본인
이기도 한 안상학으로서는 민판서에게 자신의 작인들에 대한 통솔력 즉
신망에 의구심을 일으키게 할지도 모르는 딸자식의 추문공개가 분명 현
실적 위협이 아닐 수 없는 것이다. 이처럼 안승학은 동척 농감제적 근대
성과 함께 재래 사음제의 한계도 지닌 존재이다. 후자의 측면은 결국 식
민지적 근대화의 불구성을 예증하는 것이지만, '원터' 민중들은 그것을
공략하여 쟁의에 성공한 이상 본질적으로는 실패한, 비정상적인 승리를
거둔 것에 지나지 않는다.

　　제사공장 직공 갑숙이 자기 사생활의 비밀을 협박수단으로 제공한
다.(《희생》) 사생활이 비밀 즉 경호의 불장난과 가출은 폭군형 가부장에
대한 반감에서 발로된 것이다. 그러나 경호와 결합하지 않는다. 김희준이
란 존재 때문이다.(《청년회》, 〈희생〉) 못난 샌님형 경호를 제치고 잘난 장부
형 김희준을 택하는 것, 그것은 박훈과 란희의 자유결혼이 그리 이례적
이지 않게 된 서울의 풍토에서 자란 신여성의 연애감각이며, 단순한 감정
발산 이상의 가치추구에 대한 의욕이다. 그 구체적 실천이 소작쟁의에 대
한 지원이지만, 그것은 제사공장 노동자로서의 노농동맹[49]이 아니라 악
인의 자식이라는 대속으로 표현된다. 갑숙의 희생은 이념과는 무관한 윤
리에 차원일 뿐이다. 따라서 그런 갑숙과 자신의 관계를 김희준은 동지
애적 결합으로 설정하지만(《먼동이 틀 때》), 그것은 그가 둘 사이에 상정하
는 이념 자체 혹은 대항이데올로기가 아직 추상적인 상태임을 방증할 따
름이다. 실상 아내 복임의 무지와 용모에 불만인(《돌아온 아들》, 〈달밤〉, 〈그
들의 부처〉, 〈갈등〉) 그가 지식과 미모를 갖춘 갑숙을 포기한 것도 윤리 구

49　박충록, 『한국민중문화사』, 열사람, 1988, 276~280면과 같은 견해들이 주로 이러한
　　'의도의 오류'를 저지르고 있다.

속 때문이다. 한편 남편이 성에 안 차 제사공장에 다니는(《신생활》) 방개의 구휼비 찬조 역시 인동이에 대한 정분 때문인데, 빈농적 계층현실을 공유하는 그들의 관계는 심성과 기질 즉 민중적 생명력의 합치에 의해 뒷받침되지만(《신생활》), 개인적 애정문제와 집단적 생존문제의 미분화·혼효상태이다. 바꿔 말해 그들의 정식 결합을 가로막은 가난과 부모의 의사(《두쌍의 원앙새》), 바로 빈농적 계층현실과 그곳에 결부된 윤리의 제약에 아직 그들의 민중적 생명력 혹은 민중의 저항 에네르기가 갇혀 있는 것이다.

김희준과 안갑숙의 경우든 인동이와 방개의 경우든 그렇게밖에 그릴 수 없다. 작가의 역량이 아니라, 현실 자체가 도달한 단계가 그런 것이기 때문이다. 즉 안승학이 패배하고 갑숙이 대속하고, 김희준이 조혼처를 저버리지 못하고, 인동이와 방개가 부부로 맺어지지 못하게 만든 그 윤리의 완강한 힘이 평균적 현실의 논리로 통하는 단계였던 것이다.

『고향』은 그 평균적 현실을 최대한으로 재현한 위에 김희준의 이념과 인동이·방개의 민중적 생명력을 장래의 가능성으로 제시했다. 그 두 가능성의 실천적 통일은 소작쟁의의 비정상적 결말, 제사공장의 미진한 파업상태가 그렇듯 실패로 끝난다. 열정과 번민에 찬 김희준의 분투가 계속되는 가운데, 두레로 결속한 '원터' 민중들이 '정정당당한 수단'에 의해서 '튼튼한 실력'을 떨치고, 인동이와 방개가 그 민중적 생명력을 삶의 총체적 국면으로 펼치며, 인순이가 계급적 각성을 단호하게 실천할 '밝은 날'이 오기까지(《먼동이 틀 때》), 현실 자체가 성숙하기까지 그 통일은 유예되는 것이다. 실패를 실패로 그리되, 실패할 수밖에 없는 내력을 속속들이 내비치는 가운데 그 실패를 넘어설 전망이 떠오른다. 바로 『고향』의 미학인 것이다.

III. 『봄』의 전망과 서사적 시간성의 심화

1. 작품 평가의 두 가지 관점

작가가 그 자신의 체험적 사실을 작품화한 자전소설은 일단 작가론적 관점에서 중요한 의의를 가진다. 물론 그러한 작품들에도 상당한 비중의 차이가 개재된다. 즉 경우에 따라서는 그 작가의 단순한 개인으로서의 인간적 면모를 엿볼 수 있는 참고자료에 그치기도 하지만, 보다 의미심장하게 그의 예술가로서의 정체성에 직결된 문제작으로 부각되기도 하는 것이다. 후자의 경우라 하더라도 문학사적 관점에서는 그 작품 자체의 미학적 수준 혹은 완성도를 기준으로 하여 최종적인 평가를 내리는 것이 당연하다. 그렇다고 하더라도 그 검토 과정에서는 작가의 위상과 함께 작품의 진정성이 고려되어야 한다. 일급 작가의 본격적인 의미의 자전소설이라면 그러한 사실만으로도 문학사적 의의랄까 중요성을 지닐 만하기 때문이다. 『고향』의 작가 이기영의 자전소설 『봄』(『동아일보』, 1940.6.11~8.10, 『인문평론』, 1940.10~41.2: 단행본 『봄』, 대동출판사, 1942.8)에 대해서도 이와 같은 작가론적 관점과 문학사적 관점의 적절한 균형이 필요하다.

　이기영의『봄』은 작품의 시간적·공간적 배경, 작중인물과 사건 등 대부분의 내용이 그 자신의 출신가계, 가족관계, 가정환경, 성장과정 등 전기적 사실이나 여러 수필에서 본인이 술회해 놓은 일화, 경험담 등과 거의 합치한다.[1] 이와 관련하여 작자 스스로 이 작품이 '자서전적 소설'임을 두 번이나 명언한 바 있는데,[2] 그의 다수 작품들이 자전적 성격을 가지고 있음에도 불구하고 그것을 직접적인 진술로 내세운 적이 없기에 매우 특이한 사례라 할 수 있다.

　그러니까『봄』은 확실한 의미에서 이기영의 유일한 자전소설이라 할 만하지만, 이 측면에 대해서는 깊이 있는 논의를 별반 찾아볼 수 없다. 자서전 형식 또는 자서전 문학에 대한 이론적인 연구나 비평적 고찰이 뚜렷하게 이루어져 온 일이 없었다는 일반적인 사정을 감안하더라도,『봄』의 자전소설로서의 측면을 적극적으로 조명하지 않는 것은 작가론적 관점만이 아니라 문학사적 관점에서도 문제가 있다고 본다. 물론 기존의 논의들도『봄』이 자전소설이라는 명시적 사실을 두루 인정하고 그것을 작품 분석의 유력한 근거로 삼고 있다. 이 작품이 "유년의 회고물에 불과하다"[3]든지 또는 "역사에 대한 전망을 갖지 못했"다든지 하는 이유로 소설

1　『봄』의 이야기가 마무리되는 시간적 지점은 '석림'=이기영이 소학교를 졸업한 해의 칠월칠석 다음날로 되어 있는데(이기영,『봄』, 평양:조선작가동맹출판사, 1957.7, 395면), 이를 실제적인 날짜로 환산하면 1910년 8월 11일이다. 이 시점까지의 작품 내용과 전기적 사실 및 수필류의 경험담, 일화와의 대응관계에 대해서는 김흥식,「가계와 작가로서의 입신과정」, 정호웅 편,『이기영』, 새미, 1995, 95~107면 참조.

2　이기영,「작자의 말」(차회 연재장편소설 예고),『동아일보』, 1940.6.5. 그리고 이기영, 「저자의 말」,『봄』, 평양: 조선작가동맹출판사, 1957.7, 4면.

3　김윤식·정호웅, 한국소설사, 예하, 1993, 157면.

이 응당 갖추어야 할 "총체성 미달"이라는 것,[4] "소년의 내면에 갇혀 버린 서술 시각" 때문에 현실의 풍부성이나 "역사적 필연성"을 인식할 수 없었다는 것,[5] "연대기적 자전적 소설의 형식을 취함으로써" "소설적 진실성을 훼손하게 된 것"[6] 등이 그것이다. 자전적이라는 것 자체가 소설로서의 한계를 드러내게 한 원인이라고 하지는 않았지만, 그 형식적 특성에 대해 유의하지 못했다는 점을 지적할 수 있다. 즉 중년 성인인 화자로서의 작가와 소년인 주인공으로서의 작가를 구별하지 않음으로써 이 작품의 주제 내지 창작 의도에 대한 숙고 없이 그 제재로서의 내용에만 성급하고 일방적인 비판을 가한 꼴이 되어 버린 것이다. 이와 같은 『봄』에 대한 기존의 논의 방식이 이 작품의 연재 당시에 있었던 김남천의 문제 제기와 그 틀이 닮았다는 점은 눈여겨볼 대목이다.

가령 이씨나 한씨가, 주인공을 모두 6, 7세의 소년으로 선택하였는데, 나는 이것이 年代에 대한 의식보다도 편의적인 생각에서 된 것처럼 느껴지는 것이다. 夕林이나 우길이는 모두 작자 자신들이다. 그들은 30년대의 대표인물이긴 할지언정 한말대의 대표인물은 되지 못한다. 작자 자신의 기억을 이용한다는 편의적인 생각과 작자 자신을 돌아본다는 회고정신에 의해서, 연대의 정신은 명확히 형상화되는 데 장애를 받고 있다. 만약 氏 等이 이 같은 편의적인 생각에서가 아니고 연대기 가족사소설의 투철한 이념에서였다면 『탑』은 훨씬 더 인물을 정비하고 잡설도 제거하고, 풍속집이 되는 데서도 구원을 받았을 것이며, 『봄』도 『신개지』에서 본 금

---

4   김윤식, 「이기영론-『고향』에서 『두만강』까지」, 정호웅 편, 앞의 책, 84~8면 참조.
5   서경석, 「자전적 소설의 한 유형-『봄』」, 정호웅 편, 위의 책, 237~8면 참조.
6   이상경, 『이기영: 시대와 문학』, 풀빛, 1994, 285면.

점판과, 방개어미와 같은 남술이 처와, 방개와 같은 국실이를 다시금 보여주지는 않았을 것이다.[7]

요점을 간추리면 주인공이 보다 성숙한 나이의 "적극적이고 긍정적인 인물"[8]일 것, 작가 또한 비판적이고 진취적인 자세를 견지할 것, 이 두 조건이 충족될 때 가족사 연대기 소설의 형상화가 성공적일 수 있다는 것으로 된다. 이는 자기고발론-모랄론-풍속론-관찰문학론 등으로 이어진 김남천의 소위 로만개조론의 '기본적 내용'인 "'모랄'의 확립, 정황의 전형적 묘사, 생기발랄한 인물의 창조, 지적 관심의 앙양"[9] 등과 맞아떨어진다. 이 로만개조론의 실제적인 방안이 다름 아닌 '가족사 연대기 소설'이다. 그 첫 작품이 김남천의 『대하』이고 다음으로 이기영의 『봄』, 한설야의 『탑』이 뒤따랐는데, 막상 입안자인 김남천은 자신을 비롯해 모두 실패로 보았다.[10] 각 작품마다 결함이야 있는 법이지만, 그보다 '가족사 연대기 소설'이라는 구상 자체의 논리적 함정으로 인해 미리 예정된 판정이기도 하다.

김남천이 말하는 가족사 연대기 소설이란 엄밀하게는 장르 개념이 아니라 제재의 범위나 작품의 외형을 정하는 편법적 용어에 불과하다. 기

7   김남천, 「산문문학의 일년간」, 『인문평론』, 1941.1, 121면.
8   김남천, 「현대 조선소설의 이념-로만개조에 대한 일 작가의 각서-」, 『조선일보』, 1938.9.15에서는 채만식의 「천하태평춘」, 「치숙」, 「이런 처지」, 「제향날」 등의 작품이 적극적 긍정적 인물을 그리지 못했다고 지적했는데, 「탁류」도 후반부로 접어들면서 같은 양상이어서 문제라고 했다. 이는 다른 작가들의 경우에도 일관되게 적용된다는 점에서, 그의 로만개조론에서 진정한 풍속소설과 세태소설을 가름하는 핵심개념이라고 할 수 있다.
9   김남천, 「현대 조선소설의 이념-로만개조에 대한 일 작가의 각서-」, 『조선일보』, 1938.9.18.
10 「대하」의 실패에 대해서는 김남천, 「양도류의 도장」, 『조광』, 1939.7, 287면 참조.

실은 발자크의 사회소설로서의 풍속소설, 엥겔스의 전형론 등을 염두에 둔, 김남천 식으로 이르자면 '중풍속' 소설을 주문했던 것이며, 그 전제조 건으로 주인공의 성격과 작가의 자세를 문제 삼는 것이었다. 로만개조의 실제적인 방안인 가족사 연대기 소설이란 구 카프 계열 문인들의 양심 혹 은 리얼리즘 정신을 계속 관철하려는 의욕과 그것을 용납하지 않는 전형 기의 현실 정세와 상황, 이 양자 사이의 악순환적 구조 속에서 도출된 하 나의 궁여지책일 수밖에 없다. 따라서 작품의 됨됨이에 대해 주인공의 성 격이나 작가의 자세를 따지는 것만큼이나 그 궁여지책이 부득이했던 조 건에 마주친 작가의 속 표정을 살펴봄이 마땅하다. 가족사 연대기 소설 이라는 비평가의 구상이 부득이했다면 자전소설이라는 작가의 구상 또 한 부득이했을 법하다. 후자가 작가의 실감으로는 우선적이라 하겠는데, 이기영의『봄』이 바로 그러한 경우에 해당된다.

2. 회고체 자전소설『봄』

이기영은 등단작인「옵바의 비밀편지」를 비롯하여「쥐이야기」,「외교관 과 전도부인」,「부흥회」,「박선생」등 일련의 풍자소설로써 반향을 얻었지 만,「농부 정도룡」,「민촌」,「장동지 아들」등 농민소설이야말로 그가 문 단의 주목을 받는 계기가 되었고 또한 그것이 그의 작가적 본령으로 가 름되기도 한다. 이 풍자소설과 농민소설과 함께 소위 방향전환기 이전의 초기 창작 활동에서 두드러지게 나타나는 작품 유형의 하나로 자전소설 을 들 수 있는데,「가난한 사람들」,「오남매 둔 아버지」,「천치의 논리」등 이 이에 해당한다. 그 주요 내용이 이기영 자신의 개인사와 부합하는 이들 자전소설은 한편으로 일관되게 체험의 힘을 바탕으로 창작에 임하고 자 했던 그의 작가적 특성 내지 미덕과도 긴밀히 연관된 것이라 할 수 있 다.[11]「옵바의 비밀편지」,「부흥회」등 풍자소설도 작가 자신이 직접 경험 한 사실에서 취재한 것이라 천명한 바 있거니와, 당대의 평판작이자 그의 대표작 중의 하나로 꼽는「민촌」과 그 후일담「장동지 아들」또한 핵 심 제재가 작가 개인의 은밀한 삶의 굴곡에 결부된 것이라는 점에서 자 전적 요소를 내장하고 있다.[12] 뿐만 아니라 경향소설의 최고봉으로 일컫 는『고향』도 작품의 시간적, 공간적 배경이나 주인공 김희준의 성격 설정 등에서 작가의 실제 경력과 겹친다는 점에서 자전적 요소를 가지고 있다. 전형기의「설」,「종」,「공간」등 내성소설들도 자전적 성격이 다분한 작품 이며,『봄』은 앞에서 지적한 바대로 작가 본인이 직접 자전소설이라 언명 한 작품이다.

　이들 소설 작품의 자전적인 면모는 이기영 본인이 이야기한 경험담과 일화를 통해 방증되는데, 그래서 자전적 수필에 해당되는 글들 또한 문 단활동의 전 기간에 걸쳐 많은 편수에 이른다. 말하자면 그는 자전적 글 쓰기가 유난히 두드러진 작가라 할 수 있다. 자전적 글쓰기란 무엇인가. 모든 글쓰기는 자기발견의 과정이며 동시에 자기형성의 과정이기도 하다 는 점에서 자전적 글쓰기라 할 수 있다.[13] 이기영은 바로 그러한 자전적 글쓰기를 통해서 스스로 힘을 얻는 방식으로 작가생활을 내내 이어간 것

11　이에 관해서는 제1부 Ⅲ장 1절 참조.
12　「민촌」과「장동지 아들」의 자전적 요소에 대해서는 별도 논문에서 상세히 밝히고자 함. 방향전환기의「고난을 뚫고」도 두 작품과 함께 검토될 동류의 작품임.
13　Francis R. Hart, "Note for an Anatomy of Autobiography," New Directions in Literary History ed. by R. Cohen, Routledge & Kegan Paul Ltd.:London, 1974, 225~6면.

으로 보인다. 작가로서 어떤 문제에 당면했을 때 스스로 힘을 얻기 위해 자전적 글쓰기를 한다면, 그 문제의 성격과 글쓰기의 형식 사이에는 일정한 대응관계가 성립되는 것이 자연스럽다. 이기영의 경우는 어떠했던가. 이와 관련해서는 자서전의 서술양태에 대해 먼저 살펴보아야 할 것이다.

"자서전의 형식적 원리들은 자서전을 쓰는 여러 의도들의 상호작용과 전이에 따라 전개되고 변동된다. 하나의 형식적 문제나 선택에 따라 종종 작자가 의도한 바의 초점이 바뀌거나 혹은 그가 말하고자 하는 진실의 성질이 다시 정해지기도 한다. 형식과 의도의 관계는 그와 같이 상대적이다."[14] 그럼에도 불구하고 자서전의 서술양태(mode)는 작자의 의도와 말하고자 하는 진실을 기준으로 하여 통상 세 유형으로 범주화된다. 즉 자신의 내면적 본성 내지 진실을 전달, 표현하려는 개인사로서의 고백체(Confession), 자신의 정당성을 입증하고 인식시키려는 개인사로서의 변증체(Apology), 자신의 형성사(historicity)를 정리, 복원하려는 개인사로서의 회고체(Memoir)가 그것이다. 고백체는 자신을 본성이나 진실과 관련되게, 변증체는 자신을 사회적이며 도덕적인 규준과 관련되게, 회고체는 자신을 시간, 역사, 문화적 양식 및 그 변천에 관련되게 자리매김 하려는 의도나 충동으로서 그 속성은 각각 존재론적인 것, 윤리적인 것, 역사적 혹은 교양적(cultural)인 것이라 할 수 있다.[15]

단지 제재의 차원에서 개인사의 일부분을 활용한 「민촌」이나 『고향』 등은 일단 논외로 한다면, 앞에서 언급한 그 밖의 「가난한 사람들」 등 초기의 자전소설이나 「설」 등 전형기의 내성소설들은 변증체에 해당한다. 시대와 사회에 대한 비판과 작가로서의 사명감에 관계된 것이 그 중심 내

14 위의 책, 227면.
15 위와 같음.

용이기 때문이다. 물론 초기의 자전소설들은 등단 초기의 의욕과 작가로서의 포부를 토로한 것이라는 점에서 전향적 변증체, 전형기의 내성소설들은 경색 일로를 걷는 정국 속에서 무기력할 수밖에 없는 자기 자신에 대한 번민을 표백한 것이라는 점에서 퇴행적 변증체라고 할 수 있다.

이에 반해 『봄』은 거의 순수한 회고체이고, 이에 대해서는 논자들 사이에 별다른 이론이 없다. 그리고 '회고체'이기 때문에 작품으로서 한계를 노정할 수밖에 없었다는 평가도 대체로 일치한다. 그러나 오히려 '회고체'이기 때문에 이 작품만의 성취와 가능성에 이르렀다고 할 수 있지 않을까.

앞에서 자전적 글쓰기라 했지만, 객관적 형태의 측면에서 이러한 부류에 속하는 유형으로는 우선 자서전이 가장 확실하고, 회고록(mémoires), 전기(biographie), 한 개인의 삶을 그린 사소설(roman personnel), 자전적인 시(poéme autobiographique), 내면일기(journal intime), 자기묘사 이야기(autoportrait) 혹은 수필(essai) 등을 들 수 있다. 자서전의 사전적 정의를 "한 실재 인물이 자기 자신의 존재를 소재로 하여 개인적인 삶, 특히 자신의 인성의 역사를 중심적으로 이야기한, 산문으로 쓰인 과거 회상형의 이야기"[16]라 할 때 여타의 형태들은 그 조건들을 모두 충족시키지 못한다. 그러면 자서전과 자전소설의 관계는 어떠한가. "텍스트 내적인 분석에 머문다면 그 둘 사이에는 아무런 차이가 없다"[17]고 본다. 소설의 경우 개연성 즉 허구를 전제로 한다는 것을 빼고는 둘은 구조적으로 동일하다고 간주된다. 자서전의 형식이 곧 자전소설의 형식인 것이다. 그런데 자서전의 사전적 정의에서 순수하게 형식에 관한 규정은 '과거 회상형의 이야기'

---

16   필립 르죈, 『자서전의 규약』, 윤진 옮김, 문학과지성사, 1998, 17~9면 참조.
17   위의 책, 36~7면 참조.

라는 점에 놓인다. 여기서 '이야기(récit)'란 "언술 내용 속에 언술 행위의 상황이 드러나지 않는 것," 즉 "서술형 이야기"를 말하며, 자서전 형식은 이것이 위주로 되어야 한다. 바꿔 말해서 "수화자를 향한 발화자의 의도가 명시적으로 드러나는, 즉 언술 내용이 언술 행위의 상황으로 명시적으로 연결되는" 담론(discours)은 전적으로 배제하기는 어렵다 하더라도 부차적인 수준을 넘으면 곤란한 것이다.[18] 이렇게 보면 작가로서의 지향점에 대한 담론에 치중한 이기영의 변증체 자전소설들과는 다르게, 순수한 회고체의 이야기 형식인 『봄』이야말로 자전소설의 본령에 들어갈 자격을 갖추었다고 할 수 있다.

여타의 자전소설들이 단편임에 반해, 『봄』은 삶의 서사적 추구과정을 감당할 수 있는 장편이다. 이는 물론 가족사 연대기 소설이라는 주문을 받아들인 것이기에 당연하다 하겠으나, 그러한 외형적인 틀을 채워 주는 다양한 인물군 사이의 복합적인 사건들, 그리고 그것들이 전개되는 시간적 공간적 길이와 폭은 그냥 주어질 수 없는 것, 즉 기계적으로 조립해 낼 수 있는 것이 아니다. 인물들과 사건들은 기억과 경험으로 엮어낸다 하자. 시간과 공간의 확장, 그 상상적 영토의 열림은 발상법의 전환 없이는 불가능하다. 이를 알아보기 위해서는 『봄』의 창작을 전후하여 그를 둘러싼 저변의 사정을 짚어볼 필요가 있다.

이기영이 카프 제2차 검거사건으로 1년 반 남짓한 옥고를 치르고 징역 3년의 집행유예 판결로 출감한 것은 1935년 12월 초순경이고, 그와 박영희 두 사람만 대구지법 복심에 회부되어 원심대로 확정된 것은 1936년 2월 중순경이었다. 그 사이에 〈사상범보호관찰법〉의 공포(1936.5.29),

18 위의 책, 18면의 역주 *2) 참조.

시행(동년 11.20)에 따라 〈조선사상범보호관찰령〉이 공포(1936.12.12), 시행(동년 12.21)됨으로써 그 뒤로는 계속 엄중한 사찰과 통제 아래 묶이게 되었다.[19] 소위 신체제기에 접어들어서는 총독부의 시국인식간담회에 참석(1939.7.1), 국책소설 「대지의 아들」(『조선일보』, 1939.10.12~40.6.1)의 취재여행차 만주시찰(1939.8), 조선문인협회 간사 취임(1939.10.30), 그리고 뒷날의 조선문인보국회 소설희곡부회 상담역 취임(1943.4.17) 등에 동원되고 거기에 순응하는 것 말고는 다른 도리가 없었다.

창작생활도 부진과 파행에서 벗어나지 못했다. 즉 출옥 직후에 바로 장편 『인간수업』을 썼으나, 일종의 관념유희에 가까운 작품이었다. 장편 『신개지』(『동아일보』, 1938.1.19~9.8)와 그 영화화(1939)로 주가를 올리기도 했지만, 『고향』의 작가답게 전형기 문단의 침체를 타개할 수작을 내놓지 못했기에 평단으로부터 실망과 힐난의 소리까지 들어야 했다.[20] 카프

19 예심판결문에 의하면 이기영의 죄목은 치안유지법 제1조 제2항에 해당하는 것으로 되어 있다.(金正明, 『朝鮮獨立運動 V』, 東京: 原書房, 1967, 991면).
    치안유지법 제1조 제2항은 "사유재산제도를 부인하는 것을 목적으로 결사를 조직하는 자, 결사에 가입하는 자, 또는 결사의 목적수행을 위한 행위를 돕는 자는 2년 이상의 유기징역 또는 금고에 처한다."라는 것이다. 예심에서 카프 지도부로는 박영희, 윤기정, 이기영 3인이 지목되었는데, 복심까지 간 것은 박영희와 이기영 2인이었다. 〈사상범보호관찰법〉 제1조는 "치안유지법의 죄를 범한 자에 대하여 형의 집행을 언도한 경우, 또는 소추를 필요로 하여 공소를 제기한 경우에 있어 보호관찰심사회의의 결의에 의해 본인을 보호관찰에 부칠 수 있다. 본인이 형의 집행을 끝내거나 가출옥을 허락받은 경우도 같다."이고, 제5조는 "보호관찰의 기간은 2년으로 한다. 특히 계속할 필요가 있는 경우에 보호관찰심사회의의 결의에 의하여 그것을 갱신할 수 있다."이다. 그리고 〈조선사상범보호관찰령〉은 이를 그대로 따른다고 명시했으니, 이기영은 기한 없는 속박 속에 던져진 처지가 되었던 것이다.(이영철 엮음, 『자료 한국근현대사』, 법영사, 2002, 189면, 206~7면, 220면.)
20 예를 들어 이원조, 「2, 3월 창작평」(『인문평론』, 1941.4)은 이기영의 「종」, 「여인」 등이 그의 명성에 걸맞게 호평할 여지가 없어 실망스럽다고 했다. 그리고 이헌구, 「4월 창작평: 4월의 작품들」(『인문평론』, 1940.5)은 이기영의 득의처였던 농민소설 「왜가리촌」에 대해 "치마꼬리를 감추지 못하고 속곳바람으로 나서는" 꼴이라느니 "신문의 3면기사에 떨어지고" 말았다느니 하는 혹평을 서슴지 않았다.

의 지도적 작가였고 또 카프 제2차 검거사건의 중심이었으니만치 그의 경우에는 작품에 대해 한층 가혹한 검열이 행해졌을 것이다. 몰수, 삭제, 게재금지 등 검열의 직접적인 위해만이 아니라 그것에 대한 강박감과 피해의식도 작품 활동에는 치명적인 장애가 되었을 것이다. 급기야 국책소설 「대지의 아들」을 강요받아 쓰게 되었을[21] 때는 "야차같은 가위를 눌린 것"[22] 같은 중압감에 시달렸음에도, 그 같은 고역은 되풀이되었다. 작가로서 정체성의 위기에 직면했고, 이를 부인할 수도 변명할 수도 없는 처지였다.

이를테면 안팎곱사등이의 신세와 같았던 이기영의 속 표정은 당시의 몇몇 글에 대한 행간읽기를 통해 엿볼 수 있다. 즉 "길을 잃은 태마駄馬"[23]라든가 "두 눈을 가린 마차 말", 심지어 "저으사리보다도 더 심각한 기생충"에 스스로를 비유하여 자책하는가 하면, 산중에서 액막이로 삼을 마가목 지팡이감을 찾다가 안경을 잃고 길을 헤맨 일화로써 자신의 모습을 희화화하기도 했던 것이다.[24] 그리고 마침내는 '생명의 형식'인 공간과 시간이 소멸해 버렸다는 극단적인 허무[25]에 도달한다. 이 극단적인 허무란 아무것도 할 수 없다는 것, 글이 글쓰기를 하는 지금 여기의 상황과

---

21 현경준, 「문학풍토기-간도편-」, 『인문평론』, 1940.6, 81면.

22 이기영, 「장편소설 작가회의: 신문소설과 작가의 태도」, 『삼천리』, 1940.4, 123면, 128면. 이 글에서 "야차같은 가위를 눌린 것"이라 한 것은 물론 「대지의 아들」 연재에 임하는 심경을 우회적으로 토로한 것으로 읽히지만, 그 뒤에도 계속해서 「동천홍」(『춘추』, 1942.2~43.3), 「저수지」(『반도지광』, 1943.5~9), 「광산촌」(『매일신보』, 1943.9.23~11.2), 『처녀지』(삼중당서점, 1944.9.20) 등의 국책소설을 써야 했던 만큼 그러한 심경에서 내내 헤어날 수 없었다고 볼 수 있다.

23 민촌생, 「작가에게 방향을 제시」, 『인문평론』, 1940.3.

24 이기영, 「산중잡기」, 『동아일보』, 1939.12.5.~7,8,10,12.

25 민촌생, 「공간」, 『춘추』, 1943.6, 140~3면 참조. 다만 이 작품의 말미에 이기영 자신의 분신으로 보이는 인물의 "난 … 공간이 없다"라는 대목은 비관과 함께 결기를 함축한 중의적인 발언이라 할 수 있다.

연결되지도 될 수도 없다는 것, 그러니까 당대의 현안에 대해 담론하기가 가당치 않다는 것, 비유나 역설에 의지하는 퇴행적인 글쓰기가 아니고는 변증체 글쓰기가 나올 수 없다는 것이다. 이 허무의식이 실감으로 절실하고 철저했을 때, 그리하여 담론성의 배제 또는 최소화라는 방향을 선택했을 때 열린 서사적 시간과 공간이 다름 아닌『봄』의 그것이다. 요컨대『봄』의 회고체 형식은 '편의적인' 기억 따라가기가 아니라 작가로서의 정체성의 위기에 처한 자신의 형성사를 정리, 복원하기를 겨냥한 자각적인 선택이었다.

3. 『봄』의 시대 인식과 형상화 수준

김남천의 이른바 가족사 연대기 소설이 다른 이름으로는 '중풍속' 소설이라 할 때, 그 상대개념인 '경풍속' 소설은 물론 당시에 폭넓은 추세를 이루었던 세태소설을 가리킨다고 할 수 있다. '경풍속' 소설 또는 세태소설은 그 명칭이 말해 주듯 일단 그 피상적 세태묘사가 문제로 된다. 김남천의 관점에서는 채만식의『탁류』도 포함하여, 박태원의 고현학 또는『천변풍경』, 안회남의 신변소설들, 그 밖의 여러 통속소설들이 그 사례에 해당한다. '중풍속'과 '경풍속'을 구별하는 명명법에서 다소 고압적인 태도를 엿볼 수 있거니와, 전형기 비평의 주요 쟁점이었던 세태소설과 내성소설의 분열 사태에 대해 임화의 본격소설론, 백철의 종합문학론 등과 견주어 그의 로만개조론이 보다 확실한 해법이라는 자신감 같은 것이 아니었을까. 그 자신감과 소위 〈전작장편소설총서〉 기획에 합류하여 그 기획의 제1회 작품으로 결실을 맺은 것이 장편『대하』(인문사, 1939.3)였는

데, 앞에서도 말했듯이 그 자신이 실패작임을 인정한 바 있다. 그 이유로
는 심리의 현대화, 성격 창조의 유약성, 풍속 현상의 공식적 배치를 꼽았
다.[26] 이들 중 '풍속 현상의 공식적 배치'에 대해서는 그 자신이 소상히 밝
혀 놓았다. 즉 구한말 개화기가 배경인 작품의 시대를 서적과 구전에 의
거해서 재현했다는 것이다.[27] 1911년생인 그가 태어나기도 전인 시대를
그리자니 어쩔 수 없었겠지만, 지식과 개념, 그리고 면담 기록 따위가 실
감의 영역인 소설적 묘사와 한참 동떨어진 것임은 불문가지. 시대 배경을
『대하』와 같게 설정한 한설야의 『탑』도 사정이 이와 비슷했다. 1900년생
인 그 역시 파편적인 기억의 나열로 이루어진 "평면적인 회고물"[28]에 머물
수밖에 없었다. 세태소설들의 피상적 세태묘사를 문제 삼고서 "세태를
풍속에까지 높이자"[29]고 했으나 창작 실천은 따라가지 못했던 것이다.
한편 이 두 작품의 실패에는 김남천의 경우는 위에서 언급한대로 '심리의
현대화' 즉 작가의 자의적인 인물 설정, 그리고 한설야의 경우는 작가의
기질적 주관성 등도 요인이다. 결국 묘사력의 한계와 작가의 과도한 적
극성이 문제였던 것이다.

　　『봄』은 그 같은 두 가지 문제로부터 비껴나 있다고 할 수 있다. 먼저
이 작품의 배경 시간대는 1905년경에서 1910년 8월 초순경까지이다.[30]

26　주8과 같음.
27　김남천, 「작품의 제작과정 ─ 나의 창작노트 ─ 」(『조광』, 1939.6), 임규찬·한기형 편, 『작
　　가론 및 작품론』, 카프비평자료총서 Ⅷ, 태학사, 1990, 200~1면에 의하면, 1937년 5월
　　중순부터 약 1개월간 서도의 시골로 가서 취재했는데, 인정식의 『조선농촌기구의 분
　　석』, 이청원의 『조선역사 독본』 일부분, 백남운의 『조선사회경제사』의 일부분, 『성천읍
　　지』 두 권을 구하고 연로자들을 면담하는 것 정도에 그쳤다고 한다.
28　김윤식·정호웅, 『한국문학사』, 예하, 1993, 157면.
29　김남천, 「세태와 풍속 ─ 장편소설 개조론에 기함 ─ 」, 『동아일보』, 1938.10.23.
30　주 1과 같음.

이기영은 1895년생이니까 10세에서 15세까지의 기간이니, 유년의 세상 물정 모르는 철부지와는 다르다. 작품에서는 그 기간에 모친상을 당하고, 사춘기를 느끼고, 격동기의 문물 변화에 접촉하고, 조혼이지만 혼인을 하는 것으로 되어 있다. 당시의 연령이나 세대 관념으로도 준성인 대접을 받을 수도 있는 나이인 것이다. 따라서 그만한 나이라면 외부의 사상事象이나 그것에 대한 경험이 자아의 형성과정에 내재화할 수 있는 단계였다고 볼 수 있다. 그러니까 단순한 지식, 개념, 면담 기록, 유년의 막연한 토막 기억과는 달리, 삶의 가장 민감한 시기의 지워지기 어려운, 그래서 말 그대로 살아있는 기억으로서의 체험이 작품의 제재로서의 내용을 이루어 생생하고 구체적인 현장감을 자아내는 것이다. 다음으로 자서전 형식으로 회고체라는 점인데, 그저 기억을 더듬어가는 방식이 아니라, 앞에서 자세히 살폈듯이 담론성의 배제 또는 최소화를 전제로 하기 때문에 작가의 과도한 적극성이 개입됨에 따른 왜곡의 여지가 없는 것이다. 실제로 이 작품은 작가 전지적 시점으로 되어 있는데도 작가 관찰자 시점처럼 느껴지기도 하거니와, 이는 서술과 묘사의 대상에 대한 원근의 조정이 자유자재한 이 작가 특유의 '희곡작가적 재능'[31]이 발휘됨으로써 나타나는 효과이고, 그러한 기법의 구사도 회고체 형식의 선택에 부수된 것으로 볼 수 있다.

원래 2부작으로 계획된[32] 『봄』의 초판(대동출판사, 1942.8.) 차례는 〈민촌〉, 〈유선달〉, 〈서당〉, 〈커나가는 혼〉, 〈남술의 처〉, 〈물방앗간〉, 〈분

---

31 김우진, 「서간」, 『김우진전집』 II, 전예원, 1983, 240면.
32 이기영, 「저자의 말」, 『봄』(평양:조선작가동맹출판사, 1957.7), 6~7면 참조. 그리고 『봄』
    (대동출판사, 1942.8) 초판본의 끝에도 "제1부"라고 명시되어 있어 제2부를 기대하도
    록 되어 있다.

가〉, 〈사금광〉, 〈추석〉, 〈고담〉, 〈화중화〉, 〈입학〉, 〈중산선생과 백골〉, 〈조혼〉, 〈삭발〉, 〈평의회〉, 〈한참봉집〉, 〈숙직실 풍경〉, 〈재행〉, 〈이사〉 등, 모두 20장으로 짜여 있다. 구한말 개화기의 충남 천안 일원을 무대로 한 이 작품의 줄거리를 끌어가는 중심축은 개명양반 유춘화와 그의 아들 석림이며, 이 둘은 각각 이기영의 부친 이민창과 그 자신의 문학적 형상이다. 무관학교를 다니다 갑작스런 상배를 당해 낙향한 유춘화는 유력한 인척의 마름으로서, 때로는 신분을 넘나드는 호협한으로서 민촌의 신망을 받는 인물인데, 기울어가는 시국 속에서 사립학교 설립과 운영의 한 주역을 떠맡는 계몽가라는 긍정적 측면과 함께 양반계급으로서 재래의 방만한 생활방식을 과감히 청산하지 못하고 경제적 파탄을 자초하는 한계도 아울러 보여준다. 그리고 석림은 그러한 부친을 매개로 하여 점차 자아에 눈뜨고 바깥세상과 시대의 격동을 접촉하면서 삶에 대한 의식의 지평을 넓혀가는 것으로 그려진다. 이 작품의 제1부는 유춘화가 금점에 실패하여 실의에 빠지는 즈음에 석림이 더 넓고 큰 새 세계를 동경하여 가출을 꿈꾸는 대목에서 멈추어 있다.

우선 이 작품은 시간과 공간의 구조적 확실성이 돋보인다. 이야기의 시작이 제1장 〈민촌〉이고 마지막이 제20장 〈이사〉로 되어 있는데, 이 공간의 이동은 유춘화가 마름 자리를 떼이게 되는 시간의 진행이기도 하다. 동시에 그것은 석림의 자아가 성숙해 가는 시간의 진행으로도 된다. 민촌인 방깨울에서 반촌인 가코지로의 공간 이동은 양반 마름에서 한갓 인척의 더부살이로 전락하는 유춘화의 계층적 몰락의 과정이지만, 생존의 현장인 민촌의 역동성과 구습의 타성에 젖은 반촌의 정체성을 대비할 만큼 깨어가는 석림의 정신적 성장의 과정이다. 그러므로 이 작품의 시간 개념은 일상적인 연대기의 그것처럼 한 방향으로 나가기만 하는 것이 아니라, 파괴 작용과 형성 작용을 함께 지닌 것이다. 또한 공간 개념도 가족제도와 신분제도, 지주와 마름과 작인 사이의 소작제도 등에 의한 복합적 상호관계로 구성되어 있다.

이와 같이 입체적이고 복합적인 이 작품의 시간과 공간 구조에 개입함으로써 그 시대의 특수성을 고도의 전형성에까지 이르도록 하는 것이 다름 아닌 개화마당 읍내이다. 그러니까 이 작품의 전체 화폭은 방깨울과 가코지와 읍내라는 세 꼭짓점으로 이루어진 삼각형 공간 구도로 되어 있다. 읍내는 철도를 통해 개화문물과 광산투기꾼이 유입하는 길목이며, 동시에 관공서과 우편소와 학교가 있어 근대의 세계와 연결되는 통로이다. 한편으로 철도로 해서 방깨울의 촌사람들은 상품화폐경제에 의해 분해되고 또 인심의 타락과 미풍양속의 훼손이 초래된다. 다른 한편으로 유춘화 등 선각자들은 서당 학동들을 읍내에 세운 학교로 보내고 우편소장 중산中山으로 하여금 일어를 가르치게 한다. 이처럼 읍내를 매개로 하여 사람과 제도, 생활과 의식이 변모, 재편됨으로써 이 작품의 공간 개념은 새로운 복합적 상호관계를 구성하게 되고, 따라서 시간 개념도 유춘화나 석림과 같은 개인적 차원만이 아니라 집단적, 사회적 차원에서 파괴 작용과 형성 작용을 하는 것이다. 그리고 이와 같이 고도한 전형성의 유기적인 체계 속에 상례, 재취, 조혼, 미동재우기, 비역질, 애장 등의 습속, 단발령, 산지기 다루기, 사랑방 이야기꾼의 입담 등의 일화, 계층언어가 정확하게 구사된 인물들의 대사, 실감나는 풍물과 정경 묘사 등을 보탬으로써 더욱 풍부한 형상화의 수준을 달성하게 되었다고 할 수 있다.

4. 시간 개념으로서의 '봄'

가족사 연대기 소설 또는 '중풍속' 소설은 김남천에 따르면 "사회기구의 본질이 풍속에 이르러서 비로소 완전히 육체화된 것"[33]이다. 그것은 "풍속을 들고 가족사의 가운데 현현된 연대기로 간다"면, "개인과 집단과의 관계가 전면에 나설 것을 상상할 수 있다. 동시에 사회와 인물을 발생과 성장과 소멸에서, 다시 말하면 전체적 발전에서 묘출해야 할 것을 추상할 수 있다."로 좀 더 구체화된다.[34] 그러니까 그가 『봄』에 대해 아직 연재중인 상태에서 혹평한 것은 아마도 '전체적 발전에서 묘출해야 할 것'이라는 부분을 충족시키지 못한다고 보았기 때문일 것이다. 즉 역사 발전의 필연성 내지 방향성을 부각시키지 못했다는 것인데, 『봄』의 주인공이 '적극적인 긍정적인 인물'이 아니라는 점, 그것은 작가가 너무 "편의적인 생각에서" 썼다는 것, 말하자면 비판적이고 진취적인 자세를 결여했다는 점을 그 근거로 지적되었다.[35] 이 논법을 따라가게 되면 『봄』은 다음과 같이 평가된다.

그러나 『봄』은 일제의 전시체제하에서 아예 특정한 시각에 따른 소설의 구성을 포기하고, 작가가 고향 천안에서 보낸 유년기의 기억 자체에 기대어 연대기적인 서술방법을 취함으로써, 통속소설이나 생산소설과 같은 왜곡된 현실 반영을 피하고자 한 작품으로서의 성과와 한계를 동

33 김남천, 「일신상 진리와 모랄」, 『조선일보』, 1938.4.22.
34 김남천, 「현대 조선소설의 이념-로만개조에 대한 일 작가의 각서-」, 『조선일보』, 1938.9.18.
35 주7과 같음.

시에 가진 것으로 볼 필요가 있다.

생생한 체험으로부터 디테일의 진실성이 확보될 수 있었고 거기서 세태와 풍속에 대한 흥미로운 묘사들이 풍부하게 소설 속에 들어오게 되었다. 또한 작가의 아버지를 모델로 하여 당시 개화양반의 한 부류가 가진 이중성을 포착하는 데서 성과를 거두었다. 즉 유선달로 대표되는 '얼치기 개화꾼'의 운명을 그의 사회적 존재와 인간적 운명의 관점에서 그려내는 데 성공했다고 본다. 유선달과 같은 얼치기 개화인의 인물 형상을 창조한 것은 이 소설의 성과이다.

그러나 전체적으로 보아 이 시기의 작가에게 가해진 일제의 억압과 작가 자신의 적극적인 지향의 상실 때문에 식민지 자본주의의 비판과 극복이란 시각 역시 상실되고 말았다. 그래서 사물의 본질과 현상을 구분하여 유기적으로 연관시키지 못하고 그것을 평균화시킴으로써 인물의 개성이 희미해지고, 전체적으로 자연주의적 경향을 노정하게 되었던 것이다.[36]

"전체적으로 자연주의적 경향을 노정하"는 한계를 보였다는 평가는 '디테일의 진실성'이나 "세태 풍속에 대한 흥미로운 묘사들이 풍부"한 측면만 보고 혹은 그러한 측면에서 남달랐던 작가의 능란한 수완에 매료되어, 앞에서 분석한 바와 같은 이 작품의 진정한 전체 형상을 구조적으로 파악하지 못한 때문은 아닌가. 그리고 그 근본 원인으로 '작가 자신의 적극적인 지향의 상실'과 '식민지 자본주의의 비판과 극복이란 시각'의 '상실'을 들었는데, 이는 이 작품의 문제가 작가의 '편의적인 생각에서' 생

---

36 이상경, 앞의 책, 269~7면.

겼다는 것, '전체적 발전에서 묘출'하지 못했다는 것과 같은 틀이 아닌가. 로만개조론의 '실제적인 방안'이 '가족사 연대기 소설'로 수렴될 수밖에 없었던 것은 당대의 현안을 놓고 '식민지 자본주의의 비판과 극복이란 시각'을 관철할 수 없었기 때문이고, 또 '전체적 발전'에 대한 전망 즉 역사 발전의 필연성 내지 방향성을 대놓고 적용할 수 없는 정세와 상황을 어느 정도 인정할 수밖에 없었던 때문이 아닌가. 그럼에도 불구하고 구한말 개화기를 형상화한 작품에 대해 작품 발표시기의 문제의식을 외삽하는 비판 방식 혹은 폭주의 논법은 작가의 과도한 적극성을 강요하는 비평가의 과도한 적극성과 그것에 연장된 연구자의 과도한 적극성을 드러낸 것일 따름이다.

유춘화가 '적극적인 긍정적인 인물'이 아님은 사실이다. 그러나 이 역시 그 시대의 어쩔 수 없는 객관적 한계로부터 규정된 것이라고 할 수 있다. 가령 민촌 방깨울과 반촌 가코지의 모순, 말하자면 재래 조선사회의 모순만이 존재하는 시대라면 선정을 포부로 하는 입신양명주의자로서, 혹은 신분관념을 파탈한 협객이나 일사로서, 영웅소설의 주인공처럼 '적극적인 긍정적인 인물'로 그려질 수 있었을 것이다. 그러나 방깨울과 가코지의 모순에 개화마당 읍내로부터 거대한 힘이 개입해서 삶의 판도 자체가 근본적으로 뒤흔들려 버린 시대, 방깨울과 가코지와 읍내의 삼각 구도 속에 이제껏 한 번도 경험해 보지 못한 괴물 같은 모순이 출현해서 커가는 시대에는 고대소설식 영웅이 차지할 자리나 맡을 구실은 없다. 영웅은 혼자서 되는 것이 아니다. 그 새로운 모순이 크고 깊어져 가야만 그 속에서 새로운 영웅이 나타날 수 있는 것인데, 소설이라는 허구의 세계에 어느 정도 그런 가능성을 띤 주인공이 등장하는 것은 『고향』(1933~4)에서였다.

그러나 시대는 거기에 이르지 않았다. 동학도가 나서고 활빈당이 출몰하고 의병이 일어난 시대여서 단재 신채호의 역사영웅전이 씌어졌으나, 소설적 진실성을 띠기에는 너무나 예외적인 것이었다. 아직은 유선달의 한마디에 범의 눈을 한 송첨지가 여지없이 나가떨어지고 마는 시대였고, 설사 그런 인물이 역사 발전의 필연성이나 방향성과 함께 가는 주역이고 또 그렇게 그려질 수 있는 것이라고 하더라도, 그것이 실제로 이루어진 것은 훨씬 뒤에 『두만강』(1954~62)에서였다. 그런 시대에 유춘화는 신교육을 위한 광명학교를 세우고 운영하는 방향으로 나아갔고, 그 여파로 파산한다. 그것이 단순한 승벽이나 자기과시욕이었을까. 그런 '얼치기 개화꾼'도 있었을 것이다. 그러나 『봄』의 제16장 〈평의회〉에 그려진 유춘화의 연설 대목은 그가 결코 '얼치기 개화꾼'이 아닌 진지한 개명양반의 풍모를 지닌 인물임을 보여준다. 당시에 개명인사와 우국지사의 첫째가는 수단이자 능력으로는 연설을 꼽았고, 그래서 안국선의 『연설법방』(1907)도 금서로 되었던 것이다. 검열을 의식해서 비록 어투가 완곡하고 생략된 부분도 있지만, 그 연설 내용도 개명적이고 우국적이다. 이 부근에 유춘화와 그 계층의 가능성은 있었고, 그것은 그 시대의 한계이기도 했는데, 이기영의 애당초 구상도 그런 것이었다.

40년 전이라면 경부선도 아직 개통되기 전이다. 그때는 학교도 없었고 머리깎은 사람도 물론 없었다. 아문(衙門)에서는 조석으로 계폐문을 드리고 양반들은 노예를 매매했고 직인은 볼기를 치고 쌀 한 말에 몇 십전을 안할 때였다. 비록 갑오갱장 이후라고는 하나 오히려 이 나라 백성들은 쇄국주의의 농성(籠城) 밑에서 속절없는 백일몽을 꾸고 있었다.

그러나 다른 한편으로는 소위 자본문명의 노도가 태고를 꿈꾸는 이

땅의 성벽을 부시고 대들었다. 광당목이 생기고 양황과 양권련이 들어오고 새로 난 도구물(染料)은 부녀자의 치마빛을 일신하게 하였다.

그러나 그때는 아직 신구사상의 충돌도 없었다. 더구나 그것이 먼 시굴에 있어서랴?

이런 판국에 주인공은 과연 어떻게 자기의 운명을 개척할 수 있었을까? 작자가 구태여 이런 시대를 택한 것은 다름이 아니다. 남도의 어느 읍촌을 배경으로 농촌 생장인 소년 주인공이 역경과 싸워가며 새 시대를 준비해 나가는 발전의 경로를 연대적으로 그려보자 함이다. 그것은 주인공의 입지전(立志傳)적 투쟁기록인 동시에 농촌 분해과정의 역사적, 경제적 사상(事象)의 시대적 현실을 자연과 습속(習俗)을 통하여 들여다보자는 것이 이 소설의 희망이다.

그러나 작자의 미비한 지식이 과연 이것을 능당할는지 모른다. 다만 작자는 어렴풋하나마 소년시절의 옛 기억을 더듬어서 내 딴은 전력을 다하여 써보겠다. 연대로 치면 작자의 자서전적(自敍傳的) 일면을 비쳐볼 수 있는데, 작자가 이 소설에 흥미를 느낀 점도 솔직히 말한다면 여기에 있다고 할 것이다.[37]

이와 같이 작가는 『봄』의 구한말 개화기를 전환기의 초입으로, 그리하여 유춘화를 그러한 과도기에 걸맞은 인물답게 그렸을 따름인 것이다. 서울서는 분경奔競하는 무반의 후예, 무관학교 생도였고, 낙향해서는 양반 마름이자 계몽운동의 선각자였으나, 드디어 몰락을 눈앞에 둔 처지에 떨어지는 지점에서 그는 줄거리의 중심에서 비껴나게 된다. 위의 인용에

37 이기영, 「작자의 말」, 『동아일보』, 1940.6.5.

서 보다시피 이 작품은 주인공이 석림이며, 석림의 입지전 즉 성장소설로 구상되었던 것이다. 제4장 〈커가는 혼〉에서 석림의 승벽을 보여주는 '돌팔매질' 대목이나 제10장 〈고담〉의 모친을 여읜 후의 '가출' 충동에 대한 서술은 성장소설 구상을 뒷받침하는 복선으로 읽힌다. 그런데 그 석림의 '입지전적 투쟁'이 이제 막 그 첫발을 내디디기 직전에서 이야기는 멈추어 있다. 그럴 수밖에 없었던 사정은 다름 아닌 검열 때문이었다고 해명하고 있다. 제2부는 그 시기가 경술국치(1910.8.29)와 3.1운동을 취급해야 하나 당시로서는 도저히 검열을 통과할 엄두가 나지 않았다는 것이다.[38] 이 점은 북한에서의 개정판(평양: 조선작가동맹출판사, 1957.7) 말미에 추가된 제20장 〈이사〉 제7절에서 석림과 장궁의 작별이 칠월칠석날로 되어 있는데, 그 날이 양력으로 환산하면 경술국치 보름 남짓 전인 것과도 통한다. 따라서 이 작품에서 석림이 주인공으로서 '적극적인 긍정적인 인물'이 아니라는 것을 논란하는 것도 유춘화의 경우와 마찬가지로 별반 의미가 없다. 김남천은 그가 『봄』을 혹평할 무렵에 함께 『인문평론』의 필진으로 있던 서인식이 G. 루카치의 『역사소설론』을 소개하는 「께오리·루가츠 역사문학론해설」에서 "불가피의 아나크로니즘"을 설명해 놓았는데도,[39] 본인의 비평가로서의 오류와 관련된다는 점을 몰랐다. 이 시대착오의 문제에 관한 마르크스–라쌀레의 〈지킹겐 논쟁〉에 그가 관심을 가지게 된 것은 해방공간에 가서였다.

『봄』은 자전소설이며, 그것도 회고체 자전소설이다. 자전소설은 작자와 주인공의 동일성을 규약의 하나로 한다. 이 점은 자서전과 자전소설이 전혀 다르지 않다. 다만 자전소설은 허구를 전제로 한다. 그래서 자

---

38 주32와 같음.
39 서인식, 「께오리·루가츠 역사문학론해설」, 『인문평론』, 1939.11, 112면.

전소설에서 작자와 주인공의 동일성은 엄밀히는 유사성이다.[40] 일정한 만큼의 간격이 있는 동일성이라는 말이다. 그 간격을 늘이고 줄이고 하는 것은 작가의 재량이다. 그 재량의 양상에 따라 자전소설은 고백체도, 변증체도, 회고체도 될 수 있는데, 회고체에서 작자와 주인공의 간격은 다름 아닌 시간이다. 열너덧 살의 주인공 석림과 사십대 중반의 화자인 이기영의 간격을 간과하는 것, 그것이 바로 시대착오라 할 것이다. 작가는 이 작품의 시간 진행에 본질적으로 어떤 간섭도 하지 않는다. 작중의 현실 그 자체의 시간과 그 보폭을 같이 하는 것이다. 작가가 그 보폭을 달리 하는 것, 그것이 작가의 과도한 적극성이며, 조급증이며, 시대착오라는 것을 자각하고 있는 것이다. 그래서 주인공 석림의 의식은 경이로운 비약의 과정으로 그려지지 않는다. 시간의 진행은 석림의 형성사(historicity)이고 동시에 유춘화의 몰락사인데, 그것을 회고하는 중년의 이기영은 "내게는 …공간이 없다."(「공간」)는 말처럼 앞길이 막힌 상태였다. 이 허무와 맞닥뜨리는 순간 그는 석림이며 동시에 유춘화임을 깨달았을 것이다. 그 깨달음은 실상 시간의 본질에 대한 것, 즉 시간은 형성작용과 파괴 작용을 동시에 진행시킨다는 것, 그 진행은 쉬는 법이 없는 지속되는 순환이라는 것이며, 따라서 '봄'은 반드시 온다는 믿음이자 염원 속에서 커 나온다는 것, 바로 작품『봄』의 의미가 아니겠는가.

---

40 필립 르죈, 앞의 책, 37면.

Ⅳ. 일제말기 이기영 문학의 내부망명 양상 연구

1. 해방기 문학의 전망

문학과 정치의 통합론이든 그것에 맞서는 분리론이든, 이는 모두 양자 관계에서 극단적 편향을 선택함에 따른 한갓 정책적 명제일 뿐임은 새삼스레 논란거리가 되지 않는다. 문학과 정치 그 어느 것이나 필경 삶과 현실의 총체성에 의해 매개되고 포섭된다는 점을 굳이 들추지 않더라도, 양자의 분리론에서 항용 가장 뚜렷한 근거로 내세우는바 문학의 예술적 특수성을 어떻게든 승인하기에 성립되는 것이 통합론이기 때문이다.

그럼에도 불구하고 해방기 문단의 재편과정에서는 문학과 정치의 통합론과 분리론이 전면적으로 대립 갈등하는 양상을 보였거니와, 〈조선문학건설본부(문건)〉(1945.8.16)와 〈조선프로레타리아문학동맹(문동)〉(1945.9.17)·〈조선프로레타리아문학예술동맹(프로예맹)〉(1945.9.30)의 합동 조직체 〈조선문학가동맹(문맹)〉(1945.2.9) 쪽이 통합론에 그리고 〈중앙문화협회(중문협)〉(1945.9.18)·〈전조선문필가협회(전문협)〉(1946.3.13)·〈조선청년문학가협회(청문협)⟩(1946.4.4) 쪽이 분리론에 섰음은 주지하는 바와 같다. 양쪽 모두 조직의 강령에서 각기 특정한 정파적 입장을 표방했지만, 특히 "일체의 공식적 예속적 경향을 배격하고 진정한 문학정신을 옹호함"[1]을 공언함으로써 자가당착 내지 이율배반을 무릅쓴 뒤쪽에 대해서는 그 문학의 정체성이 논리 이전 또는 초논리의 상태에 놓인 어떤 것, 한마디로 막연한 것이라는 지적이 가능하다. 이에 비해 앞쪽의 경우에는 조직체의 정비 과정을 거치는 가운데 그 문학의 기본틀을 잡아갔는데, 그 구체적 내용은 한편으로 ⟨문건⟩과 ⟨문동⟩·⟨프로예맹⟩의 합동회의[2]와 ⟨제1회 전국문학자대회⟩(1946.2.8~9)에서의 ⟨문맹⟩ 정식 출범 사이에 진행한 자격심사, 다른 한편으로 「조선문학의 지향」과 「문학자의 자기비판」을 주제로 한 ⟨아서원좌담회⟩(1945.12.12)와 ⟨봉황각좌담회⟩(1945.12. 그믐께)에서 다루어진 당면 실천과제에 관한 논의를 살핌으로써 파악할 수 있다.

문맹의 자격심사란 전국문학자대회에 참가할 만한 자격이 있다고 판단되는 인사 233명을 '지명문학자'로 선정한 작업을 가리키며, 그중 대회의 취지와 주최 단체의 성격에 동의하는 가맹회원이 120명이었고 첫날 참가자는 91명이었다. 일제 말기 전시총동원체제에 어떤 식으로든 연루되지 않은 문인이 거의 없었다는 점, 해방 정국에서 문단도 진영별로 세력 규합에 급급한 판이었다는 점, 그리고 문맹의 주요 인사들 다수가 조선문인협회(1939.9.29)와 조선문인보국회(1943.4.17)에서 지도적 위치를 지

---

1 「조선청년문학가협회결성대회취지서」(1946.4.4)
2 조선문학가동맹 중앙집행위원회서기국, 「제1회 전국문학자대회 회의록」, 『건설기의 조선문학』, 백양당, 1946, 203면에 따르면, 양측 대표의 공동위원회(1945.12.3), 합동에 관한 공동성명서(1945.12.6), 합동총회 개최(1945.12.13) 순으로 진행되었다.

키면서 중추적 역할을 담당했던 이들[3]을 배제한 것은 틀림없겠으나, 그 결과의 모양새가 문인들의 전력과 연관해서 어수선할 수밖에 없었을 것이다.

그러한 사정을 수습하는 이외에도 조직체의 외형 통합에 걸맞게 노선의 통일을 꾀하고자 마련한 자리가 두 차례의 좌담회였는데, 〈문건〉 측과 〈문동〉 측은 이견을 좁히지 못하고 내연하는 양상을 보였다. 먼저 〈아서원좌담회〉에서는 여러 현안 가운데 우선적인 관심사로 떠오른 소설 창작의 부진에 대한 타개책을 놓고 사상과 세계관의 강화를 주장하는 〈문동〉 측과 그것이 지닌 저 카프시대 이래 공식주의의 위험을 경계해야 한다는 〈문건〉 측이 대치하는 국면을 연출했다. 다음 일제 말기 문인들의 처신에 초점이 맞춰진 〈봉황각좌담회〉에서 〈문건〉 측 주장의 골간은 저항다운 저항을 못했던 과거를 '자기비판'하는 과정을 거쳐서 나아가야 한다는 것이었고, 〈문동〉 측의 대응은 그 기조에는 동의하면서도 한설야가 위장협력[4]의 측면을 시사하고 한효가 저항절필[5]의 경우를 언급하는 등 이론의 여지를 둠으로써 견제하는 것이었다. 〈문건〉 측이 과거의 떳떳치 못한 처신에 대해 예술가로서의 양심 또는 내면윤리를 문제 삼아 '자기

---

3   이광수, 박영희, 최재서, 유진오, 주요한, 김동환, 유치진, 이무영, 정인섭, 김기진, 윤두헌, 김동인, 방인근, 백철, 김용제, 이석훈, 임학수, 이헌구, 조용만, 김종한, 홍종우, 이서구, 오영진, 임선규, 안종화 등 25명은 여러 자료들에서 확인된다. 이에 대해서는 김홍식, 「일제말기 내부망명문학 연구시론—봉황각좌담회와 이태준의 경우를 중심으로」, 『한국현대문학연구』 44, 한국현대문학회, 2014.12, 322면 참조.

4   이를 시사하는 것이 "우리가 한때는 절망적이고 암담한 구렁텅이에 빠졌던 것만은 사실이지만, 또한 오늘날이 반드시 올 것을 믿고 있었던 것도 사실입니다"(송기한·김외곤 편, 「문학자의 자기비판」, 『인민예술』 2, 1946.10, 『해방기의 비평문학』 2, 태학사, 1991, 168면)라는 한설야의 발언이라고 할 수 있다.

5   이에 해당하는 것은 "그들은 (중략) 그들의 침략전쟁을 합리화하는 내용의 작품을 쓰라고 강요했으니까요. 그러므로 아무 것도 쓰지 않았다고 하는 것은 그것이 곧 하나의 반항이었다고 볼 수 있겠지요."(위의 책, 170면)라는 한효의 발언이다.

비판'을 통한 비약 내지 전향을 요구하는 입장이었다면, 〈문동〉 측은 그것을 운동가로서의 신념과 전략전술 차원에서 바라보았기에 해방을 맞은 단계에서 더욱 일관되게 사상과 세계관을 강화해야 한다는 입장이었다고 할 수 있다.

2. 이태준과 한설야와 이기영

〈문건〉 측의 입장에 부응한 작가로는 이태준이 첫손에 꼽힐 것이다. 〈봉황각좌담회〉에서 그 자신이 비협력태도의 표본으로 내세웠던 득의의 상고주의 신변소설들을 "체관의 세계"에 빠진 것이라 폄하하고 〈문맹〉의 기수로 변신하는 과정을 그린 「해방전후」(『문학』 창간호, 1946.7)가 제1회 해방문학상(1947.4)을 받은 공식 전향선언서와 같은 작품이라는 점에서 그러하다.[6] 이와 비슷한 예로는 그 자신의 횡단징용(1944.2.18) 경험을 보고문학 수준의 징용소설 연작으로 다루었던 안회남이 세태적인 신변소설가에서 〈문맹〉 소설부 위원장으로 변신하고 이윽고 「폭풍의 역사」(『문학사상』, 1947.3)와 「농민의 비애」(『문학』, 1948.4) 등으로 '비약하는 작가'라는 평가를 얻은 경우[7]도 있다.

이태준의 소위 비협력태도는 그의 내성적 신변소설에서 읽히는 작가나 화자나 주인공의 시국과 세사에 초연한 정신적 자세로 확인된다. 그런데 〈문동〉 측이 언급한 위장협력은 작품과 행적 등에 의해 뒷받침되지 않는 한 사실 진위의 판단을 유보할 수밖에 없고, 또한 저항절필은 물증 자체

6   김흥식, 앞의 글, 앞의 책, 333~7면 참조.
7   김동석, 「비약하는 작가―속 안회남론」, 『부르조아의 인간상』, 탐구당서점, 1949, 26면.

가 없으니 정황 자료가 확실하지 않은 한 단순한 무위인지 완강한 비협력인지 구별하기 어렵다. 그러니까 절필보다 비협력태도의 조선어 글쓰기가 나았다는 이태준의 단언은 바로 그러한 신빙성에 관해 꼬집은 것이라고 할 수 있다.

해방 전의 실천 내용을 입증하지 못하는 해방 후의 사상과 세계관 강화란 공염불에 지나지 않는다는 것을 〈문동〉 측도 모를 리 없었을 터인데, 한설야는 그러한 혐의로부터 어느 정도 벗어난 위치에 있었던 것으로 보인다. 「혈血」(『국민문학』, 1942.1)과 「영影」(『국민문학』, 1942.12) 등 일본어 창작도 과거 화가수업 또는 초년교사를 했던 주인공의 인생관조적인 연애추억담에 지나지 않았고, 이들 작품을 발표한 바로 뒤에 1년여 옥살이[8]도 했던 만큼 한설야는 전날에 대해 위장협력을 운위할 만했던 것이다.

한설야는 창작 계획을 묻는 〈봉황각좌담회〉의 첫 질문에 대해 "내가 작가로서 말하고 싶은 점은, 8·15이전을 취하여 가지고 쓰려면 쉽지만 해방 이후의 현실을 파악해서 쓰려면 매우 힘들다는 것"[9]이라고 하여 작가로서의 고충을 실토했다. 이어서 그는 그 '해방 이후의 현실'을 "통일전선을 부르짖고 있는 것과 같이 한민족의 진통기라고 생각"[10]한다고 말했는데, 〈문동〉 측과 38 이북 중심의 프로·헤게모니 강경노선 쪽이 〈문건〉측-〈문맹〉의 이른바 「8월테제」[11]의 2단계혁명노선을 과도기의 방편이라

8   이명재, 「한설야」, 『북한문학사전』, 국학자료원, 1995, 1107면.

9   송기한·김외곤 편, 앞의 책, 165면.

10   위와 같음.

11   「8월테제」 즉 「현정세와 우리의 임무 – 정치노선에 대한 결정(잠정적) –」(초고:1945.8.18:조선공산당 채택 공표:1945.9.20/9.25)는 프롤레타리아트 헤게모니 확립에 대해 명시하고 있으나, 그에 앞서 '조선혁명의 현단계'가 '부루주아 민주주의혁명의 단계'라고 규정하고 당면임무는 '민족통일전선의 결성으로 수립된 〈인민정권〉을 위한 투쟁'이라고 한 점에서 프로·헤게모니 신중노선이라고 볼 수 있다.

보고 그것에 대해 분명한 이의를 가지고 있음을 내비친 것으로 그 발언의 속내를 읽을 수 있다. 그와 같이 문제의 원인을 노선상의 경합과 혼란에서 찾고 그 해답을 노선 즉 사상과 세계관의 강화에서 구하는 기계적 발상법을 일러 공식주의라 부를진대, 〈문동〉 측뿐만 아니라 그 〈문동〉 측을 공식주의로 몰아붙인 〈문건〉 측-〈문맹〉도 대차 없는 공식주의라 할 것이다. 그렇게 너나없이 얽매인 공식주의의 사고틀에서는 문학과 정치의 관계도 정치의 우위로 귀결되기 마련인바, 한설야의 「모자」(『문화전선』, 1946.7)와 「혈로」(『문화전선』, 1946.8)가 각각 북한 진주 소련병사의 인정미담과 김일성의 항일 무용담을 다룬 작품이라는 점,[12] 그리고 이태준의 「해방전후」가 「8월테제」에 맞춤한 담론 위주로 된 작품이라는 점을 그 증좌로 들 수 있다.

한설야가 창작의 난점을 '해방 이후의 현실을 파악'하기 어려움에 결부하고 그것을 사상과 세계관의 강화 또는 정치의 우위에 입각해서 돌파하려 했다면, 역시 〈봉황각좌담회〉의 창작 계획을 밝히는 자리에서 이기영은 농민소설 작가로서 "산 사실을 이 눈으로 직접 보고 쓰고자" "농촌으로" 가서 "직접 농사를 해왔으므로 그 부근의 농촌에 관해서는 다소 실정을 알게 되었"기에 해방의 "감격과 농촌의 현실을 작품화하려는 의욕"을 가지고 "8·15 이전과 이후를 어떻게 직결시키느냐"로 씨름하고 있다고 했다.[13] 그러니까 이기영은 사상과 세계관에만 매달린 형국인 한설야와 대조적으로 현실 그 자체의 연속에 주안점을 두고 과거와 현재에 동시에 내재하는 객관적 현실의 발전 과정에서 물신적 이론이나 교의가 아니라 살아있는 체험으로 배우고 터득한 전망을 가졌던 것이 된다. 그처

---

12   서경석, 『한국 근대리얼리즘 문학사 연구』, 태학사, 1998, 223~7면 참조.
13   송기한·김외곤 편, 앞의 책, 165~6면.

럼 독특한 방식으로 확보한 이기영의 작가적 전망은 문학과 정치를 매개하고 포섭하는 삶과 현실의 총체성에 밀착될 수밖에 없고, 따라서 한설야 등 〈문동〉 일반과 같이 정치의 우위 또는 공식주의에 쏠림 없이 당면한 현실의 객관적 형상화에 이를 창작방법으로서의 가능성을 지닌 것이었다고 할 수 있다.

그러나 이기영의 의욕대로 해방 이전과 이후를 '직결'하는 작품은 좀체 써지지 않았다. 그의 해방 후 첫 창작은 희곡 두 편으로 「닭싸움」(『우리문학』 2호, 1946.3)과 「해방」(『신문학』, 1946.4)이었고, 김남천에 의해 "자립극을 위하여 급작히 씨어진 것" 같이 "안이한 공식성"이 노출된 작품이라는 혹평[14]을 받았다. 자립극이란 작자보다 연출자, 연출자보다 기획자의 의도에 의해 선도될 가능성이 많은데, 그렇게 생각될 정도로 이기영도 공식주의에의 쏠림에서 자유롭지 못한 측면이 있었던 것이다. 두 작품은 각각 시간적 배경을 '1945년 12월 말경부터 1946년 3월 초' '8·15 심야부터 익조翌朝까지'로 설정하여 해방 이후의 정황만을 다룬 만큼 현장성에 대한 작가의 거리 확보가 되지 않은 조건에서는 현재형 내지 진행형 글쓰기인 희곡을 선택한 것은 그 결과의 호오와 관계없이 수긍할만한 여지가 있다. 이기영이 희곡이 아니라 완료형 글쓰기인 소설로 해방 후에 첫 선을 보인 것은 「개벽」(『문화전선』 창간호, 1946.7)이었거니와, 이 작품 역시 북한 토지개혁(1946.3.5)의 규정력이 압도적으로 작용하여 한 방향으로 줄달음치는 현실 쪽에 치우친 점이 지적되어야 할 것이다.

기실 이기영이 공언한바 해방 전·후의 직결을 작품화하겠다는 목표에 맞아떨어지는 소설 「농막선생」(『농막선생』, 조쏘문화협회중앙본부, 1950.4)이

---

14   김남천, 「창조적 사업의 전진을 위하여」, 『문학』 1, 143면.

나오기까지 거의 5년이 걸렸다. 먼저 「형관」(『문화전선』 2~?, 1946.8.~?)이란 제목으로 연재되었던 이 작품은 그가 일제 말기에 서울의 작가생활을 거두고 강원도 벽지로 소개하여 살다가 해방을 맞이한 얼마동안까지의 이야기이다. 시간적 배경의 설정 면으로나 후술법analepse 주도의 소설 형식 면으로나 해방 이전 부분이 더욱 큰 비중을 차지할 수밖에 없는데, 그것과 해방 이후의 새 현실을 접합하는 데 그 짧지 않은 세월을 보낸 이유는 어떤 것일까. 이에 대해서는 다각도의 사정이 따로 있어야겠지만, 그 기간에 그가 새 현실의 이념이 끄는 대로 달려가기보다는 그때까지 지녀온 작가로서의 긍지를 지켜내고자 했다는 점만은 확실해 보인다. 그가 그렇게 당당할 수 있었던 것은 단지 카프의 영수격 작가였다는 경력만이 아니라 관점에 따라서는 착잡하게 보일 수도 있는 전형기의 행보에 대해서 자기 나름으로 떳떳했기 때문에 가능했다고 생각된다. 다시 말해서 그는 일제 말기의 어둠 속에서 무엇인가 절절한 지향처를 품고 살았던 이를테면 내부망명(Innere Emigration)[15] 작가였다고 볼 수 있다. 그가 워낙 과묵하기로서니[16] 〈봉황각좌담회〉의 본의제인 '자기비판'에 대해서 단 한마디도

---

15 F. 티이스는 나치의 분서사건(1933.5.10)이 있고나서 이 용어를 만들어 망명한 T. 만의 귀국을 종용하는 편지에 사용했는데, 제2차 대전 이후 귀국한 국외망명 문인들과의 사이에 그 평가를 둘러싸고 논쟁이 벌어져 독일 통일을 전후해서까지도 이어졌다. 이에 대한 보다 상세한 설명은 김흥식, 앞의 글, 앞의 책, 331~3면 참조.
　　한편 내부망명(Innere Emigration)의 정의에 대해서는 "국내에서 망명해서 저항한다'는 의미 '내면에의 망명/정신적 망명' 즉 '내면의 저항, 정신에 의한 저항'이라는 두 가지 뜻을 가진다. 언론의 자유가 완전히 봉쇄된 전체주의 체제 아래서는 두 가지 모두 그 '저항'은 극히 비직접적, 극히 완곡적, 극히 정신적, 극히 비정치적인 정치성을 가질 수밖에 없다."(三石善吉, 『ナチス時代の國內亡命者とアルカディア—』, 東京:明石書店, 2013, 37면)는 자못 폭넓은 견해가 참고할 수 있다.

16 이러한 이기영의 풍모에 대한 언급은 안석주, 「무성총사 성거산인 이기영 씨」(『조선일보』, 1927.11.13), 송영, 「무언의 인 이기영 씨」(『문학건설』 창간호, 1932.12)를 비롯해서 다수 있다.

하지 않고 침묵을 지킨 점에서도 그렇게 짚인다. 그 침묵이 미심쩍은 지난 날로 긍긍하는 좌담회의 '자기비판'에 대한 무언의 항변이었다면, 그것과 관련해서 일제말기 그의 삶과 문학은 좀 더 소상히 살펴져야 할 것이다.

3. 위장협력 글쓰기에 이른 길

카프의 해산(1935.5.21)을 불러온 세칭 신건설사사건 즉 제2차 카프사 건(1934.5.7)은 이기영의 경우 전주지법 예심에서의 유죄판결(1935.6.28)과 1심에서의 징역 2년 집행유예 3년 판결 및 석방(1935.12.9), 대구지법 복심 에서의 원심 확정(1936.2.19.)으로 일단 마무리되었다.[17] 판결에서 지목한 죄명은 개정 〈치안유지법〉(1928.6.29) 위반이었다.

원래의 〈치안유지법〉(1925.3.29)은 국체 즉 천황제의 변혁 또는 사유제 산제의 부정을 목적으로 하는 결사체의 조직자와 가입자 및 그 미수자 를 대상으로 최고 징역 10년까지 내릴 수 있었는데, 아무런 활동 없이 사 회주의 또는 무정부주의 사상 내지 신조를 가졌다거나 혹은 그러한 혐의 가 있다는 것만으로도 체포 처벌할 수 있는 점이 제정 당시부터 물의를 빚었다. 형량을 최고 사형으로 올린 개정법(1928.6.29)은 적용 대상의 범 위도 동조자나 협력자까지로 확대하여 2년 이상의 징역 또는 금고에 처 하게 했고, 그것이 이기영 등에게 적용된 것이었다. 비록 피소자들이 처벌

---

17 예심에 회부된 24명 중 23명을 넘겨받아 심리한 1심에서는 20명을 집행유예로 판결했
고, 대구지법 복심에서는 "박영희 2년 윤기정 2년 이기영 2년 송영 1년8개월 이상춘 1년
6개월 전유협 1년6개월 나웅 1년 박완식 1년"에 3년 집행유예로 언도하고, 이전 집행유
예 기간이 남은 박완식만은 1년 체형에 처한 것으로 되어 있다.('신건설사건 7명 1심대
로 판결' 기사, 『동아일보』, 1936.2.20, 조간 2면 참조)

을 모면하지 못했지만, 대량 검거로 사실상 괴멸되다시피 한 카프의 해산
절차를 김남천 등이 예심 전에 밟은 것이라든지 1심 재판에서 카프 수뇌
부가 하나같이 실천운동을 부인한 것[18]은 그러한 법리상의 문제점을 파
고든 대처였다고 할 수 있다. 요컨대 그때까지 카프측은 제1차 카프사
건(1931.2~8)에서 문화단체라 하여 불기소 처분을 받은 바도 있어 합법단
체라는 명분 위에서 현실 비판과 체제 저항을 꾀한다는 입장을 취해왔던
것이다.

만주사변(1931.9.18) 제1차 상해사변(1932.1~5) 등을 전후로 군군주의로
급경사한 일제는 3·15사건(1928.3.15) 4·16사건(1929.4.16) 등 비합법 일본
공산당에 대한 대규모 검거와 체포 이래의 사회주의운동 전반에 걸친 탄
압을 계속하여 NALP(일본프롤레타리아작가동맹) 서기장 고바야시 타키지
小林多喜二 학살사건(1933.2.20)에 이어 KOPF(일본프롤레타리아문화연맹)의
해체(1934.봄)로 몰아쳤고, 그 와중에서 전향을 묵인한 하야시 후사오林
房雄, 전향을 선언한 나카노 시게하루中野重治, 비전향자로서 저항한 미야
모토 유리코宮本百合子 등 여러 유형의 대응이 있었다. 제2차 카프사건과
그 이후의 추이도 큰 흐름은 다르지 않았다고 하겠는데, 이기영의 경우
는 말하자면 비전향자로서의 심정만큼 저항자로서의 운신을 뜻하는 대
로 감행하기가 어려운 상황이었다.

전주감옥을 나온 이기영은 사상범으로 고등경찰의 사찰과 〈사상범보
호관찰법〉(1936.5.29)의 발동[19] 등에 의해 속박되고 또 전향이 확산되는
문단의 추세에 실망도 어쩔 수 없었던 만큼 외견상 왕성한 집필활동에

---

18 '카프首腦等 如出一口 實踐運動을 否認' 기사(『조선일보』, 1935.10.29, 석간 2면 참조)
19 〈조선사상범보호관찰령〉 공포 시행(1936.12.12/12.21)과 〈조선총독부보호관찰소관제
〉 제정 시행은 동시에 이루어졌다.

도 불구하고『고향』(1933~34)에 버금갈 작품을 쓰지 못해 고심하는 모습을 이어갔다. 장편의 경우에『고향』에서처럼 관념 세계와 실생활 세계의 긴장과 갈등을 통해 발전하는 현실의 총체성을 보여주지 못하고 단지 두 세계의 괴리와 부조화(「인간수업」,『조선중앙일보』, 1936.1.1~7.23), 혹은 그것의 타협과 미봉(「신개지」『동아일보』, 1938.1.19~9.8)에 그쳤다. 그리고 비슷한 기간의 단편들도 소위 전향자 내지 지식인의 고민(「십년 후」「적막」「설」「수석」 등)이나 타락상(「인정」「돈」「금일」「묘목」 등)을 그린 내성소설, 그리고 도시와 농촌의 풍기문란(「유선형」「욕마」「소부」「권서방」 등)이나 빈농의 무지와 가난(「비」「맥추」「산모」「노루」 등)을 다룬 세태소설 등으로 분지해가는 양상을 드러내었다.

이러한 서사의 분열은 주·객관적인 상황의 압력으로 인한 정신의 위축을 말해주는 것이겠으나, 그럴수록 스스로의 분발을 다짐하며 문학의 진로 탐색에 노력을 쏟기도 했다. 그 일환으로 전형기를 통틀어 문학론 계통의 글을 20여 편이나 썼는데, 그 모두가 다음과 같은 시후의 상념으로 허두를 뗀 출옥 후 첫 비평문의 기본 논지를 되풀이한 것이었다고 할 수 있다.

봄은 왜 이렇게도 오기가 어려운가? 참으로 봄은 언제나 오려는가?…… 봄은 고난을 뚫고 나오기 때문이다. (중략) 그렇다. 봄은 겨울과 결사적 항쟁을 하고 있다! 기다리는 마음! 그것은 난사일런지 모른다. 고통일런지 모른다. 그러나 기다리는 마음에는 미래가 있다. 희망이 있다. 동경이 있다. 기대가 있다. 포부가 있다. 이상이 있다. 사람에게 기다림이 있('없'의 오식:인용자)다면 그것은 枯木死灰와 무엇이 다르랴? 오직 현재

에 만족하는 사람이라면 그것은 얼마나 가련한 동물인지 모를 것이다.[20]

"봄은 겨울과 결사적 항쟁을 하고 있다!"는 비유적 수사야말로 재판 이후 문단에 복귀한 이기영이 카프시대의 합법투쟁에서 발휘된 비판과 저항의 의지를 지녀가겠다는 심경과 대응자세를 응축한 것이라 여겨진다. 그렇게 내심의 각오를 내비친 다음 그는 문단의 현황과 과제를 각각 두 가지씩 지적 제시했는데, 프로문학 퇴조에 이은 신사조의 난립과 대중적 통속물의 범람을 질타하는 한편 문학의 인생 탐구 즉 교훈성과 실제적인 창작 역량 즉 작가적 수완의 구비를 강조했다.[21] 문단의 탈정치화와 상업주의에 대해 교훈적인 문학으로 맞선다는 구상은 초장의 비장한 어조에 비해 막상 내놓은 진단과 처방으로서는 피상적이고 평이하다고 아니할 수 없다. 물론 그가 생각한 교훈적인 문학은 훈육적인 도덕률 주의가 아니라 작가의 인격, 과학적 세계관과 사상, 양심, 지성과 이성, 신념, 이상 등을 바탕으로 하는 성찰적인 계몽주의를 표방한 것이었다. 그러나 비판과 저항에서 계몽으로의 그와 같은 수렴은 "미래를 지시하는 것이 없는 반대"나 "품위 없는 것에 대한 비굴한 순응의 대극"에 그칠 뿐이어서 앞서 거론한 대로 이기영의 작품 세계는 진정한 역동성과 통일성을 보일 수 없었다.[22] 눈에 보이지 않는 금제가 흉중의 의욕을 끊임없이 억압한 것이 그 근본 원인이라 하겠거니와, 머잖아 그것이 가시화·노골화되고 또 새롭게 체제동원을 강제하는 단계로 이행하는 현실에 직면하

---

20 이기영, 「춘일춘상-고난의 배후서」, 『조선중앙일보』, 1936.4.12.
21 위와 같음.
22 G. ルカチ, 『病める藝術か'健康な藝術か』, 片岡啓治 譯, 東京:現代思潮社, 1960, 254~5면 참조.

게 되면서는 이기영만이 아니라 문단의 누구든 문인으로서, 작가로서의 존립방식을 재정립하지 않을 수 없는 처지에 내몰리게 되었다.

주지하다시피 2·26사건(1936.2.26) 이래 격화일로를 걸은 일제의 천황제 군국주의는 노구교蘆溝橋사건(1937.7.7)을 빌미로 일으킨 중일전쟁에서 제2차 상해사변(1937.8~11) 남경공략전(1937.12.1~13) 등으로 전역이 확대됨에 따라 〈국가총동원법〉(1938.4.1/5.1) 제정 등으로 파시즘체제를 더욱 강화해갔고, 드디어 신체제운동(1941~42)을 계기로 전시총동원체제 또는 총력전체제로 질주했다가 소위 태평양전쟁(1941.12.8~1945.8.15)으로 패망하기에 이르렀다. 당연히 식민지 통치당국도 '내선일치' '일시동인'의 구호 아래 각종 시책의 강력시행으로 호응했는데, 그 핵심은 사상통제의 강화와 체제동원의 강요로 집약된다. 이를테면 〈조선사상범보호관찰령〉에 보태서 〈조선사상범예방구금령〉(1941.2.12/3.10)을 발동하고, 국민정신총동원조선연맹(정련:1938.7.1)을 국민총력조선연맹(총련:1940.10.16)으로 개편했으며, 또 조선인 징용과 징병의 기반구축을 노린 국어(고쿠고)상용화(1937.3부터)에서 국어전용으로의 전환을 강행했던 것이다. 정련과 총련의 연계단체가 조선문인협회와 조선문인보국회였고, 국어전용이 『동아일보』·『조선일보』의 폐간(1940.8.10)과 『문장』·『인문평론』의 폐간(1941.4) 등을 가져왔음은 다들 아는 사실이다.

이러한 시대현실의 분류 속에서 이기영이 작가로서 일대 난관에 봉착했다는 것을 절감하게 되었던 지점은 조선문인협회 결성을 전후로 하여 그 자신도 거기에 관계하지 않을 수 없게 되었던 즈음으로 보인다. 통제 강화와 동원 강요라는 양면의 압박 즉 불온에 대한 감시가 더욱 심해진 데다가 새로이 국책에의 협력이 더해졌기 때문이다. 그가 2주간의 만주 현지취재(1939.8.18~9.1)를 바탕으로 쓴 「대지의 아들」(『조선일보』,

1939.10.12~40.6.1)은 국책문학의 첫 표본이었는데, 연재 도중의 대담에서 "구상에서도 야차 같은 가위를 눌린 것"[23]을 토로한 점으로 미루어 실제로 거절할 수 없는 제안에 마지못해 응한 작품이라 할 수 있다. 그 대담에서 던져진 전쟁의 취급 여부, 예상독자, 연애사건 처리방식 등에 대해 그는 '황군의 비적토벌'은 삽화로 처리한다는 것, 만주 농촌을 다루니 만주 동포들이 읽기 바란다는 것, 남녀의 연애를 순결하게 그린다는 것 등을 집필 방침으로 밝혔다.[24] 관동군의 활약상과 만주 개척이민의 생활상을 흥미진진하게 그림으로써 국내독자들이 일제의 대륙침략에 대해 환상을 갖기 바라는 국책문학의 노림수, 바꿔 말해서 연재를 기획한 신문과 그 배후에 버티고 있는 통치당국의 기대를 교묘하게 비껴가는 간접적 저항이 읽혀지는 발언이라 아니할 수 없다.

이와 같이 이기영이 「대지의 아들」을 구상하며 가위눌림 끝에 찾아낸 그 궁여지책은 비단 그 한 작품에만 그치지 않고 전형기의 새로운 국면에 대응하는 작가로서의 부득이한 책략으로 꾸준히 유지되었다. 그것은 요컨대 국책의 홍보계몽이라는 체제권력의 주문을 정면으로 거부하지 않고 오히려 거기에 그때까지 해오던 자기 나름의 순수한 계몽담론을 편승시켜 재문맥화하는 방식 이를테면 위장협력 글쓰기였다. 국책문학으로서의 생산소설 「동천홍」(『춘추』, 1942.2~43.3) 『생활의 윤리』(성문당, 1942.9.5) 「저수지」(『半島の光』, 1943.5~9) 「광산촌」(『매일신보』, 1943.9.23~11.2) 『처녀지』(삼중당서점, 1944.9.20) 등에서 국책에의 추수적 경향이 나타남에도 불구하고 보다 근본적인 인간관계의 합리성이나 윤리성에 대한 계몽담

---

23 「신문소설과 작가의 태도」, 『삼천리』, 1940. 4, 128면.
24 위의 글, 122~6면 참조.

론이 작품의 주조를 이루고 있는 점도 그런 이유 때문이다.[25] 다만 연재물을 포함해서 이들 작품의 단행본 출판이 잇따른 것은 그만큼 위장협력 글쓰기가 먹혀들었다는 측면과 그가 생계형 글쓰기에 연연했다는 측면이 아울러 있었음을 말해준다는 의미에서 그 무렵 이기영의 작가생활에 드리워져 있던 명암을 엿보게 한다.

위장협력 글쓰기가 한편으로 사상범 전력이 있는 작가로서의 자존심 지키기이면서 다른 한편으로 한 집안 가장으로서의 생계방편이라는 양면을 가진 것임은 물론이지만, 그것으로 인한 가책에서 벗어나기는 두고두고 어려웠을 것이다. 위장협력도 협력은 협력이고, 또 글쓰기란 으레 상대가 있는 법이다. 따라서 동료문인 등 전문독자는 그만두고 일반 독자들 가운데서라도 안목과 식견을 갖추지 못한 경우에 그의 진의를 제대로 알아차릴 수 없을 터라 오해를 감내해야 하는 부담도 있었을 것이다. 뿐만 아니라 위장하느라고 했더라도 자칫 그의 진의가 간파당하지 않도록 검열당국의 눈초리를 의식하지 않을 수도 없었을 것이다. 그리하여 시국의 경직화가 심해짐에 따라 가령 「광산촌」 같은 작품은 국책용어가 과용 남발되는 양상을 보이기에 이르렀다. 한편으로 그러한 내면의 부대낌에 시달리며 위장협력 글쓰기를 꾸려나가면서 다른 한편으로 이기영은 또 하나의 글쓰기 방식으로 안간힘을 다해 작가로서의 존재이유를 찾기 위한 노력을 병행했다.

---

25 김윤식, 「작가의 관념적 오류와 소설적 진실―이기영의 「농막일기(農幕日記)」와 「농막 선생(農幕先生)」」, 『작가세계』 2-4, 세계사, 1990.11, 369~375면에서는 「처녀지」가 '생산소설' '시국소설'이면서도 그것에서 벗어난 계몽적 '관념소설'의 면모를 지닌 것임을 면밀하게 분석 검토한 바 있다.

4. 비협력 글쓰기의 참모습

본의 아니게 조선문인협회에 얽혀버렸고 또 실제로 국책물 「대지의 아들」의 집필도 해나가야 했던 이기영은 졸지에 저항문인의 자리에서 어용문인의 신세로 전락한 꼴이 되었으니 그러한 신상변동이 주는 압박감을 가리켜 그 작품을 구상할 때의 '가위눌림'이라 했다. 그런저런 사정으로 피폐해진 심신을 이끌고 연재 원고쓰기와 요양을 겸해 가야산 해인사에 두 달 남짓 머무르는 동안 쓴 한 수필에서는 자신의 15년 작가생활이 '허무하기 짝이 없다'고 개탄하고 심지어 자신을 '두 눈을 가린 마차 말'이니 겨우살이 즉 '"저으사리"보다도 더 심각한 기생충'에 비유해서 자책하는가 하면, 산중에서 액막이로 쓸 마가목 지팡잇감을 찾다가 안경을 잃고 헤맨 일화로써 일견 보신주의자로 비쳐질 수도 있었을 자기모습을 희화화하기도 했다.[26] 또 한 설문의 응답에서는 작가의 경상을 '길을 잃은 태마駄馬'라 비하했는데,[27] 그러한 자학적 심정의 토로는 항변과 변명의 양면을 가지면서 다른 한편으로 그 자체가 현상극복의 의지를 반증하는 것이라 할 수 있다. 같은 시기의 「오해」 「습관」 「생명」 「여성」 등 네 편의 수필이 각각 부부간의 가정불화, 자신의 난치성 피부염. 동절기 화초의 생명력, 사육하던 새끼토끼의 동사 등 신변사를 다루면서 인격함양, 저항력 단련, 인간다운 생명의 정신적 발전, 부모자식 간의 사랑이 중요함을 일깨우는 내용인 점에서도 작가의 그러한 전향적 의지가 살펴지거니와, 그 결실이 자전적 장편 『봄』(『동아일보』, 1940.6.11.~8.10, 『인문평론』, 1940.10~41.2)이었다.

26 이기영, 「산중잡기」, 『동아일보』, 1939.12. 5,7,8,10.
27 민촌생, 「작가에게 방향을 제시」, 『인문평론』, 1940.3, 42면.

『봄』은 소설 창작의 부진을 타개할 방안을 모색하던 문단적 과제와 시국협력의 올가미에 걸린 작가의 자기구제라는 개인적 과제에 대응하여 창작된 작품이다. 한편으로 소위 로만개조 논쟁에서 근대초극의 신체제론에 유착될 가능성을 보인 최재서에 맞서 시민적 사실주의의 재인식을 주장한 김남천의 풍속소설론에 호응한 일면이 있고, 다른 한편으로 '주인공의 입지전立志傳적 투쟁기록' 속에 '작자의 자서전적自敍傳的 일면을 비쳐볼' 생각으로 써나간 일면[28]도 있는 것이다. 요컨대 풍속소설이자 성장소설이며, 또한 자전소설로서 작가 나름의 진실을 표백한 이를테면 진정성 글쓰기라 할 수 있다.

　『봄』이나 김남천의 『대하』(인문사, 1939), 한설야의 『탑』(『매일신보』, 1940.8.1~41.2.14) 등이 똑같이 구한말 개화기를 대상으로 삼은 것은 창작에 가해질 압력과 제약을 덜기 위한 선택이며 나아가 시국현안과 무관하거나 소격한 제재를 다룸으로써 비협력 글쓰기를 시도한 징표였다고 할 수 있다. 그럼에도 불구하고 서사의 분열을 극복할 전망의 확립을 꾀한다는 본래의 취지에서 보면 『대하』와 『탑』이 각각 가족관계의 갈등에 치우친 시야의 협착과 주인공 화자에 의해 전유된 서술과 묘사의 주관성으로 해서 결함을 드러낸 반면, 오직 『봄』만은 전형적 정황에 전형적 성격을 결합하는 리얼리즘의 기본원리에 충실함으로써 역사적 현실의 발전과정을 객관적으로 형상화한 성공작으로 평가된다. 즉 이 작품은 반촌과 민촌의 관계로 이루어진 구사회에 읍내를 통해 유입되는 근대세계의 힘이 작용함으로써 계층의 재편과 풍속의 변화가 일어나는 현실 속에서 개명양반이 몰락해가고 그 후예인 주인공이 새로운 세상에 대한 눈뜸과

28　이기영, 「작자의 말」, 『동아일보』, 1940.6.5.

동경을 가지게 되는 과정을 그려보였던 것이다.

　그 주인공의 '입지전적 투쟁'이 이제 막 첫발을 내디디기 직전에 이야기가 멈춰진 채 소설이 끝났다. 이야기가 멈춘 시점은 칠월칠석이니 작자의 전기적 사실을 대입하면 경술국치(1910.8.29)를 보름 남짓 앞둔 때였고, 소설이 끝난 시점은 작품을 연재하던 『인문평론』 폐간(1941.4)을 두 달 앞둔 때였다. 두 시점의 현실 상황이 그러했던 만큼 주인공이 마음만 사려먹는다고 비약할 수 없는 것처럼 작자도 더 나아갈 수 없었다. 그 지점까지 작자는 주인공 부친의 몰락사가 동시에 주인공의 형성사(historicity)로 되는 시간의 진행을 따라갔을 따름이었다. 정작 작가가 말하고 싶었던 진실은 시간의 본질 즉 시간은 창조와 파괴를 동시에 진행시킨다는 것, 그 진행은 쉼 없이 지속되는 순환이라는 것이며, 따라서 '봄'은 반드시 온다는 믿음이자 염원 속에서 커 나온다는 깨달음이었다.

　그 깨달음은 실상 앞장에서 언급한바 제2차 카프사건 종결 직후 붓을 다시 들며 '봄은 겨울과 결사적 항쟁을 하고 있다!'고 했던 다짐을 스스로 재확인한 것에 다름 아니라는 점에서 『봄』은 저항을 내장한 비협력 글쓰기가 이룩한 문학적 성취로 평가되며, '봄'의 표상도 "아르카디아 Arcadia" 즉 "내부망명의 거점으로서의 「이상적 내적 경관」, 사악한 현실의 대항상"[29)]으로 아로새겨지는 것이다.

29　三石善吉, 앞의 책, 46면.
　여기서 말하는 '아르카디아'에 대해서는 같은 책, 53면에 다음과 같은 설명이 있다. "체제에 순응하지 않는, 체제에의 비판자는 자기의 정신생활을 그와 같이 극히 커다란 제한 하에서 행하지 않을 수 없었다. 이러한 가혹한 조건 아래서 예컨대 비겁자로 매도되더라도 살아나가며 시대와 대결하고, 비판이라고 곧장 알아차릴 수 없는 양상의 교묘한 간접적인 비판을, 자기의 창작활동을 통해서 행해서, 시대의 증언자가 되고자 하는 것이다. 간접적인·완곡한·교묘한 에두름의·정치성을 완전히 숨긴 정치적인·비판적인 작품의 창출, 이러한 정신적인 저항이야말로, 이러한 국내망명자(내부망명자; 인용자)에 의한 간접적 비정치적 비판의 태도야말로 우리가 말하는 '아르카디아─'인 것이다."

『봄』의 연재가 끝날 무렵 전문문예지에는 마지막으로 게재한 「종」(『문장』, 1941.2)과 관변어용지에 연재한 「생명선」(『家庭の友』, 1941.3~8)은 표면상으로 대조적이고 이면상으로는 상통하는 일종의 짝패관계를 이루고 있다. 「종」은 자상한 가장인 인쇄소 공무직원이 연말에 과음하고 주사를 부린 탓으로 '술 먹은 개'라고 이웃의 빈축을 사는데도 초하루에 다시 취해서 세상에는 '술 안 먹은 개가 더 많'다고 고함을 쳐대며 집에 돌아와 마냥 울기만 한다는 이야기이다. 주인공 자신마저도 "무슨 까닭으로 우는지 알 수 없었다"는 그 울음의 개연성이나 '술 안 먹은 개가 무엇을 빗댄 것인지는 문면에서 찾아지지 않는 만큼 문예지 독자의 감수성에 은밀히 호소하는 수법을 구사한 것이라 할 것이다. 그리고 「생명선」은 시골출신 식자층인 주인공이 인쇄소 일급제 교정원의 수입으로 쪼들리는 살림살이 때문에 잦은 부부불화를 겪다 못해 일감섭외 자리로 전직하려다 실패하고 결국 귀농을 택하면서 그러한 변신에 의구심을 갖는 농민들에게 함께 "흙의 노예에서 흙의 주인공으로 승격하"여 가자는 것이라고 '변설'하는 이야기이다. 농민의 땅에 대한 맹목적 집착을 부각시켜 일제말기 산미증산정책에 영합한 이무영의 「흙의 노예」(『인문평론』, 1940.4)를 잽싸게 걸터타서 '흙의 주인공'을 고창한 것이니 시국협력 발언의 수위만을 주시하는 쪽에서는 이기영을 한층 위로 봄직도 하나, 귀농에 대한 주인공의 기다란 변설을 어색하게 볼만한, 다시 말해서 그것을 역설로 알아차릴만한 안목과 식견을 가진 독자라면 이 작품이 일제의 맹렬한 식량증산의 독려에도 불구하고 생산량이 급감함에 따른 식량통제와 약탈적 공출이 자행되던 실정을 겨냥한 반어임을 알아차릴 수 있을 것이다. 요컨대 음주도 '비상시국에는 낭비죄'라는 한마디 이외에는 일절 시국관련 언질이 없는 「종」은 비유와 암시에 의한 비협력 글쓰기

의 형태로, 그리고 생산증대라는 국책담론에 적극 부화하는 귀농 식자층의 언동을 미화한 「생명선」은 반어와 역설에 의한 위장협력 글쓰기의 형태로 이기영 문학이 지켜나간 내부망명 양상의 정형을 보여주었다고 할 수 있다.

『문장』·『인문평론』의 폐간 이후는 관변어용지나 그것에 준하는 대중지 이외에 지면이 없어져 버린 형편이라 이때부터 이기영은 『매일신보』에도 글을 썼는데, 『국민문학』에는 유일하게 한 편 「시정」(1942.3)을 실었다. 서울의 한 여관을 무대로 토지저당사기극을 꾸민 일당이 실패하고 마는 전말을 다룬 「시정」은 옆방에 투숙한 인물을 초점화자로 하여 사건의 내막을 엿보는 방식으로 서술한 세태풍자소설이다. 풍자소설에서는 작가 또는 주인공이 풍자의 주역으로서 집행자(eiron)의 역할을 맡는 것이 이기영 특유의 수법인데, 이 작품의 초점화자는 작중에 실제로 서술해 놓은 그대로 방관자의 역할에 그쳤다. 이러한 처리수법은 작가의식의 이완이나 퇴행이라기보다 풍자의 표적대상(alazon)을 주범과 종범 등 특정인물에 국한하지 않고 사기극 전체를 당대현실의 축도로 우의화(allegorization)하는 효과를 노린 것으로 볼 수 있다. 그럴 경우에 그 허황된 사기극이 가령 문인의 시국동원이나 징용몰이 혹은 전시총동원체제의 어떤 책동을 빗댄 것인지는 독자가 그 어떤 일의 당사자냐에 따라 판단할 터이니, 겉으로 시국색이 거의 없는 일상다반사를 다룬 비협력 글쓰기로서 이 작품의 신랄한 풍자 또한 저항을 은닉한 내부망명 문학의 징표로서 모자람이 없다.

이기영은 끝내 창씨개명(1939.11.10/1940.2.11)을 하지 않았고 또 일본어 글쓰기 흔적이 전혀 없다. 창씨개명은 최재서나 유진오 같은 적극 친일협력자라면 재량껏 늦추거나 이행하지 않아도 별다른 제재 없이 넘어갈 수 있었으나,[30] 이기영은 사상범보호관찰 대상이었으므로 심한 핍박이 계속되었을 것은 당연하다. 일본어 글쓰기의 직·간접적인 강청에는 학력 등으로 인한 구사능력의 한계를 핑계로 둘러대서 버텼을 것이다.

그런 와중에서 가족의 생계와 부양을 위해서는 비록 위장협력 글쓰기라 하더라도 앞 절에서 언급된 국책문학으로서의 생산소설 「동천홍」 등의 장편 연재와 단행본 출판을 줄줄이 붙들고 나갈 수밖에 없었다. 이미 살펴본 대로 이기영은 「대지의 아들」로 처음 국책물에 손댈 무렵에 스스로를 두 눈을 가린 마차 말, '저으사리'보다 못한 기생충 등에 비유해서 자책하는 수필을 썼다. 말하자면 국책물 창작의 정신적 부담을 상쇄하는 균형잡기 또는 자기비판의 형식으로 취해진 것이 그의 수필이었다. 그런데 이제 더욱 가팔라진 시국에 처해서 국책물만 쓰게 되어버린 단계에 그의 수필은 이전처럼 비관적이고 부정적인 심정을 토로하기보다 오히려 의욕적이고 전향적인 문학론을 피력하는 양상으로 바뀌었다. 우선 「문예시사감수제」(『매일신보』, 1941.5.6~11)에서는 '고상한 이상의 추구'가 '작가정신'의 요체인바 '이상과 현실 사이'의 '교량'인 '허구성' 즉 '상상세계'를 통해 '인간 존재'의 유·무형 세계를 그리는 데 '창조적 정열'을 '연소'시켜야 한다고 했다. 다음으로 「춘일춘상」(『매일신보』, 1942.3.16~17)에서는 '봄'을 맞는 '생명'이 '열을 내듯' '정신적' '향상'을 추구하는 인간에게는 '이지'가 있어야 하고, 문학에는 '구성의 완전을 갖게 하는' '편집술'이 중요하다고 했다. 그리고 또 하나 「문학의 세계」(『매일신보』, 1942.6.18~22)에서는 인간을 포함한 모든 '생물의 자아표현'은 개성의 발현인데 특히 '문학

---

30 김윤식, 『일제말기 한국 작가의 일본어 글쓰기론』, 서울대학교 출판부, 2003, 175면에 의하면 최재서가 石田耕造로 개명한 것이 1944년 1월이며, 그리고 218면에는 유진오가 당국의 묵인 아래 개명하지 않은 것으로 되어 있다.

은 실로 개성을 창조하는 예술'이어서 '독창적 창조'를 위해서는 '창조적 공상' 즉 '자유와 자발적인 공상'과 '독창적 기량'을 발휘해야 한다고 했던 것이다.

이들 문학론은 당시의 시대상황에서 결코 실행을 전제한 언설일 수 없다는 점에서 일종의 반어라 하겠거니와, 또한 현실적으로 도저히 지켜질 수 없는 당위적 원칙론을 다른 사람도 아니라 실제로 그것을 지키지 못하고 국책물로 살아가는 장본인인 이기영이 운위한 것 자체가 역설이다. 이 반어와 역설은 「대지의 아들」을 쓰던 임시의 스스로에 대한 자책과는 다르게 그의 그러한 발언이 독자들에게 얼핏 낯설고 엉뚱한 것으로 생각될 정도까지 되어버린 당대 현실에 대한 우회적 비판이라고 할 수 있다. 그 비판의 실질적인 의미가 무엇인가는 위의 수필 세 편에서 사용된 문학론의 주요 어휘목록(lexicon)으로부터 추론이 가능하다. 즉 '고상한 이상', '상상세계', '창조적 정열', '생명', '정신적 향상', '이지', '자아표현', '개성', '독창적 창조', '창조적 공상', '자유와 자발', '독창적 기량' 등은 이른바 '환원 불가능성으로서의 환원(die Reduktion auf Irreduktibilität)'를 강제하고 '동일성 속의 비동일성(das Nichtidentische in der Identität)'을 은폐하는 전체주의 체제담론[31]의 반대명제에 귀속될 수밖에 없는 어사들이며, 따라서 그가 개진한 문학론은 일제말기의 막바지 현실과 그 자신이 진정으로 지향하는 작가다운 삶이 더 이상 양립 불가능하다는 판단을 역설적으로 드러낸 것이라 할 수 있다. 위장협력의 형태로나마 국책문학에 관여한 그 자신이나 그러한 지경으로 자기를 내몬 일제말기 전체주의의 광기에 대해 그 나름으로 시도한 자기비판과 체제비판을 "암묵리에 비동일성의 의

---

31 테오도르 아도르노, 『부정변증법』, 홍승용 옮김, 한길사, 1999, 169~174면에서 하이데거의 존재론이 지닌 전체주의 사유형식의 본질을 통렬하게 비판한 핵심 내용임.

식을 헤아린다"[32]는 수필 형식으로 개진한 것도 아울러 음미할 만한 부분이다.

위에서 검토한 「문예시사감수제」에서 이기영은 '허구성'을 '이상과 현실 사이'의 '교량'이라고 했는데, 그것은 달리 말하면 작자와 독자 사이를 삶과 세계의 구체적 특수성에 의해 매개하는 공간을 가리킨다고 할 수 있다. 작가가 정녕 이야기하고 싶은 것을 쓸 수 없게 되어버린 상황, 독자가 참으로 듣고 싶은 이야기를 읽을 수 없게 되어버린 상황에 맞부딪친 시대에는 본질적인 의미에서 그 공간의 소멸과 부재가 불가피하다. 「공간」(『춘추』, 1943.6)은 바로 그러한 지경에까지 이른 이기영 자신의 심경을 작중인물의 "난…공간이 없다"는 말 한마디에 담았다. 거기에 덧붙인 또 한마디는 "정작 공간이란 한울 위에 있는 거란다"였고, 이 '아버지의 말씀'을 들은 아들은 "그것은 지상적이 안이라, 천상적인 어떤 종교적 진리를 가리킴인지도 모른다"고 새겼다. 위에서 다룬 세 편의 문학론 수필에 반어와 역설로 감추어진 속뜻 즉 작가로서의 진정성 글쓰기가 불가능하다는 판단을 이 작품에서는 초점화자인 아들의 시점에 비친 아버지의 모습으로 형상화했던 것이다. 그러한 판단 자체는 절망에 닿아 있는 것이었겠으나 이 세상(here and now) 어딘가에 '공간'을 구하지 않으며, 그럼에도 불구하고 '한울'의 '공간'을 말하여 자유에의 염원을 되뇌는 순간, 그 '공간'은 지향공간(Arcadia/Utopia)이 아닌 지향시간(Millenium)으로 전환한다.[33] 그

---

32 テオドール・W・アドルノ, 「形式としてのエッセー」, 『アドルノ 文學ノート』 1, 三光長治・恒川隆男・前田良三・池田信雄・杉橋陽一 共譯, 東京:みすず書房, 2009, 11면.

33 J. C. Davis, Utopia and the ideal society:A study of English utopian writing 1516-1700, Cambridge University Press, 1981, 31~7면에 의하면, Millenium이란 Arcadia와 Utopia 같은 공간개념이라기보다 시간개념이다. 즉 그것은 "어떠어떠하게 완벽한 형태의 사회보다는 어떠어떠하게 완벽한 형태의 시대를 쟁점으로 한다((For many of them) it is a perfect form of time that is at issue rather than a perfect form of

지향시간이란, 앞서 언급된바 전형기 당초의 '봄은 겨울과 결사적 항쟁을 하고 있다!'고 했던 결의를 더욱 더 연장한, 개벽 또는 해방의 날에 대한 전망에 다름 아니라는 점에서 이 작품의 결말부가 작가생활의 기약 없는 유예나 하릴없는 포기를 시사하는 것이 아님은 자명하다고 할 것이다.

「공간」에서 제재로 쓰인 '채마밭'을 다룬 수필 「일평농원—坪農園」(『매일신보』, 1943.7.11~13)은 신체제 이후 생활쇄신운동의 일환으로 장려하던 '일평농원—坪農園', '일평양계—坪養鷄' 등[34]을 자진해서 실행하고 당국의 계도에 동조하는 내용이 태반인 듯하지만, 행간을 들여다보면 아무리 당국에서 닦달한다한들 실지로 심고 싶은 '씨앗을 구할 길'이 없고 온 식구가 키운 '호박 한 개로 여러 씨니의 호박죽을 쓰려' 먹는 실정을 들먹임으로써 결과적으로 식량부족에 허덕이는 비상시국의 현실을 야유했음을 알 수 있다.

이기영은 1944년 3월 말 강원도 내금강 병이무지리로 옮겨갔고, 거기서 해방을 맞기까지 직접 농사를 지은 것으로 되어 있다. 이 이주가 오직 가족의 호구와 안전을 위한 소개였는지, 〈봉황각좌담회〉에서의 말마따나 농민소설 작가로서의 재충전을 위한 것이었는지, 혹은 이제껏 살펴온 바 저항을 내장한 비협력 글쓰기 또는 내부망명 문학에 이어지는 모종의 지향을 위한 것이었는지는 특히 「농막선생」에 대해 면밀한 분석 검토를 진행함으로써 풀어야 할 과제라 할 것이다.

---

society:같은 책, 31~2면)". 그러므로 지향공간으로서의 Arcadia와 Utopia와 대비되는 지향시간으로서의 Millenium은 '개벽'으로 의역하는 것이 적절하겠고, 그 유의어로는 '변혁'이나 '혁명' 그리고 '해방' 등이 쓰일 수 있다고 본다.

34　草野德治, 『(小學校に於ける)農業的勞作の施設と經營』, 東京:啓文社, 1936.1~8, 228~9면 등 참조.

V. 해방기 이기영 소설의 재정립 양상 연구
- 「농막일기」에서 「형관」까지

1. 해방기 문인들의 인정투쟁

역사의 전환이란 막상 현실 그 자체보다 그 속에 있는 사람 즉 주체의 전환을 초래하고 요구함과 동시에 또 그것에 의해 촉발되고 추동되는 것이라는 실례를 해방기의 문단 재편과정에서도 목도할 수 있다. 그 가장 극적인 장면이 조선문학건설본부(문건:1945.8.16)와 그 확대 조직인 조선문화건설중앙협의회(문협:1945.8.18)에 의해 종로 한청빌딩의 조선문인보국회(문보:1943.4.17~1945.8.15)가 접수된 일일 것이다.

이렇게 기선을 잡은 문건 다음으로는 조선프롤레타리아문학동맹(문동:1945.9.17)·조선프롤레타리아예술동맹(프로예맹:1945.9.30)이 등장하여 주도권 다툼을 벌이게 되었고, 이들과는 흐름을 달리해서 중앙문화협회(중문협:1945.9.18)가 만들어졌다. 문건과 프로예맹이 〈전국문학자대회〉(1946.2.8.~9)를 열어 조선문학동맹(문맹)을 출범시켰고, 중문협 쪽도 전조선문필가협회(전문협:1946.3.13)·조선청년문필가협회(청문

협:1946.4.4)을 결성하게 되었다. 문맹은 "특히 38도선이 철폐되기까지 북부조선에 특수한 사정에 비추어 총국을 설치할 수 있는 것"[1]을 결정문에 명시하여 전국 조직임을 표방했으나, 실제상으로 평양에서는 북조선예술총연맹(1946.3.25)과 그것을 강화 개편한 북조선문학예술총동맹(문예총:1945.10.13~14)이 분립하는 것으로 귀결되었다. 그리고 전문협·청문협도 전국문화단체총연합회(문총:1947.2.12)를 규합하는 한편으로 한국문학가협회(문협:1949.12.9)를 발족하기에 이르렀다.

큰 틀에서 말하자면 여러 갈래의 문학단체들이 이렇게 당시의 정치판도 속에서 각자의 진영에 포진하여 대치하는 가운데 문인들은 전날의 조선문인보국회 핵심 관계자들을 제외한 대부분이 그 어딘가에 혹은 여기저기에 가담하여 적극적이든 소극적이든 관여하는 모습을 보였다. 외형상 강압적 동원이냐 자발적 참여냐 하는 차이는 있을지언정 문인들이 해방 전과 닮은꼴로 해방 후에도 저마다 어느 단체엔가 소속하여 그 이념과 강령에 따라 움직이는 길로 나아가는 형국이었던 것이다. 일제의 패망으로 해방을 맞은 사회 일반의 분위기를 감안한다 하더라도 그렇게 8·15를 분기점으로 하여 일어난 문인들의 대칭이동은 개인차를 떠난 전반을 놓고 볼 때 임기응변적인 것이었을 가능성이 다분하다. 조직과 이론의 체계성을 중시하는 문건과 프로예맹의 합동과정 중에 열린 〈아서원좌담회〉(1945.12.12)에서조차 모두들 무엇을 쓸 지를 모르겠다는 발언을 쏟아냈던 점,[2] 그리고 문맹의 정식 출범을 앞두고 다시 열린 〈봉황각좌

---

1 조선문학가동맹 중앙집행위원회 서기국 편, 『건설기의 조선문학』, 백양당, 1946.6.28, 199면.
2 「조선문학의 지향-문인좌담회속기」, 『예술』 제3호, 1946.1, 4~5면의 한설야, 김남천, 권환, 이기영, 임화 등의 발언.

담회〉(1945.12 그믐께)에서도 그러한 발언이 되풀이되었던 점[3] 등을 그 방증으로 들 수 있다. 그러니까 해방기 문단은 이런저런 조직체의 구성과 각축이 진행되는 가운데 문인들 개개인이 주체의 전환을 요구받는, 이를테면 헤겔의 용어법으로 인정투쟁(Anerkennungskamph)을 수행하지 않을 수 없는 상황이었던 것이다.

인정투쟁, 엄밀히 말해서 자기의식 또는 자기정체성의 인정투쟁은 '주객 동일체의 자기회복(Sich-selbst-Erreichen)'[4]을 통해 자아형성 내지 정신형성의 이념에 이르고자 하는 헤겔 본래의 개념과 상호주관성(Intersujektivität)에 의거하여 사회관계에서 공존의 지평을 열어나가고자 하는 A. 호네트의 대안적 개념[5]으로 대별되는데, 각각 전체와의 관계 속에서 개인성과 공동체성의 실현 가능성에 초점이 맞추어진 것으로 이해된다. 그러면 문인이 감행하는 인정투쟁의 진위나 성패는 어떻게 검증될 수 있을 것인가. 먼저 물어야 할 것은 문인의 자기정체성이겠거니와, 사전적으로 문인이란 글쓰기로써 작품을 지어내는 사람일 따름이다. 여기서 유의할 것은 문인의 글쓰기 즉 창작이란 직접적이든 간접적이든 상호관계 속에 이루어지는 행위라는 점, 그 행위의 소산인 작품이 다만 언어구조물인 만큼 현실과의 관계에서 비대칭성을 띤다는 점이다. 작품이 비대칭적인 관계에 있는 현실과 의미 있는 관련을 맺는 것은 언어구조물에 내재한 허구에 의해서이고, 그 허구를 불어넣는 것이 그 혼자서가 아니라 직·간접적인 상호관계 속에서 해내는 문인의 글쓰기이다. 요컨대 문인의

3 「문학자의 자기비판-좌담회-」,『인민예술』제2호, 1946.10, 40~1면의 한설야, 이기영의 발언.
4 G. 루카치,『청년헤겔』, 서유석·이춘길 역, 동녘, 1987, 420면.
5 악셀 호네트,『인정투쟁』, 문성훈·이현재 역, 사월의 책, 2011, 137~143면의 헤겔 비판과 313~327면의 대안 제시가 그 입론의 근간이다.

인정투쟁은 바로 허구의 글쓰기 유무와 그 수준으로 판가름될 수밖에 없는 것이다.

2. 인정투쟁으로서의 개작

해방 직후부터 조직사업이 요란했던 만큼 성명, 구호, 결의 등이 무성했고 또 감격조의 시가들도 분류하긴 했으나, 일제말기 '고쿠고' 전용 등의 여파로 인한 매체 사정도 있어 어느 정도 모양새를 갖춘 창작활동이 산발적으로 개시된 것은 그 해 11월경을 전후해서였다. 문학의 현실 대응력을 가늠하는 잣대가 되기도 하는 소설 창작의 경우에는 김남천의 「1945년 8·15」(『자유신문』, 1945.10.15~1946.6.28(중단))이나 안회남의 「탄갱」(『민성』, 1945.12) 등 징용소설 연작들 정도가 그 무렵의 시의에 부합했다고 할 만한데, 그나마도 각기 시사소설(current-affair novel)과 보고문학으로서의 평판성을 드러내는 수준에 그친 작품이었다. 당대 현실의 총체성 재현을 그 본연의 과제로 삼는 소설 장르의 이와 같은 창작 부진은 문건과 프로예맹의 통합을 논의하는 과정에서 시급하게 해결책을 찾아야 할 당면과제가 되지 않을 수 없었다.

조직 통합에 합의한 양측은 합동총회 직전에 가진 〈아서원좌담회〉에서 현실을 포착할 능력의 부족이 소설 창작의 부진을 초래했다는 데 의견을 같이하면서도, 그것을 타개하기 위해서 "현실을 맞아들일 마음의 질서"[6]인 사상과 세계관을 강화해야 한다는 프로예맹 쪽과 "새 현실

---

6 「조선문학의 지향-문인좌담회속기」, 앞의 책, 5면, 한설야의 발언.

을 맞이하고 정신적 준비가 없었기"[7]에 자기비판을 선행해야 한다는 문건 쪽이 정면으로 충돌하는 양상을 보였다. 3.8이북의 체제를 기정사실로 전제하여 강경노선을 취하는 프로예맹 쪽과 소위 「8월테제」의 2단계 혁명론에 입각하여 통일전선을 기획하는 문건 쪽의 이러한 입장 차이는 〈봉황각좌담회〉에까지 조직의 주도권 다툼과 창작의 전망 찾기가 뒤엉킨 형태로 평행선을 그었다.

문건 쪽이 주도한 〈봉황각좌담회〉는 망명문인 김사량조차 자신의 일본어 창작이 '오류'였노라 고백하고 또 좌중 태반이 검열에 시달리느니 절필이 나았다고 하는 등 애당초 표방했던 주제 그대로 '문학자의 자기비판'이 대세이자 기조였다. 사회자 김남천의 창작 계획을 묻는 질문에 첫 답변자로 지목된 이태준은 그 적극적 동조자로서 자신의 동경유학까지의 편력을 엮은 「사상의 월야」(『매일신보』, 1941.3.4~7.5)를 장편소설 「민족」 3부작으로 확대 개작하겠다고 호언했다. 그런데 실제로 뒤에 나온 단행본 『사상의 월야』(을유문화사, 1948)는 결말부의 일부 수정과 삭제로 오히려 축소 개정판이 되고 말았다. 그리고 내용상 문인생활을 위주로 하여 그 후속 부분을 다룬 「해방전후」(『문학』 창간호, 1946.7)는 그가 득의로 삼던 고답적 신변소설을 '봉건시대의 소견문학'과 동류로 치부해버리고 문맹의 역군으로 재출발하는 과정을 서술한 수기 형식의 작품, 한마디로 자기비판을 경과하여 전향선언으로 귀결된 작품이었다. 과거의 자기 문학세계를 폄하해버리고 문맹 지도부에 몸을 실은 이태준의 변신이 지닌 주체의 전환 또는 인정투쟁으로서의 한계는 허구에 의한 진실성보다는 담론이 압도하는 「해방전후」의 글쓰기 양상에서도 드러

7   위의 책, 5면, 임화의 발언.

난다.

　반면 같은 질문에 대해 이기영은 "8·15 이전과 이후를 어떻게 직결식히느냐"[8]로 고심 중이라고 했는데, '직결'이란 현실 자체가 그렇다기보다 전망의 일관성과 지속성을 말하는 것이라는 점에서 그의 답변은 문건 쪽의 '자기비판' 주장을 맞받아치는 의미로 읽어도 무방하다. 그 '직결' 문제는 해방 전에 자신의 소개지 생활을 바탕으로 하여 썼었던 일제말기 「농막선생」의 개작에 결부해서 살펴볼 필요가 있다. 이 작품은 그가 "검열관계로 도저히 발표하지 못하게 되어 박문서관에서 그 일부만을 내놓았었는데 지금 남어지 원고를 보니 도저히 그냥 낼 수도 없어 좀 곤처볼까"[9] 한다고 언급한 점으로 보아 미간행 원고 「농막선생」과 그 일부인 「농막선생」(박문서관, 1944?)도 따로 있었음을 알 수 있다. 그런데 박문서관본 뿐만 아니라 미간행 원고마저도 개작해야겠다고 했으니, 그 정도로 가혹했던 검열의 금제가 닿기 이전 상태의 가상원본 「농막선생」 또한 고려할 만하다. 그러니까 박문서관본과 미간행 원고 「농막선생」을 바로잡는 개작은 애당초 문건 쪽의 '자기비판' 주장 따위가 개재될 까닭도 여지도 없는 가상원본 「농막선생」의 세계, 말하자면 그가 겪은 소개지에서의 삶의 총체성을 되살려놓는 작업일 터이다. 이 개작의 구상은 그가 소개지에서 "8·15를 마지"하여 "이때의 감격과 농촌의 현실을 작품화하려는 의욕"에서 나온 것[10]이 자명하니, 그가 가상원본 「농막선생」의 전망을 8·15 이후의 새로운 현실에까지 연장하기 위한 '직결' 문제로 씨름한 것은 당연하고도 자연스럽다.

8　「문학자의 자기비판-좌담회-」, 위의 책, 41면, 이기영의 발언.
9　위와 같음.
10　위의 글, 위의 책, 40~1면, 이기영의 발언.

글쓰기를 본분으로 하는 문인으로서는 과거의 자기 글쓰기를 대상으로 하는 개작이야말로 이른바 주체의 전환 또는 인정투쟁을 실천하는 가장 확실한 길이 아닐 수 없다. 실제로 이기영은 일제말기 「농막선생」을 「형관」(『문화전선』 2,3,4, 1946.11, 1947.2, 1947.4)으로 개작하다가 일단 중단했고, 그 「형관」을 다시 개작하여 「농막선생」(『농막선생』, 조소문화협회중앙본부, 1950.4)으로 완결 지었다. 일제말기, 해방기, 분단시대에 맞닥뜨려서 실로 드물게 한 작품을 세 번이나 글쓰기 해 나간 이 사실은 이기영 개인의 역정을 넘어 문학사의 전망 찾기에도 어떤 가능성을 머금은 것이라는 점에서 그 의의가 크다고 할 것이다.

완결판 「농막선생」에 대해서는 그 리얼리즘의 성격을 비판적으로 검토한 김윤식,[11] 일제말기 생산소설과의 관련성을 지적한 이상경,[12] 또 「형관」에 대해서는 북한 체제와의 밀착관계를 추찰한 김민선[13] 등의 논의가 있었다. 그러나 완결판 「농막선생」은 해방기 다음 단계 즉 분단시대의 제약과 결부된 요소가 많은 작품이며 「형관」은 북한 체제가 주·객관적으로 미정형인 상황에서 창작된 작품이라는 점에서 재고가 요청된다고 본다. 이에 본고는 그 개작의 전체 과정을 염두에 두면서 「형관」의 창작과정과 그 작품 실상을 천착하는 작업을 통해서 해방기 이기영 소설의 재정립 양상을 규명해 보고자 한다.

---

11 김윤식, 「작가의 관념적 오류와 소설적 진실-이기영의 「농막일기(農幕日記)」와 「농막선생(農幕先生)」」, 『작가세계』 7, 세계사, 1990.11, 362~85면 참조.
12 이상경, 『이기영-시대와 문학』, 풀빛, 1994, 311~23면 참조.
13 김민선, 「해방기 자전적 소리의 고백과 주체 재생의 플롯-채만식 「민족의 죄인」, 이기영 「형관」 연구」, 『우리어문연구』 40, 2011, 359~87면 참조.

3. 소개지의 기록물 「농막일기」

전시총동원체제 또는 총력전체제 아래 모든 사람들의 생활이 막바지로 치달아가던 1944년 3월 말 서울을 떠나 강원도 회양군 내금강면 병이무지리로 옮겨간 이기영은 가족들과 함께 직접 농사를 지으며 지내다가 거기서 해방을 맞았다. 이때의 이주는 고쿠고 전용과 매체의 폐간 등에 따라 문필로 생계를 꾸려나가기가 어려워진 가장으로서의 입장에서든 일본어 글쓰기와 시국동원과 창씨개명 등 체제협력을 거부하는 문인으로서의 입장에서든 부득이한 선택이자 결정이었다고 할 수 있다.

생활 기반을 바꾸는 일이었으니 상당 기간 견실하게 준비하는 과정이 있었을 것인데, 그 전 해인 1943년 하반기 쯤부터 진행하지 않았나 생각된다. 수필 「일평농원」(『매일신보』, 1943.7.11.~13)에서 그 즈음 "호박 한 개로 여러 끼니의 호박죽을 쓰려" 먹을 정도라고 토로한 그의 생활고, 그런 형편에 실제로 귀농을 하자면 경작지와 주거를 사들일 경비 마련에 드는 시간 등을 참작할 때 그렇게 추정되는 것이다.

그는 제2차 카프사건에 대한 대구지법 복심의 최종 판결(1935.6.28)에서 치안유지법 위반으로 유죄가 확정되고 징역 2년과 집행유예 3년을 언도받았다. 그렇게 해서 출옥한 이후 그는 내내 사상범 전과자로서 〈조선사상범보호관찰령〉(1936.12.12/12.21)과 〈조선사상범예방구금령〉(1941.2.12/3.10)에 의해 거주, 교유, 통신 등의 제한을 받을 수밖에 없었기에, 사찰 당국에 요건을 갖추어 이주를 납득시키고 허가를 받아야 했다.[14] 그

---

14 "내가 농촌으로 가겠다니까 ○○지방 법원 검사국 검사놈은 "당신같이 그런 흰 손을 가지고 어떻게 농사를 짓겠는가?"고 물었다. "나는 원래 농민이다. 중년에 농사일을 안 하였지만 농사를 지을 수 있다"고 대답하니 그자는 마지못해 승낙을 하면서 "지방에 가도 경찰에 거처를 알려야 한다"고 오금을 박는 것이었다."(이기영, 「땅에 대한 사

요건이란 소위 '연고소개緣故疎開'[15]에 필요한 연고관계의 입증과 이주와 정착에 드는 경비 문제로 압축되지만, 결과적으로 둘 다 해결되었으니까 소개가 실제로 이루어졌을 것이다. 이러한 절차를 피할 수 없었고 또 감내해야 했던 만큼 그의 소개는 어떤 면에서 속편하다고도 할 수 있는 도피나 은둔이기보다 실질적으로 농사를 짓기 위한 낙향이 되어야만 했고, 그 이행 여하에 대한 감시와 통제도 따라붙었을 것이 틀림없다.

병이무지리로 내려왔어도 이기영이 서울에서와 마찬가지로 자유로울 수 없는 처지였음은 소개지의 기록물 「농막일기」(『半島の光』, 1944.7)에서 어느 정도 짚어볼 수 있다. 3월 말일부터 5월 24일까지 작성된 「농막일기」는 글쓰기의 갈래로 친다면 수필이나 자서전에 속하겠으나 제목이 말하듯 영농일기의 형태를 취했는데, 그 내용은 대략 두 가지로 나누어진다. 내금강 풍광에 대한 감상과 귀농의 소회에 이어 농경생활의 힘듦과 보람과 의욕 등 상념을 서술한 내성일기 부분이 그 하나이고, 거처가 마련되는 동안 야채온상법 등을 견습하다가 농막으로 이사한 이래 염수선한 볍씨를 '삼천배액三千倍液-메루쿠론'에다 소독해서 묘판에 심고 감자 씨눈을 도려 파종하고 앞으로 양잠, 이앙, 제초 등을 계획하는 등 농사 지식과 경작 과정을 서술한 영농일지 부분이 다른 하나이다. 글을 전

랑」, 『문학신문』, 1963.3.5)

15 독일어 Auflockerung을 내무성 기사(技士) 北村德太郎이 '疎開' 또는 '防空'으로 처음 번역한 이 용어가 일본에서 사용되기 시작한 것은 1940년 9월경부터인데, 그 후 태평양전쟁의 전황이 불리해지면서 국가 권력의 지시에 의한 '학동소개(學童疎開)', '건물소개(建物疎開)', '공장소개(工場疎開)', '연고소개(緣故疎開)' 등이 계획 실시되면서 관공서와 언론, 그리고 일반에서도 두루 쓰였다. 이 중에서 연고소개는 한 가정 또는 한 개인이 자기 책임으로 소개하는 경우로, 지방의 농촌에 친척이나 지인이 있고 게다가 자비로 이동할 수 있을 정도의 경제적 여유가 있는 사람은 이 방법으로 소개했다. 주로 지식계급에게 많은 소개 방법이었다. (https://ja.wikipedia.org/wiki/疎開 참조)

개하는 주축이 영농일지 부분인데다가 3월 말일, 4월 1, 20, 25, 27일 순으로 써나가다 5월 8일로 넘어가며 유난스레 그날이 '대조봉대일大詔奉戴日'[16]임을 환기한 점으로 해서 「농막일기」는 일종의 동정 보고서로도 비쳐진다. 기를 쓰고 창씨개명을 마다한 이기영이 사찰의 눈초리를 의식하지 않았다면 굳이 천왕제군국주의의 대표적인 기념일을 들먹일 이유가 없었을 것이기 때문이다.

「농막일기」에는 이기영이 현지에 자리 잡는 데는 거기에 사는 척족의 안배와 도움이 있었던 것으로 되어 있다. 그런데 「형관」과 완결판 「농막선생」에서는 금융조합 관계자인 친구가 낙향을 권유하고 지원한 것으로 설정되어 있고, 또 그것은 해방 이후 오래 지나서의 회고[17]에서 다시 한 번 언명되기도 했다. 척족도 친구도 다 있었고 혹은 그 둘이 동일인이었을지도 모르지만 동정보고서의 성격을 띤 기록물 「농막일기」를 쓸 때에는 척족을 연고소개 요건상의 연고자로 세우는 편이 낫겠다는 생각에서 취한 조치로 보인다.

통념과 달리 기록도 이처럼 언술 주체의 상황판단 여하에 따른 임의성이 허용되는 글쓰기인 바, 연고자로 척족을 부각시킨 것은 '대조봉대일'을 돌출시킨 것처럼 부자유한 상황에 대응한 서술로서 글쓰기 외부로부터의 직접적인 영향을 엿볼 수 있는 경우라 할 수 있다. 이에 비해 일기의 대부분을 채우고 있는 농사 지식과 경작 과정 등 영농일지에 관한 기록

16 태평양전쟁의 조칙이 나온 1941년 12월 8일을 기념해서 일제는 1942년 1월부터 매월 8일을 '大詔奉戴日'로 정하고 전의를 고양하는 행사를 실시하여 전시체제에의 동원 강화를 노렸다.
17 "나는 한 친구의 주선으로 금융조합의 '자작농 창설기금'을 얻어내서 몇 마지기의 논과 밭뙈기를 장만(대금은 10년 연부 반환을 하게 되었다)하고 농사를 시작했다."(이기영, 「땅에 대한 사랑」, 『문학신문』, 1963.3.5)

은 제재 자체에 그대로 연동된 자율적 서술이지만 그 제재의 선택 범위에 대한 감시와 통제가 전제로 된다는 점에서 역시 글쓰기 외부의 간접적인 영향을 모면할 수 없는 경우로 볼 수 있다. 다만 풍광에 대한 감상이나 귀농의 소회 및 농경생활의 상념 등이 작자의 재량 서술에 맡겨진 것이었던 셈인데, 그 재량이란 아무런 구속도 간섭도 없는 그것이 아니라 글쓰기 외부의 직·간접적인 영향과의 긴장관계 속에서 발휘하는, 따라서 오히려 더 큰 외압을 견뎌야 하는 작자 나름의 수완을 말함이다. 일견 단순한 개인 기록물에 지나지 않는 「농막일기」를 가로지르는 이 삼중의 제약은 미간행 원고든 박문서관본이든 간에 일제말기 「농막선생」에도 예외 없이 작동되었을 것이다.

4. 박문서관본 「농막선생」의 윤곽

「농막일기」를 경개(fabula)로 삼아 집필한 작품이 미간행 원고 「농막선생」이며, 그 일부로서 간행된 작품이 박문서관본 「농막선생」임은 거의 확실시된다. 둘 다 지금은 그 실물을 볼 수 없긴 해도 「형관」을 집필할 때는 개작의 저본으로 쓰였을 터인데, 「형관」의 중단 시점이 모판을 만들고 모내기 전에 감자밭을 매는 때로 되어 있고, 5월 24일까지 쓴 「농막일기」의 마무리도 역시 모내기를 앞둔 때로 되어 있기 때문이다. 「형관」도 그렇지만 완결판 「농막선생」에서도 사건진행의 시간적 기점이 귀농 2년차의 봄인데도 묘사가 춘경기 위주이고 추경기는 전무한 점으로 미루어보면, 박문서관본은 「농막일기」의 『반도지광半島の光』(1944.7) 게재 이후로 『처녀지』(삼중당서점, 1944.9.20) 간행 이전의 어느 시점에 중편을 넘지 않는 분량으로 나왔을 것이 유력하다.

이기영은 연재장편 「광산촌」(『매일신보』, 1943.9.23~11.2)을 마치고 단행본 『광산촌』(성문당, 1944)을 내는 이외에 소개지로 떠날 무렵까지 뚜렷한 창작활동의 흔적이 없다. 그러니까 박문서관본 「농막선생」은 그 앞뒤에 놓인 「광산촌」과 『처녀지』가 국책물 생산소설인 만큼 이 둘과 같은 기조의 작품으로 보아야 한다. 두 작품은 소지식인 출신의 젊은이가 각각 강원도 동해선 연변의 '옥동광산'과 만주 '정안둔'을 무대로 하여 징용자원자와 귀농자로서 생활 현장의 모범을 보이는 계몽담이 주축이라는 점에서 이야기의 기본적인 틀은 같다. 그럼에도 불구하고 「광산촌」과 『처녀지』를 비교하면, 관변어용지와 민간출판사라는 발표 매체의 차이를 말해주듯 앞쪽이 국책용어의 과용과 맞물려 주인공의 성격에 나타나는 적극성이나 작품 무대로 설정된 장소의 긴장감도 훨씬 강하다. 그리하여 양쪽 다 작자의 재량에 맡겨진 애정문제의 서술이 상당량에 이르지만, 시국색의 노출이 덜한 뒤쪽은 그것이 오히려 전경화되는 효과가 생김으로써 국책물 치고는 드물게 연애소설로 간주되기도 하는 것이다.

박문서관본 「농막선생」도 「형관」과 완결판 「농막선생」으로 미루어보면 이야기의 기본적인 틀은 「광산촌」, 『처녀지』와 대동소이했을 것이지만, 민간출판사 간행인지라 국책용어의 사용도 관행적인 수준을 넘지 않았을 것이고, 또 작자 또래인 문인의 산간농촌에서의 귀농생활을 다루다보니 성격의 적극성이나 장소의 긴장감도 「광산촌」에 비해 상대적으로 약했으리라 생각된다. 그 윤곽을 조금 더 헤아려보면, 시국색의 정도는 『처녀지』와 비슷하면서도 애정담 등속의 다른 이야기를 섞지 않고 오로지 작자 자신이 실제로 밀고나간 귀농의 직접 경험만으로 엮었을 것인즉 "그 방법에 있어 기록적 보고적이고, 그 정신에 있어서 국책적이다"[18]라는 생산소설의 정석에 맞춤한 작품이었을 듯하다. 따라서 박문서관본의 서술 양상이 어떠했는지에 대해서는 「농막일기」와 「형상」을 그 앞뒤에 놓고 추상해 보는 방법으로 실제에 가깝게 다가갈 수 있다고 할 것이다.

「농막일기」는 단방향의 기록물에 불과하지만, 그것을 경개 즉 밑그림으로 삼은 창작은 상호주관적 공유의 글쓰기인 까닭에 독자의 기대지평 내지 반응, 특히 검열의 감시망을 포함한 사찰의 눈초리를 의식하지 않을 수 없다. 박문서관본의 시국색 정도에 대해서는 『처녀지』 어간임을 이미 위에서 짚었고, 궁금한 부분은 제재의 범위와 작자에게 맡겨진 재량 서술의 향방과 수위로 모아진다. 「형관」의 내용 중에서 공습 소동, 징용 거부, 탈출 징병자 문제, 그리고 징병 출정일의 난동 등은 「농막일기」의 전원적 분위기와도 어울리지 않을뿐더러 통치당국으로서도 그처럼 인화성 강한 제재들을 달가워했을 리가 없다. 물론 공습 소동은 경방단의 방공훈련이 1939년부터 있었으니 작자가 수완껏 국책물의 상투적인 틀에 맞춰 다룰 수 있었지 않을까 싶기도 하지만, 사건 진행의 시간적 기점을 1945년 3월 말경으로 하고 있는 「형관」에서는 미군 B29에 의한 일본 본토의 공습 일정[19]에 비추어 그것이 어느 정도 부합될지 모르나 앞에서 살핀바 1944년 6, 7월경에 집필된 것으로 보이는 박문서관본 「농막선생」에는 워낙에 실릴 수가 없는 내용이다. 이주 경위 내지 동기에 대한 작자의 재량 서술도 「형관」을 쓸 때처럼 사상범보호관찰소, 친일파, 창씨개명 등

---

18 최재서, 「모던문예사전: 생산소설」, 『인문평론』, 1939.10, 114면.

19 미군의 일본 본토에 대한 첫 공습은 기타큐슈 야와타(北九州 八幡) 공습(1944.6.16 새벽)이 있었고, 도쿄(東京)에 대해서는 첫 공습(1944.11.14) 이래로 5차에 걸친 소위 도쿄대공습(1945.3.10, 4.13. 4.15, 5.24, 5.25~6)이 있었다.

을 운위하기란 아예 불가능한 상황이었던 만큼 그의 전형기 소설들이 으레 그랬던 것처럼 시류에 영합하기를 거부하는 지식인의 귀농 차원으로 조율되었을 것이다. 거기에다가 「농막일기」의 영농일지에 대응하는 농경생활과 현지 농민사회에의 적응과정을 연결시킨 것이 바로 박문서관본 「농막선생」이었다면, 그것은 소지식인 출신의 귀농과 농민층 계몽을 다룬 「생명선」(『家庭の友』, 1941.3~8)과 여러모로 닮은꼴이라 할 수 있다.

일본에게는 대만, 만주, 특히 동남아 침략과 점령 이후의 이른바 남양에 대한 지배와 자원수탈이 '생명선'과 같다고 하는 의미로 사용하던 시국용어[20]를 제목으로 가져온 「생명선」에서 이기영은 농민의 삶이 곧 사회의 생명선이며 따라서 농민들이 '흙의 주인공'임을 자각해야 한다고 강조했다. 침략전쟁을 뒷바라지하는 농민의 삶이 보다 더 근원적인 생명선이니 더욱 분발해서 역농하자는 주장으로 읽힐 수도 있고, 또는 다른 한편으로 농민의 삶이 진정한 생명선이니 침략전쟁의 뒷바라지나 하는 '흙의 노예'가 되어서는 안 된다는 경고로도 읽힐 수가 있다. 이러한 이중발화 내지 이중독법의 서술은 내부망명 문학의 위장협력 글쓰기를 수행하는 하나의 정형으로서 이기영이 습용하는 바였다.[21]

한편 이기영의 소개는 앞에서 언급된바 「형관」과 완결판 및 회고 등에 금융조합 관계자를 통한 '자작농창정' 제도에 연결된 것으로 언명된 만큼 박문서관본이라고 해서 달라질 이유는 없다고 본다. 원래 자작농창

---

20 "生命線=모든 유기체에 있어서 그 생명을 확보 지배하는 부분을 이르는 말인데 우리나라에서는 만주사변 이래 만히 쓰이게 되엿습니다. 즉 이것을 국가적으로 볼 때에는 일국의 국방문제를 비롯하야 식량, 자원, 인구 등 중요문제 해결상 다시 말하면 일국이 그 생명을 존속해가는 데 절대 필요한 지역을 가르치는 말입니다."(「時局語」, 『半島の光』, 1941.8, 33면)

21 제2부 「일제말기 이기영 문학의 내부망명 양상 연구」의 376~7면 참조.

정 제도는 일본에서 농지소유 문제 즉 소작농 대책의 일환으로 제기된 농정의 주요과제였으나,[22] 식민지 조선의 경우 만주농업이민을 추진한 총독부의 '조선인자작농창정'[23] 사업에 치중되다가 총후보국의 기치 아래 군량미 확충에 혈안이 됐던 3차 산미증산정책(1940~)과 연계되면서 다소 활성화되기에 이르렀다.[24] 그나마도 전시체제의 재정난 때문에 "자작농창정에 다수소구多數小口의 자금대부"[25]를 하는 방식이었으므로 실질적인 주안점은 영세소농 위주로 농업인구를 늘려서 식량문제에 대처하는 방안의 하나로 삼는 데에 있었다. 그런 만큼 자작농창정을 받은 사람에게는 당국의 관리감독 아래 단위면적당 수확량 증대를 위한 '농사개선'에 솔선수범함으로써 국책으로서의 생산증강에 기여해야 한다는 의무가 당연히 주어졌을 터이다. 그 의무가 「농막일기」와 「농막선생」에 대한 당시의 독자, 특히 검열과 사찰의 기대지평에 가로놓여 있음을 잘 알고 또 그것에 부응하지 않을 도리가 없었을 이기영이 두 글의 제명에 국책의 마름 즉 '농막'이라는 자조적인 용어를 사용한 것은 이른바 이중발화와 이중독해를 암시하고 유도하려는 작가적 수완의 발휘로 볼 수 있

22 명치·대정기에 산업화가 촉지되는 과정에서 소작농 문제가 제기됨에 따라 〈소작제도조사위원회〉(1920.12), 〈자작농창정 유지 보조 규칙〉(1926.2), 〈농지조정법〉 공포(1938.4) 등이 나왔으나, 지주-소작관계의 근본적인 처리는 일제의 패망 이후 농지개혁에 의해 이루어졌다.

23 중국인 지주나 고리대금업자의 횡포에 시달리던 조선인 농업이민자의 자작농화를 목표로 했었던 이 사업은 조선인 농민들을 중국인 지주의 소작농에서 만척의 임차농 즉 소작농으로 바꾸어놓는 데에 그쳤다.

24 '조선인자작농창정'이 조선총독부의 정책사업이었던 데 반해, 국내는 관치금융기관인 금융조합이 당국의 지원을 받아 자작농창정의 자금융자를 맡았으나 「전조선금융조합이사회 협의사항」(『동아일보』, 1935.9.20 조간 4면)의 핵심 안건이 '자작농창정 지원'이었다는 사실로도 알 수 있듯이 그다지 활성화되지 못했다.

25 「총후 국민경제의 확보 안정을 기(期)하와 - 금조(金組) 33주년 기념일에」(『동아일보』, 1940.5.30. 석간 8면)의 총독부 水田 재무국장의 발언)

다. 이런 맥락에서 박문서관본 「농막선생」은 「농막일기」의 영농일지 부분을 구체화함으로써 귀농 지식인이 국책과 양립 가능한 계몽담론을 앞세워 농민들과 융합하게 되는 이야기로서 「생명선」의 경우처럼 위장협력 글쓰기의 생산소설이 가진 가능성과 한계를 아울러 지녔으리라고 판단되는 것이다.

5. 개작소설 「형관」의 주조

박문서관본 「농막선생」과 『처녀지』는 민간출판사에서 간행된 사실에 비추어 시국동원의 기획물로 강요받은 것이라기보다 이기영이 자의로 썼던 것으로 봄이 타당할 것이다. 서울보다야 벽촌에 사는 것이 요시찰 대상인 그가 받는 속박감이 상대적으로 덜할 걸로 기대했을지 모르나 그렇다고 완전히 자유로울 수도 없는데, 온 가족을 이끌고 강행한 소개지에서 속이야 어떻든 겉은 어차피 국책물 생산소설이라야 되는 작품 따위를 왜 썼을까. 꼭 집어 단정할 수는 없지만 막상 소개지에서 지내보니 서투른 농사짓기만으로는 감당하기 어려운 생계상의 문제 때문이었을 가능성이 많다. 그렇다고 그것을 부득이한 사정으로만 치부하고 넘어갈 수 없는 것이 그의 소개가 실생활의 위기에 처한 가장의 입장에서 이루어진 측면과 함께 문인의 입장에서 부딪친 정신적 위기에서 비롯된 측면이 있기 때문이다.

그는 첫 국책물 「대지의 아들」(『조선일보』, 1939.10.12~1940.6.1)을 쓸 때 "야차 같은 가위를 눌린 것"을 토로한 바 있었거니와, 그 뒤로도 당국의 명시적·묵시적 주문을 비껴가기 위해 내내 부심하다가 더 이상 글쓰기를 지탱해갈 수 없는 심경을 소개를 얼마 앞둔 시점의 작품 「공간」(『춘추』, 1943.6)에서 "난…공간이 없다"는 작중인물의 말 한마디로 암시했다. 이 '공간'의 부재 선언이 지향공간(Arcadia/Utopia)의 단념이자 지향시간 (Millenium)에의 염원 즉 개벽 또는 해방의 날에 대한 전망이라 할 때, 문예지 글쓰기로는 마지막인 「공간」 다음에 그가 나아간 소개는 한갓 도피나 은거가 아니라 언젠가 도래할 무엇인가 절절한 지향처를 품은 것이었다고 생각된다. 따라서 소개지의 삶을 담은 글쓰기는 기껏 위장협력 글쓰기의 국책물 생산소설을 답습하는 꼴의 박문서관본 「농막선생」이 아니라 소개를 결심하는 마당에 마음속에 새겼고 또 소개지에서 지니며 살았을 내면의 진실이 담긴 이른바 가상원본 「농막선생」이어야 마땅한데, 그것이 실제로 나타난 모습을 바로 개작소설 「형관」에서 살펴볼 수 있다.

1945년 3월경의 이른 봄 강원도 산골 국말에 미군 폭격기가 출현하는 바람에 공습 소동이 일어나는 장면으로 시작되는 「형관」은 서울서 아내와 딸을 데리고 소개해온 사상범 전력의 문사 박철이 직접 농사일을 하며 순박한 시골 젊은이들과 동리사람들의 신망을 얻어가는 이야기를 주축으로 하여 마구잡이 징용사냥과 탈출 징병자 색출, 장정검사의 과정과 징병 출정일의 난동, 공출 등을 중간에 엮어 넣는 형태로 서술된 작품이다. 해방 이후에 쓴 작품이니까 일제말기의 압제와 수탈 만행을 전폭적으로 다룬 것은 너무나도 당연한 일일 것이다. 제재의 범위에 대한 금제가 풀린 것 못지않게 작자의 재량 서술도 외압이 제거되어 가령 징병 출정일의 난동 장면에서 보듯이 풍자의 집행자(eiron)가 상황의 역전을 주도하는 그의 특유한 수법으로 비현실적인 사건에조차 개연성을 불어넣기까지 했다. 박문서관본 「농막선생」에 주인공이 국책물 생산소설을 쓴다는 내용이 포함되어 있었는지는 알 수 없으나, 무얼 많이 쓰느냐는 악질순사 백천白川에게 박철이 등잔 켤 석유가 없어 쓰지 못한다로 되받아치는 대목도 과거사에 대한 자기검열이라기보다 일제말기의 경제난을 꼬집은 작자의 민활한 재량 서술로 볼 수 있다.

한편 박철이 자경농민으로서 역농하는 모습은 「농막일기」의 영농일지에 세부묘사를 곁들이는 방식으로 제시되는데, 그가 하는 볍씨의 염수선과 약품소독에 대해 귀찮은 일을 한다고 수군대는 마을 사람들의 인습에 젖은 반응을 개탄하는 대목, 그리고 거기에 보태서 농사 지식과 경작 과정 등에 관해 '관산關山' '육우六羽' 등의 벼 품종이 한랭지역에 알맞다든지 "상수上手에 물꼬를 틔우고 흙탕물을 휘저어" 주는 못자리내기가 효율적이라든지 하는 대목 등이 앞장에서 거론한 자작농창정과 결부된 3차 산미증산정책의 '농사개선' 사업에 상응되는 서술임은 주목할 만하다. 영농일지의 기록들이란 제재 자체에 그대로 연동된 자율적 서술이니까 해방이 됐다고 해서 고쳐 쓸 이유가 없지 않을까도 싶지만, 엄밀히 따지면 일제가 식량증산을 목표로 보급했던 일본산 우량종 벼 품종들이 시간의 경과에 따른 열성 퇴화나 비료 사용의 증가에 의한 비용 부담 등의 문제를 야기한다는 점을 알지 못한 한계는 간과할 수 없다.

그 한계는 작자 이기영이 농사꾼으로는 어설펐음을 드러내는 것이기도 하지만, 「형관」이 소개 초기의 「농막일기」를 경개로 삼아 추경기를 미처 경험하기 전에 창작된 미간행 원고 및 박문서관본 「농막선생」을 저본으로 하여 썼을 따름이기 때문, 말하자면 줄줄이 선본의 제재 범위와 인식 한계에 묶였기 때문이다. 이는 다른 각도에서 보면 16개월 남짓한 소개 기간에 자경하는 영농생활을 통해 농촌현실에 대한 경험의 축적이 상당했을 것임에도 불구하고 그것을 살려서 개작 속에 곁들일 겨를이 없을 정도로 8·15 직후부터 그가 총망한 나날을 보내었음을 말해준다.

해방이 되자 혼자 철원에 나와 강원도 인민위원회 교육담당으로 일하던 그는 그 "출판사업을 위해서 소요되는 인쇄활자를 구하기 위해"[26] 9월 24일 상경하여 프로예맹과 문건의 대립상을 지켜본 후, 10월 초부터 11월 초까지 평양에서 체류했다가 철원으로 돌아와 활동하던 중 12월 초에 한설야, 한재덕과 함께 재차 서울로 들어와 문건과 프로예맹의 합동총회(1945.12.13)에 관계하며 〈아서원좌담회〉(1945.12.12)와 〈봉황각좌담회〉(1945.12 그믐께)에 참석했다.[27] 다시 철원에 돌아와서 1946년 1월 중에 희곡 한 편을 썼던[28] 그는 평양에 가서 송영과 합숙생활을 하다가 북조선예술총연맹(1946.3.25) 명예위원장이 되고나서 4월에 북조선공산당 중앙위원회 청사에서 김일성과 면담했다.[29] 그리고 북한의 토지개혁(1946.3.5)을 다룬 해방 이후 첫 단편 「개벽」과 평론 「창작방법상의 제 문제」를 『문화전선』(창간호, 1946.7)에 발표한 그는 한설야, 이찬, 이태준 등과 함께 소련방문(1946.8.10.~10.17)을 다녀와서 곧바로, 「형관」 1회분(『문화전선』 2, 1946.11.20 발행)의 집필에 착수했던 것이다.

「개벽」은 토지개혁에 대응한 창작인 만큼 그것이 발표되기 7개월 전에 〈봉황각좌담회〉에서 이기영이 밝힌 창작 계획은 일제말기 「농막서생」의 개작을 염두에 두었던 것으로 봐야 한다. 그 창작 계획을 천명한 발언 중에서 다음에 인용하는 부분은 소개의 동기와 관련해서 주의를 기울일 필요가 있다.

---

26 김재용, 「이기영 유고 자서전 "태양을 따라"를 읽고」, 『월간중앙』, 2000.10, 95면.

27 이기영, 「동지애」(1945.12.21 탈고), 『우리문학』 창간호, 1946.2, 43면을 바탕으로 함.

28 이기영, 「닭싸움」, 『우리문학』 2, 1946.3, 31면의 작품 말미에 "1946.1.17. 철원합숙소에서 탈고"라고 쓰여 있다.

29 「최초공개 민촌 리기영의 자전적 수기 "태양을 따라"」, 『월간중앙』, 2000.10.

과거에 나는 농민소설을 써왔는데 그것은 내가 농촌을 떠나서 약 이십 년 가까이 되어 전혀 농촌의 현실을 모르고 다만 구상으로만 농민생활을 써온 것은 나로서 도저히 진정한 농민생활을 쓰지 못했다는 것을 통렬히 느끼고 있습니다. 그래서 될 수만 있으면 농촌에 도라가서 산 사실을 이 눈으로 직접 보고 쓰고저 작년에 농촌으로 갔습니다.[30)]

소개지에서 박문서관본 「농막선생」과 『처녀지』를 썼던 사실과는 상충되는 진술임이 틀림없지만, 일제말기의 상황논리를 전제로 하면 이 진술이 그가 품었을 내면의 진실과 다르다고 할 근거도 없다. 가상원본 「농막선생」을 되살리는 시도로서 「형관」을 썼다는 점에서도 그러하다. 그런데 그가 말한 소개의 동기는 그 발상법에 초점을 맞추어 음미하는 것이 중요하다. 즉 농민소설 작가로서의 전망을 농촌 현실과 농민들 속에서 삶을 함께하는 가운데 체험을 통해 배우고 터득하고자 했다는 발상법은 일찍이 카프시절 창작이 한계에 부딪히자 제지공장촌에 들어가는 현장체험을 감행해서 「조희뜨는 사람들」(『대조』, 1930.4)을 썼을 때의 그것과 일맥상통하는 것이다. 이기영은 이 발상법이 3개월의 현장취재로 「낙동강」(『조선지광』, 1927.7)을 썼던 조명희의 일깨움에 의한 것임을 「숙제」(『조선지광』, 1928.3·4)에서 토로한 바 있거니와, 거기서 현장체험의 감행을 이르는 용어 '실제운동'은 오스기 사카에大杉榮 등의 일본 아나키즘에서 통용되던 것이다.[31)] 그 실제운동에 입각한 문학론이 오스기 사카에의 민중예

---

30 「문학자의 자기비판-좌담회-」, 『인민예술』 제2호, 1946.10, 40~1면의 이기영의 발언.
31 이와 관련해서는 김흥식, 「조명희의 문학과 아나키즘 체험」(『어문논집』 26, 1998)과 김흥식, 「이기영의 문학과 아나키즘 체험」, 『한국현대문학연구』 17, 2005. 참조.

술론[32]인 바, 그 가장 중요한 원칙은 "그들로서는 그들과 한 줄로 서서 그들과 더불어 생활하고 그들과 더불어 반역하는 것이 아니라면, 그들의 진정한 벗이 아닌 것이다"[33]라는 요컨대 민중과의 일체화이다.

소개의 동기는 소개지 생활의 의미와 맞물린 것이기에 작자의 재량 서술이 가장 역점을 둘 수밖에 없다. 「형관」에서 박철은 사상운동의 과거 동료들이 변절하는 행태에 환멸을 느껴 소개를 결행한 것으로 되어 있다. 그 대목에서 '포석의 「봄잔듸밭위에서」'라는 시집의 한 구절을 박철이 떠올렸다는 서술은 그의 소개가 조명희의 국외망명에 버금가는 내부망명(Innere Emigration)의 심정으로 결행됐던 것이며 동시에 「조희뜨는 사람들」을 썼을 때와 같이 민중과의 일체화에 이르고자 하는 실제운동의 일환임을 암시하는 복선이라고 할 수 있다. 그리하여 「형관」의 마지막 장에서 농군으로 거듭나는 박철과 마을 농민들이 한데 어우러지는 반회의 놀이판은 『고향』(『조선일보』, 1933.11.15~1934.9.21)의 풍물과 두레가 그렇듯 바로 민중과의 일체화라는 명제의 문학적 육화 내지 형상화로 가름되는 것이다.

'형관荊冠'이란 제명도 아나파와 보르파가 경합하던 일본 사회주의 운동권에서 부락해방을 내걸었던 수평사水平社(1922.3)의 '형관기荊冠旗'와 겹쳐지고, 그 수평사가 연대했던 조선의 형평사(1923.4) 사원의 딸 로사가 「낙동강」의 초점인물이며, 지주의 빚 올가미에 딸을 빼앗기는 빈농마을 '민촌'을 그린 「민촌」이 이기영의 필명이라든지 해서 그가 작가로서 처

---

32 大杉榮의 민중예술론은 「征服の事實」(『近代思想』, 1913.6.), 「新しき世界の爲めの新しき藝術」(『早稻田文學』, 1917.10.), 「勞動運動と勞動文學」(『新潮』, 1922.10.) 등에서 일관되게 살펴진다.

33 大杉榮, 「藤椅子の上にて」(1914.5.), 稻垣達郎・紅野敏郎 編, 『近代文學評論大系』4, 角川書店, 1982, 407면.

음부터 혹은 소개를 전후해서나 「형관」을 쓰던 무렵에 아나키즘의 전망에 섰다고 하는 것은 왜 가시관이며 금관이 아니냐를 따지기와 마찬가지로 피상적이다. 관건은 소개지로 가고 거기서 산 그의 발상법과 심정인바, 그는 어떤 이념의 너울을 쓰고서가 아니라 어디까지나 체험을 본령으로 하는 작가로서의 정체성을 되찾고 지켜나가고자 했을 따름이기 때문이다. 이런 맥락에서 「형관」의 중단과 미완은 북한 체제의 방향성에 대한 그의 감응과 판단에 따라 이루어진 부득이한 입장의 전환을 시사한다고 할 것이다.

사력을 기울인 역작 ─『작가 이기영, 그 치열한 삶과 문학적 진실의 수준』에 붙여

방민호(서울대 국문과 교수)

어느 짧은 글에서 나는 막스 베버의 "직업으로서의 학문"에 대한 비판적 해석을 시도한 바 있다. 베버는 예술과 학문을 구별하면서 예술은 후대의 작품에 의해 극복되지 않는 반면 학문은 언제나 후대의 연구에 의해 극복될 수밖에 없는 덧없는 운명을 타고난 것이라 했다.

나는 그동안의 경험을 통하여 이렇게 말했다. 예술과 마찬가지로 학문 또한 어떤 연구는 후대의 연구에 의해 쉽사리 극복되지 않는다. 우리가 극복했다고 느낀다면 그것은 사실은 앞선 연구의 내용을 망각했거나 관심사가 변해 더 이상 그것을 돌아보지 않게 된 결과인 경우가 많다. 훌륭한 연구는 훌륭한 작품처럼 쉽사리 극복될 수 없는 성질의 것이다.

앞에서 나는 '어떤 연구'라 했는데, 지금 내가 이야기하려는 김흥식 선생의『작가 이기영, 그 치열한 삶과 문학적 진실의 수준』이야말로 바로 그 '어떤 연구'에 해당하는 것이라 할 만하다. 나는 이 책의 많은 부분을 선생이 여러 교수와 학생들 앞에서 발표하실 때 직접 들은 바 있고 나중에 선생이 그 연구를 심화, 보충해 나가는 과정을 가까운 곳에서 엿볼 수 있었다. 나는 선생에게서 산행을 배웠고 그 산행의 나들이들 속에서 선생의 지적 넓이와 깊이를, 문제를 탐색해 나가는 태도와 방법을 실감할 수 있었다. 바로 그 충실함, 정심함이 이 저술 곳곳에 스며들어 있다.

그렇다. 나는 선생을 따라 산에 다니는 법을 배우고, 산행을 하듯 꾸준히, 여유있게 생각하는, 나의 기질과는 다른 법을 배웠다. 선생이 당신의 인생을 바쳐 터득하고 축적해 온 지식과 통찰의 세계를 귀동냥이라는 훌륭한 도구로써 얻어 가질 수 있었다. 처음 선생을 따라 산에 오르던 날이 떠오른다. 대학 시절 이후 오랫동안 산을 타보지 않는 나의 발바닥은 산 입구까지의 아스팔트 도로의 팍팍함을 견디지 못해 했다. 홍기돈 선생까지 함께 세 사람이 이북5도청 쪽 북한산 대남문을 오르는데 승가사로 갈라지는 그 짧은 등산로를 몇 번이나 쉬어가야 했는지 모른다. 선생은 아무 질책도 하지 않으시고 쉬엄쉬엄 나를 이끌어 주셨는데, 그 온유함은 내가 오랫동안 목마르게 찾아온 선배의 모습 바로 그것이었다.

그 무렵 과연 나는 타는 듯한 목마름에 시달리고 있었다. 무엇을 어떻게 찾아야 할 것인가? 하는 문제 앞에서 나는 내 자신이 작가 이상의 '도승사'의 위태로움에 빠져 있음을 알고 있었다. 나는 어느 지적 계보에도 나 자신을 들이밀지 못한 낙오자였으면서 어디에도 쉽게 소속하고 싶지 않은 혹종의 외부자였다. 선생은 몇 번의 우연찮은 만남을 통해 나의 고단한 상태를 간파하셨고, 뿐만 아니라 지적 고아상태나 다름없는 내게 손을 뻗어 건네어 내력과 배경과 연유를 따져 묻고 캐내는 새로운 지적 전통에 연결시켜 주셨다. 그러니까 나는 저 김윤식 선생 이래로 우리 현대 문학사의 국면국면들을 가장 넓고 깊게 헤아려 보는 사람을 가장 가까운 위치에서 접할 수 있는 특별한 혜택을 지난 십수 년 동안 누려온 것이었다.

이 책의 제목은 '작가 이기영, 그 치열한 삶과 문학적 진실의 수준'이다. 작가론 계열의 연구서치고는 긴, 그리고 이색적인 이 제목은, 이기영의 생애와 문학의 관련성을 밀도 높게 추구하면서도 비평가적 시선의 고도를 잃지 않으려는 선생의 뜨거우면서도 엄정한 태도를 표현하고 있다. 이순신의 12대 지손으로 이광수보다 한 해 일찍 출생하여 가난 속에서도 자기를 잃어버리지 않으려 했던 작가 이기영의 이상과 고뇌를 이 연구는 끝까지 날카롭게 분석해내고자 한다. 이를 통하여 포석 조명희와 동반했던 이기영의 초기문학과 그의 대표 장편소설『고향』, 그 이후의『봄』, 그리고 「공간」과 같은 내밀한 내부세계의 풍경들이 그 새로운 의미를 부여받게 된다.

그리하여 이 저술은, 연구자는 작가를 어떻게 사랑할 수 있는가를 보여준다. 바로 말하면 선생은 지지난해에 작고하신 김윤식 선생과 사제지간이셨으나, 그렇다 해서 학풍을 변화없이, 창조없이 이어받는 에피고넨 류의 제자는 아니셨다. 선생은 개념에 의해 잠식되거나 훼손되지 않는 작가의 진실한 형상을 축조하고자 했고 때문에 '그 진실의 수준'을 심문하지 않을 수 없었다.

지금 나는 한없이 비감한 마음을 안고 이 글을 쓰고 있다. 지난 2월의 어느 날에 나는 부산역에 내려 1호선 장전역 근처에 있는 선생의 거처를 찾아갔다. 바로 전날 복수를 뽑으신 선생은 오는 2월 말이 정년퇴직이시 건만 기력이 몹시 쇠해 보이셨다. 선생이 기념식에 참석 못하시게 되니 코로나19가 아예 기념식을 막아 버렸다고 하자 야윈 얼굴에 쓴웃음을 띄우셨다. 날이 풀리고 기력이 좀 돌아오시면 동백꽃 핀 곳에서 제자들, 후배들과 차라도 마시자 하셨다.

처음에 이 책에 붙일 짧은 글을 준비해 보라는 선생의 말씀을 듣고 나의 이름과 문장이 이 귀한 책을 어지럽힐까 몹시 두려웠다. 하지만 지난 십수년 동안 선생께 배우고 또 정신적으로 의지했던 그 많은 나날을 기억에서 지울 수 없기에 차마 분부하심을 뿌리치지 못했다.

인생은 아무리 길어도 짧지만 학문은 세월을 오래 견딜 수 있음을 믿는다. 선생의 이 책이 두고두고 읽힐 명저로 남을 것을 의심하지 않는다. 그리고 우리가 선생을 두고두고 되살릴 것을 믿는다.

2020. 2. 21.

부록

– 1 –

Ⅰ. 저작 목록

Ⅱ. 평론과 논저 및 기타

Ⅰ. 저작 목록

필 명	구 분	제 목	발 표 지	발표시기	비 고
이기영	독후감	『여인의 네가지 전형』을 읽고	동아일보	24.5.19.	투고문
이기영	단편	옵바의 비밀편지	개벽 49	24.7.	처녀작
이기영	단편	가난한 사람들	개벽 59	25.9.	
이기영	수필	병신걸인	동아일보	25.11.15.	
이기영	단편	쥐이야기	문예운동 1	26.1.	
이기영	단편	단칸방	문예운동 1	26.1.	
이기영	단편	농부 정도룡	개벽 65, 66	26.1.2.	
이기영	단편	민촌	조선지광	26.?.	단행본 『민촌』의 부기에는 '25.12.13. 작'으로 기재됨.
이기영	단편	장동지 아들	시대일보	26.1.4.	
乙祿	단편	오남매 둔 아버지	개벽 68	26.4.	
성거	비평	속사포(촌평):병신걸인	문예운동 2	26.5.	이광수, 염상섭 공격문
이기영	수필	출가소년의 최초 경난	개벽 70	26.6.	
이기영	수필	인간상품	조선지광	26.7.	
이기영	단편	외교원과 전도부인	조선지광	26.?.	단행본 『민촌』에 '26.5.19. 작'으로 기재됨.
이기영	수필	악인과 선인	조선지광	26.8.	
이기영	단편	부흥회	개벽 72	26.8.	
이기영	단편	남경충의 총동원	?	?	
이기영	단편	박선생	별건곤 1	26.11.	
이기영	단편	천치의 논리	조선지광 61	26.11.	

성거산인	수필	과거의 생활에서	조선지광 61	26.11.	
이기영	수필	헤매이던 발자취	조선지광 62	26.12.	
성거산인	수필	문인과 생활	중외일보	26.12.9~10.	원고료 문제 분쟁(조선일보 (26.12.20~ 27.3.27.) 관계 기사 및 사설)
이기영	수필	새사람이 항상 많이 나오기를	조선지광 63	27.1.	
이기영	단편	농부의 집	조선지광 63	27.1.	
이기영	단편	失眞	동광 9	27.1.	
이기영	단편	어머니의 마음	현대평론 1	27.1.	
이기영	단편	유혹	조선일보	27.1.4~	
이기영	단편	餓死	조선지광 64	27.2.	「농부의 집」 속편
이기영	단편	호외	현대평론 2	27.3.	
이기영	단행본	『민촌』	조선지광사	27.4.5.	재판:건설출판사, 46.6.30.
이기영	단편	비밀회의	중외일보	27.4.	
이기영	추도문	김수산의 일년제에 임하여	조선지광 71	27.9.	
이기영	수필	옛날의 가을	조선지광 71	27.9.	
이기영	단편	해후	조선지광 73	27.11.	
이기영	단편	단말마	조선일보	28.1.1.	
이기영	단편	채색 무지개	조선지광 75	28.1.	
이기영	비평	집단의식을 강조한 문학	조선지광 75	28.1.	
이기영	단편	고난을 뚫고	동아일보	28.1.5~24.	
양심곡인	수필	묵은 일기의 일절에서	조선지광 76	28.2	
이기영	콩트	숙제	조선지광 77	28.3.	'一人一頁小說'
이기영	번역	百萬磅紙幣	조선지광 77	28.3.	마―쿠―투―에―ㄴ 작

이기영	단편	원보	조선지광 78	28.5.	「일명 서울」
箕永生	수필	暮春雜筆	조선지광 78	28.5.	『동아일보』(28.6.25.)에 종로서 고등계에 체포 기사
이기영	번역	철도공부	조선지광 79	28.7.	山內謙吾 작
양심학인	수필	바다와 인천	조선지광 79	28.7.	
이기영	비평	지금 형편에는 방책 별무	별건곤	29.1.	
이기영	단편	경순의 가출	조선일보	29.1.1.	
이기영	희곡	그들의 남매	조선지광 82~85	29.1,2,4,6.	일명 「월희」, 『조선지광』(29.6.)에 다음호에 완결된다고 예고했으나 미완
이기영	단편	자기희생	조선일보	29.3.12.	
이기영	논문	관념론적 유심론	조선일보	29.3.16.	
성거산인	수필	나의 사랑하는 옷(2): 채송화	중외일보	29.5.2.	
이기영	비평	부인의 문학적 지위	근우 1	29. 5	
이기영	동화	쌍 업는 「싼」	별나라	29.5	
이기영	소설	續 쥐이야기	조선문예 창간호	29.5.	검열에 의해 전문 삭제를 당함
성거산인	단편	향락귀	조선일보	30.1.2~18.	
성거산인	단편	조희뜨는 사람들	대조 2	30.4.	일명 「제지공장촌」
이기영	비평	반동적 비평을 매장하라	대조 5	30.8.	
이기영	단편	홍수	조선일보	30.8.21~9.3.	
이기영	단편	광명을 앗기까지	해방 창간호	30.12.	
이기영	단편	시대의 진보	조선지광 94	31.1.	
이기영	단편	앞잡이	해방	31.2.	「선구자」?
이기영	장편	현대풍경	중외일보	31.6.27~?	처녀장편

이기영	단편	이중국적자	해방	31.6.	「삼중국적자」?
이기영	단편	부역	시대공론 1, 2	31.9., 32.1.	
이기영	비평	문예시감:1931년을 보내면서	중앙일보	31.12.14.	
이기영	비평	문예시감:1931년판 「캅푸시인집을 읽고」	중앙일보	32.12.15.	
이기영	단편	猫養子	조선일보	32.1.1~31.	
이기영 외	작품집	카프작가 7인집	집단사	32.	「원보」, 「제지공 장촌」 수록
이기영	번역	꼬리키의 문단생활 40년 기념제	신계단	32.11.	饒平名智太郎의 글
이기영	단편	양잠촌	문학건설 1	32.12.	
이기영	비평	「적막한 예원」의 일절을 읽고 —동인군을 駁함	문학건설 1	32.12.	
이기영	비평	송영군의 인상과 작품	문학건설 1	32.12.	
이기영	단편	박승호	신계단 1–4	33.1.	
이기영	단편	김군과 나와 그의 안해	조선일보	33.1.2~15.	
이기영	비평	판폐–롭흐 작 「빈농조합」—내 심금의 현을 울린 작품	조선일보	33.1.27.	
이기영	희곡	인신교주	신계단 1–5, 7	33.2 · 4.	
이기영	비평	「혁명가의 아내」와 이광수	신계단 1–7	33.4.	
이기영	단편	변절자의 아내	신계단1–8	33.5.	9월호에는 (略) 『조선일보』 (33.5.18.): 이기영 과 임화의 극빈생 활 기사
이기영	중편	서화	조선일보	33.5.30~7.1.	미완의 장편 기미 전후의 제1편에 해당(「작자의 말」 (『서화』(동광당서 점, 1937.)

민촌생	비평	작가가 본 작가 —현민 유진오론	조선일보	33.7.2~9.	
민촌	희곡	향촌의 봄	신계단	33.9.	'略'으로 표기되고 미게재
이기영	비평	문단인의 자기고백 —나의 문학에 대한 태도, 작가적 양심	동아일보	33.10.10.	
이기영	비평	문예적 時感 數題	조선일보	33.10.25~29.	
이기영 외	작품집	농민소설집	별나라사	33.10.28.	「홍수」, 「부역」 수록
이기영	기사문	작자의 말	조선일보	33.11.14.	「조선일보」 (33.11.14.): 「고향」 연재 예고 및 「작가의 말」
이기영	장편	고향	조선일보	33.11.15~ 34.9.21.	연재료, 월 60원
민촌	단편	가을	중앙 3	34.1.	
이기영	수필	노변야화	조선일보	34.1.16.	
이기영	비평	문학을 이해하라	동아일보	31.1.2.	
이기영	비평	사회적 경험과 수완	조선일보	34.1.25.	
이기영	비평	문예평론가와 창작비평가	조선일보	34.2.3~4.	
이기영	중편	돌쇠	형상 1,2	34.2.4.	「서화」의 속편 「조선일보」 (34.4.25.) 기사: 「형상」4월호 원고 압수, 이기영 은 평면 부암리 이사
이기영	수필	「민촌」의 유래	동아일보	34.4.2.	
이민촌	수필	화려한 천리녹야	조선일보	33.5.5.	
이기영	비평	창작방법 문제에 관하여 — 문예적 時事感	동아일보	34.5.30~6.4.	
이기영	비평	문학과 현실	문학창조 1	34.6.	

민촌생	중편	진통기	문학창조 1	34.6.	1회로 중단, 『조선문학』 15~20(39.1~7.) 후속 연재도 미완
이기영	수필	소아를 버리고 대국에 착안하자	동아일보	34.6.14.	
이기영	비평	창작가로 나설 이에 몃 게 몃 말슴(문장·문리·수법(1), 소설작법에 대하야(2), (3), (5))	조선일보	34.7.6~11	(4)는 (34.7.10.)의 특판 2면
이기영	수필	태평양과 삼방유협	동아일보	34.7.20.	
이기영	단편	노예	동아일보	34.7.24~29.	
이기영	단편	B씨의 치부술	중앙 11	34.9.	
민촌생	비평	문예시평	청년조선 1	34.10.	
이기영	단편	'남생이'와 '병아리'	청년조선1	34.10.	
이기영	중편	저수지	개벽	34.11.	(略)으로 목차에 표기되고 게재되지 않음. 『동아일보』(34.11.23.) 기사: 신건설사 사건
이기영 외 17	설문 응답	1934년 문단에 대한 희망	형상 창간호	35.2.	
이기영	단편	쥐이야기	삼천리 60	35. 3	『문예운동』1 (26.1.)에 실렸던 것을 재수록
이기영	단편	원치서	동아일보	35.3.3~17.	
이기영	단편	흙과 인생	예술 3~	36.1~	
이기영	수필	「서화」 이후	문학 1	36.1	
이기영	서간	이귀례에게 보낸 서간	예술 3	36.1	徐相庚 편, 『조선문인서간집』(경성각서점, 1936.9.)
이기영	장편	인간수업	조선중앙일보	36.1.1~7.23.	

이기영	단편	유선형	중앙 28	36.3.	'유우머 소설'로 부기
이기영	설문	해외에 보내고 싶은 우리 작품	삼천리	36.2.	
이기영	단편	도박	조광 5	36.3.	
이기영	수필	춘일춘상:고난의 배후서	조선중앙일보	36.4.12~17.	
이기영	수필	작가와 위생	사해공론 12	36.4.	
민촌생	단편	배낭	조광 7	36.5.	
이기영	단편	십년후	삼천리 74	36.6.	
이기영	수필	명암이중주	중앙 32	36.6.	
이기영	수필	초춘(백자평론)	신동아	36.6.	
이기영	비평	막심 꼴키에 대한 인상초	조선중앙일보	36.6.22.	
이기영	비평	문호 꼴키翁을 조함	비판 37	36.7.	
이기영	단편	유한부인	사해공론 15	36.7.	
이기영	수필	흙의 향기	중앙 4-7	36.7.	
이기영	단편	적막	조광 9	36.7.	
이기영	장편	성화	고려시보	36.9.?~?.	연재(7):(36.10.1.)
이기영	비평	문예적 시감 2,3	조광 10	36.8.	
이기영	수필	문장출어곤궁	신동아 58	36.8.	
이기영	수필	추회	중앙 4-8	36.8.	죽마고우 'H'의 추도문
이기영	수필	인상깊은 가을의 몇가지	사해공론 17	36.9.	
이기영	단편	야광주	중앙 35	36.9.	『중앙』 종간으로 연재 중단
이기영	단행본	고향(상)	한성도서	36.10.30.	6판:39.5.15.
이기영	평론	신문과 작가	사해공론 19	36.11.	
이기영	비평	문학을 지원하는 이에게 (문청에게 주는 글)	풍림 1	36.12.	유진오, 채만식의 글과 함께 실림

이기영 외	좌담	조선문화의 재건을 위하야 – 제1분과회의: 문학에 대하야	사해공론 20	36.12.	
이기영	수필	무로변기	조광 15	37.1.	
이기영 외	설문	작가 작품 연대표	삼천리 81	37.1.	
민촌생	평론	『고향』의 평판에 대하야	풍림 2	37.1.	
이기영	단편	비	백광 1	37.1.	
이기영	단편	나무꾼	삼천리 81	37.1.	
이기영	단편	麥秋	조광 15,16	37.1 · 2.	
민촌생	단편	추도회	조선문학 속간?	37.1.	
이기영	단행본	고향(하)	한성도서	37.1.17.	「고향」의 〈중앙 문대〉 각색, 상연 (37.8)
이기영	단편	옵바의 비밀편지	사해공론 22	37.2.	재수록
이기영	비평	현문단 정예작가 출세작집	사해공론 22	37.2.	
이기영 외	설문	유우머 설문	조광	37.3.	
이기영	비평	문단시감–비판과 작품에 대하여	조선일보	37.3.11~16.	
이기영	장편	어머니	조선일보	37.3.30~10.11.	
이기영	설문	문인 멘탈 테스트	백광 3 · 4	37.4.	
이기영 외	설문	생활 · 연예 · 여행 · 유우머 · 애정 설문	조광 18	37.4.	
이기영	수필	소년시절의 그리운 정서	풍림 5	37.4.	
민촌	비평	예리한 해부력과 진실미	조선문학 3–4 · 5	37.5.	이무영의 「취향」 독후감
이기영	설문	향수 · 교육 · 일기 · 유우머 설문	조광 19	37.5.	
이기영	단편	인정	백광 5	37.5.	
이기영	단편	산모	조광 3–6	37.6.	

이기영	비평	막심 고리키 서거 1주년 기념에 제하여	조광 3-6	37.6.	
이기영	감상문	「나그네」의 한 장면	조선일보	37.6.	
이기영 외	설문	독서 · 미신 · 산책 · 인기 설문	조광 20	37.6.	
이기영	비평	스케일이 크지 못함이 작가의 최대 결함	동아일보	37.6.5.	
이기영	비평	문학청년에게 주는 글	조선일보	37.6.6.	
이기영	비평	평론가 대 작가 문제	동아일보	37.6.22.	
이기영	비평	소설창작에 대하여	조선일보	37.7.7.	
이기영	비평	산문의 정신과 사상	조선일보	37.7.14~15.	
이기영	단행본	서화	동광당서점	37.	「작가의 말」(丁丑 七月 上浣(37.7. 上浣))
이기영	수필	초하수필	조선문학 14	37.8.	
이기영	수필	이상과 현실	동아일보	37.8.4.	
이기영	수필	나의 수업시대 – 작가의 올챙이 때 이야기	동아일보	37.8.5~8.	
이기영	비평	작가 · 평가는 유기적	조광 23	37.9.	
민촌생	단편	그와 여교원	동아일보	37.9.28~30.	
이기영	단편	돈	조광 24	37.10.	
이기영	비평	비평과 작품	조선일보	37.11.3.	
이기영	비평	몬저 자부심을 가져라	조선일보	37.11.9~10.	
이기영	비평	조선문학의 전통과 역사적 대작품	조선일보	37.12.8.	「임꺽정」 평
민촌생	서문	서문에 代하여	산제비	38.	「산제비」는 白河 박세영 시집 ; 丁丑(1937) 六夏 上浣에 씀.
이기영	비평	노루	삼천리 문학	38.1.	
이기영	비평	조선은 말의 처녀지 –말의 발굴의 임무	동아일보	38.1.3.	

이기영	단문	작가의 말(『신개지』 연재 예고	동아일보	38.1.18.	「소개의 말」도 함께 게재.
이기영	장편	신개지	동아일보	38.1.19~9.8.	
이민촌	단편	참패자	광업조선	38.2.	
민촌생	수필	셋방 10년(나의 이사 고난기)	조광	38.2.	
민촌생	수필	잡감수제(노변야화)	조광	38.2.	
이기영	수필	무몽대길(꿈의 순례)	조광	38.2.	
이기영	비평	분산적인 조선 극계에 통일적 정신을 기대	동아일보	38.2.8.	
이기영	독후감	엄흥섭 씨 단편집 「길」을 읽고	조선일보	38.3.15.	
이기영	수필	탁류를 타고 내려올 때	사해공론	38.4.	
이기영	단편	설	조광31	38.5.	
민촌생	수필	낙동강	조광31	38.5.	
이기영	비평	문학자와 교육자 – 인격 문제를 중심으로	동아일보	38.5.27.	
민촌 외	설문	유우머 설문	조광	38.6.	
이기영	비평	창작의 이론과 실천	동아일보	38.6.6.	
민촌생	단편	금일	사해공론39	38.7.	
민촌생	수필	순식간에 시어진 이백리 문화촌	동아일보	38.7.7.	
이기영	비평	역사의 흐르는 방향 – 과학적 합리성의 파악과 방법	조선일보	38.7.9.	
이기영	수필	비뚜러진 상식	사해공론 40	38.8.	
민촌생	수필	낙동강	조광	38.8.	
이기영	수필	농촌위 인상 – 이즐 수 없는 농촌	가정지우 13	38.8.	
이기영	단편	청년	삼천리 99~?	38.8~?.	
이기영	비평	박승극 저 『多餘集』	동아일보	38.9.18.	

이기영	일기	일기장에서(일기일절)	동아일보	38.9.23.	
이기영	단편	욕마	야담 34	38.10.	
이기영	단편	대장깐	조광 36	38.10.	
이기영	비평	창작의 이론과 실제 – 소재와 작품– 〈문학적 생활과 전통〉	동아일보	38.9.29~10.1.	
이기영	비평	창작의 이론과 실제 – 모델과 풍자 소설 – 〈기술문제에 대하여〉	동아일보	38.10.2.	
이기영	비평	묘사의 대담성 – 〈기술문제에 대하여 〉	동아일보	38.10.4.	
민촌생	수필	단발령(금강비경행1)	동아일보	38.10.25.	
민촌생	수필	내금강관문(금강비경행2)	동아일보	38.10.26.	
민촌생	수필	내팔담과 보덕굴 (금강비경행3)	동아일보	38.10.27.	
민촌생	수필	백운대와 연화대 (금강비경행4)	동아일보	38.10.28.	
민촌생	수필	수미탑과 영랑대 (금강비경행5)	동아일보	38.10.29.	
민촌생	수필	만물상중천성대 (금강비경행7)	동아일보	38.1.3.	
민촌생	수필	상팔담의 원근경 (금강비경행8)	동아일보	38.11.6.	
이기영	단행본	신개지	삼문사	38.11.5.	
이기영	비평	작가와 독자 – 창작에 나타나는 두 가지 현상	동아일보	38.12.3.	
민촌생	비평	내가 본 유진오 씨	조선문학 15	39.1.	
이기영	중편	진통기	조선문학 15~20	38.1~7.	문학창조 1(34.6.)의 제1회 게재분부터 다시 연재. 미완.
이기영	수필	낙목공산	조광 40	39.2.	
이기영	수필	인간과 창조	동아일보	39.2.9.	

이기영	수필	건강유감	동아일보	39.2.11.	
이기영	수필	수봉선생	동아일보	39.2.18.	
이기영	수필	단상	조선문학 16	39.3.	
이기영	단편	燧石	조광 41	39.3.	
이기영	수필	내 문학을 길러준 곳 – 요박한 천안 뒤뜰	동아일보	39.3.25,30.	
민촌	비평	동경하는 여주인공	조광 42	39.4.	
이기영	수필	三惡聲	비판	39.4.	
이기영	단편	小婦	문장 3	39.4.	속편 예고
이기영	수필	성공과 수단	동아일보	39.4.11.	
이기영	수필	인간과 기술자	청색지 5	39.5.	
이기영	단편	권서방	가정지우 20	39.5.	
이기영	감상문	「대지」의 「첫아들」 장면 (명작에 나타난 아름다운 서정)	가정지우 20	39.5.	
이기영	수필	그리운 남국	신세기	39.6.	
이기영	비평	인간탐광가	조광 44	39.6.	
이기영	단편	고물철학	문장 6	39.7.	
이기영	단편	야생화	문장 7 (임시 증간호; 창작32인집)	39.7.	일명 「나의 고백」이라는 부제가 붙어 있음. 『조선일보』(39.8.1.) 기사: 시국인식간담회 참석
이기영	단행본	이기영 단편집	학예사	39.8.5.	『조선일보』(39.8.1.) 기사: 「대지의 아들」 연재 예고
민촌생	비평	문인도와 상인도	신세기 7	39.9.	
이기영	설문	곳처야 할 습속 버리지 말 전통	가정지우 24	39.9.	

이기영	단편	형제	청색지 6,7	39.9.10.	
이기영	기행문	대지의 아들을 찾아서	조선일보	39.9.26~10.3.	
민촌생	비평	박영희 저 「전선기행」을 읽고	조선일보	39.10.16.	신체제 동조론
민촌	기행문	국경의 圖們	문장 11	39.11.	
이기영	장편	대지의 아들	조선일보	39.10.12 ~ 40.6.1.	부제: '만주개척 민소설'「조선일 보」(39.10.30.) 기 사: 조선문인협회 창립 총회 참석.
이기영	촌평	「신개지」 영화화에 대하여	영화연극 1	39.11.	
민촌생	비평	새 영화예술의 발달	영화연극 1	39.11.	
이기영	비평	만주와 농민문학	인문평론 2	39.11.	
이기영	수필	전선기행	박문 14	39.12.	
이기영	수필	원산행 소감	청색지	39.12.	
민촌	비평	실패한 처녀장편	조광 50	39.12.	
이기영	단편	귀농	조광 50	39.12.	「소부」 속편
이기영	수필	산중잡기	동아일보	39.12.5,7,8,10.	
민촌생	수필	오해	동아일보	40.1.25.	
민촌생	수필	관습	동아일보	40.1.26.	
민촌생	수필	생명	동아일보	40.2.3.	
민촌생	수필	여성	동아일보	40.2.4.	
이기영	수필	나의 문학 동기	문장 14	40.2.	
민촌생	비평	작가에게 방향을 지시	인문평론	40.3.	
민촌생	단편	봉황산	인문평론 6	40.3.	
민촌생	단편	왜가리	문장 16	40.4.	
이기영 외	설문	장편소설 작가회의: 신문 소설과 작가의 태도	삼천리	40.4.	「대지의 아들」 집필 방향을 시사.

이기영	기사문	작가의 말	동아일보	40.6,5,6.	차회연재장편 소설 예고
이기영	장편	봄	동아일보	40.6.11~8.10.	『동아일보』 폐간으로 중단 (1~59.)
이기영	수필	복더위	家庭の友	40.8.	
민촌	장편	봄	인문평론 12~15	40.10~41.2.	(60~)
이기영	단편	간격	광업조선	40.9,11,12.	
이기영	단편	아우	조광 62	40.12.	
이기영	단편	삼각형	신세기	41.1.	일명 「처복론」
이기영	비평	시대에 적응한 새 인간형의 창조를	삼천리	41.1.	
이기영	단행본	인간수업	세창서관	41.1.15.	5판:문우사, 48.12.25. ;서울타임즈사판 (1946)
이기영 외	설문	2601년 원단의 맹세	家庭の友	41.2.	
이기영	단편	종	문장24(창작 34인집)	41.2.	
이기영	중편	생명선	家庭の友	41.3~8.	
이기영	단편	여인	춘추 2	41.3.	
이기영	수필	자연의 은총	신시대 5	41.5.	
이기영	비평	문예시사감 수제:작품과 작가정신;작가와 조로성; 전형기와 문학;예술의 허구성;사십대의 기록	매일신보	41.5.6~11.	
이기영	수필	곤충의 지혜	半島の光	41.11.	
기영	수필	금강산과 나	춘추	41.11.	
이기영	기행문	협천 해인사	반도산하	41.	
이기영	단행본	봄	대동출판사	42.	
이기영	단편	家訓	춘추 12	42.1.	

이기영	장편	동천홍	춘추 13~26	42.2~43.3.	
민촌생	단편	시정	국민문학 5	42.3.	
이기영	수필	춘일소감	매일신보	42.3.16~17.	
이기영	비평	문학의 세계	매일신보	42.6.18~23.	
이기영	비평	「동천홍」에 대하여 – 연재장편과 작가	대동아 2	42.7.	『삼천리』가 『대동아』로 제호 변경(42.3.)
이기영	단행본	생활과 윤리	盛文堂	42.9.5.	재판:44.4.20. 해방후 盛文堂書店版은 『情熱記』로 개제.
이기영	잡문	신년을 맞으신 여러분께	半島の光	43.1.	
민촌생	서평	尹喜漢 저 「대원군」을 읽고	춘추 26	43.3.	
이기영	단편	양계	?	43.?.	'양개' 혹은 '양캐'?
민촌생	단편	저수지	半島の光	43.5~9.	
민촌생	단편	공간	춘추 29	43.6.	
이기영	수필	一坪農園	매일신보	43.7.11~13.	
이기영	연극평	「그 전날 밤」 공연을 보고	매일신보	43.9.11~12.	
이기영	단행본	동천홍	조선출판사	43.9.20.	
이기영	장편	광산촌	매일신보	43.9.23~11.2.	
이기영	단행본	광산촌	盛文堂	44.	
이기영	수필	농막일기	半島の光	44.7.	
이기영	단행본	처녀지	삼중당서점	44.9.20.	
이기영외	토론	조선문학의 지향 (좌담회)	예술 3	46.1.	
이기영	수필	동지애	우리문학	46.2.	
이기영	수필	닭싸움	우리문학	46.3.	
이기영	희곡	해방	신문학	46.4.	

이기영	비평	북조선의 예술동향—토지 개혁과 예술가의 임무	중앙신문	46.4.21.	
이기영	비평	포석 조명희론—그의 저 「낙동강」 재간에 제하여	중외일보	46.5.28~29.	
이기영	비평	창작방법상에 대한 기본적 제 문제	문화전선 창간호	46.7.25.	
이기영	장편	형관	문화전선 2,3,4	46.11, 47.2, 47.4.	「농막선생」(「농 막선생」, 조소문 화협회중앙본부, 1950.4.)으로 개작 완결함.
이기영	단행본	어머니	영창서관	48.	
이기영	장편	삼팔선	인민	50.10~12;52. 1~3.	
이기영	중편	복쑤의 기록	민주조선 11~14	53.?.	
이기영	서문	나의 창작생활	두만강 제1부 (조선작가 동맹출판사)	56.	
이기영	평론	나의 창작경험	문학신문	56.2.20.	
이기영	평론	내가 소설을 쓰기까지	청년문학	56.3.	
이기영	자작 해설	땅과 곽바위	우리조국	56.3.	
이기영	평론	포석 조명희에 대하여	조명희 선집	57.1.	조명희문학유산 위원회 편, 「조명 희 선집」(소련과 학원 동방도서출 판사, 1959)
민촌생	서문	저자의 말	봄 (조선작가 동맹출판사)	57.7.	
이기영	회고	카프시대의 회상기	조선문학	57.8.	
이기영	평론	나의 창작경험	문학신문	58.2.20.	(56.6.20.) ?
이기영	회고	내가 겪은 3 · 1운동	조선문학	58.3.	
이기영	산문	새해 창작계획	문학신문	59.1.1.	

이기영	산문	나의 창작계획	민주조선	59.1.3.	
이기영	산문	문학도들에게	문학신문	59.9.4.	
이기영	산문	참됨	문학신문	60.5.27.	
이기영	회고	한설야와 나	조선문학	60.8.	
이기영	평론	현대조선문학과 한설야	로동신문	60.8.24.	
이기영	평론	나의 창작경험-장편소설 《두만강》(인민상 계관작품)을 쓰기까지	문학신문	60.11.1~4.	
이기영	평론	작가는 시대의 거울이다	문학신문	63.9.6.	
이기영	회고	처녀작을 어떻게 썼는가	청년문학	64.12.	
이기영	비평	창작과 노력	창작과 기교 (조선문예총 출판사)	65.?.	
이기영	회고	서해에 대한 인상	문학신문	66.1.21.	
이기영	회고	추억의 몇마디-포석 조명희 동지	문학신문	66.2.18.	

*. 이상의 자료까지 실물 확인.

II. 평론과 논저 및 기타

필 명	제 목	발 표 지	발 표 시 기
염상섭	선후평	개벽	24.8.
김우진	서간문	김우진 전집 II	26.5.11.
김기진	문예시평	조선지광	27.2.
관구현	계급문학과 그 비판적 요소	동광 10	27.2.
윤기정	무산문예가의 창작적 태도	조선일보	27.10.
윤기정	최근문예잡감 1,2,3	조선지광 72~4	27.
안석주	무성총사 성거산인 이기영 씨 (만화자가 본 문인(12))	조선일보	27.11.13.
윤기정	1927년 문단의 총결산	조선지광	28.1.
김기진	창작계의 일년	동아일보	28.1.1.
윤기정	북레뷰 – 이기영 씨의 창작집 『민촌』을 읽고	조선일보	28.3.20,21,23.
김기진	문예시평 – 4월의 창작	현대평론	28.5.
김기진	10년간 조선문예의 변천과정	조선일보	29.1.1~2.
한설야	신춘창작평	조선지광	29.2.
일기자	조선문사 최근 생활상(一)	조선문예 창간호	29.5
염상섭	4월의 작단(6)	조선일보	30.4.
함일돈	4월 창작평	대중공론	30.6.
함일돈	자기의 비평적 태도	조선일보	30.7.31~8.2., 8.5~7.
ㅂㅅㅎ生	평론과 욕설 – 이기영 군에게	조선일보	30.8.8~10.
박영희	카프작가와 그 수반자의 문학적 활동 – 신추 창작평	중외일보	30.9.18~24.
박영희	조선문인 푸로필	혜성 1–5	31.8.
박영희	조선 각계 인물 온 파레이드:이기영	혜성	31.9.
안함광	농민문학에 관한 일고찰(상)	조선일보	31.8.7.

백철	농민문학문제(1)	조선일보	31.10.1.
안함광	농민문학문제 재론(1)	조선일보	31.10.21.
안함광	농민문학문제 재론(8)	조선일보	31.11.1.
안재좌	문예시평	비판 7	31.11.
안함광	농민문학의 규정문제	비판 8	31.12.
신유인	문학의 고정화에 향하여	조선중앙일보	31.12.1~7.
현인	프롤레타리아 예술운동	시대공론	32.1.
현인	예술운동의 전망	비판	32.1.
송영	무언의 인 이기영 씨	문학건설 1	32.12.
김기진 외 22인	엽서문답:제일 감격받으신 작품 제일 좋아하시는 작가 등	문학건설 1	32.12.
안석주	무언무소의 민촌 이기영	조선일보	33.1.26.
김남천	문화시평 – 문화적 공작에 관한 약간의 시평	신계단	33.5.
윤곤강	文檀餘聞	신계단	33.5.
윤곤강	文壇餘聞	조선일보	33.5.18.
송영	그 뒤의 박승호	신계단	33.7.
임화	이기영 씨 작 《서화》	조선일보	33.7.19.
김남천	임화적 창작평과 자기비판	조선일보	33.7.29~8.4.
홍효민	비평에 대하야(4):작자와 평가	동아일보	33.10.2
	신작 장편 예고	조선일보	33.7.19.
김팔봉	1933년도 단편 창작 76편	신동아	33.12.
	문예가 명부	조선문학 2-1	33.12.
	설문: 34년에 기대되는 작가, 33년에 읽은 작품 중에서 가장 인상깊은 작품	조선문학 2-1	33.12.
박승극	서평: 「농민소설집」 – 농민문학 문제와 관련하야	조선일보	33.12.10.11.13.14.
김기진	프로문학의 현재 수준	신동아	34.2.

임화	현대문학의 제 경향	우리들	34.3.
B기자	문인들의 월수입 조사	신인문학	34.8.
민병휘	이기영의 작품	삼천리	34.8.
이광수 외	설문: 10년 갈 명작 100년 갈 걸작	삼천리	34.8.
SK生	최근 조선문단의 경향	신동아	34.9.
	문단 소화	신인문학	34.10.
	문단 안테나	청년조선	34.10.
B기자	문단신문	신인문학	34.12.
한세광	조선문단 전망	대평양	35.1.
김기진	조선문학의 현단계	신동아	35.1.
임화 외 21인	문예설문: 세계에 보내고 십흔 우리 작품	삼천리	35.2.
박승극	조선문단의 회고와 비판	신인문학	35.3.
민병휘	춘원의 「흙」과 민촌의 「고향」	조선문단	35.5.
김남천	지식계급 전형의 창조와 「고향」 주인공에 대한 감상 – 이기영 「고향」의 일면적 비평	조선중앙일보	35.6.28~7.4.
일기자	문단신문	신인문학	35.8.
일기자	잡담실	신인문학	35.10.
일기자	문단신문	신인문학	35.10.
안함광 외 12인	금년도 문단의 수확 및 조선문학의 규정	신동아 50	35.12.
임인식	위대한 낭만정신 – 이로써 자기를 관철하라	동아일보	36.1.1~4.
한설야	포석과 민촌과 나	중앙	36.2.
일기자	문단신문	신인문학	36.3.
일기자	잡담실	신인문학	36.3.
한효	민촌의 《고향》을 례로	삼천리	36.4.
민병휘	「촉새가 황새」를 따르는 격	삼천리	36.4.

송영	이기영 씨의 《인간수업》과 셀반테스의 《동키호테》	삼천리	36.4.
이선희	조선작가군상	조광	36.5.
이갑기	문예시평:3월 창작을 중심으로 하여	조선문학	36.5.
이석훈	7월 창작평	조선일보	36.7.7.8.
한설야	문예시감-고향에 돌아와서	조선문학 2-8 (7·8 합병호)	36.8.
A기자	문인들과의 자유만담집: 이기영과의 잡담집	신인문학	36.8.
	잡담실	신인문학	36.8.
일기자	문인들의 주택순례	신인문학	36.10.
	문단소식	신인문학	36.10.
김일천	문단팔면경:이기영 씨에게	신인문학	36.10.
한효	현대조선 작가론	조선문학 2-10	36.10.
박영희	민촌의 역작 〈고향〉을 읽고서	조선일보	36.12.1.
	집필자 약력	조선문학 3-1	37.1.
	문단소식	조선문학 3-1	37.1.
	작가 작품 연대표	삼천리	37.1.
검갈매기	빈곤의 이기영 씨	백광	37.1.
안함광	《적막》 평	조선문학	37.1.
新山子	문단지리지	조광	37.2.
백철	신춘지 창작 개평	조광	37.2.
민병휘	민촌 「고향」론	백광	37.3~6.
	문단소식	조선문학 3-4·5	37.5.
박승극	이기영 검토(1)-1	풍림	37.5.
김남천	이기영 검토(1)-2	풍림	37.5.
김남천	신간평:《인간수업》 독후감	조선일보	37.5.25.
이원조	6월 창작평	조선일보	37.6.19~25.

임화	7월 창작평	조선일보	37.7.19~28.
윤규섭	문단시어	비판	37.8.
엄흥섭	단평:문학작품의 연극화	조선문학 14	37.8.
이무영	소설가 아닌 소설가 –민촌의 「서화」를 읽고	조선일보	37.8.3.
이원조	《서화》 신간평	조선일보	37.8.17.
임화	사실주의의 재인식	동아일보	37.10.8~14.
박영희	현대작가 총평: 이기영론 –「고향」을 중심으로 한 제작	동아일보	38.2.19,20.
임화	5월 창작평:빈곤의 문학과 문학의 빈곤	동아일보	38.4.28,5.3,4,6,7.
안회남	단편소설의 세대적 성격	조선일보	38.5.3.
임화	최근 조선 소설계 전망	조선일보	38.5.24~29.
김남천	현대 조선 소설의 이념	조선일보	38.9.10~18.
임화	10월 창작평	동아일보	38.9.20~24.,27,28.
임화	세태와 풍속	동아일보	38.10.19.
임화	통속소설의 대두와 예술문학 비극	동아일보	38.11.17~27.
백철	금년간의 창작계 개관	조광	38.12.
현민	이기영 씨의 인상	조선문학 15	39.1.
윤규섭	작가의 정열과 문학의 사상성	소화14년판 조선 문예연감–조선 작품연감 별권 (인문사 편집부 편)	39.3.
임화	소화13년도 개관: 창작계	상동	상동
김남천	소화13년도 개관: 장편소설계	상동	상동
안회남	소설 월평: 「묘목」의 매력	조선일보	39.4.11.
안석주	조선문단측면사	조광	39.5.
민병휘	민촌 이기영 군과 함광 安重彦 군	청색지	39.5.
한흑구	문예시감: 문학과 문단	비판	39.6.
최재서	현대소설의 주제	조광	39.7.

김태준	증보 조선소설사	학예사	39.7.3.
임화	7월 창작평	조선일보	39.7.19~28.
임화	최근 소설의 주인공	문장	39.9.
최상암	문단인물론	신세기 1-7	39.9.
임인식	농민과 문학	문장	39.10.
이원조	비평정신의 상실과 논리의 획득	인문평론 창간호	39.10.
김남천	10년전	박문 12	39.10
엄흥섭	이기영 단편집	문장	39.11.
임화	창작계의 1년	문장	39.12.
인정식	조선 농민문학의 근본적 문제	인문평론	39.12
김남천	신문학의 1년간 – 특히 소화 14년도 문단의 동태와 성과	인문평론	39.12.
김남천	모던문예사전: 김희준	인문평론	39.12.
김남천	12월 창작평: 송년호 작품의 인상	인문평론 2–1	40.1.
이헌구	파도없는 수준	문장 1	40.1.
문장사 편집부	조선문예가 총람	문장	40.1.
임화	일본 농민문학의 동향	인문평론	40.1.
박승극	농민문학의 옹호	동아일보	40.2.24,25,27.
김남천	소화14년도 개관: 창작계	소화 15년판 조선 문예연감–조선작 연감 별권– (인문사 편집부 편)	40.3.
윤규섭	이기영의 단편 《봉황산》에 대한 평	문장 2–4	40.4.
임화	생산소설론	인문평론	40.4.
임화	소설문학 20년	동아일보	40.4.12~20.
이원조	문예시평(1)~(4)	조선일보	40.4.12,13,17,18.
백철	문학적 요설	문장 2–5	40.5.
이헌구	4월 창작평 –4월의 작품들	인문평론	40.5.

권환	생산문학의 전망	조선일보	40.5.
	차회 연재 장편소설 예고	동아일보	40.6.5.6.
안함광	최근의 작품 경향	인문평론	40.7.
권환	농민문학의 제 문제	조광	40.9.
김남천	소설문학의 현상	조광	40.9.
한설야 외 9인	설문: 조선문학상을 준다면?	조광 59	40.9.
안함광	'로만' 논의의 제 문제와 「고향」의 현대적 의의	인문평론	40.11.
김남천	창작계의 동태와 업적	조광	40.12.
윤규섭	조선문단의 금후	춘추	41.2.
안회남	장편소설의 수준 – 이기영 작 「봄」을 읽고	매일신보	42.9.12.
김남천 외 7인	문학자의 자기비판 – 좌담회	인민예술 2	46.10.
백철	조선신문예사조사 상, 하	백양당	47., 49.
김동인	문단30년사	신천지	48.3~49.8.
한효	민촌연구 – 그 작가생활의 요람기	문학예술 3	49.8.
?	리기영 작 《서화》에 대하여	문학예술	49.12.
?	리기영 작 장편소설 《두만강》	민주조선	54.8.7.
안함광	리기영 작 장편소설 《두만강》에 대하여	민주조선	55.1.13.
김재하	생활의 참다운 기록 (소설 《두만강》을 읽고)	로동신문	55.2.16.
조선작가 동맹출판사	리기영 작 「고향」 경개문	(작품집) 고향	55.
한효	리기영의 생애와 창작: 그의 탄생 60주년에 제하여	조선문학	55.5.
한설야	민촌 리기영과 나	조선문학	55.5.
안함광	장편 《두만강》에 대하여	조선문학	55.5.
윤시철	장편소설 《두만강》에 대하여	인민조선	55.5.

한효	- 우리문학의 십년	조선문학	55.6~8.
?	리기영 작 《고향》에 대하여	로동신문	55.6.5.
안함광	작가 리기영의 창작활동(그의 탄생 60주년을 기념하여)	조쏘문화	55.8.
안함광	해방전 진보적 문학	조선문학	55.8.
안함광	해방후 조선문학의 발전과 조선 로동당의 향도적 역할	해방후 10년간의 조선문학(조선작가 동맹출판사)	55.9.
한효	민주건설 시기의 조선문학	상동	상동
박종식	조선문학에 있어서 쏘배트 문학의 영향	상동	상동
조연현	한국현대문학사	인간사	56.
강능수	청년들의 애국주의와 《두만강》의 제2부	청년생활	57.9.
新龜現	《보리가을》에 대하여	민주청년	58.3.4.
곽동수	리기영 작 《보리가을》 독자모임	문학신문	58.6.26.
김재하	《인간수업》에 대하여	문학신문	58.7.31.
리상태	민촌 이기영과 그의 소설에 대하여	청년문학	58.8.
리효운·계북	《고향》과 《황혼》에 대하여	조선작가동맹 출판사	58.10.
김학렬	해설: 일제 학정하에서 신음하던 가난한 농민들의 생동하게 반영 -리기영의 해방전 단편소설들-	리기영 단편집 원보(조선작가동맹 출판사) 조선청년사문고본 (동경:조선청년사)	58. 81.
박영희	초창기 문단측면사	현대문학	59.8~60.5.
리상태	투쟁과 생활의 거대한 력사적 화폭	문학신문	60.10.14.
윤세평	장편소설 《고향》과 《땅》	생활과 문학	61.
윤세평	우리나라 장편소설의 구성상 특징과 제기되는 문제	조선문학	61.
김홍순	현대성과 민주적 특성의 원수칸 구현	문학신문	62.10.19.
김규엽	계급사회에 대한 예리한 보고	문학신문	63.9.13.

안함광	장편소설의 구성상 문제	문학의탐구(조선문학예술총동맹)	66.
안함광	문학 창조에 있어서 성격과 생활, 심리 묘사	상동	상동
안함광	계급교양을 주제로 한 작품의 형상적 기초	상동	상동
안함광	문학과 서정미	상동	상동
김윤식·김현	한국문학사	민음사	1973
Ивнова, В.	리기영, 생애 및 저서목록	Moscow	1983

* 필자가 이기영 연구에 착수하던 1980년대 중반 경에는 북한 쪽의 저작물 등 문건들을 관리하던 통일원 북한자료센터에는 수집 자료들의 분량이나 종류가 한정적이었고, 특별취급인가를 가지지 못한 사람들은 그나마도 접근하기에 여러 가지 제약과 통제가 많았다. 위에서 다룬 분단 이후의 이기영 관련 북한 측 자료들은 그러한 어려운 조건에서 필자가 확인할 수 있었던 것들만 제시한 것이다. 1988년의 소위 '해금' 이후 시도된 국내의 이기영 관련 논의들에 대한 서지 사항은 제I부의 I장의 각주를 참조하면 될 것이다. 다만 김윤식·김현의 『한국문학사』(1973)의 경우는 Ивнова, В의 『리기영, 생애 및 저서 목록』(Moscow, 1983)의 80면에 한국 국내 연구물로는 유일하게 언급되었기에 첨기해 넣었다.

부록

- 2 -

이기영의 가계도

이기영의 가계도

이순신(李舜臣, 德水 李氏 12世 : 忠武公)
|
회(李薈 : 任實郡守, 宣武一等原勳)
|
지백(李之白 : 順陵參奉 不就)
|
광윤(李光胤 : 顯陵參奉 不就)

홍의(李弘毅) ──────────────── **종옥**(李種玉, 1887~1941 : 25世 종손, 신흥무관학교 출신, 독립운동가)

홍저(李弘著)

홍서(李弘緖 : 贈 承政院 左承旨)

홍건(李弘健)

홍유(李弘猷)

홍무(李弘茂)

운상(李雲祥 : 贈 戶曹參判)

한병(李漢邴 : 同知中樞府事)

민수(李民秀 : 1774년 무과, 慶尙左道 兵馬節度使)

심권(李心權 : 贈 戶曹參判) ─ **재희**(李載熙)

├ **태희**(李泰熙)

└ **좌희**(李佐熙, 1814~60 : 1846년 무과, 宣傳官)

규완(李奎琓, 1846~96 : 1876년 무과)

俞氏(?~1918 : 杞溪 俞氏 致鉉의 딸, 進士 殷煥의 손녀)

├ **李氏**(1869~1929) ─ **이우상**(李雨相, 1867~90)

│ └ **병희**(李炳羲, 1890~? : 全州 李氏 謹寧君派 昌城君 종손 玉相(1862~1902)의 계후)

├ **李氏**(생몰년 불명; 江陵 金氏 郡守 夏卿의 아들에게 출가)

├ **민창**(李敏彰, 1873~1918; 1892년 무과) ─ **朴氏**(1869~1905 : 密陽 朴氏 炳九의 장녀)

├ **민상**(李敏常, 1876~81)

└ **민역**(李敏或, 1889~?)

……… **지영자**(池英子, 1887~1943 : 이기영의 서모)

└ **기영**(李箕永)

├ **풍영**(李豊永)

└ **제영**(李悌永)

이기영(李箕永) ──────── **조병기**(趙炳箕, 1891~1961 : 漢陽 趙氏 永完의 딸)

(1895.5.29.(음력 5월 6일)

~1984.8.9.)   ┈┈┈ **홍을순**(洪乙順)

                         (*1905~ : 제2부인, 논산 본적인 호주 金氏의 딸)

                  └ **을화**(李乙華, 1926~)

                  ├ **평**(李平, 1929~ ; *광산기사, 정무원 산하 채취공업위원회 간부)

                  ├ **건**(李建, 1932. 10. 23~12. 16)

종완(李種元, 1917~86) ─┤   ├ **종화**(李種華, 1937~ ; *외교관)

화실(李花實, 1921~23)   ├ **종윤**(李種倫, 1941~ ; *평양 과학자 연구소 근무) ┐

진우(李震宇, 1924~26)   └ **을남**(李乙男, 1944~ ; *여류작가, 문학가 김용한의 처) │

                             └ ***차돌**(1964~ ; 직업동맹 중앙위원회 근무)

                  └ **상열**(李祥烈, 1939~ ; 교육공무원)

                  ├ **성열**(李成烈, 1946~ ; 은행원)

                  ├ **홍렬**(李泓烈, 1949~)

                  └ **동렬**(李東烈, 1955~)

* 도표 범례

1. 이기영의 선대까지는 德水 李氏 族譜에 의함.
2. 이기영 당대 이후는 호적 기록 및 전기연구에 의함.
3. *는 안동일, 「월북작가 이기영가 평양 탐방기」, 『월간 다리』(1989. 12)에 의함.
4. ── 는 장자 상속관계.
5. ┈┈ 는 후실 또는 측실.

찾아보기

ㄱ

「가난한 사람들」 38, 55~56, 60~63, 67, 72, 80~81, 83, 85, 91, 95, 190, 290, 292~294, 332, 334

가면박탈 183, 206, 304, 321

가족사 연대기 소설 331~332, 336, 339, 344, 346

「간격」 260

「개벽」 17, 357, 393

개작 262, 378~381, 385, 390~393

건달적 성격 82~84

「경순의 가출」 104, 107, 117

경향소설 15~17, 70, 333

계급사상의 체질화 93, 95, 119

계급소설 21, 90, 151~153

계몽운동 27, 260, 317, 348

계몽주의 27, 41, 78, 86~87, 91, 95, 102~103, 117, 131~132, 192, 202, 255, 310, 318, 362

계서제階序制 175, 182, 196, 235, 249

「고난을 뚫코」 110~111, 158

『고무』 150, 153

「고물철학」 252, 259

고백체(Confession) 53, 55, 57~58, 334, 350

『고요한 돈』 147, 169

고토쿠 슈스이幸德秋水 270

『고향』 15~19, 21, 23, 43, 70, 74, 107, 126, 133, 182~188, 190~192, 195~197, 199, 202, 206~209, 211, 214, 217~218, 221, 231, 239, 242, 244, 248, 254, 256, 301, 302~307, 309~315, 318, 321, 323, 327~328, 330, 333~334, 337, 346, 361, 395

골드만(Lucien Goldmann) 179

「공간」 263, 303, 333, 338, 350, 373~374, 391

「공장신문」 150, 153

「공장지대」 153

「과거의 생활에서」 23~30, 33, 44

「관념론적 유심론」 118

관동대진재關東大震災 41, 46, 56, 63, 66, 269~270, 274, 279

「광명을 앗기까지」 139, 156

「광산촌」 91, 258, 338, 364~365, 386

구소설 33~34, 106, 125

국민정신총동원조선연맹 252, 363

국민징용령 258

국책소설 191, 258, 337~338

「권서방」 256~257, 361

권환權煥 123~124, 146, 150, 153, 376

「귀농」 190, 257, 309

「그 뒤의 박승호」 162, 165, 167

「그들의 남매」 109, 117, 126

「그와 여교원」 240

근우회槿友會 105

「금일」 251, 361

기사소설騎士小說 225

「김군과 나와 그의 아내」 148, 156~157, 162

김기진金基鎭 46, 48~49, 72, 95~99, 104, 183, 185~187, 277, 302, 305, 353

김남천金南天 146, 150~151, 153, 155, 173, 183~184, 206, 221, 228, 236,
    302, 304, 321, 330~332, 339~340, 344, 349, 357, 360, 367, 376, 378~379

김두용金斗鎔 122~123, 132, 146

김복진金復鎭 97~98, 120

김사량金史良 379

〈김영일의 사〉 272

김우진金祐鎭 39, 92, 103, 271, 341

김팔봉 → 김기진

ㄴ

「나무꾼」 241~242

나카노 시계하루中野重治 132, 281, 360

나카니시 이노스케中西伊之助 46, 48, 97, 285

「낙동강」 37, 109, 119, 128~129, 286, 301, 394, 395

내부망명(Innere Emigration) 303, 351, 358, 368, 370, 374, 388, 395

「노동문학론」 300

「노루」 241~242, 361

「노예」 221

「농막선생」 303, 357, 365, 374, 380~381, 384~392, 394

「농막일기」 365, 375, 381~385, 387~390, 392

농민소설 17~20, 68, 70, 191, 309, 332, 337, 356, 374, 394

「농부 정도룡」 16, 18, 68~70, 72~74, 84, 88, 112, 190, 295~296, 300, 332

「농부의 집」 90, 112

ㄷ

「닭싸움」 357, 393

「대장깐」 256,

「대지의 아들」 258, 260, 337~338, 363~364, 366, 371~372, 390

『대하』 331, 339~340, 367

「도박」 236

「돈」 240, 361

『돈키호테』 224~225

「돌쇠」 17, 74, 148, 191~192, 199, 202, 211, 309~311, 318

「동천홍」 190, 258, 309, 338, 364, 371

『두만강』 19, 24, 47, 191, 285, 303, 310, 330

『땅』 17

「땅 속으로」 62~63, 65, 73, 91

뚜르게네프 → 투르게네프

ㄹ

루카치(Gyrgy Lukcs, Georg Lukacs) 349, 377

ㅁ

마름 25~26, 31, 65, 76, 114, 180~182, 188, 190, 197~201, 209~212,
    214~215, 241, 257, 308, 313, 315~317, 323~325, 342~343, 348, 389

만주개척민소설 258

매개媒介 17, 32, 35, 38, 73, 85, 98~99, 102, 105~107, 109~111, 114~116,
    121, 126, 131~132, 136~138, 143~144, 153, 156, 158~159, 167, 169,
    173~175, 180, 182, 192, 196~197, 207, 244, 261, 287, 290, 311, 313, 321,
    342~343, 351, 357, 373

「맥추」 241, 256, 361

「모자」 356

목적의식기 185, 279, 305

「목화와 콩」 150, 153

「묘목」 252, 259, 361

「묘양자」 148, 155

무산자사 121

문건 351~356, 375~380, 393

문맹 351~352, 354~356, 375~376, 379

「문예시감」 150~151, 155, 221, 233~234

「묵은 일기의 일절에서」 112, 118

문예가협회 → 조선문예가협회

「문예비평가와 창작평론가」 221

「문예적 시감 수제」 168, 173, 194, 218, 220, 221

「문인과 생활」 87, 95

문제적 개인 58, 78~80, 91, 130, 133, 135, 143, 167, 179, 311

문제적 인물 → 문제적 개인

민담 58, 78~80, 91, 130, 133, 135, 143, 167, 179, 311

민중계몽주의 78, 86~87, 91, 95, 102~103, 117, 131~132

민중예술론 278~279, 284, 286, 288, 290, 292~293, 300, 395

민촌民村 → 이기영李箕永

「민촌」 67, 70~75, 77~80, 84, 86~87, 89, 91, 112, 117, 130, 132, 135, 159, 189~190, 241, 262~263, 300~301, 307, 309, 332~334, 341~342, 395

「밋며누리」 104~105, 107

ㅂ

「박승호」 148, 156, 159, 165~168, 173~174

박영희朴英熙 16, 94~95, 97~98, 101~102, 138, 147, 183, 219, 222, 231, 270, 277, 286, 304, 336~337, 353, 359

반항형 민중 67, 110

방향전환 21, 73~74, 88~90, 97~99, 101~104, 117, 122, 126, 147, 152, 158, 269, 277, 286, 301, 303, 332~333

방향전환기 → 방향전환

방향전환론 → 방향전환

「배낭」 236

백철白鐵 16, 218, 220, 339, 353

「변절자의 아내」 127~128, 148

변증적 회고체 → 변증체

변증체(Apology) 57~58, 62, 81, 158, 237, 240, 334~336, 339, 350

변증체 자전소설 → 변증체

보도연맹 → 시국대응전선사상보국연맹

볼셰비키화 117, 120~123, 126, 132, 139, 146~147, 151, 153~154, 156, 219

「봄」 18, 26~28, 74, 190~191, 238, 260~263, 274, 303, 309, 328~333,
    335~336, 339~341, 344, 347~350, 366~369

봉황각좌담회 352~356, 358, 374, 379, 393

「봉황산」 260

「부역」 141~142, 146, 153, 155~156, 162, 168, 173, 190, 241, 309

부르스키,『부르스키』 181

「부인의 문학적 지위」 105, 118

「부흥회」 81~82, 127, 300, 332~333

브르통(AndréBreton) 292

「비」 241~242, 361

「비밀회의」 104

비협력 글쓰기 336, 367~370, 374

『빈농조합』 169, 170~173, 220

「빵의 약취」 292, 294

ㅅ

『사닌』 40~41, 47, 284

사상범보호관찰법 376~337, 360

사실주의 15, 17, 20, 92, 145, 151, 153, 162, 168, 174, 182, 184, 193, 213,

301~303, 305, 325, 367

사음舍音 → 마름

「死의 影에 飛하는 白鷺群」 45

사회주의 리얼리즘 19~20, 218~220

『상호부조론』 292, 297

「산모」 241~242, 361

생계형 글쓰기 365

「생명선」 369~370, 388, 390

「서울ㅅ댁」 77~79

「서화」 16~18, 74, 91, 156, 168~169, 171~176, 178, 180, 183~183, 186,
 190~192, 199, 202, 211, 218, 239, 241~242, 249, 254, 256, 303~305,
 309~311, 318

「설」 251~252, 334, 361

「성화」 239

세계관의 유형학 179

세태묘사 236, 339~340

세태소설 236, 331, 339~340, 361

소개疎開 382~384, 388, 390~396

「소부」 190, 257, 309, 361

소시민적 결벽성 95, 97

소작권小作權 → 작권

소작쟁의 110, 126, 136, 138~143, 166, 188, 199~200, 212, 216~217,
 315~316, 324, 326~327

소작제도 144, 153, 156, 160, 177, 181~182, 242, 244, 255, 298~299, 343,
 389

송영宋影 146, 150~153, 162, 165, 168, 358~359, 393

쇼-로홉 → 숄로호프

숄로호프(Michail Sholokhov) 147

「수석」 251~252, 361

「숙제」 118~119, 129, 394

시국대응전선사상보국연맹 252

「시대의 진보」 140~141

시라카바하白樺派 289

「시정」 370

『신개지』 18, 74, 189~191, 242~243, 248~250, 255, 307, 309, 330, 337, 361

신건설사 사건 → 카프 제2차 검거

『신계단』 127~128, 148~149, 151, 160~162, 165

신소설 33~35, 38, 40~41,66, 88, 234

신유인申唯仁(=신석초) 141, 150, 219, 220

신채호申采浩 268, 347

「실진」 90

「십년 후」 237, 361

12월테제 120

ㅇ

아나-보르 논쟁 268~270, 278

아나키즘(anarchism) 267~270, 274~280, 283, 285~287, 297~298, 301, 303, 394, 396

아나르코·신디칼리즘 270, 280, 284, 293, 295, 298~301

아르치바셰프(Mikhail Petrovich Artsybashev) 40, 48~49, 284

아르츠이바셰프 → 아르치바셰프

「아사」 90, 178

아서원좌담회 352~353, 376, 378, 393

「아우」 260

안막安漠 26, 123, 146, 218

안회남安懷南 339, 354, 378

야마카라 히토시山川均 268

「R군에게」 91, 276~277

「양잠촌」 148, 156, 168, 190

「어머니」 190, 240, 309

「어머니의 마음」 90

「『여성의 네가지 전형』을 읽고」 105

염상섭廉想涉 16, 48, 50~55, 58, 98, 132, 288~290

「영影」 355

영웅소설적 생애감각 31~32, 345, 41, 43~44, 61~62, 64, 66, 88~89, 231

예외자적 민중 → 예외적 개인

예외적 개인(exceptional individual) 179

예외적 인물 → 예외적 개인

「오매둔 아버지」 27, 80, 300

「오수향」 137

오스기 사카에大杉榮 269~270, 275, 278~284, 286~290, 292~293, 299~300,
  394

「옵바의 비밀편지」 50~51, 54~56, 66, 73, 83, 125, 287~300, 332~333

완결형식 107, 109~111, 136, 138~139, 156

「왜가리촌」 260, 337

「외교원과 전도부인」 81~83, 300

「욕마」 237, 361

「원보」 19, 112, 114~115, 117, 132, 135

위악적 주인공(eiron) 300

위장협력 글쓰기 359, 364~365, 370~371, 388, 390~391

유교적 인격주의 87, 93

「유선형」 236, 361

「유한부인」 236~237

「유혹」 91, 109

의협적 성격 67~68, 82, 84~85

이광수李光洙 16, 41, 98, 127~128, 239, 258, 353

「이귀례에게 보낸 서간」 229

이기영李箕永 23

「이중국적자」 141

이태준李泰俊 353~356, 379, 393

『인간수업』 18, 223~224, 226, 228~230, 236, 337, 361

「인신교주」 127, 148, 155

「인정」 240, 361

인정투쟁(Anerkennungskamph) 375, 377~379, 381

일월회一月會 99, 276

「일평농원」 374, 382

임화林和 94, 97, 121~123, 127, 146, 149, 151, 153~155, 178, 180~181, 184,
    220, 239~240, 304, 339, 376, 379

입신담 104, 110, 117, 133, 140

ㅈ

자기반성 88, 158, 161~162, 300

「자기희생」 104, 111, 117

자전소설 26, 51, 58, 61~62, 83, 85, 237, 240, 263, 290, 300, 328~329,
    32~336, 349~350, 367

자전형식 55, 57~58, 80~81, 158

작권作權 68, 75~76, 142~144, 200, 204, 242, 295, 319

잠업전습소 38, 156, 174, 189, 307

잠재의식의 최대치(maximum of potential consciousness) 179

「장동지 아들」 79~80, 82, 125, 332~333

『재산이란 무엇인가』 292

「저기압」 91, 94

「저수지」 148, 185, 191, 258, 309~310, 338, 364

「적막」 237, 361

전망 16, 20, 89, 139, 158, 162, 168, 203, 208, 217, 220, 231, 234, 237, 239,
242, 249, 257, 259~260, 271, 284, 293~295, 303, 311, 318, 321~322,
327~329, 346, 351, 356~357, 367, 374, 379~381, 391, 394, 396

전시체제령 250

전조선문필가협회 → 전문협

전향轉向 18, 48, 147, 154, 219~220, 230, 237, 251, 354, 360, 361, 379

전형 17, 19, 55, 105, 133, 174~175, 179, 182~184, 189~190, 196, 206, 225,
235, 242, 245, 247, 249, 288, 290, 304~305, 308~309, 313, 331~332, 343,
367

전형기 19, 22, 182, 218, 231, 233~234, 237, 242, 302~303, 332~335, 337,
339, 358, 361, 364, 374, 388

전형 계서제, 전형의 계서제 → 계서제

정동연맹 → 국민정신총동원조선연맹

〈정무총감통첩〉 162

정우회선언 99~100

정칙영어학교 39~40, 190

제1차 방향전환 98, 104, 122, 147, 269, 277, 286

제2차 방향전환 147

제3차 조공 96~100, 119~120, 126, 258

조명희趙明熙 39, 48~49, 56, 62~66, 84, 91~95, 97~99, 109, 118~120,
128~129, 239, 270~274, 276~277, 279~281, 284, 286, 293, 301, 394~395

조선문예가협회 95

조선문인보국회 258, 337, 352, 363, 375~376

조선문인협회 258, 337, 352, 363, 366

조선문학가동맹 → 문맹

조선문학건설본부 → 문건

조선문화건설중앙협의회 → 문협

조선사상범보호관찰령　250, 337, 360, 363, 382

조선사상보도연맹 → 시국대응전선사상보국연맹

『조선지광』　23~29, 33, 35~38, 44, 48, 56, 60, 63~64, 69, 71~72, 81, 85~86,
　　90~93, 97~102, 105, 108~109, 112, 115, 117~121, 123, 127~128, 140,
　　147~149, 153, 160, 186, 189, 231, 271~272, 276, 296, 300~301, 307, 394

조선청년문학가협회 → 청문협

조선프로레타리아문학예술동맹 → 프로예맹

「조희뜨는 사람들」　107, 128~130, 132, 135, 152, 156, 159, 301, 394~395

「종」　260, 333, 337, 369

중앙문화협회 → 중문협

『집단』　148

「쥐이야기」　66~68, 70, 72, 88, 139, 294~295, 298~300, 332

「지금 형편에는 방책 별무」　113, 117

집단의식　90, 100~101, 106, 112, 170~171

ㅊ

「참패자」　251

「창작방법 문제에 관하야」　220

「채색무지개」　104, 109~110, 112

『처녀지』　238, 258, 338, 364~365, 385~387, 390, 394

「천치의 논리」　85~86, 88, 91, 94, 100, 103, 158

청문협　352, 376

「초춘」　223, 229

총체성　19, 53, 58, 117, 125, 139, 167, 174~175, 183, 242, 304, 330, 351, 357,
　　361, 378, 380

최서해崔曙海　91, 293

「추도회」　240

춘원春園 → 이광수李光洙

「춘일춘상」 230, 240, 362, 371

치안유지법 222

ㅋ

카프(KAPF) 15, 18, 20, 39, 47, 56, 63, 73, 92~95, 97~104, 112~113,
 117~118, 120~123, 126, 135, 138, 146~151, 153~155, 163, 167, 185~187,
 219~224, 230~231, 237, 239, 268~269, 277~279, 286, 301, 305, 332,
 336~338, 340, 353, 358~360, 362, 368, 382, 394

카프 제1차 검거 122, 146, 220

카프 제2차 검거 149, 185, 187, 305, 336, 338

크로포트킨(Peter Kropotkin) 280, 292, 297

ㅌ

「탈출기」 293

『탑』 330~331, 340, 367

투르게네프(Ivan Sergeevich Turgenev) 48~49, 286

ㅍ

판페로프(Ф. Панферов) 169, 181

판페로프, 판페-롭흐, 판페-롭, 판페-롭흐 → 판페로프

「8월테제」 355~356, 379

포석 → 조명희

풍자소설 27, 51, 66, 81, 110, 139, 155, 227, 237, 287, 294, 300, 332~333,
 370

프로문학 46

프로예맹 96, 146, 351~352, 375~376, 378~379, 393

ㅎ

한설야韓雪野　63, 92, 151, 153, 331, 340, 353~357, 367, 376~378, 393

「해방」　357,

「해방전후」　354, 356, 379

「해후」　104, 108, 110, 111, 141,

「향락귀」　125, 128, 155

헤겔(Georg Wilhelm Friedrich Hegel)　377

『「혁명가의 아내」와 이광수』　127

현병주玄丙周　33~35, 56, 234

「혈血」　355

「혈로」　356

「형관」　358, 375, 381, 384~388, 390~396

「형제」　259, 260

「호신술」　150

홍진유洪鎭裕　274, 275

회고체(Memoir)　57, 58, 263, 332, 334~336, 339, 341, 349, 350

회고체 자전소설 → 회고체

「호외」　74, 96, 103~105

「홍수」　17, 132, 135, 139~144, 195

후쿠모토주의福本主義　268,

흑도회黑濤會　39, 93, 269~277, 279, 280, 281, 285, 286

『흙』　239

작가 이기영,
그 치열한 삶과 문학적 진실의 수준

지은이 | 김흥식

펴낸곳 | 예옥
펴낸이 | 최병수
등록 | 2005년 12월 20일 제2005-64호

편집 | 난류
디자인 | 봄길

초판 1쇄 인쇄 2020년 02월 17일
초판 1쇄 발행 2020년 02월 25일

주소 | 서울시 서대문구 신촌로 1 쓰리알 유시티 606호
전화 | 02)325-4805
팩스 | 02)325-4806
이메일 | yeokpub@hanmail.net

ISBN 978-89-93241-67-9 93810